# 美丽河北

## 媒体记忆

周迎久　卢　虹　王宏亮　王建刚　李　博　主编

中国环境出版集团 · 北京

图书在版编目（CIP）数据

美丽河北媒体记忆/周迎久等主编. —北京：中国环境出版集团，2022.6

ISBN 978-7-5111-5179-7

Ⅰ. ①美… Ⅱ. ①周… Ⅲ. ①新闻报道—作品集—中国—当代 Ⅳ. ① I253

中国版本图书馆 CIP 数据核字（2022）第 103806 号

出 版 人　武德凯
策划编辑　张藜藜
责任编辑　曹　玮
责任校对　薄军霞
封面设计　岳　帅

出版发行　中国环境出版集团
（100062　北京市东城区广渠门内大街 16 号）
网　　址：http://www.cesp.com.cn
电子邮箱：bjgl@cesp.com.cn
联系电话：010-67112765（编辑管理部）
发行热线：010-67125803，010-67113405（传真）
印　　刷　北京建宏印刷有限公司
经　　销　各地新华书店
版　　次　2022 年 6 月第 1 版
印　　次　2022 年 6 月第 1 次印刷
开　　本　787×1092　1/16
印　　张　25.25
字　　数　491 千字
定　　价　108.00 元

# 本书编写组

组　长：周迎久

副组长：张国兴　王宏亮

成　员：卢　虹　王建刚　李　博　李　平　张　哲

韩卫勇　葛振富　孙　瑶　陆桂敏　张　寒

王　欢　冯　玲

# 前 言

“十三五”期间，河北省生态环境系统牢固树立和践行“绿水青山就是金山银山”理念，以强烈的政治责任感、历史使命感、现实紧迫感坚决打赢蓝天、碧水、净土保卫战，推动习近平生态文明思想在燕赵大地落地生根、开花结果。河北省生态建设重视程度之高、污染治理推进力度之大、环境质量改善速度之快前所未有，全省生态环境保护发生历史性、转折性、全局性变化，美丽河北的生态底色日益亮丽。

河北省生态环境新闻宣传工作紧紧围绕美丽河北建设展开，河北省生态环境厅及时发布工作成效，深入解读政策举措，主动回应社会关切；广大媒体工作者深入治污一线，讲好河北环保故事，采写了一大批新闻报道，为深入打好污染防治攻坚战、建设美丽河北营造了良好舆论氛围。

展示生态文明成果，记录美丽河北步伐。本书将“十三五”期间《中国环境报》刊发的河北生态环境重点宣传报道集纳成册，以飨读者。

由于编者水平有限，不妥之处，敬请批评指正。

编 者

# 目 录

## 2016年

## 2017 年

## 2018年

## 2019 年

## 2020 年

# 2016 年

# 河北针对钢铁、焦化、水泥等不同行业，采取差异化应急减排措施 停产限产不再“一刀切”

时间：2016年1月20日　作者：周迎久　来源：《中国环境报》3版头条

河北省环境应急与重污染天气预警中心历时9个月，在充分调研、征求行业专家意见的基础上，全面了解钢铁、焦化、玻璃、水泥等重点行业大气污染物排放特征，结合《河北省重污染天气应急预案》的要求，日前编制完成了《重污染天气应急响应操作方案编制指南（试行）》（以下简称《指南》）。

《指南》为国内首部针对钢铁、玻璃、焦化、水泥行业编制操作方案的指导性文件，变过去停产、限产“一刀切”为差异化减排政策。

## 1. 停限产“一刀切”措施欠合理

根据《河北省重污染天气应急预案》要求，在启动Ⅰ～Ⅲ级应急响应时，工业企业要按照“一厂一策”，采取降低生产负荷、停产、加强污染治理等措施，分别按照最低50%、30%、15%的比例减少大气污染物排放量。

“现行的重污染天气应急响应措施中，大多数地方都是要求企业采取停产、限产等‘一刀切’的方式实现污染物减排。但这一措施对于钢铁、玻璃、焦化等行业生产工艺的特殊性考虑不充分。”河北省环境应急与重污染天气预警中心主任王晓利举例介绍，焦化行业的特点是焦炉不能停产，一旦停产将导致焦炉寿命缩短，企业财产损失严重。平板玻璃行业，由于玻璃液的流动性，不能随意停产，而且如已安装脱硝处理设施的玻璃窑炉停产焖炉，污染物不降反升；平板玻璃行业限产，易导致窑温突变引发事故。同时，限产燃料消耗变化不大，减排量也相对较小。所以，平板玻璃行业限产比例与减排比例不成正比。

“可以说，‘一刀切’的应急减排措施不仅达不到减排目的，而且存在一定的安全隐患，给企业造成较大的经济损失。”王晓利说。停产停不下来，限产污染不减少，如何让应急减排措施实现减排目标？

“重污染天气应急响应机制需要进一步完善。为促进工业企业在重污染天气期间能够采取及时、有效、可操作性强和便于核实的应急减排措施，减缓空气重污染程度，必须针对不同行业制定不同的应急减排措施，确保减排目标实现。”河北省环保厅副厅长杨智明介绍说。

据介绍，为使《指南》更具科学性和可操作性，河北省环境应急与重污染天气预警中心成立了专门的编制小组。在《指南》起草过程中，开展了充分调研，通过座谈、现场勘查、调查问卷等形式，深入了解钢铁、玻璃、焦化、水泥等四大行业的生产特性、污染物来源、企业治污水平、污染物减排途径等内容，在充分考虑行业特性、经济效益、安全生产的情况下，编写了《指南》。

“《指南》的特点是确定了减排基数，使企业应急减排具有可核实性。”河北省环境应急与重污染天气预警中心副主任孟宪栋向记者解释说，《指南》统筹分析不同行业各工序停限产难易程度，选择时效性强、可操作性强的应急减排措施，并将不同级别的应急减排措施细化至具体工序、环节，明确操作流程，确保企业在最小经济损失的情况下，能够达到阶梯式减排比例和最大减排比例。

## 2. 不同行业采取差异化减排措施

《指南》分别对四大行业的特性进行了分析，确定了减排基数及建议采取的应急减排措施。

“比如钢铁企业，它的生产工序较多，一般包括原料储运、烧石灰、球团、烧结、炼铁、炼钢、轧钢等工序及设施等，各工序产生的污染物种类和数量各不相同，其中烧结、球团生产工序污染物产生及排放量较大，占企业总排放量的50%～60%。”王晓利介绍说，由于高炉限产相对比较繁琐和困难，在考虑可操作性和经济损失的情况下，在高炉工序之前（烧结、球团、烧石灰工序）和高炉生产之后采取应急减排措施，比较容易操作且能达到减排的目的。因此，《指南》针对钢铁行业提出，在启动重污染天气应急响应时，可根据企业现有实际情况，实施动态减排措施，对各工序减排措施进行优化组合，如停产竖炉，减少轧钢、烧结等，确保达到10%～50%的减排目标。

《指南》明确，企业要明确建立应急组织机构，根据政府重污染天气预警级别，及时启动相应的应急减排措施，并根据政府预警指令，适时升级、降级或解除应急响应。企业工作人员在接到当地政府预警指令后，10分钟内向企业负责人报告。企业负责人接到工作人员的报告后，10分钟内下达启动《重污染天气应急响应操作方案》命令。各有关部门、分厂（车间）按照企业负责人下达的命令要求，10分钟内做好执行应急减排措施的准备。

“在四大行业中，平板玻璃行业最特殊，停产焖炉后污染反而上升，限产污染减少有限。经过我们测算，通过调整窑炉冷修时间、加强污染治理和厂区管理、减少物料运输等多项应急减排措施，可能仍有部分企业难以达到应急减排目标。”王晓利解释说，在这样的情况下，为了保障区域性应急减排目标的实现，《指南》提出，对于无法完成应急减排目标的企业，可由当地政府及有关部门采取应急减排置换的方式进行调剂。

### 3. 全面提高应急减排措施的科学性

《指南》得到了环境保护部和企业的充分认可。2015年12月23日，环境保护部在全国范围内印发了《关于转发〈河北省大气污染防治工作领导小组办公室关于印发重污染天气应急响应操作方案编制指南（试行）〉的通知》，向全国推荐河北经验。

“《指南》充分考虑了我们水泥行业的生产特性和污染物排放特征，提出了有针对性的减排思路，而不是简单粗暴地让我们拉闸停产。”赞皇金隅水泥有限公司负责人向记者介绍说，“《指南》建议可以通过停产一条或多条生产线或者工段来达到减排目的；也可以在当地政府的指导下，协调区域内所有水泥企业轮流停产检修来达到区域应急减排目的。这就使我们企业的选择面更宽了，既保障了应急减排目标，又减少了企业损失，《指南》的可操作性很强。”

采访中，记者还了解到，下一步，河北省将进一步完善《指南》内容，补充编制石油化工、制药、淀粉、陶瓷等大气污染物排放重点行业的重污染天气应急响应操作方案编制指南，全面提高工业企业应急减排措施的科学性、针对性和实效性，减缓重污染天气期间空气重污染程度。

## 监察厅参与督办　财政厅资金跟踪<br>河北开展多部门联合约谈

时间：2016年1月21日　作者：周迎久　来源：《中国环境报》1版头条

因在应对重污染天气期间存在煤质不达标、超标排放等较为突出问题，河北省环保厅近日联合河北省监察厅和河北省财政厅，对保定、沧州、廊坊、衡水市及有关县（市、区）政府进行公开约谈。这是河北省首次开展多部门联合约谈。

## 督查发现多类环境违法问题

2015 年 12 月，京津冀及周边地区连续出现重污染天气过程。河北在督查中发现多地不同程度存在减排措施落实不到位、执行标准不严格和监督查处不及时等问题。

督查发现，保定市清苑区泽盛砼业有限公司未落实停产措施，混凝土搅拌站砂石物料露天堆存。蠡县城乡接合部城中村原煤散烧较多，大量冒黑烟。望都县蒙牛乳业（保定）有限公司（简称蒙牛乳业）烟气自动在线监控系统不正常运行。

在沧州市，督导组发现任丘市广龙铝业有限公司（简称广龙铝业）生产车间燃煤锅炉无除尘设施，烟气直排。青县河北小洋人生物乳业有限公司（简称小洋人乳业）减排措施落实不到位。沧县河北鲲鹏饲料集团仓库土石方作业未停工。沧州华润热电有限公司和中国石油天然气股份有限公司华北石化分公司连续两天污染物超标排放。

廊坊霸州市铁牛床铺总厂违法生产，霸州市振兴混凝土有限公司加热炉冒黑烟。廊坊市热力总公司下属多家供热站部分供热锅炉未按期完成环保设施升级改造，连续 20 天超标排放。河北前进钢铁集团有限公司连续两天污染物超标排放。

衡水深州市前磨头中学锅炉烟气直排。武邑县职教中心、武罗中学、金宝岛 KTV 燃煤锅炉未采取有效除尘脱硫措施，冒黑烟现象严重。枣强县建成区部分取暖锅炉散烧原煤，烟尘排放量大，道路扬尘严重。衡水兴建钢结构有限公司露天焚烧有毒有害固体废物。

## 四市政府责令企业整改到位

对于发现的问题，4 个设区市相关负责人表示，已责令相关县（市、区）政府对发现的问题立即整改，确保整改到位，企业处罚到位，责任人员追究到位。

保定市清苑区政府责令混凝土搅拌站立即停产，并启动处罚程序，对其进行顶格处罚。蠡县对民用散煤进行全面治理。望都县环保局向蒙牛乳业下达了责令改正违法行为决定书，责令停止违法行为，立即进行整改。

任丘市政府对广龙铝业燃煤取暖锅炉实施拆除，对存在环境违法行为的 12 家企业立案处罚。小洋人乳业全面停产，燃煤锅炉全部停用并拆除。

霸州市环保局已将霸州市铁牛床铺总厂院内牛纪军喷涂厂违规排放案件移交公安部门，对企业主牛纪军进行刑拘，追究法律责任，对企业予以关停。廊坊市环保局对市热力总公司启动了按日计罚程序，处罚金额累计达到 2 000 万元，并要求其想尽一切办法实现超低排放。

衡水市有关负责人表示，已经对相关单位的燃煤锅炉进行拆除或加上脱硫除尘设备。

## 三部门联合制裁违法行为

约谈中，河北省环保厅有关负责人要求，对督查中发现的问题，各地要严厉查处违规企业，严肃追究有关人员责任。要高度重视，把做好重污染天气应对作为当前各项工作的重中之重，抓好各项应急减排措施的落实。同时，对煤质超标、环保设施不运行、超标排放、在线设施弄虚作假等严重问题，要开展拉网检查，一经发现严厉惩处，追究责任。要求12月底之前，各地要对督查中发现的环境问题彻底整改完成。

河北省监察厅将督办各地对环境违法问题的查处问责，河北省财政厅将对问题严重地区发出扣减大气污染防治专项资金预警，并视整改情况决定是否对今后大气污染防治专项资金进行扣减。

# 《河北省大气污染防治条例》3月1日起正式实施 治污标准将向京津看齐

时间：2016年1月27日　作者：周迎久　来源：《中国环境报》6版头条

从今年3月1日起，《河北省大气污染防治条例》（以下简称《条例》）将正式实施，以地方立法形式推进大气治理。

在过去一年中，《条例》经过3次审议修改，期间还广泛征求各方意见，如通过网络公开征求公众意见、召开立法听证会。

几经完善后，今年1月，在河北省“两会”上，《条例》高票通过。河北省人大常委会副主任马兰翠指出，《条例》是以新《中华人民共和国环境保护法》和《中华人民共和国大气污染防治法》为基本依据，按照“源头管控、过程严管、后果严惩”的思路对大气污染防治进行全面规范。

《条例》共8章93条，对政府及其部门责任、各类污染源防治措施、重污染天气应对机制、区域协作机制等进行了规定。仔细翻看《条例》，记者看到，在93条规定中，大气污染防治措施和法律责任占了47条，超过一半。措施严、标准严、处罚严、问责严，使《条例》成为河北省历史上最严的治霾法律法规。

## 措施严：33 条措施涵盖所有涉气污染，煤炭消费要实现负增长

“《条例》最重头部分是第三章的大气污染防治措施，全章有 33 条，占了整个规定的 1/3 还多。”河北省环保厅厅长陈国鹰告诉记者，这些治理措施分别从燃煤和其他能源污染防治、工业污染防治、扬尘污染防治、机动车船和非道路移动机械污染防治以及其他污染防治五方面着手，对河北大气污染防治做了详尽的规定。

“从污染因子看，33 条治理措施包括了 $PM_{10}$、$PM_{2.5}$、二氧化硫、一氧化碳、氮氧化物等常规大气污染物治理，同时对挥发性有机物、二噁英、重金属等污染防治也提出了治理要求。”陈国鹰解释说，从污染源看，《条例》既包括了点源污染治理，又包含了面源污染治理，无论是治理的深度还是治理的广度都有新的突破，达到了历史最高水平，“从这个意义上说，在河北，《条例》治霾措施之严史无前例。”

河北是用煤大省，燃煤消耗量巨大，削减燃煤总量是改善大气环境质量的重中之重。记者翻开《条例》看到，在燃煤污染治理中，以实现煤炭消费负增长为目标，河北提出，设区市应将不低于城市建成区面积 80%的范围划定为高污染燃料禁燃区，禁燃区禁止原煤散烧，不得新建燃烧煤炭、重油、渣油等高污染燃料的设施等。

此外，《条例》要求县级以上人民政府除热电联产外，禁止审批新建燃煤发电项目。同时，还提出要加强农村燃煤污染治理，加快淘汰低效直燃式高污染炉具，严禁生产、销售、使用不符合环保要求的炉具等。

“河北是重工业大省，工业污染排放对大气污染贡献大。结合河北实际，《条例》用了 9 条的篇幅对工业污染防治措施进行了细化，其中提出了不少创新性举措。”河北省环保厅巡视员王雅君举例说，“比如对产能严重过剩行业、大气重污染企业，实行阶梯排污收费、差别信贷、差别水价、惩罚性电价等措施；对工业生产中的挥发性有机物废气排放和有毒有害气体、可燃性气体等的排放，《条例》首次进行了规定，具有很强的前瞻性。”

扬尘污染和机动车尾气是河北大气污染的重要污染源。为有的放矢地治理扬尘污染，《条例》做了许多详细规定，如矿产资源开采、加工企业应当采用减尘工艺、技术和设备，企业料堆场应当按规定进行封闭，不能封闭的安装防尘设施或者采取其他抑尘措施等。

“在机动车尾气治理上，《条例》首次提出要推动区域机动车排放污染监管协同，增加了对机动车集中存放地大气质量监督抽测和对行驶机动车的遥感监测内容。”王雅君说。

“《条例》的另一亮点是对生活类大气污染源提出了新要求。”河北省环保厅政策法规

处副处长张志军解释说，“比如，《条例》对烟花爆竹燃放以及露天烧烤等方面做了详尽规定，其中规定任何单位和个人不得在所在地人民政府划定的禁止区域内露天烧烤食品，禁止在居民住宅楼等非商用建筑内新建、改建、扩建排放油烟的饮食服务项目等；禁止露天焚烧秸秆、落叶、枯草等产生烟尘污染的物质，以及电子废弃物、油毡、橡胶等产生有毒有害、恶臭或者强烈异味气体的物质。”

## 标准严：重点区域与京津看齐，重污染天气预警标准要统一

京津冀地区唇齿相依。鉴于大气污染物的流动扩散特征，必须实施联防联控联治，才能取得最好的治理效果。为此，《条例》开辟了“重点区域联合防治”专章，对京津冀地区在大气污染防治上建立防治协调机制、区域联动执法、信息资源共享、联合科研开发等方面进行了规范。

建立区域协调机制，“标准”向京津看齐。《条例》第61条规定，河北省人民政府应当与北京市、天津市以及其他相邻省、自治区人民政府建立大气污染防治协调机制，定期协商大气污染防治重大事项，按照统一规划、统一标准、统一监测、统一防治措施的要求，开展大气污染联合防治，落实大气污染防治目标责任。河北省相关部门在实施产业转移的承接与合作时，应当严格执行国家和本省有关产业结构调整规定和准入标准，统筹考虑与北京市、天津市以及其他相邻省、自治区大气污染防治的协调。

重污染天气预警标准要统一，“出拳”要协调。《条例》规定，河北省人民政府环境保护主管部门应当与北京市、天津市以及其他相邻省、自治区人民政府环境保护主管部门建立大气污染预警联动应急响应机制，统一重污染天气预警分级标准，加强区域预警联动和监测信息共享，开展联合执法、环评会商，促进大气污染防治联防联控，通报可能造成跨界大气影响的重大污染事故，协调跨界大气污染纠纷。

与此同时，为了提高区域大气污染防治水平，《条例》还规定，河北省应当加强与相邻省、自治区、直辖市的科研合作，共同组织开展区域大气污染成因、溯源和防治政策、标准、措施等重大问题的联合科研，以提高区域大气污染防治水平。

## 处罚严：被责令改正而拒不改正的，可按日连续处罚

“《条例》之所以引起各界关注，还在于处罚非常严。这种严格不仅仅是针对企业，很多法律责任条款实际上更与公众密切相关。比如，原来我们见惯不怪的遗撒渣土、露天烧烤、焚烧秸秆等行为，等《条例》实施后，可能就要面临处罚了。”张志军说。

张志军表示，按照《条例》第87条规定，露天焚烧秸秆、落叶、枯草等产生烟尘污

染的物质，在禁止燃放区域或者重污染天气应急响应时燃放烟花爆竹，或者在人口集中地区对树木、花草喷洒剧毒、高毒农药的，由县级以上人民政府确定的监督管理部门责令改正，并可处500元以上2 000元以下罚款。

“如果在运输渣土、砂石、建筑垃圾过程中遗撒渣土，最少处罚2 000元。如果情节严重，将会处以5 000元以上2万元以下罚款。拒不改正的，不得上道路行驶。”张志军说。

记者注意到，对无证排污、超标排放以及偷排偷放污染物的，《条例》则给出了“按日连续处罚”权限，处罚上不封顶。

《条例》规定，对未依法取得排污许可证排放大气污染物的；超过大气污染物排放标准或者超过重点大气污染物排放总量控制指标排放大气污染物的；通过偷排、偷放等逃避监管的方式排放大气污染物的，有以上行为之一的，由县级以上人民政府环境保护主管部门责令停止排污或者限制生产、停产整治，并处10万元以上30万元以下罚款；情节较重的，处30万元以上100万元以下罚款；情节严重的，责令停产、关闭。受到罚款处罚、被责令改正而拒不改正的，可以自责令改正之日的次日起，按照原处罚数额按日连续处罚。

此外，在扬尘污染治理中，《条例》也给出了“按日连续处罚”措施。对于因排放大气污染物造成损害的，《条例》规定，应当依照《侵权责任法》的有关规定承担侵权责任。构成犯罪的，依法追究刑事责任。

“《条例》不仅仅对排污单位处罚严，对监管部门同样要求很严，会进行追责、处分甚至是追究刑事责任，《条例》也给环境监管部门戴上了‘紧箍咒’。”河北省环保厅政策法规处处长高英华向记者解释说，比如，《条例》第77条就列出了可追责、处分甚至追究刑事责任的10种行为。

记者看到，这10种行为分别为：（1）违反法律法规、主体功能区定位、生态环境保护规划等盲目决策，致使大气环境遭受破坏的；（2）在职责范围内对严重大气污染事件处置不力导致严重后果的；（3）违反规定核发排污许可证的；（4）应当依法公开大气环境信息而未公开的；（5）篡改、伪造或者指使篡改、伪造监测数据的；（6）对环境违法行为进行包庇的；（7）截留、挪用大气污染防治专项资金的；（8）对举报不及时查处或者泄露举报人相关信息的；（9）应当移送公安机关立案侦查的大气污染案件不移送的；（10）其他滥用职权、玩忽职守、徇私舞弊的。

《条例》还规定，各级人民政府、县级以上人民政府环境保护主管部门和其他负有大气环境保护监督管理职责的部门有上述行为之一的，由其上级主管部门或者监察机关责令改正，对直接负责的主管人员和其他直接责任人员依法给予处分；构成犯罪的，依法追究刑事责任。

《条例》还明确指出，县级以上人民政府主要负责人任期内，区域大气环境质量持续恶化的，应当追究行政责任；造成生态环境严重破坏的，应当引咎辞职或者由其主管部门责令辞职。

“处罚严，效果就会显现。可以预见，《条例》的实施将进一步提高企业违法成本，震慑违法排污行为。”高英华说。

## 问责严：约谈、追责多管齐下，生态环境损害终身追究

“《条例》不仅详细规定了企业怎么治理大气污染，做不到要承担什么样的法律责任，也对政府的监管行为提出了明确要求，做不到，同样要严肃问责。”高英华说，为了让这个最严《条例》得到最好的落实，《条例》还以专章形式对“监督检查”进行了规范。

记者看到，与旧《条例》相比，此次出台的新《条例》新增了“监督检查”一章，在人大监督、政府考核、终身追究、约谈制度、信息公开、不良记录以及加强对环评等中介机构的管理等方面进行了规范。

在人大监督方面，《条例》规定，县级以上人民代表大会常务委员会应当采取执法检查、质询、询问、代表视察等方式，加强大气污染防治监督。

在考核约谈制度上，《条例》要求县级以上人民政府及其环境保护主管部门对下级相关部门“进行综合考核，考核结果及时向社会公开”，“省人民政府环境保护主管部门会同有关部门，对超过重点大气污染物排放总量控制指标或者未完成大气环境质量改善目标的地区，约谈当地人民政府的主要负责人。约谈情况应当向社会公开”。

环境执法可采取查封、扣押等行政强制措施。《条例》规定，县级以上人民政府环境保护主管部门和其他有关部门对违反法律法规规定排放大气污染物，造成或者可能造成严重大气污染，有关证据可能灭失或者被隐匿的，可以对企业事业单位和其他生产经营者的有关设施、设备、物品依法采取查封、扣押等行政强制措施。

实行生态环境损害责任终身追究制。《条例》规定，对在落实大气环境保护监督管理责任过程中不履职、不当履职、违法履职，导致产生严重后果和恶劣影响的责任单位和责任人，要依法依规进行责任追究。

建立环境污染“黑名单”制。《条例》规定，县级以上人民政府应当建立大气污染防治不良记录制度，将违反大气污染防治法律法规，并拒不改正的企业事业单位和其他生

产经营者列入不良记录名单，向社会公布。当事人对被列入不良记录名单有异议的，有权依法提起行政复议或者行政诉讼。当事人履行相关义务或者改正违法行为的，经县级以上人民政府确认，应当将其从不良记录名单中删除。

“不难看出，各项监督检查措施的完善，为最严治霾《条例》中各项治理措施的落实提供了坚实的制度保障。”高英华说。

## 河北公安去年破获千余污染环境案 重点打击损毁干扰监控设施、伪造篡改监测数据、非法处置危险废物行为

时间：2016 年 3 月 30 日　作者：周迎久　来源：《中国环境报》8 版

“2015 年，河北全省公安机关共破获 1 257 起污染环境案，已经立案侦办 1 217 起；移送起诉 494 起；抓获犯罪嫌疑人 2 025 人；办理环境污染治安案件 2 978 起，治安拘留 3 456 人。”这是记者日前从河北省公安厅获悉的一组数据。

河北省公安厅环境安全保卫总队总队长闫泽利介绍说，去年以来，全省公安机关与各级环保部门密切配合，共联勤联动 16 478 次，检查涉污企业 20 091 家（次），关停取缔非法排污企业 2 674 家，责令整改 2 532 家，限期治理 1 637 家，消除了大批环境安全隐患。目前，“2015 利剑斩污”专项行动正在按照既定部署深入推进。

河北省公安厅日前召开新闻发布会通报，2016 年，全省环安部门将持续深入推进“2015 利剑斩污”专项行动，在常规打击的基础上，开展针对损毁、干扰大气污染源自动监控设施，伪造或篡改环境监测数据，非法处置危险废物等违法行为的 3 个重点打击行动。

“聚焦重点问题，将打击的重点从黑窝点、小作坊转向具有一定规模的涉嫌非法排污的‘合法’企业，从因果关系简单的小案件转向跨区域的集团性案件，从一厂一企拓展到污染严重的重点地区和流域，集中力量侦办一批大案要案，整治一批环境污染重点区域，抓获一批重大犯罪嫌疑人。”有关负责人在谈到 2016 年工作部署时说，公安机关还将升级打击手段，积极适应环境污染犯罪的新动向，将打击触角向互联网延伸，运用信息化手段和网上作战技战法，摧毁犯罪团伙，斩断地下产业链条，震慑违法犯罪。

“2015利剑斩污”专项行动于2015年11月12日，由河北省公安厅联合河北省高级人民法院、省检察院、省环保厅共同开展。记者了解到，由公安、检察院、法院、环保4部门联合组织开展打击环境污染违法犯罪专项行动，在河北环保史上还是第一次。较前两次专项行动，本次专项行动参与主体更加广泛，全省检察机关和法院系统在建立环境司法专门队伍后首次成为专项行动组成部门，促使刑事打击的专业力量更加完备，刑事协作更加便捷；打击重点更加突出，牢牢锁定严重污染大气环境质量和水环境质量的6类违法犯罪行为，对偷排偷放、异地倾倒、篡改监测数据等6类违法犯罪人员予以严厉打击；打击效果更加显著，专项行动开展以来，“7·6保定蠡县污染环境致人死亡案”等3起部督案件实现重大突破，22起省督案件的侦破工作进展顺利，一批严重危害环境安全的犯罪嫌疑人被绳之以法。

# 河北印发环保督察方案，每两年左右对各设区市和省直管县（市）督察一遍 党委、政府出现16种行为将被追责

时间：2016年4月6日　作者：周迎久 张铭贤　来源：《中国环境报》1版头条

河北省委办公厅、省政府办公厅日前印发《河北省环境保护督察实施方案（试行）》（以下简称《方案》），提出将环境保护督察作为推动生态文明建设的重要抓手，落实地方党委和政府环境保护主体责任，全面改善生态环境质量。《方案》列出了党委、政府可被追究责任的16种行为。

## 每两年完成一遍督察

环境保护督察是党中央、国务院加快推进生态文明建设的重要抓手。据了解，自党的十八届三中全会决定“建立生态环境损害责任追究制”以来，一系列针对破坏环境和生态违法行为的“组合拳”相继出台，去年7月，中央全面深化改革领导小组第十四次会议审议通过了《环境保护督察方案（试行）》，提出建立环保督察工作机制、严格落实环境保护主体责任等有力措施。环境保护部也多次组织国家区域环保督查机构开展以综合督查为主要方式的环保督政工作，在督促地方政府落实环保责任、传导环保压力方面，

起到了积极作用。此次河北省在短时间内出台《方案》，可谓抓住了解决当前环境问题的“牛鼻子”，走在了全国前列。

《方案》提出，督察针对各设区市及两个省直管县（市）党委和政府及其有关部门开展，并下沉至部分环境重点县（市、区）党委和政府及其有关部门、开发区、工业园区。每两年左右对各设区市和省直管县（市）督察一遍。督察时间根据任务需要确定，原则上不超过20天。

对存在突出环境问题的地方，可不定期开展专项督察。对负有环境保护监督管理职责的有关部门，可不定期开展环境保护督察。

## 督察结果作为干部考核依据

根据《方案》，督察的内容为环境保护责任落实情况，主要包括：地方党委和政府及其有关部门落实环境保护党政同责和一岗双责等情况；对法律法规及国家、省环境保护决策部署贯彻落实情况；突出环境问题及处理情况；环境监管能力建设情况。

督察的形式包括：与被督察地方党政领导和有关部门主要负责人进行个别谈话；到部分县（市、区）、开发区、工业园区下沉督察；现场检查，调研座谈；受理举报，接受社会监督。及时向被督察地方交办督察期间发现的问题，边督边改。

督察结果将按照干部管理权限，移交省委组织部或当地党委组织部门，作为被督察地方党政领导班子和领导干部考核评价、干部使用、组织处理的重要依据。涉嫌刑事犯罪的，移交公安机关处理。

## 16种行为将被问责

《方案》提出，党委、政府在组织领导和决策过程中有下列16种行为之一的，应当追究责任：

贯彻落实中央和上级党委、政府关于生态文明、环境保护决策部署不力，致使本地生态环境问题突出或任期内生态环境状况明显恶化；或因决策失误造成重大环境污染，对生态环境产生破坏性影响和不可恢复利用的。

制定与生态环境保护法律、法规和国家、省生态环境保护规定相违背的政策规定的。

未按要求完成本地生态环境保护年度目标任务，或环境质量超标，不按规定制定达标实施方案的。

擅自变更已批准实施的城乡建设规划，导致产业布局失衡，严重影响生态环境的。

对分管部门严重违反生态环境保护法律、法规和有关规定行为监管失察、制止不力甚至包庇纵容的。

指使、授意、放任有关部门对不符合产业政策或饮用水水源保护区、自然保护区管理要求等相关环境保护规定的建设项目批准立项、建设或投产（使用）的。

对行政区域内严重污染环境的企事业单位和其他生产经营者不依法责令其限期整改或停业、关闭，放任企事业单位和其他生产经营者超标排放污染物或支持、放任已被依法停产整顿、关闭的严重污染环境的企业或项目恢复生产、运营的。

对已列入关闭或退出任务的露天开采矿山，未完成限期关闭和逐步退出任务，未研究制定具体治理行动方案、实施矿山复绿工程，或未完成公路建筑控制区内违法建筑、临时建筑拆除任务的。

限制、干扰、阻碍行政执法机关依法对保护环境资源进行监督管理和对破坏环境资源案件进行查处的。

未履行居民搬迁等政府承诺，导致发生群体性事件或严重污染等后果的。

对群众反映强烈或上级督办的环境污染与生态破坏等问题不依法采取有效措施予以处理，或久拖不决、处理不力，造成环境质量恶化等后果的。

因生态环境保护工作不力，导致国家对本行政区域进行区域限批的。

不按规定划定饮用水水源保护区范围，或擅自变更饮用水水源保护区范围的。

因监管和防控不力，导致本行政区域发生重大、特别重大突发环境事件的，发生突发环境事件处置不当，或不及时公布相关信息导致群体性事件及其他严重后果的。

迟报、谎报、瞒报、漏报有关突发生态环境事件信息，或通报、报送、公布虚假信息的。

其他严重违反生态环境保护法律、法规和规定的行为。

## 河北启动环境执法雷霆行动<br>省环保厅会同省公安厅明察暗访，查办一批案件，<br>倒逼钢铁煤炭行业去产能

时间：2016年4月8日　作者：周迎久 张铭贤　来源：《中国环境报》2版头条

河北省环保厅和河北省公安厅日前决定在全省开展钢铁、煤炭行业环境执法“雷霆行动”，倒逼钢铁、煤炭行业去产能，遏制环境污染违规排放、违法犯罪对生态环境的

损害。

## 成立执法行动领导小组，集中查处一批重污染企业

河北省将成立钢铁、煤炭行业环境执法行动领导小组，集中全省环境监察力量，查处一批严重污染环境的钢铁、煤炭行业企业，整治一批环境污染违法行为，查办一批环境污染案件，推动地方党委政府落实领导责任和主体责任，健全网格化环境监管机制，督促企业自律，改善环境质量。

此次执法检查的范围是全省钢铁、煤炭行业企业。检查的内容主要是：钢铁行业淘汰落后产能和化解过剩产能中已明确淘汰和关停的设备是否死灰复燃、违规生产情况；企业环评报告、环评审批、“三同时”验收、排污许可证等环保审批情况；除尘、脱硫、脱硝等主要污染治理设施建设、运行情况；自动监控设施是否按规定运行情况；2015 年以来企业接受监管和行政处罚情况。

## 省环保厅会同省公安厅明察暗访，进行去产能“回头看、后督察”

执法检查分阶段进行。3 月 28 日—4 月 30 日各设区市和两个省直管县（市）对辖区内所有钢铁、煤炭企业开展调查。5 月 1 日—6 月 15 日，省环保厅会同省公安厅采用明察暗访方式，对钢铁行业淘汰落后产能、化解过剩产能中已明确淘汰和关停的设备进行“回头看、后督察”。对超标排放、偷排偷放、不正常使用和运行污染防治设施、伪造或篡改环境监测数据等违法行为进行查处。

对中央环保督察期间提出的钢铁企业的主要问题，河北省将组成暗访组，对已关停的高炉、转炉（电炉）、烧结等生产设施进行检查，对未经许可擅自恢复生产、造成污染物排放的依法严处。

省钢铁、煤炭行业环境执法行动领导小组还将组织各市环境执法队伍，对各地自查发现的问题进行集中查处。对检查中发现的问题，涉及地方政府不作为、久查不决、群众反映强烈，造成环境污染的，按照规定启动约谈、挂牌督办等程序。

“此次执法行动是化解过剩产能的重要措施之一。”河北省环保厅厅长陈国鹰说，对未纳入全省污染源动态管理数据库的企业，要坚决取缔。同时，与清理整治环保违法违规建设项目相结合，属于淘汰类的，报请当地政府依法关停、取缔；属于完善类的，依法处罚、计缴排污费，限期进行环评验收，完善环保手续，纳入正常环境监管；属于规范类的，责令停止建设，依法开展环评并通过环保部门验收，纳入竣工环保验收管理。未开展环评或不能通过环保部门验收的，依法责令恢复原状。

# 河北“一核四区”支撑京津冀生态环境 2020年全省$PM_{2.5}$平均质量浓度比2015年下降17%

时间：2016年4月13日 作者：周迎久 张铭贤 来源：《中国环境报》1版头条

河北省人民政府日前印发《河北省建设京津冀生态环境支撑区规划（2016—2020年）》（以下简称《规划》）。

《规划》提出，到2017年，河北省$PM_{2.5}$质量浓度控制在68微克/米$^3$左右，森林覆盖率达到32%以上。到2020年，全省生态环境质量明显好转，$PM_{2.5}$质量浓度比2015年下降17%左右且达到国家规定要求，重要江河湖泊水功能区达标率达到75%。

## 环保优先 坚持绿色引领树立“红线”思维

“《规划》的核心是把河北省的生态环境修复好、保护好、建设好，不断改善大气和水环境质量，为京津冀区域可持续发展提供保障。”河北省环保厅厅长陈国鹰介绍说。

“《规划》构建了完善的生态建设框架体系，可以概括为‘一条红线、五大分区、六大行动、三个五十条举措’。”河北省环保厅副厅长殷广平介绍说，“在总体把握上，坚持环保优先，树立红线思维，对全省生态保护红线、环境质量底线、资源消耗上限进行了明确。”

在生态保护红线方面，《规划》划定全省湿地生态保护面积94.2万公顷；将张承坝上地区实施草原生态奖补机制的105万公顷草原、坝下地区实施京津风沙源治理工程草地项目的45万公顷草原全部划定为基本草原。同时，《规划》提出，到2020年，全省森林面积652.1万公顷，森林蓄积量1.71亿米$^3$。

在环境质量底线方面，《规划》明确了到2017年河北各市$PM_{2.5}$年均质量浓度控制底线，并提出到2017年，各设区市城市集中式饮用水水源水质达到或优于Ⅲ类比例达到100%。地表水达到或优于Ⅲ类的断面比例提升3个百分点以上，丧失使用功能的断面比例较2015年下降11个百分点以上。

在资源消耗上限方面，《规划》提出，到2017年，全省煤炭消费总量控制在27 359万吨；到2020年，全省煤炭消费总量比2017年削减9%左右。

## 分区施策　构建“一核四区”生态安全格局

“《规划》划定了生态功能分区：以县（市、区）为基本单元，构建‘一核、四区、多廊、多心’生态安全格局。”河北省环保厅规划财务处处长牛晓东介绍说。

按照《规划》，“一核”是京津保中心区生态过渡带，包括廊坊、保定、沧州市的33个县（市、区）的全部或部分，将适当增加生态用地比重，用大网格宽林带建设成片森林和恢复连片湿地，整体构建环首都生态圈。

“四区”包括坝上高原生态防护区、燕山—太行山生态涵养区、低平原生态修复区以及海岸海域生态防护区。其中，坝上高原生态防护区包括张家口市四个县和承德市两个县的全部或部分，西部以恢复和建设疏林灌草景观为主，东部则以林为主。燕山—太行山生态涵养区将加快推进京津风沙源治理、太行山绿化等生态工程建设。低平原生态修复区地处华北平原中部，要全面实施地下水超采综合治理。海岸海域生态防护区的主要任务则是恢复和扩建滨海湿地，构建海岸生态防御体系。

“多廊”为滦河、北运河、南运河、潮白河、子牙河、永定河、拒马河、大清河、滏阳河、滹沱河等生态水系廊道，以及石家庄、唐山、保定、廊坊、衡水、张家口、承德等城市生态绿楔。

“多心”为白洋淀、衡水湖、南大港、唐海湿地、滦河口湿地以及潘家口—大黑汀水库、王快—西大洋水库、岗南—黄壁庄水库、岳城水库、大浪淀水库、桃林口水库等重要饮用水源地组成的区域生态绿心。

“河北将按照协同发展功能分区，因地制宜，实施有针对性的对策措施。”殷广平表示。

## 重点突破　实施六大生态建设攻坚行动

河北省环保厅自然生态保护处处长王中朝介绍说：“《规划》明确提出，将重点实施六大生态建设攻坚行动，分别为大气污染防治攻坚、强化区域水安全保障、加快建设区域生态屏障、积极改善土壤和城乡环境、强化资源节约和综合利用以及推进京津冀生态建设联动。”

在大气污染防治方面，《规划》提出，2017年年底前，完成化解过剩产能“6643”任务。严格环境准入门槛，原则上不再审批炼焦、钢铁、水泥、有色、电石、铁合金等新增产能项目。

在水污染防治方面，河北将专项整治造纸、焦化等十大重点行业。2016年年底前，各类园区建成污水集中处理设施。

在建设区域生态屏障方面，河北将实施重点湿地保护与恢复工程。建设水源涵养林和防风固沙林。

在土壤和城乡环境治理方面，《规划》提出，逐步降低农药使用量，到2017年建设20个农业清洁生产示范区。以产粮大县和蔬菜产业县为重点，划定土壤环境保护优先区域。到2020年，具备条件的农村基本建设美丽乡村。

在京津冀生态建设联动方面，河北将协同北京、天津市制定实施区域性污染物排放限值标准。推进张家口、承德国家生态文明先行示范区建设。共同开展环首都国家公园建设，推动建立跨区域生态补偿长效机制。

此外，《规划》特别提出，确保2022年冬奥会时，全年不出现灰霾天气。

# 河北城乡统筹“围剿”散煤<br>3年内将压减替代散煤2 700万吨，<br>可削减二氧化硫20.06万吨

时间：2016年4月25日　作者：周迎久　潘井泉　张铭贤

来源：《中国环境报》2版头条

“不用老惦记着添煤和清灰了，用上天然气，干净又便捷，儿子媳妇下班后，15分钟就能做熟饭了。”记者近日在石家庄市高新区南郄马村采访时，年逾七旬的张彦中大妈对村里的煤改气工程由衷地竖起了大拇指。

南郄马村只是河北省加快散煤污染治理的一个缩影。记者从河北省大气污染防治工作领导小组办公室了解到，今年起，河北省启动了为期3年的散煤污染整治专项行动。

3年内，河北将压减替代散煤2 700万吨，其中今年年内将压减散煤200万吨，洁净燃料替代散煤1 500万吨；2017年和2018年再分别压减替代500万吨。经过3年的散煤污染治理，力争全省二氧化硫、氮氧化物、烟粉尘排放量分别削减20.06万吨、2.27万吨和13.49万吨。

## 城市区域逐步实现无煤化

“高新区现有城中村 16 个，为彻底解决村民做饭、采暖产生的散煤污染，2014 年起，高新区在石家庄市率先启动了城中村煤改气工程。两年来，我们先后投入了 7 000 余万元，对 7 个村子 8 000 多个农户进行了天然气改造，每年可减少燃煤消耗 40 935 吨，可分别减少烟尘、二氧化硫、氮氧化物排放 394 吨、947 吨和 102 吨。”石家庄市高新区管委会副主任金珂锐介绍说，今年将对剩余的 9 个村以及未完全改造完的 3 个村，继续推进煤改气工程，争取年底全区实现无煤化。

石家庄市高新区散煤替代可以说走在了河北省前列。“在消除散煤污染上，河北对城乡提出了不同的目标。其中城市区域重点推进集中供热和清洁能源利用，目标是基本实现散煤归零。”河北省环保厅副厅长殷广平介绍说，城市区域无煤化这个目标也将分步实现，今年年内，各设区市建成区集中供热难以覆盖的区域，居民采暖基本实现天然气、电等清洁能源替代散煤；2017 年，各设区市主城区和定州、辛集市建成区集中供热难以覆盖的区域，90%以上居民采暖实现天然气、电等清洁能源替代散煤，其他实现洁净燃料替代，基本实现城市无煤化。

“推进无煤化，希望能够加大政策扶持力度。”金珂锐介绍说，建议参照“煤改电”政策对“煤改气”进行补贴。经测算，天然气供暖费用是散煤的 3 倍，为减轻农户负担，他建议政府在取暖期气价上给予适当补贴，以巩固替代成果，防止反弹。

据了解，为逐步实现城市区域的无煤化，河北将优先发展集中供热，到 2017 年，河北各市（含定州、辛集市）建成区集中供热率力争达到 80%以上，县级市和县城建成区集中供热率力争达到 65%左右。

## 农村地区力促能源清洁化

在曲周县麻庄村洁净型煤销售点，记者看到，一台清洁燃烧炉具里面放上几块洁净型煤，燃烧时间长达几个小时。村支书张学海对记者说：“比起以往使用的散煤，这种洁净型煤用量少，使得家里人净、屋净、空气净，由于有政府的补贴，总体算来与散煤价钱差不多。”

“农村地区散煤使用点多、面广，洁净型煤替代是河北农村地区消除散煤污染的一个重要途径。”河北省大气污染防治领导小组办公室工作人员蒋卫宁介绍说，在农村地区减少散煤污染，河北将从燃料和炉具两方面加强管控。在燃料上，一是大力推广包括洁净型煤、无烟煤、兰炭和生物质成型燃料在内的清洁燃料；二是加强煤质监管，消除劣质煤。在炉具上，河北将重点推广高效清洁燃烧炉具，实现少烧煤和减少污染，今后 3 年内，河北将推广高效清洁燃烧炉具 260 万台。

3 年内，河北将逐步完成全省农村散煤替代和清洁利用工作。其中，今年年内，保定、廊坊、沧州、唐山 4 市完成农村散煤替代和清洁利用；2017 年，石家庄、衡水、邢台、邯郸 4 市及定州、辛集市完成农村散煤替代和清洁利用；2018 年，全省基本完成农村散煤替代和清洁利用。

此外，河北还将对农业生产单位进行清洁燃烧改造，今年完成总量的 30%，明年完成 60%，到 2018 年全部完成。

## 供给侧治理保障煤质达标

与成千上万的散煤用户相比，散煤供给主体则少多了，监管起来也更容易些。为从源头管控劣质煤，在流通领域强化煤炭质量管控，河北还将加大散煤供给侧治理，力争使进入市场的煤质达标。

河北将规范散煤经营行为，要求各煤炭物流园区、煤炭经营单位要合法、规范经营，建立购销散煤台账，主动开展质量报验和煤质社会公开，严格执行国家和河北省有关煤炭质量管理规定，严禁销售不达标煤炭。据统计，目前河北全省煤炭经营单位约有 16 510 家，为进一步加强煤炭质量管控，打击非法经营行为，河北将对辖区内所有煤炭经营单位进行全面彻底排查，依法取缔一批、停产整顿一批、严格规范一批。同时，严厉打击无场地非法销售行为，对扰乱经营市场、通过直送方式销售劣质散煤的行为，要追溯源头，依法从严惩处。“在净化市场的同时，河北还将增强清洁能源的供应能力。”蒋卫宁介绍说。

河北还将加大洁净型煤推广，今年将新增建设项目 50 个，保供能力力争达到 3 000 万吨。在设区市主城区和县城建成区居民生活采暖方面，今年，河北省将采取型煤与炉具捆绑销售模式，推广型煤专用炉具 40 万台。在农村地区乡镇机关企事业单位和新民居取暖方面，配合燃煤锅炉改造工程，因地制宜地推广使用型煤锅炉和兰炭锅炉。

与此同时，河北还将积极拓展优质煤源，争取国家增加燃气分配量，研究制订供热采暖用气的气价补贴政策，加大煤改电支持力度，以加快散煤退出步伐。

# 陈吉宁出席河北省环境保护大会
# 强调要以凤凰涅槃的勇气和追求
# 加快补齐生态环境突出短板

时间：2016年5月9日　作者：周迎久 张铭贤　来源：《中国环境报》1版头条

5月6日，环境保护部部长陈吉宁出席河北省环境保护大会并讲话。陈吉宁强调，要充分认识加强环境保护的重要性、紧迫性，从体制机制上破解发展与保护的矛盾，以凤凰涅槃的勇气和追求加快补齐生态环境突出短板。

陈吉宁说，当前，我国环境保护正处于难得的窗口期、大有作为的战略机遇期，也是负重前行的关键期，要充分认识加强环境保护的重要性和紧迫性。加强环境保护，是全面建成小康社会的迫切需要，是改善民生的内在要求，是推动产业转型升级的重要动力。要把思想和行动统一到党中央、国务院的决策部署上来，以对党和国家、对人民群众、对子孙后代高度负责的态度，把环保工作抓紧、抓实、抓好，努力实现经济发展和环境改善双赢，走出一条人与自然和谐发展之路。

陈吉宁指出，生态环境问题归根结底是在不同的发展阶段以什么方式发展的问题，环保工作最根本的是要处理好经济发展与环境保护的关系，当前难点是在寻找新动能和处理老问题之间把握好力度，在实现改革、发展、稳定和保护之间平衡协调。关键在于通过改革建立起一套行之有效的体制机制，形成推动绿色发展的思想自觉、行动自觉和内生动力。当前的重中之重是明确政府、企业、公众的责任，建立以政府为主导、企业为主体、全社会共同推进的工作格局，环保工作都来抓，环保责任共同担。

一是建立党委、政府推动绿色发展的内生机制。推动地方党委、政府践行绿色发展，对本地区环境质量负责，既是新《中华人民共和国环境保护法》的法律规定，也是中央对地方党委、政府的明确要求。中央开展环保督察巡视、推进省以下环保机构监测监察执法垂直管理、开展党政领导干部生态环境损害责任追究、自然资源资产离任审计、自然资源资产负债表编制等改革试点，就是要通过体制改革和完善，切实落实“党政同责”“一岗双责”，解决一些地方环保说起来重要、喊起来响亮、做起来挂空挡的问题。

二是建立企业履行环保责任的自律机制。要扭转企业在环保方面的被动状态，变政府“要我做”为“我要做”。实施工业污染源全面达标排放计划，督促企业落实达标排放责任，依法坚决打击企业环境违法行为，让环境守法企业成长、环境违法企业出局。推进排污许可制改革，实行“一证式”管理，使排污许可成为固定点源环境管理的核心制度。开展环境损害赔偿相关工作，推进环境损害赔偿鉴定评估纳入司法鉴定管理体系，解决“企业污染、群众受害、政府埋单”的不合理状况。

三是建立公众参与和信息公开机制。要加大公众从自身做起、自觉保护环境的推动力度，建立健全环境保护网络举报平台和制度，促进公众参与和监督。大力推进企业环境信息公开，推动环境监测信息、执法信息、审批信息、企业排污信息公开，解决信息公开中“企业拖、政府推、干部躲”的问题，让政府的权力在阳光下运行、让政府和企业的环境责任在公开透明中接受群众的监督。

陈吉宁表示，近年来，河北省在建立健全环保体制机制方面做了很多有益探索，出台生态环境保护部门责任规定和责任追究暂行办法，启动省内环境保护督察，加强生态环境监测网络建设，在全国率先实现县级空气监测站点全省域监控覆盖等，对国家层面建立和完善相关制度发挥了重要推动作用。

最后，陈吉宁对河北加快推进环保工作提出希望：一是推动绿色发展，促进产业升级。要把调整优化结构、强化创新驱动和保护生态环境结合起来，提高环境准入门槛，制定并实施分阶段逐步加严的环保标准，推动传统产业升级改造，打造绿色低碳循环产业体系。二是在发展壮大县域经济中，更加注重解决环境问题。要加快划定生态保护红线，明确城镇建设区、工业区、农村居民点等开发边界，统筹好各类空间规划和开发建设。推动煤改电、煤改气以及污水处理和垃圾处理等设施向农村地区延伸覆盖。结合加快清理整顿违法违规建设项目、推进取缔“十小”等污染严重企业，引导农村二、三产业向县城、重点乡镇及产业园区集中。加强城乡接合部以及农村地区的散煤治理、黑臭河和垃圾河治理。把扶贫开发与环境保护结合起来，深入推进农村环境综合整治工作。三是严格环境执法监管，推动形成公平竞争市场环境。认真落实新《中华人民共和国环境保护法》《中华人民共和国大气污染防治法》等环境法律法规，充实基层执法监管力量，完善网格化环境监管体系，提升环境执法水平。以打击恶意违法排污和数据造假行为、督促工业污染源达标排放为重点，保持严厉打击环境违法行为的高压态势。完善环保行政执法与刑事司法的联动机制，推动行政处罚和刑事处罚无缝衔接。推进执法信息和企业环境信息公开，鼓励社会监督。四是全面落实中央督察组的反馈意见和要求，坚决整改到位。要不折不扣、认真细致地抓好整改任务落实、解决好突出问题，做到“过得硬”“质量高”，并以这次督察整改为契机，切实增强各级党委、政府做好环保工作的责任感和紧迫感，更好地把握和处理发展与保护的关系，建立健全环境保护长效机制，以环境保护的新成效，向党中央、国务院交上一份满意的答卷。

河北省委书记赵克志在会上对全省环境保护工作做了全面部署，省长张庆伟主持会议。

会后，陈吉宁前往石家庄市大气梯度监测站进行调研。2010 年投入运行的石家庄市大气梯度监测站是我国环保系统建设的首个空气立体监测系统。陈吉宁详细询问了五年来的监测成果，了解了石家庄开展大气和水污染防治的相关情况，并实地考察了位于 200 米高空的监测平台。张庆伟、石家庄市委书记孙瑞彬陪同调研。

## 河北拧紧危险废物管理“安全阀”
## 8 家危险废物经营单位和 5 市环保局被点名批评

时间：2016 年 5 月 19 日　作者：周迎久 张铭贤　来源：《中国环境报》2 版头条

危险废物经营单位要逐一体检，典型问题采取省级立案，严重问题将启动问责。自 3 月 18 日开始，河北省启动了为期两个月的危险废物经营单位专项执法检查。截至 4 月 25 日，专项执法检查行动各市自查自纠及抽查阶段已基本完成，全省共检查危险废物经营单位 57 家，8 家危险废物经营单位和 5 市环保局被点名批评。

为巩固检查成果，督促整改到位，目前，由河北省环保厅、省公安厅组成的 3 个督导组已分赴各市开展督查抽查工作。

### 危险废物经营单位逐一体检

“近期，河北公布了 2015 年环境违法犯罪的十大典型案件，其中 7 件涉及危险废物环境犯罪。同时，近段时间以来，我们接到群众举报中涉及危险废物产生、转移、处置和倾倒等方面的环境违法问题较为集中，群众反映强烈。”河北省环保厅副厅长赵军向记者介绍说，“危险废物管不好，危及的不仅是环境安全，更有可能给群众人身安全带来伤害。这次我们的专项执法检查行动，就是要充分利用行政执法和刑事执法的无缝衔接，给全省 65 家危险废物经营单位做个彻底的‘体检’。”

记者注意到，在河北省环保厅印发的《河北省危险废物经营单位专项执法检查工作方案》后面有两个附件，其一是全省 65 家危险废物经营单位的明细表，其二是专项执法检查一览表。

河北省环保厅污染防治处主任科员张启发向记者解释说："此次专项检查，我们不放过任何一个小问题，在执法检查一览表中，总共列出了九大项 49 个小项的检查内容。

"通过这次大体检，河北要整顿一批不规范的危险废物经营单位，关停一批处置设施落后的经营单位，查处一批环境违法案件，移送一批环境犯罪线索。"赵军说，"力争通过此次专项行动，警醒企业增强自律和守法意识，提升各市危险废物管理和执法水平，务求达到减少和遏制发生非法转移、处置和倾倒危险废物违法行为的实际效果。"

## 8 家危险废物经营单位和 5 市环保局被点名

"目前，专项检查已开展了一个半月，自查自纠及抽查阶段基本结束。"河北省环保厅污染防治处处长杨青介绍说，"检查发现部分企业存在未提供财务数据、经营记录不完整、联单填写不规范等问题。针对各市检查和省环保厅抽查发现的问题，我们暂扣了 3 家企业的危险废物经营许可证，停止了 5 家企业的一切经营活动，对 5 市环保局提出了批评。"

据了解，保定安建有色金属有限公司、安新县金宇晟有色金属熔炼有限公司和河北辛集市化工集团有限公司等 3 家经营单位存在拆除经营设施的行为。对此，河北省环保厅决定暂扣上述 3 家经营单位所持《危险废物经营许可证》，同时，开展彻查，对所涉擅自拆除经营设施的违法问题依法处罚到位。

专项检查中发现，石家庄市飞宏化工有限公司、石家庄龙腾环保服务有限公司、唐山市开平区治城化工厂、三河市众智创新贵金属有限公司、黄骅市海华清污有限公司等 5 家经营单位闲置危险废物处置设施或贮存场所存在问题。对此，河北省环保厅责成石家庄市环保局、唐山市环保局、廊坊市环保局、沧州市环保局，立即组织对上述 5 家经营单位进行核查，并按照相关法律法规规定，依法处罚到位，明确整改时限等要求，在未依法经环保部门同意，未处罚、整改到位前暂停上述 5 家经营单位的一切经营活动。

同时，河北省 5 市环保局由于未落实专项执法检查的要求，造成 8 家经营单位漏查，被点名批评。5 市分别为保定、唐山、廊坊、沧州及辛集。漏查的 8 家经营单位分别为保定金帆废旧电池回收有限公司、保定安建有色金属有限公司、安新县金宇晟有色金属熔炼有限公司、唐山市开平区治城化工厂、文安县豫丰金属制品有限公司、黄骅市海华清污有限公司、黄骅市津东化工有限公司、河北辛集市化工集团有限公司。

河北省环保厅责成上述 5 市立即组织对辖区内漏查的经营单位进行彻查，在未上报检查报告或企业未处罚、整改到位前，继续暂停上述 8 家经营单位的一切转移活动。

### 3个督导组分赴各市进行督查抽查

“为巩固执法检查成果，目前由河北省环保厅、省公安厅联合组成的3个督导组已分赴各市进行督查抽查。”赵军介绍说，“督导组将抽取8～10家群众反映较集中、问题突出、性质严重的危险废物经营单位进行全面彻查，以督促企业整改到位。对于抽查中发现的突出问题，由省环保厅进行立案查处，并通报全省。”

按照《河北省危险废物经营单位专项执法检查工作方案》，河北省还将在今年下半年，对此次专项执法检查发现的违法问题开展“回头看”。

在“回头看”中，如发现有关问题仍未整改到位或仍存在违法行为，河北省环保厅将采取列入环境保护后督查、挂牌督办等措施。同时，河北将对督查抽查中发现的责任落实不到位的突出问题，依法依规启动问责机制，追究有关单位和人员的责任；涉嫌腐败或职务犯罪的，按有关规定进行移交。

## 全国唯一试点7月起开征水资源税<br>费改税助力河北治水

时间：2016年7月11日　作者：周迎久 张铭贤　来源：《中国环境报》5版头条

作为全国唯一的水资源税改革试点省份，河北省于今年7月1日起实施水资源税改革试点。费改税，将对河北治水带来哪些影响？对此，记者进行了深入采访。

### 费改税，以刚性手段推进节水

河北水资源严重短缺，且存在浪费现象。据统计，河北省人均水资源量匮乏，仅是全国平均水平的1/7，地下水超采问题数量及超采面积均占全国1/3，是超采量最为严重的地区。长期地下水超采造成地下水位下降、地面沉降和地裂等问题，严重威胁生态环境和可持续发展。

河北省财政厅副巡视员赵建国介绍说，实施水资源税改革试点以后，取水行为将由原来的缴费模式转为新的缴税模式。

“水资源税的纳税人为取用地表水、地下水的单位和个人，是原应缴纳水资源费的缴费人范围。水资源税实行的是从量计征，税额标准区分行业和地区实行差别化税率。除特种行业用水和农业用水外，直接取用地表水的单位和个人基本由水资源费平移为水资源税。水资源税开征后，河北省水资源费标准降为零，对于上述纳税人来说只是将原来的缴纳水资源费改为缴纳水资源税，总体上不增加生产、生活合理用水的负担。”赵建国说。

“过去，河北用水以水资源费的形式收取，其强制性与规范性较弱，容易使水资源的开采者与使用者忽视了节约用水的作用，也制约水资源的合理开发利用，导致地下水资源过度开采问题日益严重。”河北省地税局相关负责人表示，“实施水资源税改革，可以利用税收刚性手段，有效调节用水需求，推进水资源节约利用，缓解水资源供需矛盾，鼓励使用非常规水源，抑制地下水使用，促进水环境改善，保障水资源安全，进一步促进全社会节水增效。”

## 差别化，以税收杠杆遏止超采

为实现水资源费改税的平稳过渡，河北水资源税延续了水资源费的规定，征税对象主要是地表水和地下水，暂不包括淡化海水。同时，河北省对取用地下水的单位和个人，区分非超采区、一般超采区、严重超采区及公共供水覆盖范围内外，制定了不同的税额标准。

记者从河北省财政厅了解到，根据河北省地下水超采严重、南水北调水资源利用不充分等实际情况，河北省规定，地表水税额标准平均不低于每立方米 0.4 元，地下水税额标准平均不低于每立方米 1.5 元，充分发挥税收杠杆调节作用，严格控制地下水过量开采，抑制不合理需求，对特殊行业、超计划用水、公共供水管网覆盖范围内取用地下水以及在地下水超采地区取用地下水，按一定倍数征收水资源税，以促使企业合理用水，迫使企业拓宽工业用水途径。

“开征水资源税，可以保护和促进国有自然资源的合理开发与利用，促进全社会重视节约用水。”河北省地税局税政处负责人介绍，水资源税改革后，对高耗水行业、超过批准计划用水的以及在地下水超采地区取用地下水的，适当提高税额标准。水资源费改税不会增加正常居民生活用水负担，对老百姓正常生活用水没有影响；对规定限额内的农业生产取用水，免征水资源税；对超过规定限额的农业生产取用水，从低制定税额标准。

### 强对接，保税费转换平稳过渡

全面掌握水资源税税源、完整交接试点纳税人信息，是做好试点工作的基础和前提。为了全面掌握水资源税税源、完整交接试点纳税人信息，河北省地税局联合水利部门组织了全省取用水情况调查，根据纳税人名单及其取用水情况、取水点数量、自备井开凿情况等进行了拉网式摸底，彻底摸清取用水户底数，核实水源类型、许可水量、取水设施等信息。

为强化基础管理，做好试点纳税人信息交接工作，河北省地税局、河北省水利厅制定下发了《河北省水资源税试点纳税人信息交接方案》，按照“属地移交、县级核实、市局备案”的原则，组成联合调查组确认纳税人信息，做好征管信息交接工作，坚决避免“两不管”的真空地带，确保税费转换无缝对接、平稳过渡。

按照交接方案，信息移交工作分 3 步进行。第一步移交全部已取得取水许可的取用水户信息，主要包括纳税人基本情况、取水许可情况、年度取用水计划情况、近期取用水情况等；第二步移交未办理取水许可但缴纳水资源费的原缴费人，由水行政主管部门在责令其限期申办取水许可后向地税部门移交；第三步移交 2016 年 5 月以后新增正常申办取水许可的纳税人，其在取得取水许可后由水行政主管部门及时向地税部门移交。目前，各县、区水利部门、地税部门试点纳税人信息移交工作正在有序推进。

河北省地税局目前已经完成水资源税税源登记表和纳税申报表填报等业务需求编制工作，“金税三期项目组”正在紧张开发，测试完成后上线运行，可实现水资源税网上申报征收。

## 河北建成空气质量预报预警平台<br>高性能计算集群、灰霾雷达观测网和评估会商系统<br>组成“超级专家”

时间：2016 年 7 月 14 日　作者：周迎久 张铭贤　来源：《中国环境报》2 版头条

未来几天是晴是雨，很多人都会提前看看天气预报。现在，空气质量也可以预报了。经过一个月的试运行，自 7 月 1 日起，河北省空气质量多模式集合预报预警平台正式对公众发布信息，实现了全省 6 项主要污染物未来 72 小时空气质量预报和未来 7 天的空气质量趋势预测。

“河北省空气质量多模式集合预报预警平台总投资 5 082 万元，是目前国内省级最先进的。”河北省环境应急与重污染天气预警中心主任王晓利介绍说，“平台由每秒钟百万亿次计算速度的高性能计算集群，测风、测温激光雷达以及 3D 激光雷达共同组成的灰霾雷达观测网，以及重污染应急管理评估和视频会商系统等组成，可以说是一个‘超级专家’，它将为河北精准治霾提供更为科学的数据支撑。”

## 可预报未来 72 小时空气质量，目前准确率可达 70%

“7 月 5 日石家庄市 AQI 为 60～90，空气质量为良。7 月 6 日 AQI 为 70～100，空气质量为良。7 月 7 日 AQI 为 80～110，空气质量为良到轻度污染。以上 3 天主要污染物均为 $PM_{2.5}$”。这是记者 7 月 4 日在河北省环保厅官网上点击“河北空气质量预报”系统，查询到的未来 3 天石家庄市空气质量预报结果。

“不仅仅是未来几天的空气质量情况，预报预警能精确到每个小时。你看这个曲线图就是由石家庄市未来 72 小时内每一小时浓度的预报结果绘成的一条直观曲线，大家可以根据预报结果合理安排自己的出行时间。”打开计算机上的发布系统，河北省环境应急与重污染天气预警中心工程师张良向记者介绍说，“举个简单的例子，比如您计划明天上午去跑步，可空气质量预报信息发布系统却显示，明天上午 7—10 时，AQI 指数比较高，而下午 5 点以后的污染浓度比较低，这样您就可以根据预报情况调整跑步计划。”

空气质量预报准不准？对此，张良解释说：“一般天气预报的准确率在 80%左右，而空气质量预报要结合气象因素，目前能达到的准确率大概在 70%，AQI 值误差在 15 上下，可能有时候会差一个等级，但肯定不会跨过两个等级。随着系统的持续稳定运行，数据采集量增大，准确率还会有所提高。”

据了解，目前，河北发布的是 11 个设区市和两个省直管市未来 3 天的空气质量预报情况，随着更密集的网格化监测点的布设，未来河北对空气质量的预报还会精细到县甚至街区。公众可通过登录河北省环保厅网站查询预报情况，也可以下载“河北省 AQI 在线”App 随时查看。

## 经过 8 小时运算，人工订正后发布预报预警信息

在河北省环境监测中心站一座新建的二层建筑里，一套高性能计算机集群正在飞快运转。一间 60 多米$^2$的房子，几乎被它占去了全部空间。王晓利介绍说：“它的计算速度

为每秒钟百万亿次，是河北省运算速率最快的、仅次于国家级的计算机集群。”

如果说高性能计算机集群是河北空气质量预报预警系统的“超级大脑”的话，那么布控在二楼的灰霾雷达观测网以及排放清单处理系统等则成了“手”和“眼”，他们承担着给“超级大脑”搜集信息、汇总数据的功能。

“你看，这个是测风雷达，这边是测温雷达，还有这个 3D 激光雷达，这些设备再加上我们在省界布设的测尘小雷达，初步组成了河北的灰霾雷达观测网。这些雷达可以通过激光打到高空 150～5 000 米的范围，不但能观测高层的 $PM_{10}$、$PM_{2.5}$ 等污染物，还能通过监测城市上空的逆温层，预判污染物未来的累积情况。”王晓利介绍说，“我们过去测的尘都是地面的，但是并不知道高空的情况。现在有了这些雷达，结合温度和风就能观测到高层灰霾的流动和传输情况了。”

“除了看得见的硬件设施之外，我们的平台还有着先进的软件系统，比如我们建成了由 4 个数值模式和两个统计模式组成的空气质量多模式集合预报系统。”张良介绍说，“有了硬件对实时数据采集计算，软件系统再结合源清单及气象数据，利用最新的信息技术及空气质量预报模式，就可实现对未来空气质量的预报预警了。一般来说，我们的工作人员每天零点下载数据，通过模型运算，早晨 8 点左右就有初步结果。这个结果还需要根据各地的监测信息和历史数据进行订正，最后再对外发布。”

## 系统自带源解析功能，可提前对重污染应急管理进行评估，选出最优应急方案

过去应急是重污染天气出现了才紧急启动预案，这时污染已经累积到了一定程度，一方面削减污染高峰效果不明显，另一方面也让停限产企业措手不及。此外，往往是一个应急预案从年初执行到年尾，针对性不强。

“现在，这些弊端有了解决办法。首先，我们可以通过预报预警系统知晓未来 3 天的空气质量，遇到重污染天气时，就有充足的时间做应对了，也可以尽早通知相关停限产企业做好准备。”王晓利说，“其次，也是最为重要的，这套系统自带源解析功能，可查看污染物的污染轨迹，它可以对重污染应急管理进行评估，这个评估功能在全国是第一次使用。以后，河北省就能根据每次重污染天气的不同，有针对性地采取不同的应急措施，这也是我们重污染天气空气质量管理的落脚点。”

“在重污染预警发生后，这套系统可根据来源追因分析结果，通过多种情景模拟筛选出最佳应急方案。举个简单例子，如果我们通过预判得知 A 方案减排的效果不能达到理想结果，我们就要对减排措施进一步调整、优化，形成减排力度更大的 B 方案来执行。而在达到同等减排效果的方案中，我们又可以选择社会成本最小的方案来执行。此外，

还可以通过预报的主要污染物来选择应急减排的停限产行业企业等，实现精准治霾。”王晓利介绍说，“这也意味着，今后河北在重污染天气应对上，将更有针对性和更科学，不像过去，一个方案从年初执行到年尾，每次都一样。”

据了解，河北省空气质量预报预警平台预测的结果会推送给省内各市，北京、天津也可共享信息。有了这套系统，可以评判区域污染物的跨界输送及不同地区和城市对污染的贡献，将为预警决策、科学治理以及开展区域联防联控提供支撑。

# 推进土壤污染防治，禁止向农村转移垃圾，赋予乡镇政府处罚权 河北率先为乡村环境治理立法

时间：2016 年 8 月 17 日　作者：周迎久 张铭贤　来源：《中国环境报》6 版头条

农村环境问题突出，成为很多地方不容忽视的一个客观存在。为解决这一问题，从去年开始，河北省便开始推动农村环境保护和治理的立法。

在日前闭幕的河北省第十二届人大常委会第二十二次会议上，《河北省乡村环境保护和治理条例》（以下简称《条例》）获高票通过，将于 10 月 1 日起施行。《条例》不但填补了河北农村环境保护和治理的立法空白，也将从立法层面为今后破解垃圾围村、农村面源污染等问题提供依据。

## 《条例》出台有何意义？ 创制性立法，符合河北省情，填补多项空白

由于历史原因，河北乡村环境脏乱差问题普遍存在，乡村清洁基础设施建设落后，大量生活垃圾、生活污水得不到有效处理，城市工业企业向农村转移也极易造成农村地区环境污染。

“缺乏法规和制度的监管，显然不能适应乡村环境保护和治理的需要。”河北省人大常委会法工委副主任周英说，目前，河北正在大力开展美丽乡村建设活动，迫切需要一部适合河北省情的地方性法规。

据介绍，关于乡村环境保护和治理方面的立法不仅在河北省是空白，在全国也没有

专门的法律法规，而有关乡村环境的法律规范仅散见于各单项法律，各省（区、市）并没有专门针对乡村环境保护和治理的地方性法规。

“《条例》是一部创制性立法，目前没有上位法。”周英说，《条例》从开始立法调研到正式出台，历经三审，历时两年，“它的出台可以说是我国乡村环保领域法制建设和生态文明制度建设的一件大事，是农村环保事业法制建设的一个重要里程碑。”

作为一部适合河北省情的法规，《条例》共 7 章、45 条，其中家园清洁、田园清洁、水源清洁 3 章包含了河北省美丽乡村建设的 12 项专题活动，如道路硬化、厕所改造、畜禽养殖、清洁能源、污水处理、田园绿化等内容。

这又是一部具有前瞻性和创新性的乡村环保法规。

“比如针对垃圾‘上山下乡’现象，《条例》做了多条规定。而针对近期国务院公布的《土壤污染防治行动计划》要求控制农业污染，《条例》就做出了多项前瞻性的规定。此外，为了促进各项环境治理措施的落实，《条例》还赋予乡镇人民政府在乡村环境卫生整治方面的处罚权。”河北省人大法制委员会副主任委员袁刚说。

## 有哪些针对性规定？
## 禁止将医疗废弃物等向指定场所外乡村地区转移、倾倒或填埋

作为一部专门针对乡村环境保护和治理的地方性法规，《条例》对农村垃圾、土壤污染防治、资金投入等都做出了明确规定。

**禁止向农村转移垃圾**

“当前将城市垃圾和废弃物向乡村转移以及跨行政区域转移污染物的现象时有发生。在立法调研中，多位常委会成员及专家就提出，《条例》应对此类行为予以规范。”袁刚说，《条例》充分吸收委员和专家的意见建议，明确规定，禁止将国家明令禁止的严重污染环境的生产工艺、设备和产品向农村转移。禁止将城市生活垃圾、建筑垃圾、工业废弃物、医疗废弃物等向指定场所以外的乡村地区转移、倾倒或者填埋；禁止跨行政区域倾倒或者填埋。

河北省环保厅副厅长原庆丹则指出，与城市相比，农村点多面广，执法力量薄弱，很多在城市行得通的环境监管手段到农村面临“失灵”的尴尬，“《条例》的出台，使农村环境监管有法可依，这些禁止性的规定让乡村环境执法挺起了‘腰杆’。”

**积极开展土壤污染防治**

袁刚表示，《土壤污染防治行动计划》要求控制农业污染，推进农业清洁生产，到 2020 年，河北要实现废弃农膜全面回收利用，“与时俱进，《条例》在土壤污染防治上，做了

多项前瞻性规定。”

如在推进农业清洁生产方面，《条例》明确，县级以上人民政府农业行政主管部门应当推广高效生态循环农业模式，推进生物有机肥、低毒低残留农药、可降解地膜的应用，实现化肥农药使用量零增长，建立农药、化肥包装废弃物的有偿回收模式，逐步实现废弃农膜全面回收利用。

此外，《条例》还要求，农作物秸秆及树叶、荒草等要妥善处置，不得露天焚烧。

在农业面源污染综合防治上，《条例》要求，县级以上人民政府应当加强对耕地的保护和治理，对已污染的耕地实施分类管理。对轻度和重度污染的耕地，结合当地主要作物品种和种植习惯，采取农业调控、种植业结构调整、土壤污染治理与修复等措施进行治理；对污染严重难以治理、不适宜特定农产品生产的，依法将其划定农产品禁止生产区域。

城乡基础设施互联互通

“目前乡村环境保护和治理的薄弱环节就是资金投入不足，基础设施建设落后。”周英介绍说，针对这一现状，《条例》明确规定，县级以上人民政府应当建立以政府公共财政为主导的乡村环境保护和治理经费多元化投入机制，将乡村环境保护和治理工作经费纳入政府财政预算，建立持续稳定的资金投入增长机制，加强乡村环境保护和治理的基础设施建设，促进城乡基础设施互联互通。

“并且，《条例》还提出，乡村环境保护和治理中应当引入社会资本，鼓励和支持社会力量投入基础设施建设和运营，为乡村环境保护和治理提供专业化服务。”周英说。

在周英看来，乡村环境保护和治理的基础设施可实现城乡互联互通，“很硬的条款，要求很高，含金量也很高”。

此外，河北地形条件比较多样，各地农村的经济条件和生活习惯也不尽相同，不可能搞“一刀切”治理。《条例》在要求各地加强基础设施建设的同时，也提出要因地制宜建设垃圾和污水处理体系，“县级人民政府有关部门应当根据人口分布密度、经济条件、地理位置等实际情况，建立乡村生活垃圾收集、运输、处置模式，科学确定乡村生活污水处理模式。”

## 对权责做出哪些规定？
## 赋予乡镇政府处罚权，规定村民参与乡村环保的义务

为发挥乡镇政府的管理职能，便于乡村环境保护和治理的监督管理工作落到实处。《条例》还根据国务院《村庄和集镇规划建设管理条例》的有关规定，赋予乡镇人民政府

在乡村环境卫生整治方面的处罚权，对损毁乡村清洁基础设施，在村庄通道随意倾倒、堆积垃圾，喷涂广告等行为，由乡镇人民政府给予相应处罚。

“《条例》将处罚权赋予乡镇人民政府，既便于各项治理监督管理措施落到实处，又是对行政管理职能进一步下放的回应。”周英说。

在赋予乡镇人民政府处罚权的同时，《条例》还提出，乡村环境保护和治理不是政府一肩挑的工程，不可能脱离村民的积极参与。为此，《条例》明确规定，村民委员会要承担起具体组织实施家园清洁、田园清洁和水源清洁的工作，制定并引导村民遵守村规民约。通过与村民签订门前“三包”责任书等方式，明确村民的清洁责任；村民委员会应当定期召开会议，研究乡村清洁出现的问题和情况，鼓励村民积极创建星级农户、美丽庭院，引导村民形成文明乡风民风。

# 河北通报21起典型环境违法案件<br>暗管渗坑偷排被严惩

时间：2016年9月7日　作者：周迎久　张铭贤　来源：《中国环境报》7版头条

今年以来，河北省各级环保部门严格环境监管，在查处中央环保督察组交办的31批2 856件群众举报问题的同时，坚持举一反三，严格环境执法监督，开展了多项环保专项行动，强力震慑了环境违法行为。近日，河北省环保厅对外通报了21起典型环境违法案件的查处情况。

## 5起暗管渗井排污类案件

1．辛集市联盛污水处理有限公司暗管偷排案。辛集市环保局对企业立案处罚10万元，辛集市公安局对企业负责人立案侦查，辛集市政府对网格责任人进行了问责。目前，这家污水处理厂已全面停产，正在按照环评要求拆除暗管，落实整改要求。

2．邢台市新河县超标废水渗坑偷排案。新河县城官镇政府对这家电镀厂依法彻底拆除。新河县公安局对涉案人员邢学宁予以行政拘留。

3．辛集市真旺皮革有限公司暗管偷排案。辛集市环保局责令企业停止环境违法行为，并将此案移送辛集市公安局查处。这家企业负责人已被公安部门拘留。

4．衡水市景县优美家化洗涤用品厂生产废液渗井偷排案。景县环保局责令这家工厂立即停止生产，拆除设备，清除生产原料，恢复地貌；对这家企业立案处罚，并移送当地公安机关侦办。公安机关已拘留企业法人代表。

5．秦皇岛市昌黎县金华源线材有限公司渗坑排放案。昌黎县环保局会同昌黎县公安局和昌黎县朱各庄镇政府查封这家公司的主要生产设备。昌黎县环保局已将此案移送昌黎县公安局立案侦办，公安部门对涉案的5名直接责任人行政拘留，并提起行政诉讼。

## 4起案件涉及非法处置危险废物

6．衡水市安平县滹沱河倾倒废液案。经立案侦查已抓获3名犯罪嫌疑人，扣留涉案罐车两辆。此案已被公安部、省公安厅挂牌督办，正在进一步侦办。

7．石家庄市深泽县王壮虎等人非法倾倒危险废物案。经立案侦查，已抓获3名犯罪嫌疑人，查扣自制罐车两辆，查封废酸40余吨。目前，3名犯罪嫌疑人已被批捕，司法部门正在继续侦办中。

8．衡水衡林生物科技有限公司不规范处置危险废物案。当地环保部门已下达责令改正违法行为决定书，要求立即改正环境违法行为，并处以12万元罚款。衡水市开发区公安分局控制了相关人员。

9．邢台市临西县河西镇小屯村倾倒有毒有害废水案。临西县公安局已将犯罪嫌疑人刘某抓获，临西县人民检察院已提起公诉。

## 4起超标排放类典型案件

10．秦皇岛市海港区国中（秦皇岛）污水处理有限公司超标排放案。当地环保部门已向该企业下达《责令改正违法行为决定书》，对这家企业启动按日连续处罚程序。

11．廊坊市安次区廊坊凯发新泉水务有限公司超标排放案。廊坊市环保局责令这家公司立即查明外排水超标原因，制定有效措施，确保废水处理设备正常运行，污水达标排放，对这家企业立案处罚220万元，并启动按日连续处罚程序。

12．邢台市南宫龙腾煤化工有限公司无证排污、超标排放案。2016年以来，南宫市环保局针对这家企业无组织排放、超标排放问题，多次责令改正，已累计立案处罚140万元。邢台市环保局明确要求南宫市政府责令企业停业关闭。7月6日，南宫市政府向企业下达了责令停业通知。目前，这家企业已停产。

13．沧州市河间市正和热力有限责任公司锅炉超标排放案。河间市环保局针对企业的环境违法行为，立案处罚，责令立即停止超标排放行为，对这家企业实施按日连续处罚，共计 60 万元，同时启动第二次按日连续处罚程序。这家企业对两座脱硫塔进行了改造，改造后锅炉排放浓度达标。

## 2 起未批先建无证排污案件

14．张家口市涿鹿金地矿产品贸易有限责任公司未批先建案。涿鹿县环保局对企业未获得环评批复、擅自开工建设的环境违法行为行政处罚 15 万元，对擅自倾倒废石的环境违法行为行政处罚 6 万元，合计处罚 21 万元。

15．保定市清苑区河北晶宝新金属有限公司未批先建案。保定市清苑区环保局责令企业立即停止建设，并处罚款 12 万元。

## 6 起案件涉及非法土小企业

16．秦皇岛市卢龙县木井镇王百营户村非法塑料颗粒加工点非法排污案。卢龙县环保局按照当地政府要求，组织相关部门当场拆除粉碎机、清洗机及颗粒挤压机等主要生产设备，责令不得恢复生产，并将拆除的主要设备全部暂扣。目前，这家颗粒厂已被拆除取缔。同时，卢龙县对木井镇环保站长行政警告，对木井镇主管镇长诫勉谈话。

17．廊坊市大厂县部分粉石厂非法排污案。按照“两断三清”（断水、断电，清除生产设备、清除原材料、清除产品）的要求，对 3 家粉石场断水、断电、拆除设备，同时对大厂县环境监察大队向污染企业通风报信人员严肃问责。

18．邯郸市磁县白灰窑非法排污案。磁县县委、县政府组织对全县所有在用、停用的非法白灰窑进行排查，彻底拆除毁闭。截至 3 月 19 日，磁县全部取缔 103 座非法白灰窑，同时对相关网格化管理责任人实施了责任追究。

19．廊坊市三河市东部山区石料厂非法盗采污染环境案。三河市对排查出的非法石料厂全部取缔，并制订专门方案，开展生态修复工作。

20．张家口市怀安县左卫镇胡家屯村石料粉碎厂粉尘污染案。怀安县环保局分别对 3 家企业处以 8 万元罚款，责令胡家屯石料矿严格落实环评防尘措施要求，未整改到位不得开工生产，责令荆海石料厂和景会文石料厂停止生产，未取得环评审批手续不得开工生产。

21．邯郸市魏县、大名县小化工企业污染案。5 家非法生产企业位于魏县与大名县、河南省南乐县交界处。目前，上述非法企业已按照“两断三清”标准取缔到位。

# 河北生态补偿覆盖七大领域
# 筹资渠道拓宽　补偿标准提高

时间：2016 年 9 月 27 日　作者：周迎久 张铭贤　来源：《中国环境报》1 版头条

近日印发的《河北省人民政府办公厅关于健全生态保护补偿机制的实施意见》（以下简称《意见》）提出，到 2020 年，实现全省森林、草原、湿地、沙地、海洋、水流、耕地等重点领域和禁止开发区域、重点生态功能区等重要区域生态保护补偿全覆盖，补偿水平与经济社会发展状况相适应。

据了解，自去年起，河北石家庄、邯郸、邢台等多地“试水”大气质量生态补偿制度，有力地推动了环境质量改善。此次出台的《意见》将河北生态保护补偿机制扩大到了全省七大重点领域和重要区域。

## 三方面拓宽筹资渠道，建立起多元化生态补偿机制

针对现有生态保护补偿资金渠道单一、主要依靠中央财政转移支付的实际，河北此次出台的《意见》提出将从 3 个主要方面来筹措资金。一是纵向方面，加大对重点生态功能区的转移支付；二是横向方面，探索跨省域、跨市域的横向生态保护补偿；三是在市场方面，探索建立水权、排污权、碳排放权交易制度，使保护者通过生态产品的交易获得收益。

河北将通过积极争取中央均衡性转移支付和县级基本财力保障奖补资金支持，完善省以下转移支付制度，扩大资源税征收范围，加大水土保持生态效益补偿资金筹集力度等措施，多渠道筹措生态保护补偿资金。此外，《意见》还提出，河北将完善重点生态区域补偿机制，加大各类补偿资金统筹整合力度，鼓励有条件的市探索包括资金补偿、人才补偿、智力补偿、实物补偿在内的综合性补偿办法，拓宽生态保护补偿资金筹资渠道。

《意见》提出，河北将加快推进京津冀横向生态保护补偿制度的建立。同时，积极探索省内横向生态保护补偿办法。因地制宜探索灵活多样的省内地区间横向补偿方式，研究制定省内跨地区、跨流域横向生态保护补偿机制，鼓励受益地区与保护生态地区、流域下游与上游通过多种方式建立横向补偿机制。

《意见》提出，河北将研究建立生态环境损害赔偿、生态产品市场交易与生态保护补

偿协同推进的新机制。探索地区间、流域间水权交易方式，加快构建规范有效的排污权有偿使用和交易机制，逐步建立碳排放权交易制度，通过这些制度建设，使保护者通过生态产品交易获得收益。

## 提高补偿标准，增加农户生态建设管护收入

补偿标准偏低，会在一定程度上影响生态环境保护措施的成效。为进一步调动保护者的积极性，河北在《意见》中明确提出要建立生态保护补偿标准体系，补偿水平与经济社会发展状况相适应。

为此，河北将根据各领域、各地特点，以生态产品产出能力为基础，进一步完善测算方法；在补偿和受偿双方协商基础上，根据环境保护和生态建设目标责任制考核内容，推动建立科学的生态保护补偿标准体系，逐步提高重点领域、典型地区的生态保护补偿标准。例如在森林方面，《意见》就提出，要以林木蓄积增长价值、管护公益林成本、物价上涨指数和财力状况等作为动态补偿的依据，动态调整重点生态公益林补偿标准，逐步提高公益林补偿标准。

据了解，河北禁止开发区域、重点生态功能区等重要区域，生态建设任务重，当地工业、农业发展受限制。为改变这一局面，《意见》提出，要结合生态保护补偿推进精准脱贫。

《意见》提出，河北将在生存条件差、生态系统重要、需要保护修复的市，结合生态环境保护和治理，采取多样化扶贫模式，周密组织推动、加大资金支持、创新体制机制、加强科技服务，探索形成农业产业、林果产业、林下经济、生态保护补偿、旅游康养、碳汇交易等脱贫致富新模式。此外，生态保护补偿资金、国家重大生态工程项目和资金，也将向贫困地区倾斜。积极引导贫困群众依托当地生态资源转产转业，使当地部分有劳动能力的贫困人员转为生态保护人员。

在生态功能区转移支付资金分配上，河北也将充分考虑贫困人口、人均财力、生态环保投入和财政困难程度等因素，加大转移支付力度，重点向贫困地区倾斜。结合京津冀协同发展生态环境治理和生态扶贫攻坚任务，适当扩大生态功能区转移支付补助范围。

为保障各项措施的落实，河北省发展改革委、河北省财政厅将会同有关部门对《意见》落实情况进行监督和跟踪分析。同时，对生态保护补偿工作落实不力的，启动追责机制。

# 河北规范推进第三方治理
# 选取重点行业企业推行，建立治理机构“黑名单”制度

时间：2016年10月18日　作者：周迎久 张铭贤　来源：《中国环境报》9版头条

日前河北省政府办公厅印发《河北省环境污染第三方治理管理办法》（以下简称《办法》），其中提出，河北省将在重点行业、领域、企业有序推行环境污染第三方治理，建立环境污染第三方治理机构“黑名单”制度。

## 在重点行业、领域、企业推行第三方治理

据了解，《办法》明确提出在以下3个领域鼓励开展第三方治理：

一是环境公共服务领域，包括河流（湖库）整治、农村环境综合整治；城镇污水、垃圾处理特许经营服务；城镇集中供热合同减排治理与设施运营；大气、水环境质量监测设施建设、运营。

二是工业园区污染治理与设施运营服务领域，包括工业园区的环境治理、监测、环保设施运营服务；工业园区委托环境污染第三方治理机构采取“打捆”方式开展环境治理、监测和设施运营等综合合同环境管理服务。

三是重点行业，包括列入限期治理且逾期不能完成治理任务的钢铁、水泥、电力、玻璃、焦化、化工、制药、印染、电镀、制革企业等。

同时，河北省要求各地市要编制本行政辖区实施环境污染第三方治理项目目录，积极推动项目与市场服务主体对接。

## 建立第三方治理机构“黑名单”制度

为加强第三方治理机构监管，《办法》提出，河北将建立环境污染第三方治理机构“黑名单”制度。

河北将对环境污染第三方治理机构实行信用管理，通过政府购买服务等方式对环境污染第三方治理机构实施信用评价，由环保部门负责建立环境污染第三方治理机构诚信档案，纳入全省公共信用信息共享平台。对有监测数据造假、偷排偷放等环境违法行为，以及由于管理失职等人为可控原因造成环境污染事故、信用评价结果属于“差”等级的，

列入“黑名单”并向社会公布。

同时，按照《办法》，河北鼓励行业协会或专业机构对开展环境污染第三方治理的双方进行信用评价，鼓励行业协会或社会组织研究制定服务标准和规范。任何单位和个人发现排污企业或单位、环境污染第三方治理机构有环境违法行为的，可向环保部门进行举报。对举报查证属实的，按环境污染有奖举报规定给予奖励。

## 第三方过失致使排污企业受罚要担责任

《办法》明确了第三方治理机构应当承担的责任，第三方治理机构应对排污企业或单位生产设施等技术工艺、提供的相关数据保密；应将污染治理、污染物排放等相关信息及时提交排污企业和环保部门；对排污企业、单位排放污染物与合同约定情况严重不符，超出污染治理设施正常处理能力的，环境污染第三方治理机构应保存证据，并及时向排污企业、单位和环保部门通报情况；第三方治理机构应接受环保部门、行业主管部门等管理和公众监督。

《办法》同时明确，排污企业、单位依法承担排放污染的主体责任。环境污染第三方治理机构过失致使排污企业、单位受到行政处罚的，按照法律、法规和合同约定承担相应责任。

对排污企业、单位或环境污染第三方治理机构篡改、伪造环境监测数据逃避监管违法排污的，依法从严处罚。

## 污染治理资金向第三方治理倾斜

为推进环境污染第三方治理，《办法》对开展第三方治理的排污企业、单位，给予多项措施鼓励。

例如，在污染治理资金安排、专项资金奖补支持等方面给予优先安排；实施排污费差别收费，企业污染治理设施由第三方运营的实施排污收费减免，具体减免额度按照相关规定执行。

第三方治理取得的污染物减排量，未获得当年度财政奖补的，计入有偿获得排污权的排污企业排污权账户，排污企业作为排污权交易和收益主体。

企业对污染治理设施自行提标改造、结余的排污量经排污权核定后可用于企业生产需要，也可将结余的排污权指标进行交易、限期储备或申请环保部门回购。

此外，按照《办法》要求，河北将建立环境服务纠纷调解管理机制。建立由政府部门参与、银行业金融机构提供支持的治理服务费第三方支付保障体系，通过这些措施，推动河北环境污染第三方治理市场的持续健康发展。

## 河北湿地保护步入法治化轨道<br>确保生态功能不减退、面积不减少、性质不改变

时间：2016 年 10 月 19 日　作者：周迎久 张铭贤　来源：《中国环境报》6 版头条

日前，河北省人大常委会高票通过《河北省湿地保护条例》（以下简称《条例》），将于明年 1 月 1 日起施行。对于拥有 94.2 万公顷湿地的河北来说，这标志着全省湿地保护工作步入了法治化轨道。

河北省林业厅副厅长刘凤庭表示，借助《条例》的出台和实施，河北将进一步完善湿地保护体系，对非法占用及破坏湿地的行为进行严厉打击，并加快湿地保护管理机构建设，力争到 2020 年，河北湿地保护率达到 42%。

### 关键词 1：保护责任<br>明确责任部门破难题，保护不力将终身追责

责任主体不够明确是当前我国湿地保护中的一个薄弱环节。河北省林业厅厅长周金中表示，目前，湿地保护中不仅存在多部门、多头管理的现状，也存在着有的湿地没有管理主体的情况。

针对这一难题，《条例》明确了湿地保护的主体责任。“作为创制性立法，《条例》结合河北实际情况，提出‘县级以上人民政府对本行政区域内的湿地保护工作负责’‘县级以上人民政府林业主管部门具体负责湿地保护的组织、协调、指导和监督工作’。”河北省林业厅副厅长刘凤庭说。

刘凤庭表示，湿地保护管理机构是《条例》落实的重要主体，目前，河北省湿地保护中心已经成立，“接下来，我们将督促各地加快湿地保护管理机构的建立，将湿地保护管理职责落到实处。”

根据《条例》，河北湿地保护实行生态环境损害责任终身追究制，对在落实湿地保护监督管理责任过程中不履职、不当履职、违法履职，导致产生严重后果和恶劣影响的责任单位和责任人依法依规进行责任追究。

## 关键词 2：保护资金
## 补足资金不足短板，横向生态补偿开先河

湿地保护投入不足是许多地方在湿地保护中的一块短板，河北也不例外。周金中说，河北省级层面在湿地保护方面投入很少，而湿地所在的市县，地方经济普遍不发达，湿地保护投入更加困难。

为补足这一短板，在多渠道筹措保护资金的基础上，河北提出要建立湿地生态效益补偿制度，推动各项湿地保护措施落到实处。

《条例》明确提出，建立湿地生态效益补偿制度。因湿地保护需要造成湿地所有者、使用者的合法权益受到损失的，应当依法补偿；对其生产、生活造成影响的，应当做出妥善安排。鼓励受益地区与湿地保护地区通过资金补偿、对口协作、产业转移、人才培训等方式建立横向补偿关系。

"《条例》鼓励建立横向生态补偿关系的规定在全国各省（区、市）地方立法中尚属首次，体现了河北特色，是地方立法先行先试的良好实践。"河北省人大常委会法工委副主任陈金霞说。

记者了解到，河北省政府近日出台的《关于健全生态保护补偿机制的实施意见》中也明确提出，要稳步推进"退耕还湿"试点，试点范围逐步扩大到其他国家重要湿地。探索建立湿地生态效益补偿制度，统筹当地水和外调水，保障白洋淀、衡水湖、南大港等重要湿地生态用水和生态补水水费支出，并推动建立城市湿地公园生态保护补偿机制。

"河北是较早开展'退耕还湿'的省份。2014 年，河北在衡水湖湿地自然保护区实施了'退耕还湿'3 000 亩①保护工程，使衡水湖湿地面积进一步扩大。"刘凤庭说，以《条例》为指导，河北将逐步建立湿地生态补偿和生态补水长效机制，继续抓好"退耕还湿"等重要湿地保护与恢复示范工程。

## 关键词 3：保护红线
## 建立湿地生态红线制度，遏制湿地萎缩趋势

"当前，河北省盲目开发湿地资源、乱占滥用湿地的现象时有发生，一个重要原因就是生态红线缺失。"河北省人大法制委员会副主任委员袁刚表示，为此，要明确建立湿地生态红线制度，通过制度约束，遏制湿地面积萎缩趋势。

《条例》第 13 条提出建立湿地生态红线制度，并明确规定"县级以上人民政府应

① 1 亩≈666.7 $m^2$。全书余同。

当科学合理划定并严守湿地生态红线，确保湿地生态功能不降低、面积不减少、性质不改变”。

“严守生态红线，不能‘越雷池一步’，为此，我们在《条例》中又进一步规定了可能对湿地产生影响的建设项目以及严控改变湿地用途的相关规定。”袁刚解释说。

记者在《条例》中看到，河北要求，建设项目对湿地生态系统产生影响的，应当依法进行环境影响评价。建设单位应当严格按照湿地保护方案进行施工，减轻对湿地生态系统的影响，避免对湿地生态功能的损害。同时，任何单位和个人不得擅自占用湿地或者改变湿地用途。临时占用湿地的，占用期满后必须对湿地生态进行修复。

“划定湿地生态红线，首先应当解决好谁来划、怎么划的问题。河北将以湿地资源保有量为标准，指导各地以自然湿地为重点划定湿地保护红线。”刘凤庭说，河北全省湿地保护的近期目标是：到 2020 年，湿地保有量不低于 94.2 万公顷。新建湿地公园 12 处，晋升国家湿地公园 7 处，全省湿地公园达到 62 处，湿地保护区和湿地公园面积达到 28.3 万公顷，湿地保护率达到 42%。

## 关键词 4：法律责任
## 规定多项禁止性条款，严厉打击破坏行为

有人破坏湿地怎么办？陈金霞介绍说，《条例》对各种破坏湿地的行为予以了列举，设定了兜底条款，并设定了相应法律责任，以严厉打击破坏湿地行为。

记者在《条例》中看到，河北严禁在湿地内实施以下行为：擅自占用、围垦、填埋或者排干湿地；擅自取用或者截断湿地水源；破坏水生动物洄游通道或者野生动物栖息地；擅自采砂、取土；向湿地违法排污；捡拾鸟卵，捕猎野生动物；擅自引进外来物种；破坏或者移动湿地界标、围栏、围网等保护设施；其他破坏湿地及其生态功能或者改变湿地用途的行为。

针对这些禁止性条款，《条例》明确了相应的法律责任，其中，擅自在湿地内采砂、取土的，将责令限期改正、恢复原状，并处 3 万元以上 5 万元以下罚款；情节严重的，处 10 万元以上 30 万元以下罚款；擅自占用、围垦、填埋或者排干湿地的，责令限期改正、恢复原状，并处每平方米 150 元以上 300 元以下罚款；捡拾鸟卵、擅自引进外来物种、破坏或者移动湿地界标、围栏、围网等保护设施的，责令限期改正，并处 500 元以上 1 000 元以下罚款。

记者了解到，从今年 9 月开始，河北省林业部门启动了打击涉林违法犯罪专项行动，其中破坏和非法占用湿地作为打击的重点内容之一。“《条例》的出台让我们的执法更有

底气了。”刘凤庭告诉记者，河北将重点对 12 块省级重要湿地进行彻底排查，对照《条例》要求，依法严厉打击各种破坏、侵占湿地的违法行为。

# 河北首发大气污染防治调度令 要求传输通道城市重点行业错峰生产

时间：2016 年 11 月 11 日　作者：周迎久 张铭贤　来源：《中国环境报》1 版

为进一步落实大气污染防治管理职责，经河北省政府授权，河北省大气污染防治办公室 11 月 9 日对河北省污染传输通道城市石家庄、唐山、廊坊、保定、沧州、衡水、邢台、邯郸市及定州、辛集市等 10 个城市下达了 1 号大气污染防治调度令，要求上述地区重点行业实施错峰生产。

“1 号调度令的下发，标志着河北在大气污染防治领域正式施行调度令制度，开全国先河，以前所未有的力度推进大气污染防治。”河北省环保厅厅长陈国鹰表示。

## 1 号调度令提了哪些要求?

河北省发布的 1 号调度令要求，对石家庄、唐山、廊坊、保定、沧州、衡水、邢台、邯郸、定州、辛集市的水泥、铸造、钢铁、火电、焦化等重点行业和燃煤锅炉实施生产调控措施。其中，水泥行业除承担居民供暖、协同处置城市生活垃圾及有毒有害废弃物等任务且达标排放的企业外，其他企业于 2016 年 11 月 15 日至 2017 年 3 月 15 日一律错峰停产。铸造行业中，纳入工业和信息化部铸造企业准入公告的企业，原则上于 2017 年 1 月 1 日至 2 月 28 日错峰停产，其他企业于 2016 年 11 月 15 日至 2017 年 3 月 15 日错峰停产。钢铁、火电、焦化等行业和燃煤锅炉不能稳定达标排放的，一律停产整治。

1 号调度令提出，各相关市要认真组织有关企业提前制定实施生产调控方案，确保按期落实调控要求，并确保设备和电网运行安全，不发生安全生产事故。各级工信、环境监察部门对上述行业落实生产调控措施情况进行监督检查，对未按要求采取措施的企业严格处罚，并追究相关责任。

“今冬明春河北大气污染防治面临极为不利的气象条件，特别是随着各地陆续进入取暖季，污染物排放量大和扩散条件不利的矛盾将更为突出。”10 月 22 日，河北省今冬明春大气污染防治电视电话会上，河北省省长张庆伟提出，河北省政府决定实行调度令制度，督促各地有力有效做好污染减排。

河北省副省长在具体布置河北大气污染防治工作时表示："调度令就是硬性指令，是命令。经省政府同意，河北省大气办将根据大气污染趋势预测和评估结果，以及大气污染防治中存在的突出问题，向相关市、县政府下达调度令，分区域、城市和行业进行调度，明确污染减排措施。"

## 调度令调度哪些内容?

河北省环保厅副厅长殷广平告诉记者，河北省的调度令，从7个方面对河北各市（含定州、辛集市）、县（市、区）人民政府或者省政府负有大气污染防治监督管理职责的有关部门落实环境保护职责进行调度。

这7个方面包括：

对完成大气污染防治年度目标任务进度滞后，或预期很难完成年度大气环境质量改善目标任务的城市，根据污染源解析结果和研判，对其区域内相关工业企业减排、城市扬尘治理、机动车限行、面源污染防治等重点工作进行调度；

在采暖期间和不利气象因素条件下，出现相关市县采取应急响应后效果不明显，AQI居高不下，调度区域高污染、高排放行业企业有效实施大气污染物减排措施；

发生区域性重污染过程，且具有明显区域传输特征时，有针对性地调度传输通道城市共同实施大气污染物减排措施；

京津冀及其周边城市举办重大活动期间，为保障举办地空气质量，调度本辖区内周边区域共同实施大气污染物减排措施；

对环境污染问题突出、各地整治效果不明显，以及对大气环境质量影响程度较大的行业进行调度；

国家和河北省委、省政府督导检查中发现和交办的突出环境问题，以及群众反映强烈、举报集中以及久拖不决的环境问题；

经研究，其他涉及大气污染防治确有必要调度的重大事项。

## 如何确保调度令有效实施?

河北省环保厅大气环境管理处处长高雷更表示，调度令作为一种政府公文，往常一般用于抗洪抢险等救灾场合的紧急调度。"针对环境治理，特别是大气污染防治下达调度令，在全国也是首次。"

河北省调度令制度也提出，对于无正当理由且未按照调度令要求进行整改的，经河北省政府授权，由河北省大气办派出调查组依法依规严肃查处，视具体情节，追究相关人员责任。各市（含定州、辛集市）、县（市、区）人民政府和河北省政府负有大气污染防治监督管理职责的部门落实调度令情况，将纳入对各地各部门党政领导班子和主要负责人政绩考核。

## 预警未解除　督导不收兵
## ——河北省督导组赴石家庄市督导检查纪实

时间：2016年11月15日　作者：周迎久 张铭贤　来源：《中国环境报》2版头条

“河北省石家庄、保定等市重污染天气预警和应急响应未解除，督导检查组就不能收兵。”11月10日上午，河北省环境监察局局长任立强要求，各督导组要继续保持高压态势，把压力传导到地方、传导到乡镇、传导到重点企业，确保各项应急减排措施落实到位。

### 两轮应急响应间隙，后督察企业整改状况

随着新一轮重污染天气的来临，河北省多地启动应急响应，为确保治理措施落实到位，河北省环保厅抽调骨干执法力量组成3个督导组，分赴石家庄、保定、邢台进行督导检查。

11月8日上午，记者跟随督导组到石家庄市、晋州市督导检查，发现多家企业燃煤堆放未进仓未苫盖，部分企业治理设施运行不正常。发现问题后，督导组组长、河北省环境监察局三队队长戎立约见了晋州市主管环保工作的副市长，建议政府部门要加大监管力度，对治理设施不能正常运行的企业，建议实施停产治理。

“进入11月以来，石家庄市重污染天气过程一波接着一波。现在，石家庄还未发布预警，但根据河北省应急中心的会商意见，新一轮预警很快就要启动。”11月8日下午，离开晋州市，戎立指挥督导组直奔石家庄市藁城区。戎立介绍：“在上一轮重污染天气过程中，藁城区的晋煤金石化工石家庄循环化工园区分公司因为燃煤锅炉炉渣覆盖不严，被环境保护部点名批评，在这两轮预警间隙，我们要去看一看企业的整改情况。”

记者在晋煤金石化工石家庄循环化工园区分公司看到，企业存在问题的炉渣运转库已经进行了彻底清理，加设了幕帘，在装渣作业中增加了喷淋抑尘措施，并在全公司范围内进行防尘、抑尘大排查。

戎立要求企业进一步加大精细化管理力度，对炉渣运转库棚顶进行全封闭，对二期土方工地加大防尘、抑尘喷洒作业。

## 应急响应第一天，32米高空开展监测

11月9日0时，石家庄市政府发布重污染天气黄色预警，启动Ⅲ级响应。预警就是命令，石家庄督导组11月9日上午8时再次出发，直奔石家庄市井陉县和井陉矿区进行督导检查。

在井陉县天长镇，督导组发现仍有采石场在进行碎石和筛选作业，粉尘飞扬。“对督导组发现的问题，我们立即采取措施，加派人员整治。”天长镇政府对督导组表态。

草草吃过午饭，督导组来到了井陉矿区焦化企业聚集区。围着聚集区外围转一圈，督导组在未发现明显环境问题的情况下，进入了井陉矿区新世纪煤化集团。

“我们分成两组，一组直奔企业的焦炉烟囱，做手工监测和标气比对；另一组去查企业的运行台账和应急减排措施的落实。”戎立很快将督导组执法人员进行了分工。

“我们要在烟囱采样口进行手工监测，与在线数据进行比对。”督导组成员田亚龙边给记者解释边指导监测人员安装采样头，“15分钟可以测出一组数据，为了让采集的数据更丰富一些，我们拟采集3组数据。”

安装、调试、采样、监测、打印数据，3组数据采集完，已耗时1个半小时。收起监测仪器时，位于32米高空中的记者和执法人员已冻得手脚僵硬了。

田亚龙表示：“手工监测的数据显示，企业排放的二氧化硫和氮氧化物均达标，但与在线数据相比较，仍有一定的出入。督导组出发时，带上了标气，我们准备再标一标，以确认企业在线监测仪数据是否正常。”

18时多，由于电灯损坏，企业自动监测室内光线很暗，执法人员纷纷拿出手机照明，借着微弱的亮光进行标气作业，由于视线不好，两条采样管在连接中扣件折断了。

“我们带的二氧化硫标气质量浓度在528毫克/米$^3$左右，但监测仪器显示的数据为410毫克/米$^3$左右。数据还是不太相符，有可能是扣件折断导致采样管连接不紧密造成的，也有可能是企业监测仪器不准确。”田亚龙推断。

20时，督导组执法人员仍在梳理企业存在的环境问题，并逐一提出整改建议。“环保分局也有标气，明天采买了新的扣件后，我们再对企业的在线监测做标对，标对结果

上报督导组。”石家庄市井陉矿区环保分局局长冯志强表示：“明天，我们环保分局将组织执法和监测人员，对辖区内所有高架源逐一进行体检式检查，并将检查结果报告给督导组。”

### 从西部到南部，精细化管理仍待加强

从石家庄的最西部折到石家庄最南部元氏、高邑等县，11 月 10 日，督导组的脚步马不停蹄。“今天，石家庄市 AQI 还在 200 以上，属于重污染程度。”戎立时刻关注石家庄的空气质量。

在元氏县太行建工，督导组建议企业对堆放的物料，沙子、混凝土等进行苫盖，减少扬尘污染。在高邑县力马建陶瓷砖厂，经过仔细检查，戎立表示：“瓷砖生产企业的污染物主要是粉尘，产生在瓷砖打磨、切割等环节，按照石家庄市重污染天气应急预案要求，启动Ⅲ级响应，这些企业要减排 15%以上。通过检查，我们看到企业有 4 条生产线，现在停产了一条生产线，可以减排污染物 25%左右，达到了预案要求的减排比例。”

近 3 天的检查中，规模较大的企业应急响应措施落实得较好，但检查中也发现不少问题，主要还是企业以及整个城市的精细化管理水平还有待加强。

11 月 10 日 16 时，离开高邑力马建陶瓷砖厂，戎立对记者说：“我们在检查中发现，部分企业在物料堆放上，管理粗放，防尘抑尘措施不完善，存在扬尘污染；部分锅炉操作工未按要求进行，添加燃料时烟囱有瞬时冒黑烟现象；偏远山区非煤矿山的管理存在薄弱环节，停产矿山的监管亟待加强。”

## 执法检查发现部分企业非法排污、恶意排污<br>河北曝光十起涉气违法典型案件

时间：2016 年 12 月 7 日　作者：周迎久 张铭贤　来源：《中国环境报》2 版头条

12 月 1 日，河北省环保厅公开曝光了 10 起涉气环境违法典型案件，加大对涉气环境违法行为打击力度。

据了解，河北省政府召开今冬明春大气污染防治电视电话会议后，河北省环保厅积极行动，主动出击，组织了 8 个执法检查组对环首都周边城市及大气传输南通道城市开

展了重污染天气督导检查和专项执法检查，重点督导应急预案的启动、应急措施的落实及高架源的监管，进一步推动大气污染防治强化措施落实到位。

检查组坚持对发现的问题绝不放过，对环境违法行为绝不留情，严格执法，敢于动真碰硬，查处了一批涉气环境违法问题。此次公开曝光的涉气环境违法典型案件，部分企业漠视环境法律法规、非法排污、恶意排污的问题仍然不同程度地存在。

河北省环保厅相关负责人表示，目前，河北省 8 个专项执法检查组仍在各地驻市检查，河北省将进一步严格环境执法，保持严打重罚的高压态势，严厉打击环境违法行为，推动大气污染防治强化措施落实到位，推进大气环境质量持续改善。

## 10 起涉气环境违法典型案件

1．邯郸市裕泰焦化有限公司逃避环境监管及超标排污案

企业法人代表：蔡勤有

违法事实：2016 年 10 月 24 日，执法人员现场检查时，这家公司擅自关闭主阀门停送煤气，逃避执法人员监管。经现场监测，这家公司排放的二氧化硫浓度超标。

处理情况：河北省环保厅已致函磁县政府，要求对这家企业的违法行为进行全面调查，对发现的问题做到整改到位、向相关部门移送到位，将处理情况向社会公开。磁县环保局已先行启动行政处罚程序，并下达了行政处罚告知书。

2．邯郸市磁县申家庄煤矿矸石发电厂超标排污案

企业法人代表：严红兴

违法事实：2016 年 10 月 26 日，执法人员检查时，现场对这家公司排放的烟气进行监测，结果显示，这家公司排放的氮氧化物浓度超标。

处理情况：河北省环保厅已向这家公司下达责令改正违法行为决定书，并启动行政处罚程序。

3．唐山迁安市河北润安建材有限公司非法排污案

企业法人代表：孔凡利

违法事实：2016 年 10 月 27 日，执法人员现场检查时，发现这家公司排污许可证自 2014 年 8 月 19 日到期后，一直未续办排污许可证，非法排放大气污染物。

处理情况：河北省环保厅已向这家公司下达责令改正违法行为决定书，并对其存在的环境违法行为启动行政处罚程序。同时，下发督查通知，责成唐山市环保局加强监管，对发现的问题严查严处，并将处理情况向社会公开。

4．唐山市滦南县天津荣程集团唐山特种钢有限公司未按照重污染天气应急预案要求采取限产措施案

企业法人代表：张志新

违法事实：2016年10月26日，执法人员现场检查时，发现这家公司在接到当地政府启动重污染天气应急预警后，未按照重污染天气应急预案要求采取限产30%的措施。

处理情况：河北省环保厅已致函滦南县政府，要求对这家公司进行严肃处理，并加强重污染天气预警期间的督导检查工作。

5．廊坊霸州市益鑫达钢管有限公司无组织排放案

企业法人代表：王勇

违法事实：2016年10月25日，执法人员现场检查时，这家公司煤炭、砂土等易产生扬尘的物料未采取防尘措施，建设使用的两台锅炉未配套建设环境保护设施，危险废物未按规定进行存放、未设置危险废物标志。

处理情况：河北省环保厅已向这家公司下达责令改正违法行为决定书，并对其存在的环境违法行为启动行政处罚程序。同时，下发督查通知，责成廊坊市环保局对这家公司的违法行为和危险废物进行全面调查，并对污泥性质进行分析，做到处置到位、整改到位、向相关部门移送到位，将处理情况向社会公开。

6．河北省保定市东方造纸有限公司非法排污案

企业法人代表：刘振勇

违法事实：2016年10月27日，执法人员现场检查时，这家公司正常生产的状况下，大气污染防治设施未运行，煤炭露天堆放未采取防尘措施。

处理情况：河北省环保厅已启动行政处罚程序。同时，下发督查通知，责成保定市环保局对这家公司的违法行为进行全面调查，对发现的问题严查严处，并将处理情况向社会公开。

7．沧州市献县河北燕京玻璃制品有限公司非法排污案

企业法人代表：邓连成

违法事实：2016年10月25日，执法人员现场检查时，发现这家公司擅自停运大气污染治理设施，非法排放污染物。

处理情况：河北省环保厅已向这家公司下达责令改正违法行为决定书，并对其存在的环境违法行为启动行政处罚程序。同时，下发督查通知，责成沧州市环保局加强日常监管，对发现的问题严查严处，将处理情况向社会公开。

8．衡水市武邑县河北东华冀衡化工有限公司大气污染物超标排放案

企业法人代表：闫文忠

违法事实：2016年10月26日，执法人员现场检查时，监测部门对这家公司锅炉排放的烟气进行监测，结果显示二氧化硫和氮氧化物浓度超标。

处理情况：河北省环保厅已向这家公司下达责令改正违法行为决定书，并对其存在的环境违法行为启动行政处罚程序。

9．衡水市路北新区北京汇源集团衡水有限公司大气污染物超标排放案

企业法人代表：李家莹

违法事实：2016年10月26日，执法人员现场检查时，监测部门对这家公司锅炉排放的烟气进行监测，结果显示二氧化硫和氮氧化物浓度超标。

处理情况：河北省环保厅已向这家公司下达责令改正违法行为决定书，并对其存在的环境违法行为启动行政处罚程序。

10．邯郸市峰峰矿区义戎焦化有限公司大气污染物超标排放案

企业法人代表：李文兵

违法事实：2016年11月5日，执法人员检查时，现场对这家公司焦炉烟气进行监测，结果显示颗粒物、二氧化硫和氮氧化物浓度超标，自动监控设施不能正常使用。

处理情况：河北省环保厅已向这家公司下达责令改正违法行为决定书，并对其存在的环境违法行为启动行政处罚程序。

## 从污染治理转向生态修复，衡水湖保护进入“2.0时代”
## 一个湖泊湿地的回归

时间：2016年12月16日　作者：周迎久 张铭贤　来源：《中国环境报》8版头条

“以前嫌水多，现在嫌水少。”深秋的衡水湖水天一色，成群的候鸟在水草间嬉戏觅食。从治水患开垦农田到退耕还湿、退居还湿，衡水湖的保护理念正在发生翻天覆地的变化。

人为鸟让“巢”，搬迁湖中村，治理“傍水村”，衡水湖水质由过去局部劣Ⅴ类达到总体Ⅲ类，吸引了越来越多的鸟儿、鱼儿在这里“安家”。据统计，衡水湖鸟类数量由原来的286种陆续增至目前的329种，鸟类种群日益增多。

然而，随着保护工作的开展，水草丰腴的衡水湖又有了新难题。大量繁殖的蒲草和水生植物沉积腐烂，造成水体富营养化，衡水湖内源污染成了保护的“心头之患”。

虽然衡水湖生态修复和保护工作仍面临诸多考验，但围绕保护，河北省衡水市主动调整发展方向，优化产业结构和布局，取得了有效进展。

从污染治理转向生态修复，衡水湖保护进入了“2.0 时代”。以绿色发展反哺保护，未来 5 年中，衡水市将大力实施退耕还湿、退居还湿等工程，力争将衡水湖湿地面积恢复到 100 千米$^2$。

## 轮回

50 年前，人们嫌水多，将湿地改造成耕地；50 年后，通过退耕还湿，衡水湖又回归了湿地本色。

衡水湖是华北地区单体面积最大的内陆淡水湖泊，也是我国的重要湿地。在衡水湖国家级自然保护区高级工程师李宏凯的办公室内，一幅悬挂了多年的衡水湖区划图吸引了记者的目光。

“由于地势低、洪涝灾害频繁，以前老百姓都叫它‘千顷洼’。”李宏凯说，为了治理水患，1965 年，政府在这里修建了滏阳新河和滏东排河，用于排涝。这两条人工河从衡水湖北部穿过，将面积为 120 千米$^2$的衡水湖切去了 42.5 千米$^2$，余下的部分由 40 多千米$^2$的东湖和 32.5 千米$^2$的西湖组成。东湖比西湖略低，常年蓄水，西湖由于连年干旱，湿地面积呈萎缩趋势。

事实上，在衡水湖区划不断变换中，衡水湖的保护理念也经历着翻天覆地的变化。

“夏天一片水汪汪，冬天一片白茫茫。”李宏凯说，20 世纪 50 年代，人们为了填饱肚子，都嫌这里水多，从 1958 年开始，冀衡农场开始在这里垦荒造田。期间，人们又在洼地围堰蓄水，农场弃耕；后来，蓄水不成功反而造成盐碱问题加重，又弃水还耕。多次反复，直到 1985 年，“千顷洼”才正式长期蓄水，衡水湖作为一个湖名才算正式固定下来。

衡水湖正式开始蓄水后，由于周边居民及养殖场、橡胶加工、电镀、煤场等工矿企业众多，水质不断恶化，最差时曾局部达到Ⅴ类甚至是劣Ⅴ类水。与此同时，由于衡水湖水源无法保障，缺水成了常态。

2000 年 7 月，衡水湖湿地和鸟类省级自然保护区正式建立，并于 2003 年晋升为国家级自然保护区。这时候，人们开始意识到，衡水湖要保持生态功能，一方面要治理水质，另一方面要调水补充湖区。

“水少，湿地面积就会萎缩，湿地功能就会遭到破坏。尤其是保护区建立后，水少问题就日益凸显了。”李宏凯说，衡水市自1994年首次从黄河调水后，几乎每年都要花费2 000多万元进行人工调水，以维持衡水湖生态用水。

有水才有湖。今天衡水湖的调水线路由最初的1条增加到了3条：一是东线引黄河水，渠首在山东省东阿县黄河左岸的位山闸，至衡水湖全长214千米；二是南线引岳城水库水，岳城水库位于邯郸和安阳交界处，距衡水湖273千米；三是西线从岗南、黄壁庄水库调水，其中黄壁庄水库距衡水湖162千米。自2006年至今，衡水湖水一直由东线补给。

千里调水只解决了基本的生态用水。为了保持衡水湖湿地面积，衡水市开始着手推进退耕还湿工程。2014年，冀衡农场下属洪杰农场的3 000亩耕地放弃耕种，改为种植芦苇、蒲草以及水葱等水生植物，为鸟类提供栖息地并净化水质。

这只是一个探索性的开始。为保住衡水湖这一湖清水，衡水市还将在“十三五”期间，以打造“京津冀最美湿地”为目标，推进衡水湖退耕还湿、引水补水调水、湖区生态修复等多项工程建设，构建功能良好的湿地生态系统。

50年前，人们嫌水多，人为改造自然，将湿地改造成耕地；50年后，衡水市千方百计调水，通过退耕还湿，让衡水湖又回归了湿地本色。

有人说，这是衡水湖的轮回，也是人与自然关系的一场生态再认知。

## 防治

自2012年开始，随着外围污染的基本消除，衡水湖治理工作转向湖体内源污染治理，同时开始湿地生态修复。

自衡水湖自然保护区设立之日起，衡水湖外围污染治理的力度就逐年加大。

记者了解到，衡水湖湿地保护大体上分为两个阶段：第一阶段是从保护区设立到2012年，保护工作主要集中在衡水湖外围污染源清理上；第二阶段是从2012年到现在，衡水湖湿地保护转向湖体治理以及生态修复方面。

“衡水湖外源污染治理，主要集中在湖区周边村庄、企业的治理上，也包括湖中村搬迁以及网箱养鱼的取缔等方面。”衡水市环保局副局长肖燕芳说，保护区开始建立时，好多工作还不知道从何入手，总之是不能让湿地的水质变坏，不能让湿地的生态功能退化，“因此，我们在湖区外围的污染治理上，提出要不惜一切代价将污染源清除干净，这场治理攻坚直到2012年才告一段落。”

10多年间，衡水市陆续搬迁了湖区周边413家企业和作坊，拆除了60多万米$^2$有碍观瞻的建筑物，特别是2012年成功拆除了最后一处污染点——原冀衡农场2.1万米$^2$的老旧住宅区，这个居住区多年滥排污水问题才得以根治。

在拆除污染源的同时，衡水市还封堵了所有的入湖排污口。2008 年，还集中开展了取缔网箱养鱼行动，一次性清理取缔了 1.38 万亩网箱养鱼。

减少人类活动对衡水湖的影响，打造生态隔离带，衡水市通过逐年增加环湖植树造林面积，为衡水湖织出了一条"绿围脖"，目前环湖造林面积已达到 10 万多亩。

"可以说，大规模的外源污染治理工作已基本结束，现在我们正对衡水湖周边的'傍水'村庄开展治理。"肖燕芳说，近年来通过监测发现，衡水湖每到 6、7 月，水质相对会变差，而且是湖区内水质比周边水质差。造成这一水质变化的一个重要原因就是衡水湖的内源污染。

据介绍，每年 5、6 月是衡水湖全年中水位较低的月份，同时又是湖区内菹草、轮叶狐尾藻和灯笼草等多种沉水植物大量繁殖的季节。6 月下旬，这些水草陆续死亡、沉积、腐烂，造成水体富营养化，影响水质。

监测能力的提升，为衡水湖科学保护提供了重要的数据支撑。自 2012 年开始，随着外围污染的基本消除，衡水湖治理工作转向湖体内源污染治理，同时开始探索湿地生态修复和建设工作。

"内源污染治理还是以生态治理和修复为主。如东湖，蒲草、芦苇等挺水植物的生长面积约占 45%，这些水生植物得不到及时清理沉积于湖底，在东湖湖底形成了厚度为 0.5～1.5 米、面积约 15 千米$^2$ 的腐殖质层。这个腐殖质层一旦发生曝气，对水质的破坏非常严重。"肖燕芳说，衡水湖自然保护区于 2012 年酝酿启动了衡水湖清淤疏浚工程。2013 年、2014 年连续投入资金 2 000 万元，清除底泥 50 多万米$^3$，同时对蒲草进行收割。

"衡水湖是一个完整的生态系统，所以我们也尽可能用生态的办法去修复和治理。"李宏凯说，挖上来的底泥会堆砌小岛，一方面可以为水禽提供和营造栖息地，另一方面底泥干燥后可以植树、植草。在水草治理上，通过增加食草性和滤食性鱼类、贝类的投放，不但可以控制湖区水草、藻类生长，还可以转移水体营养，效果也不错。

"近年来，通过监测数据比对，我们还发现一个规律，每年引水季节，衡水湖东湖大湖心水质要明显好于入湖口的水质。"肖燕芳说，技术人员通过分析认为，引水线路长、水质没保障是造成衡水湖水质不稳定的一个重要因素。为此，他们决定在入湖口采取修建多级人工湿地的办法来净化入湖水质。

据了解，今明两年，衡水还将利用宽浅河道建设人工湿地，规划湿地面积为 0.2 千米$^2$，以拦截入湖面源污染，增强湖水动力条件，净化入湖水质。

经过保护与修复，衡水湖水质总体向好，水质由过去局部劣Ⅴ类达到总体Ⅲ类；环湖造林使大气中负氧离子含量达到了 4 600 个/厘米$^3$，生态环境不断改善。

## 保护

通过实施水禽栖息地保护与恢复示范工程，生物多样性得到有效保护。鸟飞鱼跃，衡水湖成了名副其实的鸟类天堂。

“今年 8 月底，‘湿地国际’中国办事处主任陈克林先生在衡水湖考察时，偶遇了极危物种青头潜鸭，第一天看到了 4 只，第二天看到了七八只。”衡水市政协主席王金刚说，青头潜鸭对栖息环境的要求非常高，堪称环境质量好坏的指示物种，目前全球仅存数百只，数量比大熊猫还要稀少。

“青头潜鸭的出现，与衡水湖生态环境的改善有着因果关系。”王金刚认为。

在衡水市采访，漫步衡水湖湿地公园的荷花园，眺望浩渺的衡水湖，虽然没有遇到青头潜鸭，但湖面上不时掠过的各种飞禽，还是让记者感受到了衡水湖鸟类的丰富。

“你看飞过来的这几只鸟，从飞行姿态和大小上看，应该是鸬鹚，它们是湖区最常见的水禽。”同时身兼衡水市湿地和鸟类保护协会秘书长的李宏凯说，衡水湖自然保护区自设立以来，就明确提出保护对象是国家重点保护鸟类及其栖息地的淡水湿地生态系统，各种鸟类成了衡水湖当之无愧的主角。

为了让鸟儿在衡水湖住得更舒适，衡水市投资 1 000 多万元，实施了水禽栖息地保护与恢复示范工程，为鸟类筑造各类适宜的栖息地。这项工程建设内容包括水禽栖息地恢复工程、鸟类保护及配套设施工程、湿地鸟类科研与监测工程三个部分。

“简单来说，鸟类不仅需要水和食物，还需要可以立足休息的地方和筑巢繁殖的地方。”李宏凯解释说，我们要做的就是多造一些小岛，让水鸟们吃饱了、飞累了有个栖息的地方；多造一些鸟窠等保护设施，让水鸟可以在这里繁衍生息。

为了让衡水湖的鸟类及各种动植物有个更安静的家，衡水市在 2015 年再做决定，将国道 106 线衡水湖段“挪出”自然保护区。国道 106 线是我国南北方向的交通运输大动脉，交通量逐年增大，平均每天有万余辆中小型车和 4 000 多辆重型及大型载货车，在位于保护区内约 21 千米长的路段通过，排放的大量尾气及噪声污染，干扰了动植物的生存和繁育。

今年 9 月 10 日，国道 106 线衡水湖段改线工程正式通车，万余车辆被分流到新道路上，不再穿越保护区。

保护带来了显著效果。衡水市滨湖新区（衡水湖国家级自然保护区）管委会主任袁博说，衡水湖有水域、沼泽、滩涂、草甸、林地等多种生态类型，生物多样性十分突出，

“目前我们已在保护区内发现并记录到植物 383 种、鱼类 34 种、昆虫 416 种、鸟类 329 种，包括丹顶鹤、白鹤等 7 种国家Ⅰ级保护鸟类，大天鹅、小天鹅、鸳鸯、白枕鹤等 49 种Ⅱ级保护鸟类。鸟类种类比建保护区时的 286 种增加了 43 种。”

## 考验

保护和恢复湿地，需要长期的努力和持续的投入。一方面需要生态补偿，另一方面需要通过绿色发展来反哺生态保护。

“衡水湖是个草型湖泊，水质要保持在Ⅲ类或以上，最为紧迫也最为艰难的任务是，如何彻底清除湖体内源污染。”在李宏凯看来，衡水湖的生态修复之路才刚刚开始，“我们前期割草也好、底泥清淤也好，都还只是小范围的、实验性的。”

记者采访中了解到，目前衡水湖约有 2.7 万余亩的湖面长着蒲草、芦苇等各类水草，越是水浅的地方水草越茂盛，一艘割草船连续作业 1 个月也只能收割 1 500 亩左右的水草，全年能收割的面积在 5 000 亩左右。而目前收割上来的水草还不能实现饲料化或综合利用。此外，衡水湖底泥清除工作也费时、费力，效率较低。

与衡水湖东湖的内源污染相比，西湖的退耕还湿、退居还湿工作更是困难重重。由于连年干旱以及居民开垦和开发，衡水湖西湖湿地面积呈退化趋势，野生动植物种群数量也在减少。

恢复湿地生态功能，一方面，急需科学调配水资源，探索建立每年多次的引水补水长效机制；另一方面，对涉及的退耕还湿、退居还湿群众要给予合理的补偿。

记者采访中了解到，目前在衡水湖西湖核心区，仍然有韩家庄、崔家庄等 6 个村庄。按照相关规定，这些村庄需要整体搬迁，退居还湿；此外西湖蝇头村、前赵家庄等 9 个村庄的耕地也在保护区范围内，需要实施退耕还湿。

何时能够让衡水湖西湖重现碧波荡漾的美景？河北省也给出了湿地修复的时间表。

今年出台的为期 5 年的《河北省白洋淀和衡水湖综合整治专项行动方案》中，对于缺水造成湿地面积萎缩的衡水湖西湖提出了修复对策：要结合南水北调工程，开展衡水湖西湖湿地恢复与生态环境综合整治，通过全面实施西湖保护区退耕还湿、退渔还湿、农村环境整治、湖滨带建设等工程，将保护区范围内的西湖逐步恢复为湿地，逐步建立良好的鸟类生活栖息地，扩大湿地面积，恢复自然面貌，恢复西湖湿地面积 32.5 千米$^2$。

湿地是一个完整的生态系统，保护和恢复湿地，需要长期的努力和持续的投入。对此，衡水市提出，一方面要多争取各级生态补偿资金，另一方面要通过绿色发展来反哺生态保护。

在《衡水湖湿地恢复与保护及经济社会发展规划（2010—2020）》中，衡水市围绕衡水湖对城市及产业布局进行了战略性调整。衡水市滨湖新区、冀州区、枣强县域等环湖县市区被纳入了主城区管理，打造“一湖多区”城市组团。工业项目远离湖区，另设工业新区；滨湖新区则以无污染的现代服务业为支撑；桃城区、冀州区也在调整优化湖区产业结构，严禁污染项目落地，力求经济社会发展与自然保护区保护相协调。

为保护衡水湖，国道改线了，湖中村搬迁了，甚至整个衡水市的发展方向都在进行调整。这些措施有力推动了衡水湖的生态保护工作，将有助于衡水湖回复往日的风采。

## 河北停限产期间做足“环保功课”

时间：2016年12月19日　作者：周迎久 张铭贤　来源：《中国环境报》2版头条

在这一轮重污染天气下，如何合理安排生产，确保停限产各项措施落实到位？记者近日走访了河北省的相关企业。

### 多市减排力度超过Ⅰ级应急响应

“按照新修订的《河北省重污染天气应急预案》要求，启动Ⅰ级应急响应的城市、工业企业，在现有污染物排放总量的基础上，最低减少40%的大气污染物排放量，火电、钢铁、焦化、水泥、玻璃等原材料用量大的企业，停止原材料机动车运输。”河北省环境应急与重污染天气预警中心主任王晓利介绍说，“这个减排比例比原来应急预案的30%提高了10%。”

事实上，进入采暖期以来，尤其是进入12月以来，河北省多个城市工业企业减排力度已超过Ⅰ级应急响应要求的减排比例。石家庄市自11月17日启动利剑斩污行动以来，全市除承担居民供暖和保民生等重点任务的生产线外，所有钢铁、水泥、焦化、铸造、玻璃、陶瓷、钙镁行业全部停产。原则上所有挥发性有机物生产工序全部停产。全市所有露天矿山、采砂、石材加工、砂石料加工等行业全部停工停产。截至11月24日，石家庄市各县（市、区）已停产工业企业1 523家。

## 建滔焦化整体限产 50%

走进位于河北省邢台市内丘县境内的建滔（河北）焦化公司，焦炉、管道林立的厂区内，并没有想象中的灰尘和噪声。

据了解，11 月 21 日，邢台市委、市政府印发《邢台市 2016 年冬季采暖期空气质量保障再强化措施》，按照要求，建滔（河北）焦化公司要实施限产 50%。

"接到限产通知后，企业立即组织实施，我们先是在 11 月 22 日零时开始逐渐延长焦炉结焦时间，截至 11 月 25 日 24 时，焦炉实现限产 50%，两期焦炉均执行 48 小时周转。同时停运一期一套 10 万吨甲醇生产线。"建滔（河北）焦化公司副总经理崔学军介绍说，"在限产基础上，公司还加强维护，确保各项治污设施稳定、高效、满负荷运行。同时，对厂区道路进行不间断湿式清扫，有效降低厂区扬尘。此外，所有原辅料全部实施密闭储存。"

"限产措施将持续到 12 月 31 日，或者更长。据初步测算，仅仅 12 月一个月限产，企业亏损约 6 200 万元，缴税金额减少约 1 200 万元。"崔学军表示，"企业损失肯定是不小，但为了改善邢台市大气环境，企业应该承担相应的社会责任。而且，未来焦化行业的环保标准会越来越严，企业应以此为契机，提高节能减排水平。"

## 停限产期间升级改造治污设施

"早在这一轮重污染天气红色预警之前，德龙钢铁就开始实施停限产措施了。"河北德龙钢铁有限公司（以下简称德龙钢铁）负责生产的副总经理靳旭冉介绍说，"按照邢台市政府的要求，11 月 23 日 4 时，德龙钢铁 156 米$^2$烧结机实施了停产，2$^{\#}$ 1 080 米$^3$高炉于 11 月 25 日 15 时停炉，同时 1$^{\#}$、3$^{\#}$ 1 080 米$^3$高炉相应减产；后续企业又对炼钢一座转炉、轧钢一条生产线实施停产。"

虽然大部分生产工序实施了停限产，但德龙钢铁并没闲着，而是做起了"环保功课"。

"公司决定利用停产期间，对企业环保治理设施进行升级改造。"靳旭冉介绍说，"按公司计划，我们重点谋划了 4 方面的改造：一是对烧结机机头、尾除尘器以及脱硫系统全面检修完善。二是对 2$^{\#}$高炉出铁场布袋除尘器进行升级改造，增大除尘器过滤面积，增加除尘风量；将高炉矿槽静电除尘器改造为布袋除尘器。三是新建封闭式皮带通廊，杜绝厂内车辆二次倒运引起的无组织扬尘。四是大量更换环保除尘管道，确保管道不漏风、不漏气，保障运行状态。"

在停限产期间，"我们派了专职环境管理人员对各项环保设施进行巡查、巡检。对公司内道路及环厂道路做到 24 小时不间断清扫。同时，对公司内各种物料进行全部覆盖，对进出厂车辆进行严格管理。”靳旭冉说。

## 8个执法小组驻市检查

为确保各项污染治理措施落地生效，从11月21日开始，河北省环保厅派出8个专项行动执法小组，在石家庄、保定、廊坊、唐山、邢台、沧州、衡水、邯郸等8市，开展驻市执法检查。

记者从河北省环境执法监察局了解到，12月1—14日，8个执法小组现场共检查企业、工地、面源污染点位379个，检查发现各类环境问题150个，其中未按要求执行限停产措施问题21个，不按规定安装、使用大气污染防治设施问题20个，烟气在线自动监测数据异常问题8个，防尘措施实施不到位问题65个，垃圾焚烧问题22个，城区限行措施落实不到位问题3个，其他环境问题11个。

驻衡水市专项行动执法小组于12月7日联合衡水市公安局、衡水市环保局，对深州市宏旺达建筑材料有限公司进行夜查发现，这家公司未按规定采取停产措施，且生产过程中污染治理设施未正常运行，大量废气、酸雾无组织排放。针对发现的问题，联合检查组责成深州市政府连夜对这家公司的违法行为进行了查处。目前，本案已移交公安部门，企业主要负责人被拘留，违规生产的镀网车间已被查封，并对企业处罚款20万元。深州市纪检部门将按照网格化监管责任，对监管不力的相关责任人进行追责。

针对环境保护部指出的沧州市存在的环境问题，沧州市委、市政府高度重视，专门召开大气污染防治工作调度会议和整改约谈会。截至目前，沧州市已责令停产企业3家，并对其违法行为依法做出顶格处罚；立案处罚企业两家，关停企业5家，刑拘3人。

“针对检查发现的问题，各专项行动执法小组均已责令立即改正，并交当地相关部门依法依规严厉查处。”河北省环境执法监察局负责人介绍。

# 河北省政府邀请专家解读12月重污染天气频发原因
# 雾霾频来袭 谁是真元凶?

时间：2016年12月28日 作者：张铭贤 潘井泉 来源：《中国环境报》2版头条

今年雾霾来得早、来得频，是什么原因造成的？河北省12月一个月内，出现4次重污染过程，污染元凶是什么？重污染天气应急措施有没有效果？

针对公众关心的一系列关于雾霾的疑问，河北省政府近日召开了大气污染防治新闻发布会，邀请有关专家就这些疑问进行了解读。

## 为什么雾霾来得早、来得频？<br>不利气象条件是重要原因

据了解，自 9 月下旬以来，河北省石家庄市就开始出现重污染天气，较往年偏早。12 月河北省共经历了 4 次重污染天气过程，分别为 12 月 2—4 日、10—12 日、16—22 日及 24—25 日。其中，16—22 日污染最重，河北省多个城市达到了严重污染级别，城市 $PM_{2.5}$日均质量浓度最高值出现在邯郸，小时质量浓度极值出现在石家庄世纪公园监测点。

有关专家解释，多年不遇的不利气象条件是造成河北省今年雾霾早发、雾霾频发的重要原因。石家庄 12 月平均风速仅为 1.2 米/秒，是过去 36 年来的第三个低值；平均气温 2.1℃，是过去 36 年来的第二个高值。河北省气象局环境气象中心高级工程师赵玉广介绍说："河北省西面是太行山山脉，北部是燕山山脉，偏南风把南部污染物向北吹，污染物在山前被阻挡后在河北省平原地区堆积。观测显示，近年来，河北风速逐年降低，污染物的扩散能力也逐渐降低，加上温度升高、降水减少，对污染冲刷能力逐年降低，造成重污染天气频发。"

## 造成雾霾频发的元凶是什么？<br>散煤污染贡献率大是根本原因

"分析 12 月以来的重污染天气过程，气象条件极度不利是重要原因，散煤污染贡献率大是根本成因。12 月 16—22 日重污染天气过程中，我们通过污染源解析模块分析，本地民用源贡献率最高，散煤燃烧面源污染有加重的趋势。"河北省重污染天气预警与应急中心高级工程师王晓利说，例如，污染程度比较重的石家庄、邯郸等市，其 $PM_{2.5}$、$PM_{10}$ 和一氧化碳的质量浓度同步变化趋势非常明显，二氧化硫的质量浓度也比较高，主要是因为民用散煤燃烧不完全，产生一氧化碳的量比较大，而大的工业企业煤炭燃烧比较完全，一氧化碳的产生量很小。

"从 9 月以来，石家庄频繁出现重污染天气，污染源主要指向煤。煤在大气污染中所占的比例，已由非采暖期的 20%多升至现在的 40%～60%。"河北科技大学环境科学与工程学院教授郭斌说，在采暖期结束前，河北的大气污染防治形势依然严峻，要加大燃煤污染治理力度，一方面推进"电代煤""气代煤"，另一方面要大力发展煤炭的清洁利用

技术，从源头减少污染物排放。

## 应急减排措施效果如何？$PM_{2.5}$峰值削减18%左右

进入12月以来，河北省先后发布了区域橙色预警和区域红色预警，12月16—22日重污染天气过程中，河北省10个城市启动了重污染天气Ⅰ级应急响应。按照河北省应急预案要求，应急减排期间减排比例要达到40%以上。

"初步分析显示，应急减排措施的启动，对重污染天气过程起到了明显的削峰降速效果。"王晓利介绍说，以12月16—22日重污染天气过程为例，石家庄市 $PM_{2.5}$ 峰值削减了18%左右，应急响应7天期间 $PM_{2.5}$ 的平均质量浓度值大约下降了12%。与2013年1—2月的持续重污染过程相比，此次污染程度明显降低，$PM_{2.5}$、$PM_{10}$ 以及二氧化硫减排比例更大。可以说，本次预警由于及早预报，及早启动，使重污染的应急组织较过去更为有序、有力，充分发挥了削峰降速的作用。

王晓利说，截至12月25日，河北全省 $PM_{2.5}$ 质量浓度为69微克/米$^3$，同比下降9%，比2013年同期下降35.9%；优良天数达到204天，比2013年增加77天。12月16—22日重污染天气过程中，污染最重的是12月19日，全省 $PM_{2.5}$ 平均质量浓度为329微克/米$^3$，比2013年1—2月重污染过程降低了26%。

## 机动车单双号限行作用多大？减排氮氧化物3 060吨

一个多月来，河北石家庄市对机动车实行单双号限行，12月16—22日重污染天气期间，河北省10个城市均实行了机动车单双号限行措施，这项措施对重污染天气的缓解到底有没有效果？有多大的效果？

"12月16—22日的监测数据显示，重污染过程中，河北全省二氧化氮平均质量浓度较2013年1—2月重污染过程有升高的趋势。机动车尾气排放是二氧化氮的重要来源。"王晓利介绍说，根据石家庄市环保局的统计，石家庄市实行单双号限行每天可减少车辆60万辆。截至目前已减排氮氧化物3 060吨。

"我们对石家庄市电视塔监测点采集的数据进行了对比分析，其中重点对2015年12月和今年12月的污染来源进行了解析。"郭斌介绍说，通过监测数据对比，得出的结论是，今年12月石家庄市大气污染的主要贡献为燃煤排放，而2015年12月大气污染的主要贡献为机动车尾气，这也从侧面印证了机动车对大气污染贡献有明显减少。

## 下一步将从哪些方面提升防治水平？加大散煤污染治理力度

“建议下一步在大气污染防治中，要加大对农村及城乡接合部散煤和面源污染治理力度。”王晓利说，现在不少城市存在精细化管理不出二环的现象，对农村以及城乡接合部的管理相对薄弱。据测算，在不利气象条件下，仅农村散煤燃烧在不到两天的时间内，就可以使河北中南部 $PM_{2.5}$ 浓度由优良水平恶化到重度甚至严重污染水平。

王晓利还建议，要加大机动车减排力度。在淘汰黄标车的基础上，进一步加大对重型柴油车和工程机械车辆等的管控和淘汰力度。

# 2017 年

# 随着钢铁、煤炭价格回升企业积极性在减弱
# 河北去产能要啃“硬骨头”
# 今年计划压减钢铁产能3 186万吨，压减煤炭产能742万吨

时间：2017年2月9日 作者：张铭贤 潘井泉 来源：《中国环境报》2版头条

“今年是最为较劲的一年，无论难度有多大，都要确保打赢‘6643’收官战。”近日，河北省省长张庆伟在河北省第十二届人民代表大会第五次会议上作《政府工作报告》时表示，今年河北省将压减钢铁产能3 186万吨，压减煤炭产能742万吨。

为治理大气污染，自2013年以来，河北省大力实施“6643”工程，即到2017年削减6 000万吨钢铁、6 100万吨水泥、4 000万吨标煤和3 600万重量箱玻璃产能。经过近年来持续推进“6643”工程，去产能进入了“啃硬骨头”阶段，接下来，河北省将如何打赢这场收官战？

## 去产能进入攻坚期，难度增大

2016年年底，河北省沙河市列入第二批淘汰和化解产能计划的8条生产线全部关停到位，工艺落后的格法玻璃生产线至此全部退出沙河玻璃历史舞台。

“沙河市制定了对规模小、能耗高、质量差、环境污染严重的小平拉、小格法玻璃的分期淘汰计划，要求企业按期拆除，并出台了优惠帮扶政策。目前，对淘汰落后玻璃生产工艺的企业，沙河市正在实施一厂一策，推进其转型提升。”沙河市副市长王建江介绍说。

沙河市只是河北省去产能的一个缩影。2016年，河北省深入实施“6643”工程，重点行业去产能成效显著。2016年，河北省共压减炼钢产能1 624万吨、炼铁1 761万吨、水泥286万吨、平板玻璃2 189万重量箱，退出煤矿54处、压减煤炭产能1 400万吨，均超额完成国家下达的任务。

2017年，河北省将压减炼钢产能1 562万吨、炼铁1 624万吨，完成4家“僵尸企业”出清。同时，加快廊坊、保定、张家口钢铁产能全部退出，承德、秦皇岛钢铁产能部分退出，支持武安、丰南、迁安等地企业整合重组，推进首钢京唐二期和石钢搬迁等

重大项目。同时，河北省还将压减煤炭产能 742 万吨、水泥 110 万吨、平板玻璃 500 万重量箱。

河北省去产能已到了“啃硬骨头”阶段。一方面，原来闲置的、水平相对较低的产能，该去的已经去了，剩下的多是在产的、水平相对较高的产能；另一方面，随着钢铁、煤炭等市场价格回升，企业去产能的积极性在减弱，要完成“6643”目标，河北省的压力还很大。

“要以勇于担当的精神打好去产能这场硬仗，扭住去产能的重点、难点实施攻坚。”河北省发展改革委主任陈永久表示。2017 年，河北省要通过落实和完善财税政策、妥善安置职工、强化金融支撑、完善土地政策、加强司法支持等措施，完成 4 家“僵尸企业”出清，加大对兼并重组钢铁煤炭企业的金融支持力度，严控违规新增钢铁煤炭产能的信贷投放。同时，以行政问责制度督促去产能任务的落实。

## 标准加严倒逼企业提质增效

为推动落后产能淘汰，河北省不断提高相关产业的生产和排放标准，同时加大执法监管力度，坚决防止已压减过剩产能死灰复燃。

在倒逼钢铁去产能方面，河北省率先要求在钢铁行业执行大气污染特别排放限值。自 2016 年 9 月起，河北省所有新受理的钢铁行业建设项目开始执行大气污染物特别排放限值；同时，现有钢铁企业不能达到大气污染物特别排放限值要求的，县级以上人民政府和环境保护行政主管部门要依据现行有关环保法律、法规及规定，采取相应措施。

包括环保排放标准在内，河北省在钢铁行业还实施了 6 类严于国家标准或行业平均水平的地方标准，涉及能耗、水耗、质量、技术、安全等。

河北经贸大学副校长武义青认为，“这些标准的实施，使河北省钢铁去产能有了更充分的法律依据和更严格的实施标准，通过标准倒逼钢铁行业提质增效，倒逼高能耗、高污染、质量不达标、有安全隐患的产能逐步退出。”

也有专家呼吁，钢铁、煤炭行业污染重、能耗高，在加大去产能基础上，对现存的企业也应加大监管力度，确保各项治理措施严格落到实处，减轻环境污染。2016 年，针对钢铁、煤炭等重污染行业，河北省开展了环境执法“雷霆行动”，主要检查钢铁行业淘汰落后产能和化解过剩产能中已明确淘汰和关停的设备是否死灰复燃，对未纳入全省污染源动态管理数据库的企业坚决予以取缔。

“打赢‘6643’收官战，还需要继续通过严格环境执法，遏制环境污染违规排放、违法犯罪对生态环境的损害，倒逼钢铁、煤炭等行业去产能。”河北科技大学环境科学与工程学院教授郭斌建议。

## 市场手段压减，推动行业优胜劣汰

“因为资金困难，我们主动把两座炉的产能卖到了产能交易平台上，总共得到1亿多元的补偿资金。”河北省武安市永诚铸业公司董事长任起旺说，“企业通过产能置换，又恢复了生机。”

武安市引入市场交易办法去产能，建起全国首个县级钢铁产能指标交易平台，筹集起7.44亿元钢铁产能指标置换交易金，2016年共压减炼铁产能241万吨、炼钢产能383.5万吨，超额完成了年度压减任务。

在这个交易平台上，符合政策、竞争力强、效益好的企业，通过限期缴纳置换交易金，将压减产能任务转移；不符合政策、竞争力弱、效益差的企业，被动承担去产能任务，但能获得相应补偿。2017年，武安市将继续用好市场机制、市场办法，完成压减铁254万吨、钢294.5万吨的任务。

“去产能，要充分发挥市场对资源配置的决定性作用，积极稳妥地推进产能过剩行业企业优胜劣汰。”武义青认为。

推动企业兼并重组是河北省市场化手段去产能的又一重要措施。2016年年底，北京金隅集团与冀东水泥股份有限公司“牵手”成功。这是我国水泥行业历史上通过市场化方式实现的规模最大的并购重组项目。重组后，金隅冀东水泥将根据实际供需安排生产计划，落后、低效产能适当减产。

“今年，沙河市将推进玻璃原片生产企业的整合，通过兼并重组、破产重组、债务重组、联合重组等方式，将现有12家浮法玻璃生产企业整合为3～5家大型玻璃集团，提高产业集中度。”王建江介绍说。

为用好“市场之手”，河北省政府还出台了《关于实施约束性资源使用权交易的意见》，在推行排污权、农业水权交易的同时，将推进用能、用煤、工业用水和钢铁产能使用权的交易；各地各企业在设定能耗总量“天花板”的限额内，实行减量出售，超量购买。

记者从河北省发展改革委了解到，河北将尽快督导各市出台实施方案，确定企业用能权、用煤权初始配额，并选择部分重点市先行试点，加快推进约束性资源使用权交易。

# 破解“九龙治水”困局
# 河北今年全面推行河长制

时间：2017 年 3 月 30 日　作者：周迎久 张铭贤　来源：《中国环境报》2 版头条

让污染的河流清澈起来，让阻塞的河道通畅起来。近年来，河北省秦皇岛、承德、邢台等多市推行“河长制”，加强对全流域河道的综合治理，水环境质量得到持续改善。

河北省省长张庆伟在 2017 年《政府工作报告》中提出，今年河北省将全面推行“河长制”，大力推进水资源保护、水污染防治、水环境治理、水生态修复，维护河湖健康。

## 各级河长合力破解“九龙治水”困局

秦皇岛市委书记孟祥伟前不久再查戴河。

“用脚丈量分包河流”，从戴河干流到主要支流，当天，孟祥伟徒步检查了戴河西支榆关镇温庄至驸马寨村段，对存在的问题一一进行了部署。

“一年多来，秦皇岛绝大部分河流水质发生了根本变化，各项指标稳定向好，这些成绩的取得，离不开各级河长尤其是乡、村两级河长的艰苦努力。”孟祥伟对秦皇岛推行“河长制”一年来的效果给予了充分肯定。

秦皇岛市于 2015 年全面推行“河长制”，市委、市政府主要领导分别担任主要河流市级河长，变“九龙治水”为“一龙治水”。同时，设立市、县、乡、村四级河长，实行属地管理、包河到人。

秦皇岛戴河是北戴河新区与北戴河区的界河。以前有纠纷时，各部门、各辖区统筹协调起来周期长、难度大，部分环境问题迟迟得不到解决。如今，戴河河长为秦皇岛市委书记，在戴河河长、市委主要领导的督办下，戴河各项治理工程实现了统筹协调和高效运转。

如今的戴河，河水清清，河道畅通。

“‘河长制’的核心是行政首长负责制，破除了体制障碍。以前多部门治水，有矛盾的时候可能会因为沟通不够，导致问题搁置。现在出现问题，通过河长就能协调解决。”秦皇岛市“河长制”管理办公室负责人说。

目前，秦皇岛市形成了市、县、乡、村四级河长齐抓共管，覆盖全市所有河流和全部流域范围的河道管理体系，16 条入海河流共设立各级河长 1 610 名，确保每条河、每个河段、每米河道都有人管、都有责任人。

随着“河长制”的实施，各级河长纵向形成了治水的“责任链”，横向则能统一协调发改、水利、国土、农业、环保、公安等部门，形成上下游、左右岸共治水污染、改善水生态的良好局面。

## 从分段分领域治理向综合整治转变

“听说市里有领导两次对澧河及沿线情况进行了踏勘，澧河河流环境肯定会越变越好。”邢台市南和县居民程健高兴地对记者说。

2016 年以来，邢台市大力推进水环境质量改善，全面推行河长治水，11 名市级领导任河长，开始“上岗”治水。

以前治水是各管各的，“环保不下河，水务不上岸”，从整个河流上下游来说，也是各划一段分段治理。如今邢台市“河长制”的推行，推动河流治理向综合整治转变。

邢台市规定，河长每年至少一次对所分包河流断面水质达标情况和重点河流治理进展情况进行现场踏勘，发现问题在市政府常务会议上集中通报研究。

邢台市各级河长在现场踏勘时，要做到“五个必看”：河流沿途入河排污口必看；沿途村庄生活污水、生活垃圾处置情况必看；沿途城镇生活污水处理厂运行情况必看；沿途工业企业生产设施运行情况及污水排放情况必看；国控断面、省控断面、各县市区出境断面水质情况必看。

在河流综合整治上，邢台市提出，各级河长对发现的环境问题要做“五个必改”：工业企业治污设施运行不正常、超标排放的必须整改；城镇管网不配套，生活污水未全部收集，以及生活污水处理厂运行不正常的必须整改；河道有非法入河排污口的要立即整改，予以取缔；河道淤泥影响河流水质的必须进行清淤、疏浚整改；沿河两岸堆存有生活垃圾的要立即整改。

自 2016 年 11 月以来，邢台市各级河长针对发现的问题，尽最大力度抓整改。目前已取缔“十小”企业 25 家；全市共 64 处入河排污口，已经改排和依法封堵 27 处，规范管理 37 处；累计落实治理资金 2.17 亿元，平整河道 36 千米，清运垃圾 81.6 万$米^3$，坑塘开挖 181 万$米^3$、河道清淤 120.6 万$米^3$，拆除河道违章建筑物 461 处 4.6 万$米^3$。

通过推行“河长制”，邢台市河流整治由最初的治理污染不断拓展，推动了沿河生态、防洪排涝以及河道景观的完善和提升。

## 一河一策提速流域水环境治理

推行“河长制”，一河一策。承德市通过考核，推动了河流治理由过去的集中式、阶段式治理向常规化、常态化监管转变。

滦平县两间房乡苇塘村坐落在潮河岸边。以前，生活垃圾随意乱扔，影响河流水质。在乡河长的推动下，苇塘村建立了回收点，通过可用生产生活垃圾回收—出售后购入日常生活用品—村民用可用垃圾兑换商品—可用垃圾再出售的循环链，使全村生活垃圾就地得到有效处理。如今的苇塘村村民养成了收集可用生活垃圾的习惯。

承德市设置了80个跨县区、跨乡镇的河流生态考核断面，每月对断面水质进行监测，按月扣缴生态补偿金，并将“河长制”落实情况纳入年度环境保护目标，考核结果直接用于县处级党政领导班子政绩考核。管辖边界和目标明确，各级河长根据所负责河道的实际，持续不断开展综合整治。

“河长是新时期加强河流管理与保护、推进水污染治理的一项行之有效的新举措。”河北省水利厅副巡视员张宝全表示，按照“河长制”的要求，河北省将结合行政区域与自然河系，全面建立省、市、县、乡四级“河长制”组织体系。建立河长联席会议制度，明确各级各部门工作职责。开展河道突出问题专项整治，严厉打击非法侵占水域岸线、非法采砂洗矿、擅自取水排污等严重影响河道行洪和水体功能的违法违规行为。

## 全力护卫每一方净土<br>河北出台“土五十条”

时间：2017年4月7日　作者：周迎久 张铭贤　来源：《中国环境报》6版头条

近日河北省政府印发《河北省“净土行动”土壤污染防治工作方案》（以下简称《方案》），要求明确重点区域、行业和污染物，促进土壤与大气、水污染协同治理，严控新增污染，减少污染存量，提升土壤环境承载力。《方案》提出主要指标：到2020年，全省受污染耕地安全利用率达到91%左右；污染地块安全利用率达到90%以上。《方案》中还有哪些亮点，本期特刊发相关报道，以飨读者。

## 摸清底数，在国控监测点位基础上，补充省控点位，加密监测频次

“在土壤污染防治上，河北已开展了一些基础工作，如耕地修复，还有重工业企业搬迁后的土壤修复，河北做了一些试点性工作。但这些都是粗线条的，当前，河北土壤污染防治最重要的任务是开展污染源详查，把污染耕地、工业企业的情况搞清楚，然后再分类别、分用途、分时段来进行管控和修复。”在河北省“净土行动”新闻发布会上，省环境保护厅新闻发言人、副厅长杨智明表示：“目前，河北土壤污染详查工作已全面启动。河北在国家确定国控监测点的基础上，去年底已开展工作，设置了省控的监测点。为了摸得更清楚，我们还要求开展针对河北特征的监测项目，对特殊的控制区域，视情况增加监测项目、加密监测频次。”

根据《方案》，河北将在分析整合相关调查成果的基础上，开展土壤污染状况详查。到 2018 年年底，全面查明农用地污染面积、分布及其污染程度；2020 年年底前，全面掌握重点行业在产企业用地和关闭搬迁企业用地土壤污染状况及污染地块分布，初步掌握污染地块环境风险情况。河北省环保厅土壤环境管理处副处长崔立昌介绍：“目前，河北土壤污染状况详查方案已编制完成，通过后将组织实施。”

在监测能力建设上，《方案》要求在 2018 年底前，建成满足土壤环境监测样品存储、信息采集、数据查询的全省土壤样品库。到 2020 年，建成职责明确、分工合作、优势互补、统一高效的全省土壤监测体系。

“河北还将推进环保、国土资源、农业、林业等部门土壤环境数据整合集成，利用各部门土壤环境监测、农产品质量检测、耕地质量监测、污染源排放等相关数据，建立全省土壤环境数据库，构建河北省土壤环境信息化管理平台。”崔立昌介绍说：“这一系统未来将实现数据实时查询、多部门共享，为土壤污染防治、城乡规划、土地资源利用等决策提供数据支撑。”

## 分类管控，农用地以耕地保护为重中之重，建设用地强化准入管理

《方案》将国家“土十条”细化为 50 条防治措施。杨智明说：“《方案》重点任务措施分 10 章，共 50 条，可概括为‘夯实一个基础，突出两项重点，推进三项任务，强化四个保障’。”这 50 条措施重点围绕农用地和建设用地两大领域来推进。

河北是全国产粮大省、京津冀地区重要的蔬菜产地。为确保“米袋子”“菜篮子”安全，在农用地分类管理方面，河北将耕地保护作为重中之重，提出要加快建立优先保护制度。

按照《方案》要求，河北将符合条件的优先保护类耕地划为永久基本农田或纳入永久基本农田整备区，结合土地整治规划，加快实施高标准农田建设。依法修改县、乡级土地利用总体规划，对选址特殊、国家和省重点建设项目确实无法避让优先保护类耕地的，按规定报批，除此之外，其他任何建设不得占用。2018 年底前，全省产粮（油）大县和蔬菜产业重点县要制定土壤环境保护方案。

此外，河北要求各地要推广实施秸秆还田、增施有机肥、少耕免耕、粮豆轮作、标准农膜使用与回收利用等措施，切实保障优先保护类耕地质量。对优先保护类耕地面积减少或土壤环境质量下降的县（市、区），实行预警提醒，并依法采取用地限批、环评限批等措施。

“从今年开始，河北将开展建设用地调查评估工作，逐步建立污染地块名录及其开发利用负面清单，实施动态管理。”崔立昌介绍说，在建设用地上，河北将通过用途管控来防范城乡人居环境风险，只有符合相应规划用地土壤环境质量要求的地块，方可进入用地程序；暂不开发利用或现阶段不具备治理修复条件的污染地块，要由所在地县（市、区）政府组织划定管控区域，设立标识，发布公告，开展土壤、地表水、地下水、空气环境监测；发现污染扩散的，有关责任主体要及时采取污染物隔离、阻断等环境风险管控措施。

## 防治并重，重点监管企业增至 12 个行业，确定两个省级防治先行区

“河北净土行动‘50 条’措施确定了 3 项重点任务，分别为源头防控新增污染、深化现有污染源治理、开展受污染土壤治理修复。”崔立昌解释说：“其中，防控源头污染和深化现有污染治理中，河北结合实际，将重点监管行业由国家确定的 8 个增至 12 个行业，增加了制药、铅酸蓄电池行业和生活垃圾填埋场、危险废物处置企业。”

治理现有污染源，河北省政府将 2017 年确定为危险废物强化管理年，并于近日启动了打击涉危险废物违法犯罪专项行动。

“这是河北省加强土壤污染防治的一个缩影。”崔立昌说，“深化现有污染源治理，河北还从工业、生活、农业 3 个领域入手，分别制定了污染治理措施和任务。在工业污染防治方面，深化涉重金属行业污染防控，加快淘汰落后产能，严防矿产资源开发污染，规范固体废物特别是危险废物处置；在生活污染防治方面，健全垃圾处理处置体系，整治非正规垃圾填埋场，推进污水污泥同步治理。在农业污染防治方面，减少化肥、农药使用，加强农药包装废弃物和废弃农膜处置和回收利用，严格控制灌溉用水水质，强化畜禽养殖污染防治。”

河北还将加快受污染土壤治理修复进度。记者了解到，河北将自今年开始，分年度组织实施耕地土壤污染治理与修复项目。其中，今年年底前，石家庄、保定、衡水、邢台市按计划完成已获得国家专项资金支持的耕地土壤污染治理与修复试点项目工作任务。2018年年底前，石家庄、唐山、保定、沧州、衡水市和辛集市，在重点行业中，选取30个污染地块修复试点项目，开展治理修复试点。

此外，河北还结合已开展的治理情况，将石家庄市栾城区和辛集市确定为省级土壤污染综合防治先行区，在土壤污染源头预防、耕地土壤环境保护、受污染土壤风险管控、土壤污染治理与修复、政策机制和监管能力建设等方面先行先试，探索建立完善的土壤污染防治体系。

## 河北今年执法将紧盯大案要案<br>执法重心下移　突出两个重点　转变执法方式

时间：2017年4月13日　作者：周迎久 张铭贤　来源：《中国环境报》8版头条

记者从近日召开的河北省环境执法工作会议上获悉，今年河北将以解决群众关心的突出环境问题为重点，强化体检式、预防式、服务式执法，加大对环境违法大案要案的查处力度。

"河北的环境形势依然严峻，完成空气改善目标压力前所未有，水环境、土壤环境亟须加快治理，环保任务可以说是日益繁重。"河北省环保厅副巡视员张桂生在分析全省执法面临的新问题时直言，"与日益繁重的监管任务相比，环境监管力量不足，执法机构队伍亟待规范和加强的问题尤显突出。"

张桂生要求，"要紧紧抓住省以下环保机构监测监察执法垂直管理制度改革的契机，再塑环境执法新形象。"

### 自我加压，将增加焦化、玻璃、制药、制革4个行业开展达标排放行动

"今年河北环境执法将突出两个重点，一是深入开展工业污染源全面达标排放行动，二是集中整治'散乱污'工业企业专项行动。"张桂生介绍说。

工业污染源排放达标，应达到哪个标准呢？

记者从《河北省工业污染源全面达标排放专项实施方案》中看到，河北要求，今年起，8个传输通道城市钢铁行业和燃煤锅炉要执行大气污染物特别排放限值；全省排放污染物烟囱超过45米的高架源、钢铁企业排污设施实现自动监控全覆盖；已实行自动监控的779家大气重点排污单位实现全面稳定达标排放。

“此次达标不是运动式达标、某个时段达标，不设达标率，不设期限，不考核。要通过严格执法提高违法成本倒逼企业守法，力争用3年时间，真正使企业做到持续、稳定、常态化的达标。”河北省环境监察局局长任立强解释说，“今年的目标是在国家要求的钢铁、火电、水泥、煤炭、造纸、印染、污水处理厂、垃圾焚烧厂等8个行业达标排放的基础上，自我加压，增加焦化、玻璃、制药、制革4个行业，通过实施达标排放专项行动，使河北污染物排放标准体系和环境监管机制进一步完善，环境守法良好氛围基本形成。”

针对省内工业企业存在的“散乱污”扎堆等问题，河北省委、省政府制定了《河北省集中整治“散乱污”工业企业专项实施方案》，要求9月底前，各市、县要完成“散乱污”企业集中整治工作，改善城乡环境质量。

“围绕重点领域，河北将继续开展环保法实施年活动。主要是综合刑事、民事和行政手段。”任立强说，“为此，河北将出台《河北省行政执法与刑事司法案件移交移送暂行规定》；要求所有县（市、区）原则上均要有适用4个配套办法案件；支持环境民事诉讼，推进民事责任追究，开展生态环境损害赔偿制度改革，为环保组织提起环境民事诉讼提供调查、监测方面支持。”

此外，河北还将集中力量查处未批先建、篡改或伪造环境监测数据、非法排放、倾倒、处置危险废物等典型违法犯罪案件。

## 变检阅式执法为体检式执法、预防式执法、服务式执法

“我们分成两组，一组查企业焦炉烟气排放，一组查企业运行台账和污水处置情况。”

近日，由河北省环境监察局三队队长戎立带队，对石家庄市重污染天气过程进行督导检查，“我们现在检查的是井陉矿区新世纪煤化集团，焦化行业是污染大户。虽然此行重点是督导大气污染防治的，但对其他污染行为一样不能放过，有问题就得整改。”

强化体检式执法。河北省环境执法工作会议提出，今后在现场检查时，执法人员要对企业全方位情况进行系统检查，逐一排查。要通过详细追溯企业最近一段时间污染物排放等情况，对企业进行历史性和梳理性排查。

“原来我们大多是采用检阅式、一过式方法检查企业，往往就问题查问题，有可能造

成疏漏。体检式执法中，执法人员将对掌握的各项资料进行梳理分析，找出其中的逻辑关系，发现问题线索，锁定违法事实，判定违法行为。”任立强表示。

任立强还介绍，“执法人员对发现的问题不仅要依法依规处罚到位，还会通过全面系统的体检，及时发现并指出企业潜在的环境隐患和管理漏洞，提前预警，明确整改要求，并监督落实到位，帮助企业把潜在的环境问题消灭在萌芽状态。”

把执法活动与宣传结合，河北还将强化服务式执法，及时向企业宣传最新环保法律法规、政策标准和要求，提供行业最先进的污染治理信息，有效提升企业的环保意识，减少企业因不了解相关环保政策而造成的违法行为。

**相关新闻**

## 河北垂改将充实一线执法力量

充实一线执法力量，推动执法重心下移，是河北环保垂改的一个重要目标。

据了解，为实现这一目标，河北将增强执法协同。按照《河北省环保机构监测监察执法垂直管理制度改革实施方案》（以下简称《方案》）要求，改革后，河北市级环保部门将统一管理、统一指挥本行政区域内县（市、区）环境执法力量，依法赋予环境执法机构实施现场检查、行政处罚、行政强制的条件和手段。

还要提高执法保障，规范执法行为。改革后，河北将实行执法人员持证上岗和资格管理制度，将环境执法机构列入政府行政执法部门序列，配备调查取证、现场执法、移动执法等装备，统一环境执法人员着装，保障一线环境执法用车。

特别是要充实基层执法力量。按照《方案》要求，河北将把市级环境监测机构剥离质量监测职能后的人员编制、仪器设备重点充实到一线环境执法队伍，实现监测执法的协同。同时，河北将逐步推进目前仍为事业机构、使用事业编制的县（市、区）环保局和执法机构转为行政机构，使用行政编制。

# 河北出台“1+18”专项方案强力推进大气污染综合治理
# 打好组合拳　啃下硬骨头

时间：2017年4月19日　作者：周迎久　张铭贤　潘井泉
来源：《中国环境报》6版头条

河北省政府近日召开强力推进大气污染综合治理新闻发布会，发布了河北省委、省政府制定出台的《关于强力推进大气污染综合治理的意见》（以下简称《意见》）和18个专项实施方案。

记者从发布会上了解到，河北省“1+18”系列措施，明确了河北省近期大气污染综合治理的时间表、路线图和工作举措、政策保障，标志着河北省吹响了大气污染综合治理的集结号。

## 科学治霾
## “挖病根”从解决结构性问题入手

“治理大气污染，必须搞好顶层设计。这次省委、省政府在前期充分调查研究、反复征求意见的基础上，出台了‘1+18’一揽子政策性文件，就是立足当前、谋划长远，坚持了标本兼治、重在治本。”河北省大气污染防治工作领导小组办公室主任、河北省环保厅厅长陈国鹰向记者介绍说。

河北一次能源消费中，煤炭占86%左右。一次$PM_{2.5}$排放主要来自燃烧源，占39.12%，其中散煤占燃烧源的88.62%。减少燃煤污染，在“1+18”政策体系中，河北提出要“挖病根”，从解决结构性问题入手，靶向施策，改变能源消费结构。

“这次是下了狠手，专项实施方案都跟着任务清单，把工作量化到部门、街道甚至企业等相关单位。”参与意见制定整个过程的河北省环保厅副厅长殷广平深切感受到，河北省委、省政府抓治霾的力度前所未有。

按照《意见》要求，改变能源消费结构，到2020年，河北要压减散煤3 000万吨，完成农村“气代煤”“电代煤”600万户以上，县城及以上城市集中供暖和清洁能源供暖率达到95%以上。

从解决结构性问题入手，综合治理大气污染，河北还提出要改变产业结构，改变交通运输结构，改变扬尘治理结构，改变矿山开发结构，改变土地使用结构。

其中，在改变产业发展结构中，《意见》提出，推进重点行业产能压减，“十三五”期间，全省压减炼钢产能4 913万吨、炼铁4 989万吨、煤炭5 103万吨，水泥、平板玻璃、焦炭产能分别控制在2亿吨、2亿重量箱和6 000万吨左右。把各市主城区重污染企业作为重中之重，分批分期实施退城搬迁改造。

改变交通运输结构，《意见》提出，优化交通运输组织结构，提升地方铁路煤炭等大宗货物运输比例，大力发展多式联运，形成绿色物流。到2020年，煤炭运输过境车辆通行运煤专用通道线路比例达到90%。

改变扬尘污染突击性、分散性、粗放型治理方式，向精细化、系统化、常态化治理转变。河北将加强道路扬尘、建筑施工扬尘、工业料场扬尘以及秸秆和垃圾露天焚烧的综合治理。

改变矿山开发结构，河北将下大力治理露天矿山；改变土地使用结构，河北将增加绿地湿地规模。

“六大重点举措明确了治理时间表，厘清了治理路径。18个专项实施方案则是具体要求、具体措施，建起了治理台账，实行清单式管理，其中10个专项实施方案列出了具体到市县、到点源的详细台账，如矿山经纬度，锅炉所在企业、村镇和负责人等，都标注得清清楚楚，确保落实起来精确到位。”殷广平说。

突出重点领域，加快6个结构调整是河北科学治霾的纲领性措施。同时，为了使治理效果尽快显现，结合河北实际，“1+18”政策体系还明确了近期治理要突出重点时段和重点区域。

“尽快遏制冬季严重污染态势，河北将冬季取暖期列为治理的重点时段，‘1+18’政策体系中，不仅在主要目标中把2017年冬季取暖期单独列出来，许多措施也瞄准这个重点时段制定。”陈国鹰介绍说，“可以说，把这个时期的大气污染治好了，群众就会有明显的获得感。”

河北省提出，以京津冀大气污染传输通道8个城市为重点，以保定、廊坊和石家庄、邢台、邯郸及空气质量排名后30的县（市、区）为重中之重，集中资源予以重点支持，尽快退出全国重污染城市行列。

“突出重点时段、重点区域，主要是考虑大气污染成因复杂、综合性强，河北省又有自己的特殊性和阶段性的特征，因此必须从实际出发，抓住主要矛盾和矛盾的主要方面。聚焦发力、精准施策，这样才能真正有所突破，见到更大成效。”陈国鹰表示。

## 协同治霾
## 地区联防部门联动“聚合力”

“协同治霾，就是坚持广泛参与、协调联动，形成治霾的强大合力。”陈国鹰解释说。

按照“1+18”政策体系，河北将坚持协同治霾，加强与京津等周边地区的对接协作，完善省内部门、区域、城乡间的联防联控，创新市场主体、社会组织和人民群众参与大气污染防治的机制办法，走出一条社会共治的治霾路径。

加强区域联防联控，河北对京津冀大气污染传输通道 8 个城市提出了更高的治理标准。例如，今年起，8 个城市钢铁行业和燃煤锅炉执行大气污染物特别排放标准；今年 9 月底前，要全部供应符合国六标准的车用汽柴油，禁止销售普通柴油；9 月底前，65 蒸吨及以下蒸汽锅炉以及各种容量的热水锅炉要完成治理改造等。

“强化城市农村协同治理，城市、县城、乡村同步行动，分别针对重点污染源实施攻坚，才能确保治理措施落地。”殷广平表示，例如燃煤治理，城市和县城要加大集中供热替代燃煤小锅炉工作力度，农村则要通过“气代煤”“电代煤”等措施减少散煤消费。

部门之间协调联动，是河北“1+18”政策体系的又一亮点。通过梳理 18 个专项实施方案不难看出，方案涉及河北省大气污染防治的所有相关部门，其中 7 个专项实施方案由环保部门牵头制定，其他方案分别由发改、工信、住建、国土、林业等部门牵头制定，每个方案的重点任务详单中又分别明确牵头责任部门。

例如，《河北省露天矿山污染深度整治专项实施方案》规定，停产整治由河北省环保厅牵头，修复绿化由河北省国土资源厅牵头；《河北省集中整治“散乱污”工业企业专项实施方案》提出，科学合理编制行动实施方案由河北省环保厅牵头，建立“散乱污”企业整治清单由省工信厅牵头。

## 铁腕治霾
## 执法监察相结合查企查人“出重拳”

铁腕治霾，意味着河北环境管理的日常监管将更严密。

“针对违法成本低、守法成本高的逆淘汰问题，‘1+18’方案体系中各专项方案均明确有力措施，严打环境违法犯罪。”殷广平介绍说，落实河北省委、省政府要求，河北将对偷排偷放、超标排放等恶意破坏生态环境的行为，一律顶格处罚，绝不手软。

“各市县政府对不符合国家产业政策、应办而未办理相关手续或无污染防治设施、不能稳定达标排放、治理无望的‘散乱污’企业，依法坚决予以关停取缔，9 月底前断水、断电、清除原料、清除产品、清除设备。”《河北省集中整治“散乱污”工业企业专项实施方案》明确，对弄虚作假的，推进不力的，职能部门环境监管责任不落实的以及逾期未完成整治任务的相关责任单位和责任人，依法依规追究责任。

铁腕治霾，意味着河北环境监察的追责问责将更严格。

河北省将成立省生态环境保护委员会，组建省级环境监察与大气环境管理办公室，对市县两级全面开展监察。

“《意见》起草中始终坚持问题导向，针对大气污染防治中压力传导不到位、推动落实不精准等问题，提出建立完善有力的环境监察体系。”陈国鹰介绍，河北省将组建省环境监察与大气环境管理办公室，履行河北省委、省政府有关大气污染防治和环境监察工作职责，管理 6 个区域环境监察专员办公室，开展大气污染防治日常驻点监察、定期督察巡视，开展大气污染防治工作考核。

目前，河北省 6 名区域环境监察专员已到位，正在组建区域环境监察专员办公室，今年 6 月底前将进入各市，对市县两级开展环保监察工作。

“对大幅超额完成目标任务、工作措施成效明显的省直责任部门和地方党委、政府及其主要负责人，以及表现突出的个人进行表扬奖励。对工作落后的市县党政主要负责人和相关责任人进行约谈、通报或诫勉，对年度考核不合格的实施问责，实行区域项目限批。”

《意见》提出，河北将坚持“一案双查、上下连责”，对失职失责的严肃追责问责，既追究直接责任人、监察责任人的责任，又追究相关领导尤其是主要领导的责任。

“坚持‘党政同责’，严格考核问责，有利于建立健全党委领导、政府主导、人大监督、政协支持、部门协作、公众参与的大气污染防治新格局，推进各项治理措施落地生效。”陈国鹰说。

科学治霾、协同治霾、铁腕治霾，河北通过“1+18”的顶层设计，力推大气污染治理尽快步入规范化、法治化、常态化轨道。把措施落实到地上，把效果反映到天上。按照《意见》确定的目标，河北今年将力争全省 $PM_{2.5}$ 质量浓度比 2016 年下降 10%左右，冬季取暖期 $PM_{2.5}$ 质量浓度力争比 2016 年同期下降 15%以上；到 2020 年，全省 $PM_{2.5}$ 质量浓度降低到 57 微克/米$^3$ 左右。

# 13 个市全覆盖，一年无间断，多级联动交叉执法
# 河北环保督查“剑指”大气污染
## 督查重点为省委、省政府“1+18”政策落实及环境保护部强化督查问题整改情况

时间：2017 年 4 月 20 日　作者：周迎久　张铭贤　来源：《中国环境报》8 版头条

为贯彻落实河北省委、省政府科学治霾、协同治霾、铁腕治霾决策部署，加快推进全省大气环境质量改善，河北省环保厅决定自 2017 年 4 月 7 日起至 2018 年 3 月 31 日，对全省 11 个设区市和定州、辛集市开展为期一年的大气污染防治强化督查。

“此次督查专门针对大气污染防治工作，范围为全省 13 个市全覆盖，督查时间为一年无间断。就督查方式来说，第一阶段采取多级联动交叉执法形式，第二阶段依托全省 6 个跨区域监察专员办公室，开展驻点督察和定期巡查。”河北省环保厅副巡视员张桂生介绍说，此次督查规格之高、规模之大、持续时间之长，都是河北环保工作历史之最。

“强化督查的目的就是通过督查，把各项大气污染治理措施和整改措施落实到地上，把治理效果反映到天上。” 张桂生表示。

### 强化督查，谁来督查？
### 第一阶段从各市抽调业务骨干进行督查，第二阶段由 6 个跨区域监察专员办公室具体负责

记者从河北省印发的《2017—2018 年河北省大气污染防治强化督查工作方案》（以下简称《工作方案》）中看到，为统筹协调督查工作，河北省环保厅成立了由环保厅厅长任组长的河北省大气污染防治强化督查工作领导小组，领导小组办公室设在省环保厅督察办，强化督查工作将分两个阶段实施。

第一阶段为 2017 年 4 月 7 日—6 月 30 日，河北省环保厅从各市环保部门抽调 83 名业务骨干，组成督查组，交叉执法，对各市开展不间断驻点督查。

第二阶段为 2017 年 7 月 1 日—2018 年 3 月 31 日，由河北省环保厅 6 个跨区域环境监察专员办公室具体负责，通过日常驻点监察、定期巡视督查和组织交叉检查等方式对

各市开展督查。

与此同时，河北省环保厅还抽调相关处、室（单位）17 名业务骨干组成巡回督查组，对各驻点督查组工作开展情况进行检查。

“在第一阶段，督查将采取多级联动交叉执法形式推进。”张桂生介绍说，比如，抽调的石家庄执法人员将到唐山市进行督查，督查石家庄的执法人员则来自邯郸市环保局，唐山市执法人员被安排到廊坊市进行督查，通过交叉执法来保障督查的独立性、权威性和有效性。

“河北作为全国省以下环保机构监测、监察执法垂直管理制度改革的唯一试点省份，改革中将跨区域设置 6 个环境监察专员办公室。目前，各环境监察专员办公室的工作人员选拔工作正在有序推进中，预计 6 月底前完成办公室组建和进驻工作，届时强化督查将转由 6 个环境监察专员办公室组织实施。”张桂生如是说，各环境监察专员办公室由于是跨区域设置、分别驻市办公，将更有利于开展日常驻点监察、定期巡视督查和组织交叉执法，提高督查效能。

## 强化督查，督查什么？<br>3 项内容纳入督查重点，与环境保护部强化督查相互补充衔接

“河北省环保厅强化督查与环境保护部强化督查的时间虽然一致，但督查内容和侧重点不同。”张桂生解释说，一是河北环保厅强化督查的范围更广，不只是局限于京津冀污染传输通道城市，而是全域覆盖；二是在时间安排上，河北省环保厅强化督查不分轮次，一年无间断；三是在侧重点上，环境保护部强化督查侧重发现问题，河北省环保厅强化督查则紧盯问题整改落实；环境保护部强化督查在每个阶段的侧重点不同，河北省环保厅强化督查在国家督查重点之外进行全面督查，实现两级强化督查工作相互衔接和补充。

记者从《工作方案》中看到，河北省环保厅强化督查在督查内容设计上突出“河北特色”，共分为三大项内容。

一是完成河北省委、省政府批准的环保督察计划，实现两年督察全覆盖。按照河北省委、省政府的环保督察安排，在去年完成对衡水、廊坊、沧州、秦皇岛和定州市环保督察的基础上，今年完成对石家庄、承德、张家口、唐山、保定、邢台、邯郸和辛集市的环保督察。

同时，开展督察反馈意见整改情况“回头看”，在强化督查中，河北将对衡水、廊坊、沧州、秦皇岛和定州市的环保督察整改工作进行“回头看”。

二是配合做好环境保护部组织的京津冀及周边地区大气污染防治强化督查工作。在强化督查期间，河北将及时了解掌握环境保护部督查组指出的问题，督促当地政府及时纠正、及时整改、严格执法、严厉处罚，确保环境问题整改到位；对督查期间发现涉及环境犯罪的案件线索，及时移交移送公安机关，严厉打击各类环境违法犯罪行为，始终保持环境执法高压态势。

河北省环保厅督查组在环境保护部督查重点工作以外开展督导检查，发现环境违法行为线索交由当地环境执法部门做好调查取证、执法监测等配合工作，同时向省环保厅大气污染防治强化督查工作领导小组办公室报告。

三是推进河北省委、省政府“1+18”大气污染防治系列措施落实。重点督查各地各有关部门，对系列措施推进方案和年度计划的制定情况和落实情况，大气污染防治各项主要目标完成进展情况。

## 强化督查，发现问题如何处理?
## 发现大气污染防治突出问题，视情况采取区域限批等措施

“为确保督查效果，河北将采取独立督查方式，不替代市、县日常工作，原则上不需要当地市、县环保部门陪同。督查时，督查组如发现环境违法行为线索，当地环保部门必须做好调查取证、执法监测等配合工作。”张桂生表示，这次督查更侧重“督政”，注重压力传导。各督查组和各环境监察专员办公室要根据被督查区域实际情况，确定督查重点，要盯住不作为、乱作为、慢作为等问题，通过督查切实传导压力，落实环境保护各项责任。

按照《工作方案》要求，河北将对强化督查中发现的问题，进行跟踪督导，组织进行后督察，确保整改落实。对督查中发现的突出问题，由河北省环保厅编发督办通知，送相关市环保局进一步督促落实，相关市环保局需对督办问题整改情况书面反馈，逐一销号。

对督查中发现的大气污染防治问题突出的区域，河北省环保厅将实施挂牌督办或公开约谈，并视情况同步采取区域限批等措施；对督查中发现地方党委、政府及其有关部门环保不作为、慢作为，环保责任不落实等情况，河北省环保厅将移交相关部门进一步调查处理、追究责任。

# 河北省级层面环保垂改机构挂牌人员到位
# 管理新体制正式运行
# 6个环境监察专员办公室、11个驻市环境监测中心同日挂牌

时间：2017年5月1日　作者：周迎久　张铭贤　来源：《中国环境报》2版头条

4月28日，这一天，是河北环保史上重要的一天。

当日，6个环境监察专员办公室、11个驻市环境监测中心在各驻地正式挂牌成立。同时，河北省环境监测中心、河北省环境综合执法局在省会石家庄挂牌。

“机构挂牌，人员到位，这标志着河北省环保垂直管理改革省级层面改革基本完成，自即日起河北环境管理将按照新体制正式运行。”河北省环保厅党组书记、厅长陈国鹰介绍说，河北环保垂改不仅仅是隶属关系的调整，更涉及环境监测、监察、执法等基础制度的重构，是对环境保护管理体制的一次底盘性改革。

## 6个环境监察专员办公室成立
## 落实环境保护“党政同责、一岗双责”

万里晴空，暖阳高照。4月28日上午11时，河北省副省长郑重宣布：“河北省环境保护厅第一环境监察专员办公室正式成立。这是河北环保事业改革发展史上的一件大事，标志着环保垂直管理制度改革迈出了坚实一步，揭开了河北环境监察工作新的一页。”以此为标志，河北“环境监察”被赋予了新的使命。

近年来，河北省铁腕治理环境污染，取得了一定的成效，但与中央要求相比、与人民期盼相比，全省环境质量水平还有很大差距。加快生态文明建设步伐，党中央提出了实行省以下环保机构监测监察执法垂直管理制度，习近平总书记亲自谋划、亲自部署。河北省委、省政府自觉向党中央决策部署看齐，在2015年年底，在全国率先启动了环保垂直管理制度改革的准备工作。省委书记赵克志要求，河北省这项改革要走在前、作表率，形成可推广、可示范的经验模式，通过环保管理体制改革，加快河北环境质量的改善。

2016年12月，《河北省环保机构监测监察执法垂直管理制度改革实施方案》印发，河北成为全国第一个省以下环保垂改试点省。强化问题导向，细化环保责任，压实各级

党委、政府及其相关部门环境保护责任成了河北环保垂改首先要解决的重点。

“我们跨区域设立环境监察专员办公室，驻市开展环境监察和环保督察工作，就是要进一步落实环境保护‘党政同责、一岗双责’要求，着力解决‘上热下冷’和‘最后一公里’问题，通过实行目标责任制、考核奖惩制、责任追究制和信息共享制，打通关节、疏通堵点，真正让党中央、国务院和省委、省政府决策部署落地生效，让环境治理的效果尽快显现出来。”陈国鹰介绍说。

“改革后，河北环境监察职能将由省环保厅统一行使，6 个环境监察专员办公室按照厅内设机构进行管理，这项改革共上划人员 120 名。其中，第一环境监察专员办公室负责对石家庄市、定州市、辛集市开展驻市环境监察和环保督察，其他 5 个环境监察专员办公室各负责两个设区市的监察和督察任务。”河北省环保厅环保机构监测监察执法垂直管理制度改革推进工作领导小组副组长兼办公室主任杨智明介绍说。

“积极适应新岗位，我们将不断探索环境监察方法方式，督导督察环保责任的真正落实，全力推动环境质量加快改善。”作为河北省环保厅第一环境监察专员办公室负责人张桂生深感责任重大，“第一环境监察专员办公室近期将围绕省委、省政府‘1+18’个文件确定的大气治理任务目标进行重点监督检查。”

## 11 驻市环境监测中心运行<br>生态环境质量“谁考核、谁监测”

4 月 28 日，河北省环境监测站更名为河北省环境监测中心并揭牌。同日，河北省环境监测中心和 11 个设区市派驻的市级环境监测中心也在各驻地正式挂牌运行。

新机构的揭牌，背后正是河北环境监测体制的重构。“我们设立省驻市环境监测中心，实行生态环境质量省级监测、省级考核，就是要进一步保证监测数据的权威性、真实性、可靠性，逐步构建起以环境质量为核心的管理模式。”陈国鹰介绍说。

“过去我们的环境监测是‘考核谁、谁监测’，考核的监测数据都是地方自己监测的，这一体制难以保证监测数据的真实性、有效性。改革后，河北生态环境质量监测将实现‘谁考核、谁监测’，省里统一负责对各市（县、区）大气、水、土壤环境质量监测工作，并定期将环境质量状况及变化率向社会公布。”杨智明介绍说，11 个驻市环境监测中心在组建中，上收了负责生态环境质量监测的人员。其他监测力量将充实到市县执法队伍中，主要从事环境执法监测、污染源监测和突发事件应急监测，支持配合属地环境执法。

“五个手指头不一般齐，河北 11 个设区市环境基础不同，生态功能区划要求不同，环境质量监测的重点自然也会有差别。比如张家口承担着冬奥会监测任务，秦皇岛有暑期监测任务等。”杨智明介绍说，在监测体制调整中，河北省因地制宜，结合垂改后各市实际监测任务情况，采取了“一市一案”方式进行上收，11 个省驻市环境监测中心共计上划人员 468 名。

“下一步，我们将依托 11 个驻市环境监测中心完成对全省 142 个县（市、区）环境空气质量监测事权的上收，在 168 个县（市、区）加密增设 194 个监测点位。”河北省环境监测中心负责人谢剑锋介绍说，事实上，自 3 月起，河北环境监测新体制已开始试运行。4 月 15 日，首次发布了 3 月份全省 168 个县（市、区）以及 8 个传输通道城市环境空气质量排名，并首次对全省 11 个设区市、168 个县（市、区）空气质量改善率进行排名并发布。

## 环境综合执法局揭牌<br>查处污染大案要案及跨区域纠纷

作为河北环保垂改机构调整的又一重点，4 月 28 日，河北省环境执法监察局调整为河北省环境综合执法局，并自即日起按照新机构定位开展工作。

“剥离了环境监察职能后，河北省环境综合执法局将着力查处重大环境违法案件、开展执法情况后督察，进一步增强环境执法的针对性、有效性。同时，统筹解决跨区域、跨流域环境问题。”杨智明介绍说，按照河北环保垂改的总体要求，下一步，河北将进一步强化环境执法人员持证上岗和资格管理制度，将环境执法机构列入政府行政执法部门序列，配备调查取证、现场执法、移动执法等装备，统一环境执法人员着装，保障一线环境执法用车，并依法赋予环境执法机构实施现场检查、行政处罚、行政强制的条件和手段。

环境执法重心下移，是河北环保垂改的基本要求之一。这也意味着，在市县级层面的环保垂改中，执法职能将得到进一步加强。“改革后，市级环保局将统一管理、统一指挥本行政区域内县（市、区）环境执法力量。同时，市级环境监测机构剥离质量监测职能后的人员编制、仪器设备重点充实到一线环境执法队伍。”杨智明解释说，环境执法的这项改革调整只是涉及财政供养和机构隶属关系，不会“抽空”区县环保力量，反而是要增强区县的执法力量和能力。

## 市级环保干部管理体制调整<br>实行以省环保厅为主的双重管理

4 月 11 日，河北省委组织部下发了《关于调整环境保护部门干部管理体制有关问题的通知》（以下简称《通知》），明确提出，各市（含定州、辛集市）环保局领导干部实行双重管理，以省环保厅党组管理为主，市委协助管理。省环保厅党组负责提名市环保局局长、副局长（包括同级非领导职务），会同市委组织部进行考察，征求市委意见后，提请市委、市政府按有关规定程序办理，其中局长提请市人大常委会任免。

“4 月 20 日，河北省环保厅向各市环保局转发了这一《通知》，这也标志着即日起，河北省市级环保局干部管理体制已按照河北环保垂改方案要求调整到位。今后，市级环保局干部提名、考察、任免将按照新体制执行。”杨智明介绍说，《通知》还同时明确了县（市、区）环境保护分局局长、副局长等人员任免，由市级环保局党组研究决定，报市级组织人事部门备案。

随着河北环保垂改省级层面改革的基本完成，市级层面的改革也进入了实施阶段。目前，河北省邢台市委、市政府已正式印发邢台市环保垂改工作方案，并组织实施；河北其他 10 个设区市环保垂改工作方案已全部完成备案，并将组织实施。

“蹄疾步稳推进改革，总的来看，河北环保这些改革举措，不只是机构隶属关系的调整，更是环境监测、监察、执法等环保基础管理制度的重构，是对环境保护管理体制的一次根本性改革。”陈国鹰表示，河北将坚决按照时间节点，高质量地把改革任务完成好、高效率地把环境污染治理好，为打造京津冀生态环境支撑区、深度推进生态环境建设作出更大贡献。

# 明确范围　摸清底数　挂图作战　公开信息<br>河北出硬招清理“散乱污”企业<br>明年还将“回头看”，发现一起，以永久不可恢复生产的标准取缔一起

时间：2017 年 5 月 1 日　作者：周迎久 张铭贤　来源：《中国环境报》8 版头条

“历史原因，河北省工业企业存在‘散乱污’企业扎堆，特色产业规模小、工艺落后、环保设施不足、超标排放严重等特点。”河北省环境监察局执法三队队长戎立介绍，按照河北省委、省政府科学治霾、协同治霾、铁腕治霾的部署要求，河北近日制定并下发《河

北省集中整治“散乱污”工业企业专项实施方案》(以下简称《实施方案》)。

按照《实施方案》要求，河北在全省范围内深入开展集中整治，坚决关停取缔治理无望的“散乱污”企业。

值得一提的是，河北此次行动不仅明确了“散乱污”企业范围，各地还将通过拉网式排查建立“散乱污”企业清单并向社会公示。对列入清单的企业，各地各相关部门将联动执法，确保取缔到位，整改到位。

## 什么样的企业才叫“散乱污”？

原来每天都轰隆隆的机器停运了，刺耳的噪声没有了，曾经四处弥漫的粉尘在地面上落了厚厚一层。

4月12日上午，河北省邯郸市邯山区李南留村的一家小木器厂被依法关停。记者在现场看到，厂房内仍堆放着大量木板等原材料，西侧排列着各类机器20余台。

“按照断水断电及清产品、清原料、清设备的要求，该木器厂会在两天内取缔到位。”负责现场指挥的邯山区南堡乡副乡长马洪志介绍，这个厂距居民区不足20米，没有环评等手续，生产不仅会产生粉尘、挥发性有机物，噪声还严重影响附近居民生活。

“邯山区取缔的这家小木器厂正是河北‘散乱污’企业专项整治中‘乱’的企业。”据戎立介绍，此次专项行动河北对“散乱污”企业进行了明确界定。

记者从《实施方案》中看到，河北“散乱污”企业是指：不符合产业政策，不符合当地产业布局规划，未办理工信、发改、土地、规划、环保、工商、质监、安监、电力等相关审批手续，不能稳定达标排放的企业。

其中，“散”是指不符合当地产业布局规划，没有进驻工业园区的规模以下企业。“乱”是指不符合产业政策的企业，应办而未办理相关审批手续的企业，存在于居民集中区的企业、工业摊点、工业小作坊。“污”是指无污染防治设施或污染防治设施不完备、不能对产生的污染物进行有效收集、无组织排放严重的企业，污染防治设施不具备达标排放能力的企业，没有治理价值的企业以及不能实现稳定达标排放的企业。

事实上，在《实施方案》出台前，河北多地已先期启动了“散乱污”企业的治理，在治理范围上各市也是因地制宜不同程度地进行了加码。

石家庄市提出，凡涉及“不符合产业政策的”企业，坚决按照“两断三清”标准依法予以取缔；对无排水去向的企业，一律实施停产关闭。邯郸市结合实际，明确了建材、冶炼、标准件等6大类45项“散乱污”企业。

## 分类施治，怎么分？如何治？

4月8日，记者在河北省晋州市槐树镇万木春石膏制品厂看到，厂区内已是一片平地，厂房被拆成一堆瓦砾，被拆散的设备露天堆放，等待清运。

据晋州市相关负责人介绍，今年2月初启动“散乱污”企业专项整治行动后，晋州专门成立了领导小组，抽调执法人员及专业技术骨干，连续8天实行24小时作战，对110余家无环评手续、非法生产的石膏粉厂、珍珠岩厂、玻镁板厂、矿棉厂进行取缔。

“晋州市依法关停取缔‘散乱污’企业，是集中整治中采取的最严厉措施。一手抓关停取缔，一手抓管理提升，河北针对不同类型的‘散乱污’企业，提出要分类施治。”戎立说。

按照《实施方案》要求，针对不能稳定达标排放、治理无望的‘散乱污’企业，河北要求坚决予以关停取缔；经过整合可以达到相关要求的企业，要加快整合搬迁；不能稳定达标的，要限期整治改造；对不能稳定达标排放，但涉及民生的，例如承担居民供暖不能轻易停产的企业，依法启动按日计罚程序，实行全过程连续性惩罚。

明确完成时限，挂图作战。记者从《实施方案》中看到，河北要求，今年9月底前，各县（市、区）要通过关停取缔、限期搬迁、停产整治等措施，完成集中整治工作。

按照要求关停取缔类，6月底前关停到位，9月底前按照“两断三清”标准取缔到位；整合搬迁类，6月底前企业停产治理，9月底前完成原有厂区搬迁工作；整治改造类，9月底前完成治理任务，逾期未完成整治改造任务的，予以关停取缔。

按照《实施方案》确定的时间节点，河北各地普遍将完成时限往前提，治理标准再加严。

例如邯郸明确提出6月底前整治到位。按照这一时间节点，邯郸倒排时间挂图作战，进行地毯式摸排，共排查出“散乱污”企业4 778家，其中属于严厉打击类的企业719家，属于关停取缔类的2 235家，规范提升类的1 825家。

## 容易复产问题，该用什么招？

查封电表，掐断供电线路，4月13日，曲周县供电部门派出多路工作人员，协助环保人员对先前曲周县委、县政府确定的“散乱污”关停类企业逐户断电，确保关停企业停产到位。

“‘散乱污’普遍规模小，复产容易，曲周通过多部门联动执法，对停产企业强制断电，可以有效遏制企业复产，巩固治理成果。”戎立介绍，河北“散乱污”企业涉及的范围广、分布散、隐蔽深，仅靠环保部门一家单打独斗，难以彻底铲除。针对这一难题，河北提出建立联席会议制度，各地各部门各司其职，确保摸排无遗漏，关停取缔到位。

记者从《实施方案》中看到，河北明确提出，发改、工信部门要对企业生产装备、产能等要素进行审核，不符合的要提请当地政府关停淘汰；水利部门要对列入关停取缔名单的企业关停其“自备井”，吊销企业取水和排水许可；工商部门要依照有关部门的提请，依法暂扣企业营业执照或依法吊销营业执照等。

“多部门联动的目的就是形成打击‘散乱污’企业的高压态势，全方位、无缝隙推进工作，确保关停取缔或者整改到位。”戎立说。

## 靠什么巩固治理成果?

“底数要清，是河北此次‘散乱污’企业整治的又一项明确要求。”据戎立介绍，河北省各市目前均已开展拉网式排查，部分地市已完成排查工作。河北要求各市、县要边排查边统计，建立准确、真实的“散乱污”企业清单。

记者从《实施方案》中看到，河北不仅要求各县（市、区）建立起“散乱污”企业清单，还要求各县（市、区）加强该类企业的信息公开工作。

河北要求，各市县要在6月10日前将“散乱污”企业整治清单在政府官网进行公示，公示内容包括企业名称、地址、责任单位、责任人等内容。同时，还要在每月月底前公开整治进度。

此外，加强监督，杜绝反弹。河北将建立“散乱污”企业举报热线，接受群众监督。

河北省政府将结合各县（市、区）进度，适时开展督导检查，对排查中瞒报漏报的，整治中弄虚作假的、推进不力的，逾期未完成整治任务的，依法依规追究责任。

明年起，河北各市还将持续巩固行动成果，每年对“散乱污”企业整改情况进行“回头看”，发现一起，以永久不可恢复生产的标准取缔一起。

# 河北省印发生态文明建设目标评价考核办法
# 生态文明建设考核实行党政同责

时间：2017年5月11日　作者：周迎久 张铭贤　来源：《中国环境报》2版头条

河北省委办公厅、省政府办公厅日前印发《河北省生态文明建设目标评价考核办法》（以下简称《办法》），明确提出对各市党委、政府生态文明建设目标实行年度评价、五年考核机制，考核结果向社会公布，并作为各市党政领导班子和领导干部综合考核评价、干部奖惩任免的重要依据。

## 一年一评价　五年一考核

《办法》明确，河北生态文明建设目标评价考核实行“党政同责”，各市党委和政府领导成员生态文明建设“一岗双责”，按照客观公正、科学规范、突出重点、注重实效、奖惩并举的原则进行。

在河北生态文明建设目标评价考核中，评价方面，重点评估各市上一年度生态文明建设进展总体情况，每年开展一次。考核方面，主要考查各市生态文明建设重点目标任务完成情况，每个五年规划期结束后开展一次。

此外，为确保评价考核工作客观公正、依规有序开展，《办法》还明确，各市不得篡改、伪造或指使篡改、伪造有关统计和监测数据，对存在上述问题并被查实的，考核等级确定为不合格。对徇私舞弊、瞒报谎报、篡改数据、伪造资料等造成评价考核结果失真失实的，由纪检监察机关和组织（人事）部门按照规定严肃追究有关单位和人员的责任；涉嫌犯罪的，依法移送司法机关处理。

## 目标考核突出公众获得感

年度评价按照河北省绿色发展指标体系实施，主要评估各市资源利用、环境治理、环境质量、生态保护、增长质量、绿色生活、公众满意度等方面的变化趋势和动态进展，生成各市绿色发展指数。年度评价应在每年 9 月底前完成，年度评价结果向社会公布，作为年度党政领导干部环保目标责任考核的重要参考，并纳入生态文明建设目标考核。

目标考核内容主要包括河北省国民经济和社会发展规划纲要确定的资源环境约束性

指标，以及河北省委、省政府部署的生态文明建设重大目标任务完成情况，突出公众的获得感。目标考核在五年规划期结束后的次年开展，并于9月底前完成。

### 造成环境损害终身追责

目标考核采用百分制评分和约束性指标完成情况等相结合的方法，考核结果分为优秀、良好、合格和不合格4个等级。考核牵头部门汇总各市考核实际得分及有关情况，提出考核等级划分、考核结果处理等建议，并结合领导干部自然资源资产离任审计、领导干部环境保护责任离任审计、环境保护督察等结果，形成考核报告。考核报告经河北省委、省政府审定后向社会公布，考核结果作为各市党政领导班子和领导干部综合考核评价、干部奖惩任免的重要依据。

对考核等级优秀、生态文明建设工作成效突出的市，给予通报表扬；对考核等级为不合格的市，进行通报批评，并约谈其党政主要负责人，提出限期整改要求；对考核等级为合格（含）以上但个别约束性指标未完成的市，由相关省级主管部门按照专项考核办法的规定进行处理；对生态环境损害明显、责任事件多发市的党政主要负责人和相关负责人（含已调离、提拔、退休的），按照《党政领导干部生态环境损害责任追究办法（试行）》等规定，进行责任追究。

## 空气质量排名靠后咋办？约谈！河北向六县市区政府负责人传导压力

时间：2017年6月2日　作者：周迎久　张铭贤　马幼松

来源：《中国环境报》2版头条

针对4月份空气质量综合指数排名靠后，同比出现大幅反弹问题，5月26日，河北省大气污染防治工作领导小组办公室（以下简称河北省大气办）公开约谈正定县、昌黎县、迁安市、唐山市开平区、唐山市古冶区、成安县等6县（市、区）政府主要负责人。

## 被约谈地区空气质量均在后 20 名且同比恶化

“正定县 4 月空气质量综合指数为 7.54，在全省倒数 19 位；较上年同期的 7.05 空气质量变差，变化率为 6.95%，排名全省第十一位。4 月正定县首要污染物为 $PM_{10}$，建议加强扬尘治理和提高城市精细化管理水平。”公开约谈中，河北省环境应急与重污染天气预警中心主任王晓利逐一通报了 6 县（市、区）空气质量综合指数和排名情况。

据介绍，6 县（市、区）空气质量均在全省空气质量排名的后 20 位，且同比均出现恶化。其中，成安县空气质量在全省排名倒数第三位，较去年同期变差排名为第四位，为六县（市、区）中空气质量最差且反弹幅度最大的；昌黎县排名后 19 位，较去年同期变差排名为第五位；迁安市排名后 20 位，较去年同期变差排名为第八位；开平区排名后 5 位，较去年同期变差排名为第九位；古冶区排名后 6 位，较去年同期变差排名为第二十位。

“6 县（市、区）4 月份空气质量首要污染物大部分为颗粒物。一方面由于春季多风，扬尘控制不到位；另一方面也说明县域精细化管理还有待提升。”王晓利介绍说。

## 六县（市、区）环境问题突出要加快整改

河北省委、省政府高度重视大气污染防治工作，出台了“1+18”系列治霾措施，深入开展大气污染综合治理，全省大气环境质量同比恶化趋势得到有效控制。

“从监测数据看，设区市空气质量要普遍好于周边县域的空气质量，这也说明，河北大气污染防治要深入推进，必须抓好县域甚至是乡镇一级的贯彻落实。”河北省大气办常务副主任、河北省环保厅副厅长殷广平介绍说，此次河北省公开约谈 6 个县（市、区），就是要将大气污染综合治理的压力向下传导，督促各项治理措施落地。

被约谈的 6 个县（市、区）不仅存在空气质量差的问题，部分县（市、区）还存在治理措施落实不到位、企业在线监测造假和超标排放、“散乱污”企业整改不到位、蒙骗执法人员检查等突出问题；一些地方还存在自动监测站管理运行不规范造成数据失真等问题。

“迁安市‘散乱污’企业排查不到位，十余家钢渣企业未列入整治清单，部分企业跑冒滴漏问题严重；唐山市开平区道路扬尘问题突出，面源污染防治亟待加强……”约谈中，河北省环境综合执法局副局长张大鹏就 6 个县（市、区）存在的突出环境问题进行了通报。

殷广平要求，各地要对照通报的问题，依法从严处理，该取缔一律取缔，该治理一

律责令停产治理，并对其环境违法行为实施上限处罚。同时要举一反三，对治理措施落实不到位、环保设施不运行、超标排放、在线设施弄虚作假等严重问题，开展拉网排查，一经发现严厉惩处，并追究相关责任。

根据规定，被约谈县（市、区）要将有关整改方案和整改方案落实情况分别于6月5日、6月30日前报送河北省大气办，河北省大气办将适时开展后督察。6县（市、区）政府主要负责人就约谈事项进行说明并表示，将以此次约谈为契机，认真总结在开展大气污染综合治理工作中存在的不足，改进工作措施。

## 排名靠后同比恶化的县域或将被扣钱、问责

“实现环境空气质量持续改善，是河北大气污染综合治理工作的核心目标，是各地任务目标的最终底线。”殷广平说，下一步，河北将每月公布县域空气质量排名的前后 20名和改善率前后20名。

充分发挥空气质量监测数据及排名的导向作用，河北将建立大气生态补偿机制和县级大气污染防治考核机制。

河北省委、省政府联合印发的《河北省大气污染防治监察考核专项实施方案》（以下简称《实施方案》）中明确提出，以加快环境空气质量为核心，建立县级大气污染防治考核结果与财政挂钩的资金奖惩机制。

《实施方案》明确提出，对全省县（市、区）年度考核结果前20名的给予资金奖励，对排名倒数 11～20 名、倒数 6～10 名、倒数 1～5 名的分档次惩罚性扣减资金。同时，对县级大气污染防治考核结果排名倒数 5 名的视情况予以惩戒；对未完成年度目标任务但空气质量有改善的，对县（市、区）党委、政府主要负责人和相关负责人公开约谈；对未完成年度目标任务且空气质量恶化的，对县（市、区）党委、政府主要负责人和相关负责人问责处理。

在考核年度目标任务的同时，河北省还将对县域空气质量同比变化情况建立奖惩机制。据了解，河北拟制定《河北省环境空气生态补偿监测管理办法》，按照“谁保护、谁受益，谁污染、谁付费”的原则，以各市县细颗粒物、可吸入颗粒物、二氧化硫、二氧化氮季度平均浓度同比变化情况为考核指标，建立考核奖惩和生态补偿机制。

# 河北通过“减、治、补”，让华北明珠更明亮
# 白洋淀水质有提升

时间：2017年6月12日　作者：周迎久 张铭贤 陈振辉　来源：《中国环境报》6版头条

“一望湖天接杳茫，蒹葭杨柳郁苍苍。”2017年，白洋淀的春天格外热闹。12万亩芦苇竞相发芽展叶，逾千万米$^3$的生态补水汩汩不停，汇入白洋淀。

雄安新区的设立，将使这颗“华北明珠”更亮。通过实施“减、治、补”等举措，白洋淀水质得到提升。白洋淀及上游水环境状况稳步改善，主要入淀河流府河（府河望亭、安州）断面水质明显好于去年同期。淀内水质总体保持稳定，局部有所好转。

## 削减入河入淀污染物

白洋淀是华北地区最大的淡水湖泊，处于“九河”下梢，上游潴龙河、孝义河、唐河、府河、漕河、白沟引河等9条河流注入，素有“华北明珠”之称。

今天，9条河中有多条河流已经断流，有水的入淀河流中也多成纳污河。因此，削减入河、入淀污染负荷成了首要任务。

实地踏看蠡县正忠污水处理厂、潴龙河蠡县段水体情况，仔细了解市区雨污分流管网建设，保定市委书记聂瑞平近日对市域内污水治理情况进行了调研。而此次调研的目的，就是如何最大限度削减入淀污染物。

聂瑞平指出：“保定工业园区及沿途生活污水排放，要全部接入城市污水管网。清苑区要上治理设施，处理好周边村落生活污水进入大寨渠的问题。市区相关部门及莲池区、竞秀区要全面做好雨污分流，解决污水入河问题。”

事实上，为加快推进水环境质量改善，以实际行动助推雄安新区环境建设，保定市自4月15日起，就启动了为期3个多月的保定市护水百日会战。

“百日会战期间，保定市环保部门将严厉查处5类涉水污染。”保定市环保局副局长贾见勇介绍说，这5类分别是涉水工业企业达标排放情况，城镇污水处理厂达标排放情况，涉水散、乱、污企业整治情况，饮用水水源地水质安全保障情况以及向河湖倾倒危险废物及废污水行为。

此外，加大污水处理能力建设，是削减污染物的重要途径。截至目前，保定市建成投运41座城镇污水集中处理厂，形成了每天118万吨的污水处理能力，实现了白洋淀上游县级以上城镇和重点乡镇污水处理厂的全覆盖。保定市全境向环境直接排水的企事业单位、污水处理厂全部执行《城镇污水处理厂污染物排放标准》中一级A标准，以最严格的标准控制污水进入地表水环境。

## 整治淀区及周边环境

统筹上下游、协调淀内外，为保护好白洋淀生态环境，2016年河北省水污染防治工作领导小组办公室印发《河北省白洋淀和衡水湖综合整治专项行动方案》，决定将白洋淀及其外延连通水系作为重点区域之一，围绕改善水体水质、修复淀区生态、提升承载能力等8方面，开展治理工作。

记者从保定市环保局了解到，整治淀区及周边环境，保定市一方面严格项目准入管理，坚持淀区不上项目、不建园区、不办工业，所有涉水工业企业全部外迁，并深入进行综合整治；另一方面加大了对违规项目的清理整顿力度，去年以来，保定市对淀区20个违规项目进行了整顿，其中不符合白洋淀产业发展规划、影响白洋淀整体形象的两个项目被拆除并恢复原貌，两个没有实质建设的项目已经撤销。

翻开白洋淀的流域图不难看出，白洋淀水域总面积366千米$^2$（水面在大沽高程10.5米时测），其中85%的水域面积在安新县境内，面积约为312千米$^2$。

加大淀区环境治理，安新县首当其冲。安新县环保局副局长杨振铎介绍说，安新县将白洋淀治理作为县里发展的“一号工程”，集中力量在淀区45个村庄实施垃圾处理、污水处理、村庄绿化等30多项改造工程。目前，共建成71座污水处理站，铺设31.25万米污水管网，45个村的垃圾中转站和垃圾收集转运设备全部建成并配发到位。

每天清晨，安新县端村镇大淀头村村民都会将收拾好的垃圾放进街道上统一的垃圾箱，然后再由村里负责收集，最后由镇里安排车辆统一转运至县垃圾处理厂统一处理。

不仅如此，村里还建了3座污水处理厂。村党支部副书记朱国宁介绍，村内所有污水都实现了集中处理，所处理的污水均达到国家排放标准。

垃圾不落地，污水不直排，在减少淀区村生活垃圾对白洋淀水质影响的同时，安新县还积极引导淀区群众转变生产方式，全面清理淀区水产养殖业。

据了解，淀区高密度养殖、大量投放的饵料是白洋淀水质恶化的隐患。自2014年开始，安新县先后清理水产养殖面积超过1.18万亩，涉及养殖场户5 500多家。

“我们正进行第五阶段清网行动，目标是清除淀区全部网箱、网栏，清理4 000亩重点水域的网围。巩固整治成果，减少养殖业对白洋淀水体的污染。”安新县水产畜牧局副局长刘立新在接受记者采访时说，在清理养殖业污染的同时，安新县正积极组织增殖放流行动，拟放流鲢鱼、鲫鱼、虾蟹以及一些观赏鱼。增殖放流可以净化水体，又能促进当地休闲旅游、观光垂钓等产业发展，拓宽养殖户们转型、转产渠道。

## 探索补水长效机制

4 月 9 日，一股清流经过 4 天 160 千米的长途跋涉，从保定市王快、西大洋两座水库流入了白洋淀。

尽管白洋淀治污取得了阶段性成果，但目前白洋淀水质仍与水功能区划要求的水质存在差距。蓄水不足，水环境容量少，水体自净能力差，要综合治理白洋淀，科学补水成了一道“必答题”。

“4 月 5 日，保定市王快、西大洋水库联合向白洋淀进行生态补水。此次补水预计持续两个月，补水量为 3 300 万米$^3$。”安新县水利局副局长高克军介绍说，白洋淀虽是“九河”下梢，但近年来华北地区干旱少雨，多数入淀河流已断流，白洋淀多年来极少能达到水功能区划要求的 8.4 米的最低生态水位。因此，生态补水对白洋淀尤为重要。

雄安新区的成立，为白洋淀建立长效生态补水机制按下了“快进键”。记者从河北省水利厅了解到，引黄入冀补淀工程正加快建设中。建成后，每年可向白洋淀补水 2.55 亿米$^3$，除去损耗，白洋淀可受水 1.1 亿米$^3$。这也是白洋淀补水的长效机制，对促进白洋淀生态环境实现良性循环至关重要。

补水之外还要节水。河北省水利厅表示，将综合采取行政、经济等手段，增加雄安新区南水北调水用量，保障新区用水需求。加大新区上游水土流失治理力度，统筹推进水源地周边、河流源头生态清洁小流域建设；下大力推进雄安新区及周边地下水超采综合治理，力争在河北全省率先实现地下水采补平衡。

河北省环保厅正在拟定雄安新区水污染治理等多项工作方案，为打造水城一体的新区提供强有力的环境支撑。相信，在顶级治水专家的指导下，在多级、多层面联合支持下，苇绿荷红、水清鱼肥的白洋淀，定将成为雄安新区版图上一颗璀璨的明珠。

# 河北利剑斩污行动显示威力
# 共侦破环境犯罪案件528起，抓获嫌疑人1 132人

时间：2017年6月16日　作者：周迎久 张铭贤　来源：《中国环境报》8版头条

河北省政府新闻办日前召开发布会，省公安厅、省环保厅、省人民检察院、省高级人民法院就“2016利剑斩污”专项行动成效情况作了通报，并公布6起典型污染环境案件。专项行动期间，河北查处、侦办的环境案件数量和类型越来越多，环境污染犯罪主要集中在电镀、制革等重点行业领域，出现了利益链条式的共同犯罪，此外，河北还加大了对职务犯罪的查处力度。

河北省“2016利剑斩污”专项行动是上述四部门联合发起的一项行动，从2016年11月17日开始，至2017年4月30日结束，对各类环境违法犯罪予以了严厉打击。

## 公安部门：侦办监测数据造假案件实现新突破

2017年3月，石家庄市鹿泉区公安局破获了河北省首起篡改、伪造在线监测数据污染环境案。

经查，鹿泉区某水泥厂为节约生产成本，故意减少烟气防治原料氨水的使用量并伪造、篡改烟气连续监测系统数据，违法减少防治污染设施运行支出达320余万元，对大气造成污染。目前，案件已刑事拘留8人，批准逮捕5人。

“近年来，河北全省齐心协力治污，但仍有一些不法企业千方百计顶风作案。污染环境犯罪案件数量和类型越来越多，专业技术性越来越强，比如企业或通过设置暗管向大气直排有害气体，或通过篡改、伪造监测数据，干扰监测设施，超标排放。这类案件一般比较隐蔽不易被发现，专业技术性又强，对办案人员的要求越来越高。”河北省公安厅副厅长冯帆介绍说，针对这种状况，省公安机关以焦化、水泥、化纤、玻璃等涉气企业和监测设施运维企业为重点，对其中涉嫌犯罪的予以严厉打击。

据介绍，今年2月以来，河北省石家庄、唐山、廊坊、邢台等地相继破获大气污染刑事案件8起，抓获排污企业及监测设施运维企业犯罪嫌疑人20余人。

整个专项行动期间，河北省公安机关共侦破环境犯罪案件528起，抓获犯罪嫌疑人1 132人；查处了大批治安案件，处理违法人员3 800多人。相继侦办了8起大气污染刑

事案件，侦办非法倾倒危险废物 3 吨以上案件 41 起，侦办通过渗坑、渗井、沟渠等非法排放、倾倒、处置有毒物质案件 78 起。

## 环保部门：联合执法次数增加 73%，移送公安案件增加 32%

“与 2015 年相比，‘2016 利剑斩污’专项行动期间，各部门联合执法次数增加 73%，环保部门移送公安机关案件数量增加 32%，处罚案件数量增加一倍多，处罚金额增加 10%，关停取缔企业数量增加 86%，极大地震慑了违法排污企业。”河北省环保厅环境监察专员张桂生介绍说，“2016 利剑斩污”专项行动各级环保部门共检查企业 5.3 万家次，查处违法企业 5 200 家，关停取缔 2 883 家，立案处罚 2 064 家，责令整改 1 480 家，挂牌督办 25 家，移送公安机关 337 起，媒体曝光 47 起，处罚金额 8 400 万余元，无论是检查数量还是处罚金额，较上次都有明显提升。

在四部门联合行动的同时，针对环境污染犯罪高发领域，河北省环保厅还与省公安厅、省交通厅连续 3 次开展打击涉危险废物环境违法犯罪行为专项行动，现场检查 1 500 余家涉危险废物企业，查处环保问题 31 件，责令整改企业 65 家，环保立案查处 29 件，移交公安机关 3 件，暂扣 4 家企业《危险废物经营许可证》，停止 7 家企业一切经营活动，责令 5 家企业限期整改。

针对在线监测数据造假问题，河北省环保厅多次开展“零点行动”，包括 7 次涉水抽查和 6 次涉气抽查，远程抽查 240 家涉水企业和 148 家涉气企业（涉及废气排放口 358 个），发现 3 家涉水企业超标排放，32 家涉气企业 45 个排口数据存在异常。目前，对发现的监测数据超标及异常情况，已移交相关部门或相关地市依法进行调查处理。

## 全省法院：审理的污染环境犯罪案件主要集中在镀锌行业

“近两年，河北省法院审理的污染环境犯罪案件主要集中在一些特定行业，如电镀、制革、倾倒废酸等。其中，绝大部分集中在镀锌行业，具体表现形式就是利用私设暗管或利用渗井、渗坑等排放、倾倒、处置有毒物质，主要是涉水体、土壤污染。”河北省高级人民法院审判委员会专职委员葛庆龙表示，专项行动期间，全省法院共审结污染环境刑事一审案件 143 件，判处罪犯 276 人。

葛庆龙介绍说，专项行动期间，河北省法院坚持从重定罪、从重量刑、从严把握缓免刑，对违反国家规定，排放、倾倒、处置含有毒性、放射性、传染病病原体等物质的污染物，同时构成污染环境罪、非法处置进口固体废物罪、投放危险物质罪等犯罪的，坚持从重定罪；对环境污染犯罪的惯犯、主犯、长期实施污染环境行为、造成严重后果的犯罪分子，坚持从重量刑，并从严把握适用缓免刑的条件。

葛庆龙表示，在依法适用主刑的同时，河北还加大财产刑的判处力度，用好罚金、没收财产等刑罚手段，通过采取追缴违法所得、收缴犯罪工具等措施，切实改变违法成本低的状况，从经济上剥夺犯罪分子再次犯罪的能力和条件。

### 检察机关：建立办理案件“绿色通道”严查职务犯罪

“专项行动期间，全省各级检察机关均建立了办理污染环境刑事案件‘绿色通道’，办理提请审查逮捕案件平均提前两天，办理移送审查起诉案件平均提前 8 天。”河北省人民检察院生态环境保护检察处处长周宏伟介绍说，专项行动期间，全省检察机关共受理公安机关提请审查逮捕破坏环境资源犯罪案件 277 件 410 人，批准逮捕 214 件 300 人；受理移送审查起诉 479 件 852 人，提起公诉 398 件 689 人，监督行政机关移送案件 28 件 30 人，监督公安机关立案 37 件 41 人，查办职务犯罪案件 15 件 23 人。

此外，河北省检察机关还开展了“破坏环境资源犯罪专项立案监督活动”，“2016 利剑斩污”专项行动期间，全省检察机关共发出督促履行职责检察建议 658 件，采纳率达 100%。

新闻发布会上，周宏伟还表示，河北省各级检察机关正在探索对破坏环境资源犯罪案件提起刑事附带民事诉讼，让犯罪分子在受到刑事处罚的同时，依法履行生态环境修复赔偿义务，使受损害的生态环境得以修复。

## 河北专项监察首枪瞄准大气污染治理
## 截至 6 月 18 日，提出监察建议 263 件，移交线索 61 件，责成追究 62 人责任

时间：2017 年 7 月 6 日　作者：周迎久 张铭贤　来源：《中国环境报》1 版头条

河北是全国首个实行环境监察专员制度的省份，作为河北省环保机构监测监察执法垂直管理制度改革的重要内容，河北省委、省政府授权河北省环保厅对各市（含定州、辛集市）、县（市、区）党委、政府及其负有生态环境保护监督管理职责的部门履行职责情况进行监察。

6月6日起，河北6个跨区域监察专员办公室同时启动针对河北省委、省政府大气污染综合治理“1+18”个文件贯彻落实情况的专项监察活动。截至6月18日，6个监察专员办共提出监察建议263件，移交案件线索61件，责成当地党委、政府追究相关人员责任62人。

“这次专项监察是监察专员办成立以来第一次全省性的集中行动，是河北省实行环保垂直管理新体制后环境监察在全省打响的第一枪。”河北省环保厅副厅长杨智明介绍说。

## 专项监察第一枪为何瞄准蓝天行动?

“‘1+18’个文件是河北蓝天行动的顶层设计，这些政策措施能否落地，是河北大气环境质量改善的关键。河北监察专员办成立以后，将专项监察的第一枪瞄准蓝天行动，就是要向环境违法违规行为叫板，向不作为慢作为县区党委政府叫板，向不履职尽责的单位和个人叫板，通过监察行动，聚焦政策落实的‘最后一公里’，聚焦大气污染治理中存在的‘上热下冷’问题，让省委、省政府的决策部署落地生效，推动大气环境质量尽快改善。”杨智明在接受记者采访时说。

为期20天的专项监察活动确定了3项重点监察内容，包括河北省委书记赵克志在全省大气污染综合治理大会上讲话精神的学习贯彻情况;“1+18”个文件细化落实情况，着重监察研究部署、任务分解、责任落实和进展成效等;7个专项行动开展情况。

专项监察中，河北要求，把县（市、区）作为关键环节进行重点监察，同时可抽查市级主要责任部门任务分解、落实情况。此外，还要求各地要坚持边监察边整改的原则，把监察的过程作为发现问题的过程、推进落实的过程。必要时，各监察专员办可对不尽责、不落实的有关责任人，报请河北省环保厅批准后，采取公开约谈的方式传导压力、督促整改、落实责任。

据了解，专项监察结束后，河北省环保厅将对监察情况进行梳理，向河北省委、省政府报告。

## 专项监察督政工作如何推进?

“我们已对保定市满城区、定兴县等多个县（市、区）开展了专项监察活动，今天主要是对清苑区开展监察。今天上午，我们要完成3项工作：一是听取区委区政府大气污染防治的情况汇报，二是查阅区委、区政府相关问题研究部署和7个专项行动进展情况，三是与区政府相关职能部门和乡镇进行座谈询问。”6月15日一早，河北省环保厅第四监察专员办公室监察一处处长程钢就带队赶赴清苑区。

8时30分，保定市清苑区政府的会议室内，区委、区政府、区纪委主要领导干部，辖区乡镇党委书记、区政府各职能部门主要负责人悉数到场。

清苑区区长王涛汇报整体情况后，监察干部边查阅资料，边与重点职能部门和乡镇进行座谈问询。

“你是电力部门的，在农村清洁供暖集中攻坚行动中，你们有没有电代煤的任务？”上午10时30分左右，第四监察专员办公室监察一处副处长王丹开始了询问。

“有，大概900多户要进行电代煤改造，这个工作去年已经开始了，今年是完善提升。”

“你们有没有测算过，现有的电容能否满足老百姓冬季采暖需求；还有就是电代煤后运营成本，老百姓能否接受。如果不能满足采暖需求，或者运行成本太高，那老百姓就会返回去再烧煤，我们的改造就没有意义了。”

“这个我还不太了解。”

……

一上午的询问和查阅中，专项监察组对清苑区提出了5条建议。

“接下来，我们还要到实地去察看，通过走访企业、工地等现场，通过发现的问题来倒推各级党委、政府环保责任落实情况。”程刚介绍说。

“此次专项监察的方式主要有3种，一是听取汇报，二是调阅资料，三是走访核查。”杨智明介绍说，“通过这3步，基本可以达到监察目的。”

据统计，截至6月18日，河北监察专员办共监察县（市、区）99个，占全省总数的58.9%；监察部门369个，主要是发改、工信、城建、工商、质监等与大气污染治理有关的部门；监察乡镇217个，监察点位1 070个；调阅相关资料6 975份，发现问题1 041个。

## 263件监察建议指出了哪些问题?

专项监察中发现了问题如何处置？

“专项监察中，我们在保定市定兴县随机抽查了4家施工工地，结果发现，4家施工工地均存在土方未覆盖或覆盖不到位的问题，以及多数地面未硬化、喷淋设施未使用，运输车冲洗设施简陋形同虚设等问题。”6月15日，河北省环保厅第四环境监察专员办公室主任曹海波向记者介绍说，“这些问题的存在，说明定兴县扬尘抑尘工作监督管理严重不到位。”

据此，河北省环保厅第四环境监察专员办公室向定兴县委、县政府提出监察建议：

对未按照要求履行建筑施工扬尘综合整治职责的定兴县住房和城乡建设局有关责任人，由定兴县纪检监察机关依法依规给予责任追究。同时，定兴县要举一反三，切实落实好河北省委、省政府部署的各项大气治理措施。

提出监察建议只是监察专员办处理问题的方式之一。“对监察过程中发现的不作为、慢作为和失职渎职等问题，我们的监察专员办可视情况发提醒函，提醒被监察对象整改；还可以发监察意见、监察建议等；相关问题线索视情况移交纪检监察部门甚至司法机关来进行追责；此外，对发现的重大环境问题，监察专员办可进行约谈。”杨智明介绍说。截至 6 月 18 日，河北各监察专员办共发提醒函或监察建议 263 件，移交案件线索 61 件，责成当地党委、政府追究相关人员责任 62 人。

杨智明介绍说，监察发现的主要问题有四大类：一是个别地方党委、政府抓落实进度慢。比如个别市县大气污染综合治理意见和方案仍未印发；有的市市长办公会研究部署后，只有会议纪要，无细化措施、无后续协调、无进一步督导等。二是有些部门履行大气污染防治职责不到位。一些地方建筑施工工地扬尘整治的监管责任划分不明确，部门间配合、沟通、协调不够，互相推诿扯皮；有的部门未按职责组织对工业企业料场堆场扬尘防治情况进行检查等。三是一些地方网络化监管体系作用发挥不够。部分县（市、区）、乡镇、村（街、道）没有落实“三级网格日巡查、二级网格周汇总、一级网格月调度”要求。有的无网格化环境监管巡查台账，有的没有建立网格化责任制等。四是“散乱污”企业问题突出。有的地方对“散乱污”企业底数不清，排查台账与实际严重不符；有的地方整治不到位，未按照“两断三清”标准进行关停取缔等。

下一步，河北各监察专员办将发挥驻地包县的优势，对监察结果落实情况进行跟踪督导，推动大气污染防治各项措施落地，推动环境质量持续改善。

## 河北省政府公开约谈三设区市<br>要求切实扭转当前大气污染治理被动局面

时间：2017 年 8 月 22 日　作者：周迎久 张铭贤　来源：《中国环境报》2 版头条

河北省政府近日对区域空气质量恶化严重、“1+18”重点任务综合进展滞后、环境违法问题相对突出的石家庄、保定、沧州市政府进行公开约谈。

约谈通报了 3 市在大气环境治理中存在的突出问题。石家庄市 1—7 月 $PM_{2.5}$ 平均质量浓度全省排名靠后，且同比上升幅度较大，上半年全省 $PM_{2.5}$ 平均质量浓度下降率后 20 位县（市、区）中石家庄占 10 个；河北省委、省政府确定的大气污染综合治理“1+18”重点治理任务中，石家庄市工业企业退城搬迁改造、老旧车淘汰、焦炭产能压减等 8 项重点任务未实现“双过半”，部分任务进度在全省排名倒数第一；环境保护部强化督查发现问题企业数量在全省排名第二，其中环境问题突出企业 79 家，部分企业顶风作案、违法生产。

约谈指出，保定市 1—7 月 $PM_{2.5}$ 平均质量浓度全省排名倒数，且同比上升；在“1+18”确定的重点治理任务重，保定市劣质散煤管控、“散乱污”企业整治、工业企业退城搬迁改造等 7 项重点任务未实现“双过半”，个别任务“零进展”；环境保护部强化督查发现问题企业 154 家，涉及未批先建、治污设施停运或不正常运行、污染物直排等多种环境违法行为。

沧州市作为河北的沿海城市，污染扩散条件较为有利。但此次约谈中，沧州市被列入了公开约谈名单。约谈通报称，沧州市 1—7 月 $PM_{2.5}$ 平均质量浓度同比上升幅度较大；“1+18”重点任务中，VOC 企业治理进度未达“双过半”，气代煤工程、燃煤锅炉淘汰、“散乱污”企业整治存在虚报、瞒报问题；环境保护部强化督查中发现的问题企业数量在全省排名第四，甚至出现个别企业恶意阻碍环保督查执法事件，性质恶劣。

通报要求，石家庄、保定、沧州市要深入学习贯彻习近平总书记系列重要讲话精神，站在强化“四个意识”、践行新发展理念的高度，采取超常规的措施、手段和力度，坚决扭转当前被动局面。

约谈会上，3 市政府分管负责人分别作了表态发言。河北省政府要求，3 市要按照国家和河北省委、省政府要求，围绕约谈指出的突出问题，务必严肃认真对待，找准病根对症下药，下大力推进“1+18”重点任务落实，严格执法、严肃问责，切实解决“最后一公里”问题，确保完成大气污染综合治理目标任务。

# 河北专项打击涉危险废物违法犯罪<br>半年内共破获涉危险废物刑事案件231起，严处13家危险废物经营单位

时间：2017年8月23日　作者：周迎久 张铭贤　来源：《中国环境报》8版头条

自今年2月10日起，河北省环保厅、省公安厅、省卫计委三部门联合开展了打击涉危险废物违法犯罪专项行动。截至7月底，河北省共检查抽查涉危险废物单位（摊点）1 842家，发现各类环境问题1 002个，破获涉危险废物刑事案件231起。

针对发现的问题，河北省环保厅、省公安厅、省卫计委研究决定，对13家危险废物经营单位进行严处；彻查12个违法犯罪案件和14个涉案线索；限期整改1 002个涉危险废物监管的环境问题。

## 严查危险废物经营单位<br>责令9家企业重新申领许可证

"专项行动中，河北通过全面排查和省级督导检查、抽查，发现部分危险废物经营单位存在危险废物处置不规范、台账不健全、处置能力不足、处置方式不合理等问题，甚至部分企业存在擅自拆除经营设施等问题。"河北省环保厅副厅长吕竹青介绍说，经过梳理，河北决定对13家存在问题的危险废物经营单位进行严处，要求其中9家企业如再从事危险废物经营活动，需重新申领《危险废物经营许可证》。

据介绍，石家庄市飞宏化工有限公司、定州市冀环危险废物治理有限公司、辛集市嘉通化工厂、邯郸市惠天环保科技有限公司、秦皇岛市汇中再生资源利用有限公司、张家口市净垣油脂化工有限公司等6家企业，因存在不符合原发证情形的情况，被河北省环保厅暂扣了《危险废物经营许可证》，并要求企业所在地环保部门组织核查，对其存在的所有违法问题依法处罚到位。同时，省环保厅要求，上述6家企业如再从事经营活动，需重新申领许可证。保定市恒康医疗废物无害化处理有限公司因存在经营设施批验不符等问题，河北省环保厅暂扣了其《医疗废物经营许可证》，同时责令保定市环保局对其存在的所有违法问题依法处罚到位。

河北省石家庄先立群环保科技有限公司、石家庄丹泰溶剂分离有限公司、三河市众

智创新贵金属有限公司 3 家危险废物处置利用企业，因改、扩建主动申请暂停经营活动。对此，河北省环保厅批复，3 家企业自 7 月 14 日起不得再从事经营活动；如再从事经营活动，需重新申领《危险废物经营许可证》。

此外，河北在检查中还发现，廊坊市林明桶业有限公司、河北诚信有限责任公司、河北镕达环保科技有限公司存在管理混乱等较为严重的问题。对此，河北省环保厅决定停止上述 3 家企业的一切经营活动，由石家庄、廊坊、邯郸市环保局立即组织核查，对存在的所有问题依法彻查；如涉污染环境犯罪，将依法移送司法部门立案侦办。

## 严打违法犯罪行为
## 26 个涉嫌犯罪案件和线索依法一查到底

专项行动期间，沧州市破获了青县李某某等人倾倒电镀污泥案，涉及电镀企业 20 余家，犯罪嫌疑人 14 人，涉案危险废物达两万余吨；衡水市公安机关经过 4 个月摸排、蹲守，破获了冀州区西王村跨区域向河道内倾倒危险废物案，抓获犯罪嫌疑人 6 人，查扣危险废物 40 余吨；保定市侦破清苑区非法拆解废旧电瓶案，查明涉危险废物 1 600 余吨……

“截至 6 月底，河北省各级公安机关共破获涉危险废物刑事案件 231 起，抓获犯罪嫌疑人 489 人，查处治安案件 783 起，处理 880 人。”河北省公安厅环境安全总队政委何江红介绍说，据初步统计，河北全省公安机关破获的污染环境案件中，涉危险废物违法犯罪案件占比高达 70%以上。而公安、环保、卫计委三部门的紧密配合、联查联动使专项行动打击范围更广，打击程度更深。

据统计，专项行动期间，河北省环保部门共检查、抽查涉危险废物单位（摊点）1 842 家，发现存在问题的单位（摊点）526 家，发现存在各类环境问题 1 002 个。其中，在各市中，邯郸市问题企业（摊点）和问题数量均最多，分别为 196 家、365 个。

“这 1 002 个环境问题，要限期整改，所有涉事单位和企业一律先停产、后整治，通过第三方评估、经有关部门验收合格后方可恢复生产，确保整改到位。”吕竹青介绍说，河北省环保厅已将 1 002 个问题的整改情况列入了环境执法后督察的抽查范围，并结合危险废物规范化管理督查考核等工作开展“回头看”，如发现整改不到位或弄虚作假的，将严肃追究有关单位和人员责任。

在发现的问题中，河北环保部门对 12 个涉嫌犯罪案件和 14 个案件线索进行了督办。其中，临城县宏腾果壳活性炭厂、河北威远生化农药有限公司等 12 个涉嫌污染环境犯罪案件，违法犯罪事实基本清楚，部分案件已移送当地公安部门立案。石家庄赞皇县的 6

家陶瓷企业擅自将危险废物煤焦油转移出厂；承德嘉泽报废汽车回收拆解有限公司部分危险废物未纳入危险废物管理、处置设施不规范；张家口市城洁废弃物处置有限责任公司没有医疗废物处置能力，却超范围收集处置医疗废物等14个涉嫌违法犯罪案件线索，河北要求进一步深入查清犯罪事实。

同时，河北省环保厅、省公安厅和省人民检察院已将26个涉嫌犯罪案件和线索纳入了联席会议议程，定期调度进展，并将视情况采取联合挂牌督办等措施督促案件办理。

## 强化危险废物监管
## 各市县环保部门配专职管理人员

“通过专项行动，我们发现加强危险废物监管亟待各地配强监管力量。目前，河北省各市危险废物管理机构和执法队伍建设普遍滞后。市级层面仅石家庄市、秦皇岛市成立了专门的危险废物管理机构；县级层面仅少数县区成立了专职机构。这一现状与危险废物管理工作的难度、繁重的任务、严格的要求，严重不匹配。”河北省环保厅副厅长杨智明介绍说，为配强监管力量，河北要求各地要结合省以下环保机构监测监察执法垂直管理制度改革，尽快将土壤环境管理科室调整到位。原则上各市、各县都要调剂配置专职危险废物管理机构，配强专职管理和专业技术人员，加强监管力量。

为弛而不息打击涉危险废物违法犯罪行为，6月17日，河北省政府发出紧急通知，进一步扩大打击范围，增加联合执法部门，要求在全省开展“打击非法倾倒处置危险废物和危化副产品雷霆行动”（下称“雷霆行动”）。“各地各部门要把雷霆行动作为‘一把手’工程来抓，实行‘一把手’负责制，将雷霆行动开展情况纳入省对市的考核。”杨智明介绍说，各地各部门在组织开展上半年工作“回头看”的同时，继续深入排查整治，切实摸清危险废物产生、去向、处置等底数；加大惩处力度，对于存在问题隐患的企业，一律先停产、后整治。

据悉，雷霆行动将持续到今年12月31日，相关部门将对全省废酸、废碱、医疗废物、废铅酸蓄电池等重点领域的危险废物产生单位和所有经营单位，进一步加大监控检查力度，健全常态化打击机制。

与此同时，河北省还将加快医疗废物等集中处置设施建设，提高危险废物处置企业准入门槛，倒逼企业提高设备、技术、管理等水平，推动危险废物利用处置企业向专业化、规模化发展。对工艺落后、不符合标准的设施，实行“淘汰一批”“提标改造一批”“规范处理一批”，从根本上推动危险废物处置能力不足、处理设施水平低等问题的解决。

据介绍，河北正在制定《河北省医疗废物处置污染防治规划》，以推进规划项目建设为抓手，加快医疗废物集中处置设施建设，建立健全医疗废物收集处置体系，力争年底前辖区内各市实现医疗废物产生、处置平衡。

# 秋季治本重点任务清零　冬季治标落实应急管控<br>河北40项措施环环相扣治气攻坚

时间：2017年9月26日　作者：周迎久 张铭贤　来源：《中国环境报》1版头条

"河北能否完成大气污染防治'国十条'和省'五十条'确定目标，关键在秋冬季。"9月14日，在河北省环保系统大会上，省环保厅有关负责人要求，"河北秋冬季大气污染防治攻坚战已经打响，全省各级环保部门要一小时一小时努力，一微克一微克争取，全力以赴完成目标任务。"

9月11日，河北省政府印发《河北省2017—2018年秋冬季大气污染综合治理攻坚行动方案》（以下简称《方案》）。《方案》针对秋冬季污染特征，按照时间节点环环相扣，确定了秋季治本重点任务清零、冬季治标落实应急管控的40条攻坚措施，力争实现2017年10月1日至2018年3月31日，全省$PM_{2.5}$平均质量浓度较上年同期下降15%以上目标。

## 秋季重在治"本"，25项措施重点任务清零

"自9月5日开始，邢台市就从各县市区抽调执法人员组成177个组，对'散乱污'企业整治、10蒸吨及以下燃煤锅炉淘汰、环境保护部强化督查重点督办问题整改等3项重点工作8 178个点位，开展县县互查，对每个点位治理进展逐一核实、专人认定。"邢台市环保局局长司国亮介绍说，这是邢台环保史上规模最大的县级互查互验行动，目的就是要在今年采暖期前实现重点治理任务、重点环境问题的清仓销号。

邢台市是河北省的一个缩影。"加快重点任务提前完成、提前清零，河北攻坚《方案》中明确了25项措施，全力推进8方面重点工作。同时，攻坚措施实施范围由大气污染传输通道城市扩大到全省范围。"河北省大气污染防治领导小组办公室常务副主任、河北省环保厅副厅长殷广平介绍说。

记者看到，25项措施中，明确了时间节点的清零目标分别有：全省采暖季前完成电

代煤、气代煤 180 万户，实现全年压减散煤 1 000 万吨的目标；完成燃煤小锅炉“清零”任务，实施燃气燃煤锅炉提标改造，10 月 1 日起，保留的燃煤锅炉全面执行特别排放限值标准；加快“散乱污”企业整治，整合搬迁和改造提升类的要“先停后治”，确保 9 月底前全面完成集中整治；采暖季前完成工业企业无组织排放治理改造；10 月底前，完成全年去产能任务；严格管控移动源污染排放，10 月起港口禁止接受公路运输的集疏港煤炭；强化面源污染防控措施，9 月底前各类工地要做到“六个百分之百”；10 月底前，完成 168 个县（市、区）加密增设 194 个监测点位、省界主要路口 50 套柴油车遥感监测设备（尾气黑烟抓拍系统）建设并正式运行。

## 冬季重在治“标”，15 项措施强化应急减排

钢铁焦化铸造行业将实施部分错峰生产，建材行业全面实施错峰生产，有色化工行业优化生产调控……

“采暖期间，是河北重污染天气频发、污染程度加重的重要时段，针对这一时段的污染治理，河北将重点在污染削峰降速上下功夫。”殷广平介绍说，“攻坚方案中，河北提出了 15 项、5 方面的应急减排和管控措施。”

记者在采访中了解到，今年冬季采暖季期间，河北将重点实施以下五方面应急管控措施，分别为：全力保障气源供应，防止散煤复烧；严格车辆油品管控，严查货车超标排放；严控建筑扬尘，除重大民生工程和重点项目，采暖季城市建成区基本停止土石方作业；严格落实工业企业错峰生产与运输，达不到排放标准的一律停产，大宗物料实施错峰运输；妥善应对重污染天气，修编重污染天气应急预案，确定停限产企业清单，实行区域应急联动机制。

## “生死战”步步为营，5 个配套方案力推政策落地生效

9 月 5 日，河北省环保厅抽调省、市、县三级执法骨干，组成 30 个省级执法组、122 个市级执法组在全省开展交叉执法行动。千余名执法“先锋”一线就位，吹响了河北省秋冬季大气污染防治攻坚战的集结号。

截至 9 月 12 日，152 个检查组共检查企业 5 562 家，发现问题企业 1 027 家，涉及各类环境问题 1 125 个。其中省级执法检查组共检查企业 1 540 家，发现问题企业 552 家，涉及各类环境问题 646 个。

既查企又督政。9 月 14 日，由 12 名副厅级干部带队，150 余人组成的 6 个督察组分赴河北各市开展督察。河北省秋冬季大气污染综合治理攻坚行动专项督察首轮督察强势

启动。

截至9月17日，6个专项督察组共走访督查29个县（市、区）93个部门和978个企业（单位），受理群众举报40起，发现涉气问题478个。

省环保厅有关负责人介绍说，当前，河北省大气污染防治形势非常严峻，完成全年目标任务异常艰巨。必须以决战决胜的姿态打好生死战，步步为营推进各项治理措施落地生效。在河北省政府出台《方案》基础上，河北又制定5个配套方案，分别为专项督察方案、执法检查方案、量化问责暂行规定、信息公开方案和宣传报道方案。这些配套方案既是《方案》有效落实的保障，又是大气污染防治科学化、规范化、常态化的有益探索。

此外，按照《方案》要求，河北还将加大经济政策支持力度，把大气污染防治资金向重点城市、重点项目倾斜，支持重点任务加快推进实施。同时，实施严格考核问责制度，河北省环保厅将每月向空气质量同比恶化或重点治理任务进展缓慢的地区下发预警通知或调度令，并视情况采取公开约谈、追责问责等措施，推动各项治理措施落地生效。

## 实行清单制办结销号，落实责任制失职追责<br>河北省级督察问责不含糊

时间：2017年9月27日　作者：周迎久 张铭贤　来源：《中国环境报》2版头条

河北省日前召开了省环保督察工作专题汇报会，听取近期河北省委、省政府环保督察组对承德、张家口、唐山、保定、邢台、邯郸6个设区市督察进展情况，通报了督察廊坊、沧州两市移交问题线索的环境保护问责情况。

### 6组收到近两万件举报

7月26日—8月21日，河北省委、省政府6个环保督察组陆续完成对承德、张家口、唐山、保定、邢台、邯郸6个设区市环境保护督察工作。

至此，河北省实现了省对市环境保护督察全覆盖。

据统计，6个环保督察组在督察承德等6市期间，共接到群众信访举报环境问题19 982

件，其中电话举报 7 321 件，短信举报 12 364 件，信件举报 297 件，目前举报案件已全部转交有关市办理。

6 个设区市均按照督察组“举报问题转办不过夜、限期整改件件有着落”的要求，坚持立行立改、即知即改、边查边改，举一反三。截至 8 月 28 日，6 个市共办结 17 019 件，办结率为 85%，移交司法机关 35 人，问责处理 210 人。

在近两万件的环境举报中，反映大气污染的信访举报最多，共 11 017 件，占全部举报案件的 55.13%；其他依次为水污染 3 768 件、固废污染 2 533 件、噪声污染 2 233 件、生态破坏 1 469 件，其他类型举报 263 件。

从地域划分看，保定市督察组收到的信访举报最多，共 7 112 件，其次为唐山市、张家口市。

从整改看，保定市力度大，共办结 6 598 件，关停取缔企业 1 659 家，问责 139 人，移交司法机关两人。邢台市、邯郸市速度快，分别办结 772 件和 952 件，办结率分别为 99.87%和 99.5%，关停取缔企业分别为 131 家和 125 家，邢台市移交司法机关 5 人，邯郸市问责 16 人移交司法机关 3 人。

## 廊坊市问责 33 名责任人

廊坊市、沧州市专门成立调查问责工作领导小组，针对督察期间发现的问题，进行了客观、全面的调查。目前，调查问责工作已经结束，廊坊市共对 33 名责任人进行严肃问责，其中涉及处级干部 7 人、科级干部 19 人、科级以下干部 7 人；问责人员中给予党政纪处分 13 人、诫勉谈话 4 人、批评教育 14 人，另有两人由单位自行处理（非党员非监察对象）。

督察组向廊坊移交 9 个问题线索，33 名责任人被问责。

因“廊坊市垃圾无害化处理厂服役期满后未开展封场工作，无任何污染防治设施”问题，廊坊市环卫局 3 名相关责任人被问责。

因“凯发新泉污水处理厂进出水水质超标，市区两座应急污水处理站进水水质严重超标”问题，廊坊市建设局 4 名负责人被追责。

因“市水务局对全市入河排污口底数不清”问题，廊坊市水务局两名负责人被追责。

因“市卫计委对全市医疗废物产生量底数不清，处置不规范”等问题，廊坊市卫计委 4 名责任人被追责。

因“市商务局在报废汽车回收管理中未落实环境保护措施”等问题，廊坊市商务局市场体系建设科科长被行政警告；市商务局副局长被诫勉谈话。

因“市农牧局‘三区’划定工作滞后，畜禽养殖污染监管缺失”等问题，市农业局畜牧科科长被行政警告；市农业局原调研员被诫勉谈话。

因“固安县垃圾填埋场污染防治设施未建成，超负荷填埋垃圾”问题，固安县环保局、固安县环卫局 4 名责任人被追责；固安县环保局监察五队两名非党员非监察对象，由所在单位分别进行批评教育、责令检查。

因“永清县垃圾填埋场未建成即开始填埋，无污染防治设施”问题，给予永清县人大常委会主任（原主管环卫工作副县长）、园林环卫局原主管副主任科员党内警告；永清县环卫局局长被批评教育并责令做出检查。

因“香河县安洁垃圾填埋场未完成建设即开始进行垃圾填埋，未办理环保验收”问题，香河县环保局、香河县住房和城乡建设局、香河县环境卫生局 4 名责任人给予行政警告处分；3 个部门 4 名主管副局长被批评教育。

## 沧州市问责 12 名处级干部

沧州市对河北省环境保护督察组交办的问题，进行了全面核查情况后，对 46 名责任人进行严肃问责，其中涉及处级干部 12 人、科级干部 18 人、科级以下干部 16 人，问责人员中给予党政纪处分 21 人、诫勉谈话 10 人、约谈 15 人。

督察组向沧州市移交 10 个问题线索，其中 9 个进行了环境保护问责。

因“沧州市运东污水处理厂数据造假”问题，沧州市供排水集团副总经理被约谈；排水公司经理被给予党内警告处分；运东污水处理厂原厂长被给予记大过处分并被免职，降为普通维修工；对 4 名职工给予记过处分。

因“沧州市运东、运西两个垃圾堆肥厂长期违法堆存垃圾，造成周边地下水污染”问题，沧州市环卫系统 3 名局长被约谈，3 名主管副局长、副书记被诫勉谈话，运东垃圾处理场场长、运河区建筑垃圾管理站负责人被给予行政警告处分。

因“城区排入污水处理厂污水水质严重超标”问题，沧州市城管局局长、新华区环保局局长被约谈；新华区环保局、市城管局 4 名责任人被追责。

因“沧州市工信局淘汰落后产能、煤炭压减工作不实，存在虚报现象”问题，沧州市工信局、献县发改局、泊头市发改局 3 名副局长分别被诫勉谈话；上述三家单位 3 名具体责任人被给予行政警告处分。

因“沧州市医疗废物处置中心项目验收存在漏洞，危险废物超期积存”问题，沧州市卫计委卫生监督局副局长、沧县环保局两名副局长被约谈；上述两部门 3 名具体责任人被给予行政警告处分。

因“市水务局入河排污口审批和监管严重缺失”问题，沧州市水务局副局长被约谈，两名具体负责人被给予行政警告处分。

因“沧州市高速公路服务区水污染治理设施运行不正常”问题，沧州市交通运输局局长被约谈；3名分管领导分别被诫勉谈话；沧州市交通局公管处处长、陆达公司总经理被给予行政警告处分。

因“沧东经济开发区治污基础设施建设滞后”问题，沧县县长、沧东经济开发区管委会主任被约谈。

因“沧州市农业局没有编制畜牧业发展规划”问题，市农牧局副局长被约谈。

## 从10月1日开始，1 800名环保干部下沉治霾一线 河北查企督政拧紧每一颗“螺丝钉”

时间：2017年10月9日　作者：周迎久 张铭贤　来源：《中国环境报》2版头条

为落实河北省委、省政府决策部署，10月1日，河北省第二轮大气污染综合治理专项督察启动，500余名督察人员驻地集结并开展下沉督察。

督政查企相结合，同日，河北省第二轮大气环境执法专项行动启动，省、市、县三级执法骨干1 300余人奔赴一线，明察暗访交叉执法。

把防治任务和责任落实到基层和企业，拧紧每一颗“螺丝钉”，河北1 800余人下沉治霾一线，标志着河北省秋冬季大气污染综合治理攻坚战全面打响。

### 专项督察，打通政策落实“最后一公里”

10月3日，河北省副省长带队暗查暗访邢台市，针对沙河市安全实业公司、邢台钢铁公司存在的环境违法行为，他要求，要下大力解决“最后一公里”问题，切实把压力传导到县、乡和企业。

10月5日，时隔两天，副省长再次带队暗查暗访衡水市并强调，各级各部门要全力打好“组合拳”，务求各项举措落到实处。

记者在采访中了解到，河北专项督察行动由12名厅级干部带队，分成6个督察组全部下沉到乡镇企业等一线点位开展督察。

从最基层发现薄弱环节，从企业点位找出治理短板，10月1—6日，6个专项督察组下沉督察乡镇721个，检查企业4 746家，发现问题1 437个。

不仅发现问题，还更加重视问题整改。河北专项督察通过“督政”，起到了四两拨千斤的效果。

“企业正在生产，车间充满刺激性氨味。”10月2日晚，河北专项督察第一督察组组长、省环保厅副厅长杨智明带领督察人员冒雨夜查，针对石家庄市东方爱华工贸有限公司存在的环境问题，督察组当场责令企业停产整治。

在随后的督察过程中，第一督察组对鹿泉区14家铸造企业逐一进行了现场检查并发现，鹿泉区铸造企业普遍存在污染防治设施缺失或污染防治能力不足问题，不能达到环境管理要求。由点到面发现普遍性问题，督察组与鹿泉区政府专题沟通谈话，要求加大对此类企业的监管力度和强度，提升治理水平。随后，鹿泉区政府立行立改。

10月6日，针对督察组发现的玉田县3起整改不到位问题，河北省专项督察第二督察组向玉田县委、县政府发出了问责建议函；针对青龙满族自治县治霾措施部署不到位、重点任务推进不力等问题，第二督察组联合秦皇岛市政府对其进行了专项约谈。

在启动大气污染综合治理专项督察的同时，河北省还开展了危险废物、核与辐射安全、水污染防治3个专项督察，确保环境安全。

## 专项执法，严查重罚促企业提高治污水平

“谁污染，谁治理”。为推动企业落实治污主体责任，10月1日，河北省第二轮大气环境执法检查专项行动强势启动，40个省级执法检查组、122个市级执法检查组一线就位。

启动当日，驻衡水执法组在突击检查中发现，冀州国昌新型建材有限公司未按要求整改，未经允许恢复生产。河北省环境综合执法局常务副局长任立强责成执法人员当场对企业下达改正违法行为决定书，责令企业立即停止排污。

10月4日，记者从衡水市环保局获悉，冀州区政府从严从重追责问责，对4名相关责任人给予党政纪处分；企业被实行断电整治，负责人被行政拘留。

记者了解到，截至10月6日，河北省第二轮执法专项行动共检查企业5 342家，发现问题企业951家，涉及各类环境问题1 089个。

严查重罚，河北省专项执法行动打出了声威。针对冀州国昌新型建材有限公司、河北鑫跃焦化有限公司、辛集市澳森钢铁集团有限公司、武安市河北兴华钢铁有限公司等4家企业存在拒不整改违法生产、整改不到位等问题，拟省级立案处罚，启动按日计罚程序；针对邯郸钢铁集团有限责任公司、邢台钢铁有限责任公司等企业存在的多项环境问

题，拟省级立案、顶格处罚。

河北省还坚持行政执法与刑事司法一起上，针对检查中发现的张家口桥西区东鑫垣新型墙体建材有限公司涉嫌停运治污设施案，沙河市安全实业有限公司无证排污案，石家庄井陉矿区河北新晶焦化有限公司、石家庄新世纪煤化实业集团有限公司未落实政府停产通知违规生产等案件，在省级立案同时，移交公安机关对相关责任人做进一步处理。

## 三级联动，重心下移拧紧每一颗“螺丝钉”

三天两次暗查，副省长以上率下，河北省各市党政干部积极行动起来，形成了三级联动的局面。10月1—6日，多个设区市书记市长亲赴一线、靠前指挥，查漏补缺、现场解决问题，督导推进重点治气工作进展。

10月1日，石家庄市副市长蒋文红带队到长安区、正定县、栾城区现场督导大气治理工作，针对发现的隐患问题约见了相关县政府主管领导，提出了整改意见。

书记、市长齐上阵，10月2—3日，邯郸市长王立彤到武安市、峰峰矿区检查，要求全面对标，逐条对照，确保大气综合治理措施落实、落地、落细。10月5日上午，邯郸市委书记高宏志深入重点整治区片督导，要求集中精力坚决打好秋冬季大气污染防治攻坚硬仗。

一天两调度，10月3日上午，唐山市市长丁绣峰实地踏查重点排污企业，要求一个点位一个点位去抠，一平方米一平方米治理。当日下午，他又主持召开全市秋冬季大气污染综合治理强化攻坚会议。

10月3日，衡水市代市长吕志成深入冀州区、滨湖新区等地，现场督导重点环保工作。随后，吕志成主持召开调度会要求，各级各部门要倒排工期、挂图作战，全力推进全市大气质量持续好转。

……

查企督政全面发力，河北省大气污染防治工作领导小组将督察、执法发现的问题汇总后以书面公函形式向地方交办。河北各市、各县党政部门齐抓共管，紧锣密鼓推进问题整改落实，推动工作重心下移，拧紧每一颗“螺丝钉”，全力以赴改善空气质量。

# 河北出台秋冬季治气攻坚量化问责规定
# 问责级别延伸到乡镇党政干部
# 对监测数据造假零容忍，发现数据失真三起的，将问责县委书记

时间：2017 年 10 月 13 日　作者：周迎久 张铭贤　来源：《中国环境报》2 版头条

河北省大气污染防治工作领导小组办公室近日召开了 2017—2018 年秋冬季大气污染综合治理攻坚行动量化问责暂行规定新闻通气会。据悉，河北省量化问责暂行规定将问责级别延伸至乡镇党政干部，问责内容进一步细化充实，其中对监测数据造假坚持零容忍态度，一旦发现直接问责县级领导干部。

## 治气重点任务和目标列入问责内容

与环境保护部制定的量化问责规定相比，河北省的问责内容更多，共包括 5 个方面十余个具体事项。这 5 个方面问题分别为：环境保护部强化督查以及专项巡查发现问题的整改落实情况，河北省级环境保护监察督查和大气污染综合治理专项督查发现问题的整改落实情况，河北省环境保护督查中心和河北省环境综合执法局交办突出环境问题的整改落实情况，2017 年第四季度和 2018 年第一季度大气环境空气质量改善情况，落实环境监管责任不到位、环境监测数据弄虚作假及其他情况。

在细化、实化问责具体内容方面，河北增加了网格化监管责任落实不到位问题，省级专项督查中如发现在排污重点领域未设立网格化监督员和重点企业未设立驻厂监督员分别超过两次和四次的，将分别问责乡（镇、街道办）长和党委书记。

此外，河北省还提出对监测数据造假坚持零容忍态度，对非由运维第三方采取的人为断电、人工遮挡、堵塞或加装过滤装置、采样口周边喷水等方式，干扰采样口或周边局部环境，导致监测数据失真的，发生 1 起、2 起、3 起的，将分别问责负有领导责任的副县（市、区）长、县（市、区）长和县（市、区）委书记。

此外，在问责对象上，河北量化问责暂行规定进行了扩面，在纵向上延伸至乡镇党政领导干部，在横向上包括了市县政府有关部门。比如市直有关部门未完成上级交办问题整改落实超过 10 个和 15 个的，分别问责相关部门分管领导和主要领导。

出现上述被问责情形后，不仅要追究领导责任，还要追究相关责任人员。

### 今年220名领导干部因治霾不力被问责

河北省环保厅大气环境管理处副处长尹崧介绍说，河北省委、省政府高度重视大气污染综合防治，出台了“1+18”治理措施。为推动这些措施落实到位，河北省委、省政府把落实治霾措施不力问题列入“一问责八清理”专项行动统筹推进。

截至9月28日，河北省落实治霾措施不力问题共清理发现问题37 321个，已完成整改36 894个，正在整改420个，待整改7个，查处件数10 297件，涉及查处人数11 341人。其中组织处理（停职、免职、降职、撤职、调整岗位）69人、纪律处分491人、移交司法154人，对领导干部问责220人、其他10 407人；对党组织问责42个。

“从‘一问责八清理’到此次出台量化问责暂行规定，河北省高举问责‘杀威棒’，初衷都是为了推动工作落实，加快大气环境治理步伐。”尹崧说。

按照河北省量化问责暂行规定要求，各地各部门在推进工作中，出现整改虚报瞒报、屡查屡犯、拒不整改的，在“散乱污”企业和燃煤小锅炉排查工作中瞒报漏报、逃避监管的，空气质量持续恶化严重等情况的将从严问责。

## 河北减排方案不搞“一刀切”<br>环境治理力度小的企业多限产，环境治理力度大的企业少限产

时间：2017年11月2日　作者：周迎久 张铭贤　来源：《中国环境报》2版头条

近日河北省印发了《河北省重污染天气应急预案修订指导意见》(以下简称《意见》)。

河北省环保厅有关负责人介绍说：“《意见》完善了重污染预警分级标准和应急减排措施，确定了减排基数，明确了应急减排思路，提出要按照企业污染绩效排放水平、所处的区域区位以及对环境的影响程度来制定减排方案，‘一厂一策’。这些修改避免了所有城市以及行业企业减排措施的‘一刀切’，增强了重污染天气应急减排的科学性和针对性。”

## 调整预警分级标准，从严启动预警

记者从《意见》中看到，河北调整了重污染天气预警分级标准，由自然日 24 小时 AQI 均值改成以连续 24 小时 AQI 均值作为预警依据。

“跨自然日的连续 24 小时均值作为预警依据，这一调整更加贴近实际空气质量状况，可以说预警门槛更低了。河北还明确从严启动预警原则，当预测发生前后两次重污染过程，但间隔时间未达到解除预警条件时，按一次重污染过程从严启动预警；当预测或监测空气质量达到更高级别预警条件时，应尽早采取升级措施。”河北省重污染天气预警与应急中心主任王晓利介绍说。

此外，河北还明确提出，当预测区域内多个连片城市空气质量达到启动橙色及以上预警级别时，相关城市应按照预警信息要求及时启动相应级别预警，开展区域应急联动。

## 确定减排基数，细化减排比例

开展减排基数核算是科学制定和评估重污染天气应急减排措施的重要基础，《意见》明确了基础排放量应基于《污染物排放源清单》，对全社会的污染物排放量进行测算，包括工业源、产业集群、采暖锅炉、民用散煤、其他民用源、道路机动车、非道路移动源、扬尘源等。

《意见》明确提出，启动重污染天气应急预案期间，河北传输通道城市全社会二氧化硫、氮氧化物、颗粒物等主要污染物在黄色、橙色和红色预警级别的减排比例分别达到 10%、20%和 30%以上，挥发性有机物减排比例应分别达到 10%、15%和 20%以上。蓝色预警级别全社会颗粒物和挥发性有机物减排比例应达到 5%以上。

“每个城市的排放源特征不同，要有针对性地制定减排措施。各地可根据本地污染物排放构成，内部调整二氧化硫、氮氧化物减排比例，但二者之和不应低于上述总体要求，细化后的减排比例给予了地方政府部分自主权，避免了所有城市应急响应‘一个样’。”王晓利介绍说。

## 科学制定响应措施，避免“一刀切”

记者了解到，河北还按照企业污染绩效排放水平、所处的区域区位以及对环境的影响程度制定企业减排方案，避免应急响应“一刀切”。对于环境治理力度小的企业多限产，环境治理力度大的企业少限产，增强了重污染天气应对的科学性、合理性和针对性。

王晓利介绍说：“总体按照产能严重过剩的行业采暖季错峰生产，产能一般过剩的行业采暖季轮流生产，其他行业采取临时性管控措施为指导思想，力争错峰生产和轮流生产的减排比例达到橙色应急响应的减排比例要求，红色预警情况下，再启动临时性应急减排措施，尽量减少减排措施对全社会尤其是居民生活的影响。同时，为保障民生工程和重点项目，《意见》还提出了免于停（限）产、停工审批程序。”

记者从河北省采暖季错峰生产措施中看到，河北对多个产能过剩行业的停限产提出了明确要求，比如石家庄、唐山、邯郸等重点城市，要以城市为单位，钢铁产能限产 50%，以高炉生产能力计，采用企业实际用电量核实。全省焦化企业要限产 30%以上。全省铸造行业除满足达标排放的电炉、天然气炉外，其他实施停产。水泥、砖瓦窑、陶瓷、玻璃棉、岩棉、石膏板等建材行业，除部分以天然气为燃料的企业外，实施停产。有色再生行业的熔铸工序采暖季限产 50%。除重大民生工程外，城市建成区内基本停止各类施工作业等。

此外，河北还制定了重污染天气错峰运输措施，钢铁、焦化、有色金属、电力、化工等涉及大宗原材料及产品运输的重点用车企业，要制定“一厂一策”的采暖季错峰运输实施方案，重污染天气期间，重点用车企业原则上不允许车辆进出厂。

该负责人说，河北将会同有关部门开展重污染天气预报会商工作。重污染天气期间，加密会商频次，必要时请专家组参与会商。根据会商结果，及时对未来 3 天城市环境空气质量进行预报，对未来 10 天环境空气质量变化趋势进行预测。同时，根据预报预测情况及时发布预警、启动应急响应，最大限度削峰降速，降低重污染天气的影响。

## 河北全省一盘棋火线练兵<br>省级立案处罚额度为去年同期 26.3 倍

时间：2017 年 11 月 7 日　作者：周迎久 张铭贤　来源：《中国环境报》8 版头条

记者近日从河北省环境综合执法局获悉，自 9 月起，河北已经开展了两轮大气环境质量执法检查专项行动。两轮专项行动中，河北突出全省执法力量“一盘棋”思维，从省、市、县三级抽调骨干执法力量 2 700 多人，采取混合编组、交叉执法等形式，以省带市、以市带县开展火线练兵，执法效果得到了大幅提升。

## 查企三万多家，标准更严手段更硬

“我们在调研中发现，基层仍存在执法能力不足的短板，一是执法标准不严，部分执法人员难以及时发现问题，尤其是在检查一些工艺复杂的工业企业中，这一问题尤为突出。二是执法尺度不严，基层执法人员对环境违法案件行政处罚额度普遍偏低，难以形成震慑。”河北省环境综合执法局常务副局长任立强介绍。

任立强说，针对这一现状，着眼于提升基层执法能力，河北两轮执法行动前均开展了有针对性的培训工作，同时坚持以省带市、以市带县开展火线练兵，对环境违法行为严处重罚。

据了解，河北两轮执法行动中，共检查企业 31 851 个，发现存在问题企业 5 507 家，发现各类涉气环境违法问题 6 220 个，立案 1 368 起，拟处罚款 2.2 亿元，全省立案处罚额度为去年同期的 7.8 倍。

通过两轮一线练兵，河北执法标准更严了，手段更硬了。

据统计，两个月来，河北共检查企业 3 万多家，超过 1/6 的企业存在环境问题；河北省环境综合执法局对检查发现的 163 起重点环境违法案件进行省级立案，拟处罚款 1.58 亿元，省级立案处罚额度为去年同期的 26.3 倍。各市环境执法机构对其他 1 205 个环境违法问题进行立案查处，并处罚款 6 365 万元。

此外，河北还充分运用关停取缔、按日计罚、移交移送等执法手段，依法取缔关停违法企业 318 家，停产违法企业 385 家，移送公安机关追究责任 79 人；对冀州国昌新型建材有限公司、河北鑫跃焦化有限公司、辛集市澳森钢铁集团有限公司、武安市河北兴华钢铁有限公司等 4 家企业存在拒不整改违法生产、整改不到位等问题，实行省级立案处罚，启动按日计罚程序。

## 混合编组，方便学中练、练中学

记者采访中了解到，河北两轮执法专项行动中，抽调的执法人员全部采用混合编组形式开展执法，每个省级执法检查组中，既有省级执法人员，又有市、县两级执法人员。“这样的编组形式既方便了大家互相学习借鉴监督，碰到疑难执法问题还有‘老师’可请教。”任立强说。

衡水市执法支队副支队长杨晓波参与了对石家庄井陉矿区焦化企业聚集区的集中排查。

据他介绍，“驻石家庄市检查组中有 8 名执法人员来自衡水市，大部分没有检查过焦化、钢铁等大型企业，此次交叉执法让衡水的执法人员长了见识，大家边学边练边实践，短短几天功夫，从门外汉变成了行家里手。”在省、市、县三级执法人员的共同努力下，成功查办了井陉矿区两家焦化企业监测数据造假案件，涉事企业被省级立案处罚，相关责任人被移交公安机关。

此外，河北还对沙河市玻璃产业聚集区、安平县金属表面处理企业聚集区、成安县碳素企业聚集区等多个环境违法问题突出、社会各界广泛关注的重点区域进行了解剖式、体检式集中排查，共查办上述区域无环保手续、无证排污、批建不符、污染防治设施缺失、不正常运行、超标排放等各类环境违法突出案件 158 起。

对其中 101 起环境违法案件移交地方环保部门立案查处，省级立案查处 57 起，为彻底改善环境污染重点区域面貌作出了积极贡献。

## 钻研业务，破解执法监管难题

针对高架源企业在线监测系统执法监管这个全国性执法难题，河北在两轮专项执法行动中，集中骨干力量，钻研业务、积极探索，在短期内成功查处 3 起企业在线监测设施数据造假案件，发现 112 个在线监测设备及数据异常问题，有效破解了在线监测系统监管难题，为进一步提升执法水平作出了有益探索。

此外，河北还聚焦工艺流程长、工艺复杂，污染排放节点多、排放量大的工业企业开展执法攻坚。

自行动开展以来，各省级执法检查组相继查办钢铁、焦化、玻璃、建材等重点行业企业违法案件 274 起，对邯郸钢铁集团有限责任公司、邢台钢铁有限责任公司等一批大型企业存在的环境问题，实行顶格处罚，在全社会引起积极反响。

下一步，河北将继续强化队伍建设，以培训为抓手，进一步提高基层执法人员专业素质和实际操作能力；以大练兵为依托，进一步转变基层执法理念，提高执法水平，规范执法行为，提升执法效能；以专项执法行动为载体，强化一线练兵实践，将“河北省大气环境执法专项行动”作为一项持续性工作，常态化开展下去，力争对全省所有涉气企业进行一次全面彻底的排查。

# 河北出台加强环保行政执法与刑事司法衔接实施意见 四部门深度协作打击环境违法

时间：2017年11月14日　作者：周迎久 张铭贤　来源：《中国环境报》8版头条

为进一步加强环境保护行政执法与刑事司法的衔接，近日，经河北省委全面深化改革领导小组第三十一次会议审议通过，河北省环保厅、省高级人民法院、省人民检察院以及省公安厅等四部门联合印发《关于加强环境保护行政执法与刑事司法衔接工作的实施意见》（以下简称《实施意见》）。

《实施意见》提出，河北四部门将密切协调配合，统一执法要求，努力建设权责明确、行为规范、协调一致、监督有效的环境保护行政执法与刑事司法衔接机制。

据了解，这是国家发布《环境保护行政执法与刑事司法衔接工作办法》后，全国首个省级加强两法衔接的实施意见。

## 1. 无缝对接，助力四部门深度协作

早在2013年，河北就在全国率先建立起了省、市、县三级环保警察队伍，并先后出台《关于办理环境污染犯罪案件的若干规定（试行）》《关于进一步建立实施环境司法执法联动工作机制的意见》等系列制度，成为河北省铁腕治污的制度保障，推进了环保领域执法司法联动工作，有效打击了环境污染违法犯罪行为。

“充分吸收近年来河北环保领域执法司法衔接的经验和成果，执行新‘两高’关于办理环境污染刑事案件适用法律的司法解释，整合现有制度资源，河北制定出台了新的‘两法’衔接实施意见。”河北省环保厅有关负责人介绍说，《实施意见》是河北“两法”衔接的一个“集成”成果，实现了多项法律、法规的无缝对接，必将推动公安、检察院、法院、环保四部门实现深度协作，形成合力防范和打击环境污染违法犯罪活动的新格局。

《实施意见》明确了四部门在打击环境违法犯罪中的职能分工，形成了执法与司法的衔接互补。

其中，环保部门对需移送公安机关处理的案件，要及时移送；复杂疑难案，可商请公安机关提前介入调查。

公安机关对涉嫌犯罪的案件要依法立案侦查，对环保部门移送案件要及时受理、审

查，做出决定；对阻碍执行职务、妨害公务、暴力抗法等行为要及时依法查处。

人民检察院要依法履行批捕、起诉职能，对污染环境的重大、疑难案件适时提前介入侦查；依法开展立案监督和职务犯罪侦防工作。

人民法院要依法审理涉嫌环境污染犯罪案件，对环境非诉执行案件，依法予以强制执行；必要时实施行为保全，制止环境违法行为，防止污染损害进一步扩大。

## 2. 六项制度，推动“两法”衔接常态化

今年10月1日起，河北省公安、检察院、法院、环保四部门再次启动为期半年的“利剑斩污”行动，这是河北连续第五年开展“利剑斩污”行动。

“‘利剑斩污’行动经过这么多年的实践，协作部门也从最初的公安、环保两部门扩展到了现在的四部门，已经成为河北推进‘两法’衔接工作的一个重要载体，为河北建立健全‘两法’衔接常态化机制积累了经验。”河北省环保厅副厅长原庆丹说。

原庆丹介绍，在此次《实施意见》起草中，河北四部门人员再次密切配合，对衔接过程及操作程序逐一进行梳理研究，力求实用有效，确定了联席会议、常态协作、案件会商、双向咨询、联合办案以及共同督办等六项基础制度，在这些制度框架下，四部门形成合力，推动“两法”衔接常态化、制度化。

记者从《实施意见》中看到，六项制度分别为：四部门将定期召开联席会议，协调解决环境保护执法司法相关问题；建立常态化联络机制，落实联络员，建立联动工作组，实现信息互通、数据共享和工作协调；建立疑难问题共商共议制度，统一取证规则、认定标准和法律适用；建立双向咨询制度，环保部门可就刑事案件立案追诉标准、证据固定和保全等问题咨询公安、人民检察院，公安、人民检察院可就案件办理中的专业性问题咨询环保部门；积极开展联合办案行动，集中办理环境违法大案要案；对社会影响重大的环境违法犯罪案件，四部门将适时联合挂牌督办。

## 3. 依托平台，使快速反应成为可能

为确保环境案件移送工作中各环节的有效衔接，河北《实施意见》从建立快速反应机制、加强案件联合调查、强化证据收集使用以及推进案件信息共享等方面做出了具体规定。

在建立快速反应机制上，河北《实施意见》提出，环保、公安两部门应当互相依托“12369”和“110”举报平台，建立接处警快速响应机制，强化对打击涉嫌环境犯罪的联勤联动。

此外，在联合调查中，环保部门应重点查明排污者严重污染环境的事实，污染物的排放方式，及时收集、提取、监测和固定污染物种类、浓度、数量、去向等；公安部门应重点查明相关责任人员身份，并视情况采取相应强制措施；两部门均应规范制作笔录并留存现场摄像或照片。

要形成打击环境犯罪的“合力”，信息共享非常重要。河北《实施意见》明确提出，河北四部门将积极建设并规范使用信息共享平台，对录入信息及时汇总、分析、综合研判，并逐步实现涉嫌环境犯罪案件的网上移送、网上受理和网上监督。

另外，为保障“两法”有效衔接，河北还鼓励对现有体制机制进行创新，比如要结合环境污染犯罪案件特点规律，研究建立适应打击环境犯罪需要的案件管辖制度；研究建立生态环境修复和补偿赔偿机制，在打击环境犯罪的同时兼顾生态环境修复，实现法律效益和环境效益的统一等。

## 河北率先启用排污许可证后监管系统<br>手机扫一扫　信息全明了

时间：2017年11月15日　作者：周迎久 张铭贤　来源：《中国环境报》7版头条

“这是我们2号机组废气主要排放口，旁边这个二维码，只要用手机扫一扫，就能看到企业的实时排放数据和排放标准，查询到企业的环境信息。”河北省保定市大唐清苑热电有限公司环保主管马聪向记者介绍说。

在加快核发新版排污许可证的同时，河北在全国率先启用了排污许可证后监管系统，全省首批40家省发证30万千瓦以上火电企业排放口二维码标牌全部安装到位。二维码系统载明了企业污染排放口的主要环境信息，有效衔接了在线监测数据，为排污许可证后监管和执法检查提供了便利和精细化服务。

在完成全省火电、造纸行业排污许可证发放基础上，河北正全力推进钢铁、水泥、平板玻璃、石化、有色金属、焦化、氮肥、印染、原料药制造、制革、电镀、农药、农副食品加工等13个重点行业排污许可证核发工作。年底前，河北15个行业将实现持证排污，并将所有持证企业排放口纳入河北省排污许可证后二维码监管系统。

## 一个排放口对应一张二维码
## 一目了然判定企业是否超标排放、超总量排放

大唐清苑热电有限公司是河北省第一家拿到新版排污许可证的企业。在 2 号机组废气主要排放口的二维码标牌上，记者看到，左侧明确标识出了企业名称、排放口编号、污染物种类和治理设施，右侧为一张二维码。

扫描二维码后，记者随即进入了河北省排污许可证后监管系统，在“基本信息”子菜单栏，记者查询到了企业排污许可证以及污染源基本信息、许可排放浓度限值以及许可年排放量限值；点开“监测数据”子菜单选项，记者看到了 2 号机组废气排放口的信息，包括在线监测实时数据。

记者通过扫描二维码，获取到大唐清苑热电有限公司 2 号机组排放口的在线监测数据，烟尘小时质量浓度为 1.4 毫克/米$^3$，二氧化硫质量浓度为 19.06 毫克/米$^3$，氮氧化物质量浓度为 24.65 毫克/米$^3$；三项污染物浓度限值分别为 10.0 毫克/米$^3$、35.0 毫克/米$^3$、50.0 毫克/米$^3$，均未超标。此外，通过对比企业三项污染物累计排放量与许可年度排放量限值发现，企业总量排放未超标。

二维码标牌让企业污染物排放信息变得清清楚楚，即便记者这样的“菜鸟”，也能一目了然地判定企业是否超标排放、是否超总量排放。

“一个排放口对应一张二维码，大唐清苑热电共有两个机组两个排放口，所以企业内有两个这样的二维码标牌。”马聪介绍说。

据了解，作为固定污染源环境管理的核心制度，河北加快推进排污许可制度的落实，今年上半年，河北已全部完成辖区范围内火电、造纸行业的排污许可证核发工作，全省共核发排污许可证 282 张，其中火电行业 109 家，省级核发 30 万千瓦以上火电企业 40 家。

河北省环保厅副厅长赵军介绍说，加强证后监管是排污许可制度改革的重要一环，也是强化持证排污权威性的重要保障。依证监管，河北省环保厅组织研发了排污许可证后监管系统平台，目前已完成主要排放口二维码系统生成模块。系统的亮点一是载明了企业主要环境信息，二是与现有的监测系统有效衔接，三是预设了环境监察子菜单，可记录各级环保部门执法检查情况。

9 月中旬，河北首批 104 个二维码标牌全部安装到位。下一步，河北要求已发证的 282 家火电、造纸企业要全部安装排放口二维码标识，加强依证排污监管。

## 企业自律意识增强
## 排放信息全公开，企业自证守法

二维码标牌让企业环境信息实现了全公开，也为企业依证排污戴上了“紧箍咒”。

“新版排污许可证中，包括了企业大气和水等污染物排放的各类信息和环境管理要求。大唐清苑热电的排污许可证正本虽然只有一页，但附本有67页。”马聪说，“厚厚的一本许可证，对外行人来说，要想了解企业是否达标排放，确实需要时间去翻查。但有了二维码后，企业每个排放口的信息都‘暴露无遗’，无论是检查人员、领导调研还是公众监督，只要有手机，一扫就全明白了，这就要求企业不断提高环境管理水平，以保持稳定达标排放。”

“与旧版排污许可证相比，新版排污许可证增加了很多内容，比如对无组织排放以及重污染天应急等都提出了明确要求，此外，新的排污许可证管理办法还要求企业建立自行监测、信息公开、记录台账及定期报告制度，变过去环保部门判定为现在的企业自证守法。”马聪说，新版排污许可证下发后，企业管理层就明确提出，要加大治污设施运维力度，不断提升治理水平，尽最大可能减少污染排放。

从“要我治污”到“我要治污”，随着新版排污许可证的核发，企业环境治理理念正在发生改变。

“新版排污许可证鼓励企业减排，减少的排放量未来可以到排污权交易市场进行交易。此外，排放总量越小，将来征收环保税时，纳税的额度也会越少，这也激发了企业治污的积极性。”马聪说，近年来，大唐清苑热电有限公司不断加大环保投入，两个机组废气排放口全部达到了河北省地方排放标准，这个标准要严于国家火电行业大气污染物排放特别限值要求。截至9月18日，企业涉气的三项污染物累计排放量远低于核发的年度排放限值。

## 年底前15个行业实现持证排污
## 所有排放口纳入证后二维码监管系统

目前，河北正全力推进钢铁、水泥、平板玻璃、石化、有色金属、焦化、氮肥、印染、原料药制造、制革、电镀、农药、农副食品加工等13个重点行业排污许可证核发工作。今年年底前，河北15个行业将实现持证排污，并将所有持证企业排放口纳入河北省排污许可证后二维码监管系统。

据了解，河北省“排队”领证的13个行业中，唐山市将率先开展钢铁企业排污许可证核发工作，石家庄市将率先开展辖区内原料药制造企业核发工作，邢台市牵头平板玻璃行业试点工作，保定市开展水泥行业试点工作。在试点填报完成后，根据试点情况全省稳步推进。到2020年，河北将完成覆盖所有固定污染源的排污许可证核发工作，实现系统化、科学化、法治化、精细化、信息化的“一证式”管理。

加强证后监管，河北秋冬季大气污染综合治理攻坚执法检查专项行动已经启动。专项检查中，河北将依托排污许可证后二维码监管系统，重点加强对钢铁、焦化、水泥、玻璃、电力等行业的执法检查，确保持证排污、依证排污。

# 取暖季散煤清零一步一个脚印
## ——京津冀散煤治理综述

时间：2017年11月22日　作者：周迎久　张铭贤　王　珊
来源：《中国环境报》6版头条

### 编者按

党的十九大报告指出，我们要建设的现代化是人与自然和谐共生的现代化，既要创造更多物质财富和精神财富以满足人民日益增长的美好生活需要，也要提供更多优质生态产品以满足人民日益增长的优美生态环境需要。

如何打赢蓝天保卫战，考验着各地执政者的决心。各地在打响秋冬治气攻坚战中出台了相关政策，采取了诸多措施，因地制宜做好秋冬季大气污染防治工作。如本期的散煤治理问题，作为蓝天保卫战的重要任务，《大气污染防治行动计划》中明确要全面整治燃煤小锅炉，加快推进集中供热、煤改气、煤改电。在供热供气管网不能覆盖的地区，改用电、新能源或洁净煤。《重点地区煤炭消费减量替代管理暂行办法》中也提出，要优先利用核电、水电、风电、太阳能等新能源和可再生能源替代煤炭消费，有序实施煤改气、煤改电工程，加快推进集中供热以及加强散煤治理。

京津冀地区在推进散煤治理上攻坚克难，面对难题迎难而上，取得了一系列经验和成果，对改善京津冀及周边地区的大气环境产生了积极的成效。

当前，全国各地能源消费结构、经济发展、污染物排放、生活习惯及前期治理现状千差万别，大气质量改善作为一个长期目标任务，需要各地不断探索，提出自己的本土化方案。本版将持续关注秋冬季大气污染攻坚战的亮点工作，并刊发相关报道，以飨读者。

## 定目标，拿方案，啃“硬骨头”

为打好秋冬季大气污染防治攻坚战，京津冀3地共同推进能源创新工作，在散煤治理上不断创新举措，形成联防联控机制。为此，京津冀3地日前联合印发《京津冀能源协同发展行动计划（2017—2020年）》（以下简称《行动计划》），明确将共同推进压减燃煤工作。《行动计划》提出了3地煤炭消费控制的目标。具体来说，2020年河北省平原农村地区取暖散煤基本“清零”，2020年京津冀煤炭消费力争控制在3亿吨左右。

为实现目标，北京以严字为先、实字托底，天津不断攻坚克难、压实治污责任，河北着眼顶层设计、突出科学治霾。3地联动，打出了一套漂亮的组合拳。

为了尽快压减散煤消费，北京下定决心攻克难关。从《北京市2013—2017年清洁空气行动计划》《北京市“十三五”时期能源发展规划》《京津冀大气污染防治强化措施（2016—2017）》再到《京津冀及周边地区2017—2018年秋冬季大气污染综合治理攻坚行动方案》，可谓环环相扣、层层加力。

北京要力争实现2017年$PM_{2.5}$年均质量浓度达到60微克/米$^3$左右的目标，“清煤降氮”是重要的保障措施。在燃煤锅炉清洁能源改造方面，2017年燃煤锅炉清洁能源改造任务量为4 000蒸吨，其中大部分是历年改造遗留的“硬骨头”，改造难度大。主要体现在3个方面：首先是点多，多数为小锅炉，涉及近千家，分布在各远郊区，较为分散，统筹难度大。其次是面广，改造涉及方方面面，如锅炉改造环节多、涉及改造对象类型多。近千家改造对象不仅涉及各种社会单位，还涉及中央单位、驻京部队、武警部队、市属单位等。最后是实施难度大，改造对象地处偏远，普遍存在基础设施薄弱、需协调解决问题较多等困难。

为此，北京市领导高度重视，给予了大力支持，市领导亲自协调指挥，召开专题会部署推进，及时协调解决有关问题。各相关部门也建立了协调机制，形成工作合力，有效推进了项目的进展。

推进清洁取暖，事关绿色发展、民生福祉，对于冬季雾霾频发的河北而言意义重大。2017年年初，在河北省委、省政府制定的大气污染综合治理“1+18”政策体系中，推进冬季清洁取暖被列为“一号任务”，在5个专项实施方案中进行了具体部署。河北省政协将《推进清洁取暖　改善大气环境质量》列为今年重点督办的“1号提案”。

河北省政府成立了由常务副省长任组长的双代（气代煤、电代煤）工作领导小组。河北省大气污染防治领导小组办公室紧盯目标调度攻坚，省政府12个职能部门协调联动，按照“宜气则气、宜电则电”原则，坚持地下管线和地上管网同步建设，工程建设与设备采购同步推进。

与北京、河北不同，天津环境承载能力小，产业结构偏重，能源结构偏煤。受冬季采暖需求突出等因素影响，煤炭占一次能源比重接近50%，煤炭消费总量超过4 200万吨。特别是采暖期，月均耗煤量是非采暖期的近两倍，造成秋冬季燃煤污染物排放显著增长。

压力转换为动力，为确保实现秋冬季空气质量改善目标，天津市出台了《天津市2017—2018年秋冬季大气污染综合治理攻坚行动方案》，其中一条重要内容是加快散煤污染综合治理。天津市环保局局长温武瑞表示：“天津市将坚决实施城乡散煤 ‘清零’，按照习近平总书记 ‘宜电则电、宜气则气’ 推进冬季清洁取暖的重要指示要求，分类施策、因地制宜，将全市121万户城乡散煤清洁取暖任务由国家要求的3年完成压缩至两年完成。”

## 早策划，抓重点，因地制宜

5年前，“大气十条”要求，到2017年京津冀、长三角、珠三角区域细颗粒物浓度分别下降25%、20%、15%左右。北京的目标明确，细颗粒物年均质量浓度要控制在60微克/米$^3$左右。

“大气十条”发布8天之后，京津冀及周边地区大气污染防治工作会议在北京召开。会议要求，到2017年，北京市、天津市、河北省和山东省煤炭消费量比2012年减少8 300万吨。其中，北京压减1 300万吨、天津1 000万吨、河北4 000万吨、山东2 000万吨。

5年后，“大气十条”第一阶段的终考考卷即将上交，京津冀地区散煤治理能否交出一份满意的答卷？

为打好2017年“清煤降氮”攻坚战，北京市、区两级环保部门联动，按照“抢前抓早”的原则组织实施。制定早策划、抓重点、勤协调、促执法的工作方案。自2016年8月开始，北京市环保局便开始着手布局2017年改造工作，组织各区与市燃气集团对接，逐一开展现场调研。2016年9月开始，组织与重点单位进行重点沟通，与中央在京单位、驻京部队以及推进配套设施建设的燃气、热力、电力等单位对接，形成工作机制，共同推进改造工作加快实施。北京市、区环保部门还建立了“周报、月报”等定期反馈机制，密切跟踪各项目情况，以便随时发现并解决问题。此外，从2016年11月采暖季开始，全市环保部门对在用燃煤锅炉单位集中开展专项监督执法，有效促进了改造项目落地。

按照“宜电则电、宜气则气”的原则，天津计划用两年时间对全市 121 万户散煤用户进行清洁能源替代，实现城乡散煤全都“清零”。目前天津已经完成了 34 万户，有 60 万户明年将实现清洁能源替代。

近年来，天津在控煤过程中，主要采取了减煤量、控煤质、严排放、治散煤等措施。在减煤量方面，2016 年天津已经提前完成“大气十条”规定的压减 1 000 万吨煤的目标任务，2017 年继续压减燃煤 260 万吨。在控煤质方面，天津先后两次颁布了煤炭质量管理标准，不断提升地方煤质标准。在严排放方面，在对全市 9 家电厂 22 套机组实现超低排放的基础上，今年又对剩下的 4 家 19 套自备电厂煤电机组进行了改造，目前已全部达到超低排放水平。

河北在城市建成区通过大力淘汰燃煤小锅炉，推进集中供热来减少采暖季污染排放。在淘汰燃煤锅炉的同时，河北省大力推行集中供热，今年新增集中供热面积 1 000 万米$^2$，全省（市、县）基本形成大型集中供热为主的供热结构。

无论是双代煤工程还是集中供热工程，目的都是减轻散煤污染。防止散煤复烧，巩固治理成果，河北省还着力强化散煤管控，以生产、运输和销售环节为重点，组织开展“红盾治污”“百日会战”等攻坚行动，坚决杜绝生产和使用劣质煤行为，加大煤炭生产企业煤质抽检力度，全部取缔外来煤洗选。

河北省雄县地热资源丰富，目前地热供暖覆盖 90%以上的供暖区，城区基本实现了地热集中供暖全覆盖，成为全国第一个“无烟城”。在河北的张家口坝上地区，风电资源丰富。探索清洁能源供暖模式、提高风电资源就地消纳水平，张家口市走出了一条风电供暖的新路径。

张家口市能源局局长郭俊峰介绍，为降低风电供暖成本，普及风电供暖，张家口市开展了可再生能源电力市场化交易。交易后电供暖用户可享受0.15元/千瓦时的优惠电价，较低谷电价 0.28 元/千瓦时又降低了 46.4%，成本与燃煤集中供暖基本持平，这标志着风电供暖的成本“瓶颈”被打破。

河北省因地制宜探索多元化清洁供暖途径，还明确将生物质气、沼气等多种模式替代散煤纳入气代煤任务计划，参照省级气代煤补助标准给予补助。

## 压产能，减排放，持续攻坚

保障能源安全，推动绿色低碳发展，全面压减煤炭消费总量，实施清洁能源替代，形成多元多向保障格局，是《行动计划》对京津冀地区能源格局的规划愿景。

回顾《北京市 2013—2017 清洁空气行动计划》实施的 5 年，北京市共淘汰燃煤锅炉

4 923 家 8 312 台共计 39 165.5 蒸吨，初步估算可减燃煤 900 万吨。2017 年年底前，继东西城 2015 年实现“无煤化”后，全市 10 蒸吨及以下燃煤锅炉将清零，六成以上平原地区（城六区和南部平原地区）实现基本“无煤化”。与 2013 年相比，全市年用煤总量将由 2 300 万吨压减到 700 万吨以内，下降 70%；优质能源占能源消费总量将达 90%左右。

在燃煤锅炉清洁能源改造、四大燃煤电厂关停、四大燃气热电中心建成投运、散煤清洁能源替代等压煤措施综合作用下，北京的二氧化硫年均质量浓度持续下降，从 2013 年的 28 微克/米$^3$ 下降到 2016 年的 10 微克/米$^3$，下降幅度高达 64.3%。截至今年 10 月底，二氧化硫累计质量浓度为 8 微克/米$^3$，同比去年下降 11.1%。通过多年大规模燃煤污染治理、新老措施叠加，环境效益不断释放，预计今年的二氧化硫年均浓度有望再创新低。

今年供热启动前夕，国网天津市电力公司完成了 16.67 万户城乡居民的煤改电配套设施建设，包括中心城区、滨海新区、武清区都实现了城市散煤“清零”的目标。通过居民“煤改电”工作的实施，今年天津新增电采暖总面积达 1 500 万米$^2$，预计新增冬季采暖负荷 34.3 万千瓦，实现年可替代电量约 6 亿千瓦时，相当于减少燃煤 25 万吨，减排二氧化碳 62.5 万吨，二氧化硫、氮氧化物 2.8 万吨。

截至目前，河北全省淘汰燃煤小锅炉 3.36 万台共 5.05 万蒸吨，完成压减炼铁产能 2 022 万吨、炼钢产能 2 261 万吨、水泥产能 201.5 万吨、平板玻璃 500 万重量箱、焦化产能 808 万吨等，共削减煤炭消费量 3 845 万吨，减少二氧化硫、氮氧化物、烟粉尘等主要污染物排放量分别为 12.84 万吨、15.26 万吨、17.85 万吨。清洁取暖方面完成气代煤、电代煤工程任务覆盖 181.2 万户，取缔散煤经营网点 2 796 个，有效控制了劣质散煤燃烧造成的污染。

河北省环保厅有关负责人介绍说：“下一步，我们将按照党的十九大对生态文明建设和环境保护工作的新要求，紧紧围绕持续改善大气环境质量这个核心，坚持全民共治、源头防治，严格环境监管，加强督导检查，推进工作落实，动员全党、全民、全社会力量参与治霾，坚决打赢蓝天保卫战，为人民提供更多的优质生态产品，努力使人民群众对优美生态环境拥有更多获得感和幸福感。”

# 政策落实打折扣　重点任务推进慢
# 河北集中向六市反馈环保督察意见
# 被督察六市30个工作日内制定整改方案报送省委、省政府

时间：2017年11月23日　作者：周迎久　张铭贤　来源：《中国环境报》8版头条

11月9—11日，按照河北省委、省政府关于开展环境保护督察的决策部署，第八、第九、第十、第十一、第十二、第十三环境保护督察组分别向承德市、张家口市、唐山市、保定市、邢台市、邯郸市反馈了环保督察情况。

至此，河北实现了省对市环保督察全覆盖。

## 边督边改，严肃追究责任人

记者从六市反馈意见中看到，近年来，六市生态环保工作均取得了阶段性成效，各有各的亮点。

承德市建成14处省级以上自然保护区，自然保护区数量及面积均位居河北省首位。张家口市在全省率先达到了环境空气质量二级标准，并连续三年被省政府考核为优秀等次。唐山市加快工业污染治理，钢铁、水泥、电力、焦化四大行业基本实现或超过国家标准的超低排放。

但总体来看，六市生态环境保护工作仍任重道远。

河北省各督察组在督察期间，共接到群众信访举报环境问题19 982件，各督察组通过下沉督察、延伸督察还发现了一批问题线索。

随着环保督察的深入开展，各市针对发现的问题立行立改，掀起了一波环保整改风暴。

承德市对督察组交办的2 226件群众举报问题逐一核实，整改办结率为93%，立案查处111件，罚款291.9万元，责任追究11人。

保定市开展了环保督察整改攻坚“风暴行动”，督察期间问责138人和15个单位，其中40名副科级以上干部，行政拘留7人，行政处罚87.83万元。

邢台市按照边督边改要求，对督察组移交的1 039个问题均已反馈，关停取缔企业193家、查封扣押58家，立案查处29起，移交公安机关7起，行政拘留5人，移交纪检

监察机关2起，问责8人。

邯郸市整改办结督察组移交问题41个、群众举报952件，立案处罚107.3万元，党政纪处分14人，移交司法机关4人，正在接受调查处理12人。

## 监管缺位，政策落实打折扣

聚焦问题、直指要害，六市反馈意见中 80%以上的篇幅在谈各市生态环保工作中存在的问题。督察组认为，各市生态文明建设和环境保护工作中出现的这些问题，最根本的原因是环境保护“党政同责、一岗双责”落实不到位。

记者从六市反馈意见中看到，多个市存在地方党委、政府对环保工作重视不够，“党政同责”落实不到位问题。

其中，张家口有的县（区）党委、政府没有对大气污染防治重点工作制定督导方案，没有制定考核办法。保定市涞源县领导班子和领导干部考核办法，环保权重由2015年的3.5%降为2016年的0.5%，且不考核县直部门。邢台市未将生态环境保护指标量化纳入市直部门领导班子和领导干部考核，环保责任逐级弱化。邯郸市部分领导干部忽视环保工作，截至环境保护部第五次巡查结束，邯郸市未整改到位的问题为“2+26”城市中最多。

监管不到位是环境问题发生的又一个根源。记者从六市反馈意见中看到，市直、县直各职能部门“一岗双责”落实不到位问题较为普遍。

例如，承德市建设项目管理存在漏洞，全市只对部分入河排污口进行了审批；全市尚有431眼自备井未关闭；自然保护区管理机构配置不完善。

张家口市对医疗废物、地热矿产资源、畜禽养殖、污水处理厂、工业企业料场料堆等工作监管不到位，甚至个别部门对建筑渣土运输扬尘整治、农村饮用水水源地保护等工作不认领。

保定市扬尘综合整治、工业料场苫盖和重污染天气应急响应期间企业限停产、排水许可、地热资源开采、河道、医疗废物、汽车拆解等多项工作监管缺失。

邢台市擅自取消排水许可，致使期间对向城市排水管网排水单位的监管成为空白；全市垃圾填埋场、医疗废物、入河排污口、自备井、河道采砂、矿山整治和自然保护区等工作监管不到位，存在环境违法问题。

邯郸市对污水处理厂、垃圾填埋场的管理，没有牵总部门；相关部门对危险废物产生、经营单位疏于监管、履职不到位；对全市入河排污口排查不细、底数不清。

针对这些问题，督察组要求各市要严格贯彻落实国家和省委、省政府关于生态文明建设和环境保护的重要决策部署，切实强化“党政同责、一岗双责”，建立健全党政领导干部政绩考核和生态环境损害责任追究制度。加大环保压力传导，严格落实环保责任，切实打通政策落实的“最后一公里”。

## 设施滞后，治理能力存短板

记者从六市反馈意见中看到，污染防治设施建设滞后，治理能力存在短板是又一普遍性问题。部分地市环境治理历史欠账多，环保基础设施建设亟待完善。

承德市有 8 个县区未建成城市粪便集中处置设施，未按要求建设病死畜禽无害化处理厂，未能按计划要求建成建筑垃圾和渣土消纳场。

张家口市环境基础设施欠账多，没有完成污泥处置提标工作，主城区污水处理厂超负荷运行，致使部分城市生活污水直接排入东沙河；大部分农村没有污水处理设施，大量农村生活垃圾没有收集处理。

唐山市个别工业园区规划环评、污水处理设施、集中供热建设任务未完成。病害畜禽养殖废弃物无害化处理工作有盲区，全市无害化处置中心建成运行 2 家、在建 2 家，不能形成有效全覆盖。

保定市建筑垃圾综合消纳场项目至今未动工建设，相关部门互相推诿扯皮现象严重；全市超负荷运行的污水处理厂扩建改造工作进展缓慢，污泥无害化处置设施建设滞后，且全市污泥非法处置问题严重。

邢台市主城区现有污水治理设施未满负荷运行，市区每天约 5 万吨生活污水直接排入河道；主城区没有建设专用的垃圾填埋场；医疗废物处理能力严重不足；工业园区环保基础设施建设滞后，巨鹿县经济开发区、宁晋经济开发区等部分园区未完成集中供水、供热或污水处理设施。

邯郸市主城区污水处理厂超负荷运行，部分生活污水直排，中水回用率低；全市 19 个重点镇中有 8 个镇建设了污水处理设施，大多数未运行；全市工业园区配套基础设施建设滞后，目前仍有 8 家未建成污水集中处理设施。

针对这些问题，督察组要求各市要因地制宜，进一步加大环境保护投入，加快城乡环境基础设施建设。要大力开展雨污分流、污水处理厂升级改造等工程，建设与城市发展总体规模相适应的医疗废物、危险废物、建筑垃圾与生活垃圾处置中心等，提升治理能力，深化大气、水和固体废物污染防治。

## 推进缓慢，重点任务需加力

围绕河北省委、省政府部署的重点环保任务，各督察组有针对性地开展督察。

记者通过反馈意见看到，部分地区重点任务推进缓慢，未达到时间进度要求，甚至部分环保重点任务存在难以完成的可能。

承德市双代煤工程和工业燃煤锅炉改造任务推进缓慢，到 8 月 14 日完成率分别仅为 10.3%和 23.4%；全市只有 481 家规模养殖场配套建设了粪污处理设施，占比为 58.8%，未达到河北省规定的 80%要求。

张家口市煤炭消费不降反升，上半年 5 家发电企业煤炭消费为 624.4 万吨，同比增长约 120 万吨，到年底完成目标任务难度极大；自备井关停进展缓慢，按规定应在 2016 年年底前关闭所有自备井，目前，221 眼自备水井只关闭 96 眼。

保定市未按照要求完成矿山整治任务，目前仅 11 个项目刚刚立项，整治工作严重滞后；全市纳污坑塘底数不准，个别县存在瞒报、漏报现象，部分坑塘的治理进展较为缓慢。

邢台市部分重点环保工作未按时完成，邢钢和德龙钢铁竖炉未在 2017 年 4 月底前关停到位，禁养区内仍有 32 家养殖场未完成关闭或搬迁，18 个纳污坑塘尚未开始整治，玻璃企业清洁能源应用进展缓慢，多家企业批建不符或环保手续不完善，秸秆焚烧环境卫星火点数与 2016 年相比不降反升。

针对存在的问题，各督察组均提出了整改要求。各督察组还对发现的问题线索进行了梳理，并按有关规定分别向省有关部门和当地党委、政府移交移送，对环境保护失职渎职行为，提起问责建议。

据了解，根据各督察组要求，被督察六市要抓紧研究制定整改方案，在 30 个工作日内报送河北省委、省政府，并在 6 个月内报送整改情况。六市整改方案和整改落实情况将按照有关规定，及时向社会公开。

# 河北近两个月 $PM_{2.5}$ 质量浓度同比下降约 25%，专家分析认为——“人努力”是大气质量改善的关键

时间：2017 年 12 月 4 日　作者：张铭贤　来源：《中国环境报》2 版头条

河北省近日召开重污染天气应对解读会，环保、气象等部门专家现场分析了河北省秋冬季以来大气环境质量现状及应急减排效果，并对 12 月 1—4 日的重污染天气过程应对措施进行了解读。

## 形势
## 近两个月 $PM_{2.5}$ 质量浓度同比下降明显

“秋冬季大气污染综合治理攻坚行动启动以来，河北省大气环境质量与去年同期相比明显改善。”河北省环境应急与重污染天气预警中心高级工程师王晓利介绍说，从监测数据看，10 月 1 日—11 月 28 日，河北 $PM_{2.5}$ 的平均质量浓度比去年同期下降了 25.3%，$PM_{10}$ 下降了 23.4%，二氧化硫、氮氧化物质量浓度也都有不同程度的下降。

另一组监测数据显示，10 月 1 日—11 月 28 日，河北省平均优良天数为 39 天，较去年同期增加 9 天；全省平均重污染天数两天，较去年同期减少 5 天。

优良天在增加，重污染天在减少。这样的分析与百姓的实际感官是趋于一致的。今年秋冬季以来，河北并没有出现 AQI“爆表”的严重污染天气。专家分析认为，较上年同期相比，今年河北重污染天气发生频次明显减少，污染峰值降低，覆盖范围缩小。

记者采访中了解到，今年 10 月以来，河北全省已启动区域预警 1 次、城市预警 19 次。12 月 1—4 日为河北今年秋冬季以来第二次启动区域预警。预警期间，预计区域内将有 4 700 多家企业实施错峰生产，6 000 多家企业采取轮流停产措施，8 000 多家企业采取临时性减排措施，总体污染物减排比例将达到 20%以上。

王晓利解释说，在污染物累积峰值到来之前，提前采取减排措施，能最大限度地对污染物浓度削峰降速。11 月 4—7 日，河北省启动了秋冬季以来第一次重污染天气区域橙色预警，但从实际天气过程来看，大部分城市以良至轻度污染为主，只有个别城市达到了重污染级别，可以说重污染天气“爽约”了，这正是由于预警启动及时，管控措施有效，才使实际污染程度并没有达到预测的数值。

## 原因
## 措施对路，监管到位，“人努力”效果明显

“今年入秋以来，河北省气象扩散条件不佳。”河北省气象局环境气象中心高级工程师赵玉广从气象条件方面做了全面分析。

赵玉广介绍说，今年 10 月，河北省平均静稳天气指数为 11.65，较去年同期偏高 2.4%，混合层平均高度比上年低 8%，无论从水平扩散条件还是垂直扩散条件，都变得不利。进入 11 月，冷空气活动明显，气象条件相对有利。在这样的气象条件下，河北近两个月 $PM_{2.5}$ 平均质量浓度下降了 25%，可以看出，“人努力”对秋冬季大气环境质量改善起到了关键作用。

“事实上，我们从空气质量预报值和实测值的比较中也能明显看到‘人努力’的效果。”河北科技大学环境科学与工程学院教授郭斌介绍说，今年以来，河北早动手、早谋划，各地大力推行散煤清洁化替代，加快推进煤改气、煤改电等工程，强化机动车污染防治等，这些措施有效减少了污染排放总量。

有措施还要有执行。郭斌介绍说：“今年很多地方都明显感觉到了环境监管力度的加大，比如说对‘散乱污’企业的治理，环境保护部的强化督查组、巡视组，河北省的执法检查组、专项督查组，可以说是一拨接一拨，没有松过劲儿。此外，在推进‘双代煤’上，河北力度也很大，据估计今年可减少 500 多万吨散煤的燃烧。”

记者采访中了解到，进入采暖季后，河北燃煤量增加，大气污染物排放比非采暖季增加约 30%。为了给采暖季腾出更多环境容量，河北要求重点行业企业实施错峰生产、轮流生产等一系列减排措施。在重污染天气期间，还将视情况增加临时性减排措施，最大限度地减轻污染程度，缩短污染过程。

## 趋势
## 污染中心南移，减排仍需加力

一幅幅重污染天气演变示意图，一张张红橙黄绿的“气质”变化图。从今年与去年的同期对比中，记者最直观感触是，颜色正在变浅。

王晓利说：“颜色变浅说明污染程度在降低。从我们近两个月的监测数据看，河北各传输通道城市不仅污染物的总体浓度降低了，污染中心的位置也发生了变化，向南推移了。”

据了解，2016 年秋冬季河北省颗粒物的污染中心基本都在省会石家庄地区及周边。今年秋冬季，颗粒物污染中心转移到了河北南部的邯郸地区及周边。近两个月来，河北省 19 次重污染天气城市预警中，邯郸市启动次数最多，为 3 次橙色预警。

记者从监测数据中也看到，今年秋冬季以来，石家庄市大气环境质量明显改善：10月1日—11月28日，石家庄优良天数28天，较去年同期增加13天；重污染天数为3天，较去年同期减少20天。

污染中心为何南移，王晓利认为，首先和气象因素有关，河北南部的邯郸以及河南北部的安阳这一带今年扩散条件不太好，冷空气相对较弱，风力偏小。其次，邯郸市是河北的工业重镇，周边钢铁及重污染企业比较多，污染物排放量大是重要原因。

河北省气象局气候中心预测，12月河北省冷空气势力较弱，气象条件不利于污染物扩散，可能出现持续中度雾霾天气。基于这样的一个趋势判断，专家建议，克服气象不利因素，邯郸、邢台等污染传输通道城市仍需加大减排力度，推动大气环境质量不断好转。

# 屋子热了　高炉凉了　空气好了<br>河北今年秋冬空气质量五年来最好

时间：2017年12月15日　作者：周迎久　张铭贤　来源：《中国环境报》1版头条

“今年冬天蓝天明显增多了。”12月12日下午，在河北省保定市徐水区麒麟店村，63岁的村民袁春明看着蓝天欣喜地说道，村里取暖都改成了电，家里干净了，天儿也干净了。

来自河北省环境应急与重污染天气预警中心的监测数据，印证了袁春明的感受：10月1日—12月13日，河北省$PM_{2.5}$平均质量浓度为63微克/米$^3$，同比下降31.5%，为5年来最好水平。

这个阶段性成果的背后凝聚了艰辛的努力。河北省环保厅有关负责人用了“战线长、参与广、任务艰巨，需要科学治霾、协同治霾、铁腕治霾”来形容这场蓝天保卫战。正是在多部门、多地市群策群力攻坚克难下，河北的蓝天才越来越多。

## 屋子热了，过冬告别燃煤实现清洁取暖

屋外已是滴水成冰，屋内花草仍绿意盎然。在袁春明的家里他高兴地告诉记者：“我们也像城里人一样，取暖不用自己烧炉子了，只需按每平方米25元交取暖费就行了，省

事又干净。”

在麒麟店村村北的集中供热站，记者看到成排的空气能压缩机正在运转。村支书刘军峰说：“在清洁取暖替代中，我们村选择了电代煤。像这样的小型供热站村里建了 3 个，由企业出资建设维护，村民只需缴纳取暖费即可。”

煤改电改变了麒麟店村村民的采暖方式。这一变化，正是河北推进清洁取暖的缩影。

“经过两年的努力，保定市北部与北京接壤的 9 个县建成了禁煤区，66.6 万户按照宜气则气、宜电则电的原则完成了双代煤改造。”保定市政府党组副书记肖占乐说，“改造工作的任务量是巨大的，9 个县的改造涉及天然气的地下管网施工长度 1.9 万千米、1 500 多个村庄、200 多万人口，可以减少散煤燃烧 250 万吨。完工后，空气质量改善效果很明显。”

监测数据显示：今年 10 月 1 日—11 月 30 日，保定市 $PM_{2.5}$ 质量浓度为 69 微克/米$^3$，同比下降 42.02%，下降率在京津冀传输通道“2+26”城市中排名第三，为 5 年来最好水平。此外，今年 1 月 1 日—11 月 30 日，保定市二氧化硫平均质量浓度下降显著，同比下降率达到 24.3%。这一数据与控制燃煤污染有着直接关系。

今年是河北省大规模推进清洁采暖的第一年，极寒天气还未到来，双代煤工程仍面临考验。记者在采访中了解到，目前，河北省政府已成立了天然气应急保障中心，专门针对天然气紧张情况加强应急调度，采取压非保民等一系列措施，优先保障百姓生活、取暖用气。

## 高炉凉了，错峰生产腾出更多环境容量

12 月 13 日，唐山市室外温度已降至零下。随着错峰生产措施的启动，昔日热浪袭人的河钢唐钢公司 2# 2 000 米$^3$ 高炉停炉了。

“通过 2#高炉停产，河钢唐钢限产达到 47.75 万吨，超出政府下达的 47.62 万吨任务。”公司能源环保部副部长袁学军说，现在钢铁行业效益非常好，但为了改善空气质量，公司愿意作出贡献。

在唐山市国丰钢铁有限公司，3 座 450 米$^3$ 高炉于 11 月 14 日实现了停炉。在谈及企业得失时，董事长张震一直强调：“我们是丰南区区属国企，要主动承担治理责任。”

与保定市控制散煤燃烧污染不同，唐山市是河北省的钢铁大市，秋冬季大气污染综合防治中，唐山市将管控的重点放在了企业错峰生产上。

“按照采暖季钢铁产能限产 50%的要求，10 月 27 日，市政府制定出台了《唐山市 2017—2018 年采暖季钢铁行业错峰生产方案》，将任务分解落实到有关县（市、区）和河

钢唐钢公司本部。”唐山市环保局副局长张建业介绍说，11 月 15 日，全市 35 家钢铁企业全部启动错峰生产。11 月 15 日—12 月 8 日，唐山市 $PM_{2.5}$ 质量浓度为 63 微克/米$^3$，较去年同期下降 43.75%，改善效果明显。

进入采暖季后，河北燃煤量增加，大气污染物排放比非采暖季增加约 30%。为了给采暖季腾出更多环境容量，河北要求重点行业企业采取错峰生产、错峰运输等措施。初步统计，河北列入错峰生产名单的企业多达 4 700 多家，列入轮流生产名单的企业 6 000 多家。

错峰生产、错峰运输等措施的落实，对河北秋冬季大气环境质量改善起到了积极推动作用。“以今年 11 月为例，与 2016 年同期相比，河北污染次数、程度都大幅下降，全省累计 $PM_{2.5}$ 重污染时段减少 1 278 小时、$PM_{2.5}$ 小时峰值浓度降低 38.3%。”河北省环境应急与重污染天气预警中心主任王晓利说。

## 空气好了，群策群力坚决打赢蓝天保卫战

“这个界面是市中心 25 千米范围内的 594 个网格化精准监测点的实时情况，点位超标自动报警；这个界面是 55 家重点企业门禁监控系统，可以实时监控进出厂车流量；第三个界面是建筑工地的监控系统，可以实时监控施工情况……”唐山市整合了环保、公安、住建、国土等部门的 10 套监控系统，共同组成了唐山市精准治霾指挥中心。

“确保指令快捷有效，发现问题及时查处。唐山市还组建了环保指挥微信群，唐山市领导、各县区政府主要和分管领导、市直部门负责人和重点企业环保负责人共 216 人在群内。”张建业介绍说，指挥中心成立两个月，累计下达指令 550 条，发现并查处各类大气污染问题 529 件。

记者采访了解到，像唐山市这样的指挥中心在河北 8 个传输通道城市已很普遍。

“上下联动、部门协同，在河北，治理大气污染形成了全面发力、协调联动、群策群力的攻坚态势。”该负责人介绍说，河北省委、省政府高度重视大气污染综合治理工作，今年年初制定了“1+18”政策体系，9 月又印发了秋冬季大气污染综合治理攻坚行动“1+5”方案。在河北省委、省政府的领导下，各市和省政府 29 个部门成立推进机构，建立任务清单，协调联动，开展了农村清洁供暖和燃煤小锅炉、劣质煤流通、“散乱污”企业等露天矿山、扬尘污染、交通运输领域污染 7 个集中整治专项行动，狠抓政策落实，取得了明显效果。

此外，河北省人大连续多年组织开展“大气一法一条例”专项执法检查，11 月又组织了秸秆综合利用和禁烧工作的执法检查和专题询问；河北省政协连续多年将大气污染

防治列为 1 号提案，建言献策，督办落实。可以说，这 5 年是河北大气污染综合治理政策措施最硬、参与部门最广，空气质量改善效果最明显的 5 年。

王晓利告诉记者：“从历年 10 月 1 日—12 月 9 日时段对比中，可以看出全省优良天数占比，2013 年最少，为 33%，今年最多，为 66%。在重度以上天数占比方面，2013 年最高，达到 27%，今年最低，为 13%。截至目前，河北省 $PM_{2.5}$ 平均质量浓度较 2013 年同期相比下降近 40%，到年底实现‘大气十条’确定的下降 25%目标已无悬念。”

“河北大气污染治理虽然取得了阶段性成果，但远没有到可以松一口气的时候。现在距离年底没有多少时间了，完成年初省政府在省两会上承诺的‘$PM_{2.5}$ 平均质量浓度较去年同比下降 6%目标’仍存在挑战。”该负责人表示，河北将一天一天努力，驰而不息打赢蓝天保卫战。

# 2018 年

# $PM_{2.5}$降了近四成，秋冬季空气质量为五年来最好 河北五年治气成绩单值得点赞 成绩面前，河北省委常委会（扩大）会议要求进一步巩固提高

时间：2018年1月8日　作者：周迎久 张铭贤　来源：《中国环境报》1版头条

新年伊始，对河北省环保工作来说，有两件大事。

其一，河北省大气污染治理成果发布，超额完成国家“大气十条”确定的目标任务。其二，新年伊始，河北省委常委会（扩大）会议专门听取环保工作汇报。

两件大事，一是聚焦成绩，二是聚焦问题。“治理成效来之不易，要进一步巩固提高。”河北省委书记王东峰既肯定了以往的成绩，又明确了今后的目标。

## 超额完成任务

1月5日，河北省政府新闻办召开今年首场新闻发布会，主题是“强力攻坚秋冬季大气污染综合治理坚决打赢河北蓝天保卫战”。河北省环保厅相关负责人发布消息：经过不懈努力，大气环境质量取得明显改善，超额完成国家“大气十条”确定的目标任务。

2017年，全省$PM_{2.5}$平均质量浓度为65微克/米$^3$，比2016年70微克/米$^3$下降7.1%，比2013年108微克/米$^3$下降39.8%，超额完成国家“大气十条”确定的较2013年下降25%的目标任务。

在2017年1、2月受大气污染扩散极端不利气象条件影响，$PM_{2.5}$平均质量浓度高达114微克/米$^3$、同比反弹46%的情况下，河北通过实施秋冬季攻坚行动，一举扭转了不降反升势头。

分时段来看，从2017年10月1日到12月31日，全省$PM_{2.5}$平均质量浓度67微克/米$^3$，比2016年同期107微克/米$^3$下降37.4%，平均达标天数为59天，同比增加了19天，重污染天数为6天，同比减少15天，秋冬季空气质量为五年来最好。

从达标天数来看，2017年，全省平均达标天数202天，占全年总天数的55.3%，较

2013 年增加 73 天。从重污染天数看，2017 年，全省平均重污染天数 29 天，较 2013 年减少 51 天。

从其他指标来看，二氧化硫（$SO_2$）、二氧化氮（$NO_2$）、可吸入颗粒物（$PM_{10}$）、一氧化碳（CO）年均浓度分别为 27 微克/米$^3$、47 微克/米$^3$、117 微克/米$^3$、1.3 微克/米$^3$，较 2016 年分别下降 18.2%、4.1%、4.9%、7.1%。

## “组合拳”治理大气污染

成绩来之不易。

去年以来，河北省委、省政府把大气污染防治作为环境治理的头等大事，省委书记王东峰、省长许勤多次批示，亲自研究部署，亲自督导检查，工作之细、要求之严、力度之大前所未有；省人大组织开展专项执法检查，省政协将推进清洁取暖列为 1 号提案，环境保护部领导多次到河北指导工作，组织开展 17 轮强化督查。

一年来的大气污染治理，结构调整的主线非常明显。

着力调整能源结构，严格控制燃煤污染，2017 年，河北省共完成气代煤电代煤改造 253.7 万户，“禁煤区”基本实现散煤“清零”；淘汰燃煤锅炉 3.6 万台 5.5 万蒸吨，各市建成区 35 蒸吨及以下燃煤锅炉实现“清零”。

着力调整产业结构，坚定不移去产能，2017 年，河北共压减炼钢产能 2 754 万吨、炼铁 2 132 万吨、水泥 261.5 万吨、玻璃 500 万重量箱、焦炭 808.8 万吨、煤炭 1 068 万吨，均超额完成全年目标任务。

着力调整运输结构，减少汽运比例，河北所有港口停止接收公路运输集疏港煤炭，集中开展成品油市场和重型柴油车专项整治，传输通道城市加油站（点）全部供应国六车用汽柴油。

源头与末端共防控，治标与治本齐发力。

错峰生产有力推进。紧盯秋冬季开展治霾攻坚，河北近 5 000 家企业实行了错峰生产和运输。科学有效应对重污染天气，河北将停限产令上升到省政府层面，对错峰生产和停限产企业不搞“一刀切”，分级发布预警信息。

环境执法传导压力。持续开展了 4 轮大气污染综合治理专项督察和执法检查。据了解，秋冬季以来，河北共检查企业（点位）6.93 万个，查处涉气问题 1.89 万个，查办违法案件 2 215 起，对大气污染治理进展缓慢和落实不力的市、县政府进行公开约谈，追责问责相关责任人 339 人，依法取缔关停企业 386 家，移送公安机关追究刑事责任 279 人。

## 进一步巩固提高

“治理成效来之不易，要进一步巩固提高。”省委常委会（扩大）会议上，王东峰对大气污染治理取得的成效给予了充分肯定，并要求进一步加大治理力度，全力打好大气污染治理攻坚战，全面提升生态环境质量和水平。

王东峰强调，要把环境污染治理作为一项重大的政治任务，各级党委、政府和省直各相关部门主要领导要落实主体责任、亲自抓，各分管领导要紧紧抓住、抓实、抓好，形成条块结合、上下联动的氛围。

就下一步工作举措，王东峰强调，要坚持目标导向和问题导向，进一步细化燃煤、工业排放、尾气、扬尘等治理措施，建章立制、建立台账，既要有底数，又要有进度，还要看效果。要加强环境监测能力建设，建立大数据指挥平台和网格化监管体系，健全省、市、县、乡、企业五级监测体系，推进乡镇及工业园区、经济开发区空气质量监测全覆盖和环保所建设全覆盖，秋冬季攻坚行动要确保完成目标任务。

一分部署，九分落实。常委会（扩大）会上，王东峰还强调，要改进作风抓落实，严格考核问责。省委、省人大、省政府、省政协以及全省各级各部门都要认真负起责任，对工作落实不到位的，坚决严肃问责、一追到底。省人大要对环保和供暖开展执法检查，并作为今年的一项重要任务；省政协要组织政协委员深入调研，提出建议，加强监督，发挥参政议政作用。总之，要全省一盘棋、一台戏，合力攻坚，使环境治理取得新的更好成果。

河北省环保厅相关负责人表示：“按照省委省政府部署，河北省环保厅正加快制定大气污染治理三年作战计划，一个战役接着一个战役打，确保年年有变化，三年大见效，推动环境空气质量持续改善。”

# 河北既拍“苍蝇”又打“老虎”
# 连续开展四轮大气环境执法专项行动，发现问题企业8 000多家次

时间：2018年1月12日　作者：周迎久 张铭贤　来源：《中国环境报》8版头条

“自2017年9月以来，河北连续开展了四轮大气环境执法专项行动，坚持白天晚上

一起抓，动真碰硬，累计出动执法人员 9.4 万余人次，检查企业 5.48 万家次，发现问题企业 8 181 家次，涉及各类环境问题 9 234 个，查处了一批公众眼中的‘明星企业’，在社会上引起了积极反响。”

2018 年 1 月 5 日，河北省环保厅相关负责人在省政府新闻办召开的新闻发布会上，详细介绍了河北省大气环境执法专项行动的开展情况，指出此次大气环境执法专项行动实现了执法方式、执法规模和执法效果三个历史性突破。

## 引领大气环境治理步入“深水区”

据介绍，河北是全国首个实行省以下环保机构垂直管理的省（区、市）。自进入秋冬季大气污染防治攻坚行动以来，河北充分发挥垂改后的制度优势，第一次统筹省、市、县三级执法力量，打破地域限制，统一工作要求、统一检查内容、统一执法标准、统一处罚尺度，采取异地执法、交叉执法、巡回执法的方式，严厉打击各类涉气环境违法行为。

通过专项行动的开展，河北建立起了一套以省综合执法局为龙头，市、县环境执法力量为基础的高效联动、上下贯通、运转灵活的环境执法指挥体系。

同时，秋冬季以来的大气环境执法专项行动，持续时间长、参与人数多、针对性强、专业水平高、检查力度大，各级环境执法力量共累计出动人员 9.4 万人（次），检查企业 54 842 家（次），发现问题企业 8 181 家次，是河北有史以来规模最大的环境执法专项行动。

专项行动中，河北省借鉴纪检监察部门的办案经验，对环境违法企业的打击既拍“苍蝇”也打“老虎”'，将一大批“明星企业”推到了环境污染治理的前台，依法查处了多起上市公司、大企业存在的环境违法行为，引领大气环境治理步入“深水区”，倒逼重点区域、重点行业产业加快转型升级。

据了解，四轮执法检查中，河北省共立案行政处罚环境违法案件 2 215 起，依法取缔关停 386 家，停产限产 586 家，移送行政拘留 279 人，执法检查力度大幅提升，有效遏制了环境违法行为高发趋势，形成了严打重处的执法高压态势。

河北省环保厅相关负责人介绍说，“通过梳理查处的各类环境问题，我们发现，排污企业主体责任落实不到位的问题十分突出。一方面，排污企业污染防治设施完备率有待提升，部分企业污染防治设施不完善，存在污染物直排现象。另一方面，工业污染源达标排放能力仍有欠缺，部分排污企业环境管理不规范，污染防治设施不正常运行现象时有发生。”

## 对大中型企业开展体检式执法

“专项行动中，河北坚持铁腕执法，既拍‘苍蝇’又打‘老虎’，‘零容忍’查处各类环境违法问题，取得了明显成效。”河北省环境综合执法局常务副局长任立强介绍说。

据了解，2017年河北坚决整治“散乱污”企业，关停取缔68 747家，全部实现“两断三清”；38 785家实现整治改造，898家实现整合搬迁。

在整治“散乱污”企业的同时，河北瞄准影响大气环境质量的重点行业、重点企业、重点区域和关键问题，在专项行动中开展体检式、点穴式执法检查，集中破解了一批重点环境问题，查处了一大批环境违法大案要案。

经河北省政府同意，省环保厅分三批对25起典型环境违法案件进行了公开曝光。记者从这25起典型案件中看到，被点名的企业多为大中型企业，其中不乏上市公司、央企国企等大型企业。

河北新兴铸管股份有限公司是一家上市公司，专项检查中发现，企业存在污染防治设施缺失、烟粉尘直排问题；天津天铁冶金集团（涉县）是一家老牌国企，四轮执法检查中均发现存在环境违法行为，比较突出的是，企业多段工序污染防治设施缺失、粉尘污染严重；中国石油天然气股份有限公司华北石化分公司是央企直属企业，执法检查发现，企业生化污泥、含油污泥产生、运输、储存系统无废气收集装置，挥发性有机物直排；河北荣信钢铁有限公司是河北的一家大型钢铁企业，执法检查发现企业存在污染防治设施缺失或不正常运行等环境违法行为，且企业对存在的环境违法问题拒不整改，河北省环境综合执法局依法对企业启动按日计罚程序……

任立强介绍说，四轮专项执法行动中，河北突出重点行业，对全省4 163家钢铁、焦化、水泥、玻璃、电力、垃圾焚烧、新型建材、铸造等行业企业进行了执法检查，共发现上述行业各类环境违法问题916个；突出大中型企业开展体检式执法，相继查处了大中型环境违法企业2 248家，涉及各类环境问题2 647个；突出重点区域，集中力量对邯郸武安市、唐山古冶区、迁安市等钢铁行业聚集区，邢台沙河市玻璃产业聚集区，衡水安平县金属表面处理企业聚集区，邯郸成安县碳素企业聚集区等多个环境违法问题突出、社会各界广泛关注的重点区域进行了集中排查，共查办无环保手续、无证排污、污染防治设施缺失、不正常运行等环境违法问题406起，为减少重点区域、重点涉气企业污染物排放，有效改善区域环境质量作出了积极贡献。

## 将对重点区域开展解剖式执法

为进一步加强环境保护行政执法与刑事司法的衔接，2017 年，河北省环保厅、省高级人民法院、省人民检察院以及省公安厅等四部门联合印发《关于加强环境保护行政执法与刑事司法衔接工作的实施意见》，明确四部门在打击环境违法犯罪中的职能分工，形成了执法与司法的衔接互补。2017 年 10 月 1 日，河北省四部门联合启动了为期半年的“利剑斩污”专项行动，合力查处环境违法犯罪行为。

为加大《中华人民共和国环境保护法》及四个配套办法落实力度，河北持续加大按日连续处罚、查封扣押、限产停产、移送行政拘留等手段的实施力度。2017 年，河北省实施按日连续处罚案件 17 件，查封扣押案件 240 件，限产停产案件 195 件，移送拘留 683 件、涉嫌污染犯罪移送公安机关 136 件，实现了全省所有县（市、区）级环保部门四个配套办法案件执法情况全覆盖。

“目前，我们正在谋划第五轮专项执法检查工作，对前四轮发现的问题，开展‘回头看促整改’行动，保持铁腕执法高压态势，全力推进秋冬季大气污染防治攻坚行动向纵深推进。”河北省环保厅相关负责人介绍说，今年河北还将深入开展中央和省级环保督察“回头看”并启动新一轮省级环保督察，对环境问题突出的重点区域开展解剖式督察执法，推动环境质量持续改善。

# 河北 461 家企业未核发排污许可证<br>将启用二维码证后监管系统，盯住 3 500 个排污口

时间：2018 年 1 月 18 日　作者：周迎久 张铭贤　来源：《中国环境报》2 版头条

“河北环绕京津，地区区位特殊，排污许可工作对控制污染物排放、改善环境质量、推动经济绿色发展意义尤为重大。”河北省环保厅相关负责人介绍说。

2017 年以来，河北省成立了排污许可工作推进领导小组，加快推进排污许可制度的落地生效。截至 2017 年 12 月 29 日，全省完成了 15 个重点行业的排污许可证核发任务，共核发 1 106 个，不予核发 461 家。随着排污许可制度的落实，河北正在拧紧排污阀门。

## 应发尽发杜绝“放水”，15 个重点行业完成核发

河北省保定市大唐清苑热电有限公司是河北省第一家拿到新版排污许可证的企业，企业环保主管周英杰介绍说：“新版排污许可证中，大唐清苑热电的排污许可证正本虽然只有一页，但附本有 67 页，包括了企业大气和水等污染物排放的各类信息和环境管理要求。”

改革后的排污许可证，分为正本和副本，一企一证，由环境保护部统一规范管理。正本标注着单位名称、行业类别、有效期限、证书编号等信息。副本则记录着排污单位基本情况、许可排放限值、自行监测方案、信息公开要求等信息。

河北省在全面摸底、先行先试基础上逐行业推进新版排污许可证的核发工作。

“唐山市作为全国钢铁行业试点市，提前两个月完成了核发任务，2017 年 9 月中旬全省钢铁行业核发工作完成。石家庄市在全国先行开展原料药制造行业核发试点工作，邢台市牵头平板玻璃行业试点工作，这两个行业在 2017 年 10 月底完成了核发工作。”河北省环保厅副厅长赵军介绍说，在试点行业完成核发后，本着应发尽发原则，河北积极推进其他重点行业新版排污许可证的核发工作。

截至 2017 年 12 月 29 日，河北省完成了火电、造纸、钢铁、水泥、平板玻璃、原料药制造、石化、有色金属、焦化、氮肥、印染、制革、电镀、农药、农副食品加工 15 个重点行业的排污许可证核发工作，共发放新版排污许可证 1 106 个，不予核发的有 461 家，其中钢铁行业核发排污许可证 179 张，因企业停产、关闭搬迁、未批先建、淘汰落后产能等原因，全省钢铁行业中共有 90 家企业未获排污许可证。

“河北省多次发文要求各地在排污许可证核发工作中，既要应发尽发，做到本地区行业全覆盖，又要严把发证关，对不能满足发证条件的企业和排污单位，要坚决杜绝‘放水’行为，从源头拧紧排污阀门。”赵军介绍说。

记者在采访中了解到，不予核发的 461 家企业主要存在以下 4 种问题：一是企业未批先建、批建不符，共 96 家；二是企业处于停产或者冬防应急停产状态，共 286 家；三是企业属于淘汰落后产能，共 33 家；四是其他原因不予核发，有 46 家。

## 三行业率先开展证后检查，11 家企业排污许可证被撤销

不仅把好发证关，更要拧紧监管关口。依证强化事中事后监管，河北省在全国率先开展了排污许可证现场监督检查工作。

“依证监管是排污许可制实施的关键，为督促企业严格落实主体责任，河北省组织专

家和执法人员，先后对已发证火电、钢铁、玻璃行业开展了排污许可证现场监督检查工作，重点从企业是否符合申领排污许可证资格、是否达到排放标准要求、环保设施是否完备等方面检查持证企业按证排污情况。”河北省环保厅环境影响评价处处长曹子洲说，通过现场监督检查，发现了一些未批先建或企业申报情况与实际情况不符的问题。针对发现的环境违法问题，按照责令停产整治一批、移交处罚一批、限期限产整改一批的原则进行了分类施治。其中，针对查出严重违法的 11 家企业，河北省环保厅依法撤销了其排污许可证。

曹子洲介绍说：“通过证后监督检查工作，确保了排污许可证的核发质量，压实了企业依法排污、按证排污责任。下一步，河北省将对核发工作开展常态化的核查检查，确保发证质量。”

此外，未如期申领到新版排污许可证的企业，将依法实施停产关闭。在核发过程中，河北省环保厅分批次将 461 家不予核发、无排污许可证的企业信息，及时移交到了环境执法机构。

河北省环保厅要求，各级环境执法机构对不予核发的企业要依法下达停产决定，坚持“持证排污”的法律底线。对拒不履行停产行政处罚的，依据《大气污染防治法》第九十九条规定依法责令停业、关闭。

## 启用证后监管系统，3 500 个二维码标牌上岗

无证企业将停产关闭，有证企业必须依证排污。河北省以二维码为切入点，启用了排污许可证后监管系统。

“这是我们 2 号机组废气主要排放口，旁边这个二维码，只要用手机扫一扫，就能看到企业实时排放数据和排放标准，查询到企业的环境信息。”如今，在大唐清苑热电有限公司，即使是外行也能轻易判定企业是否达标排放。

周英杰介绍说：“一个排污口对应一个二维码，我们公司有两个二维码标牌。二维码标牌让企业环境信息实现了全公开，也为企业依证排污戴上了‘紧箍咒’。”

“安装二维码，加强后监管，是强化持证排污的重要保障。通过扫描二维码，可以快速查询到企业的基本信息、发证信息，以及对应的污染物治理设施及工艺、污染物排放许可浓度、许可总量等排污许可内容和各项环境管理要求等，现场执法人员可实时了解企业排污情况，为排污许可证后监管和执法检查提供便利的精细化服务。”河北省环保厅环评处副处长焦雅吉全程参与了二维码证后监管系统的开发和应用。

她向记者介绍说，河北省排污许可证后监管系统还预设了环境监察子菜单，可记录

环保部门执法检查、企业环境违法等情况，为开展环境执法后督察提供了便利。

目前，河北省共为282家火电、造纸企业的500个排污口安装了二维码标牌。截至2017年12月底，河北省其他13个重点行业约3 000个排放口二维码标牌已全部制发完成，预计近期可全部安装完毕。

河北省环保厅相关负责人表示，下一步，将在排污许可证后监管系统的基础上，有效衔接环境执法、污染源监管、总量控制、环境税缴纳、环境统计、排污权交易等制度内容，逐步实现排污许可制度大数据融合，提升全省环境综合管理水平，最终实现系统化、科学化、法治化、精细化、信息化的“一证式”管理目标。

## 河北全面推进固体废物信息化监管平台建设<br>危险废物哪来哪去一目了然

时间：2018年2月2日　作者：张铭贤 吴荣霞　来源：《中国环境报》6版头条

监管平台采集危险废物产生、转移、处置利用的过程信息，构建“产废—转移—处置”流向监管数据网，为危险废物日常管理提供数据支持。

“原来纸质版的危险废物转移五联单走完一个流程后两天内要交环保部门备案，转移量大的企业几乎天天跑环保部门。现在有了固体废物监管平台，通过电子转移联单完成危险废物转移处置，企业无需跑环保部门，一天就可以完成一个流程，便捷高效。”河北省石家庄先立群环保科技有限公司深泽工厂负责人卢国栋介绍说。

“经过近一年的持续推进，河北省固体废物监管平台一期工程实现稳定运行，全省涉危险废物企业基本全部纳入监管平台，开创了国内危险废物自动化智能监管的先河。”河北省环保厅副厅长吕竹青介绍说，目前，河北正加快推进固体废物监管平台建设，进一步丰富监管手段、拓展平台功能，加强固体废物监管工作。

今年1月起，河北已经着手在重点产废单位和处置单位安装智能监控设施，并实行联网运行。

## 摸清底数
## 涉危险废物企业被首批纳入监管

“传统纸质申报模式，管理部门很难全面掌握区域内各类危险废物产生及流向情况。由于产废底数不清，带来一系列管理和决策困难。”吕竹青介绍说，随着固体废物尤其是危险废物产生量逐年增多，危险废物转移日趋频繁，违规违法现象屡禁不止。这也从侧面反映出传统的转移监管手段客观上存在重审批轻监管的现状，难以适应实际管理的需要。

河北省环保、公安、卫计委等多部门2017年联合开展了打击非法倾倒处置危险废物的专项行动，全省共发现了1 712个涉危险废物的各类问题。截至目前，已完成整改1 691个，还有21个问题正在整改，立案处罚了54家企业，共处罚款565万元，28家企业被移送司法机关追究刑事责任。

危险废物管理底数不清、底数不准是导致非法倾倒危险废物屡禁不止的重要原因之一。依托信息化技术和手段提升危险废物管理水平，2017年4月起，河北固体废物监管平台上线运行，推动了危险废物监管从事后管理向事前主动管理转变。

“管理平台需要企业主动网上申报，危险废物产生单位、运输单位和利用处置单位按照要求在信息系统上对危险废物管理计划、产生、贮存、转移、利用处置等情况进行报告并履行企业主体责任。监管部门通过数据分析可以掌握区域内危险废物的产生量、流向等情况，为摸清危险废物家底提供了科学依据。”河北省环保厅固管中心副主任高练同全程参与了平台的建设。平台实现了省、市、县三级环保系统全覆盖，环境管理部门可以利用网上填报信息对危险废物进行全程监控。

排查一家，填报一家，河北要求所有涉危险废物企业全部纳入平台管理，随着摸排工作的不断深入，河北初步摸清了涉危险废物企业底数。

截至目前，河北省固体废物监管平台已注册产废单位 7 485 家，危险废物经营单位207家，运输单位169家。

吕竹青介绍说，为进一步摸清底数，今年河北将重点推进两方面工作，一方面要开展守法处置危险废物审计试点工作，通过审计的办法，核准重点行业、企业产生危险废物的实际数量，核准经营单位处置、利用和新产生危废量的真实情况；另一方面要继续推进固体废物监管平台建设，丰富监管手段、拓展监管功能，强化全程监管。

## 便捷高效
## 全程可追溯、全程留痕迹

河北固体废物监管平台以危险废物转移监管业务流转为核心，初步构建起“产废—转移—处置”流向监管数据网，为固体废物日常监管提供了数据支持。

1 月 25 日，记者从河北固体废物监管平台中随机调取了一份已签收的电子危险废物转移联单。这份有着唯一编码的电子转移联单上显示，危险废物产生单位为衡水京华化工有限公司，运输单位为衡水嘉盛货物运输有限公司，接收单位为河北五马活性炭有限公司。转运废物为废弃活性炭，废物特性为毒性。

此外，联单上转移数量、转移时间、转移路线起始点信息、运输车辆及负责人信息、接收时间、接收数量及负责人信息等一目了然。

“电子转移联单中的产废—转移—接受处置，这些信息必须一一对应，电子联单才能签收。对信息异常的或异常情况突出的，河北省将进行复核，并将企业纳入重点监管对象范围，涉及违法犯罪的将进行处罚。”高练同介绍说，监管平台全面记录了每一批危险废物的产生、转移、处置利用的全部过程信息以及状态信息，既能说清每批危险废物的来源去向，又能查清每个环节当时的状态，实现了全程可追溯、全程留痕迹。此外，根据联单信息比对企业生产信息，可以排查出企业是否对产生的危险废物全部进行了处置。

记者了解到，下一步，河北省将与交通运输部门加强合作，尽快实现“固体废物监管平台”与“两客一危”公共信息平台有效对接，实时监控罐车等运输车辆去向，防范违法运输危险废物行为，为打击随意变更行驶路线、沿途倾倒或非法处置等行为提供技术支撑。

## 危险废物转移
## 查验更准确、效率更高效

石家庄市元氏天宇化工有限公司是一家产废单位，负责此项工作的沈朋博向记者介绍说，“以前公司产生的危险废物要转移处置，必须到当地环保部门填写转移计划表，批准后才能领取危险废物转移五联单。五联单中产废栏需要我们企业手工填写，填错了只能作废重新申领，很烦琐。”

记者采访中了解到，实行纸质五联单时，“产废—转移—处置”等单位均需填报完整并盖章后再返回各流程单位，并报环保部门留存。“整个流程走完快的话也需要一周左右的时间。”沈朋博说，“现在通过固体废物监管平台，我们只需从网上填报，填写拟转移量即可，到实际称重后再根据实际量进行修订，即可生成电子转移联单。流程中各部门按照实际流转实时进行填报、更新状态即可。接收单位接收后，电子转移联单就实现了签收，各流程单位以及各级环保部门均能同时看到这个转移信息。不需要再跑环保部门备案了，大大节省了人力物力，提高了转运处置效率。”

卢国栋介绍说：“我们公司是一家危险废物处置企业，通过信息化管理手段，企业月度产废申报有了谱，备案通过率提高了，基本实现了接收量、储存量、处置量的平衡。比起人工核算，查验准确多了，效率还提升了，管理平台提升了企业的管理水平。”

“电子转移联单系统的成功应用，一方面极大地提高了环保部门的危险废物监管能力，另一方面让企业少跑腿，让数据多跑路，推进‘放管服’改革，赢得企业的一片赞誉之声。”吕竹青介绍说，目前，河北正加快推进固体废物监管平台二期工程建设，进一步加强危废监管工作。

## 河北督察执法环环紧扣
## 全省督察中对 969 个问题提出问责建议，因治污不力追责问责 1 888 人

时间：2018 年 3 月 14 日　作者：周迎久 张铭贤　来源：《中国环境报》8 版头条

刚刚过去的一年中，尤其是秋冬季大气污染防治攻坚行动启动以来，河北省充分发挥环保垂改制度优势，统筹全省执法力量和环境监察力量，分别开展了四轮次大气环境执法检查专项行动和五轮专项督察行动。

“秋冬季大气污染防治攻坚行动中，河北将执法行动与督察行动‘捆绑作业’，加强执法与督察的协调联动，对执法发现的典型问题以及区域性、普遍性问题，同步开展督察，问题突出的提起问责建议，启动问责程序；对督察发现的典型违法问题线索，同步交由执法人员进行立案处罚，大大提升了执法效能。”河北省环保厅相关负责人介绍说，目前，河北已初步建立起了全省一盘棋的督察执法体制机制，通过督察执法“捆绑作业”，既查企又督政，全面加强环境监管。

# 从查企到查人
# 压实“党政同责、一岗双责”

重污染天气橙色预警期间违规生产，河北省文安县对3家涉事企业按照“两断三清”标准予以取缔，3家企业负责人被行政拘留。同时，河北省第四环境监察专员办针对文安县在错峰生产管控中存在的监管不到位问题，依据京津冀及周边地区和河北省秋冬季大气污染综合治理攻坚行动量化问责规定，向廊坊市政府发出了监察建议，建议对相关责任人进行问责。截至目前，文安县政府及赵各庄镇、文安县环保分局8名有关责任人被追责问责。

这是河北省环境监管由查企业问题倒追监管责任的一个缩影。

河北省委书记王东峰、省长许勤多次批示要求，环保厅要结合执法检查，对于不作为、慢作为、乱作为的人和事，研究提出处理建议，依法严肃追责问责。

据统计，河北省各环境监察专员办对969个问题进行了移交，并提出追责问责建议，建立了生态环境保护领域问责清单。2017年，河北省因生态环境保护工作不力共问责1 632人，2018年1月，全省因生态环境保护工作不力共问责256人，截至2018年1月30日，全省共问责1 888人。

记者从这这份问责名单中看到，按照被问责人员所属单位，县级党委、政府问责39人，占比约2%；乡（镇）党委、政府问责1 119人，占比约59%；县、乡（镇）两级党委、政府领导干部受到问责人数占比超过一半，突出党委、政府对本行政区域的生态环境质量负总责，出现问题追究相关责任人，进一步压实“党政同责，一岗双责”责任落实。

此外，环保部门问责178人，占比约9%；住建部门问责144人，占比约8%；城管、工信、水务、交通、国土、农业、规划、林业、电力等部门问责408人，占比约21%。环保、住建、工信等负有生态环境保护职责的部门问责人数增多，体现出各部门明确了对分管领域生态环境保护工作的职责，生态环境保护责任“一岗双责”体制机制初步形成。

从问责类别看，1 888人中被公开约谈的170人，诫勉谈话276人，组织处理612人，党纪处分513人，政纪处分317人；从问责人员级别看，处级干部45人，科级干部668人，科级及以下人员1 169人；从区域划分上，保定市、邯郸市、沧州市被问责人数最多，分别为364人、265人、253人。

严肃追责问责，为河北加快构建“环保部门统一监管、有关部门分工负责、地方政府分级负责”的生态环境保护管理体制奠定了基础。

## 从督察到执法
## 倒逼企业落实治污主体责任

2017年国庆节期间，河北省副省长带队对邢台市大气污染防治工作进行了暗访督导。暗查暗访发现，沙河市玻璃企业环境问题突出。

针对督导检查期间发现的环境违法问题，河北省环保厅一方面对涉事的沙河市安全实业有限公司进行立案处罚，另一方面迅速组织执法、监测精干力量对沙河市所有玻璃企业进行逐一检查，发现问题从重、从严处罚。

在这次“体检式”执法中，河北省环境执法部门对沙河市46家玻璃企业进行了全面执法检查；抽调36名监测人员对沙河市22家玻璃企业50条生产线炉窑外排废气、16家玻璃企业、17个废水排放口废水进行了实地取样监测分析。

依据执法和监测结果，河北省对沙河市安全实业有限公司、长城玻璃有限公司、河北鑫利玻璃有限公司等13家企业违法无证排污，污染防治设施缺失、不正常运行等违法问题进行了省级立案查处。针对查出的严重违法的11家企业，河北省环保厅依法吊销了其排污许可证。

沙河市全面启动玻璃生产企业改造提升和产能压减工作，对玻璃产业存在的问题立即开展整改，逐一建立台账，明确整改时限，实行专人盯办，倒逼企业转型升级，切实落实企业治污主体责任。

督察发现问题一角，执法进行全面“体检”。去年以来，围绕区域性、普遍性环境问题，河北省环境执法人员聚焦重点区域开展体检式执法，除对沙河市玻璃产业进行全面检查外，还对武安市、唐山古冶区、迁安市等市（区）钢铁行业，安平县金属表面处理行业，成安县碳素行业等多个重点区域开展体检式执法，共查办上述地区无环保手续、无证排污、污染防治设施缺失等环境违法问题406起，督促区域内重点企业完善治污设施、落实治污责任。

“河北已连续开展了四轮次大气环境执法专项行动，查处了一批涉气环境违法问题，促进了一批环境问题的整改。目前，第五轮执法检查和第六轮专项督察正在进行中。”河北省环境综合执法局常务副局长任立强介绍说，2017年，河北省各级环境执法力量共立案行政处罚各类环境违法案件22 060起，罚款11.09亿元，分别位于全国第三位和第二位；其中省本级处罚环境违法案件316件，处罚金额约2.99亿元，立案数量及处罚金额较上年同期分别增长了30倍和66倍。

此外，河北省还加大《中华人民共和国环境保护法》及四个配套办法实施力度，2017年全省实施按日连续处罚案件17件、查封扣押案件240件、限产停产案件195件，移送拘留683件、涉嫌污染犯罪移送公安机关136件，实现了全省所有县（市、区）级环保部门采用四个配套办法查办案件全覆盖。

## 从整改到问责<br>建立全省一盘棋的督察执法体制

为确保环境执法和督察发现的问题能够得到有效整改，河北还建立了全省一盘棋的督察执法体制。目前，河北环境监管通过建立起“四个清单”，即问题整改清单、案件查办清单、企业处罚清单和问责清单，实现了督察执法的信息共享和协调联动。

“督察人员可以从四个清单中获得执法信息，通过梳理普遍性、共性问题，为督察工作找准方向，提升督察效率，尽快补齐某一地方或某一行业的环境监管短板。同时，执法清单也为开展后环境执法督察提供了依据。”河北省环保厅相关负责人介绍，执法人员则可以从清单中详细了解交办问题及整改清单，并依照清单开展复查，对复查中发现同一环境问题整改不到位的，实施按日计罚。

紧盯问题整改，推动企业落实治污主体责任。记者从河北省环境监管“四个清单”的问题整改清单中看到，这一清单共包括了环境保护部强化督查发现的问题、河北省大气环境专项执法检查和专项督察发现的问题、环境信访举报发现的问题等各类环境问题43 590个，截至2017年年底已整改完成42 407个，整改完成率97.2%，部分问题的整改仍在持续推进中。

在环境保护部强化督查发现的问题整改清单中，2017年4月至2017年年底，环境保护部强化督查共发现河北省各类环境问题6 954个，截至目前，已整改完成6 952个，整改完成率99%。全省共立案处罚企业1 559家，罚款7 835.49万元，实施查封扣押72家、限产停产1 415家，移送公安机关处理案件127件，行政拘留109人，问责人员139名。

河北省环保厅相关负责人表示，下一步，河北省将紧盯“四个清单”，进一步强化督察执法的协调联动，以铁腕监管推动环境质量持续好转。

# 为何这6家企业被撤销许可并停产？河北开展排污许可证后核查，12家企业立案处罚，113家企业限产限期整改

时间：2018年4月11日 作者：周迎久 张铭贤 来源：《中国环境报》7版头条

河北近日启动了以钢铁企业提标改造和排污许可证规范核发为重点的核查行动。根据核查结果，河北对存在问题的钢铁分类提出了整治措施，其中，对承德盛丰钢铁有限公司等6家问题严重的已发证钢铁企业撤销排污许可证并实施停产，对首钢矿业公司等12家存在环境违法行为的已发证钢铁企业移交环境执法部门实施行政处罚，对邢台天力铁路工务器材有限公司等113家已发证钢铁企业提出限产限期整改要求。

为强化依证监管，河北省环保厅近日印发了《关于全省钢铁企业提标改造和排污许可证后监督核查情况暨整改意见的通报》（以下简称通报），到目前为止，河北共向全省179家钢铁企业核发了新版排污许可证。通报中发现，河北179家发证钢铁企业中，131家存在环境问题被通报，河北依证监管，让排污许可制度的约束力越来越强。

## 严格核发，必须达到硬杠杠
## 必须达到特别排放限值要求，未完成治理任务的企业不予核发排污许可证

在河北，钢铁企业要想申领到新版排污许可证，并不是一件容易的事情。

为了推动全省大气污染防治攻坚行动行动实施，促进钢铁企业深度治理和升级转型，早在2016年9月29日，河北省环保厅就印发了《关于河北省钢铁行业执行大气污染物特别排放限值的公告》。

自公告发布之日起，河北省全域内新建钢铁企业执行大气污染物特别排放限值；现有钢铁行业自2017年9月1日起执行特别排放限值，河北省《钢铁工业大气污染物排放标准》现有企业限值中，严于国家特别排放限值的指标，执行地方标准相应排放标准。

排污许可制实行后，河北省环保厅印发了《关于加快推进全省钢铁行业环保提标治理改造和达标验收进程衔接排污许可证核发工作的通知》，明确要求，河北钢铁企业必须按期完成提标改造任务并通过环保部门的达标验收后，方可领取排污许可证。

不难看出，在新版排污许可证核发中，特别排放限值这一排放标准成为河北钢铁企

业能否申领到排污许可证的一条“硬杠杠”，未完成治理任务的企业将不予核发排污许可证。

记者采访中了解到，目前，河北共向全省 179 家钢铁企业核发了排污许可证。此外，90 家企业未发证。

记者从河北省钢铁行业应持证未持证企业名单中看到，多达 71 家企业未完成治理任务处于停产状态，占未发证企业总数的近八成。此外，未发证原因中还有企业批建不符、关闭或搬迁、淘汰落后产能等因素。

河北要求，未申领到新版排污许可证的钢铁企业，一律停产治理。

## 现场核查和证后监管发现了啥？<br>共发现四类问题，6 家企业被撤销排污许可

在全面完成核发任务的基础上，河北开展了多个重点行业的证后监督核查工作，依证强化事中、事后监管，让排污许可制度发挥出最大的治污效力。

河北省分成 6 个检查小组，重点对已发证钢铁企业进行了现场监督核查，核查期间共排查已发排污许可证钢铁企业 157 家，涉及全省 11 个设区市和 1 个省直管县。

通过启动钢铁行业排污许可证现场核查和证后监管，河北共发现四类问题，一是个别企业擅自建成并运行违规产能，排污行为实际发生，污染物排放总量超出控制指标。二是部分企业未严格落实环保“三同时”制度和环保提标改造任务，存在提标改造验收标准低、监测因子不全、整改不彻底、申报数据信息填报不实、排污口不规范、在线监控设施缺失或未联网等问题。三是部分企业擅自建成或未履行审批变更生产装置、设施，且未纳入排污许可申报。四是一些地方环保部门不履职尽责，存在放宽环保标准和要求核发排污许可证现象。

针对存在的四类问题，通报提出，对存在违反《河北省达标排污许可管理办法》要求，擅自建成或运行违规产能，污染物排放总量超出控制指标的，依据《行政许可法》有关规定，由发证机关依法撤销排污许可证，并移交同级环保部门依法责令停止生产。核查中，河北共对 6 家问题严重的已发证钢铁企业依法撤销了部分排污许可内容，并对企业实施停产措施。

这 6 家企业分别为：承德盛丰钢铁有限公司、河北鑫达钢铁有限公司、河北新武安钢铁集团鑫山钢铁有限公司、河北龙凤山铸业有限公司、天津天铁冶金集团有限公司、河北文丰钢铁有限公司。对依法撤销排污许可证的企业，通报要求各地各部门要强化监督，确保企业停产和停止排污。

此外，河北还对存在“未批先建”违法行为，且实际排污行为未发生、相关信息未纳入排污许可申报的，移交河北省环境综合执法局实施行政处罚。

核查中，河北共对12家存在环境违法行为的已发证钢铁企业实施了行政处罚，这12家企业分别为：首钢矿业公司、秦皇岛佰工钢铁有限公司、河北荣信钢铁有限公司、唐山市丰南区群利金属制品有限公司、首钢股份公司迁安钢铁公司、唐山春兴不锈钢冷轧镜面薄板有限公司、唐山国丰第二冷轧镀锌技术有限公司、唐山国义特种钢铁有限公司、河北东海特钢集团有限公司、昌黎县兴国精密机件有限公司、石家庄钢铁有限责任公司、石家庄钢铁有限责任公司第二轧钢厂。

## 依证排污，113家企业限产限期整改
## 本次限期限产仍不能实现污染物全面治理达标的，有停业关闭的风险

全面提升钢铁行业环保治理水平，严格依证排污，河北还对核查中发现的存在未严格落实环保提标改造任务，环保达标验收标准低，污染物治理设施缺失，提标改造验收监测因子不全、在线监控设施未安装、排污口不规范或未联网等问题企业，提出了明确的整改要求和整改时限。

通报共对河北安丰钢铁有限公司、邢台钢铁有限公司、新兴铸管股份有限公司等113家已发证钢铁企业提出了限期整改要求。且整改期间，由各市环保局依据《环境保护主管部门实施限制生产、停产整治办法》有关规定，作出责令其限期、限产整改行政决定，整改限期不超3个月，限产按正常产能的50%计算。

河北省环保厅要求，上述企业限期、限产整改完成后，由各市环保部门按照限期治理验收有关规定组织验收，于期限治理期满后15日内将验收结果以市为单位汇总上报省环保厅。对于较好完成提标改造任务、环境管理较为规范的企业，纳入正常环保管理。经本次限期限产仍不能实现污染物全面治理达标，以及全因子监测、粉尘无组织排放未棚化和有组织排放处理、在线监测仪未规范安装和运行的，报请地方政府同意后依法责令其停业关闭。

此外，针对核查中发现的部分地方审批部门存在放宽标准审批的问题，通报要求各地要认真履职尽责，河北省环保厅将不定期进行抽查，对行政执法和管理中不作为、消极应付、懒政怠政行为，将依法启动问责程序并严肃处理。

# 垃圾填埋散发恶臭怎么办？
# 医疗废物焚烧排放有害气体怎么治？
# 河北制订更严标准倒逼治污提速

时间：2018年4月13日　作者：张铭贤　来源：《中国环境报》2版头条

4月1日起，河北省的两项地方标准《生活垃圾填埋场恶臭污染物排放标准》和《医疗废物焚烧污染控制标准》正式实施。根据这两个新标准，垃圾填埋场臭气浓度排放限值比国标收严50%，同样，医疗废物焚烧中颗粒物、二氧化硫、氮氧化物、重金属类和二噁英类排放控制均比国家标准加严。

这两个标准均是河北省首次制订，前者是国内首个针对生活垃圾填埋场恶臭污染物排放制订的地方标准，后者是首个针对医疗废物焚烧控制制订的地方标准。

## 加严标准倒逼行业提升治理水平

目前，河北省生活垃圾填埋场数量有100余家，普遍存在着垃圾填埋作业面操作不规范，渗滤液处理系统产生的恶臭气体直接排放等问题，造成了恶臭投诉事件较多。

“多年来，生活垃圾填埋场恶臭主要执行1993年的国标——《恶臭污染物排放标准》（GB 14554—1993）。这一标准发布时间较长，有些标准限值过于宽松，不利于引导污染防治技术进步，也不利于倒逼垃圾填埋行业规范建设，难以满足现阶段环境监管的需要。”河北省环保厅科技和对外合作处副处长李红彦说。

而在医疗废物处置方面，河北省目前有12家处理机构，其中8家采用热解焚烧处理工艺，3家分别采用回转窑式焚烧、干化学消毒和高温高压灭菌工艺，1家外送至有资质的处置单位进行处置。

“医疗废物焚烧处置机构的环境监督管理主要执行《危险废物焚烧污染控制标准》（GB 18484—2001）、《污水综合排放标准》（GB 8978—1996）、《工业企业厂界环境噪声排放标准》（GB 12348—2008）等，这些标准均属于综合性排放标准。”李红彦说，综合性排放标准规定的污染物项目多，监管中存在着特征污染因子选择困难、不统一的问题。

“为进一步提升这两个行业的环境治理水平，我们着手制定了这两个地方排放标准，进一步收严了排放标准。”李红彦认为，这两项地方标准将为河北打赢蓝天保卫战提供重要技术支撑。

## 垃圾填埋场臭气浓度排放限值比国标收严 50%

记者从河北省环保厅日前召开的新闻发布会上了解到，《生活垃圾填埋场恶臭污染物排放标准》在污染物排放限值上与国家标准相比实现了大幅收严。例如，标准明确了有组织排放源控制项目为臭气浓度，限值为 1 000，与国标限值 2 000 相比，收严了 50%；周界监控点恶臭污染物控制项目氨，限值为 0.2 毫克/米$^3$，而国家最严的一级标准为 1.0 毫克/米$^3$，相比之下，收严了 80%。

“标准收严后，恶臭污染物的控制效果将非常明显。”河北省环境监测中心高级工程师李歆琰是这项标准的起草负责人之一，她向记者介绍说，标准弥补了河北省生活垃圾填埋场管理依据不足的问题。

“标准制定过程中，我们实地考察了多家生活垃圾填埋场。目前，河北省的生活垃圾填埋场项目中环保投资约占总投资的 50%，增加渗滤液调节池恶臭气体处理设施预计总投资为 100 多万元，约占项目环保总投资的 6%。增加这项治理措施后，可大幅度削减周界恶臭污染物浓度，满足环境管理的需求。”李歆琰认为，各地生活垃圾填埋场通过技术升级改造，在严格运行管理下，可以达到新标准要求的排放浓度。

## 医疗废物处置收严有毒有害气体排放标准

河北省环境监测中心高级工程师王淑娟主持了河北省《医疗废物焚烧污染控制标准》的起草工作，她指出：“医疗废物焚烧处置是目前医疗废物处置的主要形式。目前，河北省现有医疗废物焚烧炉的类型、规模、烟气净化设施的先进程度存在一定的差异，如果焚烧处置技术应用不当或者管理不当，焚烧排放的二噁英、酸性气体和重金属等大气污染物质会给人体健康和周围环境带来潜在风险。”

据了解，河北省《医疗废物焚烧污染控制标准》规定了医疗废物焚烧行业的污染物控制项目和排放限值。其中，颗粒物、二氧化硫、氮氧化物排放限值分别为 20 毫克/米$^3$、100 毫克/米$^3$、400 毫克/米$^3$，国家标准分别为 65 毫克/米$^3$、200 毫克/米$^3$、500 毫克/米$^3$。

王淑娟介绍说，“以提高颗粒物控制水平为抓手，河北省地方标准还大幅收严了有毒有害气体的排放标准，比如汞及其化合物，河北地方标准是 0.05 毫克/米$^3$，而国家标准是 0.1 毫克/米$^3$；二噁英类的控制，河北的地方标准为 0.1 纳克/米$^3$，而国家标准为 0.5 纳克/米$^3$。总的来说，河北地方标准在二噁英排放标准上收紧了 80%；酸性气体 HF 收紧了

78%，HCl 收紧了 50%；重金属汞及其化合物收紧了 50%，镉、铊及其化合物收紧了 50%，铅及其化合物收紧了 50%。此外，标准还强制要求各医疗废物焚烧处置机构产生的废水经处理达标后要全部回用，不允许外排。”

“河北在收严排放标准的同时，还补充和更新了监测分析方法，新的分析方法和技术灵敏度更高，能更好地为环境管理服务。”李红彦说，两个标准的出台和实施将推动相关行业提升污染治理水平，减少污染物排放。

## 河北生态文明建设年度“成绩单”出炉 绿色发展指数排名张家口位列首位，邢台垫底

时间：2018 年 4 月 25 日　作者：张铭贤　来源：《中国环境报》2 版头条

河北省统计局、省发改委、省环保厅及省委组织部近日首次联合发布《2016 年河北省生态文明建设年度评价结果公报》，对 2016 年河北省各市（含定州、辛集市）生态文明建设情况进行年度评价。张家口市以 81.11 的绿色发展指数值位列首位，邢台市绿色发展指数以 74.57 垫底。

### 绿色发展指数包括 6 方面 58 项评价指标

为全面客观反映各市生态文明建设成果，河北此次年度评价按照《河北省绿色发展指标体系》实施，绿色发展指数采用综合指数法进行测算。

如果说绿色发展指数是个总成绩，那么影响这个总成绩的资源利用、环境治理、环境质量、生态保护、增长质量、绿色生活等 6 个方向 58 项指标则构成了各市的单科成绩。此外，成绩单上还单独列出了“公众满意程度”调查结果，并对这一“成绩”进行单独评价与分析，突出公众获得感。

记者从这份“成绩单”上看到，在绿色发展指数，也就是总成绩方面，河北 11 个设区市按分值从大到小排序依次为：张家口、石家庄、秦皇岛、承德、衡水、邯郸、廊坊、保定、唐山、沧州、邢台市。定州市和辛集市作为省直管县（市），不与其他设区市进行比较，单独排序。

在单科成绩上，资源利用指数排名前三的分别是：石家庄、衡水、张家口市，唐山

市垫底；环境治理指数上，位列前三名的分别是：秦皇岛、张家口、石家庄，保定市排名倒数第一；在环境质量指数上，前三名分别为：张家口、承德、秦皇岛市，最后一名为沧州市；在生态保护指数上，承德、秦皇岛、张家口市进入前三名，邢台市位列最末；在增长质量指数上，廊坊、石家庄、秦皇岛市得分最高，承德市得分最低；在绿色生活指数上，石家庄、秦皇岛、邯郸市为前三名，张家口市排位最末。

## 公众满意程度单独评价，突出公众获得感

在这份成绩单上，“公众满意程度”指标为主观调查指标，突出公众获得感，作为单独评价的指标进行评价和分析。

据了解，河北省统计局通过组织抽样调查反映公众对生态环境的满意程度。调查采取分层多阶段抽样调查方法，通过采用计算机辅助电话调查系统，随机抽取城镇和乡村居民进行电话访问，根据调查结果综合计算各市（含定州、辛集市）的公众满意程度。

在这份成绩单上记者看到，河北各设区市公众满意程度按百分比从高到低排序为：张家口 83.74%、承德 81.28%、秦皇岛 79.55%、衡水 72.27%、邯郸 70.14%、邢台 68.68%、沧州 67.97%、保定 65.89%、廊坊 65.01%、石家庄 64.76%、唐山 62.35%。

## 河北首个生态文明评价单科成绩单<br>评价结果作为党政干部考核重要参考

依照河北省委、省政府办公厅印发的《河北省生态文明建设目标评价考核办法》，河北省生态文明建设年度评价结果作为年度党政领导干部环保目标责任考核的重要参考，并纳入生态文明建设目标考核。

据了解，河北省生态文明建设目标评价考核实行“党政同责”，各市党委和政府领导成员生态文明建设“一岗双责”，按照“客观公正、科学规范、突出重点、注重实效、奖惩并举”的原则进行。在评价方面，每年开展一次；在考核方面，每个五年规划期结束后开展一次。

此次河北发布的“成绩单”为年度评价，评价结果将纳入五年目标考核成绩中。

据悉，河北生态文明建设目标考核将根据考核结果分为优秀、良好、合格和不合格 4 个等级，对考核等级为不合格的市，河北将进行通报批评，并约谈其党政主要负责人，提出限期整改要求；对生态环境损害明显、责任事件多发市的党政主要负责人和相关负责人（含已调离、提拔、退休的），将按照《党政领导干部生态环境损害责任追究办法（试行）》等规定，进行责任追究。

# 深化管理体制改革　加强基层环保力量
# 河北所有乡镇街道将建环保所
# 承担辖区生态环保职能，配合开展环境执法，
# 进行日常环境监督巡查

时间：2018年5月11日　作者：周迎久 张铭贤　来源：《中国环境报》1版头条

河北省在完成环保垂改后，又一次深化生态环境管理体制改革。河北省委、省政府办公厅日前联合印发《关于加强全省乡（镇、街道）环保机构和队伍建设的通知》（以下简称《通知》），要求7月31日前全省所有乡（镇、街道）环保所要挂牌成立，并做到人员到位、保障车辆到位、办公用房到位、办公设备和基本装备到位。

为更好地适应打好污染防治攻坚战的迫切需要，河北省委书记王东峰要求，各地要进一步规范和加强乡（镇、街道）环保机构和队伍建设，全面深化生态环境保护管理体制改革，建立健全基层环保力量，提升乡（镇、街道）环保监管能力。

乡镇、街道等位于环境监管的最前沿，河北省环保厅相关负责人表示，河北这次深化改革，强化了乡镇环保所的监管职能，加强了和市县环保局的协调联动，将进一步消除监管盲区，统筹推进城乡生态环境保护工作。

## 破除监管盲区，环保所实现全覆盖

河北环保垂改后，原来县（市、区）环境保护局调整成为市环保局派出分局，乡镇（街道）党委、政府在生态环保工作中负有更为突出的主体责任，承担着重要的生态环境保护职责和繁重的整治工作任务。

记者从《通知》中看到，河北省委、省政府对这一深化改革的举措提出了明确目标，即全省乡（镇、街道）环保所要实现全覆盖；省级以上高新技术产业开发区、经济技术开发区要参照执行，明确负责生态环境保护工作的机构，配备满足工作需要的人员。

衡水市武邑县武邑镇是一个家具加工产业聚集的乡镇，辖区116个行政村，有家具加工企业1 000余家。成立环保所之前，武邑镇环保工作实行的是分片包干制，乡镇政府一名工作人员往往要负责十来个行政村，由于缺乏专门的机构和专业的素养，环境管理

比较粗放，存在明显短板。

去年底，武邑镇环保所正式成立，明确 6 名专职人员负责生态环保工作。王贺涛既是武邑镇的人大主席又是环保所的负责人，他向记者介绍说："环保所成立后，衡水市环保局武邑县环保分局对我们进行了 4 轮次的业务培训，使环保所在企业环境管理、巡查取证、环保相关手续办理等方面的业务能力得到了大幅提升。环保所成立以来，以乡镇政府名义对 300 余家企业下达了告知书，责成企业改正环境违法行为；对近 700 家企业环保手续进行规范和备案，环境管理水平得到了大幅提升。"

按照《通知》要求，河北省乡镇环保所将承担辖区生态环境保护工作职能，受理涉及生态环境保护的信访工作，配合县（市、区）环保分局开展环境执法，对辖区内生态环保工作进行日常监督巡查，并按规定报告和处置有关情况。

鉴于乡（镇、街道）生态环保工作的复杂性、艰巨性，《通知》特别提出，各地要根据乡（镇、街道）人口数量和实际工作需要配备环保工作人员，工作人员应尽量从素质高、能力强的年轻干部中调配。

## 明确建设标准，确保各项保障到位

邢台是河北省环保垂直管理改革第一个"吃螃蟹"的设区市，在基层环保所的建设上也实现了率先一步。

"环保工作重点难点都在基层，我们在省以下环保机构垂直管理改革中就同步加强了基层乡镇环保机构、队伍建设。"邢台市环保局局长司国亮介绍说，目前邢台市所有乡镇、街道都设立了专职环保所，列为副科级全额财政保障事业单位，定编 5～8 名。

邯郸市在乡（镇、街道）环保所建设中明确了"四化""五到位"，即知识化、专业化、法定化、规范化及职责到位、人员到位、标准到位、保障到位、管理到位。

邯郸市环保局人事处处长冯相朋介绍说，目前邯郸市 212 个乡镇、30 个街道办事处环保所实现了挂牌运行，1 088 名工作人员正式上岗。邯郸市基层环保所建设中，魏县、馆陶县等 4 县（区）所辖乡镇（街道）环保所均使用行政编制；涉县、成安县等 15 个县（区）所辖乡镇（街道）环保所均为全额拨款事业编制；武安市所辖乡镇环保所均使用差额拨款事业编制。

进一步理顺管理体制，《通知》明确提出，乡（镇、街道）主要负责人直接负责本行政区域生态环境保护工作，分管环保所；县（市、区）环保分局指导乡（镇、街道）环保所的业务工作；乡（镇、街道）环保所所长任免后，要及时向县（市、区）环保分局通报。

在乡镇环保所能力建设方面，《通知》也提出了明确的标准，即资金保障要到位，乡（镇、街道）环保所人员、办公、业务等经费开支由县财政予以保障，由乡（镇、街道）统一管理；办公设备和基本装备要到位，参照同级行政事业单位办公设备配备标准和环境执法部门标准化建设标准，配备乡（镇、街道）环保所办公设备和基本装备；工作车辆要到位，按照相关规定配备乡（镇、街道）环保业务工作车辆。

## 监管阵线前移，发现处置问题更及时

“我原来在文安县环保局监察中队，去年 12 月 1 日调到左各庄镇环保所。”廊坊市文安县左各庄镇环保所所长陈庆田认为最大的变化是：“工作的内容和任务更繁重了。”

左各庄镇是文安县板材产业聚集区，环保所共有 9 人，负责辖区内 300 多家工业企业，其中有 100 多家企业现在处于环保整改阶段，不少企业是停限产整改。

为了督促这些企业停限产到位，监管工作尤显繁重。陈庆田到任 4 个多月来，已经开展了多轮次的排查、巡查，发现并移交公安部门 4 起治污设施不正常运行环境违法案件。“环保所的设立使环境监管的阵线前移了，发现问题、处置问题更及时了。”

石家庄市藁城区九门回族乡环保所有工作人员 18 名，是藁城区人数最多的环保所。“人数多，也从侧面反映出我们的工作任务重。”环保所所长戴胜杰介绍说，九门回族乡辖区人口 4.4 万人，企业 240 多家。按照九门回族乡政府职责分工，环保所除了承担生态环境保护的日常工作外，还负责辖区道路扬尘治理、施工工地防尘抑尘，各种与生态环境保护相关的迎检和后督察等工作。

戴胜杰认为，乡镇环保所延伸了生态环境保护的触角，整合了生态环境保护职能，弥补了基层末端环保断档问题，提高了基层的环境管理水平。

“截至目前，河北省已有 1 707 个乡（镇、街道）环保所实现挂牌运行。”河北省环保厅人事与离退休干部处处长陈建英告诉记者，石家庄、张家口、廊坊、衡水、邢台市等 5 个设区市实现了乡（镇、街道）环保所全覆盖。

基层环保所的建设使河北环保机构和队伍不断规范和充实，为打好打胜污染防治攻坚战夯实了基础，增添了动力。河北省环保厅相关负责人表示：“下一步，河北将进一步深化生态环境管理体制机制改革，加强探索创新，努力形成新的成果，切实将改革进行到底。”

# 河北省水污染防治条例 9 月 1 日起施行 环保督察首次写入地方性法规

时间：2018 年 6 月 7 日　作者：周迎久 张铭贤　来源：《中国环境报》2 版头条

河北省十三届人大常委会第三次会议日前表决通过了新修订的《河北省水污染防治条例》（以下简称条例），首次将环保督察写入地方性法规。

这是《中华人民共和国水污染防治法》实施后，全国首部进行修订的水污染防治地方性法规，也是河北省史上最严的水污染防治法规。条例将于 2018 年 9 月 1 日起施行。

## 环保督察入法创新监管方式方法

“环保督察制度实行以来推动了一批突出环境问题的加快解决，目前国家层面正在研究环保督察法制化，河北先行先试，在条例修订过程中，首次将环保督察的成熟经验上升为地方性法规予以固定。”河北省人大常委会法工委法规一处处长蒋育良介绍说。

条例规定：“省人民政府应当建立健全环保督察机制，制定水环境保护督察问题清单和整改方案，明确督办内容、流程、时限，对整改和督办不力的纳入政府核查问责范围，并依法向社会公开，接受监督。”

在丰富监管方式方法上，条例对约谈和限批制度以立法形式进行了规范和固定。条例规定，对超过重点水污染物排放总量控制指标或者未完成水环境质量改善目标任务的地区，省人民政府环境保护主管部门应当会同有关部门约谈这一地区人民政府的主要负责人，并暂停审批新增重点水污染物排放总量的建设项目的环境影响评价文件。

河北省环保厅副厅长赵军认为，以约谈、限批等管理手段可以倒逼地方政府加大水污染防治推进力度，2017 年河北省建立起约谈约见机制，实施了园区限批，以限促建；实施了区域限批，以限促治；实施了海域限批，以限促改。

此外，条例第六十一条明确规定：“实行生态环境损害责任终身追究制。对在落实水污染防治监督管理责任过程中不履职、不当履职、违法履职，导致产生严重后果和恶劣影响的责任单位和责任人依法依规进行责任追究。”

## 河湖长制入法强化地方党政同责

蒋育良介绍，这次条例修订首次将河长制、湖长制写入其中，让地方领导担任“河湖长”，有利于强化党政领导对水污染防治的责任。

条例第六条明确规定，省、市、县（市、区）、乡（镇）建立河长制、湖长制，分级分段分区组织领导本行政区域内河流、湖泊的水资源保护、水域岸线管理、水污染防治、水环境治理、水生态修复等工作。

不仅实行河湖长制，还要对河湖长的履职尽责情况进行监督考核。条例还明确规定，县级及以上河长、湖长负责组织对相应河湖下一级河长、湖长实施考核。

据了解，目前河北省已建立了全面的河湖长体系，省级设立双总河长，由省委书记、省长担任。全省河湖分级分段设立 8 名省级河长、140 名市级河长、2 256 名县级河长、1.3 万名乡级河长、3.5 万名村级河长。

同时，河北实施全流域跨界断面水质目标责任考核和生态补偿机制以来，推动了上下游的协同治污。河北省人大常委会法工委副主任何书堂介绍说，条例把这两项机制以立法形式固定下来，规定建立健全流域上下游人民政府河流跨界断面水质目标责任考核以及生态补偿机制。

辖区内治理要统筹上下游，辖区外要加强区域联动协作。何书堂介绍说，对区域水污染防治协作专设一章，是条例结构上最大的特点。条例提出建立京津冀水污染防治协作机制。

## 重点区域排放标准提高管理加严

赵军介绍说，近年来，河北水环境质量实现了持续改善，但形势依然十分严峻，全省八大水系水质总体呈中度污染，北三河水系、漳卫南运河水系和黑龙港运东水系仍为重度污染，三成以上河流水质仍为劣Ⅴ类。扎实推进碧水保卫战，必须用最严格的制度、最严密的法治来防治水污染。

记者看到，修订后的条例列出专门条款对水污染物排放标准进行规定，明确了重点流域要执行相应排放标准的限值标准。如条例第十条规定，直接或者间接向白洋淀、衡水湖以及重要河流流域排放污染物的，其主要污染物应当符合相应水功能区的水环境质量标准限值。

防治标准加严的同时，河北对监管措施也进行了加严。何书堂向记者介绍说，条例本着优先保护饮用水的原则，明令禁止在饮用水水源二级保护区内从事网箱养殖等可能污染水体的活动。这一规定严于国家法律的饮用水保护措施。

在水污染防治措施上，条例明确了严禁向水体排放油类、酸液、碱液或剧毒废液等十种污染地表水体和地下水体的禁止性行为并明确罚则。

何书堂说，采取最严格措施治理突出水污染问题是河北立法的宗旨。例如，在工业废水治理中，条例明确规定，工业园区没有同步建设完成污水集中处理设施及管网的，实施园区限批，并撤销其园区资格；在黑臭水体治理中，条例明确各级政府应当进行综合整治，予以逐步消除；在纳污坑塘整治中，有明确责任主体的，限期治理，没有明确责任主体的由当地政府负责限期整治。

## 提高违法处罚下限，明确按日计罚

条例经过河北省人大常委会两届三审最后高票通过，每次修改都不同程度地加严了处罚标准，设定了更为严格的法律责任。

记者注意到《中华人民共和国水污染防治法》对无证排污、超标排污及超总量排污，利用渗井、渗坑、暗管排污以及篡改监测数据等环境违法行为的处罚下限为 10 万元，上限为 100 万元。河北新修订的条例将这类严重污染水环境违法行为的处罚下限提高到了 20 万元，上限为 100 万元。

在水污染物自动监测方面，未按规定开展水污染监测和数据保存的，未按规定安装自动监测设备并联网正常运行的，未按规定对有毒有害水污染物排污口和周边环境进行监测或未公开相关信息的，水污染防治法的处罚金额为 2 万元以上 20 万元以下。河北新修订的条例对此类违法行为的处罚分为两个档次并提高了处罚下限，第一档处以 3 万元以上 10 万元以下；情节较重的，处 10 万元以上 20 万元以下；逾期不改正的，责令停产整治。同时，条例还增加了按日计罚的规定。

提高违法处罚下限，使条例在惩戒环境违法行为上更具震慑力。记者粗略对比发现，条例的第六十九条、第七十条、第七十一条、第七十二条法律责任规定，都较水污染防治法处罚金额更高。

# 加强部门联动，推进京津冀环境审判协作
# 河北环境资源案件审理提速

时间：2018 年 8 月 2 日　作者：张铭贤　来源：《中国环境报》8 版头条

记者从河北省政府新闻办近期召开的“依法治理生态环境　共同守护绿水青山”新闻发布会上获悉，河北省依法治理生态环境，积极推进环境资源审判工作，推动京津冀环境审判协作，加强环境执法联动机制，全省立案环境行政案件、处罚金额均实现大幅提升，环境公益诉讼案件办理提速，环境资源审判案件数量同比上升。

## 行政案件和刑事案件均同比上升

近年来，河北省完善了公安、环保、检察、法院等系统的协调联动机制，形成了常态化协作机制，环境行政案件和刑事案件数量均同比上升。

河北省环境综合执法局常务副局长任立强介绍说，今年上半年，河北省共立案环境行政处罚案件 8 221 件，同比增长 86.24%；处罚金额 5.74 亿元，同比增长 111%。全省适用四个配套办法案件 905 件，同比增长 217%。其中，按日计罚 87 件，查封扣押 226 件，限产停产 156 件，移送拘留 352 件、涉嫌犯罪 84 件。

在加大行政处罚的同时，河北公安部门还牵头组织了“利剑斩污”行动，在为期半年的专项行动期间，河北公安机关共立案侦办环境资源刑事案件 657 起，破获 598 起，抓获犯罪嫌疑人 1 269 人。

让犯罪嫌疑人得到应有惩罚，河北省高院坚持从严从快审判环境资源案件。“河北突出四类案件有针对性采取强化措施，一是加强环境资源刑事审判，依法严惩污染环境破坏资源的犯罪行为；二是依法审理环境资源行政案件，支持行政机关依法履职尽责，纠正行政不作为和违法作为现象；三是妥善审理涉环境资源民商事案件，加大环境权益保护力度；四是稳步推进环境公益诉讼，有效维护人民群众的环境权益。”河北省高级人民法院党组成员、副院长王越飞向记者介绍说。

今年 4 月 28 日，河北省保定市中级人民法院依法组成合议庭，对张某等 19 名被告人倾倒危险废物致人死亡案进行了终审，并做出判决。经查，被告人张某等 19 人非法倾倒危险废物次数多、数量大，倾倒物产生有毒有害气体致人死亡。

案件发生后，河北公安机关通过 5 个多月调查走访，一举打掉了这一犯罪团伙。保定市蠡县人民法院、保定市中级人民法院对案件主要犯罪分子依法从严、从重惩处。对张某、董某桥等人分别判处二至七年有期徒刑，并判处 4 万～16 万元罚金，同时判处其中 15 名被告人承担附带民事赔偿责任。

这是河北省法院系统加强环境资源刑事案件审判的一个缩影。一年多来，河北省各级法院共受理环境资源刑事、民事、行政一审案件 1 514 件，审结 1 328 件，案件数量同比呈上升趋势。

## 两类公益诉讼均实现“破冰”

据了解，目前我国可以依法提起环境公益诉讼的主体有两类。第一类是社会组织，第二类是具有公益诉讼主体资格的人民检察院。在这两类环境公益诉讼中，河北都进行了“破冰式”探索。

今年 1 月 3 日，河北省晋州市人民检察院就张某某、王某某污染环境案件依法向晋州市人民法院提起刑事附带民事公益诉讼。

3 月 30 日，晋州市人民法院对案件进行公开宣判，以污染环境罪分别判张某某、王某某有期徒刑八年零六个月，并处罚金 17 万元；同时判决二被告共同赔偿晋州市环境保护局处置废酸的费用 108.014 万元。

这是河北省首例判决生效的由检察机关提起的环境公益诉讼案件。案件的成功办理标志着个人污染而政府买单的时代已经过去。

紧随其后，今年 4 月 24 日，保定市莲池区人民法院就被告人郭某超标排放水污染物污染环境罪附带民事公益诉讼案进行了公开审理，判处被告人有期徒刑 11 个月，并处罚金 5 000 元，同时判令被告支付无害化处置费用 3.14 万元并赔偿生态环境损害量化值 19 267.51 元及鉴定费两万元。

“两起案件既达到了刑罚的震慑作用，又维护了人民群众的环境权益。”王越飞说，目前，全省法院共受理检察院提起的民事环境公益诉讼及刑事附带民事公益诉讼件共 5 件，上述两起已审结，其余 3 起案件正在审理中。

在社会组织提起的环境公益诉讼中，目前，河北共受理了 3 起，均为大气污染环境公益诉讼，两起已结案，中华环境保护基金会诉迁安扎一钢铁集团有限公司环境民事公益诉讼案，正在一审审理中。

两起已审结案件分别为：中国生物多样性保护与绿色发展基金会诉河北大光明实业集团嘉晶玻璃有限公司环境民事公益诉讼案，于今年 5 月 13 日调解结案，被告企业在赔偿污染造成的损害之外，自愿承担 150 万元用来修复当地受损环境以及社会公益活动；中国生物多样性保护与绿色发展基金会诉秦皇岛方圆包装玻璃有限公司环境民事公益诉讼案，于今年 4 月 10 日一审公开宣判，被告企业赔偿因超标排放大气污染物造成的损失 154.96 万元并承担相关诉讼费用。

## 262 起案件通过诉前程序解决

事实上，并不是每个公益诉讼案件都会进入诉讼程序，大部分案件在履行诉前程序中就得到了有效解决。

河北省人民检察院副检察长何秉群以行政公益诉讼为例向记者介绍说，检察机关公益诉讼其实质是督促行政机关自我纠错、积极履职，包括诉前程序和诉讼程序两个阶段。诉前程序是检察机关督促协助行政机关依法履行公益监管职责，是保护公益的法定手段。诉讼程序则是检察机关保护公益的刚性手段，督促无效后则提起诉讼。截至目前，河北共立案公益诉讼案件 658 件，其中民事公益诉讼案件 72 件，行政公益诉讼案件 586 件，涵盖了法律规定的所有领域。

何秉群介绍说，全省各级检察机关把诉前程序和提起诉讼放到同等重要的位置，充分运用诉前程序这一手段积极推动问题解决，保护国家利益和社会公共利益。

今年 4 月 8 日，河北省高碑店市人民检察院在履行职责中发现，白沟河东岸高桥村河段、小营村河段、辘轳把村河段河道内堆放着大量的固体废物垃圾，垃圾总量 3 万余米$^3$，不仅污染了白沟河水体，而且堵塞河道影响泄洪。经调查核实，白沟镇人民政府及保定市环保局白沟分局对此应尽而未尽到相应的监管职责。

高碑店市人民检察院随即向白沟镇人民政府、保定市环保局白沟分局分别发出检察建议，要求对这一污染状况进行清理整改。

收到检察建议后，白沟镇人民政府、保定市环保局白沟分局积极研究部署整改工作。截至目前，已完成各类垃圾清运任务，河堤全线网络监控系统正在筹建中。相关部门将白沟河道日常保洁纳入城乡垃圾一体化处理范围，目前正组织招投标工作。检察建议，有利促进了当地生态文明建设。

截至目前，河北省检察机关共履行诉前程序 462 件，其中涉及生态环境和资源保护的 262 件，占 56.71%。通过诉前程序为国家挽回各类经济损失共计 1.4 亿余元，修复大量被损毁林地、耕地，清理被污染水域，督促回收清理固体废物，取得了良好效果。

# 高温下为土壤做“体检”
# 河北提前完成2018年国家网土壤环境监测采样任务

时间：2018年8月3日　作者：张铭贤　来源：《中国环境报》6版头条

随着河北省秦皇岛市国家网土壤环境监测背景点采样工作的结束，河北省129个土壤“国控点”采样任务近日提前完成。

为了直观地展现土壤采样工作的全过程，本报记者跟随河北省采样监测人员深入一线，头顶酷暑骄阳，脚踩丛林险滩，亲历了土壤环境监测采样工作的艰辛与严谨。

## “我放羊都走不到这么艰险的地方”

位于河北省承德市围场的梨树沟采样点，是此次土壤环境监测采样129个点位之一。

由于刚刚下过一场雨，沿途山路泥泞，车行缓慢。记者与河北省环境监测中心监测人员一早出发，到达丰宁满族自治县采样点已是中午12点。

“这次国家网土壤环境监测点采样工作，选的是背景点采样监测。为避免过多的人为干扰，采样点一般设在人迹罕至的地方。我们的采样人员去年来过梨树沟采样点，有向导带路。”监测人员贾建华介绍说。

但突发状况令人始料未及，由于山里信号差，从早上到中午，当地向导的电话一直未打通。监测车几经周折，两次走错路折返，最终找到了向导所在的小山村。这时，已是下午1点多。

贾建华所说的“向导”是村里的羊倌徐林果。见到监测人员一行，他像见到了亲人。“我知道这个点位，去年就是我领着监测人员找到的，费老劲了。当时，省里来了3个监测人员，前两次上山都没找到，第3次进山，我带着他们才找到。别看地图上显示的点位直线距离不过四五百米，可深山老林里没有路。有时候你走过去就是悬崖深沟，根本到不了目标点位。”

在徐林果的带领下，记者随监测人员一行开始了进山之路。虽然有向导领路，但山里刚下过雨，苔藓湿滑、道路泥泞，使这条抄近路的捷径并不好走。“我放羊都走不到这么艰险的地方。”徐林果边走边说。

手脚并用攀爬了两个多小时，终于抵达采样点，时间已是下午3点半。“要赶在天黑前下山，否则深山老林里会迷路，看不清路也不安全。”徐林果叮嘱道。

顾不上休息，监测人员贾建华、申英锋抄起铁镐、铁锨便开始挖掘采样坑。“去年只采表层土就行，今年要采剖面土。按照要求，我们要挖一个长 1.5 米、宽 1 米、深 1.2 米的采样坑，分层进行土壤采样。”贾建华介绍说。

说话间，贾建华一镐下去敲在石头上，几乎震出了火花。接下来，他刨出乱石、铲断盘根错节的树根。一个 1.2 米深的采样坑竟花费了监测人员一个多小时时间。

记录方位、上传采样图片、分层采样、精心称重、做好标识、回填覆土……整个采样工作结束已是下午 5 点，原路下山返回采样车时已是 7 点，一个采样点用了整整一天时间。

## “连手指都不能碰及样品”

据了解，河北省此次土壤采样点和背景点位的数量居全国第四，为了保证土壤采样的准确性和全面性，这些点位覆盖了耕地、林地、可利用土地、不可利用土地、自然保护区等多种地貌。

与梨树沟土壤采样点位于深山老林不同，承德市围场满族蒙古族自治县的机械林场采样点则位于坝上防风固沙区。

“土壤背景点位是反映长时间序列土壤环境质量变化情况的对照点位。为了确保历年来土壤背景点监测数据的有效性和连续性，土壤背景点采样要求，在坐标 30 米范围内才可以打开手机 App，上传采样信息。”贾建华向记者介绍说，同时搜寻机械林场采样的准确点位。

“好，就是这里，现在我手机能打开采样软件了。”记者看到，机械林场采样点土壤松软，随着点位敲定，贾建华一铁锨就挖出 20 多厘米深。

挖到 30 多厘米深时，贾建华和监测人员挖到了沙土层，“这土壤能采吗，都是沙子没办法制样，要不我们错开些再挖一个采样坑？”贾建华和同事们几经商量，决定挖到底，看情况再决定是否重新挖掘采样坑。

当挖到 1 米深左右时，沙土层淡了，重新现出了土壤，这让贾建华和同事们松了一口气。“这个采样坑中一层土一层沙，分层非常明显，这也正是我们这些年防风固沙的一个见证。”

据了解，围场机械林场采样点位于河北防风固沙区，上层土说明近年来河北植树造林使水土保持较好。中间的沙土层正是当年风沙入侵的见证。再下层重新出现土壤则说明这里原来是有植被的。

在这个相对宽敞的采样坑中，记者注意到，贾建华和申英锋采样用的铲子并不相同。贾建华负责采集不同深度、监测土壤无机物的样品，使用木铲子。申英锋采集表层土化验有机物的土壤样品，用的是铁铲子。

“测无机物不能用铁铲子，因为铁铲子会影响土壤中金属含量。而化验有机物的土壤样品采集不仅不能用木铲，甚至连采样人员的手指都不能碰及样品，这是为了避免对土壤样品产生污染，影响监测结果。”申英锋解释说。

## “你们大中午也干活啊”

为了保障土壤采样严格按照规范进行，河北各地对采样过程进行严格控制。

“用于测试无机物项目的土壤样品，采样后要先装入塑料袋，再套上布。用于测试有机物项目的土壤样品则要装瓶子后，密封冷藏运输。”在沧州市，环境监测中心土壤质控人员冒着夏日高温，完成了辖区内 6 个土壤监测点位的采样工作。从精准定位、掘坑到选取采样工具、样品装袋等各环节，全程高标准行动，严格按照土壤采样规范执行，圆满完成各项土壤取样任务。

为保障采样工作如期完成，河北省邢台环境监测中心提前勘查采样点位，并做好沟通协调工作。在前期点位勘查中，监测人员发现，临城县西竖镇正在进行大面积施工，几台大型挖掘设备正对地面进行开挖作业，而背景点就位于施工范围内。“邢台市监测中心多方协调，最终商定，在点位 30 米范围内暂缓施工，以防止土层扰动，这为临城点位采样的准确性及延续性提供了保障。”邢台环境监测人员告诉记者。

在唐山市，尽管持续高温，唐山环境监测中心监测人员依旧连续作战，高质量、高标准完成了境内 10 个国家网土壤背景点的采样工作。多日暴晒，让监测中心袁鹏同志被严重晒伤。

在邯郸市的烈日下，麦田里的采样人员一个个汗流浃背。连乡民都禁不住说：“你们大中午也干活啊。”历经 5 天干热天气的连续奋战，邯郸市于 6 月 11 日全部完成了辖区 11 个土壤背景点监测采样工作。

……

从 5 月 21 日，河北省张家口市国家网土壤环境监测采样点开始采样，到 6 月 17 日，河北省秦皇岛市最后一个采样点结束，河北省提前圆满完成了此次土壤国控点任务。

# 河北织密生态环境监测网
# 已建成乡镇空气监测站 1 900 个，新建国控断面水质监测站 46 个

时间：2018 年 8 月 7 日　作者：周迎久 张铭贤　来源：《中国环境报》2 版头条

走进位于河北省任县的后西吴水站，黄墙红顶的监测站紧邻牛尾河，蓝底白字的“国家生态环境监测”标识牌非常醒目。

后西吴水站是一座固定式站房，是河北省首批完成标准化建设的水站。截至 7 月 12 日，河北 46 个新建国控水站，全部完成站房和辅助设施建设。

构建全省生态环境监测体系，为全省环境管理和决策提供科学依据，今年以来，河北省全面完善大气、水、土壤等环境监测站点建设，提升监测能力，进一步织密了生态环境监测网；同时，在全省部署开展“打击环境监测数据弄虚作假”专项行动，确保监测数据真实准确。

## 重点推进乡镇空气质量自动监测站建设

6 月 24 日 9 时许，在河北省邢台市桥东区大气污染治理数据中心，工作人员发现位于大吴庄的监测点数据偏高，随即调度人员查看，发现路面存在大量裸土。相关单位随即对裸土予以清理，桥东区环保分局对造成污染的相关施工单位进行了处罚。

发现污染及时，处置问题快捷。依托建设在乡镇、街道以及工业园区的空气质量监测微站，河北省大气污染综合治理更加精准、高效。

“近年来，河北省环境监测逐步实现从手工到自动、从概括到精准、从分散封闭到集成联动、从现状监测到预测预警的转变。”河北省环保厅副厅长赵军介绍说，确保监测数据“真、准、全”，河北省从扩大环境监测点位、增加环境监测指标等方面着手完善环境监测网，并筹建生态环境监管大数据平台，全面反映河北省生态环境质量，为环境管理和决策提供数据支撑。

记者从近日印发的《河北省深化环境监测改革提高环境监测数据质量实施方案》（以下简称《实施方案》）中看到，实现上述目标河北将分三步走：一是 2018 年年底前完善大气、水环境监测网络，二是到 2019 年年底，建成全省生态环境监测网络，三是到 2020

年，全省生态环境监管大数据平台稳定运行，实现环境监测数据共享。

河北省环保厅环境监测与应急管理处处长孙志强介绍说，今年以来，河北省加快推进了大气、水、土壤等环境监测站点扩面工作。

据了解，在大气环境监测站点扩点方面，河北在建成国控站点53个、省控站337个基础上，重点推进了乡镇环境空气质量自动监测站建设，全省计划建设乡镇站1 985个。截至7月12日，已建设完成1 900个，占任务数的95.71%，全部建成运行后，将形成“国考市、省考县、市考乡镇”的监测考核体系。河北还计划在全省省级以上工业开发区、港口作业区建空气质量监测站点223个，目前已完成61个，建成后将进行单独排名。此外，河北完善了降尘量省控监测点位布设，实现了县级监控点位全覆盖，并自5月开始开展降尘监测并按月通报排名。

在水环境监测体系建设上，河北在全国率先完成了国控断面新建水站建设任务，全省46个新建设水站目前已基本完成设备安装和联网调试。同时，在跨省出入境断面监测站建设上，河北拟新建水站18个，目前设备采购已完成，正抓紧基础设施建设。“下一步，河北将在跨市界、跨县界断面建设水站，加密建设预警监测站等，逐步建成覆盖全省的水环境监测网。”孙志强说。

在土壤环境监测体系建设上，目前，河北省共布设国家网土壤环境监测点位1 702个。其中，背景点位129个，基础点位899个，风险点位674个。今年以来，河北已完成了129个背景点位土壤采样任务，样品制备和分析化验工作正有序推进。

## 连续3年开展打击监测数据弄虚作假专项行动

监测数据不仅要全面，更要真实准确。孙志强认为：“人为干预、排污单位弄虚作假以及环境监测机构良莠不齐是影响当前环境监测数据质量的主要因素。”针对这些制约环境监测数据质量的突出问题，河北省在《实施方案》中增加了“坚持问题导向”原则，着力解决地方不当干预环境监测和排污单位监测数据弄虚作假问题。

孙志强介绍，在《实施方案》中，河北将“坚决防范地方和部门不当干预”监测数据作为首要任务进行了安排部署，加大考核问责力度。在国家或省级环境质量监测中，对发生或出现弄虚作假、干扰环境监测数据质量行为的实行“一票否决”，量化问责。同时，加大对第三方社会化环境监测机构的监管力度，河北省在《实施方案》中增加了“强化社会监测机构事中事后监管”内容，实行社会化监测机构统一监管，并建立“黑名单”制度。

为打击监测数据弄虚作假，河北省《实施方案》明确提出，自2018年起，连续3年开展打击环境监测数据弄虚作假行为的专项行动，加大对篡改、伪造监测数据及环境监测弄虚作假行为的打击力度，加大对监测设施不正常使用的查处力度，严格执法，严肃问责，形成高压震慑态势，确保监测设施安全稳定运行。

进一步规范企业环境监测，河北还对重点排污单位进行了重新核定和增点扩面。通过排查，河北将 200 多家纳入排污许可重点管理的企业同步纳入重点排污单位名录，同时组织各市筛选增加重点排污单位 913 家，目前，3 091 家单位被纳入重点排污单位名录。

## 推进部门协作解决数据不一致问题

记者注意到，建设监测网络、打击数据作假、搭建共享平台，河北环境监测改革的这三大重点任务中，建设全省生态环境监管大数据平台任务最重，这一平台将整合环保、公安、国土、林业、农业等单位生态环境监管数据，对全省生态环境质量进行统一发布和预警预报。

为实现这一目标，河北省进一步理顺全省环境监测体制机制，大力推进部门环境监测协作。

“河北是全国首个实行环保机构垂直管理的省份，针对改革后环境监测职能边界不清晰、考核机制不完善等问题，《实施方案》进一步深化了改革举措。”河北省环境监测中心主任赵乐介绍说，改革后，河北省环保厅负责全省行政区域内生态环境质量监测、调查评价和考核工作，实行生态环境质量全省统一布点、统一监测、统一标准、统一考核。全省 13 个市级环境监控中心负责本行政区域污染源的监测管理以及生态环境质量的监测、调查评价，接受省环境监测主管部门的指导和监督，形成监测合力。

为大力推进部门环境监测协作，环保部门还将会同国土、林业等相关部门统一规划布局、执行全国统一的监测标准规范，切实解决不同部门同类环境监测数据不一致、不可比对等问题。

据了解，下一步，河北将加强省市县环境监测能力建设。其中，省环境监测中心要具备在全省范围内开展环境监测全过程质控的能力；各驻市环境监测中心要具备大气、水、土壤、辐射、噪声等全要素、全指标监测能力；各市（含定州、辛集市）环境监控中心要具备各类污染源监测能力，有效发挥对企业的监测监管职责。

# 目标更高　措施更硬　追责更严
# 河北作出污染防治攻坚战新部署

时间：2018年8月17日　作者：周迎久 张铭贤　来源：《中国环境报》1版头条

河北省委、省政府日前出台《关于全面加强生态环境保护坚决打好污染防治攻坚战的实施意见》（以下简称《实施意见》），就全面加强生态环境保护作出了最新部署。

河北省环保厅相关负责人介绍说，《实施意见》结合河北实际，进一步细化、实化了各项目标任务，确定的目标更高、措施更硬、标准更严、任务更细、改革更深、追责更严。

目标更高。在空气质量方面，河北省增加了优良天数比例作为约束性目标，提高了$PM_{2.5}$年均质量浓度值目标，明确到2020年，全省设区城市$PM_{2.5}$平均质量浓度较2015年下降28%以上，较2017年下降15%以上，达到55微克/米$^3$，全省空气质量平均优良天数比例达到63%以上。特别是对$PM_{2.5}$质量浓度未达标城市，提出了更高的要求。

在水环境质量方面，河北从提升好水比例、减少劣水比例两方面设定了目标任务。部分细化任务标准更高，如关于黑臭水体治理，河北省“水五十条”确定的目标是到2020年控制在10%以内，《实施意见》提出要全面完成黑臭水体整治任务，这意味着治理步伐将加快。

此外，在主要污染物减排方面，河北确定的二氧化硫、氮氧化物、化学需氧量、氨氮减排比例分别高于国家13个百分点、13个百分点、9个百分点、10个百分点。在土壤环境质量方面，河北设定的受污染耕地安全利用率达到91%左右的目标也高于国家目标。

河北省环保厅相关负责人认为，蓝天、碧水、净土三大保卫战是河北污染防治攻坚战的主战场，必须以背水一战的决心和力度，深化、拓展一系列治本攻坚的“硬措施”，举全省之力打好污染防治攻坚战。

以“硬措施”打好三大保卫战，河北立足实际，自我加压，增加了“一揽子”攻坚举措。在蓝天保卫战中，河北增加了调整产业结构和空间布局结构、整治“散乱污”企业、禁止秸秆和垃圾露天焚烧三项攻坚任务；在碧水保卫战中，增加了打好工业污水达标整治、河流湖库综合治理、地下水超采治理、雄安新区及白洋淀流域水环境综合整治等四项重点任务；在净土保卫战中，增加了土壤环境重点污染源整治、建设土壤污染综合防治先行区等内容。

一手抓污染防治，一手抓生态保护和修复。《实施意见》就加快生态保护与修复进行了专题部署，在全面细化、实化中央举措的基础上，增加了加强自然保护地管理、露天矿山综合整治、防范生态环境风险等三项自选任务。

“围绕河北省生态环境治理体系中的薄弱环节和突出短板，《实施意见》有针对性地提出了深化生态环境治理体制机制改革创新举措。”河北省环保厅相关负责人介绍说，其中，加快推进乡镇环保所和网格化环境监管体系建设、实施跨省域横向生态补偿制度、实行重点行业企业环保“领跑者”制度、建立大气和水环境质量通报排名奖惩机制等措施很有特色。

追责更严。《实施意见》就“全面加强党对生态环境保护的领导”列专章进行部署，其中“建立通报排名奖惩机制”为一大亮点。记者注意到，在实施目标绩效考核中，河北首次提出了对各级人大常委会的考核。在建立通报排名奖惩机制上，河北省将对问题突出的视情况实行预警提示、挂牌督办、区域限批。在严格责任追究方面，《实施意见》提出，年度目标任务未完成、考核不合格的地区党政主要负责人和相关领导班子成员不得评先评优，并按程序予以追责问责。

## 用好新媒体　做活开放日
## 河北打造线上线下两个平台，增点扩面调动公众参与积极性

时间：2018年8月21日　作者：张铭贤 王欢　来源：《中国环境报》5版头条

一幅幅聚精会神听讲解的照片、一个个踊跃参与的互动画面，点开河北省环保设施单位公众开放日的网页，记者隔着屏幕都能感受到开放现场的热烈气氛。

“河北省积极推进环保设施单位向公众开放，不仅实现了‘大门常打开’，还通过打造网上展示平台，实现了环保设施‘在线看’。”河北省环境宣传教育中心主任潘井泉介绍说，通过线上线下两个平台的互动、互补，拓展了受众人群，延长了传播时间，取得了较好的宣传效果。

## 线上+线下　开放平台优势互补

2017年年底，河北省确定涉及四类环保设施的5家单位作为首批省级对外开放单位，并在今年3月份集中开展了开放活动。河北省环境宣传教育中心工作人员陆桂敏介绍说，截至目前，各设施单位共开放30余场（次），接待公众1 200余人（次），基本实现了每个月都有开放单位、每个月都有开放活动。

在做精、做细、做活开放活动的同时，河北还筹建了“河北省环保设施单位公众开放日”网站，分网页版和微信版同步上线运行。

记者从网页版的展示平台中看到，每个设施开放单位都有详尽介绍，并附有路线图，往期活动精彩图片和媒体报道有声有色，预约报名和开放时间表一目了然。

“设立网上展示平台，一方面解决了设施单位接待参观人数的限制问题，另一方面扩大了传播效果，公众可以随时了解这些设施单位。”陆桂敏说，在预约报名系统中，还设置了大数据分析模块，系统可以随时分析预约人群的年龄、职业、地区分布以及预约时间等信息。

这种通过数据分析构建的“双优化”模式，不仅优化了预约者的参观选择，也优化了设施单位的讲解重点。

线上开放平台的投入运行，让更多公众了解开放单位，推动了线上线下开放平台的互动、互补。其中最显著的变化是，受众群体从最初的“组织”参观向“自发”预约转变。

“5月26日，我们接待了河北科技大学的一批大学生参观者，有将近30人，这群学生就是在网上看到了我们的信息，主动联系我们预约参观的。”石家庄市桥西污水处理厂副厂长石永增向记者介绍说，“网上开放平台运行以来，我们接到了不少群众的咨询电话和团体预约，在我们厂今年举办的4场开放活动中，有将近一半的参观者是通过平台报名和电话预约的。”

## 增点+扩面　开放程度不断提高

“这是我们厂区的人工湿地，这里用于灌溉一草一木的水都是厂里净化的水。湿地不仅美化环境，还能进一步净化水质。”7月26日上午，来自石家庄市高校的40余名大学生环保志愿者走进石家庄高新区污水处理厂，零距离了解污水如何变清。

今年以来，石家庄市已集中组织了6期环保公众开放活动，参观人数超2 000人。除集中组织活动之外，石家庄市还设有6家常年免费开放的环境教育基地，涵盖环境监测、环保科普等方面，吸引受众近12万人（次）。

省市同步推进，截至目前，河北各设区市已有16家环保设施单位组织开展了公众开放活动。除石家庄市外，河北其他设区市共举办开放活动35场（次），接待公众近2 000人。

为进一步加快开放步伐，8月9日，河北省出台《关于全面加强生态环境保护坚决打好污染防治攻坚战的实施意见》，对此列出了时间表，到2019年年底前，河北各设区城市符合条件的环保设施和城市污水垃圾处理设施向社会开放。

开放单位增点的同时，受众人群也实现了扩面。7月3日上午，河北省环境应急与重污染天气预警中心迎来了一批“特殊”的参观者。来自河北省公安厅、交通厅、教育厅等20余家省直部门的宣传干部，实地参观了高性能计算机群、激光雷达监测等设施，深入了解河北空气质量监测和预警预报情况。

“这是我们的一次尝试，让更多从事宣传工作的人了解环保，再通过他们的宣传扩大我们的开放面，让更多人了解环保、支持环保。”潘井泉介绍说。

目前，河北环保设施开放单位的受众群体从原来的学生、志愿者，逐步扩大到了自主预约的社会群体、政府部门干部职工等。下一步，还将邀请各级人大代表、政协委员、专家学者等各界人士参与开放活动，丰富人群层次，扩大宣传面，实现更好的传播效果。

## “请进来”+“走出去”　开放形式新颖灵活

不去现场，也不上网，能近距离了解环保设施单位吗？

河北省通过组织环保设施单位“走出去”活动，进行广场集中展示，给出了肯定的答案。

今年6月5日，河北省组织了省市县3级“美丽中国，我是行动者”主题实践活动，在省会主会场，环保设施开放单位成了活动现场最受市民欢迎的“主角”之一。

作为首批省级环保设施开放单位之一，石家庄市桥西污水处理厂整洁的展台上摆满了瓶瓶罐罐，身着白大褂的实验室人员现场做起了小试验，展台周围挤满了积极参与的热情市民。

在环保设施开放单位展示区，大气监测单位搬来了$PM_{2.5}$采样监测仪进行现场演示，石家庄绿色再生资源有限公司以图文并茂的形式向市民展示了废旧家电如何通过拆解实现变废为宝，中节能（石家庄）环保能源有限公司则在现场跟市民玩了“垃圾分类”的小游戏。

将公众“请进来”，更主动“走出去”，这些环保设施开放单位灵活多样、喜闻乐见的开放形式，赢得了市民的青睐。

“下一步，河北将继续探索创新，通过更多‘自选动作’来丰富开放内容、提升开放效果。”潘井泉说。同时，进一步完善网上开放平台，增加后期互动栏目，邀请参观者书写观后感，并开展征文比赛，向市民多角度地呈现环保设施单位的风采。

# 人防+技防+资源化综合利用<br>河北用 4 000 多个探头监控秸秆禁烧

时间：2018 年 8 月 22 日　作者：张铭贤　来源：《中国环境报》6 版头条

又到麦收时节，与往年乡镇干部田间驻点督导禁烧不同，今年，河北省大部分地区秸秆禁烧采用高清视频监控系统。通过指挥平台 24 小时监控可及时发现并处置火情，减少大气污染。

## “蓝天工程”布设 4 000 余个监控点位

“我们足不出户，只需轻点鼠标，就可以严密监控各个乡镇的村庄、农田是否存在秸秆、垃圾焚烧现象。一旦发生火情，相关工作人员能够第一时间赶到现场进行处理。”近日，在河北省衡水市故城县秸秆禁烧智能监控中心，工作人员利用“蓝天工程”的实时监控平台为记者进行讲解。

这是衡水市第一个启动的秸秆禁烧智能监控系统，也是河北省首个建成并投入运行的“蓝天工程”。

“蓝天工程”起源于 2018 年年初，河北省大气办印发的《关于在重点涉农区域加快安装红外视频监控系统加大露天焚烧打击力度的紧急通知》《河北省秸秆禁烧视频监控和红外报警系统建设的指导意见》等相关文件要求。随后，河北省副省长带领相关部门进行实地调研并对安装工作进行了实地督导，要求各地坚持资源共享、综合利用、有效监控，高标准、高效率推进秸秆禁烧监控系统建设。

与传统监控系统比，“蓝天工程”智能监控系统定位精度更高，应急调度更快，识别能力更强。一旦发现疑似火点，就会自动锁定位置、拍摄视频、截取图片，并将信息实时发送至网格监管人员手机上。系统还可以将每天疑似火点信息的发生时间、地理坐标、所属乡村、火点强度生成数据库，以表格形式自动上传至市级平台，为污染防治工作决策提供服务。

记者在采访中了解到，衡水市是河北省“蓝天工程”推进最快的设区市。目前，衡水市秸秆禁烧智能监控系统已建成并试运行，包括1个市级总控平台、13个县级分控平台和225个红外、可见光双光谱监控摄像头。

工作人员介绍，每个监控摄像头的半径可达5千米，覆盖范围达78.5千米$^2$，可以对衡水市农村区域内的秸秆、垃圾、杂草、落叶露天焚烧进行全方位、全覆盖实时监控。

据了解，河北全省计划在涉农区域安装4 339个摄像头。截至目前，已安装3 493个，占任务总数的80%。其中，石家庄、邢台、衡水等10市（区）已全部完成安装任务。

## 14万个监管网格强化人防措施

为深入推动《河北省人大常委会关于促进农作物秸秆综合利用和禁止露天焚烧的决定》和审议意见落实，河北省人大常委会组成跟踪检查组，赴各设区市21个县（市、区）进行了明察暗访、跟踪检查。

在河北省十三届人大常委会第三次会议上，河北省人大常委会副主任王刚代表跟踪检查组做了情况报告。

王刚表示，今年年初以来，河北省各级政府及相关部门完善制度机制，秸秆综合利用和禁烧工作呈现良好势头。秸秆禁烧网格化监管进一步强化，全省已建立秸秆禁烧网格14万个。

同时，将垃圾、工业废料等露天焚烧环境问题一并纳入监管，形成了责任明确、上下联动、横向到边、纵向到底的网格化属地监管体制。县、村层层签订责任状，联合开展常态化巡查和专项执法督查，严厉打击焚烧秸秆违法行为，露天焚烧秸秆现象得到有效遏制。

河北省大气办还将露天焚烧火点数量纳入量化问责暂行规定范围。2017年9月—2018年3月，河北省环保厅在秋冬季大气污染综合治理攻坚行动专项督察中，发现露天焚烧问题522个，盯办问责180件，共追责问责348人。其中处级干部2人，科级干部95人，其他251人。并对邯郸市政府发督办函两次，对正定县、南宫市等6个县（市、区）政府露天焚烧问题进行了约谈，督促了各级政府和有关部门认真落实露天禁烧责任。

在强化执法方面，河北省在秋冬季大气污染综合治理攻坚行动中开展了5轮次执法检查专项行动。集中打击工业企业环境违法行为的同时，持续加大对露天焚烧秸秆、垃圾、工业废料等农村面源环境违法行为的打击力度。

## 秸秆减量化、资源化取得新突破

“以减促禁、以用促禁”，是近年来河北在秸秆减量化、资源化探索的新思路。

河北省人大常委会跟踪检查组认为，河北各地普遍制定了农业结构调整规划和方案。全省今年拟减少一季小麦种植、实行季节性休耕 200 万亩，粮改饲种植青储玉米面积 200 万亩。通过调整农业种植结构，达到减少秸秆产生量，增加农民收入的目标。

在减少秸秆产生量的同时，河北还积极探索多元化利用渠道，推进秸秆综合利用。数据显示，河北秸秆肥料化、饲料化、能源化、基料化、原料化利用水平均有提高，2017 年全省秸秆综合利用率达到 96.81%。

王刚指出，河北省在秸秆能源化利用方面进展较快，正积极争取国家生物质热电联产县域清洁供热示范项目。目前，全省有 21 个项目获批，建成后总装机容量达到 70 万千瓦，年可消耗农林生物质 580 万吨，约占全省秸秆总量的 1/10。预计可替代燃煤量 173 万吨。据悉，今年年底前，7 个项目可建成投产，生态效益可观。

“在检查中，跟踪检查组也发现一些问题和短板，需引起高度重视。”王刚说，如农业结构调整步伐总体缓慢，秸秆综合利用保障措施不够有力，秸秆综合利用产业化发展程度亟待提高，秸秆收储运服务体系建设需切实加强，秸秆禁烧监管技术水平要进一步升级等。

# 调整四大结构　打好六大战役<br>河北蓝天保卫战吹响冲锋号

时间：2018 年 8 月 28 日　作者：周迎久 张铭贤　来源：《中国环境报》1 版头条

重整行装再出发。8 月 23 日，河北省政府印发《河北省打赢蓝天保卫战三年行动方案》（以下简称《方案》），用最严格制度、最严密法治，坚决打赢蓝天保卫战。

“我们进一步量化、实化了各项目标任务，升级细化了治理举措，提出要调整四大结构、打好六大战役。”河北省环保厅相关负责人表示，《方案》的出台既是发令枪也是冲锋号，河北将全力以赴打赢蓝天保卫战。

## 量化目标，确定三大攻坚方向

目标是方向，也是动力。“《方案》在目标设定上，不仅有相对指标，更有量化指标；不仅有三年总目标，还有逐年逐地市的细化目标。”河北省环保厅副厅长殷广平介绍说。

《方案》提出，到2020年，全省设区市$PM_{2.5}$平均质量浓度较2015年下降28%以上，较2017年下降15%以上，达到55微克/米$^3$；全省空气质量平均优良天数比例达到63%以上，平均重污染天数较2015年减少25%；其中，$PM_{2.5}$未达标城市平均质量浓度较2015年下降29%以上，较2017年下降16%以上，达到58微克/米$^3$以下。

“在空气质量目标设定上，突出了三个增加。”河北省环保厅大气环境管理处处长高雷更向记者解释说，一是增设了量化指标，增设了全省$PM_{2.5}$平均质量浓度绝对值目标，未达标城市$PM_{2.5}$质量浓度改善、优良天数比例、重污染天数减少比例等三项指标要求，并逐年分解；二是增设了雄安新区改善目标，即到2020年全区$PM_{2.5}$平均质量浓度达到55微克/米$^3$左右；三是增设了排位目标，到2020年，石家庄、邯郸、邢台市力争退出全国重点城市空气质量排名后10位，唐山、保定市力争退出后20位，衡水、廊坊、沧州市确保持续向好、位次提升。

“结合各地治理进展和现状，《方案》确定了冀中南太行山沿线通道、中东部平原地区通道、北部燕山沿线三大攻坚方向。”河北省环保厅相关负责人说。

冀中南太行山沿线通道方向包括石家庄、保定、邢台、邯郸和定州、辛集市，属空气质量重点改善区，这一区域城市要以减排扩容为主攻方向，彻底改变粗放发展和偏石化能源消费模式。

中东部平原地区通道方向包括唐山、廊坊、沧州、衡水四城市群和雄安新区，属空气质量持续改善区，这一区域城市要把巩固提升作为主攻方向，力争尽快退出或稳定退出全国重点城市倒排名单。

北部燕山沿线方向包括张家口、承德、秦皇岛市，属空气质量稳定改善区，区域内城市要在深挖潜力精细化管控上下功夫，实现空气质量率先达标、稳定达标。

## 调整结构，打好六大攻坚战役

“《方案》明确提出把调整产业结构、能源结构、运输结构和用地结构作为治本之策，就集中打好六大攻坚战役进行了重点部署。”河北省环保厅相关负责人向记者介绍，六大攻坚战役分别为：

去产能和退城搬迁攻坚战。深入开展钢铁等行业去产能攻坚行动，到2020年，河北全省再压减退出钢铁产能 4 000 万吨、水泥 500 万吨、平板玻璃 1 800 万重量箱、煤炭 3 017 万吨、焦炭 1 000 万吨。

散煤整治和清洁替代攻坚战。将通过推进清洁取暖等举措，力争到 2020 年，传输通道城市平原地区基本完成生活和冬季取暖散煤替代，清洁取暖试点城市主城区清洁取暖率达到 100%，全省淘汰 35 蒸吨/小时及以下燃煤锅炉。

机动车（船）污染防治攻坚战。围绕优化道路运输结构等举措，推进交通运输结构调整。到 2020 年，铁路货运比例较 2017 年增长 40%。钢铁、焦化、电力等重点企业铁路运输比例达到 50%以上。

扬尘面源污染综合治理攻坚战。实施露天矿山综合整治，深化建筑扬尘整治，加强道路扬尘综合整治，加强工业企业料堆料场管控，严禁秸秆和垃圾露天焚烧，开展国土绿化行动，大幅减少扬尘污染，确保各市及雄安新区平均降尘量不高于 9 吨/（月・千米$^2$）。

工业污染深度治理攻坚战。通过加快钢铁等行业超低排放改造，淘汰关停环保等不达标的 30 万千瓦以下燃煤机组等措施，到 2020 年，全省工业企业主要污染物排放量较 2017 年下降 15%以上。

重污染天气应对攻坚战。通过建立与京津及周边地区重污染天气区域联防联控机制，强化秋冬季和初春大气污染治理攻坚等措施。到 2020 年，全省平均重污染天数较 2015 年减少 25%。

“六大攻坚战总体呈现‘两个突出’，一是突出河北特色，二是突出河北担当。在化解过剩产能等河北‘特色’攻坚任务上，《方案》细化了路线图、量化了任务表，确保可操作可完成。此外，新增钢铁等行业超低排放改造和脱白治理等内容，体现了河北担当。”河北省环保厅相关负责人解释说。

## 健全机制，八举措为蓝天护航

“为保障各项攻坚战役减排措施的有效实施，《方案》明确提出了加强组织推动、健全法律法规标准技术体系等八方面的保障措施。”殷广平介绍说。

众多保障举措中，河北“加快推进乡镇（街道）环保所全覆盖，完善网格化环境监管体系”“制定《河北省机动车和非道路移动机械排气污染防治条例》”“制定大气污染物超低排放地方标准并逐步扩大行业范围”“推进乡镇空气质量监测站点全覆盖”等多项改革创新性举措在全国属于首创或领先。

“值得关注的是，方案在督查督办、考核排名和奖惩问责上，提出了更为严格的要求。”殷广平说。

记者从《方案》中看到，河北将蓝天保卫战各项工作任务纳入全省大督查、省级环保督察重点内容，持续跟踪督查，并适时开展大气污染防治专项督查。对发现的屡查屡犯、长期得不到彻底整改以及存在突出环境问题的，从严从重提出问责建议，切实解决政策落实“最后一公里”问题。

在严格考核奖惩方面，将制定实施《大气污染综合治理工作考核问责办法》，加强对各设区市及县（市、区）综合考核、约谈问责，对考核“不合格”等次的予以通报批评、公开约谈、区域限批，取消授予的有关生态文明荣誉称号。

在加大执法检查和司法惩治力度方面，将综合运用按日连续处罚、查封扣押、限产停产、行政拘留等手段，强化排污者责任，依法严惩重罚环境违法企业，加强生态环境保护行政执法与刑事司法、行政检察的有机衔接，始终保持打击环境违法犯罪的高压态势。

## 实行差别化环境管控　反对简单化一停了之<br>河北严禁十个“一刀切”

时间：2018年9月13日　作者：周迎久 张铭贤　来源：《中国环境报》1版头条

河北省大气污染防治工作领导小组办公室今日召开新闻发布会，就近日印发的《关于严格禁止生态环境保护领域“一刀切”的指导意见》（以下简称《意见》）进行发布和解读。

根据《意见》，河北省要求各地采取差别化环境管控措施，严禁简单化采取一律停工、停业、停产、停车等做法，并就10个重点领域防止“一刀切”提出了具体要求。

“为推动生态环境保护领域高质量发展，努力实现经济发展、社会民生与生态环境保护同步改善，坚决反对生态环保领域的形式主义、官僚主义，防止一些地方在推进环境质量改善上急功近利，河北省环保厅牵头起草了《意见》。”新闻发布会上，河北省大气污染防治工作领导小组办公室主任、河北省环保厅相关负责人介绍说。

《意见》一方面鼓励工业企业采用先进生产技术和污染治理设施，提高污染治理能力，向超低排放、工艺技术先进、产品优质高端方向转型发展；另一方面在环境监管上提出了差别化管控要求，对工业企业特别是高能耗、高污染行业，科学评定企业的污染排放绩效水平，实行分类管理、差异化错峰生产。

此外，《意见》坚持民生优先思想理念，明确对民生领域环境管理既要尽力而为，又要量力而行、循序渐进，不搞“一刀切”。

严禁“一刀切”是否意味着放松监管？“河北严格禁止生态环境保护领域‘一刀切’，绝不意味着放松监管，而是要求监管措施更加精准、严谨、细致，监管标准更严、更高，监管力度更大、更实，着力解决企业在污染防治上‘投入多投入少一个样、排放多排放少一个样、排放或不排放一个样’的问题，倒逼企业加大环保投入，实现超低排放，提高减排效能。”河北省环保厅相关负责人表示。

记者从《意见》中看到，在明确不得“一刀切”的同时，河北对治污设施不全、不能稳定达标排放的企业坚持“铁腕治污”。如对不符合产业政策、手续不全、治理无望、不能稳定达标排放的企业，坚决依法关停取缔；对资源环境效率低、排放总量大、污染严重的高能耗、高污染行业企业，坚决落实错峰生产；对不符合规划、产业政策的项目，严把审批关，坚决禁止和杜绝未批先建、批建不符等违法行为。

为确保《意见》切实落地，河北要求各地对辖区内或分管行业领域内存在的“一刀切”问题进行全面排查，及时发现和纠正存在的问题。河北省大气办将组织专项督察，对生态环境保护领域各种形式的形式主义、官僚主义和不担当、不作为行为予以公开曝光，依规依纪予以追责问责。

**新闻链接**

## 十个严禁“一刀切”

严禁民生领域环境管理“一刀切”。对涉及重大民生、扶贫易地搬迁的建设项目和国家、省重点项目，要开通项目审批“绿色通道”；对具有合法手续且能稳定达标排放的餐饮、洗涤、修理等生活服务业，不允许采取限制性停工停业。

严禁清洁取暖措施和燃煤锅炉淘汰“一刀切”。要因地制宜，多措并举，宜电则电、宜气则气、宜煤则煤，加快实施冬季清洁取暖。在不能保证气、电源充足的情况下，不能搞“一刀切”，要确保群众温暖过冬。

严禁机动车限行“一刀切”。河北提出，除重污染天气红色预警期间，原则上不得采取单双号限行措施，要根据车辆排放情况和车型区别对待，对民生保障、执法、新能源汽车等不实施限行措施。

严禁对工业园区和特色产业“一刀切”。对达不到环保要求的工业园区及其企业，要采取“一园一策”“一厂一策”整改措施，不得不分青红皂白一律采取停产整治方式，要分类施策、积极推进整改。

严禁环境准入“一刀切”。河北要求各地实施差别化环境准入政策，合理优化开发布局，控制流域、区域开发强度；对符合要求的项目，优化审批流程，提高服务效率，支持项目落地。

严禁“散乱污”企业整治“一刀切”。要紧紧把握“污”这个核心，深入研判、科学认定“散乱污”企业，坚决禁止将不产生污染的企业列入“散乱污”，坚决反对“以停代治”“以停代管”等敷衍应对做法；不得对具有合法手续且符合环境保护要求的企业采取集中停产整治措施；对手续不全、严重污染环境、不能稳定达标排放、没有治理价值的企业，坚决取缔关停。

严禁建筑施工工程停工“一刀切”。对于依法依规取得施工许可的各类建筑工程项目，在确保污染防治设施与扬尘管控措施到位的情况下，秋冬季可以正常施工。重污染天气应急响应期间，优先保障重点项目和民生工程正常施工等，除土石方工程外，其他工程项目在严格落实环境保护措施的前提下，可不采取停工措施。

严禁错峰生产“一刀切”。河北要求各地要建立秋冬季错峰生产企业清单，对钢铁、焦化、铸造等高污染排放行业，按照排放绩效评价，采取差异化错峰生产；对实现超低排放、工艺技术先进、产品优质高端的“领跑者”企业，不列入错峰生产名单。

严禁重污染天气应急响应“一刀切”。河北要求各地要提前 1～2 天发布重污染天气预警信息，给足企业应急响应准备时间，严禁擅自提高预警级别，扩大预警范围。应急响应期间，对达到超低排放限值的企业或达到“绿色”建材行业排放标准的企业，可采取适度应急减排措施，严禁“一刀切”。

严禁督察执法检查“一刀切”。河北严禁各地对督查交办的问题，不调查、不研究、不治理，而采取“一停了之”“以停代治”等措施；严禁应付督察检查搞“一刀切”，坚决避免集中停工停业停产等简单粗暴行为。

# 河北新修订的环境污染举报奖励办法调动了公众参与积极性 群众举报助环境执法精准有力

时间：2018年9月17日　作者：周迎久 张铭贤 闫兆静
来源：《中国环境报》8版头条

自今年6月1日起，新修订的《河北省环境保护厅环境污染举报奖励办法》（以下简称《奖励办法》）正式施行。新办法将最高举报奖励金额由原来的3 000元提高至50 000元。据了解，新办法施行以来，河北共对13个典型案件进行了奖励，发放奖励资金8万元。

## 提高奖金，拓宽案件举报渠道

“为鼓励更多群众参与到环境监督管理中来，及时向环保部门提供有价值的环境违法线索，严打环境违法行为，省环保厅重新修订了环境污染举报奖励办法。”河北省环境综合执法局常务副局长任立强介绍，大幅提高奖励金额、拓宽举报渠道是新办法的最大亮点。

记者通过对比新旧办法了解到，新《奖励办法》将举报的环境违法行为由17种增加到20种，举报奖励金额也大幅提高。旧办法中，分三种情况分别给予举报人500元、2 000元和3 000元奖励，新办法对应大幅增加至500～5 000元、5 000～10 000元、10 000～50 000元。

“提高奖励金额，旨在提高群众举报环境违法行为的积极性，也体现了严打环境违法行为的决心。”任立强说。

在举报途径上，河北鼓励公众通过来信、来访、电话、微博、微信、官网等渠道，向省环保厅举报全省行政区域内的环境违法行为。

日前，河北省环保厅接到群众来信举报称，河间市卧佛堂镇五分村海祺轮胎有限公司存在废气、废水等污染。

针对举报信内容，沧州市环保局河间市环保分局进行了现场检查。现场检查时，企业未生产，但新增3套生产设备未办理环评审批手续，环保部门对企业进行立案查处。5月9日，河间市环保分局再次核查中发现，企业擅自撕毁封条启用查封设备。5月14日，河间市环保部门依法将案件移交当地公安机关进行处理，并对企业设备进行查封。

一封举报信，使环境违法企业被查处，相关责任人被公安机关处理，震慑了环境违法行为。依据新《奖励办法》，河北省环境综合执法局给予举报人 10 000 元奖励。

这是河北省举报属实获得奖励的一个缩影。河北省环境信访举报中心负责人姚永有介绍说，今年 4—6 月，河北省调查属实的环境举报案件共 532 件，其中，实名举报 181 件，匿名举报 351 件。河北省对实名举报案件进行了回访，并从中筛选出了 13 个典型案件，给予举报人奖励资金共计 8 万元。

## 查证线索，严惩环境违法行为

5 月 16 日，河北省环境信访举报中心接到群众电话举报称，衡水市故城县县医院医疗废水未经处理直接排放。

接到群众举报后，5 月 23 日，衡水市环保局故城县环保分局进行现场检查。执法人员现场检查发现，废水来自故城县医院东南角病房楼，这一病房楼处于使用状态且未安装污水治理设施，废水直接排放到城市污水管网。对此，故城县环保分局责令故城县医院限期立即改正违法行为，并对其立案处罚。目前，涉事单位 31 万元行政处罚罚款已缴纳到位。

群众举报属实，河北省环境综合执法局依据新《奖励办法》，给予举报人 10 000 元奖励。

记者采访中了解到，河北新《奖励办法》按三个档次，分别明确了举报 20 种环境违法行为并查证属实可获得的奖励金额。

其中，举报无证排污、污染防治设施缺失、暗管排污等 8 种环境违法行为，经环保部门查证属实的，可给予举报人 10 000～50 000 元奖励。举报不按规定进行危险废物收集、贮存、转移、处置和排放的，擅自停用、拆除、闲置或污染防治设施不正常运行等 6 种环境违法行为，并查证属实的，可给予给予举报人 5 000～10 000 元奖励。举报露天焚烧秸秆垃圾污染环境的，道路扬尘、建筑施工扬尘污染，料堆料场扬尘污染等 6 种环境违法情形，查证属实的，可给予举报人 500～5 000 元奖励。

环境举报为加强环境执法、严惩各类环境违法行为提供了线索。姚永有介绍说，河北近日兑现奖励的 13 个举报案件，经环保部门现场核查后，对 4 家企业实施行政处罚，处罚金额为 63 万元；责令停产整治两家，依法取缔 6 家，实施查封扣押、移送公安部门 1 家，有力打击了环境违法行为，举报人对查处结果均表示满意。

### 优化程序，方便举报人领取奖金

“奖励金领取程序烦琐的话，会打击公众举报环境违法行为的积极性。为进一步提高环境污染举报奖励工作效率，河北优化了奖励金领取流程。”任立强介绍说，本着简化工作程序，加大奖励力度的原则，制定了《河北省环境保护厅环境污染举报奖励审核及发放程序》，在发放频次上，将每季度发放一次奖励改为随时筛选、随时核实、随时奖励。

在审核流程上，进一步进行精简，对原14人组成的审查小组进行了优化，建立了“由省环境综合执法局主要领导及相关负责人、具体承办人员联合审查机制”，使审查更及时、更高效。经审查无误后，举报奖报河北省环保厅分管领导批准后发放。

结合新《奖励办法》，为方便举报人领取，河北奖励金发放形式也更加灵活。“举报人可依照有关规定直接到财务部门领取，也可以委托他人领取。如果举报人不便当面领取的，在证实举报人身份后，可通过银行转账的方式发放，更加方便了群众。”任立强解释说。

此外，河北《奖励办法》还提出，同一环境污染违法行为有多人举报的，奖励最先举报人；联合举报的，奖励金由举报人自行协商分配。举报环境污染案件被查处后，再次发现环境违法行为的，可以继续举报，再次获得奖励。环境污染举报奖励部门不得泄露举报人个人信息。

## 根据企业污染物排放水平科学制定差别化停限产措施<br>河北秋冬季错峰生产严禁“一刀切”<br>实现超低排放，且工艺技术先进、运输结构合理、<br>产品优质高端的钢铁企业不予错峰生产

时间：2018年9月28日　作者：周迎久　张铭贤　来源：《中国环境报》2版头条

“秋冬季是河北省重污染天气易发、频发的重点时段，最大限度减轻重污染天气危害，河北省高排放的重点行业在秋冬季施行错峰生产。以错峰生产减少的污染物排放量抵消取暖季新增污染物排放量为目标，推动秋冬季空气质量改善。”河北省环保厅相关负责人

介绍说，为实现错峰生产的精细化管理，河北严禁“一刀切”。

9月21日，河北省大气污染防治工作领导小组办公室印发《河北省重点行业秋冬季差异化错峰生产绩效评价指导意见》（以下简称《指导意见》），明确要求各地科学制定差别化的停限产措施，引导企业有序开展深度治理，严禁“一刀切”。

## 错峰生产目标是什么？<br>改善秋冬季空气质量，抵消取暖季新增污染物排放量

为实现错峰生产的精细化管理，河北省明确提出要坚持民生优先、质量导向，坚持因地制宜、分类实施，坚持错峰生产与重污染天气应急响应相结合，根据企业排放绩效水平、装备水平等指标，“一企一策”科学制定差别化的停限产措施。

河北省错峰生产实施范围为石家庄、唐山、邯郸等8个污染传输通道城市和定州、辛集市；列入错峰生产的重点行业分别为钢铁、焦化、铸造、建材、碳素、医药（农药）等6个重点行业，错峰生产时间为采暖期。此外，河北还明确非传输通道城市可结合实际参考制定本地秋冬季减排方案。

严禁“一刀切”，在实施错峰生产中，河北将坚持民生优先，对涉及居民供暖、协同处置城市垃圾或危险废物、扶贫易地搬迁等重大民生保障项目，在保障污染治理设施正常运行、污染物达标排放的前提下，根据承担任务量核定最大允许生产负荷。

## 绩效评价如何开展？<br>评价指标分两类，差异化指标决定企业停限产比例

“河北重点行业差别化错峰生产绩效评价指标分为通用指标和差异化指标。”河北省环境应急与重污染天气预警中心主任王晓利介绍说，通用指标明确了企业无组织排放控制要求，差异化指标重点体现了企业有组织排放的治理水平，是决定企业在错峰生产中停限产比例的关键性指标。

王晓利向记者解释说，通用指标是指各类企业必须达到的基本要求，达不到要求的必须限期整改，整改完成后才能按照绩效指标进行评价，并按规定比例进行错峰生产。

差异化指标是体现各类企业环境治理水平的个性指标，根据能源结构、排放水平、治理水平、产品附加值、运输结构等因素，对企业进行绩效评价，根据评价等级实施差异化错峰生产。

根据绩效评价结果，河北将对六大重点行业企业进行分类管理、实行差异化错峰生产。在限产比例上，河北划出了3个层次。王晓利举例说，比如在钢铁行业，对实现超

低排放，且工艺技术先进、运输结构合理、产品优质高端的钢铁企业，不予错峰生产；对部分生产工序完成超低排放改造、运输结构基本合理、产品中端的钢铁企业，错峰20%～30%；对仅达到现行污染物排放标准、运输结构不合理、产品低端的钢铁企业，错峰 50%～60%。同时，对污染物不能稳定达标排放，未达到排污许可管理要求，不符合现行行业产业政策，或未按期完成 2018—2019 年秋冬季大气污染综合治理改造任务的，全面停产治理。

## 六大行业如何错峰？<br>按行业划分 ABC 三档，A 类企业不予错峰生产

根据《指导意见》，河北按照绩效评价结果，将钢铁、焦化、铸造、建材、碳素等 5 个重点行业内的企业分为 A、B、C 三类，医药（农药）行业企业分为 A、B 两类，对列入 A 类的企业，不予错峰生产。

河北详细规定了 6 个重点行业 A 类企业必须达到的指标。其中，钢铁行业完成超低排放改造并通过验收，铁路运输比例达到 60%及以上，具备二次及以上深加工，生产高端产品的企业列入 A 类；焦化行业完成超低排放改造并通过验收，所有污染物稳定达到规定限值，熄焦方式为干熄焦，铁路运输比例达到 60%及以上的企业列入 A 类；铸造行业 A 类企业，所有工序颗粒物、二氧化硫、氮氧化物排放质量浓度分别不高于 20 毫克/米$^3$、100 毫克/米$^3$、150 毫克/米$^3$，以电或者天然气为燃料的企业无组织排放需具有二次收集处理工艺，能源结构类型不是电或者天然气的需安装烟气排放自动监控设施；碳素行业 A 类企业需完成超低排放改造并通过验收，颗粒物、二氧化硫排放质量浓度分别不高于 10 毫克/米$^3$、35 毫克/米$^3$，新能源汽车或国五及以上标准的汽车运输比例达到100%，物料输送全过程封闭，装料和出料过程具有收集除尘装置；建材行业 A 类企业，以清洁能源为燃料或热源的要实现达标排放，使用其他燃料的，颗粒物、二氧化硫、氮氧化物排放质量浓度分别不高于 10 毫克/米$^3$、30 毫克/米$^3$、100 毫克/米$^3$，新能源汽车或国五及以上标准的汽车运输比例达到 100%；医药（农药）行业 A 类企业，有组织排放口以及无组织排放监控点小时质量浓度值均要稳定达到现行排放标准限值的 50%及以下，全面开展泄漏检测与修复。

在 B 类企业中，钢铁、碳素行业执行 20%的错峰生产管控要求，焦化行业成焦时间延长至 24 小时或 28 小时，铸造、建材行业执行不低于 50%的错峰生产管控要求，医药（农药）行业错峰比例不低于 30%。

《指导意见》中明确提出，对除医药（农药）行业外的其他 5 个重点行业中属于《产

业结构调整指导目录》限制类的企业，直接列入C类，执行最严的错峰生产管控要求，其中钢铁、碳素行业执行不低于50%的限产比例，焦化行业成焦时间延长至36小时，铸造、建材行业全部停产。

“河北将在秋冬季大气污染综合防治攻坚战中，持续开展错峰生产专项督查，对发现错峰生产落实不到位的实行挂账督办，限期整改，对存在环境违法问题的依法依规处罚。”河北省环保厅相关负责人表示，决不允许借中央、省级环保督察、专项督察、执法检查等名义采取一律停工停业停产的敷衍整改、机械整改、表面整改等做法。

# 河北推进河湖长制落地生根，促使各单位治河同向发力 河长不空设　成效看得到

时间：2018年10月11日　作者：张铭贤　来源：《中国环境报》5版头条

“必须严格落实县、乡、村级河长巡河制度，提高巡河质量，全面排查清理河流及两侧垃圾。”河北省沧州市级河长张国栋前不久实地察看并再次调度捷地减河环境整治进展。

这是沧州市坚持责任导向、问题导向全面推进河湖长制的一个缩影。截至目前，沧州市共落实市县乡三级河长1 890人，三级河长巡河6 213人（次），河湖清理进度达80%。

推进河湖长制落地生根，依法保护河湖生态环境，河北省在全国率先将河湖长制写入地方水污染防治条例，并实施严格考核。要求各级河湖长按时巡河巡湖，集中力量全面开展河湖清理行动。同时，呼吁各职能部门同向发力，推进重点河流水质向好转变。

## 河湖长制入法并实施考核

新修订的《河北省水污染防治条例》于2018年9月1日起施行。这是《中华人民共和国水污染防治法》实施后，全国首部进行修订的水污染防治地方性法规，也是河北省史上最严的水污染防治法规。其中，河湖长制首次入法是新条例的一大亮点。

“河长制、湖长制是河湖管理工作的一项制度创新。”河北省人大常委会法工委法规一处处长蒋育良介绍，河北在条例修订中，将河长制、湖长制写入其中，让地方领导担任河湖长，有利于解决以往各涉水部门难以形成合力的弊端，有利于强化党政领导对水

污染防治的责任。

据了解，河北境内河流分属海河、内陆河、辽河三大流域，流域面积 50 千米$^2$ 以下的河流有 3 000 多条，总长度近两万千米；境内有白洋淀、衡水湖等 35 个湖泊，其中 29 个为坝上高原湖淖。全省水污染防治、水环境治理和水生态保护工作任务艰巨。

建立河长制、湖长制，依法保护治理河湖生态环境，《河北省水污染防治条例》第六条明确规定，省、市、县（市、区）、乡（镇）建立河长制、湖长制，分级分段分区组织领导本行政区域内河流、湖泊的水资源保护、水域岸线管理、水污染防治、水环境治理、水生态修复等工作。

河北省水利厅厅长位铁强介绍说，目前河北已建立起了河湖全覆盖的河长组织体系，省、市、县乡全部设立了由党政“一把手”担任的双总河长。省级选择了七大主要河系的 11 条主要河流和白洋淀、衡水湖两个重点湖泊，设立了省级河长、湖长，分别由河北省委、省政府领导同志担任。全省河湖分级分段分片设立省、市、县、乡四级河长 15 350 名，四级河长名单通过媒体全部向社会公告，并竖立 4.1 万块河长信息公示牌，接受社会监督。

不仅实行河湖长制，而且要对河湖长的履职尽责情况进行监督考核。《河北省水污染防治条例》还明确规定，县级及以上河长、湖长负责组织对相应河湖下一级河长、湖长实施考核。

位铁强也表示，目前，河北正在研究制定 2018 年度河长制考核方案，考核内容将重点突出河长制落实情况，推动“设河长、见河长”向“见行动、见成效”转变。

## 首场战役聚焦河湖垃圾清理

河湖长制能否推动河湖生态环境改善，仅有组织体系还远远不够。6 月 12 日，中央环境保护督察组在河北督察发现，大沙河定州段、新乐段河堤堆满了生活垃圾、固体废物等。

紧盯问题整改，6 月 14 日河北省政府办公厅印发《关于加快推进河湖全面清理整治工作的通知》，要求各级河湖长尽快深入一线巡河巡湖，加快推进河湖清理整治工作。

6 月 28 日，河北省委书记王东峰冒着炎炎烈日和近 40℃的高温，查看大沙河整改进展，并强调各级河湖长要认真履职尽责。

截至 6 月底，河北省大沙河定州段、新乐段垃圾已全部清理完毕，河道修复及两岸绿化正积极推进中。此外，河北还对定州市、新乐市河长制办公室相关负责人和乡级河长等 19 名相关责任人进行了追责问责。

不仅要健全河湖长制组织机构，更要推动各级河湖长履职尽责，大沙河河道垃圾污染事件成为河北完善河湖长制的新起点。

“要加快清除历史遗留垃圾，清理干净后要加快安装防护网，防止新的倾倒产生。”8 月 6 日下午，石家庄市县级河长、赵县政府副县长常志欣带队巡查了辖区河段，并就发现的问题提出了整改要求。

像这样的巡河，常志欣几乎每个月都要组织一次。

他介绍说，赵县在全面落实河长制、加密河长巡河的“人防”基础上，还创造性地开展工作，增加了技术防控手段。“我们计划投资 430 万元在汪洋沟、洨河两岸全部安装两米高的防护网，防止垃圾倾倒，这一工程正全力推进中；此外，赵县还投资 310 万元，对辖区河流安装了 91 个摄像头，监控偷排偷放行为。”

以全面实行河长制为抓手，集中力量全面开展河湖清理行动，河北省、市、县、乡各级河长积极开展巡河踏察行动，全面排查整治沿河、沿湖垃圾污染，开展清除垃圾、清理违障、清洁水质“三清”行动。

截至目前，河北省共清理河湖垃圾 1 506 万米$^3$，清理非法入河排污口 831 个，清理涉河违障违建 963 处，整治非法采砂 148 处，回填 189 万米$^3$。

## 各职能部门治水协同发力

事实上，加强河湖管理保护、推进河长制落实绝非河长或湖长一人之事。

“实行河湖长制在省级层面涉及水利、环保、住建、农业、国土、交通、公安、林业等 26 个责任单位，落实河湖长制既要河长、湖长有效履行职责，也要相关部门协同发力。”河北省人民检察院党组成员、副检察长高树勇介绍说。

近日发布的《关于协同推进全省河湖长制工作的意见》，要求充分发挥监察机关的法律监督职能和河湖长制办公室的统筹协调作用，形成推进工作落实的合力，促进各责任单位依法全面履职尽责，助推全省水污染防治、水环境改善和水生态修复等各项工作扎实推进。

多部门协同推进，河北重点河流水质正在向好转变。滹沱河是石家庄市的母亲河，由于收纳了沿线县市区的污水，一度使河流水质恶化到劣Ⅴ类。

随着河长制的落实，滹沱河设立河长 613 名，建立起了省、市、县乡村五级河长组织体系，各级河长履职尽责，水利、环保、公安等相关部门联合开展了打击河道非法采砂行动、碧水行动、清除沿河垃圾等一系列专项执法监管行动。

滹沱河实现了从“没人管”到“有人管”、从“多头管”到“统一管”、从“管不住”到“管得住”的转变，生态系统逐步恢复，环境质量不断改善。滹沱河石家庄市南水北调总干渠至太行大街段经过综合治理，形成了 16 千米的生态景观带，受到了群众的好评。

滹沱河是河长制推动河流水质变化的一个缩影。监测数据显示，今年 1—8 月，河北省 74 个地表水国家考核断面中，达到或优于Ⅲ类（优良）断面个数为 33 个，占断面总数的 44.6%，比去年同期增加 6.8 个百分点；劣Ⅴ类断面个数为 18 个，占断面总数的 24.3%，比 2017 年同期下降 13.5 个百分点，优于年度目标 10.8 个百分点。

## 河北全面“体检”白洋淀流域涉水企业
## 排查涉水企业（点位）3 383 家，查处并督促整改问题 1 392 个

时间：2018 年 10 月 15 日　作者：周迎久 张铭贤　来源：《中国环境报》8 版头条

为推进白洋淀流域污染治理，打击涉水环境违法行为，确保雄安新区生态环境不断改善，河北省环保厅不久前组织开展了白洋淀及上游流域生态环境大排查大整治专项执法检查行动。

据悉，这是河北省首次对白洋淀及上游周边区域涉水企业开展系统性全面排查，共检查涉水企业（点位）3 383 家，城镇和工业聚集区污水处理厂 89 家，入淀河道点位 276 个，查处并督促整改各类环境问题 1 392 个。

### 执法、监测协同排查城镇污水处理厂

“城镇污水处理厂是影响白洋淀流域水环境质量的固定污染源，为了摸清流域内污水处理厂排放情况，省环保厅决定对流域内所有污水处理厂进行执法监测。这是河北省今年以来最大规模的监测、执法协同作战。”河北省环境监测中心主任赵乐介绍说，“此次执法监测中，河北分两批次集中开展采样监测，一是具备远程执法留样系统的污水处理厂，由执法部门按照时间节点统一留样并将样品送至监测中心分析监测；二是不具备远程留样的污水处理厂，由我们监测中心组织采样分析，此类污水处理厂共 35 家。”

为确保人工采样集中、高效，避免人为干扰采样结果，8 月 11 日，河北省环境监测中心利用休息日，组织 6 组监测人员分赴 35 个污水处理厂进行现场采样。

“由于当日河北中南部出现暴雨天气，给现场采样带来了挑战。”赵乐介绍说，最后一组监测人员返回实验室交接水样时已是第二天的凌晨 1 点。收到水样后，实验室的监

测人员连夜进行水质分析。在此次大排查中，河北环境监测中心共分析水样 216 个，出具有效监测数据 356 份，为环境执法提供了数据支撑。

记者从监测报告中看到，任丘市洁杰环保工程有限公司排水存在总氮、总磷超标问题，顺平县清源污水处理有限公司（二期）排水总氮超标，保定市百思特环境工程技术有限公司安国分公司排水总氮超标……

## 现场检查 89 家污水处理厂，省级立案查处 29 家

“监测报告显示，89 家污水处理厂中有 29 家存在超标排放环境违法问题，占全部污水处理厂的三成以上，问题十分突出。”河北省环境综合执法局常务副局长任立强介绍说，对 29 家超标排放的污水处理厂，河北省全部采取了省级立案直查直处，加大处罚力度。

在采样监测的同时，河北省环境综合执法局还组织执法人员对 89 家污水处理厂逐一开展了现场检查，共发现各类环境问题 232 个，全部污水处理厂均不同程度存在环境问题。

现场检查时，蠡县北郭丹污水处理有限公司正在运行，未依法取得排污许可证排放水污染物，未按环评文件配套建设 2.5 千米污水管网，未进行竣工环保验收；曲阳县大通污水处理有限公司多处工序擅自改变处理工艺流程，造成出水超标；定兴县定兴镇污水处理厂自动监测设备未正常运行。

河北省检查 89 家污水处理厂发现的 232 个问题，除 29 个超标排放外，污染防治设施缺失或不正常运行问题 51 个、在线设施及数据异常问题 21 个、固体废物/危险废物管理问题 52 个、入河排污口不规范问题 11 个、批建不符问题 4 个、无证排污问题 3 个、私设暗管问题 1 个，其他问题 60 个。

“在重点检查污水处理厂的同时，河北还以污水处理厂为重点定点辐射，向上追溯到涉水企业，向下对入河排污口规范设置等开展了全面检查。”任立强向记者介绍说，大排查期间，涉及雄安新区、保定、沧州、廊坊等 7 个市区的 37 个县级环境管理部门与省级 12 个执法检查组同步开展了现场检查。

大排查行动是河北首次对白洋淀及上游周边区域涉水企业的系统性全面排查，共检查涉水企业（点位）3 383 家，查处并督促整改各类环境问题 1 392 个，其中，省级执法检查组直接检查发现各类涉水环境问题 864 个，污水处理厂违法排污、涉水散乱污企业污染问题以及黑臭水体整治不到位等问题较为突出。

## 借助科技手段，精准定位问题

为彻底排查黑臭水体、纳污坑塘等问题，河北首次利用无人机飞检配合现场执法检查，使执法模式更加立体化，检查范围得到有效拓展。

据统计，大排查行动期间，河北利用无人机飞检发现纳污坑塘整治不到位、河道垃圾及固体废物污染、入河排污口整治不到位、黑臭水体整治不到位等各类环境问题278个。

“为减轻人工采样监测分析的劳动强度，河北还充分发挥远程执法系统作用，在行动期间，利用污染源远程执法抽查智能仪，组织开展了两次远程执法抽查‘零点行动’，远程留取水样进行分析监测，与人工采样监测实现了无缝对接。”任立强介绍说，此外，河北在此次大排查中，还全面推广了移动执法App的使用。河北要求执法人员现场执法时，必须第一时间利用河北省环保厅研发的环保移动执法系统，通过App上传企业基本情况，以此监督执法工作开展，确保执法效果。

白洋淀流域涉水企业大排查行动，为河北加强涉水企业环境监管提供了经验借鉴。

9月1日起，新修订的《河北省水污染防治条例》正式施行。为推动条例落实，加强水环境监管，自9月10日起，河北省启动了为期一个半月的覆盖全省的水环境执法检查专项行动。专项行动期间，河北要对所有涉水污染源进行全面排查，尤其对城镇污水处理厂、重点涉水企业、入河排污口、工业园区集中污水处理设施等进行严查，对检查中发现的涉嫌超标排污、违法排污等问题，充分运用按日连续处罚、限制生产、停产整治、查封扣押、移交司法等措施，严厉打击涉水环境违法行为，并及时向社会公开。

# 环境监管下沉一级　环境违法看得见管得了<br>河北实现乡镇街道环保所全覆盖

时间：2018年10月31日　作者：周迎久 张铭贤　来源：《中国环境报》1版头条

“乡镇是环境监管的最前沿，以前乡镇对环境违法行为是‘看得见管不了’，只能通报县里，等县里执法人员到了现场，违法行为可能已经不存在了。现在通过设立乡镇环保所，有专职工作人员开展日常巡查、检查，发现环境违法行为后，可现场制止并责令改正，及时取证协助县级环保部门查处，实现了环境违法行为‘看得见管得了’的转变。”河北省衡水市环保局武邑县环保分局局长宋爱勇对设立环保所带来的改变深有感触。

“河北进一步深化生态环境管理体制改革，在全省所有乡镇设立基层环保所。截至7月底，河北省191个县（市、区）的2 293个乡（镇、街道）均已完成环保所挂牌，成为全国首个实现乡（镇、街道）环保所全覆盖的省份。”河北省环保厅相关负责人介绍说，这些环保所运行3个多月以来，不仅充实基层生态环境监管机构和队伍，还提升了农村环境治理水平，消除了监管的盲区盲点。

河北通过设立基层环保所，实现了“三加强一完善两提升”，即加强了基层环保机构建设，完善了生态环境管理体制；加强了环保队伍建设，提升了生态环境监管能力；加强了能力保障建设，提升了生态环境治理水平。

## 解决“看得见管不了，管得了看不见”的尴尬

据介绍，原来镇政府没有专门负责环保的工作人员，接到上级的各种环保任务后，多数时候是临时组织人员开展工作，由于缺乏专门的机构和专业的素养，环保工作推进效率很低。

衡水市武邑县武邑镇是一个家具加工产业聚集的乡镇，辖区116个行政村，有家具加工企业1 000余家，由于环境管理粗放，涉及“散乱污”企业污染问题较为集中。

“扭转这一局面，加强基层环境监管，2017年年底，武邑镇率先成立了环保所，充实了专职工作人员，设立了单独办公室、办公电话及传真，通过定编、定岗、定责，进一步明确了环保所工作制度、工作人员的职责分工。”宋爱勇向记者介绍说，基层环保所的设立，使县里的生态环境监管多了“一双眼”、多了“一双腿”。环保所配合县环保分局开展环境执法工作，对辖区内工业企业开展日常监督巡查，使环境问题发现得更及时、处置得更高效。

9月13日，邢台市邢台县晏家屯镇环保所对辖区内一家沿街从事电气焊的作坊经营者下达了整改通知单，并清楚载明了企业的问题事项，通知单还注明了企业的整改期限。

“像这样的电气焊小作坊、废品回收站、没有加装油烟净化设备的餐饮企业等，县环保分局由于执法人员有限，很难掌握底数并及时排查处理，而乡镇环保所则可以发挥地域熟、人员多的优势，快速处置。”晏家屯镇环保所副所长关杰介绍说。

随着环保所的设立，河北省生态环境监管实现了“下沉一级”。过去环境问题，“看得见的人管不了，管得了的人看不见”的尴尬局面正在改观，尤其是在中小企业规范管

理、“散乱污”企业整治中，基层环保所发挥了重要的推动作用。

在挂牌运行基础上，河北进一步明确环保所工作职能，除了配合县级环保机构开展环境执法以外，环保所还负责辖区大气、水、土壤及其他环境污染防治工作，自然生态保护工作，生态环境保护有关协调工作，村（社区）网格化生态环境监管体系建设工作，受理涉及生态环境保护的信访工作等。

在管理上，目前，河北省绝大部分乡镇环保所属于乡镇政府的职能部门，日常工作由乡镇政府统一管理，接受县级环保部门的业务指导。

## 基层治理水平提升，乡镇环境质量改善步伐加快

在晏家屯镇环保所，记者翻开环保所的工作台账看到，每天的巡查工作都配有打印照片，何时何地发现何种环境违法行为、如何处置等信息一目了然。

没有取证设备、没有监测设备，就好比一个战士没有“枪”。“为了让环保所更好地发挥作用，武邑县在设立环保所的同时，强化了能力保障，环保所工作人员均配备了台式电脑、数码照相机、执法记录仪，每两人配备一台笔记本电脑、一台便携式打印机、一台数码摄像机。另外，每个环保所配备大气、水环境简易检测设备各一套，执法箱一个，方便巡查取证。”宋爱勇介绍说，为了便于业务沟通，武邑县环保分局还为各环保所安装了视频通讯会议系统。

为使基层环保工作人员尽快适应新岗位，提升工作能力，环保所设立后，河北各地积极开展多种形式的培训、交流活动，提升环保所工作能力：石家庄、邯郸、秦皇岛等市积极开展全覆盖业务培训，邢台等市在干中学、组织开展了乡乡互查行动，衡水、廊坊等地通过建立“工作微信群”畅通业务交流渠道，实现了信息共享……

“现在武邑县 10 个乡镇均设立了环保所，在配备 36 名工作人员的同时，还在 524 个行政村配备了 524 名村级网格员，‘环保所+网格员’模式扩大了基层环保队伍，实现了农村环境监管的全覆盖。环保所运行以来，最明显的变化是，各类环保检查、督察中发现的环境问题越来越少了。”宋爱勇介绍说，6 月 11 日生态环境部蓝天保卫战强化监督开展以来，至 9 月 30 日，监督检查组在武邑县发现的环境问题只有十几个，且集中在扬尘污染治理方面，未发现涉及“散乱污”企业污染的问题。

“河北通过设立环保所，为基层环保配备了专职或兼职工作人员 1.1 万余名，进一步充实了环保队伍，通过业务培训全覆盖，进一步提升了环境监管能力，为打好打胜污染防治攻坚战夯实了基础，增添了动力。”河北省环保厅人事与离退休干部处处长陈建英介绍。

环保所能力建设的加强，带动了基层生态环境治理水平的提升，乡镇环境质量改善的步伐加快。

今年4月底，石家庄市实现了261个乡镇、17个园区环保所全覆盖。环保所设立后，通过积极开展工作，加强了环境监管，有效推动了空气质量的改善。从石家庄市乡镇监测数据看，$PM_{10}$、$PM_{2.5}$、二氧化硫、氮氧化物四项监测指标月均质量浓度自4月以来，呈现了逐月下降趋势。

# 河北秋冬季九大攻坚行动保卫蓝天 入秋后首次污染过程实现削峰缩时，攻坚期开展五轮专项执法和督察

时间：2018年10月31日　作者：周迎久 张铭贤　来源：《中国环境报》8版头条

10月18日，河北省发布今年入秋以来首个重污染天气区域橙色预警，省内8个污染传输通道城市于19日18时至22日24时，启动重污染天气Ⅱ级应急响应。

10月23日，预警解除。从监测数据看，本轮污染过程污染物累积速度明显放缓，污染程度减轻，污染时长缩短。河北省环境应急与重污染天气预警中心高级工程师王晓利分析认为，污染过程实现削峰缩时，一方面得益于正在实施的秋冬季大气污染综合治理攻坚行动，另一方面得益于各市提前采取了应急减排措施，区域联防联控有效减少了污染物排放。

河北省环保厅相关负责人介绍说，为确保今年秋冬季空气质量好于往年，按照河北省委、省政府部署，自10月1日起，全省启动了散煤整治、去产能和退城搬迁等九大攻坚行动。10月10日，河北省首轮秋冬季大气环境质量执法检查启动，保持严查严处严管的高压态势，推动空气质量持续改善。

## 首次污染过程实现削峰缩时

今年入秋以来，河北省出现了两次污染过程。

“首次污染过程为10月14—16日，根据预测结果未到达发布预警程度，根据实际监测结果，全省各市只有石家庄市连续两天达到重度污染。”王晓利介绍说，与往年首次污

染过程相比较，可以明显看出，今年河北省的首次污染过程明显要来的晚一些，2017 年入秋后首次污染天气过程出现在“十一”期间，2016 年则出现在 9 月底。

10 月 19 日后，河北省中南部受高湿逆温和偏南风影响，再次出现污染天气过程。由于预测区域内可能有 3 个以上城市出现重度污染，10 月 18 日，河北省发布了今年入秋以来首个重污染天气区域橙色预警，启动Ⅱ级应急响应。

应急响应期间，全省各相关城市采取了强制性减排措施，对钢铁、焦化、铸造、碳素、建材、医药（农药）等高排放行业采取采暖季差异化错峰生产，对一般产能过剩的行业企业采取轮流停产方式，减少污染排放；同时，实施停止室外喷涂、粉刷、切割、护坡喷浆作业等管控措施，全社会二氧化硫、氮氧化物、颗粒物减排比例达到 20%以上，挥发性有机物减排达到 15%。

“从实际效果看，这些应急减排措施，减缓了污染物累积速度，缩短了污染时间。”王晓利介绍说，在这轮污染过程中，从 10 月 19 日污染物开始累积到 21 日污染达到峰值，全省只有保定市部分时段达到重度污染，各城市日均质量浓度均未达到重度污染，污染峰值当日，廊坊、保定、唐山、秦皇岛 4 市为中度污染，其余城市以良好和轻度污染为主；22 日，全省空气质量由北向南逐渐改善，各城市以良到轻度污染为主，污染过程结束。

入秋以来这两次污染过程的变化表明，河北省实行的一系列污染减排措施正在发挥作用，污染物排放量减少，污染积累速度放缓，污染程度减轻。

## 九大攻坚行动减少污染排放

一手抓重污染天气应对，一手抓秋冬季攻坚，按照《河北省 2018—2019 年秋冬季大气污染综合治理攻坚行动方案》（以下简称《攻坚行动方案》）要求，河北正组织实施九大攻坚行动，积极推进秋冬季空气质量改善。九大攻坚行动分别为：

散煤整治专项行动。加大燃煤锅炉淘汰力度，10 月底前，基本完成 65 蒸吨及以上燃煤锅炉超低排放改造，12 月底前，传输通道城市基本淘汰 35 蒸吨以下燃煤锅炉。

去产能和退城搬迁专项行动。加快重污染企业退城搬迁，年底前，退出钢铁产能 1 200 万吨，全部出清钢铁“僵尸企业”，分别压减退出水泥、平板玻璃、煤炭、焦炭产能 300 万吨、800 万重量箱、1 217 万吨、500 万吨。

“散乱污”企业清理整治专项行动。建立“散乱污”企业动态管理机制，杜绝“散乱污”项目建设和已取缔的“散乱污”企业异地转移、死灰复燃。

工业企业污染深度治理专项行动。有序推进钢铁、焦化行业超低排放改造，试点开展城市主城区及环境空气敏感区燃煤电厂有色烟羽治理。实施工业企业无组织排放治理。

扬尘污染综合治理专项行动。10月底前，各城市建立施工工地动态管理清单，建筑工地要做到“六个百分之百”，完成171处责任主体灭失矿山迹地综合治理。

柴油货车和非道路移动机械污染治理专项行动。加大路查路检力度，建立环保监测、公安处罚、交通运输部门的联合监管常态化工作机制。10月底前，建立城市专项作业车治理机制和非道路移动机械使用备案制，年底前，各污染传输通道城市要划定并公布低排放控制区。

严厉打击黑加油站（点）和油品监管专项行动。开展黑加油站（点）排查整治，对问题站点建立清单，挂号销账。明年1月1日起，全省停止销售低于国六标准的汽油、柴油。

工业炉窑污染治理专项行动。实施工业炉窑深度治理，全面淘汰环保工艺简易、治污效果差的脱硫设施。

挥发性有机物（VOCs）综合治理专项行动。年底前完成重点行业VOCs综合整治和提标改造，并安装在线监测和超标报警装置。未完成治理的企业依法实施停产整治，纳入错峰生产方案。

通过九大攻坚行动，力争今年秋冬季全省$PM_{2.5}$平均质量浓度同比下降3%左右，重度及以上污染天数同比减少3%左右。

## 五轮执法检查保持治气高压

“进一步压实企业治污责任，确保错峰生产和各项应急减排措施落实到位，10月10日起，为期20天的河北省2018—2019年秋冬季第一轮大气环境执法专项行动正式启动。”河北省环境综合执法局常务副局长任立强介绍说，专项行动期间，河北从全省环保系统抽调了1 200名骨干，采取混合编组，成立了168个执法组、8个监测组和3个无人机飞检组，全方位、多角度开展执法检查，严厉打击涉气环境违法行为。

执法中紧盯大案要案。10月12日，检查发现，沧州市中国石油化工股份有限公司沧州分公司油泥浮渣脱水车间废气收集处理装置收集能力不足，异味污染严重。

10月13日，检查发现，秦皇岛浅野水泥有限公司取煤转运站皮带通廊集气罩多处破损，污染防治设施缺失；转运站东侧落料棚未密闭，棚内未按要求设置喷淋及其他抑尘设施，粉尘无组织排放。

10月14日，检查发现，辛集市石家庄鸿欣橡胶制品有限公司沾胶工序异味污染严重，废气未经收集处理无组织排放。

10 月 10—20 日，河北省、市两级执法组已检查企业 4 935 家，发现问题企业 1 046 家，涉及各类环境违法问题 1 260 个。

记者从检查发现的问题看，化工、印刷、塑料橡胶等行业企业涉 VOCs 排放工序普遍存在薄弱环节；铸造、陶瓷行业粉尘无组织排放管理问题多发。任立强表示，下一步将及时调整执法重点，将涉气环境问题易发多发的企业作为近日执法检查的重点，有针对性地开展现场执法检查。

督促各级党委、政府将各项攻坚措施落实到位。自 10 月起至 2019 年 3 月，河北省大气污染综合治理工作领导小组办公室还将聚焦秋冬季突出问题和薄弱环节，组织开展 5 轮（次）大气环境专项督察，每轮（次）不少于 15 天。对专项督察发现的问题，及时交办当地政府，并对整改情况进行实时动态更新和办结销号管理。同时，对大气污染治理措施落实不力、空气质量恶化、问题突出的地方和部门，开展机动式、解剖式督察，提出督察建议，对屡查屡犯、长期得不到整改等较为突出的问题，严格按照有关规定提出问责建议。

在开展五轮次专项执法和专项督察行动外，河北《攻坚行动方案》还强化了其他八项保障措施，分别为加强组织领导、完善监测监控体系、实施量化问责、严格考核排名、加大政策支持力度、全力做好气源电源供应保障、加强宣传教育、强化信息公开。通过这些措施，凝聚各地各部门治污攻坚合力，全力改善环境空气质量。

## 未采取措施被处罚且拒不改正者可按日计罚
## 河北扬尘污染防治凸显刚性
## 闲置土地的裸露地面由土地使用权人负责

时间：2018 年 11 月 1 日　作者：周迎久 张铭贤　来源：《中国环境报》8 版头条

随着河北省大气污染防治工作的不断深化，扬尘污染问题逐步凸显。为切实解决扬尘污染防治问题，河北省第十三届人大常委会第六次会议审议通过了《河北省人民代表大会常务委员会关于加强扬尘污染防治的决定》（以下简称《决定》），进一步明确和规范相关事项，遏制扬尘污染。据悉，这一《决定》将于 11 月 1 日起施行。

## 扬尘污染问题逐步凸显

“从今年河北省人大常委会大气污染综合防治联动监督检查看，检查组共发现 57 个大气污染防治问题，其中扬尘污染问题 35 个，占比 61%，主要表现为施工场地管理不到位，城乡环境管理不够精细，道路扬尘严重等。”河北省人民代表大会城乡建设和环境资源工作委员会主任杨智明介绍说。

从全省降尘监测情况看，扬尘污染防治形势不容乐观。来自河北省环保厅 9 月的降尘监测显示，全省仍有部分县（市、区）降尘量超标。全省 13 个市和雄安新区降尘量平均值为 6.2 吨/（千米$^2$·月），张家口、唐山和定州市降尘量大于 9 吨/（千米$^2$·月）的考核指标，3 个市分别超标 40%、36.66%、15.55%；全省 168 个县（市、区）中有 20 个县（市、区）超过考核标准，占 11.9%，其中张家口市桥西区、滦南县、迁安市 3 个县（市、区）降尘量最大，分别超标 74.44%、68.88%、56.66%。

“切实解决扬尘污染防治问题，河北省人大城建环资委组织开展了立法调研和《决定》起草相关工作。”杨智明介绍说，《决定》起草过程中，河北省人大组织有关专家专门就建筑施工扬尘、道路扬尘、矿山扬尘、码头扬尘等问题到石家庄、保定、衡水等地调研，并反复征求意见进行修改，最终形成《决定》。

## 重点防治施工扬尘污染

河北省住建厅厅长康彦民介绍说，“建设施工是扬尘污染防治的重点领域。目前河北在施工扬尘治理中，仍然存在市政工程管理比较粗放，主体工程后期外场作业阶段管理相对较弱，县和乡镇管理相对较差，小企业、零散工地管理随意性强等问题。”

强化施工扬尘防治，厘定建设、施工、运输、监理等各方责任，成了关键环节。《决定》用了两条的篇幅分别就建设单位的主体责任，施工、运输、监理等单位责任进行了明确。

《决定》第九条规定，“建设单位承担建设工程扬尘污染防治责任，负责建设工程的扬尘污染防治管理工作。建设工程扬尘污染防治费用应当列入工程预算，足额拨付，专款专用。建设单位提交的环境影响评价文件应当包括扬尘污染防治措施”。

《决定》第十条规定，“参与工程建设的施工单位、运输单位应当建立扬尘污染防治责任制，制订施工、运输扬尘污染防治实施方案，采取有效防治措施。监理单位应当将扬尘污染防治纳入工程监理范围，发现未按要求防治扬尘的，应当要求其立即改正，并及时报告建设单位和有关主管部门”。

在明确各方责任的同时，《决定》还对施工扬尘污染防治应采取的措施提出了明确要求，并按照施工要求、建筑垃圾处置、道路运输、物料堆放等 4 个环节做了详细规定。例如，在“施工要求”一条中，《规定》细化为七项具体防控要求，包括施工现场及周边硬化、出入口清洗、现场搅拌降尘措施、工地料堆料场抑尘、责任制及举报等。此外，还要求实施信息公示、视频和在线监测设施安装、高空作业及装修装饰等其他扬尘污染防治措施等。

## 裸露土地扬尘有了责任人

“裸露土地由于数量多、分布散，一直是河北省扬尘污染防治工作中的难点问题。”杨智明介绍说，针对这一难点，河北省人大在调研基础上，分别就各种情况下的裸露土地防治扬尘污染责任主体进行了明确，同时对暂不开发的裸露土地防尘措施提出了要求。

记者从《决定》第十五条看到，市政河道以及沿线、公共用地的裸露地面和其他城镇裸露地面，应当采取扬尘污染防治措施。其中，单位范围内的，由所在单位负责；城镇居住区内的，由物业服务企业负责，没有物业服务企业的，由其管理单位或者所在地乡（镇）人民政府、街道办事处负责；市政道路、公共绿地、河道范围内的，由产权管理单位负责；储备土地的，由土地储备管理机构负责；空闲土地的，由土地使用权人负责；其他区域的，由所在地乡（镇）人民政府、街道办事处负责。

《决定》第十五条同时规定，暂时不能开工的建设用地，应当对裸露地面进行覆盖；超过三个月的，应当采取绿化、铺装等防尘措施。各级人民政府应当积极推动对农村荒地的治理，规范农业生产、农村建设行为，防治扬尘污染。

此外，针对河北省原料码头和露天矿山较多，作业面较大，尘状物料多，极易产生扬尘污染的现状，《条例》对码头的区域划分、物料堆放、装卸作业、出厂车辆等做出了具体规定；对矿山资源开采、加工的作业设备、区域道路、运输车辆、物料堆场、矿山恢复等提出了七个方面的具体要求。

## 建立施工“黑名单”制度

“《决定》增强了扬尘污染防治的‘刚性’。” 河北省人大常委会城建环资工委副主任高增勇向记者介绍说，《决定》既明确了责任，细化了任务，又提出了很多创新性的监管措施，明确了严格的法律责任。例如在强化执法监管上，《决定》提出要建立日常巡查制度，开展联合执法检查，健全信用管理制度，建立建设施工“黑名单”制度等。

“在法律责任方面，《决定》对涉及扬尘污染防治的法律责任进行了延伸和细化。”高增勇介绍说，比如增加了按日计罚有关规定。《决定》第三十一条规定，建设施工，矿产资源开采、加工，物料堆放未依法采取扬尘污染防治措施，受到罚款处罚被责令改正，拒不改正的，可自责令改正之日的次日起，按照原处罚数额按日连续处罚。

记者在《决定》中看到，针对重点扬尘污染源单位在线监测设施以及运行情况应当承担的法律责任中，处罚额度可高达二十万元。此外，《决定》还细化了未采取扬尘污染防治措施的行为应当承担的法律责任。其中在建设施工、矿产资源开采和加工、物料堆放、码头作业未依法采取有效措施防治扬尘污染的，责令改正，处一万元以上三万元以下罚款；情节较重的，处三万元以上十万元以下罚款。对不能达标排放的，由监督管理部门责令改正，处一万元以上三万元以下罚款；情节较重的，处三万元以上十万元以下罚款；拒不改正的，责令其停工整治。

康彦民表示，《决定》的出台为扬尘污染防止工作提档升级提供了法治保障。河北省各级建设主管部门将严格执行《决定》，强化督查检查和暗查暗访，加大执法力度，对发现的扬尘污染问题依法予以处罚，造成严重污染的单位列入不良行为记录，一年内两次受到行政处罚的，停止企业投标资格。

## 河北秋冬季首轮大气环境执法专项行动紧盯问题整改<br>2 000 多问题整改已超七成

时间：2018 年 11 月 15 日　作者：周迎久 张铭贤　来源：《中国环境报》6 版头条

为打好秋冬季大气污染防治攻坚战，10 月 10—30 日，河北省开展了 2018—2019 年秋冬季第一轮大气环境执法专项行动，严厉打击涉气环境违法行为。

专项行动期间，河北共检查企业 9 838 家，发现存在问题企业 1 918 家，涉及各类涉气环境问题 2 272 个。其中，依法取缔关停违法企业 16 家，停产限产违法企业 155 家，移送公安机关追究责任 7 人。

紧盯问题整改，河北省建立起了现场移交、文件督办、电子督办 3 种督办整改机制，截至 11 月 11 日，交办各地的 2 272 个环境问题已完成整改 1 668 个，整改完成率达 73.4%。

## 1. 创新执法方式
## 充分利用高科技提升执法效能

河北在今年秋冬季首轮大气环境执法专项行动中，借鉴去年的成功经验，坚持全省“一盘棋”作战，统筹省、市、县三级环境执法力量，抽调 1 200 名骨干人员混合编组，成立 168 个执法组，包括 39 个省级巡回执法组和 129 个市级交叉执法组，在全省开展集中执法行动。

“与往年不同的是，今年我们充分利用现有的技术装备，增加了监测人员力量、技术力量，创新了执法形式，提升了执法效能。”河北省生态环境厅有关负责人介绍说，首轮执法专项行动中，河北还组建了 8 个监测组和 3 个无人机飞检组，实现了交叉执法与巡回执法相结合、现场排查与无人机飞检相结合、远程执法监测与手工采样监测相结合的创新，提升执法效能。

记者采访中了解到，在为期 20 天的首轮执法专项行动中，8 个监测组又分成了 6 个常规大气污染物监测组、两个 VOCs 监测组跟组开展执法监测工作。监测组的成立为固定证据，查处企业超标排放提供了依据。

据统计，8 个监测组共对 286 家废气排放企业进行了采样监测，精准锁定保定天泽林板业有限公司、河北南玻玻璃有限公司等两家企业氮氧化物等常规大气污染物超标排放，河北兴柏药业集团有限公司、河北金鹏煤化竖炉工业有限公司、河北玉州煤化工股份有限公司等 8 家企业 VOCs 超标排放违法证据。

无人机飞检组则利用携带的热成像摄像头、高倍变焦摄像头和气体检测模块，对重点企业开展飞行排查、监测、分析。专项行动期间，3 个无人机组共对 123 家企业进行了飞行检查，检查发现河北新金钢铁有限公司、河北新武安钢铁集团烘熔钢铁有限公司、邢台钢铁有限责任公司、建滔（河北）焦化有限公司、武安市广普焦化有限公司、河北燕新建材集团有限公司等 119 家企业 203 个违法问题线索，提升了执法效能。

此外，专项行动期间，河北还组织开展了 7 次大气远程执法“零点行动”，利用“远程执法”系统抽查重点行业企业 148 家，抽查涉气在线监测设施 307 台，发现在线监测数据异常问题线索 46 个。经现场核查，共查处在线监测设施不正常运行违法案件 18 起。

## 2. 坚持精准执法
## 涉 VOCs 排放企业成检查重点

随着河北省大气污染综合治理的不断推进，企业环境治理水平得到了提升，守法意识明显增强，这使得河北的环境执法形势发生了改变。

“今年专项行动启动后，从各执法组反馈的情况我们很快就发现，涉气排污企业对扬尘、工业粉尘、烟气等各类主要污染物排污环节的管控力度显著增强，但在涉 VOCs 排放管理方面仍存在薄弱环节。”河北省环境综合执法局常务副局长任立强介绍说，针对这一情况，河北及时调整执法检查重点，将涉气环境问题易发多发的铸造、建材、化工等行业企业以及涉 VOCs 排放企业作为执法检查重点，有针对性地开展现场执法检查，提升精准执法水平，督促企业补齐治理短板。

随着执法重点的调整，一批涉 VOCs 企业的环境违法问题浮出水面：

10 月 22 日，执法人员在磁县检查发现，邯郸陆顺焦化有限责任公司酚氰废水处理系统未安装挥发性有机物收集处理设施，VOCs 直排。

10 月 23 日，执法人员在广宗县检查发现，天富橡塑制品有限公司无缝风筒生产线 VOCs 收集处理设施不正常运行，VOCs 无组织排放严重。

10 月 25 日，执法人员在辛集市检查发现，辛集冀清环保能源有限公司垃圾渗滤液处理单元曝气池未密闭，造成渗滤液恶臭气体未集中收集处理，异味污染严重。

……

记者从各检查组发现的问题清单中看到，2 272 个涉气环境问题中，涉 VOCs 环境问题为 541 个，主要问题类型为挥发性有机物工序未按要求安装收集处置设施、处理设施不健全，部分企业 VOCs 治理设施不正常运行或治理工艺达不到规定要求。其中，塑料橡胶、化工、建材、铸造、焦化、包装印刷等行业企业 VOCs 排放管理管控不到位问题多发。

记者梳理问题清单看到，除了涉 VOCs 环境问题突出外，建设项目管理上仍存在薄弱环节。河北首轮执法专项行动检查发现，企业无证排污问题 40 个、未批先建 87 个、未验先投 25 个、无环保手续 49 个、批建不符 109 个。

“首轮执法专项行动发现的问题，各执法检查组均第一时间进行了移交，并要求各地严肃查处并督促立行立改，河北省生态环境厅拟对 88 起典型环境违法问题进行省级立案处罚。”任立强介绍说。

## 3. 紧盯问题整改<br>三重督办机制确保销号“清零”

不仅查问题，更要盯整改。全面推进问题整改落实，河北省生态环境厅在省环境保护督查中心成立了整改督办组，建立起了问题整改台账，完善督办整改机制。实行发现问题现场移交、文件督办、电子督办“三重保险”制度，确保问题整改落实到位。

10月12日，专项行动启动后的第三天，河北省大气污染防治工作领导小组办公室向各市政府印发了《关于做好问题整改工作的通知》，要求各地高度重视整改工作，建立整改推进机制，明确专人负责督促落实，推动问题解决到位。

首轮执法专项行动中，河北还设计制作了问题现场移交单，明确载明移交问题及处置要求，双方签字确认后完成移交。此外，为提高沟通效率，河北建立起了整改工作微信群，每日将全部问题以电子督办的形式转交各地督促整改，每日上报、更新整改台账。

截至11月11日，河北首轮执法专项行动交办各地的2 272个环境问题已完成整改1 668个，整改完成率73.4%。其中，雄安新区、定州市已完成全部问题整改；邢台市、辛集市整改完成率较高，分别完成98.1%、96%。承德、沧州、邯郸市整改滞后，完成率仅为50.7%、55.3%和61.4%。

“严防表面整改、虚假整改，河北省将于近期组织开展秋冬季第二轮大气环境执法专项行动，其中一项检查重点就是对首轮交办问题开展‘回头看’，确保全部环境违法问题整改到位、销号清零。如果在复查中仍发现拒不整改的，将实施按日连续处罚。”任立强介绍说。

河北省环保厅相关负责人表示，下一步，河北将持续开展执法检查专项行动，重点围绕涉气企业污染防治设施设置和运行、挥发性有机物排放管控、错峰生产、重污染天气应急减排措施落实等情况，严厉打击各类环境违法行为。对钢铁、焦化、水泥、玻璃、电力、石化、碳素、制药、铸造等重点行业企业，分阶段集中开展“体检式”执法行动，力争实现执法检查全覆盖。

## 河北制定钢铁焦化超低排放地方标准<br>企业倒排工期，完成超低排放改造可免于停限产

时间：2018年11月16日　作者：周迎久 张铭贤　来源：《中国环境报》7版头条

河北省环保厅、省质监局近日联合召开新闻发布会，就河北省制修订的《钢铁工业大气污染物超低排放标准》《炼焦化学工业大气污染物超低排放标准》两个地方标准进行发布和解读。据悉，两个地方标准达到了国内外钢铁、焦化行业现行大气污染物排放的

最严水平。

## 钢铁：对标世界一流，增加无组织排放浓度限值

“《钢铁工业大气污染物超低排放标准》是对河北省《钢铁工业大气污染物排放标准》的修订，修订过程中，我们本着对标世界一流水平的原则，在确保技术可行的基础上，依据技术进步，制定了更为严格的排放限值。”河北省众联能源环保科技有限公司专家张仲成是标准的主要起草人之一。

他告诉记者：“此次修订主要进行两方面的改动，一是全面收严了标准，使颗粒物、二氧化硫、氮氧化物排放限值达到了国内外现行标准的最严水平；二是增加了无组织排放浓度限值，明确了有厂房车间、无完整厂房车间的颗粒物浓度限值，规定了厂界苯、甲苯、二甲苯、非甲烷总烃等无组织排放浓度限值，进一步提升行业环境管理水平。”

记者通过新旧标准对比看到，河北《钢铁工业大气污染物超低排放标准》规定，钢铁行业烧结机头、球团焙烧设备烟气在基准含氧量 16%条件下，颗粒物、二氧化硫、氮氧化物排放限值分别为 10 毫克/米$^3$、35 毫克/米$^3$、50 毫克/米$^3$，相较于原河北《钢铁工业大气污染物排放标准》，分别收严了约 75%、80%、83%；河北这一超低排放标准也远低于国家标准中的 40 毫克/米$^3$、180 毫克/米$^3$、300 毫克/米$^3$的大气污染物特别排放限值。

“与英、美、德等国家的排放标准相比，河北钢铁工业超低排放标准也是最严水平，可以说，河北《钢铁工业大气污染物超低排放标准》排放限值的设定达到了国内外现行标准的最严水平。”河北省环保厅科技与对外合作处副处长李红彦说。

## 焦化：为国内首个焦化行业地标，全面加严排放限值

“与钢铁行业的修订不同，河北《炼焦化学工业大气污染物超低排放标准》为首次制定，也是全国首个针对焦化行业的地方排放标准，标准制定中全面加严了焦化各工序大气主要污染物排放浓度控制限值。”李红彦说。

记者从《炼焦化学工业大气污染物超低排放标准》中看到，标准对焦化行业焦炉烟囱烟气、装煤、推焦、干熄焦等四道工序颗粒物的超低排放限值均设定为 10 毫克/米$^3$，而国家相关标准中的四道工序颗粒物的特别排放限值分别为 15 微克/米$^3$、30 毫克/米$^3$、30 毫克/米$^3$、30 毫克/米$^3$。

此外，记者注意到，河北《炼焦化学工业大气污染物超低排放标准》对焦炉烟囱烟气实施超低排放控制，在基准含氧量 8%条件下，颗粒物、二氧化硫、氮氧化物排放限值分别为 10 毫克/米$^3$、30 毫克/米$^3$、130 毫克/米$^3$。上述排放限值低于国家标准中的 15 毫

克/米$^3$、30 毫克/米$^3$、150 毫克/米$^3$的大气污染物特别排放限值标准，达到了国内外现行标准的最严水平。

### 企业：完成超低排放改造，采暖季可免于停限产

河北两个超低排放标准执行时间上，新建企业自 2019 年 1 月 1 日起执行，现有企业自 2020 年 10 月 1 日起执行，这也为现有企业进行超低排放改造留出了时间。按照河北省政府印发的《河北省打赢蓝天保卫战三年行动方案》要求，2020 年，全省符合改造条件的钢铁企业全部达到超低排放标准。到 2020 年 10 月，全省焦化行业全部完成深度治理，达到超低排放标准。

据李红彦介绍，河北省按照时间节点倒排工期，分 3 个年度安排了超低排放改造项目。

据统计，全省三年需改造治理的 359 个钢铁项目，目前除停产 10 个项目外，开展前期工作 83 个、开工在建 171 个、竣工调试 56 个、已完成 39 个。焦化行业需超低排放改造的 92 个项目，除停产 7 个项目外，开展前期工作 1 个、在建 45 个、竣工调试 25 个、已完成 14 个。

“近期，河北省出台了采暖季差异化错峰生产措施，其中规定，完成超低排放改造的企业可免于停限产，这使钢铁、焦化等企业投资超低排放改造的积极性大幅提高。”李红彦说。

据专家测算，河北省钢铁、焦化行业全部达到超低排放标准后，全省钢铁行业颗粒物、二氧化硫、氮氧化物削减比例分别为 15.9%、64.8%、64.9%；全省焦化行业颗粒物、二氧化硫、氮氧化物削减比例分别为 23%、56.7%、59.1%，减排效果明显。

## 错峰生产河北对企业差异化管控
## 5 730 家企业分三个档次，1 578 家 A 类企业免于错峰生产

时间：2018 年 11 月 29 日　作者：周迎久 张铭贤　来源：《中国环境报》7 版头条

今年采暖季，河北省对高排放行业实施差异化错峰生产管控措施，通过对传输通道城市的钢铁、焦化、碳素、铸造、建材、医药等高排放行业的 5 730 家企业进行绩效评价，将其划分为 A、B、C 三个档次，分别执行不予错峰生产和按不同比例实施错峰生产的差

别化管理，严禁“一刀切”，以较小的限产比例获取了较大的减排效益。

## 绩效评价决定错峰生产比例
## 多排多限、少排少限、不排不限；档次不同，错峰生产的比例不同

“在重点行业秋冬季差异化错峰生产绩效评价中，我们公司由于治理措施升级，被划为A类企业，可以免于错峰生产。”11月26日，位于河北省大城县的华美节能科技集团玻璃棉制品有限公司环保负责人李洪涛告诉记者，由于企业在差异化错峰生产企业名单中属于A类，正常情况下不用再错峰生产，遇到重污染天气时，再根据响应级别采取相应的应急减排措施，企业生产效益明显好于去年。

这是河北省对高排放行业实施差异化错峰生产管控措施的一个缩影。与华美节能科技集团玻璃棉制品有限公司一样，河北有1 578家获评A类的企业拿到了“免于错峰生产”的通行证。

“按照‘多排多限、少排少限、不排不限’和民生优先、质量导向原则，河北省对传输通道城市的高排放行业按照A、B、C三个档次开展了绩效评价。”河北省生态环境厅有关负责人介绍说，“其中，实现超低排放、工艺技术先进、产品优质高端、运输结构合理的企业，被评价为A类，共计1 578家；部分生产工序完成超低排放改造、运输结构基本合理、产品中端的企业，被评价为B类，共计2 629家；仅达到现行排放标准、运输结构不合理、产品低端的企业，被评价为C类，共计1 350家。此外，5 730家企业中还有因市场因素等停产企业173家企业。”

档次不同，错峰生产的比例不同。其中，A类企业可以常态化正常生产；B类企业错峰20%～50%，具体来说，钢铁、碳素行业执行20%的限产比例，焦化行业成焦时间延长至24小时或28小时，医药（农药）行业限产不低于30%，铸造、建材行业执行50%的限产比例；C类企业错峰50%以上，具体为钢铁、碳素行业执行50%的限产比例，焦化行业成焦时间延长至36小时，铸造、建材行业停产。

记者从河北省差异化错峰生产企业清单中看到，5 730家企业中铸造、建材行业企业数量最多，分别为2 667家、1 063家，唐山、沧州、邢台市企业数量最多，分别为1 800家、1 151家、1 029家。

此外，在河北省确定的六大高排放行业外，河北各市还结合自身产业结构特点，进行了细化和补充。例如，唐山市增设了橡胶、塑料、采砂、机械加工等行业错峰生产要求；邢台市增设了板材、玻璃、橡塑、炭黑等行业错峰生产要求；邯郸市对主城区、重点区域参与错峰生产的企业提出了更严格的管控比例要求。

## 精准管控实现减排效益最大化
## 发挥 A 类企业标杆示范作用，引导更多企业进行深度治理

“河北省通过实施差异化错峰生产措施，达到了减排效益最大化。”河北省环境应急与重污染天气预警中心高级工程师王晓利给记者算了一笔账：河北钢铁行业有 64 家企业参与错峰生产，其中限产产能为 3 003 万吨，占错峰期间传输通道城市钢铁总产能的 32.2%，据测算，其烟粉尘、二氧化硫、氮氧化物、VOCs 减排比例分别达到了传输通道城市钢铁行业排放量的 38.01%、39.92%、36.03%、39.96%。焦化行业 54 家企业参与错峰生产，其中，限产产能 595 万吨，占传输通道城市错峰期间总产能的 23.7%，测算其烟粉尘、二氧化硫、氮氧化物、VOCs 减排比例可分别达到 32.4%、31.04%、47.5%、40.69%。

王晓利说：“从这些数据不难看出，河北钢铁和焦化等行业通过实施差异化错峰生产，污染物减排比例远远高于其限产产能比例。这也意味着，我们通过精准管控，以较小的限产比例获取了较大的减排效益。”

记者注意到，在钢铁、焦化两个行业中，有 5 家企业被评定为 A 类企业，分别为邯郸钢铁集团有限责任公司、首钢股份公司迁安钢铁公司、沧州临港三菱金属制品有限公司、唐山首钢京唐西山焦化有限责任公司、唐钢美锦（唐山）煤化工有限公司。这两个行业中不予错峰的钢铁产能约为 1 886 万吨，焦化产能约为 861 万吨。

河北省生态环境厅有关负责人表示，实施差异化错峰生产管控举措，就是要通过 A 类企业的标杆和示范作用，鼓励、引导更多的行业内企业开展深度治理、实施超低排放改造，实现经济效益和生态效益共赢。

## 传输通道城市污染物减排近 3 成
## 对减少重污染天气发生频次、减轻污染程度发挥了积极作用

据王晓利介绍，通过对高排放行业实施差异化错峰生产，可以减少采暖季污染物排放强度，推动空气质量持续改善。

据测算，实施基于绩效评价的差异化错峰生产后，河北省大气污染传输通道城市污染物减排效果明显，每天可减少烟粉尘排放量 357 吨、二氧化硫 456 吨、氮氧化物 432 吨、VOCs 130 吨，分别占这一区域工业企业总排放量的 23.0%、33.1%、28.6%、21.6%。

记者从各市差异化错峰生产清单及减排量测算清单中看到，河北省唐山、邯郸两市的烟粉尘、二氧化硫、氮氧化物减排量最大，邯郸、邢台两市的 VOCs 减排量最大。

差异化错峰生产管控举措实施以来，对减少重污染天气发生频次、减轻污染程度起

到了积极作用。

今年进入秋冬季以来，河北省分别于11月1—4日和12—15日经历了两次重污染天气过程，全省上下积极应对，各大气污染传输通道城市分别实施差异化错峰生产管控措施和“一企一策”应急响应措施，使重污染天气实现削峰降速。

其中，11月1—4日，河北省实测重污染天数比预测减少一天，重污染时长累计减少114小时，$PM_{2.5}$平均质量浓度降低13.1%；12—15日，重污染天数减少一天，重污染时长减少330小时，$PM_{2.5}$平均质量浓度降低16%，污染峰值浓度降低26.4%。

河北省生态环境厅有关负责人表示，下一步，河北省将对各地差异化错峰生产管控措施落实情况开展检查核查，重点检查各项管控措施是否落实到了具体生产线、生产工序和生产设备，确保管控清单能落地、有实效、真减排。

同时，河北还将对采暖季错峰生产减排情况进行跟踪评估，及时掌握各市错峰生产实际减排效果，确保错峰生产切实起到改善秋冬季空气质量的作用。

# 河北开展治理扬尘大会战<br>7天发现扬尘污染问题794个

时间：2018年11月30日　作者：周迎久 张铭贤　来源：《中国环境报》8版头条

为全面贯彻11月1日起施行的《河北省人民代表大会常务委员关于加强扬尘污染防治的决定》（以下简称《决定》），11月16日，河北启动了为期15天的秋冬季第二轮大气环境执法检查专项行动，这期间还专门安排一周时间（11月16—22日）集中开展全省扬尘污染防治专项执法大会战。

## 依法防治，执法大会战中“靶向”普法

“河北大气污染防治工作正从前几年的‘大水漫灌’转变为现在的‘精准治理’。”河北省生态环境厅有关负责人介绍说，《决定》的出台为河北依法治理扬尘污染提供了法律依据，为补齐扬尘污染防治短板提供了保障。“由于《决定》刚颁布实施，执法大会战中，向扬尘污染防治重点监管对象‘靶向’普法是一项重要内容。”

11月16日上午，记者随第25执法检查组对建筑工地进行了执法检查。

“你看这里，堆放的物料苫盖没有到边，而且苫盖膜已经破损了，一刮风极易产生扬尘污染。按《决定》要求，这些要百分百遮盖、密闭的……”

“这渣土堆上的抑尘网都被风吹到顶上去了，苫盖不全起不到抑尘作用。”

“《决定》刚开始施行，要严格按照要求进行对照自查，以后再发现问题可就要吃罚单了。”

……

执法检查组组长钱鹏一边检查，一边指出企业存在的问题，整改的标准。工地负责人立即组织人员进行整改，到记者离开工地时，指出的问题已全部整改到位。

这样的“执法+普法”不过是此次扬尘污染防治专项执法大会战中最寻常的一幕。

河北各执法检查组还坚持“服务式、预防式、体检式”执法理念，重点对施工工地、工业物料堆场、采矿选矿等重点区域扬尘污染防治情况开展执法检查，并对这些重点监管对象开展“靶向”普法，提醒企业对照《决定》要求，开展自查自纠式整改提升。

据统计，为期一周的执法大会战中，各执法组共检查企业（点位）4 152 家（个），发现扬尘污染问题 794 个，均第一时间移交各地各有关部门依法查处或督促整改。

## 施工工地，六个“百分百”落实不到位

执法大会战首日，各检查组检查发现各类扬尘污染问题 52 个，其中承德市双桥区承德馨捶湾传统商业街项目、秦皇岛市海港区经五路道路施工、廊坊市安次区御龙河改造工程等 37 个施工工地未落实六个“百分百”要求，存在扬尘污染……

从这份问题清单中不难看出，施工工地未落实六个“百分百”占据扬尘污染问题的 71.15%。

近年来，河北逐步加强施工工地扬尘污染防治，要求所有施工工地必须做到六个“百分百”，即工地周边百分百围挡、裸露土地和细颗粒建筑材料百分百覆盖、出入车辆百分百冲洗、施工现场道路百分百硬化、拆除和土方作业百分百湿法作业、渣土车辆百分百密闭运输。此外，在城市建成区内施工的项目还必须做到“两个禁止”，即禁止现场搅拌混凝土、禁止现场未密闭搅拌砂浆。

“这些要求在《决定》里都有明确规定和进一步细化以及罚则。执法大会战中，我们重点对施工工地这些部位的扬尘污染防治措施进行了执法检查。”河北省环境综合执法局常务副局长任立强介绍，通过检查发现，建筑施工扬尘污染防治问题 436 个，问题数量最多，占全部扬尘污染问题的 54.91%。这说明一些地方对建筑施工工地扬尘监管仍很粗放，六个“百分百”制度虽有，但落实还不到位，下一步要持续加强监管，确保各项防

治措施落实到位。

## 工业堆场，扬尘防护措施不健全问题凸显

央企中国建材下属企业——临城中联水泥有限公司衡水分公司是一家大中型企业，11月17日，记者随第26执法检查组在企业现场检查时看到，企业一座原料库内堆满了物料，部分物料堆至库门口，高5米、宽10余米的料库大门，仅在上方悬挂了一米多长的帆布帘，密闭效果不佳，如遇刮风天气物料极易产生扬尘。

“你这属于物料扬尘管控不到位，按照技术规范，料棚需要安装大门进行完全密闭。”第26执法检查组组长张卓当场向企业提出了整改要求。

“要保障大型车辆进出作业，我们这个仓门面积很大，之前也找了多家做卷帘门的，都表示做不了这么大的，所以才悬挂帆布帘。”企业相关负责人对如何整改很是为难。

“如果做不了卷帘门，我建议你做推拉门，这种方式比较适用于大面积料仓门的密闭。”张卓及时为企业整改“出谋划策”。

立行立改，11月22日晚，经过五天紧张设计施工，临城中联水泥有限公司未完全密闭的料库仓门实现了全密闭。

任立强说：“经过去年秋冬季五轮大气环境执法检查，河北省工业企业有组织排放治理得到了提升，但料堆料场等无组织排放问题仍然是薄弱环节。这次执法大会战各执法检查组共发现工业企业物料扬尘问题288个，占问题总数的36.27%，其中工业企业料堆料场露天堆存、原料产品未采取苫盖等控制扬尘抑制措施问题多发，企业在环境管理精细化还需加力。”

## 协同发力，扬尘管控仍需多部门联防联控

为了加大扬尘污染的管控力度，河北要求各施工工地安装视频监控和颗粒物在线监测设施并实现联网运行。

记者在采访中了解，各执法检查组通过调取视频监控，发现了多起物料运输车、土方运输车未执行冲洗要求驶离工地的情形，而相关联网监控部门没有发现这些违规行为。

“这说明在一些地方视频监控系统作用没有得到充分发挥。”任立强认为，协同防治扬尘污染，在加强“技防”措施同时，还需要完善“人防”举措，完善值守、发现、交办、查处等工作机制，进而消除污染隐患。

此外，记者还了解到，道路扬尘污染整治成了此番执法大会战“最难交办”的问题。执法大会战中，河北共检查发现道路扬尘问题61个，占问题总数的7.68%，运输货车沿

途遗撒以及道路两侧裸露地面、垃圾物料未采取抑尘措施等问题突出。

“最难交办”主要是道路扬尘涉及的责任主体较多，由哪个部门来推动整治是首先要厘清的问题。《决定》根据管辖归属关系对道路两侧裸露土地扬尘防治责任主体进行了明确，涉及物业服企业、乡（镇）人民政府、街道办事处、产权管理单位、土地储备管理机构、土地使用权人等10余个责任主体。由此不难看出，解决道路扬尘污染问题，亟须各级各部门齐抓共管、联防联控，才能形成合力。

该负责人表示，紧盯问题整改，此次执法检查专项行动中，河北已经建立起了问题日移交、整改周汇总工作机制，加大协调督导力度，确保发现的问题整改到位，有效减少扬尘污染，推动大气环境质量持续改善。

# 2019年

# 河北污染防治攻坚战初战告捷
# 全省 $PM_{2.5}$ 平均质量浓度超额完成年度目标任务

时间：2019年1月3日　作者：周迎久　张铭贤　来源：《中国环境报》6版头条

刚刚过去的2018年，河北省以改善生态环境质量为核心，坚持综合施策、科学施治，坚决打好污染防治攻坚战并取得了初步成效：

生态环境质量大幅度改善，蓝天白云越来越多，全省 $PM_{2.5}$ 平均质量浓度超额完成年度目标任务。

生态环境监管水平持续提高，在全国率先实现乡镇环保所全覆盖，建立了全方位的监测监管体系。

“放管服”改革持续深化，出台严禁生态环境领域“一刀切”指导意见，在全国推广。

## 天更蓝水更清，生态环境大幅改善

“过去的一年，河北省委、省政府高度重视生态环境保护，省委常委会、省深改会、省政府常务会多次专题研究，省委书记王东峰、省长许勤就生态环境保护工作先后作出244次具体批示。省委副书记赵一德深入一线、靠前指挥、明察暗访、专题调度。”河北省生态环境厅有关负责人介绍说，一年来，河北省建立了生态环境保护工作省、市、县领导干部包联制度，将省中央环境保护督察整改工作领导小组调整为省委书记、省长“双组长”制，在全国率先召开省、市、县、乡四级干部参加的全省生态环境保护大会，有力推动了各项工作开展。

“党政同责、一岗双责”的落实有力推动了河北省生态环境保护工作的开展，经过全省上下的不懈努力，河北省生态环境质量明显改善。

记者从河北省生态环境治理年度“成绩单”上看到，2018年，河北省蓝天保卫战取得明显成效，截至11月底，河北全省 $PM_{2.5}$ 平均质量浓度为54微克/米$^3$，同比下降15.6%；其中8月、9月 $PM_{2.5}$ 平均质量浓度分别为31微克/米$^3$、34微克/米$^3$，连续两个月达到国家二级标准；据初步核定，全年可超额完成改善目标任务。

碧水保卫战取得积极进展，2018年1—11月，74个国考断面达到或好于Ⅲ类以上比例为 47.3%，同比升高 5.4 个百分点，劣Ⅴ类比例为 20.3%，同比降低 17.5 个百分点，据初步核定，可超额完成年度目标任务。

土壤污染防治迈出坚实步伐，全省完成 2.2 万余个土壤详查点位的采样分析，获取监测数据近 48 万个，初步摸清了土壤环境家底。

在抓污染治理的同时，河北省还全力抓好生态环境保护与修复，在全国率先划定生态保护红线，并集中 3 个月时间开展了生态环境大排查大整治工作，解决了一批威胁生态环境安全的隐患问题。

## 健机构强队伍，监管水平持续提高

“2018 年，河北省进一步深化生态环境管理体制改革，通过健全生态环境监管机构，充实监管队伍，使全省监管水平得到了持续提高。”该负责人介绍说，截至 2018 年 7 月底，河北省 191 个县（市、区）的 2 293 个乡（镇、街道）均完成了环保所挂牌，这也标志着河北省成为全国首个实现乡（镇、街道）环保所全覆盖的省份。

该负责人介绍说，基层环保所运行半年来，各地市为环保所配备了专职或兼职工作人员 1.1 万余名，充实了生态环境监管机构和队伍，提升了农村环境治理水平，消除了监管的盲区盲点。

2018 年 5 月 16 日，河北省雄安新区生态环境局挂牌，成为全国首个挂牌的地方“生态环境局”。

进一步优化整合生态环境保护职能，2018 年 11 月 2 日，新组建的河北省生态环境厅挂牌，开启了河北省生态环境保护事业的新篇章。

持续深化改革，截至 2018 年年底，除张家口市外，河北省所辖城市生态环境局已全部挂牌，全面强化生态环境保护工作。

在健全机构、加强队伍建设的同时，河北将“人防”与“技防”相结合，不断完善生态环境监测体制机制。

2018 年，河北省新建 46 个国考水站、18 个省界出入境水站，建成 1 985 个乡镇空气质量监测站、218 个省级以上开发区和港口作业区空气质量监测站，建设秸秆禁烧视频监控和红外报警装置 4 336 套，环境监测能力的提升有效提升了监管能力。

## 保环境促发展，“放管服”改革深化

统筹保护与发展，2018 年，河北省在全国率先出台严禁生态环境领域“一刀切”的指导意见、差异化错峰生产绩效评价意见等文件，避免简单粗暴，指导各地精准施策、高效治理。

简化环评审批程序，压缩审批时限，河北生态环境领域“放管服”改革持续深化。河北省在北京冬奥会张家口赛区、雄安新区等推行环评备案制试点，环境影响报告书审批时限由 60 个工作日压减至 15 个工作日，环评报告表审批时限由 30 个工作日压减至 7 个工作日。

下放审批权限，实施排污许可制改革，河北省将排污许可和危险废物经营许可权限下放到设区市，2018 年全省共核发国家版排污许可证 2 221 件。

重点项目提前介入，开展精准服务。2018 年，河北省组织开展精准服务重点项目建设活动，对全省 2 025 个省重点项目建立了信息收集和内部解决工作机制，助力重点项目加快落地见效。

坚持实事求是，增强服务意识，河北省在督察执法中严禁执行政策“一刀切”。

河北省环境综合执法局常务副局长任立强介绍说，2018 年，河北省转变执法理念、创新执法形式，在全省开展了“服务式、体检式、预防式”执法活动。

通过“三式”执法，河北省维护了守法企业的合法利益，对污染严重、群众反映强烈的企业坚决整治，形成了企业发展与生态环境保护间的良性循环。

## 开展帮扶行动，提升企业治理水平

新起点，新目标，新举措。该负责人表示，“新的一年，河北将深入学习贯彻习近平生态文明思想，坚持目标导向，紧盯生态环境质量改善，坚决打好污染防治攻坚战。”

坚持科学施治、精准施策，打赢蓝天保卫战。新的一年里，河北将突出重点工作，着力打好五个标志性战役，分别为去产能和退城搬迁攻坚战、散煤整治和清洁替代攻坚战、机动车污染防治攻坚战、扬尘面源污染综合治理攻坚战、工业污染深度治理攻坚战。同时，着力打好碧水保卫战，有序推进农业农村污染治理攻坚战。

坚守风险底线，加强生态保护。新的一年里，河北省将聚焦各类自然保护地和重要生态功能区、生态环境敏感脆弱区，深入开展生态环境大排查大整治专项行动，在重点流域区域率先制定生态环境保护规划和“三线一单”，确保全省生态环境安全。

提升服务意识，帮助企业制定环境治理解决方案，提升治理水平。河北省将开展“万名环保干部进万企，助力提升环境治理水平”主题实践活动，通过精准帮扶、定点帮扶，服务经济社会高质量发展，让河北的环境更美好，群众生活更幸福。

# 河北对社会化生态环境监测机构开展监督检查 60家被抽查机构全部存在问题

时间：2019年1月4日　作者：周迎久　张铭贤　来源：《中国环境报》7版头版

河北省市场监督管理局、河北省生态环境厅日前联合发布《关于2018年度生态环境监测机构检验检测活动专项监督检查情况的通报》（以下简称通报）称，此次抽查的60家生态环境监测机构全部存在问题。

其中，18家机构存在严重问题，1家机构不具备资质条件，1家机构噪声检测存在不符合标准要求，1家机构暂停，39家机构存在其他一般性问题。

## 13家机构涉嫌存在虚假报告和检测数据失实现象

联合检查组此次重点从生态环境监测机构遵守法律法规、检验检测报告质量和诚信建设等三方面实施监督检查，并对现场检查前抽取的每家机构出具的环境监测报告中发现的问题进行了核查和回溯。

据河北省生态环境厅环境监测与应急处处长孙志强介绍，此次专项监督检查发现，60家被抽查的监测机构共存在条款问题424项，检验检测报告问题694项。通过梳理分类，主要存在八类问题，其中“部分机构不遵守法律法规，涉嫌存在虚假报告和检测数据失实现象”问题性质恶劣。

例如，张家口市环境科技服务有限公司二氧化硫检测参数检测时间不满足标准要求，油烟采样时间不满足标准要求，个别项目采样时间与报告出具时间前后错位；

保定隆安环境监测服务有限公司超范围出具监测报告；

河北德诚环境监测服务有限公司检测过程中图谱创建时间与检测时间不一致；

……

记者从这份问题详单中看到，包括上述机构在内的13家监测机构，“涉嫌存在虚假报告和检测数据失实现象”，需要进一步查实。

发现的问题中，监测机构质控措施重视程度不足、检验检测数据原始性可溯性不足、检验检测能力验证重视程度不足等三类问题占比较大。在质控措施上，部分监测机构内部质控仅制定了程序文件，未有效落实到实际实验过程中。抽查的682份报告中，30%

以上的报告存在不同程度的质控问题，如未按标准要求进行质控，缺少质控标样、盲样测试、密码平行等质控措施。

## 部分机构检测结果无原始记录数据支持

联合检查组在检查中还发现，部分机构检测结果的可追溯性证据不足，主要表现在检测结果无原始记录数据的支持；样品交接过程涂改，其真实性存疑；设备不满足检测工作要求但报出结果，结果可靠性存疑。

根据《通报》，部分监测机构在资质能力变更、管理规范性等方面存在问题，部分操作不符合技术规范要求。

例如，部分监测机构资质能力未及时履行变更手续，共涉及邯郸市领创环境检测服务有限公司、河北冀美环境检测技术有限公司等18家机构。

部分监测机构授权签字人能力不能适应生态环境监测要求，河北先河正态环境检测有限公司、廊坊华测环境科技有限公司等14家机构的检测报告问题多，保定隆安环境监测服务有限公司、河北缘和环境检测技术服务有限公司等5家机构授权签字人考核不合格或部分项目领域不满足要求。

部分监测机构管理不规范，存在未定期对环境、设施、设备及人员是否持续符合资质认定条件进行自查等问题；检验检测分包管理不规范，河北正威检测技术服务有限公司等11家机构未获取客户同意进行分包或未标注分包方有关信息等，不符合技术规范要求。

## 责令18家问题严重机构整改，责令39家存在一般性问题的机构改正

孙志强说，监测数据是环境监测的生命线，这次针对监测机构开展的监督检查，是河北省持续推进环境监测改革，连续3年开展打击环境监测数据弄虚作假行为专项行动的重要内容。

针对抽查发现的问题，河北省决定对18家问题严重的监测机构责令整改，整改期限不超过3个月；对39家机构责令改正，整改期限不超过1个月。其中，对赛夫替河北检测技术有限公司逾期未改正、改正后仍不符合要求的问题，由保定市质监局按照相关规定撤销其资质。

在18家机构中，对河北益环环境检测技术服务有限公司、河北华计检测技术有限公司、张家口市环境科技服务有限公司3家机构涉嫌虚假数据报告线索问题进一步调查，如查证属实，将报请河北省市场监督管理局依法对机构做出“撤销资质”处理；对保定

隆安环境监测服务有限公司、河北德诚环境检测服务有限公司等15家问题严重的监测机构，恢复资质需报河北省市场监督管理局同意后，方可继续开展业务。

《通报》要求衡水衡润环境监测有限公司、河北华普环境检测有限公司等39家存在一般性问题的机构责令改正，整改完成后由各市质监局自行验收整改情况。

此外，河北将继续核查两家机构存在的问题，并根据核查结果做进一步处理。

河北省生态环境厅副厅长赵军表示，下一步，河北将继续深化环境监测改革，按照《河北省深化环境监测改革提高环境监测数据质量实施方案》要求，持续加强对社会监测机构事中、事后监管，建立环境监测机构“黑名单”制度，对发现违规行为的要责令限期整改，列入“黑名单”，严厉打击篡改、伪造环境监测数据和弄虚作假行为，严肃查处环境监测机构和监测人员弄虚作假行为。

# 51、52、56 微克，京津冀 $PM_{2.5}$ 又降了！2018 年年均质量浓度较 2017 年同比分别下降 12.1%、16.1%、14%

时间：2019年1月7日　作者：周迎久　张铭贤　来源：《中国环境报》1版头版

打赢蓝天保卫战行动计划实施一年来，作为重点区域，京津冀三地一年来的空气质量到底如何？近日，三地相继发布2018年度空气质量情况，从最新监测数据来看，三地都交出了一份漂亮的答卷。

## 河北 $PM_{2.5}$ 平均质量浓度下降幅度超出年度目标 9 个百分点，提前一年完成省定方案中 2019 年目标任务

1月5日，河北省2018年空气质量状况出炉。根据河北省生态环境厅公布的最新监测数据，2018年，河北全省 $PM_{2.5}$ 平均质量浓度为56微克/米$^3$，空气质量综合指数为6.26，同比分别下降14%、12%；全省平均优良天数为208天，同比增加6天；全省平均重污染天数为17天，同比减少12天，空气质量为六年来最好，蓝天保卫战取得明显成效。

从 $PM_{2.5}$ 改善情况看，河北全省及11个设区市均超额完成年度目标任务。其中，全

省平均质量浓度同比下降幅度为14%，超出省政府确定的“同比下降5%”年度目标9个百分点，提前一年完成《河北省打赢蓝天保卫战三年行动方案》中2019年的目标任务（58微克/米$^3$）。11个设区市中，张家口和承德市达到国家环境空气质量二级标准。

从其他空气污染指标看，除臭氧质量浓度同比持平外，河北省可吸入颗粒物、二氧化硫、二氧化氮、一氧化碳年均质量浓度同比分别下降 11.1%、25.9%、8.5%、20.7%，实现了大幅改善；其中，二氧化硫、一氧化碳年均质量浓度达到了国家环境空气质量二级标准。

河北省生态环境厅有关负责人介绍说，根据省委、省政府的决策部署，围绕坚决打赢蓝天保卫战，河北省全力推进压能、减煤、治企、降尘、控车等重点工作，各项重点任务均超额完成年度目标。

在去产能方面，2018年河北省分别压减炼钢、炼铁、煤炭、焦炭、水泥产能和平板玻璃1 229.85万吨、1 087万吨、1 401万吨、517万吨、313.1万吨、810万重量箱，淘汰火电机组54.95万千瓦，均超额完成年度任务。

在治理燃煤污染方面，完成清洁取暖改造181.23万户，淘汰燃煤锅炉6 684台13 571蒸吨，开展散煤污染整治“百日会战”行动，取消经营网点1 073家。

在治理工业企业污染方面，完成钢铁、焦化、电力等行业提标改造项目326个，排查整治“散乱污”企业1.69万家，1 014家企业完成挥发性有机物深度治理。

扬尘污染治理方面，全省5 002个工地扬尘治理达标，722家工业企业料堆场完成改造，232处责任主体灭失露天矿山修复绿化。

机动车污染治理方面，组织开展了打击“黑加油站点”专项行动，常态化开展路查路检工作，筛查高排放车辆；铁路货运量4.3亿吨，多式联运集装箱班列22.4万箱，分别超额年度任务34.4%、31.8%；淘汰老旧机动车7.46万辆。

此外，河北省还建立了城市及县（市、区）空气质量通报排名和奖惩问责机制，对62个县（市、区）进行了公开约谈，8个县（市、区）实施区域限批；分别奖惩8设区市和辛集市、90个县（市、区），奖扣资金4 880万元。

2019年，河北将坚持目标导向、质量导向、问题导向，紧盯大气环境质量改善，在坚守阵地、巩固成果基础上，加大工作力度，着力打好去产能和退城搬迁攻坚战、散煤整治和清洁替代攻坚战、机动车污染防治攻坚战、扬尘面源污染综合治理攻坚战、工业污染深度治理攻坚战等五大标志性战役，争取更多的蓝天白云，让群众生活更幸福。

# 河北2018年查处黑加油站（点）2 718家，并建立长效机制，进一步提升油品质量
# 让黑加油站点无处遁形

时间：2019年1月7日　作者：周迎久　张铭贤　来源：《中国环境报》5版头条

《河北省打赢蓝天保卫战三年行动方案》（以下简称《河北省行动方案》）提出，自2019年1月1日起，河北将停止销售低于国六标准的汽油柴油，实现车用柴油、普通柴油和部分船舶用油“三油并轨”。

油品是机动车的心脏，其质量好坏直接关系着机动车尾气能否达标。2018年以来，河北省多次开展打击黑加油站点专项行动，通过规范成品油市场秩序，提升油品质量，来推动机动车尾气污染减排，改善空气质量。

## 劣质油品年流入400万吨，严重影响机动车达标排放

“这里原来放着一台加油机，平时用一个遮雨棚挡着，不远处的储油罐也被挡在一堵高墙后面，十分隐蔽，门口还有专人放哨，不容易被发现。”在河北省正定县新安镇107国道旁一处旧厂区改造黑加油站（点），正定县成品油市场专项整治工作领导小组副组长高彦峰告诉记者，接到群众举报后，工作小组迅速联合多部门依法对其予以了取缔。

截至目前，正定县已捣毁这样的黑加油站（点）48个，销毁加油机35台，依法行政拘留6人，刑事拘留21人。

黑加油站（点）销售的油品质量低，且绝大多数黑加油站（点）没有油气回收等环保治理设施，严重影响机动车尾气达标排放。截至2017年年底，河北省机动车保有量达到1 893.6万辆（含农用车），居全国第四位。源解析数据显示，机动车排放污染在本地源污染比例达到10%～27%，已成为大气污染主要来源之一。

据了解，河北省每年外地油品流入量约为400万吨，这其中包括一些地方炼厂不达标油品及不法分子生产的“调和油品”，严重扰乱了河北省成品油市场经营秩序。更有甚者，部分不达标成品油经营企业偷用“中油石油”“中化石油”等标识，加剧了成品油市场的混乱。

为此，河北省2018年多次开展成品油市场专项整治行动，取得了一定成效，但仍存

在不少问题。2018 年 11 月，河北省大气污染防治工作领导小组办公室召开了全省规范成品油市场经营秩序电视电话会议。会议决定在全省深入开展打击黑加油站（点）专项行动，不断加大工作力度，有效规范成品油市场秩序。

随后，河北省生态环境厅、省商务厅、省市场监督管理局、省公安厅、省财政厅、省交通厅、省应急管理厅等 7 部门联合印发《关于进一步加强劣质油品处置的通知》，建立起劣质油品联合监管处置机制。

## 全省共查处 2 718 家黑加油站（点），关停取缔 517 家

在打击“黑加油站”专项行动中，河北省以超标重型柴油车、企业自备油罐为突破口，倒查加油渠道；以国道、省道等重型柴油车集中通行路线为重点，对成品油仓库、加油站（点）进行拉网式排查。对发现的黑加油站（点）、黑油罐车、非法小炼油厂，立即查封并予以拆除；对未安装或不正常运行油气回收装置的，依法予以查封并限期整改；对劣质油品和不合格加油机予以收缴或销毁。同时，将打击黑加油站（点）与扫黑除恶结合起来，严厉打击其背后的“保护伞”。

“唐山市在全省率先开展了‘打击黑加油站、黑加油车’专项行动，以市政府名义专门下发通知，规范工作要求，坚持刑责治污，对制销售劣质油品行为严厉打击。”唐山市公安局副局长毕登义介绍说，专项行动开展以来，唐山市共打掉黑加油站（点）259 个、黑加油车 119 辆，抓获各类违法犯罪人员 288 人，其中刑事拘留 18 人，行政拘留 270 人。

专项行动开展以来，河北省各地各部门明确责任分工，细化整治措施，推动成品油市场整治工作扎实有效开展。

石家庄市将黑加油站（点）问题纳入市环境举报投诉热线“12342”平台受理范围，印发了举报奖励实施细则，研发了加油站（点）信息监管服务系统，精准打击黑加油站（点）等非法违规经营成品油行为。全市查处取缔黑加油站（点）323 个，查处黑油罐车 62 辆，依法拘留 82 人，罚款 175 万元。

沧州市以城乡接合部、国道省道沿线、停车场、砂石料场、混凝土搅拌站、工业（矿）园区等为整治重点，开展成品油市场专项整治行动。拆除黑加油站（点）152 个，查扣黑油罐车或流动售油车 26 辆，收缴加油机 49 台。

河北省生态环境厅大气环境管理处相关负责人介绍说，专项行动开展以来，河北全省共查处 2 718 家黑加油站（点），关停取缔 517 家，罚没 301 万余元。

## 健全长效机制，进一步提升油品质量

按照《河北省行动方案》要求，河北将加强对油品制售企业的质量监督管理，严厉打击生产、销售、使用不合格油品和车用尿素行为，禁止以化工原料名义出售调和油组分，禁止以化工原料勾兑调和油，严禁运输企业储存使用非标油，坚决取缔、严厉打击黑加油站（点）。

“为保持长期打击黑加油站（点）的高压态势，防止反弹复燃，河北省进一步建立健全规范成品油市场的长效机制，开展了成品油市场专项整治‘回头看’，并建立动态‘黑名单’制度。”河北省商务厅市场运行和消费促进处相关负责人介绍说。

在打击黑加油站（点）的同时，河北省进一步提升油品质量，加强对油品制售企业的质量监督管理，2018 年以来，持续加大对加油站油气回收设施运行检查力度。1—8 月，出动检查执法人员 2.6 万人次，检查加油站 1.5 万余个，对 382 个存在问题的加油站下达了整改通知书，对 49 个加油站进行了处罚，罚款 123 万元。

此外，河北省建立了加油站建设动态规划审批机制，支持能够承担社会责任和风险、建设管理规范、安全措施到位的大公司或专业公司进入成品油市场建站布点，特别是鼓励其在柴油货车集中通行的路线、偏远山区乡村加大点位的规划建设力度，消除黑加油站（点）生存空间。

# 以红线为基严格监管，确保京津冀生态安全
# 河北全面“体检”太行山燕山生态环境
# 漫山省级自然保护区违建问题突出被约谈

时间：2019 年 1 月 9 日　作者：周迎久 张铭贤　来源：《中国环境报》6 版头条

2018 年 10 月 1 日，河北省启动生态环境大排查大整治工作，成立了由省委副书记任组长，常务副省长和三名分管副省长任副组长的河北省生态环境大排查大整治工作领导小组。

大排查大整治工作确定了八个专项行动，其中太行山燕山生态环境普查整治专项行动为重中之重。在太行山燕山生态环境普查整治专项行动中，河北省共筛查出地貌变化

点位 19 555 个，截至 2018 年年底，核查点位 16 660 个，甄别问题 740 个。此外，就漫山省级自然保护区存在的突出问题，河北省对相关县政府进行了公开约谈，并提出整改要求。

## 排查行动查什么？
## 确保京津冀生态安全两大屏障——燕山、太行山生态安全

翻看河北省生态保护红线分布图不难看出，河北生态保护红线呈现着护佑京津之势，拥有着“两屏、两带、多点”的基本格局。

河北省生态环境厅有关负责人介绍说，“两屏”为燕山和太行山生态屏障，“两带”为坝上高原防风固沙林带和滨海湿地及沿海防护林带。“多点”是指分散于平原及山地的各类生态保护地。

身为“两屏”——燕山、太行山，在水源涵养、水土保持与生物多样性维护方面具有重要的生态功能，生态地位极其重要。

“太行山、燕山红线面积占全省生态红线面积的 83.3%。”该负责人强调。从河北省生态保护红线分布图可以看到，河北省燕山水源涵养—生物多样性维护生态保护红线，涵盖张家口东部坝下、承德地区坝下和唐山、秦皇岛市所属 19 个县（市），生态保护红线面积 22 579 千米$^2$，占全省陆域面积的 11.97%，占全省红线面积的 55.75%。

而太行山水土保持—生物多样性维护生态保护红线，主要涵盖保定、石家庄、邢台、邯郸市的西部山区，生态保护红线面积 11 158 千米$^2$，占全省陆域面积的 5.92%，占全省生态红线面积的 27.55%。

因此，切实摸清太行山、燕山生态环境家底，对于有效防范生态环境风险、维护京津冀生态安全具有十分重要的意义与作用。

2018 年 10 月 1 日，河北省启动了太行山燕山生态环境普查整治专项行动，并制定了《太行山燕山生态环境普查整治专项行动方案》，宣布将通过普查对太行山燕山生态环境进行全面“体检”，分门别类建立起问题清单、任务清单、责任清单、效果清单，并逐一整改。同时，借助整改，建立健全生态保护红线管控体系，完善生态保护红线制度，严格生态保护红线准入，实现一条红线管控重要生态空间。

## 排查措施有哪些？
## 天地一体化全覆盖排查“两屏”生态环境

“此次全面普查排查行动涉及区域大、面积广、点位多、环境复杂，因此面临重重困

难。”河北省生态环境厅自然生态保护处调研员侯金池表示。

为此，河北采用了卫星遥感技术、无人机飞行检查和实地查验相结合的方式，全力推进普查排查工作。

据介绍，普查排查行动中，河北省利用卫星遥感技术手段对太行山、燕山、坝上高原等约 9 万千米$^2$的地域进行了全覆盖遥感监测，并将所获得的遥感监测影像与 2015 年影像进行对比，筛查发现地貌变化点位 19 555 个。

“针对这些筛查出的点位，河北省分两批交办给石家庄、承德、张家口、秦皇岛等 8 个设区市政府，组织县、乡两级逐点进行实地查验、手续审核和问题甄别。”侯金池介绍说，各市接到疑似点位清单后，均建立起了台账清单，逐点进行核查。

截至 2018 年 11 月 30 日，河北各市共核查点位 16 660 个，甄别出问题 740 个，其中张家口、承德、保定市问题最多，分别为 285 个、142 个、136 个。同时，依照问题清单，河北各市坚持边查边改，依法依规分类施治。

“属于违法违规建设活动的，一律先停止建设，再分类治理。其中法律法规明确规定属于自然保护区核心区和缓冲区内的房地产、工业企业等违法违规项目，坚决依法关停拆除并实施生态修复；破坏生态空间、影响生态景观的露天矿山迹地，实施生态修复。”侯金池解释说。

为了确保整改效果，河北对清单内的问题实行销号管理。整改完成后，有关县（市、区）向市级提出销号申请，市级主管部门进行审核，必要时组织专家进行现场核查，最后确认销号并签字负责，对虚假整改、敷衍整改的，一经核实将严肃追责问责。

## 突出问题怎么办？
## 整改一个、验收一个、销号一个

这次普查整治专项行动是河北省划定生态保护红线后，对太行山、燕山生态保护状况的一次大起底。通过普查，个别地区的生态环境问题浮出水面。位于石家庄市灵寿县的漫山省级自然保护区，由于违法违规开发建设问题屡禁不止被公开约谈。

据了解，2017 年年底，在河北省开展的“绿盾 2017”自然保护区监督检查专项行动中，漫山省级自然保护区就被检查出存在多处违法违规开发建设问题，随后，原河北省环保厅、石家庄市环保局多次督查督办，叫停违法项目。

2018 年 4 月，河北省“绿盾 2018”专项行动检查发现，漫山省级自然保护区内各类建筑工地多达 15 处，商业住宅项目正在施工并销售，山体植被遭到破坏。同年 10 月，河北省通过无人机飞行检查发现，漫山省级自然保护区违规项目不仅未完成整改，且违法违规建设势头愈演愈烈，保护区核心区、缓冲区又发现多处违法违规建设项目。

2018年11月26日，针对灵寿县漫山省级自然保护区存在的突出问题，河北省生态环境厅对灵寿县政府主要负责同志进行了公开约谈。

河北省生态环境厅副厅长吕竹青在约谈会上要求灵寿县政府，要树牢底线不能触、红线不能碰的理念，从讲政治的高度来认识和对待自然保护区建设管理工作，采取强有力措施，依法依规坚决整治自然保护区内的各类违法违规项目。

"目前，普查工作进入了'啃硬骨头'阶段，张家口、承德地区已多次降雪，部分地区交通不便。石家庄、保定地区普查任务较重，部分点位由于涉及发改、自然资源、住建等多个部门，甄别程序繁杂，审核量大。"侯金池介绍说。

目前，针对尚未完成排查任务的石家庄、承德、张家口、保定4市，河北省生态环境厅已派出专项工作组，对其给予技术指导和帮助，加快推进普查工作。高建民表示，在全面普查的基础上，下一步，河北省将集中精力推进整改工作，整改一个、验收一个、销号一个，坚决杜绝表面整治、虚假整治和敷衍整治，切实筑牢京津冀生态安全屏障。

# 河北省级环保督察"回头看"实现全覆盖

## 第三批"回头看"督察组下达督办函20件，立案119件，问责172人

时间：2019年1月16日　作者：周迎久　张铭贤　来源：《中国环境报》2版头条

经河北省委、省政府批准，河北省第三批省委、省政府环境保护督察"回头看"4个督察组于2018年11月底进驻张家口、邢台、邯郸、辛集4市开展环境保护督察"回头看"，并同步安排大气或水污染防治专项督察，截至2018年12月10日，已全部完成督察进驻期间的各项工作。这标志着，河北省对首轮省级环保督察城市分三批完成了督察"回头看"全覆盖。

### 群众点赞　20天共受理有效举报3 639件

"看到建设大街东侧有指挥清理的动向，居民很称赞，纷纷给予配合。为环保督察组

点赞！”2018 年 11 月 27 日 9 点 18 分，蔡先生通过举报平台向“回头看”驻邯郸市督察组发来短信。

督察组信访组工作人员随即与蔡先生取得联系进行了回访。蔡先生介绍说，“今年春季违建拆除以来，原来一堵 300 米长的水泥砖墙被推倒后，一直未及时清理，很快成了附近居民天然的垃圾倾倒场。2018 年 11 月 26 日 15 点 07 分，我通过手机短信向督察组反映了‘拆违建后大量建筑垃圾无人清理’问题。没想到第二天市政府便调集挖土机和铲车快速进行清理，还百姓一片净土，对督察组的快速反应和认真负责表示感谢！”

为保障群众环境权益，河北省委、省政府环境保护督察“回头看”各督察组把群众信访举报立行立改贯穿“回头看”全过程，以解决人民群众反映强烈的突出问题为重点，通过设立电话专线、邮政信箱、手机短信平台，受理群众举报，并通过三大通信运营商和市级主要媒体进行公开。同时，建立了交办、核查、整改、督办、复核、公开和报送机制，对群众信访举报问题组织 4 市迅速核查，立行立改。

据统计，各督察组在“回头看”期间，共受理群众有效举报 3 639 件。其中，邯郸 1 519 件，占 41.7%，其次为张家口 1 109 件、邢台 962 件、辛集 49 件。

3 639 件群众举报问题中，涉及大气、水、噪声污染和生态破坏几个方面，其中反映的大气污染问题较多，占信访总数的 57.5%。举报问题比较集中的是“散乱污”企业偷排偷放问题，占举报总数的 22.5%；扬尘污染问题，占举报数量的 10.5%；畜禽养殖粪便污染问题，占举报总数的 9.3%；生活、建筑垃圾乱堆乱倒问题占举报数量的 9.0%。

截至目前，各地反馈完成整改 1 559 件，一批群众身边的突出环境问题得到有效解决。

## 问题导向 核查点位 2 065 个 发现问题 689 个

逐条对照，逐项核查，“回头看”期间，各督察组对上轮省级环保督察交办 4 市的问题进行了全面核查，同步对张家口、邯郸、辛集 3 市开展了大气污染防治专项督察，对邢台市开展了水污染防治专项督察。

各督察组始终坚持问题导向，较真碰硬，真查实督，调阅资料近 1.5 万份，走访调研 62 个市、县直部门，下沉督察 59 个县（市、区）及 16 个乡、镇，核查点位 2 065 个，发现问题 689 个，其中专项督察 241 个，针对突出环境问题下达督办函 20 件。

各督察组通过走访调研、下沉核查共发现问题 448 个，这些问题主要表现在 3 个方面，最为突出的是部分地方党委、政府推动整改不力。督察组核查发现 4 市未完成整改问题 38 个，张家口市未完成整改数量最多，为 18 个，占 47.4%，且整改进度最慢，未完成率达 36.7%。

部分地方党委、政府责任落实不够、敷衍整改、把关不严问题较为集中，特别是个别地区存在整改方案照抄照搬、虚报瞒报和整改滞后的问题，张家口、邢台分别上报未完成整改问题 9 个、8 个，核查未完成问题分别为 18 个、11 个。

此外，督察组还发现，一些地方党委政府未建立长效机制，举一反三不够，特别是“散乱污”企业排查不彻底，清理不到位，部分企业偷排偷放问题比较突出。邯郸市肥乡区多家黑加油点屡查屡犯，丛台区对交办的裸露土堆附近的垃圾带视而不见。

在专项督察中，各督察组共检查点位 655 个，发现问题 241 个，其中大气污染问题 163 个，水污染问题 78 个。大气专项督察中发现的问题主要集中在结构性污染问题严重、偷排偷放问题突出、散煤和面源污染管控不到位等方面。水污染问题主要集中在河长制落实不到位、基础设施欠账较多等方面。

## 紧盯整改 约谈约见 4 地和 7 个市直部门

2018 年 11 月 23 日，“回头看”驻张家口市督察组就张家口市经开区和市直有关部门在落实《河北省农村垃圾集中清理工作实施方案》方面存在不严不实问题进行督办，并下发了 1 号督办单。

收到督办单后，张家口市委书记回建、市长武卫东就整改工作均作出批示，要求各地各相关部门“将工作往深里做、往实处做”，“靠制度、机制从根本上解决存在的问题”。

2018 年 11 月 26 日，督察组会同张家口市政府对经开区管委会、市交通运输局、市住房和城乡建设局、市城市管理行政执法局、市环境保护局主要负责同志进行了公开约谈。同时，按照张家口市委要求，市纪委监委对经开区管委会和市交通运输局相关责任人员进行调查。

“回头看”期间，各督察组还针对督察发现的普遍性、突出性问题，约谈约见了 4 地和 7 个市直部门，除了公开约谈张家口市经开区及市直有关部门外，督察组还针对沙河市玻璃企业批建不符、违法生产问题，约见了邢台市政府有关领导和沙河市委、市政府及市有关部门主要负责同志；针对邯郸市肥乡区多家黑加油点屡查屡犯、丛台区对裸露地面扬尘治理不能举一反三导致污染频发问题，公开约谈了肥乡区、丛台区政府和市商务局主要领导。

据统计，“回头看”期间，河北省依法立案处罚环境违法案件 119 件，罚款金额 188 万元，拘留 5 人，针对突出环境问题问责 172 人，有效传导了压力，推动了生态环境保护“党政同责、一岗双责”的落实。

# 保优治劣　陆海统筹
# 河北碧水保卫战全面打响

时间：2019年1月17日　作者：周迎久　张铭贤　来源：《中国环境报》6版头条

深入推进水污染防治，打好碧水保卫战，近日，河北省水污染防治工作领导小组办公室印发了《河北省碧水保卫战三年行动计划（2018—2020年）》（以下简称《三年行动计划》）。

“河北省将以水环境质量改善为核心，重点突出五大区域，着力开展八大专项行动，全面实施碧水保卫战三年行动计划。”河北省生态环境厅有关负责人介绍说，河北将进一步聚焦重点任务，坚持减排与扩容两手抓，统筹陆海河治理，不断提升优良水体断面比例，减少劣Ⅴ类水体断面比例，不断改善全省水环境质量。

据了解，河北省将通过水污染治理、水生态修复、水资源保护“三水共治”，坚决打好碧水保卫战。力争到2020年，全省水生态环境质量总体改善，主要水污染物排放总量大幅减少，水环境风险得到有效控制，水生态环境保护水平同全面建成小康社会目标相适应。

## 保好水 饮用水水源地水质要100%达标

河北各地水环境家底“不平衡”。既有张家口、承德等京津冀水源涵养区和生态环境支撑区间的优良水质，也有冀南地区大运河生态带的重污染河流。

“保护好饮用水水源地，提升优良水体断面比例，把‘好水’保护好是河北省碧水保卫战的首要任务。”河北省生态环境厅副厅长赵军介绍说。

围绕这一目标，河北省将集中精力开展水源地保护专项行动、河湖清理专项行动，强化京津冀水源涵养和生态环境支撑区建设，确保京津冀水源水质安全。

围绕水源地保护，河北省将按照“划、立、治”三步走，强化水源地保护区建设。划，即划定保护区范围；立，即设立保护区边界标志；治，即整治保护区内环境违法问题。

记者从《三年行动计划》中看到，2019年，河北省将在划定县级以上集中式饮用水水源地保护区基础上，开展乡镇、农村饮用水水源地保护区划定工作。并对已完成划定的饮用水水源保护区，设立边界标志，其中一级保护区实施隔离防护，对穿越饮用水水源保护区的铁路、公路、桥梁等设置防护墙（栏）等安全隔离设施。同时，全面排查、清理、整治水源地保护区内的各类污染源和非法建设项目，确保饮用水安全。

河北省生态环境厅水环境管理处副处长赵宪伟介绍说，为确保水源地水质安全，河北还将开展水源保护区绿化工程，实施湖库型水源上游生态修复工程，保障南水北调水质安全，有效防控水源地环境风险，确保全省地级城市集中式饮用水水源水质100%达标，全部达到或优于Ⅲ类。

确保清水润京津，《三年行动计划》进一步强化京津冀水源涵养和生态环境支撑区建设，坚持自然恢复与工程措施相结合，扎实推进张家口、承德地区生态保护和修复，确保潮河古北口断面维持Ⅱ类水质，白河后城断面维持Ⅲ类水质，滦河大杖子断面维持Ⅲ类水质。

通过保护“好水”，河北省力争到 2020 年，全省地表水Ⅰ～Ⅲ类水体断面比例达到48.7%以上，其中 2019 年达到 47.3%。

## 治劣水 逐年降低劣Ⅴ类断面比例

据了解，与张家口、承德地区水环境相对较好不同，河北重污染河流多集中在中南部地区，水资源匮乏与污染负荷大并存，让治理任务更为艰巨。赵军认为，加快重污染河流整治，逐步消除劣Ⅴ类水体，治“劣水”是河北省碧水保卫战中难度最大的任务。

在《三年行动计划》中，河北省突出大运河生态带重点区域，以卫运河、南运河、北运河等重污染河流为靶向，加快实施入河排污口整治、各类污水处理设施提标改造、河道清淤疏浚、人工湿地建设等治理项目，加强生态流量保障工程建设和运行管理，充分发挥河长制管理效用。到 2019 年，北运河土门楼断面基本消灭劣Ⅴ类，卫运河秤勾湾断面水质达到Ⅴ类；到 2020 年，卫运河油坊桥断面水质达到Ⅴ类。

围绕雄安新区建设，河北省还将统筹白洋淀流域治理与保护，开展白洋淀流域治理专项行动，强化入淀河流、黑臭水体的整治，力争到 2020 年，入淀河流府河安州断面达到地表水Ⅴ类标准，孝义河蒲口断面达到地表水Ⅴ类标准。

“逐年降低劣Ⅴ类水体断面比例，河北省将开展工业污水达标整治、河流湖库综合治理、城镇污水和黑臭水体治理、农业农村污染治理、河湖清理等专项行动。”赵宪伟介绍说，通过综合施策、标本兼治，大幅度削减入河入湖污染负荷，到 2020 年全省劣Ⅴ类水体断面比例控制在 25.7%以内，其中 2019 年降至 29.7%以内。

紧盯“水质达标”目标，河北省碧水保卫战将全力推进滹沱河、龙河、凤河、沧浪渠、滏阳河等重污染河流（河段）环境治理攻坚，强化污染源头治理、入河排污口整治、河道垃圾清理、河流岸线管制、人工湿地建设等措施，确保水质按期达标。

## 净海水 陆海统筹提升近岸海域水质

碧海金沙，海鸥翔集。美丽的北戴河是河北的一张名片。

保护蓝色海湾，《三年行动计划》提出，坚持陆海河统筹，开展渤海综合治理专项行动，确保2020年，近岸海域水质优良（一、二类）比例达到87.5%，国考入海河流消除劣于V类的水体。

综合治理近岸海域，河北省将以北戴河及相邻地区为重点区域，以近岸海域水质改善为重点，深入实施陆源入海污染整治、农业面源污染防治、船舶和港口污染防治、岸滩修复、沿海防护林建设等工程。到2020年，所有入海河流达到或优于水功能区划水质目标要求，北戴河及相邻地区地表水水质优良比例高于 70%，重点海水浴场水质主要监测指标达到一类标准。

在抓好重点区域综合治理的同时，河北省还将开展渤海综合治理专项行动，对沿海的秦皇岛、唐山、沧州三市实施总氮排放总量控制制度，严控新增总氮排放；综合整治47 条入海河流，重点整治不达标河流，削减入海污染物排放量；加强海洋污染防控，提升船舶港口治污水平，加强海水养殖污染防治和海洋垃圾污染治理。此外，河北还将推进海洋生态保护与修复，防范海洋污染风险。

记者从《三年行动计划》中看到，在渤海综合治理专项行动中，河北共谋划了26项重点工程，总投资18.6亿元。通过这些项目的实施，推动近岸海域水质不断提升。

为确保碧水保卫战各项目标任务如期完成，河北省将水生态环境质量“只能更好、不能变坏”作为责任红线，要求各地加强组织领导，落实治水责任。

此外，河北将对各地水质改善和重点工作实施预警通报制度，逐一梳理各市水环境质量改善和重点工作完成情况、存在问题和差距，以“一市一单”形式对各市通报，对单月工作无进展或超标水质无改善的予以预警通报；两个月工作无进展或超标水质无改善的予以公开约谈；三个月工作无进展或超标水质无改善的实施区域限批并按有关规定追责问责。

# 河北执法检查瞄准“两高”行业企业
# 唐山、石家庄、沧州、邯郸四市处罚金额过亿元

时间：2019年1月22日　作者：周迎久　张铭贤　来源：《中国环境报》8版头条

2018 年，河北省各级生态环境部门立案处罚环境违法案件 20 963 件，处罚金额 137 011.56 万元，行政处罚数量和罚款金额分别排名全国第二位和第三位。

这是河北省环境执法交出的年度“成绩单”。

“在过去的一年中，河北省坚持环境执法全省一盘棋思维，统筹省、市、县三级执法力量，开展了多轮次的执法检查专项行动，将执法检查重点瞄准高污染、高耗能行业，推动了行业治理水平的提升，巩固了全省生态环境治理的成果。”河北省生态环境厅有关负责人介绍说。

## 宽严有度，严查高污染高耗能行业环境违法

“2018 年，河北省坚持体检式、预防式、服务式执法理念，服务经济高质量发展。”河北省环境综合执法局常务副局长任立强介绍说。

2018 年 8 月 16 日，石家庄市环境综合执法支队对河北西柏坡发电有限责任公司进行现场检查时发现，企业未正常使用污水处理设施，COD 超标 2.52 倍，冲灰水未按环评要求实现循环利用，部分废水违规排入厂外灰场。在责令企业改正环境违法行为的同时，石家庄市生态环境部门对企业立案处罚 160 万元。

紧盯高污染、高排放行业的“排污大户”加大执法检查力度，河北省先后组织开展大气环境执法检查、“碧水 2018”、打击非法倾倒处置危险废物和危化副产品雷霆行动、白洋淀流域执法检查、“利剑斩污”等专项行动，有效减少了企业污染物排放。

记者从各市环境执法年度“成绩单”中看到，河北省环境处罚案件数量最多的 3 个设区市依次为石家庄、邯郸、唐山，处罚金额超过 1 亿元的有 4 个市，分别为唐山市 3.82 亿元，石家庄市 1.95 亿元，沧州市 1.12 亿元，邯郸市 1.11 亿元。同时，石家庄、邯郸市行政处罚案件数量位列全国地级市第二名和第六名；唐山、石家庄市分列处罚金额第一位和第九位。唐山迁安市行政处罚金额在全国县（市、级）排名第一位。

“石家庄、唐山、邯郸、沧州，这些设区市环境案件数量多、处罚金额大，正是因为

这些地区是河北省钢铁、焦化、电力、化工等高污染、高排放行业集中的地区。”任立强介绍说，环境执法也抓主要矛盾，盯紧重点地区、重点行业严格环境监管，可以最大限度地减少污染物排放，使执法效果更明显。

## 丰富手段，环保法配套办法适用案件增四成

2018 年 1 月 25 日，唐山迁安市环境执法人员在唐山市蓝海实业有限公司现场检查发现，企业一座捣固型焦炉未取得排污许可证，擅自向环境排放污染物。执法人员当场进行了调查取证、下达责令改正决定书，并对企业环境违法行为进行立案查处。

然而，2018 年 2 月 4 日，迁安市执法人员对企业进行复查时发现，涉事生产线正在生产，仍未取得排污许可证。迁安市环境执法人员再次责令企业改正违法行为，并依法依规对企业实施按日连续处罚，处以 150 万元罚款。

综合运用按日连续处罚、查封扣押、停产限产、移交移送等执法手段，2018 年，河北省环保法配套办法适用案件实现了县级全覆盖，案件总数达到 1 818 件，同比增长 43%，其中按日连续处罚案件 110 件，查封、扣押 529 件，限产、停产 98 件，移送拘留 919 件，涉嫌污染犯罪移送公安 162 件。河北省按日连续处罚和移送拘留案件数量在全国排名第一。

“河北省执行配套办法案件数量较多设区市有石家庄、唐山、沧州、廊坊等 4 市，案件数量同比明显上升的为沧州、邢台、廊坊三市，分别增长 159%、148%、86%。”任立强介绍说，执法手段的丰富有力地推动了环境管理各项政策的落地见效。“比如唐山市通过实施按日连续处罚，有效震慑了无证排污企业，加快了企业申领排污许可证的步伐。”

据了解，2018 年，唐山市重点结合焦化企业排污许可证核发情况，对全市 14 家焦化企业无证排污违法行为，共计实施了 74 家（次）的按日计罚，处罚金额逾 1.96 亿元，占唐山全年环境行政处罚金额的一半左右。罚无上限，高额处罚让焦化行业企业意识到了排污许可证的重要性，截至 2018 年年底，唐山全市焦化企业全部都申领了排污许可证。

## 执法下沉，全省日均检查企业 640 余家

“刚刚过去的 2018 年中，河北省环境综合执法局的执法人员一个月中有半个多月的时间要泡在执法一线。”河北省环境综合执法局办公室主任关义鹏手里拿着一本人员出差情况统计表向记者介绍说。

据统计，2018 年，河北省共出动执法人员 65.09 万人（次），检查企业 23.47 万家（次），分别同比增长 317%和 219%；日均出动执法人员 1 783 人（次），日均检查企业 643 家（次）。

其中，邯郸市出动执法人员最多，为14.20万人（次），其次为衡水、邢台、唐山、石家庄市；检查企业数最多的依次为邯郸、邢台、衡水、唐山、石家庄市。来自生态环境部的统计显示，自2017年10月以来，河北省日均执法人数、日均检查企业数一直排名全国第一。

# 河北三大行业超低排放改造完成大半<br>完成改造的项目在环保税、电价等方面都有优惠政策

时间：2019年2月14日　作者：周迎久 张铭贤　来源：《中国环境报》7版头条

## 编者按

继火电行业超低排放完成后，坚决打赢蓝天保卫战，深入推进钢铁等行业超低排放改造成为国家的硬约束、实要求。在重工业密集的河北省，钢铁、焦化、燃煤电厂等三大重点行业的超低排放催生环保产业的又一新市场。

面对超低排放改造，企业有政策、技术、资金等方面的难处。对此，河北省充分调动企业积极性，全程跟踪指导提供技术服务，通过排污权交易、“领跑者”制度、资金扶持等多项制度，解决了企业的实际问题，使其尝到了积极改造的甜头。

为提升钢铁、焦化、燃煤电厂等三大重点行业企业的治理水平，河北省主动提高服务意识，出台治理标准，全程给予企业技术指导，帮助企业制定环境问题解决方案，指导企业对标对表开展提标改造，全域开展三大行业污染防治设施提标改造。

“为提高企业提标改造积极性，河北省先后制定发布了《推进重点行业和锅炉超低排放改造（深度治理）十条支持政策措施》（以下简称《十条支持政策措施》）、《河北省钢铁、焦化、燃煤电厂深度减排攻坚方案》。”河北省生态环境厅有关负责人介绍说，对实施提标改造的企业给予“真金白银”的支持，充分调动企业积极性，改造项目进展顺利，钢铁、焦化、燃煤电厂等三大重点行业改造进程均超额完成年度目标。

## 完成超低排放改造企业免于错峰生产
## 十条举措“真金白银”支持改造，从税收政策、融资以及排污权交易、绿色环保调度等方面对企业进行支持

与大部分钢铁企业错峰生产不同，首钢股份公司迁安钢铁公司（以下简称首钢迁钢）由于完成了超低排放改造，拿到了秋冬季免于错峰生产的“通行证”。

在河北省秋冬季差异化错峰生产污染排放绩效评价中，首钢迁钢由于实现超低排放、工艺技术先进、产品优质高端、运输结构合理的企业，被评价为A类企业，成为河北省钢铁行业3家拿到A类的企业之一，可以免于错峰生产。

“完成超低排放改造的企业可以免于错峰生产，这一政策正是河北省《十条支持政策措施》的其中一项。”河北省生态环境厅副厅长殷广平介绍说。此外，河北省还从税收政策、融资政策以及排污权交易、绿色环保调度等方面制定了支持举措。

记者从《十条支持政策措施》中看到，河北省对实施提标改造的项目实行绿色审批，7个工作日内办结。

对实施改造的项目给予税收政策支持，落实环保设备投资抵免税政策，完成改造的项目在环境保护税中可享受减免政策，其中，改造项目大气污染物排放浓度值优于国家和地方规定的污染物排放标准30%的，按75%征收环保税，排放浓度值优于国家和地方规定的污染物排放标准50%的，按50%征收环保税。

企业在提标改造中形成的减排量，河北省优先支持开展排污权交易；在符合排污权抵押贷款有关规定情况下，优先支持企业利用排污权抵押贷款。

实施绿色环保调度，完成改造的项目可减少或免于错峰生产，对逾期未完成改造的，在现行目录销售电价或市场交易电价基础上实行生产用电加价，加价标准为0.1元/千瓦时。

此外，河北省生态环境厅、省质监局全程指导企业对标省级改造，加强精细化管理，推动生产绿色化、清洁化；对完成改造且运行效果好的择优推荐录入国家和省级环保先进技术目录，进行技术推广；支持创建绿色单位。

## 全程跟踪指导提供技术服务
## 制定严格的地方标准，提标改造项目验收权下放到各市，制定实施“环保领跑者”制度，并提供资金支持

为进一步提升钢铁、焦化行业治理水平，河北省生态环境厅联合省质量技术监督局

制修订了《钢铁工业大气污染物超低排放标准》和《炼焦化学工业大气污染物超低排放标准》两个标准，两个地方标准达到国内外钢铁、焦化行业现行大气污染物排放的最严水平。

“指导企业对标对表开展提标改造，河北省对重点行业企业开展全程跟踪指导和技术服务。”河北省生态环境厅大气环境管理处副处长谢文勇告诉记者，随着部分改造项目完成，为方便企业验收，河北将提标改造项目验收权下放到各市。同时进一步明确了改造验收标准，从固定源排放限值、无组织排放管控、有色烟羽治理、料堆场管理等 4 个方面明确了技术标准，指导各市开展超低排放改造验收工作。

在全程提供技术服务和指导基础上，河北省还制定实施了“环保领跑者”制度，支持完成超低排放改造的申请“环保领跑者”企业，对遴选出的“环保领跑者”企业在错峰生产、重污染天气应急减排等方面给予一定的豁免权。

此外，记者在采访中还了解到，河北省还积极争取了国家 1 500 万元专项资金，以奖代补支持钢铁行业推进超低排放改造。

## 提标改造年度目标超额完成<br>3 年内将实施 359 个钢铁行业和 92 个焦化行业超低排放改造项目，<br>141 个火电行业深度治理项目

河北采用政策和技术扶持企业超低排放成效显著。邯郸新兴铸管股份有限公司球团窑尾烟气深度治理项目竣工验收后，成为全国首条球团回转窑湿法脱硫达到烟羽消白的治理项目。

治理项目施工负责人卞福林介绍说：“经过消白治理后，不仅视觉上不冒‘白烟’了，烟气中的硫化物、颗粒物、气溶胶、各种结晶盐颗粒物也得到了大幅削减。”

记者了解到，河北省各项综合支持政策推动了钢铁、焦化、燃煤电厂等重点行业重点改造项目的顺利实施。据了解，河北省计划用 3 年时间，实施 359 个钢铁行业超低排放改造项目。其中，2018 年计划实施改造项目 227 个。截至目前，已实施改造项目 306 个，完成 228 个。

此外，河北计划实施 92 个焦化行业超低排放改造项目，其中 2018 年计划实施 20 个，截至目前，已实施改造 83 个，完成 61 个。河北还计划实施 141 个火电行业深度治理项目，其中 2018 年计划实施 30 个，已实施改造 64 个，完成 37 个。

谢文勇介绍说，总体上三大行业超低排放改造或深度治理项目进展都超额完成了年度任务。这些改造项目全部完成后，据初步测算，颗粒物、二氧化硫、氮氧化物年排放

量可分别减少 12.77 万吨、18.51 万吨、20.84 万吨，减排效果明显，可有力促进大气环境质量改善。

## 敲敲键盘即可抽取到指定企业、指定时间的水样
## 河北远程执法系统实现精准打击
## 去年通过这个系统立案调查涉水企业 96 家，92 家拟立案处罚

时间：2019 年 2 月 18 日　作者：张铭贤　闫兆静　来源：《中国环境报》8 版头条

执法人员坐在办公桌前，操作键盘就能通过远程操作系统，抽取到指定企业、指定时间的废水排放样品，通过监测可确定企业是否存在偷排偷放或超标排放行为。

“污染源远程执法系统不受时空、地域限制，具备随机性好、突查能力强、时效性快、抽查范围可自由设定等特点，在监督企业达标排放上起到了不可替代的作用。”河北省环境综合执法局常务副局长任立强介绍说，去年河北省进一步扩大了污染源远程执法系统的覆盖面，积极开展远程执法抽查“零点行动”，加密抽查频次，查处了一批环境违法行为。

据了解，2018 年河北省通过污染源远程执法系统，立案调查 96 家涉水企业，92 家拟立案处罚；发现 156 家企业 168 个废气排放口监测数据异常，并逐一开展调查。

### 涉水污染源可远程操控留样
### 破解执法取证难

“这个监控平台就是涉水污染源远程执法系统，我们只需要在系统中设置好指定企业、采样时间就行了。”在河北省生态环境厅，负责系统运维的工作人员高烜向记者介绍说，根据指令，安装在涉水企业的水质自动采样器会在设定时间启动采样，并将样品保存于采样器的冷藏室，执法人员在 24 小时内抵达现场取走留样进行监测即可。

“留取的水样经监测超标即可固定企业违法证据，破解了环境执法的取证难。”河北省环境综合执法局执法一处副处长戎立介绍说，在节假日、夜间及恶劣天气等条件下，部分企业会心存侥幸，偷排偷放、超标排放，河北省远程执法抽查系统的应用，初步实现了重点监控企业全天候、不定期、不定时的随机抽查，有效解决了执法难、取证

难问题。

戎立介绍说，目前，河北省污染源远程执法抽查系统中，涉水污染源抽查设备共 477 套，涉及污水处理厂 304 家，涉水企业 173 家，远程执法抽查系统的应用，查处了一批超标排污环境违法案件。

2018 年 7 月 27 日，秦皇岛市生态环境局利用远程执法系统对秦皇岛市开发区泰盛水务有限公司龙海道污水处理厂实施了突击抽查，抽查发现企业存在超标排污行为。随即，8 月 8 日，秦皇岛市生态环境局向企业下达了《责令改正违法行为决定书》，并对超标排污行为处以 40 万元罚款。

2018 年 8 月 31 日，秦皇岛市再次利用远程执法系统对企业进行抽查发现，企业排水中总磷、悬浮物超标。依据复查结果，秦皇岛市生态环境局依法启动按日连续处罚，处罚时间为 2018 年 8 月 8—31 日，共计 24 天，处罚金额为 960 万元。

这是河北省污染源远程执法系统应用的一个典型案例。

据统计，2018 年河北省共开展了 5 次集中的废水远程执法抽查行动，抽查涉水企业 508 家次，其中污水处理厂 440 家次，涉水企业 68 家次，立案调查 96 家。在对白洋淀上游及其周边污水处理厂全覆盖远程执法抽查中发现，29 家污水处理厂存在超标排污行为。

## 涉气污染源可校验在线数据<br>破解在线数据造假

“与涉水污染源可远程留样不同，涉气污染源远程抽查系统工作原理有所不同。”远程执法系统运维人员李坤向记者介绍说，涉气污染源远程执法通过向企业在线监测采样管输送标气来判定企业监测数据是否准确，通标气之后，如果企业在线监测设备监测数据与标气浓度相符，则说明企业在线监测设备运行正常，反之，则存在超标或造假嫌疑。

戎立介绍说，目前河北涉气污染源远程执法抽查设备共 380 套，覆盖 181 个重点监控企业的 380 个排放口。2018 年，河北省共开展了 6 次废气远程执法抽查行动，抽查企业 474 家，涉及排放口 943 个，其中 156 家企业 168 个排放口涉嫌超标排放或监测数据异常。

采访中，记者了解到，由于涉气污染源在线监测设备大多数由第三方企业运营维护，监测数据是实时的，每分钟都在出数，远程抽查中，一旦采样管通入标气，数据就会产生波动，第三方运维人员往往先于执法人员到达现场，使执法人员的现场调查“失真”，部分数据异常问题难以确定责任方。

针对这一问题，河北省将开展涉气远程执法抽查系统调研，创新监管的方式方法以解决抽查结果与现场调查结果不一致问题。同时，河北省将强化与公安部门的协调联动，严厉打击监测数据造假行为，严厉打击故意破坏、损坏、妨碍远程执法抽查系统正常工作等违法行为。

### 省、市、县三级共用一套技术规范<br>发挥“哨兵”作用

河北污染源远程执法抽查系统犹如“哨兵”，成为发现企业环境违法问题的重要途径。

为进一步规范远程执法系统，提升应用水平，河北省制定了《污染源远程执法抽查系统技术规范》，这一地方标准自 2018 年 5 月 9 日起正式实施，为省、市、县三级共用远程执法系统提供了技术规范。

任立强介绍说，河北省远程执法抽查系统建成以来，坚持省、市、县三级共享共用，2018 年，各市利用远程抽查系统自行开展了有针对性的抽查，共抽查企业 217 家次，立案调查 20 家；8 家污水处理厂已处罚到位，共罚款 140 万元；8 家正在履行法律程序，其中秦皇岛开发区泰盛水务有限公司龙海道污水处理厂因连续超标，被按日连续处罚 960 万元。

任立强表示，“今年，河北将进一步加大远程执法抽查系统的建设和应用力度，一方面，扩大远程抽查系统覆盖范围，合理匹配抽查设备，力争重点排污企业实现全覆盖；另一方面，强化应用，尤其是市、县两级要加大应用力度，河北省生态环境厅将对各市抽查、超标、立案、处罚情况实行定期调度，按季度汇总通报制度，让远程执法抽查系统发挥出更大的作用。”

## 依据 48 万个监测数据，河北启动净土保卫战行动计划<br>三年要修复耕地 30 万亩

时间：2019 年 2 月 25 日　作者：周迎久　张铭贤　来源：《中国环境报》5 版头条

河北省土壤污染防治工作领导小组办公室日前印发《河北省净土保卫战三年行动计划（2018—2020 年）》（以下简称《三年行动计划》），对土壤污染防治作出了最新部署。

“《三年行动计划》是河北省持续推进土壤污染防治工作的顶层设计。相较于之前的《河北省‘净土行动’土壤污染防治工作方案》，《三年行动计划》目标更细、任务更重、措施更硬、监管更严。”河北省生态环境厅有关负责人说，“净土行动”工作方案实施两年来，河北省土壤污染防治工作有序推进，部分任务目标提前实现。因此在新的部署中，河北省对土壤污染防治提出了新要求、新目标和新举措。

## 摸清家底，农用地“体检”完成

2018 年，为了摸清全省土壤环境家底，河北省环境监测人员踏遍了每一片土地。

这是河北历史上首次如此全面地对农用地土壤环境进行“体检”：全省共布设了 2.24 万个表层土壤监测点、174 个深层监测点、4 157 个农产品监测点。经过采样、制备、流转、分析测试，河北省共获取分析监测数据近 48 万个。

“体检”已完成，体检报告正在生成中。河北省生态环境厅土壤环境管理处处长张文平告诉记者，正是有了这 48 万个监测数据做支撑，《三年行动计划》提出了新的目标任务。“今年，要全面摸清农用地污染面积、分布及其污染程度，完成产粮（油）大县的耕地土壤环境质量类别划分。到明年，基本完成耕地土壤环境质量类别划分，建立耕地土壤环境质量分类清单。”

根据体检报告单，分类施治、对症下药，让河北省土壤污染防治的各项目标任务更具体，各项举措更具操作性。

记者采访中了解到，在全面摸清农用地土壤环境家底基础上，河北省同步启动了全省重点行业企业用地土壤环境调查。

“目前，河北省已收集 5 186 家企业地块信息。按照《三年行动计划》要求，河北将在今年完成风险筛查工作，初步确定采样调查企业地块清单，开展‘体检’工作。”张文平介绍说，到 2020 年，完成企业用地调查数据的分析、汇总和评价等工作，根据“体检”结果，建立污染地块清单和优先管控名录。

## 蹚出路子，“先行区” 建设启动

“全面摸清土壤环境状况，是《三年行动计划》明确的七大重点任务之首。”河北省生态环境厅副厅长吕竹青介绍说，在摸清家底的基础上，河北还将重点推进农用地分类管理、严格实施建设用地准入管理、着力整治农业面源污染、切实强化涉重金属污染整治、有效提高固体废物管理水平、充分发挥典型示范引领作用 6 项任务。

土壤污染防治起步晚、基础薄弱，没有现成的经验可循。选择一部分地区先行先试蹚路子，成为河北省土壤污染防治的又一“重头戏”。

“目前，雄安新区国家级‘先行区’建设方案和石家庄栾城区、辛集市省级‘先行区’建设方案均已发布实施。雄安新区在全国率先完成农用地和重点行业企业用地土壤污染状况详查，为全省乃至全国的土壤环境状况详查工作提供了经验借鉴。”吕竹青解释说，下一步，雄安新区将按照“无废雄安”的目标，持续推进“健康土壤”先行区建设。

在推进“先行区”建设的同时，河北省还谋划实施了一批土壤污染治理修复试点项目。“在耕地污染治理修复试点中，河北省谋划了 14 个项目，计划修复面积近 1 万亩。”河北省生态环境厅土壤环境管理处副处长崔立昌介绍说。截至目前，辛集市项目、石家庄栾城区一期项目已完成治理修复。赵县、新河县等 5 个项目正在施工中，其余 7 个项目正在前期准备中。“此外，河北实施了两个工业污染地块的治理修复试点项目，其中唐海农药厂项目完成治理修复，河北铬盐化工项目正在推进中。”

记者从河北省《三年行动计划》中看到，河北省将持续开展污染耕地治理与修复工作。到 2020 年，全省治理和修复受污染耕地面积达到 30 万亩以上，受污染耕地实现安全利用的面积达到 121 万亩，确保群众舌尖上的安全。

## 收紧口子，固体废物、危险废物管控更严格

土壤污染防治工作重在风险管控，这意味着既要治理和修复已污染土地，更要严防新增土壤污染。

《三年行动计划》确定的 7 项重点任务中，近半数聚焦在新增污染源管控上。这表明，河北将进一步“收紧口子”，强化固体废物、危险废物、涉重金属等污染物风险管控。

“2018 年，在强化固体废物、危险废物监管上，河北省做了大量基础性工作。”张文平向记者举例说，在固体废物隐患整治方面，河北省组织开展了皮革、涉酸等重点行业的整治排查行动，发现问题企业 1 528 家、隐患问题 2 857 个，已完成整改 2 811 个。

在涉危险废物企业监管方面，58 家危险废物处置单位和 424 家年产废 100 吨以上单位完成了监控设施安装。在重金属减排方面，建立了全口径涉重金属重点行业企业清单，完成了 81 个重金属减排项目。此外，全面禁止洋垃圾入境，河北省全年进口量同比下降 81%。

按照《三年行动计划》要求，河北将进一步加严监管标准，实行重金属污染物排放总量控制制度，严控涉重金属行业新增产能。到 2020 年，全省重点行业重点重金属排放量比 2013 年减排 12%以上；进一步提升固体废物、危险废物信息化管理水平，提升危险废物处置能力。到 2020 年，全省医疗废物集中收集和集中处置率基本达到 100%，石家

庄市建成区生活垃圾无害化处置率达到100%。

该负责人表示，“新的一年中，河北将紧盯《三年行动计划》确定的各项目标任务，梯次推进土壤污染综合防治工作，确保人民群众吃得放心、住得安心”。

# 河北万名环保干部进万企
# 深入企业调查，建立问题台账，一企一册，确保帮扶严、准、实

时间：2019年2月28日　作者：周迎久　张铭贤　来源：《中国环境报》6版头条

河北省生态环境厅近日印发通知，决定自今年2月至12月底，在全省生态环境系统组织开展“万名环保干部进万企 助力提升环境治理水平”主题实践活动，通过“送法律、送政策、送科技、送方案、送服务”等方式，助力企业提升环境治理水平，有效推动企业生产发展与环境保护双赢。

河北省生态环境厅有关负责人表示，习近平总书记在中央经济工作会议上强调，打好污染防治攻坚战，要坚守阵地、巩固成果，聚焦做好打赢蓝天保卫战等工作，加大工作和投入力度，同时要统筹兼顾，避免处置措施简单粗暴；要增强服务意识，帮助企业制定环境治理解决方案。河北省委九届八次全会和省“两会”对全力推动经济高质量发展和生态环境高水平保护做出了安排部署，开展本次主题实践活动将深入贯彻习近平生态文明思想，认真落实省委、省政府的决策部署，通过优化监管方式，实行精准执法，提高服务意识和服务质量，协同推进经济高质量发展和生态环境高水平保护。

## 一线“把脉问诊”
## 为帮扶企业进行“全面体检”

搞清楚“存在什么问题、什么问题最突出”是最重要、最基础的工作，本次主题实践活动将首先对帮扶企业进行全面体检。

“万企”都有谁，河北省《关于在全省生态环境系统开展“万名环保干部进万企、助力提升环境治理水平”主题实践活动实施方案》（以下简称《实施方案》）明确提出，此次主题实践活动将以有污染排放的省、市、县三级规模以上工业企业以及战略新兴产业、先进制造业、科技型中小微成长型企业作为主要帮扶对象。

在帮扶形式上，《实施方案》明确提出，河北省将组织省、市、县三级生态环境部门干部力量，通过深入企业、深入一线，采取实地走访和与企业负责人、一线职工进行座谈、专家会商、执法检查等方式，多频次、广角度、全面细致地进行调查研究，真正了解掌握企业在生态环境保护和生产经营中存在的突出问题，形成问题台账，为有针对性地制定帮扶措施提供坚实基础。

河北省生态环境厅环境监察专员张桂生介绍说，为确保主题实践活动取得实效，河北省将优选帮扶人员，实行领导包联制度，厅级领导包联不少于 5 家企业；省厅各处室、单位分别对接帮扶 5～10 家企业；各市、县参照省厅做法优选帮扶人员，开展结对服务。

## 精准“开出药方”<br>指导督促企业“按方吃药”

张桂生介绍说：“主题实践活动中，河北省将坚持问题导向，实行精准服务，按照存在什么问题就解决什么问题、什么问题突出就解决什么问题的思路深入推进。”

记者从《实施方案》中看到，河北省在本次主题实践活动中将认真梳理分析企业存在的实际问题，以问题为依据，结合工作职责，形成有针对性的治理方案，明确服务目标和解决时限，逐企建档立卡，实行“一企一册”，台账管理，动态更新，确保帮扶工作严、准、实。

在主题实践活动中，河北省将开展送法进企业活动，印制并发放“环保法律法规汇编”，主动宣贯环境法律知识。组织企业法定代表人、主管环保负责人、环保直接责任人开展专题培训，增强企业生态环境意识。进一步优化审批流程，依法合规帮助企业完善环保审批手续、为重大基础设施、民生工程和重大产业布局项目开辟绿色通道。编印“环评政策法规百问百答”，及时为企业在环保规定、政策等方面进行答疑解惑。

此外，河北省还将开展生态环境保护技术政策和技术供需对接，启动企业环保治理需求发布平台，发布环保治理需求，为企业提供“最新环保推荐技术”“引智项目国外先进技术目录”等急需的治理技术，为企业发展提供高质量的环保公共服务。在生态环境执法过程中，坚持执法与普法相结合，推行环境问题“一次性告知”和“环境违法隐患提示”制度，对检查发现的环境问题隐患和日常管理漏洞，提前实施预警，并督促整改到位，切实从源头上减少环境违法行为发生。

## 跟踪“治疗效果”<br>确保帮扶企业“祛病强身”

本次主题实践活动将为每一家帮扶企业建立“体检本”或“病例本”，并持续跟踪

“治疗效果”，督导企业严格落实治污主体责任，积极引导企业自觉守法，努力实现环境效益、经济效益、社会效益共赢。

不仅走出去，更要请进来。按照《实施方案》，河北省还将在各级生态环境系统设立“企业环保接待日”和“生态环境政企联系信息交流平台”等，多渠道接受企业关于环境问题的咨询，及时答疑解惑和信息反馈。同时，加强督促指导，推动企业严格按照法律法规要求和制定的整改措施，尽快解决生态环境问题，按时完成整改提升任务。

河北省环境综合执法局常务副局长任立强表示，开展本次主题实践活动并不是意味着要放松监管要求，降低执法标准，更不是要走“回头路”，而是要坚持严格监管、精准执法与主动服务并重，鼓励先进与惩戒落后并举，对于自觉守法、主动治污、主动减排的企业，特别是对战略性新型产业、现代服务业、环保“领跑者”企业和环境友好的成长性中小微企业，进一步加大扶持力度，引导企业规范发展、做大做强；对于不符合产业政策、手续不全、治理无望、不能稳定达标排放的企业，坚决予以取缔；对于高耗能、高污染的行业企业，从严从紧监管；对屡查屡犯、拒不整改、偷排偷放、长期超标排放的严厉打击、依法惩处。

该负责人表示，河北省在2018年已出台严格禁止生态环境保护领域“一刀切”的指导意见、重点行业秋冬季差异化错峰生产绩效评价指导意见等政策文件，本次“万名环保干部进万企　助力提升环境治理水平”主题实践活动是进一步落实和深化“放管服”改革的重要举措，在主题实践活动中将坚决杜绝形式主义、官僚主义，转变工作作风，保持与企业的“亲、清”关系，真正为企业发展、环境治理出实招、办实事，切实解决实际困难，助力企业高质量发展。

## 河北召开全省生态环境保护工作会议部署2019年重点工作 紧盯五大领域推进治污攻坚

时间：2019年3月15日　作者：周迎久　张铭贤　来源：《中国环境报》5版头条

记者从3月11日召开的2019年河北省生态环境保护工作会议上获悉，今年河北省将紧紧围绕首都水源涵养功能区和京津冀生态环境支撑区定位，协同推进经济高质量发展和生态环境高水平保护。

“今年是打好污染防治攻坚战、决胜全面建成小康社会的关键一年，河北省将紧盯大气、水、土壤、生态和白洋淀等五大领域推进治污攻坚。”河北省生态环境厅有关负责人表示，通过治污攻坚，推动全省生态环境质量持续改善，加快建设天蓝、地绿、水清的美丽河北。

## 紧盯空气质量改善目标<br>坚决打赢蓝天保卫战

在总结过去一年工作时，该负责人说，2018 年，全省 $PM_{2.5}$ 平均质量浓度为 56 微克/米$^3$，比 2017 年同比下降 14%，空气质量为 6 年来最好。

在看到成绩的同时，该负责人也告诫全省生态环境系统干部职工，“河北的空气质量改善基础相对脆弱，全国 169 个重点城市空气质量排名中河北省有 5 个位居后十位，全省 $PM_{2.5}$ 平均质量浓度比全国平均水平的 39 微克/米$^3$ 高 17 微克/米$^3$，打赢蓝天保卫战仍需紧盯目标任务，持续推进产业结构、能源结构、运输结构和用地结构优化调整，标本兼治开展治理攻坚。”

推进产业结构调整。河北省年内将再压减钢铁产能 1 400 万吨、水泥 100 万吨、平板玻璃 660 万重量箱、煤炭 1 000 万吨、焦炭 300 万吨、火电 50 万千瓦，搬迁改造或关闭退出城市建成区 19 家省定重点工业企业。

推进能源结构调整。河北省将稳步推进冬季清洁取暖改造，基本淘汰 35 蒸吨/小时及以下燃煤锅炉，35 蒸吨/小时以上燃煤锅炉基本完成超低排放改造和有色烟羽治理。严格散煤监管，严厉打击销售和使用劣质散煤违法行为。

推进交通运输结构调整。河北省将开展重型柴油货车专项整治，坚决取缔、严厉打击黑加油站（点）。7 月 1 日起，全省实施机动车国六排放标准。大力推动“公转铁”“海铁联运”，提高铁路货运能力和比例。

推进用地结构优化调整。河北省将着力打好扬尘面源污染综合治理攻坚战，统筹推进“六尘”共治，依法关闭不达标的露天矿山，严禁秸秆垃圾露天焚烧。

推进工业污染深度治理。河北省将重点推进 100 个钢铁、70 个焦化超低排放改造项目，实施 80 个燃煤电厂深度治理项目，积极推进陶瓷、水泥行业超低排放改造试点。巩固“散乱污”企业整治成果，确保动态清零。涉 VOCs 排放工业企业全面完成整治任务。开展重点行业企业无组织排放深度治理。

## 紧盯重点区域重点流域<br>着力打好碧水保卫战

“‘重气轻水轻土’思想在全省不同程度存在，人力、物力、精力投入相对不足。全省八大水系水质总体呈中度污染，部分流域水体污染依然较重。”该负责人要求，持续推进全省水环境质量改善，必须紧盯重点区域、重点流域，系统施治、综合施策，着力打好碧水保卫战。

记者从会议上获悉，今年，河北省将按照源头控制、水陆统筹、河海兼顾、流域治理的思路，系统推进水污染防治和水生态保护，重点实施5个专项行动——

饮用水水源地保护专项行动。组织开展“千吨万人”（日供水千吨或服务万人）以上饮用水水源调查评估和保护工作，完成县级以上地表水型城市饮用水水源保护区环境综合整治，15个地表水型饮用水水源一级保护区建成防护隔离设施。

重点河流治理专项行动。组织编制滦河、潮白河等重点河流生态环境保护规划，依法取缔非法入河排污口。全力推进滹沱河、滏阳河、沧浪渠等重污染河流（河段）环境治理攻坚，确保水质按期达标。

工业污水达标整治专项行动。现有省级涉水工业集聚区全部达到污水集中处理要求。严格落实八大水系干流沿岸、重要饮用水水源地补给区环境准入管控，全省重点涉水排污单位实现稳定达标排放。

城镇污水和黑臭水体治理专项行动。加强城镇污水处理厂监督管理，确保污水处理设施稳定达标运行。全面整治黑臭水体，各市城市建成区黑臭水体消除比例达到90%。

渤海综合治理专项行动。制定《渤海综合治理攻坚战实施方案》。综合整治不达标入海河流，启动消灭劣Ⅴ类行动，实施沿海三市总氮排放总量控制，取缔非法与设置不合理入海排污口。实行湾长制，推动重点河口海湾污染整治。

## 紧盯土壤环境安全<br>打好农业农村污染治理攻坚战

土壤污染防治起步晚、基础薄弱，是生态环境治理攻坚中的又一难点。该负责人要求，全省生态环境系统要“围绕让人民群众吃得放心、住得安心，加快补齐突出短板，着力打好农业农村污染治理攻坚战”。

记者了解到，围绕农业农村污染治理攻坚战，河北省部署了4项重点任务——

大力开展农村环境综合整治。梯次推进农村生活污水治理，新增完成4 000个村庄生活污水治理任务，1.5 万个村庄生活污水实现有效管控。深入推进南水北调沿线、饮用水水源地周边等重点区域农村环境综合整治，新增完成 2 000 个建制村整治任务。

有序推进土壤污染治理与修复。6 月底前全面摸清农用地污染面积、分布及其污染程度，年底前完成重点行业企业用地调查信息采集入库和风险筛查。实施农用地分类管理，建立建设用地土壤污染修复名录。加快土壤污染综合防治先行区建设，推进涉重金属行业企业排查整治。

着力强化地下水污染防治。制定地下水污染防治实施方案，组织开展全省重点区域地下水基础环境状况调查，完善地下水环境监测网络体系，探索开展污染修复（防控）试点。

严格固体废物管理。组织开展“增负荷、清库存、提水平”专项整治活动，规范危险废物经营单位管理，严厉打击非法转移、倾倒、处置等违法行为。从严审查、减量进口固体废物，坚决禁止洋垃圾入境。

## 紧盯“两区”建设<br>打好生态环境排查整治攻坚战

坚决守住生态环境安全底线，河北要求各地，紧紧围绕首都水源涵养功能区和京津冀生态环境支撑区定位，以维护京津冀生态安全为目标，着力打好生态环境排查整治攻坚战。

坚决防范化解生态环境领域风险。河北要求各地严格核与辐射安全监管，实施废旧金属回收熔炼企业辐射安全专项整治。把生态环境风险纳入常态化管理，开展生态环境风险评估与监测预警。及时妥善处置各类突发环境事件，保障环境安全。

深入开展生态环境大排查大整治。聚焦自然保护区、水源保护区、重要生态功能区等生态环境敏感脆弱区，全面排查整治违法违规侵占重要自然生态空间、破坏损害生态环境等突出问题，对 2018 年大排查大整治开展“回头看”和再排查。

扎实推进重点敏感区域环境治理。加强北京冬奥会张家口赛区生态环境治理与建设，做好生态环境质量监测。抓好京津水源骨干河流的监督管理和环境保护，确保京津水源安全。在重要流域和省级以上开发区等重点区域，划定“三线一单”。

健全生态保护红线管控机制。制定实施生态保护红线监督管理办法，开展生态保护红线勘界定标，推进生态保护红线监管平台建设，开展生态保护红线监测预警与评估考核。

### 紧盯雄安新区
### 打好白洋淀生态环境治理攻坚战

该负责人表示，加强白洋淀生态环境治理和保护是推进雄安新区规划建设的基础工作，既是一项紧迫的政治任务，也是一项重大的民生工程。

据了解，河北省将大力实施城镇污染治理、农村污染一体化治理、水产畜禽养殖污染治理、旅游餐饮污染治理、农业面源污染防治、工业污染综合治理、淀区生态治理修复、入淀河道综合整治、纳污坑塘及黑臭水体治理、生态保护与利用等十大工程，全力推进雄安新区水生态环境治理与修复。

坚持上下游综合施治，河北将着力深化城镇污水和垃圾治理、工业污染防治、农业农村污染整治、河道综合整治、河流生态修复、纳污坑塘及黑臭水体整治六大任务，推进保定市及白洋淀上游流域污染防治，削减入淀入河污染负荷。

河北省还将探索制定白洋淀水生态基准，建立生态保护和绿色发展专家咨询机制和白洋淀生态环境监管执法队伍，保障白洋淀生态环境治理攻坚顺利推进。

## 河北省印发城市地表水环境质量通报排名和奖惩问责办法
## 奖惩“指挥棒” 调动积极性

时间：2019年3月21日　作者：周迎久　张铭贤　来源：《中国环境报》8版头条

“河北省将按月对11个设区市地表水环境质量进行排名，并根据排名情况进行资金奖惩和追责问责。月度倒排第一名的将被扣减财政资金300万元，累计3次倒排第一名的将公开约谈市政府负责人。”河北省委办公厅、省政府办公厅日前联合印发《河北省城市地表水环境质量达标情况通报排名和奖惩问责办法（试行）》（以下简称《办法》）。《办法》将于今年4月1日起实施。

### 全国首例
### 《办法》以省委、省政府两办名义印发实施

“去年以来，河北省水环境质量持续改善，但仍有个别断面未达到考核要求，个别地

区水质出现恶化。河北省委、省政府主要领导高度重视，要求建立健全治理考核和问责机制，压实水污染防治工作责任。”河北省生态环境厅有关负责人介绍说，严格落实水污染防治属地管理责任，强化各地水环境质量目标管理，确保水环境质量只能变好、不能变差，全力打好碧水保卫战，河北省起草了《办法》，经过多轮次征求意见修改完善后，最终以省委、省政府两办名义印发实施，这在全国尚属首例。

《办法》在借鉴先进经验基础上，结合河北水环境省情，确定以“地表水环境质量达标指数”作为排名依据，按月计算并对外通报排名，公布奖惩结果。

河北省生态环境厅副厅长赵军全程参与了《办法》的制定工作，他向记者介绍说，这个达标指数是个“总分”，影响“总分”的有国（省）考断面达标率、重点县（市、区）断面达标率、重点涉水企业排放达标率三个单项“成绩”，三个单项成绩分别占总分比重的 60%、30%、10%。

据了解，河北省“地表水环境质量达标指数”涉及的排名指标，共覆盖了 11 个设区市的 160 多个县（市、区）、350 多个断面、1 800 余家重点涉水企业，做到了国、省、市考核断面全覆盖、重要水体和重点涉水排放源全覆盖，能够较为全面地反映出各地水污染防治工作的进展和成效。

此外，对于辖区考核断面数量过少的雄安新区、定州市、辛集市，只参与年度考核，不参与月度通报排名。

## 奖惩问责
## 采取资金扣缴、预警通报、约谈问责、专项督察、区域限批等方式

赵军介绍说，“在奖惩问责上，《办法》综合运用资金扣缴、预警通报、约谈问责、专项督察、区域限批等方式，构筑起了多手段、立体化的通报排名奖惩问责机制。”

在资金奖惩方面，《办法》规定，对月度排名 1～3 名的设区市，分别奖励 300 万元、200 万元、100 万元；对倒排 1～3 名的市分别扣减 300 万元、200 万元、100 万元。达标指数为 100%的市只奖不惩。各市获得的奖励资金统筹用于本地水污染综合治理项目、水环境监管能力建设，严禁挪作他用。

在预警提示和通报批评方面，《办法》规定，对月度倒排后 3 位或国（省）考断面未达标的市，进行预警提示；对地表水环境质量恶化、国（省）考断面达标率连续两个月同比下降的市，通报批评。

在公开约谈方面，《办法》规定，对月度倒排第一位累计 3 次，或地表水环境质量持续恶化、国（省）考断面达标率连续 3 个月同比下降，或国（省）考断面连续 3 个月未

达到目标要求的市，公开约谈市政府负责人，省纪委监委机关、省委组织部派员参加。

在专项督察和追责问责方面，《办法》规定，连续2次被约谈，或水环境质量严重恶化且造成社会影响，或未完成水污染防治年度目标任务的市，由河北省水污染防治工作领导小组办公室派出督察组开展专项督察，在查清事实、区分责任的基础上提出问责建议，并按照干部管理权限移交有关部门予以追责问责。

在区域限批方面，《办法》规定，对连续3个月未完成水环境质量改善目标任务，国（省）考断面达标率连续3个月同比下降的市实施区域限批，直到连续3个月水环境质量稳定达标后方可解除。

## 科学落地
## 与以水环境质量绝对好坏为标准不同，《办法》充分考虑到了当地水环境实际

在具体实施过程中，《办法》是否能科学落地？

面对记者的疑惑，河北省生态环境厅水环境管理处副处长赵宪伟解释说，“为保证《办法》的科学性、公平性、适用性，我们利用2018年各市月度地表水环境质量数据进行了逐月的预测分析。预测和评估结果表明，《办法》确定的排名变动能够反映出各地水污染防治工作的实绩，奖惩和问责机制有望充分调动各市县治水积极性，具有较强的科学性、公平性”。

“与一些省份以水环境质量绝对好坏为主要衡量标准不同，《办法》充分考虑到了河北的水环境实际。河北省流域水资源分布不均、各市地表水水质本底值相差较大，既有张承等地的优良水质，又有冀中南的Ⅴ类、劣Ⅴ类水质。如果单纯以水环境质量为评价标准，不利于调动水质本底差的地区治理积极性。”赵宪伟介绍说，“以考核促治理，河北省在《办法》制定中，更注重考察各地纵向比较的治理成效，能够激励各地主动加压主动作为，力促水环境质量不断好转。”

今年是河北省碧水保卫战三年行动计划的第二年，河北省将充分发挥“通报排名和奖惩问责制”考核指挥棒作用，系统推进水污染防治和水生态保护，确保全省地表水74个国考断面中，达到或优于Ⅲ类水体断面比例达到47.3%以上，劣Ⅴ类水体断面比例下降至29.7%以下；全省31个国考地级城市集中式饮用水水源水质达到或优于Ⅲ类比例为100%。

# 念好“紧箍咒” 用好“大数据”
# 河北污染源普查质量控制做得扎扎实实

时间：2019年3月25日 作者：张铭贤 李鑫 来源：《中国环境报》6版头条

2018年年底，河北省第二次污染源普查按时完成入户调查数据采集工作，确定入户调查污染源名录总计18万家。

面对数据总量大、汇总统计困难、审核工作任务重等问题，河北省紧盯“全面、真实、一致”工作目标，强化质量控制，多措并举创新方法，对入户调查数据质量实行全过程控制，数据审核有序推进，质控工作取得积极进展，受到生态环境部肯定与表扬。

念好“紧箍咒”，建章立制推进普查工作。河北省在污染源普查工作中，坚持高位推进，建章立制，为数据质量提供了制度保障。在入户调查的关键节点，组织技术力量开展抽查检查、市级互查等行动，及时发现问题解决问题，提升了普查数据质量。

同时，河北省普查办实行双周调度与每日通报制度，由河北省生态环境厅主管厅领导召集各市主管局长在省普查办召开了8次双周调度会，针对阶段性问题进行调度部署；在日通报工作机制中，河北省普查办根据各阶段工作重点，将各市普查机构系统审核错误率、人工审核比例、空间信息审核进度、错误整改率等进行每日通报，通过全省大排名，表扬先进，鞭策后进，传导了工作压力，确保了普查质量控制工作按照时序进度要求顺利推进。

用好“大数据”，大幅度提升数据质量和审核效率。河北省自主研发了污染源环境管理数据平台，可具备普查数据管理、进度统计、自动审核、人工审核、综合查询、统计分析等功能，通过运用“大数据”，进一步提升了河北省污染源普查数据质量和审核效率。

据了解，河北省污染源环境管理数据平台具备省市县三级整体汇总统计以及五类源的单独统计功能，实现了对填报进度、错误率、整改率、G106表填报情况等的动态统计，为“日调度”提供及时、准确、全面的信息支撑。在自动审核方面，数据平台实现了高效质控。河北省根据相关技术规则，在平台内建立了共计1 417条数据审核规则，对污染源普查数据进行多重交叉检验和质量审核，自动发现问题数据和异常数据。

截至目前，河北省累计自动审核普查对象 1 177 万次，共发现待整改、待确认指标262万个，修改232万次，使河北省整体错误率从最初的79.3%下降至目前的3.3%。

此外，针对自动审核功能无法识别的数据问题，河北省在平台中内嵌了人工审核系统，并配套审核限期整改制度，加强对问题整改的追踪、督办。目前，河北省人工审核率达到96%以上，省、市、县三级共下发整改通知单44万余份，区县反馈整改确认单近43万份。在统计分析方面，河北省根据五类源数据特点，在平台内嵌入多维度动态统计分析功能，发现异常数据，可逐级溯源直至企业，结合数据审核流程，督促问题整改，保障数据质量。

今年，河北省将进一步强化各级普查数据质量责任，扎实做好普查数据审核工作，确保圆满完成普查任务，实现污染源普查成果的高效应用和共享利用，实现污染源的精细化管理。

# 河北施工场地扬尘排放标准今起实施 未达标排放的处一万元以上三万元以下罚款

时间：2019年4月1日　作者：周迎久　张铭贤　来源：《中国环境报》5版头条

为进一步强化扬尘源头管控和执法，减少扬尘排放污染，记者近日从河北省生态环境厅召开的新闻发布会上获悉，地方标准《施工场地扬尘排放标准》（以下简称《标准》）于4月1日实施。

河北省环境监测中心实验分析室主任王淑娟是《标准》的起草者之一。她向记者介绍说，近年来，随着大气污染综合治理的不断深入，河北省扬尘污染问题逐渐凸显。据测算，扬尘污染对$PM_{10}$质量浓度的贡献率约为42%，而施工扬尘又是扬尘污染的一大重要来源。因此制定《标准》，提高施工工地扬尘污染防治水平势在必行。

## 以$PM_{10}$为控制指标 施工工地小时质量浓度值不得超过背景点80微克/米$^3$

“$PM_{10}$是施工场地扬尘的主要污染因子，也是国省控环境空气质量自动监测站监测的项目之一，还是河北省扬尘在线监测和联网的项目，便于操作。”河北省生态环境厅科技处副处长李红彦介绍说，《标准》确定了施工场地扬尘排放控制项目为$PM_{10}$。

记者从《标准》中看到，河北确定的扬尘排放监测点质量浓度限值为80微克/米$^3$。

监测点质量浓度限值是指施工场地监测点$PM_{10}$小时平均质量浓度实测值与同时段所属县（市、区）$PM_{10}$小时平均质量浓度值的差值，当县（市、区）$PM_{10}$小时平均质量浓度值大于 150 微克/米$^3$时，按 150 微克/米$^3$计。

李红彦解释说，在这个计算公式中，施工工地所在县（市、区）同时段的$PM_{10}$质量浓度值就好比是一个“背景值”，施工工地不得高于背景值 80 微克/米$^3$。《标准》的一个亮点是，设置了背景值最高限值，即 150 微克/米$^3$，当县（市、区）$PM_{10}$小时平均质量浓度值大于 150 微克/米$^3$时，取 150 微克/米$^3$计。这也意味着，随着背景值$PM_{10}$质量浓度越来越高，施工工地的排放空间就会越来越小。据测算，当背景值 $PM_{10}$小时质量浓度值超过 150 微克/米$^3$后，空气质量一般也就达到了重污染预警程度，这个时候工地应当采取措施停工减排了。

“施工工地扬尘是敞开源，往往是短时间较高浓度排放，瞬时性强。”王淑娟向记者介绍说，在充分考虑《标准》可行性的情况下，河北在制定中综合考虑了颗粒物的质量浓度限值和最高允许超标次数，一般的标准都是一次超过限值就超标，此次出台的扬尘排放达标判定的依据确定为“每天不得超过 2 次”，即每天累计 3 次以上超标视为不达标。

李红彦介绍说，《标准》的制定与实施，将为监督管理部门贯彻执行河北省人大常委会的《关于加强扬尘污染防治的决定》（以下简称《决定》）的有关规定，加强对扬尘排放严格执法提供标准依据。记者从《决定》中看到，河北明确提出，“建设单位未按照本规定实现扬尘污染物达标排放的，由监督管理部门责令改正，处一万元以上三万元以下罚款。”

## 明确监测点数量设置<br>一万平方米以上十万平方米以下工地至少设置 4 个监测点

作为河北省控制扬尘污染的一个强制性地方标准，《标准》还明确了施工场地监测点数量和设置规范。

记者从《标准》中看到，河北省要求施工工地监测点位宜设置于施工区域围栏安全范围内，可直接监控施工场地主要施工活动。监测点位不宜轻易变动，以保证监测的连续性和数据的可比性。监测点位应优先设置于车辆进出口处。监测点数量多于车辆进出口数量时，其他监测点位应结合常年主导风向，设置在工地所在区域主导风向下风向的施工场地边界，兼顾扬尘最大落地浓度。

此外，当与其他施工场地相邻或施工场地外侧是交通道路且受道路扬尘影响较大时，施工场地监测点宜避开在相邻边界处设置监测点。在采样口设置上，《标准》要求高度宜在 3～5 米范围内。

“在监测点数量要求上，河北《标准》与天津市的相关技术规范保持了一致，体现了京津冀协同发展要求。”李红彦介绍说，比如，《标准》规定，占地面积小于等于 5 000 米$^2$的施工场地，应最少设置 1 个监测点；占地面积大于 5 000 米$^2$小于等于 10 000 米$^2$的，应最少设置两个监测点；占地面积大于 1 万米$^2$小于 10 万米$^2$的，应最少设置 4 个监测点等。此外，市政建设施工中的线性工程每个标段宜设置 1～2 个监测点位。

## 近六万数据测算分析
## 《标准》实施后施工场地浓度超标数量将减少 34%

据了解，在前期认真落实河北省人大常委会《决定》和河北省住建部门“六个百分百”管理要求的情况下，河北全省 5 003 个施工工地已经安装 $PM_{10}$ 在线监测系统 4 577 套（个），基本实现了施工工地 $PM_{10}$ 在线监测和视频监控的“双覆盖”。这确保了《标准》实施后，数据可监测、可核查。

李红彦说：“为使《标准》可行性得到保证，我们通过对石家庄、邯郸、沧州、唐山、张家口等地的施工场地近 6 万个 $PM_{10}$ 在线监测数据统计分析和现场调研、监测，在严格落实‘六个百分百’措施的情况下，施工场地可实现达标排放。”

王淑娟认为，“开展施工场地扬尘污染防治在技术上没有难点，关键是要有效管理和落实扬尘防治措施。《标准》实施后，可进一步提升河北省建筑施工扬尘污染防治管理水平，有效控制扬尘污染。经过测算，河北省施工场地 $PM_{10}$ 小时质量浓度超标数量将减少 34%，环境效益明显。”

“强化扬尘污染管控，河北省打出了一套‘组合拳’。河北省人大常委会出台了《决定》，省政府正在制定扬尘排放的管理办法，省生态环境厅制定了地方《标准》，编制完成了相应的检测技术规范，推动征收扬尘环保税。下一步，针对《标准》的实施，河北省还将开展扬尘排放执法检查。”河北省生态环境厅科技处处长米海亮介绍说，随着《标准》的实施，河北省初步形成了一套比较完整的扬尘管理体系机制，包括立法、标准、基础规范、税收、执法等，既有法律手段，也有行政手段、技术手段和经济手段。

# 《2018年河北省生态环境质量概要》发布 生态环境质量持续改善

时间：2019年4月4日 作者：周迎久 张铭贤 来源：《中国环境报》6版头条

河北省生态环境厅近日发布了《2018年河北省生态环境质量概要》（以下简称《概要》），全面公开河北省2018年度空气、水环境、声环境及生态环境质量。

《概要》分为全省环境质量状况和各市环境质量状况，其中，全省环境质量状况中，2018年，河北省大气、水环境质量实现了持续改善，近岸海域水质状况为优，较2017年好转两个等级。全省区域环境噪声昼间为较好，夜间为一般。全省生态环境质量状况评价结果为一般，承德和秦皇岛市为良。

## 综述：主要生态环境指标大起底

全省设区市优良天数平均为208天；2018年全省11个设区市环境空气质量均未达到国家二级标准限值要求；全省11个设区市$SO_2$、CO两项污染物质量浓度全部达到国家二级标准。

全省$PM_{2.5}$平均质量浓度为56微克/米$^3$，完成省考核目标任务。11个设区市均完成省考核目标任务。

全省实际监测210个地表水国、省控监测点位，其中达到或好于Ⅲ类的水质断面占53.81%，同比升高1.55个百分点。劣Ⅴ类占14.76%，同比降低9.86个百分点。

近岸海域海水环境质量监测站位13个，水质以一类为主，水质状况为优，较2017年水质（一般）状况好转两个等级。

2018年全省区域环境噪声昼间为较好，夜间为一般；全省道路交通噪声昼间和夜间均为好。与2017年相比，区域环境噪声昼间升高了0.2分贝，道路交通噪声昼间升高了0.8分贝。

2018年全省生态环境状况指数（EI值）为54.38，评价结果为一般。承德和秦皇岛两个设区市生态环境质量为良，其余9个设区市生态环境质量为一般。

## 空气质量：11个设区市均完成$PM_{2.5}$浓度考核目标任务

城市空气质量中，全省空气质量综合指数平均为6.26，较去年的7.08下降12%。各设区市空气质量由好到差依次为：张家口、承德、秦皇岛、廊坊、衡水、沧州、保定、邯郸、唐山、邢台和石家庄。

从优良天数及达标率情况看，全年全省设区市达到或优于二级的优良天数平均为208天，达标天数比例为58.4%，同比增加6天；重度污染以上天数平均为17天，重度污染以上天数比例为4.8%，同比减少12天。

从主要污染物质量浓度看，全省臭氧、$PM_{2.5}$、$PM_{10}$、二氧化氮、一氧化碳、二氧化硫六项主要污染物年均质量浓度值分别为193微克/米$^3$、56微克/米$^3$、104微克/米$^3$、43微克/米$^3$、2.3毫克/米$^3$、20微克/米$^3$，除臭氧同比持平外，其他五项分别同比下降14%、11%、9%、21%、26%。

从达到二级标准情况看，全省11个设区市$SO_2$、CO两项污染物质量浓度全部达到国家二级标准，但环境空气质量均未达到国家二级标准限值要求。张家口臭氧指标未达到国家二级标准，其他五项污染物质量浓度达标。

从$PM_{2.5}$年度考核目标任务完成情况看，全省$PM_{2.5}$平均质量浓度为56微克/米$^3$，完成省考核目标任务；11个设区市及定州、辛集市均完成省考核目标任务。

县域空气质量中，2018年全省168县（市、区）综合指数平均值为6.50，比11个设区市平均值6.26高3.83%。空气质量较好的前20名县（市、区）主要集中在张家口（14个）、承德（5个）两市；后20名县（市、区）在石家庄市分布较多，为11个。

## 水环境质量：好水比例提升，劣水比例下降

2018年全省实际监测210个地表水国省控监测点位，其中河流监测166个断面、湖库淀监测44个点位。210个点位中，达到或好于Ⅲ类的水质断面占53.81%，同比升高1.55个百分点；Ⅳ类水质断面占20.00%，同比升高3.92个百分点；Ⅴ类水质断面占11.43%，同比升高4.39个百分点；劣Ⅴ类占14.76%，同比降低9.86个百分点。

根据生态环境部复核结果，列入国家考核的74个地表水水质监测断面中，全省地表水水质优良（达到或优于Ⅲ类）目标比例为44.6%，实际比例为48.6%，达到目标要求；劣Ⅴ类水体控制目标比例为35.1%，实际比例为20.3%，达到目标要求。

从全省河流水质类别比例看，2018年河北省河流八大水系水质总体为轻度污染。Ⅰ～Ⅲ类水质比例为48.19%，Ⅳ类水质比例为21.08%，Ⅴ类水质比例为12.65%，劣Ⅴ

类水质比例为18.07%，与上年相比水质好转。

从河流主要污染物情况看，2018年河北省河流主要污染指标为化学需氧量、高锰酸盐指数和生化需氧量，超标率分别为44.6%、37.3%和30.1%。八大水系中，辽河水质优，永定河水系水质良好，滦河水系、漳卫南运河水系为轻度污染，北三河水系、子牙河水系、大清河水系为中度污染，黑龙港运东水系为重度污染。

从湖库淀水质情况看，2018年河北省对16座水库和衡水湖、白洋淀进行了监测。不计总氮，岗南水库等11座水库水质达到了Ⅱ类水质标准，水质优；衡水湖、陡河水库、邱庄水库、洋河水库、东武仕水库水质达到Ⅲ类水质标准，水质良好；官厅水库水质为Ⅳ类，轻度污染，主要污染物为氟化物和化学需氧量；白洋淀水质为Ⅳ类，轻度污染，主要污染指标为化学需氧量、总磷和高锰酸盐指数。

从近岸海域海水水质情况看，2018年河北省近岸海域以一类水质为主，一类海水比例为84.6%，二类海水比例为15.4%，水质状况为优。较2017年水质（一般）状况好转两个等级。

## 声环境质量：昼间较好夜间一般

《概要》显示，2018年全省区域环境噪声昼间平均值是55.0分贝，比2017年升高了0.2分贝。昼间区域环境噪声承德为差，保定为较差，石家庄为一般，沧州为好，其他7个设区市区域声环境均为较好。全省区域环境噪声夜间平均值是47.5分贝，保定和承德为差，沧州、邢台和秦皇岛为较好，其他6个设区市区域声环境均为一般。

从城市环境噪声源构成看，2018年影响城市区域环境的噪声源主要分为生活噪声、交通噪声、工业噪声和施工噪声4类，分别占65.09%、22.81%、8.33%和3.77%。影响面广的噪声源是生活噪声和交通噪声，两者之和占了87.90%。

2011—2018年，8年间全省昼间城市区域环境噪声等效声级平均值总体呈上升趋势。各设区城市中，唐山和沧州两个市呈下降趋势，承德、廊坊、保定、邢台、邯郸5个市呈上升趋势，其余城市变化趋势均不显著。

## 生态环境质量：承德、秦皇岛为良好

《概要》根据河北省遥感监测解释结果对全省生态环境状况进行了评价，评价结果为一般。11个设区市按生态环境状况划分为良和一般两个等级。承德、秦皇岛的生态环境状况为良，占全省土地总面积的25.2%；其余9个城市生态环境状况为一般，占全省土地总面积的74.8%。

各设区市生态环境状况按降序排列依次为承德、秦皇岛、保定、石家庄、衡水、张家口、沧州、唐山、邢台、廊坊、邯郸。全省 11 个设区市中，承德市生态环境质量最好，其生物丰度指数和植被覆盖指数明显优于其他城市，同时污染负荷指数较低。邯郸水网密度指数和生物丰度指数较低，而污染负荷指数较高造成其环境质量指数全省最低。

从县（市、区）生态环境状况评价结果看，全省评价结果为良、一般两个等级，承德市的县（市、区）评价结果为良；廊坊市的县（市、区）评价结果为一般；石家庄、唐山、秦皇岛、邯郸、邢台、保定、张家口、沧州、衡水 9 个市，县（市、区）评价结果级别分为良、一般两个等级。

全省县（市、区）评价结果为良的主要分布在太行山沿线、燕山沿线，最集中的就是在承德地区，这些地区森林覆盖率高，生物多样性较为丰富，降水充沛，就造成其植被覆盖指数、生物丰度指数、生物多样性、水资源量均优于其他地区。

## 京津冀协同发展战略实施五年，生态环保领域率先突破 河北加快建设京津冀生态环境支撑区

时间：2019 年 4 月 5 日　作者：周迎久　张铭贤　来源：《中国环境报》1 版头条

生态环境保护是推进京津冀协同发展战略三大率先突破领域之一，五年来，河北省立足京津冀生态环境支撑区和首都水源涵养功能区建设，坚持生态优先、绿色发展，全力以赴打好污染防治的硬仗，着力营造天蓝、地绿、水清的生态环境。

五年来，河北省蓝天保卫战成效显著，水环境质量持续改善，生态保护建设取得积极进展，人民群众获得感、幸福感、安全感大大增强。

### 创新体制机制，支撑区建设“四梁八柱”初步形成

“京津冀地区山水相连、唇齿相依，共处一个生态单元，共享一地自然资源。”河北省生态环境厅有关负责人介绍说，五年来，河北省打破行政区划限制，强化顶层设计，创新体制机制，制定了一系列政策举措，系统性、全方位、多层次的生态环境支撑区建设体系初步形成。

从最初的“1+2”城市，到“2+4”城市，再到“2+26”城市，五年来，京津冀大气污染协同治理的“朋友圈”不断扩大。

“作为‘1+2’城市中的一员，廊坊市是最先受益的城市。2016—2018 年，北京市共支持廊坊市 5 亿多元大气污染防治资金。在本地配套资金和北京市对口帮扶资金共同作用下，廊坊市取缔 35 蒸吨及以下燃煤锅炉 9 200 多台。”廊坊市大气办副主任李春元介绍。

在李春元看来，京津冀协同发展给生态环境治理带来了不少变化。“以前几乎没有互动，如今，三地生态环境部门可以共同研究区域联防联控措施、交流治霾经验、联动开展环境执法。”他说，受益于区域生态环境联建联防联治，廊坊市 2016 年在河北省率先退出全国 74 个重点城市“倒排前十”，2017 年、2018 年持续退出。

打破“一亩三分地”思维，京津冀三地创新体制机制，共同签署了《京津冀区域环境保护率先突破合作框架协议》，编制《京津冀战略环境评价报告》，划定京津冀区域“三线一单”，联合印发《关于促进京津冀地区经济社会与生态环境保护协调发展的指导意见》，签订引滦入津和密云水库上游流域水源涵养区横向生态保护补偿协议，推进水源涵养区建设……

与京津冀三地在生态环境保护上频频互动相呼应，河北省进一步加大了生态环境治理和保护力度。

立足京津冀生态环境支撑区定位，河北省委、省政府印发《关于全面加强生态环境保护坚决打好污染防治攻坚战的实施意见》《河北省打赢蓝天保卫战三年行动方案》，省政府制定《河北省建设京津冀生态环境支撑区规划》和碧水、净土保卫战三年行动计划……生态支撑区建设的“四梁八柱”初步形成。

## 协同治理污染，“好天儿”越来越多

加快建设京津冀生态环境支撑区，要从解决突出环境问题入手。河北作为京津冀大气污染治理的主战场，治理成效直接关系着京津冀蓝天的“成色”。

五年来，河北省累计压减炼钢产能 8 223 万吨、煤炭产能 5 801 万吨、水泥产能 7 370 万吨、平板玻璃 7 983 万重量箱。积极稳妥推进“气代煤”“电代煤”工程，石家庄等 8 个传输通道城市和张家口全部纳入北方地区冬季清洁取暖试点。在全国率先开展钢铁、焦化、电力行业超低排放改造和深度治理，整治“散乱污”企业 12.5 万家。

京津冀协同发展战略实施五年来，河北省环境空气质量状况实现了大幅改善，2018 年全省平均优良天数为 208 天，比 2013 年增加 79 天，空气质量为 6 年来最好。8 个传输通道城市空气质量综合指数较 2013 年改善 42.1%，优良天数增加 97 天，重污染天数减少 83 天，为京津冀蓝天白云做出了河北贡献。

在开展大气污染防治攻坚同时，河北省全方位、全地域、全过程开展生态环境保护，重点流域水污染治理成效显著，河流更加清澈。

聚焦源头污染管控，河北省 191 座县级以上城镇污水处理厂全部达到Ⅰ级 A 排放标准，181 家省级工业园区全部建成集中污水处理设施；作为京津水源涵养区，河北省狠抓潮白河、滦河、永定河、大清河污染防治，潮河出境断面、潘大水库、引滦入津河流水质全部达到Ⅱ类，永定河出境断面水质连续两年达到Ⅲ类，保障了下游京津地区用水安全。

## 构建生态屏障，4 万千米$^2$红线区“护佑”京津

北京正北方向 180 千米，丰宁，华北生态系统的核心区域。这里曾是内蒙古风沙南侵的重要通道，素有京津上风上水之称，既是“水源地”，又是“防沙墙”。

“为首都阻沙源，为京津涵水源，为县域增资源，为百姓拓财源”，如今，一道绿色屏障崛起于丰宁，协同发展的生态效益日益显现。

丰宁只是河北省加快建设区域生态屏障、当好首都生态“护城河”的一个缩影。五年来，河北省组织编制了国家山水林田湖草生态保护修复试点实施方案，张家口、承德、保定市和雄安新区成功纳入国家试点范围。张家口市编制完成首都水源涵养功能区和生态环境支撑区建设规划。

坚持保护与修复并重，河北省组织实施了京津冀风沙源治理、太行山绿化、地下水超采综合治理、湿地草地修复与保护等重点工程，治理水土流失 2 350 千米$^2$，坡改梯面积 10.3 万亩。组织开展生态环境普查整治专项行动，对太行山、燕山、坝上高原等约 9 万千米$^2$进行全覆盖卫星遥感监测。持续开展“绿盾”自然保护区监督检查专项行动，严厉查处自然保护区各类违法违规行为。

山水林田湖草是一个生命共同体，着力构建京津生态安全屏障，河北省在全国率先完成了生态保护红线划定工作，4.05 万千米$^2$的红线区域，护佑京津、雄安新区和华北平原，优化京津冀区域生态空间安全格局。

# 开发区环境空气质量哪家好？
# 河北对省级以上开发区和港口环境空气质量进行监测排名

时间：2019年4月9日　作者：周迎久　张铭贤　来源：《中国环境报》2版头条

河北为全面反映全省省级以上开发区和港口作业区的大气污染防治工作、环境空气质量状况和绿色发展水平，引导开发区创新发展、绿色发展，今年对省级以上开发区和港口统一进行环境空气质量监测排名。

根据河北省生态环境厅日前发布的首份“省级以上开发区环境空气质量状况月度分析报告”，按照空气质量综合指数评价，今年1月，省级以上开发区中，张家口市河北沽源经济开发区空气质量综合指数为1.82，$PM_{2.5}$质量浓度为15微克/米$^3$，两项排名均为第一。

全省5个港口空气质量监测点中按照空气质量综合指数评价，由高到低依次为沧州黄骅港、秦皇岛港东港区、秦皇岛港西港区、唐山京唐港、唐山曹妃甸港；按照港口环境空气质量$PM_{2.5}$质量浓度排名，由高到低依次为沧州黄骅港、唐山京唐港、秦皇岛港东港区、秦皇岛港西港区、唐山曹妃甸港。

月度分析报告还就空气质量综合指数和$PM_{2.5}$月均质量浓度值两项指标，详细列出了各开发区与所属县（市、区）空气质量的对比情况。其中，在空气质量综合指数方面，河北省有124个开发区监测站点劣于所属县（市、区），93个监测站点好于所属县（市、区）；在$PM_{2.5}$月均质量浓度方面，河北省有153个开发区监测站点劣于所属县（市、区），64个监测站点好于所属县（市、区）。

## 石家庄、保定两市开发区环境空气质量最差

据了解，2018年年底，河北省180个省级以上经济、高新技术开发区共建成218个省级空气质量自动监测站，并实现联网运行，为开发区空气质量监测排名奠定了基础。在2019年1月的监测排名中，河北沙河经济开发南区空气站因设备无法正常运行、监测数据缺失未参与排名，实际参与排名的园区站点共计217个。

在月度分析中，河北省对省级以上开发区空气质量综合指数进行了排名，张家口市河北沽源经济开发区空气质量综合指数为1.82，排名第一；河北唐县长古城镇经济开发

区空气质量综合指数为21.36，排倒数第一名。空气质量综合指数排名前10名的开发区多集中在张家口、承德两市，排名后十名的开发区多集中在石家庄、保定。

此外，省级以上开发区$PM_{2.5}$月均质量浓度排名中，张家口市沽源经济开发区质量浓度为15微克/米$^3$，排名第一；河北唐县长古城镇经济开发区月均质量浓度为366微克/米$^3$，排名最后一位。按照$PM_{2.5}$质量浓度排名，前10名的开发区主要集中在张家口市，排名后10位主要集中在石家庄、保定两市；且后10名省级以上开发区$PM_{2.5}$月均质量浓度范围为226～366微克/米$^3$，远高于全省设区市、县（市、区）空气质量平均水平。

## 开发区空气质量普遍劣于设区市平均水平

记者从河北省生态环境厅发布的首份“省级以上开发区环境空气质量状况月度分析报告”中看到，今年1月，河北省级以上开发区环境空气质量综合指数平均为8.81，比11个设区市均值高9.17%，与168个县（市、区）基本持平。这也意味着180个省级以上开发区空气质量普遍劣于设区市平均水平，与县（市、区）空气质量水平持平。

在影响空气质量的6项主要污染物中，河北省级以上开发区$PM_{2.5}$平均质量浓度为114微克/米$^3$，比11个设区市均值高20.00%，比168个县（市、区）均值高6.54%。$PM_{10}$平均质量浓度中，开发区均值比11个设区市均值高10.32%，比168个县（市、区）均值高2.40%。二氧化硫质量浓度中，开发区均值比11个设区市均值高26.67%，比168个县（市、区）均值低7.32%。一氧化碳质量浓度中，开发区均值比11个设区市均值高6.45%，比168县（市、区）均值低5.71%。二氧化氮质量浓度中，开发区均值比11个设区市均值低6.78%，比168个县（市、区）均值低6.78%。臭氧质量浓度中，开发区均值比11个设区市均值低32.81%，比168个县（市、区）均值低29.51%。

从这些数据分析中不难看出，6项大气污染物浓度均值中，开发区与设区市相比，除二氧化氮、臭氧指标好于设区市外，其余4项指标均劣于设区市；与县（市、区）均值相比，除$PM_{2.5}$、$PM_{10}$两项指标外，其他4项指标均好于县（市、区）均值。

## 港口空气质量大多优于所属县（市、区）

月度分析报告中，河北省还首次对辖区内港口环境空气质量进行了监测排名。据了解，河北省主要港口有4个，共建成5个港口空气质量监测站，分别为秦皇岛港东区和西区、唐山曹妃甸港、唐山京唐港和沧州黄骅港。

2019年1月，5个港口空气质量监测点中按照空气质量综合指数评价，由高到低依次为沧州黄骅港、秦皇岛港东港区、秦皇岛港西港区、唐山京唐港、唐山曹妃甸港；按照港口环境空气质量$PM_{2.5}$质量浓度排名，由高到低依次为沧州黄骅港、唐山京唐港、秦皇岛港东港区、秦皇岛港西港区、唐山曹妃甸港。

监测数据显示，河北省港口空气质量综合指数和$PM_{2.5}$平均质量浓度均低于河北省设区市、县（市、区）平均水平。此外，除沧州黄骅港监测站点外，其他4个港口监测站点的环境空气质量综合指数和$PM_{2.5}$平均质量浓度均优于所属县（市、区）空气质量水平。

# 河北去产能倒逼产业变优变“轻”
# 去年超额完成任务，今年重点推动总量去产能向结构去产能转变

时间：2019年4月10日　作者：周迎久　张铭贤　来源：《中国环境报》2版头条

记者从近日召开的河北省大气污染综合治理电视电话会议上获悉，2018年河北省坚持主攻治本，加快结构调整，启动实施新的去产能三年行动计划，执行更加严格的环保、能耗、水耗等六类标准，六大行业均超额完成年度去产能任务目标。

## 总产能减下来，优势产能“走出去”

作为钢铁大市，唐山市在去产能工作中率先交出了一份亮眼的答卷。2018年，唐山市将河北省下达的产能化解任务分解落实到相关县（市、区）和企业，共安排压减7座转炉、7座高炉，安排1 146万元专门用于去产能企业职工安置。截至2018年年底，唐山市共压减炼钢产能500万吨、炼铁产能298万吨，超额完成总计781万吨压减任务。

总产能要减下来，优质产能要有出路。

“随着张家口、唐山区域钢铁企业退城搬迁的推进，河钢将产生800万吨长材、900万吨板材产能的闲置，我们需要为这些装备寻找再投资的机会。”河钢唐钢公司董事长王兰玉说，继河钢塞尔维亚钢厂成为国际产能合作的样板之后，河钢还在继续推进“走出去”。

推动钢铁、水泥、玻璃等优势产能“走出去”，拓展国际市场空间，不仅加速了河北企业融入全球产业链的历程，也促进了河北本省产业结构调整深度推进。

2018年，河北省超额完成了六大行业年度去产能任务，共压减退出炼钢产能1 230

万吨、煤炭 1 401 万吨、水泥 313 万吨、平板玻璃 810 万重量箱、焦炭 517 万吨、火电 55 万千瓦，钢铁“僵尸企业”全部出清。列入年度计划的 28 家重污染企业全部完成搬迁改造。

## 向结构去产能转变，推动高质量发展

24 万吨高强钢建功港珠澳大桥，重轨铺到“一带一路”沿线十多个国家和地区，全球首卷最高强度级别薄板坯流程热成型汽车钢下线……过去的一年，河钢集团及其各子分公司积极转型升级，推动钢铁产业链条向先进制造业纵向延伸、横向拓展。

去产能给河钢集团带来的一个变化是，钢铁总量少了，但产品精了，产值高了。这是钢铁企业发生的变化，也是河北省深化供给侧结构性改革、推动高质量发展的缩影。

河北省 2019 年《政府工作报告》提出，严格执行质量、环保、能耗、安全等标准，关小促大、保优压劣，推动总量去产能向结构去产能转变。

为了推动钢铁产业高质量发展，唐山市编制完成了《钢铁产业转型升级发展规划》和《钢铁产业高质量发展工作方案》，按照规划，到 2020 年唐山将全部淘汰 1 000 $米^3$ 以下高炉、100 吨以下转炉和 180 $米^2$ 以下烧结机，钢铁企业由 40 家整合至 30 家以内，产能压缩到 1 亿吨。

## 破立结合，产业结构首次呈现“三二一”新格局

坚决去、主动调、加快转，破立结合、消长并举，推动河北产业结构调整取得了新突破。

“2018 年，河北省产业结构中服务业比重首超第二产业，跃升至河北国民经济的第一产业。”河北省统计局局长杨景祥近日向记者披露称，2018 年，河北省三次产业增加值比例由 2017 年的 9.2∶46.6∶44.2 调整为 9.3∶44.5∶46.2，第二产业比重下降了 2.1%，第三产业比重提高了 2%，产业结构首次呈现“三二一”新格局。

“河北省产业结构的这一变化，实现了由工业主导向服务业主导的转变，标志着全省经济发展出现新格局。”相关人士表示，新格局的形成是河北省深入实施去产能三年行动计划、加快推进转型升级等政策措施效果的一个显现，也是近年来河北省大力推进服务业发展取得的明显成效。

# 河北绿色保险取得新进展
# 累计投保企业 3 738 家次，转移风险金额 128.51 亿元

时间：2019 年 4 月 16 日　作者：周迎久　张铭贤　来源：《中国环境报》2 版头条

作为推进生态文明体制改革的一项重要任务，环境污染责任保险在河北省取得新进展。自 2015 年 1 月起正式开展环境污染责任保险试点 4 年来，截至今年初，河北省累计投保企业 3 738 家次，转移风险金额 128.51 亿元。

“以‘市场之手’推进环境治理，环境污染责任保险在推进经济和环境‘双赢’上发挥的作用越来越大。”河北省生态环境厅政法处副调研员王德春说。

## 政府引导分类推进，3 738 家次企业参保

过去，一旦发生重大环境污染事故，企业除了依法受到处罚外，还要赔偿污染受害者。在巨额赔偿金和污染治理费面前，事故企业常常无力承担，受害者得不到及时补偿，造成的环境污染最后只能由政府埋单。

为改变“企业污染、群众受害、政府埋单”局面，2015 年 1 月，河北省正式开展环境污染责任保险试点。

这一试点工作在推行之初，主动投保的企业很少，很多企业认为，事故未必会发生，为保险掏钱没必要。

为提高企业的投保意识，河北省实行政府推动、政策引导的方式，先将污染重、风险大的行业和企业纳入试点范围，分类、分阶段推进。

“唐山市高度重视绿色保险试点工作，将其纳入全面深化改革重点任务和环保年度目标考核。在前期试点阶段，唐山市将钢铁、焦化、水泥、化工、污水处理等环境风险高、易发生污染事故及发生污染事故后危害大的行业整体纳入试点，随后逐步将产生危险废物及危险废物处理企业纳入试点。去年，唐山市又将全市涉及土壤环境重点监管的企业增补列入了投保企业名单。”唐山市生态环境局副局长范书江介绍说，通过分类、分阶段推进，唐山市绿色保险总保费和总保额连续 3 年居河北省设区市首位。

为调动企业参保积极性，唐山市建立起了环境污染责任保险与环境监管关联机制，对按规定投保的企业，在环保专项资金中予以优先考虑，对企业信贷有限支持等；同时，

唐山市还根据企业环境信用等级，对投保绿色保险的企业实行浮动费率，如对上一年度未出险的企业自动降低10%续保费率，对达到全省环境污染责任保险统一方案一级风险、保额6 000万元以上的企业，执行全省最低的0.711%费率。

王德春介绍说，在各地积极推动下，绿色保险试点4年来，河北省累计投保企业3 738家次，转移风险金额128.51亿元；其中，唐山市累计投保企业456家次，占全省12.2%；转移风险金额66.9亿元，占全省52%；6 000万元及以上5笔大额保额保单持续在保。

## 分担环境污染风险，48起案件理赔到位

唐山三友化工股份有限公司是绿色保险的受益者。

2017年7月，企业输送浓海水的管道突然泄漏，漏点附近约1千米长的高速公路绿化带、土壤和池塘受到浓海水污染。保险经纪公司和保险公司接到报案后，立即派人到现场查勘，经过清污定损，很快赔偿三友公司22万余元。

王德春介绍说，截至目前，河北省共发生环境污染责任险理赔案54起，48起赔付到位，赔付金额223.3万余元；正在履行相关程序的理赔案件中，唐山市共有4起，赔付预估金额475万元。

及时赔付，给在保和准备参保企业吃了定心丸。实行绿色保险，如同多了一双防范企业环境风险的“眼睛”。“我们每年到投保企业走访两次，评定企业的环境风险等级，等级越高保险费率越高，促使企业对隐患及时整改。如果投保企业没有整改，保险机构有权拒赔。”一家保险经纪公司的负责人说。

环境污染责任保险的推行，提高了企业防范和处置突发环境事件的能力，有效消除了重大环境安全隐患，有利于维护环境污染事件受害者合法权益，有利于形成社会共同防控环境风险的良好局面。

为持续推动环境污染责任保险增点扩面，去年，河北省委、省政府联合出台的《加强生态环境保护坚决打好污染防治攻坚战的实施意见》提出，河北将“全面推动环境污染责任保险发展，在环境高风险领域建立环境污染强制责任保险制度，运用市场机制化解和防范环境风险”。

王德春表示：“河北省将持续推动绿色保险发展，让这剂‘良药’助力全省打好污染防治攻坚战。”

# 用最严密的法治保护生态环境
# 河北依法治污改善环境质量
# 今年将组织开展新一轮省级环保督察

时间：2019 年 5 月 7 日　作者：周迎久　张铭贤　来源：《中国环境报》6 版头条

“2018 年，河北省在全国率先修订《河北省水污染防治条例》，起草制定《河北省机动车和非道路移动机械排气污染防治条例》，发布实施十余项高于国家标准的污染物排放地方标准……”河北省生态环境厅有关负责人介绍说，河北坚持依法治污，与时俱进不断完善环境治理制度体系，为全省打好污染防治攻坚战提供了法制保障。

有法必依、执法必严。该负责人介绍说，2018 年，河北省出动环境执法人员 64 万人（次），检查企业 22.2 万家（次），行政处罚环境违法案件 17 823 件，罚没款金额达 12.53 亿元。河北以严格的执法推动了环境质量持续改善，2018 年，河北省 $PM_{2.5}$ 平均质量浓度、空气质量综合指数同比分别下降 14%、12%，空气质量为 6 年来最好。

## 1. 完善法律法规
## 依法治污政策法规体系日趋完善

近日，《河北省 2018 年度法治政府建设工作报告》发布。报告称，河北省坚持高质量立法，围绕推进生态文明建设制定、修订一批法律法规，为美丽河北建设提供了有力的法制保障。

记者从河北省生态环境厅获悉，2018 年，河北省在全国率先修订《河北省水污染防治条例》，起草制定《河北省机动车和非道路移动机械排气污染防治条例》，提请河北省人大先后出台加强秸秆禁烧和综合利用、加强扬尘污染治理的决定，全面推动《河北省环境保护条例》修订和《白洋淀生态环境保护条例》立法工作。

此外，河北省生态环境厅还研究起草了生态环境保护公开约谈办法，制定实施了环境违法案件挂牌督办管理办法等规范性制度。

在标准体系建设方面，河北省发布实施了大清河流域、子牙河流域、黑龙港及运东流域等水污染物地方标准，发布实施了钢铁、焦化行业大气污染物超低排放标准，制修订水泥、平板玻璃、锅炉、恶臭气体等大气污染物地方标准。

系统施治、科学施策。河北省治污“四梁八柱”政策体系初步确立，2018年，河北省制定了《关于全面加强生态环境保护坚决打好污染防治攻坚战的实施意见》《河北省打赢蓝天保卫战三年行动方案》《河北省碧水保卫战三年行动计划》《河北省净土保卫战三年行动计划》《河北省深化环境监测改革提高环境监测数据质量实施方案》《河北省生态环境损害赔偿制度改革实施方案》《河北省2018—2019年秋冬季大气污染综合治理攻坚行动方案》等一系列政策文件；围绕支持环境治理，制定出台督察考核问责、严格禁止“一刀切”、清洁取暖、燃煤锅炉淘汰、钢铁焦化等行业超低排放改造等一系列政策措施。

这些政策文件，明确了当前及今后一个时期生态环境保护重点工作的目标任务、时间表和路线图，从总体布局到专项攻坚、从监测改革到损害赔偿，从标准制定到严防“一刀切”，系统性、全方位、多层次的全省污染防治政策体系初步形成。

坚持立废并举，河北省开展了规章和规范性文件清理专项行动，在河北省政府规范性文件清理中，建议保留6件，废止2件；在厅规范性文件清理中，废止11件，保留16件；清理工作的开展维护了法制统一。

## 2. 坚持执法必严<br>严厉查处各类环境违法违规行为

“法制法规的不断完善，为河北省环境执法工作提供了法律依据和标准。”河北省环境综合执法局常务副局长任立强向记者举例说明，如为了进一步加强扬尘污染管控，河北省人大常委会出台了《关于加强扬尘污染防治的决定》，河北省生态环境厅联合省质监局制定了《施工场地扬尘排放标准》，标准和法规出台后，河北省在2018—2019年秋冬季大气环境执法专项行动中，强化了扬尘污染的执法检查，扬尘污染问题占全部问题数量近4成，推动了一批扬尘污染问题的解决。

有法必依、执法必严。2018年，河北省坚持依法治污，严厉打击各类环境违法违规行为，组织开展了大气环境执法检查、“碧水2018”“利剑斩污”等专项行动，统筹省市县三级执法力量，采取混合编组、异地执法、交叉执法、巡回执法等方式，严查重处各类生态环境违法行为。

2018年，河北省共出动环境执法人员64万人（次），检查企业22.2万家（次），行政处罚环境违法案件17 823件，罚没款额12.53亿元，日均出动执法人数和执法检查企业数连续12个月排名全国第一，行政处罚案件数量与罚没款金额位列全国前3名，受到生态环境部的高度肯定。

此外，严守生态环境安全底线，河北省以大气、水、危险废物、辐射、自然保护区等领域为重点，深入开展了生态环境风险隐患大排查，消除了一批环境隐患。同时，组织开展辐射安全隐患排查“回头看”和射线装置隐患排查专项督查，全面推行辐射安全规范化管理，确保了全省辐射环境安全。

### 3. 努力化解纠纷
### 受理办结群众信访举报七万余件

切实维护群众环境权益，河北省高度重视群众信访举报问题，努力化解矛盾纠纷。在中央生态环保督察组进驻河北开展“回头看”期间，河北省共受理群众信访举报问题线索 33 批 4 721 件，核查属实 3 976 件，已完成整改 3 971 件，正在整改 5 件，整改完成率 99.87%。坚决杜绝表面整改、虚假整改、敷衍整改，河北省还组织省、市、县三级环境执法力量对群众信访举报问题整改情况开展“回头看”，确保整改到位。

同时，河北省、市、县三级生态环境部门受理群众信访举报问题 75 934 件，已办结 70 750 件。河北省通过逐一登记造册，及时交办督办，认真核查整改，努力化解矛盾纠纷，群众满意度大幅度提高。

进一步解决群众关心的突出环境问题。今年，河北省将以侵占重要自然生态空间、破坏损害生态环境、环境污染突出问题、白洋淀生态环境治理为重点，组织开展新一轮省级环境保护督察。深入开展大气和水环境执法检查专项行动，保持对各类环境违法违规行为“零容忍”态度，下大力查办一批典型大案要案，推动全省生态环境质量持续改善。

## 好水更好　劣水减少
## 河北打好碧水保卫战推动水环境质量持续改善

时间：2019 年 5 月 10 日　作者：周迎久　张铭贤　来源：《中国环境报》3 版

记者近日在河北省潘家口水库看到，碧波荡漾的水面上不时有群鸟飞过，周边群山环绕，绿意葱茏。随着渔民网箱养鱼的清理，潘家口水库水质大幅改善，2018 年水质均值达到了地表水Ⅲ类标准。

这是河北省坚决打好碧水保卫战的一个缩影。

“近年来，河北省从完善政策体系入手，不断创新体制机制，大力推动治水攻坚行动，水环境质量持续改善，实现了好水更好、劣水减少，碧水保卫战全面推进。”河北省生态环境厅有关负责人介绍说。

## 强化顶层设计，明晰攻坚路径实化举措

“河北水资源短缺与水污染并存，在污染防治攻坚战中，碧水保卫战是必须啃下的一块硬骨头。”该负责人告诉记者，加快补上水污染防治这块短板，河北省从强化顶层设计入手，明晰攻坚路径、实化攻坚举措，初步形成了碧水保卫战的政策体系。

据介绍，2018年以来，河北省出台了《关于全面加强生态环境保护坚决打好污染防治攻坚战的实施意见》和《河北省碧水保卫战三年行动计划（2018—2020年）》。在此基础上，制定实施了白洋淀生态环境治理和保护、城市污水集中处理、农村人居环境整治、饮用水水源地环境保护等一系列政策文件和配套办法。

为强化组织领导，河北省全面推行河（湖）长制，省委书记、省长任双总河长，全省共设立河（湖）长5万余名。在水污染防治方面，成立了由省长担任组长的水污染防治工作领导小组，协调推进水污染防治各项工作。省人大常委会出台县级以上人民政府报告生态环境状况办法，定期开展执法检查和专题询问。碧水保卫战“党政同责、一岗双责、齐抓共管”的工作格局初步形成。

在完善法律法规方面，河北省在全国率先颁布实施《河北省水污染防治条例》，出台《河北省地下水管理条例》，启动《白洋淀生态环境保护条例》立法工作；在市级层面，《承德市水源涵养功能区保护条例》《衡水湖水质保护条例》《保定市白洋淀上游生态环境保护条例》等一批地方性法规陆续出台，水环境治理法治化进程加快。

为提高排放标准，河北省出台了严于国家标准的大清河、子牙河、黑龙港及运东等流域水污染物排放标准，大清河流域核心控制区实行与北京一致的最严污水处理标准，这些标准已于2018年10月1日起实施，推动了相关流域水污染治理提速。

## 创新体制机制，倒逼各方落实治污责任

改变过去年终算总账的考核办法，今年河北对各市地表水环境质量实行“按月考核、按月要账”，并根据排名进行奖惩问责，奖励前3名、处罚后3名。同时，严守水质“只能变好、不能变差”底线，对水质恶化地区采取预警提示、通报批评、约谈限批等措施。

创新体制机制，在水环境管理中，一批“河北经验”在全国叫响。

“河北省是全国最早实行流域生态补偿金扣缴制度的省份，10年来，我们不断扩大实

施范围、增加扣缴污染因子、提高扣缴标准。”河北省生态环境厅副厅长赵军说，截至目前，全省生态补偿金实施范围实现了全流域全覆盖，累计扣缴生态补偿金 16.49 亿元。其中，2018 年省级共扣缴 21 960 万元，涉及化学需氧量 10 650 万元，氨氮 7 110 万元，总磷 4 200 万元。

“河北省在全国率先全面建成覆盖省、市、县三级的跨界断面水质监测体系。目前，全省八大水系 187 条主要河流及重点湖库的 431 个断面实现按月监测，强化了对县界河流水质目标的考核。”赵军解释说，在跨界断面监测全覆盖的基础上，今年全省拟新建 40 座水质自动站，实现重点水体、重点断面的实时监控。

强化执法检查，铁腕治污。为督促企业落实治污主体责任，2018 年，河北省统筹省市县三级执法力量，开展了“碧水 2018”、“利剑斩污”、白洋淀及上游周边地区等执法检查专项行动，全省共办理涉水行政处罚案件 1 050 件，处罚金额 13 225.36 万元。自 2018 年以来，全省生态环境系统日均出动执法人数、检查企业数连续 15 个月排名全国第一。

查企督政结合，打通政策落实“最后一公里”。在省级环保督察“回头看”中，率先开展水污染防治专项督察，完成了对承德、邢台两市的专项督察，有力地促进了突出水环境问题的解决。综合运用约谈限批手段，倒逼地方政府落实治污责任，2018 年以来，对未完成水环境质量改善年度目标的 5 个设区市进行了公开约谈，对 14 个县（市、区）实施了区域限批。

## 水质持续改善，实现好水更好劣水减少

“紧盯水环境质量改善这一核心目标，河北省重点开展了白洋淀流域治理、工业污水达标整治、河流湖库流域综合治理、城镇污水提标治理等一系列专项行动，以扎实有效的举措推动水环境质量改善。”河北省生态环境厅水环境管理处副处长赵宪伟介绍说。

开展水源地保护专项行动。河北省依法划定集中式饮用水水源保护区 313 个，总面积约 10 951 千米$^2$，13 个集中式饮用水水源一级保护区完成隔离设施建设。全省对水源保护区实施了 5 次集中排查，发现环境违规问题 2 070 个，整改 2 068 个。

开展白洋淀流域治理专项行动。推进涉水企业整治、唐河污水库综合治理、纳污坑塘整治等重点工程，流域 84 座城镇污水处理厂实施提标改造，白洋淀水质持续好转，水生生物多样性逐步恢复。

开展河流湖库流域综合治理专项行动。58 条重污染河流中累计 48 条已达标，37 个不达标水体控制单元中，今年一季度，31 个达到了年度改善目标，27 个达到了 2020 年改善目标。

开展工业污水达标整治专项行动。全省 181 个省级及以上工业聚集区完成污水集中治理任务，今年一季度监控涉水重点企业达标率达到 98%。

开展城镇污水和黑臭水体治理专项行动。全省 191 座县级以上污水处理厂全部达到Ⅰ级 A 或更高排放标准，城市污水集中处理率达到 95%，排查出的 48 条黑臭水体已完成整治 43 条。

此外，河北省还开展了农业农村污染治理、河湖清理、渤海综合治理等专项行动。

“一系列专项行动推动了河北省水环境质量的持续改善。”该负责人介绍说，主要表现在 3 个方面，一是好水更好，2018 年全省 74 个地表水国家考核断面中，水质达到或优于Ⅲ类（优良）断面比例达到 48.6%，同比提高 6.3 个百分点；二是劣水减少，2018 年全省劣Ⅴ类断面比例为 20.3%，同比降低 13.5 个百分点；三是饮用水 100%达标，全省 31 个地级以上集中式饮用水水源地全部达到Ⅲ类或以上标准。“今年一季度，全省水质优良断面比例提高到 50.0%，劣Ⅴ类断面比例下降到 18.9%，水环境质量进一步改善。”

下一步，河北省将坚持目标导向、问题导向、需求导向，深入开展水污染防治行动，坚决打赢碧水保卫战。

## 解决老问题　盯紧新问题<br>河北涉气环境执法“筛子”越来越细

时间：2019 年 5 月 10 日　作者：张铭贤 闫兆静　来源：《中国环境报》8 版头条

为推进空气质量持续改善，2018—2019 年秋冬季期间，河北省生态环境厅共组织开展了五轮次大气环境执法专项行动。河北省环境综合执法局常务副局长任立强介绍说，“五轮执法专项行动中，河北省坚持压茬推进，既紧盯旧问题的整改，又关注新问题的解决，在全面巩固既有治理成效基础上，通过严格执法倒逼企业提升治理水平，从源头减少了污染排放。”

据了解，在第五轮执法专项行动期间，河北省各级执法组共检查企业 21 116 家（次），查处并督促整改各类涉气环境问题 7 139 个。其间，河北省生态环境厅还公开曝光了五批 149 起典型环境违法问题，公开约谈了问题突出的昌黎县、平泉市、大城县，严格的执法督查，推动了河北省大气污染综合治理向纵深推进。

## 错峰生产方面，方案不科学落实不到位问题凸显

任立强介绍说，经过五轮执法专项行动，河北省涉气环境违法问题中，“污染防治设施缺失或不正常运行”类的突出环境违法问题发生率实现了大幅下降。

但是随着新政策、新法规的实施，新的环境问题不断出现和逐渐凸显。如随着秋冬季差异化错峰生产政策的落实，错峰生产措施制定不科学、落实不到位等问题显现出来。此外，随着河北省扬尘污染防治相关法规和标准的实施，扬尘污染成了环境问题高发领域。

紧盯短板，精准发力，在为期 27 天的河北省秋冬季第五轮大气环境执法专项行动中，河北省有针对性地组织开展了重点行业企业错峰生产、扬尘污染治理、燃煤电厂等 3 个专项核查行动。

在重点企业错峰生产专项核查中，河北省各省级执法检查组共发现 79 个错峰生产措施或重污染天气应急减排措施落实不到位问题。

唐山市丰南区瑞丰钢铁（集团）粤丰钢铁有限公司重污染天气应急停限产措施落实不到位，烧结机未达到限产 50%的规定要求，违规进行物料运输；

迁安市 4 家钢铁企业，唐山市丰南区 4 家钢铁企业，错峰生产实施方案制订不规范，未按要求制定料场扬尘防治、无组织排放控制措施；

邢台市广宗县圣阳轧辊制造有限公司秋冬季产品产量较非错峰季不降反升，涉嫌错峰生产措施落实不到位；

石家庄新乐市真强水泥有限公司、廊坊市大城县廊坊依越迪科技有限公司等 16 家企业，采取紧急停产方式应付检查；

……

“这些问题的存在，使秋冬季差异化错峰生产、重污染天气应急响应，在减排实效上打了折扣。”任立强认为，相关地方政府及有关部门要落实属地责任，要加强审核把关，指导企业科学制订错峰生产方案、应急响应方案等措施；要加强监督监管，确保企业不折不扣落实治污减排任务。

## 扬尘管控领域，非传输通道城市管理粗放问题多

进一步强化扬尘污染管控，河北省人大常委会出台了《关于加强扬尘污染防治的决定》，河北省生态环境厅联合省质监局制定了《施工场地扬尘排放标准》，这为河北省针对扬尘污染开展环境执法提供了法律依据和标准。

在扬尘污染治理专项核查中，河北省各省级执法检查组共发现问题 810 个，占全部省级执法检查组发现问题的比例高达 37%。

“扬尘污染管控问题主要集中两个方面，从地域方面看，秦皇岛、承德等非大气污染传输通道城市问题高发，这些地区空气质量本底普遍较好，大气污染综合治理中对扬尘污染重视不够、标准不高，造成了问题高发、频发。从行业方面看，工业企业物料扬尘问题仍然突出，执法检查发现，这类问题数共计 558 个，占扬尘类问题的 69%，钢铁、焦化、电力、水泥等物料大进大出类行业企业问题多发。此外，道路扬尘污染问题 45 个，监管存在盲区。”

3 月 22 日，针对执法检查发现的物料扬尘、建筑施工扬尘问题最多的秦皇岛市昌黎县、承德市平泉市，河北省大气污染防治工作领导小组办公室对其县（市）政府主要负责人进行了公开约谈，责成立即整改，并举一反三建立长效机制，减少类似问题发生。

## 燃煤电厂中，11 家涉嫌煤质超标 3 家违反环评要求

在燃煤电厂专项核查方面，河北省紧盯持证排污、履行环评批复、燃煤煤质、煤炭运输、超标排放、超总量排污、无组织排放等关键环节，对重点燃煤企业开展了执法检查。

据统计，河北省秋冬季第五轮大气环境执法专项行动中共检查燃煤电厂 42 家，经对企业自行监测报告进行审核，发现涉嫌煤质超标企业 11 家。

根据问题线索，河北省各执法组协调各地质监部门对存在超标嫌疑的 11 家企业逐一进行了采样检测，并抽查 10 家煤质自行检测报告显示达标企业。

目前，9 家企业监测报告已“出炉”，其中邢台县旭东工贸有限责任公司、大唐河北发电有限公司马头热电分公司、唐山开滦热电有限公司等 7 家单位燃煤煤质超标，其他抽检煤炭正在检测中。

此外，在对燃煤电厂专项核查中，河北省还发现国电电力邯郸东郊热电有限责任公司等 3 家燃煤企业违反环评批复要求，擅自提高汽车运输比例。其中，国电电力邯郸东郊热电有限责任公司违反环评批复关于全部使用铁路运行有关要求，物料全部采用汽车运输。

针对执法检查发现的问题，河北省按照现场移交、电子督办、文件督办等三重移交督办制度，建立起了问题台账和整改清单。截至 4 月 1 日，河北省秋冬季五轮大气环境执法专项行动共交办各地环境问题 17 962 个，完成整改 12 629 个，整改完成率 70.31%。

# 《保定市白洋淀上游生态环境保护条例》颁布，自7月1日起施行 强化上游治理 确保清水入淀

时间：2019年5月13日　作者：周迎久　张铭贤　来源：《中国环境报》5版头条

河北省保定市政府近日召开《保定市白洋淀上游生态环境保护条例》（以下简称《条例》）颁布解读新闻发布会。记者从发布会上获悉，《条例》把白洋淀水环境质量改善作为目标，以水为主线，全要素兼顾山水林田湖草治理，提出了立法保护措施。同时，单独设立“协同管控”章节，保障雄安新区及白洋淀水环境治理。《条例》将于今年7月1日正式施行。

## 治淀先治河 白洋淀上游保定市九条河流成重点

“白洋淀有‘九河下梢’之称，它是由九条河流注入形成的，其上游基本在保定境内。所以，加强白洋淀上游的保护治理，对整个白洋淀生态的恢复保护十分重要。”在河北省十三届人大常委会第九次常委会议上，张福建委员认为。

据了解，保定市上游流域中，近年来，府河、孝义河常年有水注入白洋淀，白沟河丰水季节有水入淀，其他河流水库基本处于断流状态。在水质方面，上游山区河段水质较好，下游平原河段天然径流较少，部分河流接纳沿线污水处理厂处理后的尾水，水质较差。

雄安新区设立后，保定市加大了水污染综合防治力度，2018年，保定市府河、孝义河等主要有水河流出境入淀断面水质明显好于上年同期，境内国控、省控考核断面水质也呈现稳步改善趋势。

“坚持问题导向，提出治理和保护举措，是《条例》的一大亮点。”保定市生态环境局副局长秦长肖在新闻发布会上介绍说，《条例》针对目前保定市水环境治理现状和不足，在饮用水水源地保护、湿地建设和保护、农村污水治理、生物多样性保护、农业面源污染防治、养殖废弃物处理与处置等方面，提出了立法保护措施。

## 统筹治理保护
## 提出十类禁止性行为并明确罚则

记者注意到，《条例》共六章48条，分别为总则、监督管理、保护与治理、协同管控、法律责任和附则。

在监督管理章节，《条例》将河长制以立法形式予以明确，市、县级、乡（镇）、村建立河长制，分级分段分区组织领导本区域内河流、水库的水资源保护、水域岸线管理、水污染防治、水环境治理和水生态修复等工作。市、县级、乡（镇）河长负责组织对相应河流下一级河长实施考核。

同时，《条例》从约谈制度、突发事件防控、生态空间承载力、生态环境修复、生态补偿、排污许可证制度等方面，划定了生态环境保护的管理内容。

《条例》还提出禁止向水体排放油类、酸液、碱液或者剧毒废液等十类禁止性行为并明确了相应的法律责任。在明确禁止性行为同时，《条例》逐一明确了违反后的法律责任，如向水体排放油类、酸液、碱液或者剧毒废液的，情节较重的，处三十万元以上一百万元以下的罚款；情节严重的，报经相关政府批准，责令停业、关闭。

在湿地保护、土壤污染治理以及生物多样性保护等方面，《条例》明确了保护和治理举措。“比如第三十一条提出，市、县级人民政府野生动植物保护主管部门应当会同有关部门开展野生动植物种群及生息地的调查、监测和评估，对野生动植物及栖息地、繁育地、保护地、迁徙通道等重点区域建立档案，对受到严重破坏的野生动植物，通过建立保护小区或者人工繁育基地等措施予以恢复。”市生态环境局相关负责人表示。

## 明确协同管控
## 推动建立白洋淀上下游协作联动机制

“《条例》针对白洋淀上下游流域协同治理工作，单独设立了‘协同管控’章节，从法律层面明确了保定市与雄安新区协同发展的保障体系。”秦长肖告诉记者。

《条例》明确提出，保定市人民政府应当推动制定与雄安新区生态环境保护规划相协调的区域生态环境保护规划。保定市鼓励环雄安新区区域内企业的排放标准逐步与雄安新区企业的排放标准接轨。

此外，保定市政府应当推动建立白洋淀上下游协作联动机制和流域水环境协同管理机制；应当优化环雄安新区区域产业结构，逐步建立与雄安新区一体化的环境准入和退出机制；市生态环境主管部门应当推进跨界水质断面监测，协同建立水环境保护信息共享平台和水污染事故应急联动机制。

## 河北陆海统筹打响渤海治理攻坚战

时间：2019 年 7 月 1 日　作者：周迎久　张铭贤　来源：《中国环境报》5 版

近日，河北省生态环境厅、省发展和改革委员会、省自然资源厅联合印发《河北省渤海综合治理攻坚战实施方案》（以下简称《方案》），标志着河北省渤海综合治理攻坚战全面打响。

《方案》确定了陆源污染防治攻坚、海洋污染防治攻坚、海洋生态保护修复攻坚、环境风险防范攻坚、旅游旺季生态环境保障攻坚五大攻坚任务，力争到 2020 年，全省近岸海域水质优良比例达到 80%以上。

### 入海口排查是“当头炮”<br>无人机航测+人工徒步相结合

“渤海综合治理是污染防治攻坚战的七大标志性战役之一。河北省作为环渤海主要省份，海岸线长 487 千米，海域范围 7 227 千米$^2$，对打好渤海综合治理攻坚战具有特别重要的意义。”河北省生态环境厅副厅长赵军介绍说，摸清家底才能有效开展工作，入海口排查正是这场战役中的“当头炮”。

河北省率先发力。唐山市作为全国入海口排查试点城市，在没有经验借鉴、没有技术规范的前提下，前期开展了大量工作，为全面治理入海排污口奠定了基础。

“今年 1 月起，唐山市先行开展了渤海入海口排查整治工作。”河北省生态环境厅海洋生态环境处处长郭电光说，由于是“全口径”入海口排查，不仅涉及工业、生活排污口还涉及大量雨水排放口、养殖企业尾水排放口等，排查范围和类型也更广、更全面。

为确保排查全覆盖，河北省采用无人机航测+人工徒步相结合方式推进排查整治。通过开展试验性排查，唐山市初步建立起了排查整治程序规范。2 月底，河北省生态环境厅印发《河北省渤海地区入海排污口排查整治专项行动工作方案》，组织指导秦皇岛、沧州两地同步开展全面排查。

截至 4 月底，河北省采用无人机航测手段，覆盖飞行近岸海域 700 多千米$^2$，获取照片近两万张。目前，相关部门正在生态环境部指导下开展图片解析、释译工作。

从初步汇总数据分析来看，河北省排查出的排污口 8 成以上为雨污混流口、水产养殖尾水排放口。经处理后排放的废水排放口约占 10%，主要为工业废水和污水处理厂排水。未经处理直接排放的废水占 5 成左右，主要为水产养殖尾水、生活污水和雨污混合水。

“目前，河北已将排查情况纳入了渤海地区入海排污口整治清单，为分类推进整治打好基础。”郭电光表示，下一步，河北将按照边排查、边监测的要求，推进入海排污口水质水量监测，指导沿海 3 市根据监测结果，分类开展整治，建立入海排污口管理长效机制。

## 五大攻坚任务是“重锤”
## 完善标准体系 强化法制保障

“在全面排查摸清污染底数基础上，河北坚持陆海统筹，制定了渤海综合治理攻坚战实施方案。”河北省生态环境厅海洋生态环境处副调研员米令月全程参与了方案的制定。

米令月告诉记者，河北将通过两年的综合治理，大幅度降低陆源污染物入海量，全面提升入海河流水质，实现工业直排海污染源稳定达标排放；完成非法设置和设置不合理入海排污口的清理工作；持续改善渤海生态环境质量。力争到 2020 年，全省近岸海域水质优良比例达到 80%以上，实现“清洁渤海、健康渤海、安全渤海”目标。

记者从《方案》中看到，紧盯改善目标，河北省确定了实施陆源污染防治攻坚、海洋污染防治攻坚、海洋生态保护修复攻坚、环境风险防范攻坚以及实施旅游旺季生态环境保障攻坚五大攻坚任务。同时，划定了明确的时间节点，制定了具体的指标要求，可谓是治理的一记“重锤”。如在陆源污染防治中，河北要求 2020 年 7 月起，直排海污染源全部实现稳定达标排放。到 2020 年年底，沿海钢铁电力企业中水全部回用，工业开发区中水回用比例不低于 70%，大幅削减入海排污总量。

此外，体制机制改革创新是河北打好渤海综合治理攻坚战的坚强“后盾”。按照《方案》要求，河北将结合生态环境机构改革和综合执法改革，建立健全省、沿海 3 市海洋生态环境专门管理机构，成立对应的生态环境执法和监测队伍，强化海洋生态环境监管。

为此，河北将完善标准体系，强化法治保障，制定涉氮重点行业排放限值等地方标准，谋划出台河北省海洋生态环境保护相关条例，为打赢渤海综合治理攻坚战提供法律制度保障。

# 坚持问题导向　坚持冬病夏治<br>河北打响大气污染集中整治夏季会战

时间：2019 年 7 月 16 日　作者：周迎久　张铭贤　来源：《中国环境报》6 版头条

河北省大气污染防治工作领导小组办公室（以下简称省大气办）近日召开新闻发布会，就《河北省大气污染集中整治夏季会战方案》（以下简称夏季会战方案）进行了发布和解读。

据介绍，在大气污染集中整治夏季会战中，河北将紧盯 $PM_{10}$、臭氧等污染物占比突出的问题开展攻坚，坚持冬病夏治原则，加快环保设施提标改造步伐，组织各地开展八大专项行动挖掘减排潜力，力争 7—9 月，全省空气质量好于去年，切实提高优良天数比例。

## 为什么开展夏季会战？<br>连续开展秋冬季攻坚，夏季仍有减排空间

“截至目前，河北省已经连续 6 年开展大气污染防治工作，从 2017 年开始，又连续两年开展了秋冬季攻坚行动，秋冬季大气污染形势得到了初步扭转。”新闻发布会上，河北省生态环境厅大气环境处主任科员蒋卫宁介绍说，相对于秋冬季来说，夏季的主要矛盾开始凸显了，如由于高温及光照充足造成的臭氧浓度不降反升多集中在夏季，此外，由于夏季工地集中施工，$PM_{10}$ 质量浓度呈现抬头趋势。所以，针对臭氧、$PM_{10}$ 等季节性污染因子，在夏季开展大气污染防治集中攻坚行动，可以充分挖掘减排潜力，推动环境空气质量持续改善。

开展夏季攻坚是河北省持续改善空气质量的重要举措。“今年 1 月、2 月气象条件极为不利，河北省 $PM_{2.5}$ 平均质量浓度同比反弹 25%。为了扭转不利局面，全省上下坚持把‘人努力’挺在前面，有效实施差异化管控和科学应对措施，到目前，全省空气质量与去年同期基本持平。”河北省生态环境厅大气环境处调研员刘贵良介绍说，为推动空气质量持续改善，完成年度目标任务，河北省大气办制发了夏季会战方案。

河北夏季会战方案共涉及十大方面内容、25 项具体措施。刘贵良介绍说，方案突出了 5 方面特点，一是突出问题导向，针对 $PM_{10}$、臭氧等特征性污染因子，结合大气污染

防治工作年度任务和具体措施，进一步明确夏季时段攻坚举措。二是突出冬病夏治，加快推进实施清洁取暖、散煤整治和燃煤燃气锅炉的综合治理，加快推进产能压减和工业企业退城搬迁，形成有效减排潜力。三是突出专项整治，重点实施“散乱污”整治、扬尘管控等八大专项整治行动。四是突出差异化管控，结合区域大气污染特征，推动重点区域分类施治，加强高污染行业差别化管控，强化城乡大气污染联防联控联治。五是突出责任压实，将大气治理任务与压实地方政府和具体部门的主体责任相结合，持续压力传导，着力解决“最后一公里”问题。

## 夏季会战如何组织？<br>紧盯季节性污染因子，开展八大专项行动

记者注意到，在河北夏季会战实施方案中，八大专项行动组成了攻坚的核心举措。

河北夏季会战八大专项行动分别为：

开展“散乱污”企业和集群综合整治专项行动，集中开展“散乱污”企业整治“回头看”，坚决杜绝“散乱污”企业反弹；

开展扬尘综合整治专项行动，严格管控建筑施工扬尘，强化施工现场管理，大力加强城乡裸露地面源污染整治；

开展工业企业清洁化专项整治行动，加快推进产能压减和退城搬迁，实施重点行业超低排放改造，推动工业企业深度治理；

开展 VOCs 综合整治专项行动，推进涉挥发性有机物原辅材料替代，开展重点行业泄漏检测修复，加强重点排放源深度治理，深化餐饮油烟综合治理；

开展黑加油站清零整治专项行动，全区域巡查排查，严厉打击黑加油站违法行为；

开展散煤整治和清洁替代攻坚专项行动，稳步推进清洁取暖，严厉打击销售和使用劣质散煤行为，加快燃煤锅炉淘汰、超低排放改造和燃气锅炉低氮燃烧改造；

开展秸秆垃圾露天焚烧管控攻坚行动，强化宣传引导，严厉打击露天焚烧；

开展机动车和非道路移动机械污染防治行动，常态化开展路检路查，划定并公布禁止使用高排放非道路移动机械区域，禁止使用超标排放工程机械。

在部署开展八大专项行动的同时，河北省还提出，要科学实施大气环境应急管控，全面修订完善省、市重污染天气应急预案，对重点企业的重污染工序探索实行差别化环境管理。要加强重点区域行业差异化治理，明确相关城市的突出环境问题和夏季会战主攻方向，统筹推动重污染县（市、区）、乡镇与城区大气污染联防联控联治、应急响应等工作。

### 会战达到怎样效果？
### 把“人努力”挺在前，力争好于去年同期

“从我们历年执法经验看，夏季气候适宜，部分行业‘散乱污’企业受利益驱使，特别是木材加工、砂石料场、铸造及加工等行业，存在反弹隐患。”河北省生态环境厅生态环境执法局执法人员徐义民介绍说，“散乱污”企业虽然体量小，但污染严重。因此，今年的夏季会战中，“散乱污”企业整治被列在了首位。

靠严格监管推动大气环境质量持续改善，这也正是河北省将“人努力”挺在前的一个缩影。

为确保夏季会战取得实效，河北省将在会战期间，强化组织领导，建立市、县领导包联制度；压实工作责任，全过程落实大气污染防治主体责任；强化执法督办，对各地夏季会战开展情况进行专项督察。

“河北将通过压实责任、强化考评，确保攻坚举措落地见效。”刘贵良介绍说，经过专家技术评估测算，河北省夏季攻坚方案实施后，在完全落实提前完成十大方面 25 项措施情况下，全省预计可实现氮氧化物、二氧化硫、VOCs、一次 $PM_{2.5}$ 分别减排 7.5 万吨、12.31 万吨、6.93 万吨和 11.38 万吨，可使 $PM_{2.5}$ 年均质量浓度下降 4.46 微克/米$^3$，有力促进全年空气质量持续改善。

据了解，开展夏季攻坚，河北省力争 7—9 月，每月全省和各市空气质量综合指数、$PM_{2.5}$ 平均质量浓度好于去年同期水平，同时，提高优良天数比例。

## 河北万名环保干部进万企
## 深入一线把脉问诊，帮扶企业提升环境治理水平

时间：2019 年 8 月 7 日　作者：周迎久　张铭贤　来源：《中国环境报》1 版头条

一段时期以来，河北省生态环境系统积极开展“万名环保干部进万企，助力提升环境治理水平”主题实践活动，全省生态环境系统万名干部职工通过一线问诊，对企业进行“全面体检”，精准“开出药方”，指导督促帮扶企业进行环境问题整改。

“截至 6 月底河北省共出动帮扶人员 8 400 余人次，对 6 888 家企业建立了帮扶档案，

发放生态环境保护法律法规汇编等宣传资料1.34万余册，下达环境隐患提示函400余份并督促整改。”河北省生态环境厅有关负责人介绍。

## 6 888家企业明确帮扶单位和负责人

6月12日，一辆新式VOCs走航监测车驶进了石家庄市河北野田农用化工有限公司。让企业主没有想到的是，与往常监测查超标不同，这次走航监测车是帮助企业查找跑冒滴漏点位的。

石家庄市环境监控中心技术人员通过走航监测车提供的数据，很快就找出了厂区各污染节点造成的污染物，确定了污染物质量浓度高值点位，对存在不足的环节提出了有针对性的治理方案。

这是河北省“万名环保干部进万企”主题实践活动中的一幕。

自今年2月主题实践活动启动以来，河北省以有污染排放的规模以上工业企业及战略新兴产业、先进制造业、科技型中小微企业为主要对象，通过送法律、送政策、送科技、送方案、送服务等方式，深入一线为企业把脉问诊，帮扶企业提升环境治理水平。

“要帮扶企业，首先要搞清楚企业存在什么问题、什么问题最突出。”该负责人向记者介绍说，作为主题实践的基础性工作，河北要求各级环保干部要深入企业调研摸排，全方位对企业进行“体检”查找病灶，建立“病历本”，有针对性地开展帮扶提升。

活动中，河北省生态环境厅按照厅级领导干部包联不少于5家企业，厅各处室、直属单位分别对接帮扶5～15家企业的标准开展结对服务；各市、县生态环境部门优选帮扶人员，开展精准帮扶。截至6月底，全省6 888家企业已明确帮扶单位、帮扶责任人。

“普通问题建台账推进整改，重大问题成立专班推进解决。”邢台市生态环境局局长司国亮介绍说，按照主题实践活动要求，邢台市1 074名环保干部对1 365家重点企业进行包联帮扶，截至6月底，共梳理出企业环境问题100多项，逐一建立了帮扶台账，实行销号管理。

## 下达400余份环境问题隐患提示函并督促整改

在今年河北省生态环境厅生态环境执法局的一次执法行动后，位于河北武安市的鑫山钢铁有限公司没有收到处罚单，而是收到了一份“环境违法问题隐患提示函”，其中对企业石灰石上料通道未密闭等环境隐患问题予以提示，并要求企业及时整改。

实施环境违法问题隐患提示制度，从源头上减少环境违法行为，是河北开展“万名环保干部进万企”主题实践活动的一项重要探索。

“走访企业时我们发现，有些企业的违法问题比较轻微，直接罚款企业很抵触，也不利于后期推进整改工作。”生态环境执法局局长任立强说，在主题实践活动中，河北要求执法人员进一步增强服务意识，实施体检式、预防式、服务式执法，对轻微违法问题，实行提示制度，帮助企业及时整改问题，提升治理水平。截至 6 月底，全省已下达环境违法问题隐患提示函 400 余份。

“转变监管方式，实行预警提示制度，并不意味着河北要放松环境监管，降低执法标准。”任立强表示，对下发提示函后，未按期整改到位的，拒不整改的，将依法从严查处。同时，为了推动企业按帮扶手册确定的整改措施，按时完成整改任务，河北将建立复查回访问效制度，通过回访企业、现场核查、接受群众投诉举报等方式，对帮扶企业环境治理及达标排放情况予以复查，对群众反映强烈的环境违法行为依法严惩重处。

充分了解企业诉求，河北省坚持“线下”调研摸排与“线上”征求意见同步推进。目前，河北省生态环境厅正开发建设“线上”政企联系信息交流平台，生态环境信访处设立“企业环保接待日”，多渠道接受企业咨询，明确专人负责答疑解惑和信息反馈，帮助企业解决实际问题。

## 把帮扶活动与传统产业改造升级相结合

“廊坊市积极开展技术政策对接服务，把帮扶活动与传统产业改造升级相结合，赢得了企业支持。”廊坊市生态环境局相关负责人告诉记者，目前针对大城岩棉和玻璃棉、香河木制家具、霸州钢木家具、安次印刷行业等五大传统产业，廊坊市积极与国家清洁生产中心对接沟通，技术合作有了实质性进展。

据了解，活动开展以来，廊坊市生态环境部门干部职工逐级包联帮扶企业 883 家，为企业提出合理化建议 214 条，解决问题隐患 165 个。

目前，廊坊市确定的五个传统行业正在国家技术部门指导下，制定产业提升标准，预计 8 月底前完成，9 月底前五大传统产业将逐企制定改造升级方案，通过传统行业整体转型升级，进一步提升行业清洁生产水平，推动企业生产发展与环境保护双赢。

为充分调动企业治污积极性，河北省在主题实践活动中还建立起了奖优罚劣激励制度，对自觉守法、主动治污、主动减排的企业，加大扶持力度，在企业申请环保专项资金、环保“领跑者”企业等方面给予支持。

# 河北把开展主题教育同打好污染防治攻坚战相结合，推动生态环境质量持续改善 8月$PM_{2.5}$平均质量浓度创单月最好水平

时间：2019年9月24日　作者：周迎久　张铭贤　来源：《中国环境报》2 版头条

“全厅各级党组织开展集中学习1 090次、集中研讨166次，实现党员干部学习教育全覆盖。”

“发放征求意见函1 017份，汇总意见建议1 086条；梳理出厅党组五大类18个方面问题，制定63条具体整改措施，建立完善24项制度推进落实。”

“广泛开展调查研究，组织开展‘十个走遍’行动，选定调研课题50个，形成调研报告78篇。”

……

“不忘初心、牢记使命”主题教育开展以来，河北省生态环境厅不走过场动真格，不务虚功求实效；将主题教育同打好污染防治攻坚战相结合，创新方式方法，做到了规定动作不折不扣、自选动作有声有色，有力推动了生态环境质量的改善。

## 守初心担使命，全力改善生态环境质量

“要加大对‘散乱污’企业的整治力度，加大对优秀企业的支持力度，针对不同企业科学制定实施差异化管控措施……”8月24日，冒着淅淅沥沥的秋雨，河北省生态环境厅有关负责人再次带队深入石家庄市进行走访调研。

“从调研情况看，石家庄市大气污染治理形势依然十分严峻，产业结构、能源结构偏重，运输结构偏公路，环境管理粗放等问题还较为突出，在重点行业产能压减、重点企业退城搬迁、散煤治理等方面仍需加大力度。”9月3日，就调研中发现的问题，该负责人与石家庄市委、市政府主要领导进行了对接交流并表态，“下一步，省生态环境厅将全力帮扶和指导石家庄市大气污染综合治理工作，尤其是在执法力量、环保督察、资金保障等方面，向石家庄市倾斜，推动各项治理措施落地见效。”

主题教育开展以来，该负责人已走访调研了石家庄、张家口、秦皇岛、邢台、邯郸、衡水、保定等多个设区市。

“生态环境部门坚守党的初心和使命就是满足人民群众对优美生态环境的期待，改善生态环境质量，坚决打赢污染防治攻坚战。”该负责人介绍说，守初心担使命，河北省生态环境厅厅级领导干部、处级党员干部围绕自己的业务领域，精心选定了调研课题 50 个，全厅 185 名处级以上干部深入基层开展调研，形成调研报告 78 篇，调研成果推动了生态环境质量的改善。

聚焦群众最为关心的大气污染综合治理工作，河北省在主题教育中，在全省组织开展了大气污染综合治理夏季会战，紧盯“散乱污”企业、扬尘污染、工业企业清洁化、VOCs 污染、黑加油站点、散煤污染、露天焚烧、机动车污染等 8 个方面开展专项整治行动，有力推动了大气环境质量的持续改善。

监测数据显示，今年 8 月，河北省 $PM_{2.5}$ 平均质量浓度仅为 24 微克/米$^3$，同比下降 11.1%，达到有监测记录以来单月最好水平；1—8 月，全省 $PM_{2.5}$ 质量浓度为 50 微克/米$^3$，同比下降 2.0%，空气质量呈持续改善态势。

## 以人民为中心，着力解决突出环境问题

“保定涿州市龙马铝业集团有限公司非法生产、夜间排放工业废气。”接到群众举报后，保定市生态环境局立刻组织现场核查，经查，群众反映的企业存在未采取有效防护措施非法喷涂作业违法行为。

“目前，我们已责令涉事企业停止违法喷涂作业，拆除喷涂工序设备，对其环境违法行为立案查处。”保定市生态环境局相关负责人介绍说，下一步，生态环境部门将加大日常巡查力度，确保整改到位，污染物持续稳定达标排放。

把群众关心的环境问题作为环境治理的“风向标”。主题教育中，河北省生态环境厅畅通信访举报渠道，主动收集网民反映，举全系统之力围绕扬尘污染、异味污染、建筑施工噪声、秸秆垃圾露天焚烧、农村纳污坑塘、“散乱污”企业排查、机动车及施工机械“冒黑烟”、涉医疗废物违法违规行为、城市黑臭水体、危险废物等 10 方面，开展了 10 个专项整治行动，坚持边查边改、立行立改，让群众实实在在感受到了身边环境的变化。

全力维护群众环境权益，10 个专项整治行动中，河北省查处各类扬尘污染问题 5 118 个，立案处罚扬尘污染类违法案件 1 025 起；持续整治“散乱污”企业，新排查发现“散乱污”企业 610 家，完成整治 596 家；发现并制止噪声污染问题 980 余个，立案查处噪声污染违法案件 59 起；立案查处露天喷漆、餐饮油烟排放违法案件 163 起；排查整治非道路移动机械 4.14 万台，检查发现问题车辆 9 531 辆（次），处罚 3 174 辆（次）。

帮助企业解决生产发展和环境保护中存在的实际困难，河北省生态环境厅还将“万名环保干部进万企，助力提升环境治理水平”主题实践活动融入主题教育之中，深入企业“问计、问需、问难、问效”，建立起了“行政+专家+企业”三位一体帮扶机制。

截至目前，河北省生态环境系统干部职工共帮扶包联企业 9 300 余家，出动帮扶人员 33 000 余人（次），发放生态环境法律法规、环评政策百问百答等各类宣传材料 4.7 万余册，梳理环境问题 8 310 个，培训人员 22 268 人（次），提出意见建议 7 249 条，查找环境违法隐患问题 1 737 个，发放环境违法问题隐患提示函 1 100 余份，有效帮助企业提升了环境治理和管理水平。

## 抓当下谋长远，巩固成果健全长效机制

调查研究是做好工作的基本功。河北省生态环境厅明确提出，厅党组领导班子成员每年下基层蹲点调研不少于 90 天，至少形成 1～2 篇有情况、有分析、有措施的高质量调研报告，科学研判当前生态环境形势，提出有建设性、可操作的治理举措。

建立联系群众机制，河北省生态环境厅制定了《河北省生态环境厅企业接待制度》《环境信访事项接待十个规范（试行）》，坚持问题导向，全面排查化解信访积案，最大限度减少存量、遏制增量。

建立工作推动落实机制，河北省生态环境厅进一步优化工作流程，实行清单管理，建立任务清单、责任清单、措施清单、结果清单，提升抓落实精准性。

为巩固主题教育成果，将学习成效转化为攻坚克难、打赢污染防治攻坚战的动力，下一步，河北省将全力打好污染防治攻坚战。在大气污染综合治理方面，开展超低排放改造和燃煤锅炉治理、臭氧污染治理攻坚，严格散煤污染整治，严控扬尘污染，制定重型柴油货车污染防治的若干措施，确保全年全省 $PM_{2.5}$ 平均质量浓度同比下降 5%。在水污染综合治理方面，聚焦水环境安全，深化水污染防治，开展工业园区涉水企业全面排查整治，组织实施入海河流消灭劣Ⅴ类专项行动，加强渤海综合治理。在执法督察方面，持续开展环境执法专项行动，组织开展新一轮省级生态环境保护督察，年内完成对廊坊、保定等 6 个市党委、政府的督察任务，推动生态环境质量持续改善。

# 充分运用无人机飞检、远程抽查、分表计电核查等科技手段<br>河北大气环境专项行动注重非现场执法

时间：2019 年 10 月 28 日　作者：张铭贤　闫兆静　来源：《中国环境报》8 版头条

10 月 15 日，河北省生态环境厅启动大气环境执法专项行动，统筹省、市、县三级环境执法力量，采取混合编组、异地执法、交叉执法、巡回执法等方式，全力聚焦涉气环境违法问题开展执法检查。

执法专项行动开始前，为保障执法效果，河北省生态环境厅组织召开了专题培训会。

据了解，此次执法专项行动将围绕工业企业达标排放及污染防治措施落实情况、燃用劣质煤和“冒烟”情况、重型柴油车及非道路移动机械排放管控情况、扬尘污染管控和达标整治情况、涉挥发性有机物排放企业污染防治情况、“散乱污”企业排查整治情况、露天焚烧管控情况、涉气企业应急减排措施落实情况等 8 项重点工作内容，全方位开展执法检查，严厉查处污染防治设施缺失或不正常运行、未批先建、批建不符、无证排污、逃避监管、超标排放、偷排偷放、监测数据造假等环境违法行为，始终保持严管严查的高压态势。

与以往大气环境执法专项行动不同，河北此次行动中将充分运用科技执法手段，大力推进非现场执法。行动期间，河北省将成立无人机飞检组，利用无人机携带的热成像摄像头、高倍变焦摄像头，对扬尘污染防治、散乱污企业清理整治情况开展飞检巡查；利用无人机吊舱携带的红外气体检测模块，对重点行业企业二氧化硫、氮氧化物、烟尘等污染物排放情况开展飞行监测、分析。

充分利用污染源废气远程执法抽查系统，突击开展远程执法“零点行动”，及时发现企业在线数据异常问题线索，有针对性地开展现场核查，对检查发现超标排放、偷排偷放、在线监测数据造假等严重环境违法行为，依法严处、停产整治。加强“河北省污染物在线监控系统”推送超标数据梳理分析，对审核移交的超标排污单位按时签收、逐一开展现场核查，核查属实的坚决依法重处，立即停止排污，督促整改到位，确保稳定达标排放。

有效运用分表计电系统数据，实时向各执法组推送异常信息，指导各执法组开展现场核查，提高精准锁定问题、精准发现问题的效率，有力打击未落实差别化管控和重污

染天气应急响应措施以及擅自闲置污染防治设施等环境违法行为。

同时，加强生态环境部热点网格推送数据运用和研判分析，值守组每日将热点网格报警信息推送至各相关执法组，各执法组根据推送信息对数据异常区域有针对性地开展执法排查，精准锁定环境问题，严厉打击违法行为。

## 河北强化水环境质量目标管理<br>1—9月全省优良断面比例同比提高，劣Ⅴ类断面比例同比降低

时间：2019年10月29日　作者：周迎久　张铭贤　来源：《中国环境报》5版头条

今年以来，坚守水环境质量“只能变好，不能变坏”底线，河北省强化水环境质量目标管理，针对影响水环境质量的短板和不足，谋划开展了饮用水水源地环境保护、工业污染整治、河流湖库综合治理等系列专项行动，坚持依法治污、铁腕治污，确保了水环境质量的持续改善。

“承德市兴隆县第二污水处理厂已建成并进入通水调试阶段。”

“唐山市市区及县城16座污水处理厂提标改造工程提速，全部进入建设阶段。”

“陡河水库一级饮用水水源保护区全部封闭，二级保护区新建5座污水处理站，污水实现全收集全处理。”

……

“水质达标就是个合格衡量线，水环境质量要持续改善，涉及的考核、监测点位达标是最基础的要求。河北省在打好碧水保卫战中，重点围绕水质达标这个出发点，谋划实施了一系列基础性、系统性的水污染防治举措。”河北省生态环境厅有关负责人指出。

### 以水质达标为目标，谋划污染防治举措

围绕地表水考核断面水质达标，河北省结合“不忘初心、牢记使命”主题教育活动，开展了走遍国省考断面系列调研活动，逐个排查重点污染源，指导地方逐个断面制定水质保障方案。截至目前，河北省国考断面均制定了水质达标保障方案。

围绕不达标水体治理，河北省组织制定“一河一策”防治举措，围绕滹沱河、府河、滏阳河等58条重污染河流，开展治理攻坚，目前累计51条河流已达标。37个不达标水

体控制单元中，全部制定并实施了限期达标方案。

围绕水功能区水质达标，河北省强化了监督管理，组织开展水功能区划试点工作，指导唐山、廊坊、邢台三市开展水功能区与水环境控制单元整合试点工作。

围绕涉水企业达标排放，河北省进一步提高排放标准。制定严于国家标准的《大清河流域水污染物排放标准》《子牙河流域水污染物排放标准》《黑龙港及运东流域水污染物排放标准》等流域地方环境标准，划定核心控制区、重点控制区和一般控制区，针对不同区域确定了不同的排放限值。其中，大清河流域核心控制区污染物排放限值与北京市《城镇污水处理厂水污染物排放标准》中最严的 A 类相当，重点控制区排放限值与其 B 类相当。

扎实行动出成效。“今年 1—9 月，河北省 74 个国考断面中已有 70 个实现了达标目标，37 个不达标水体中有 34 个完成了年度改善目标，全省 272 个水功能区水质达标率提高到 67%，较基准年提高 14 个百分点。”该负责人介绍。

## 以水质改善为核心，考核治水实绩实效

水质达标是基础，水质改善是核心。

在完善治水举措基础上，河北省围绕水质改善这个核心，建立起分层次、全覆盖的考核评价体系和奖惩问责办法，重点考核各地治水实绩实效。

“河北省在全国率先以省委、省政府名义印发《河北省城市地表水环境质量达标情况排名通报和奖惩问责办法（试行）》，将国省考断面达标率、重点县（市、区）断面达标率、重点涉水企业排放达标率纳入考核指标，按月对各市实施通报排名，奖前三、罚后三，形成了常态化排名通报制度。”河北省生态环境厅副厅长赵军说，这一办法自今年 4 月实施以来，已累计印发 5 期排名通报，累计奖惩资金 3 000 万元；对 5 个市和 2 个县进行了公开约谈，对 6 个县（市、区）实施了环境影响评价区域限批。承德、张家口、廊坊、衡水、邢台等设区市参照全省排名办法，制定了考核各自所辖县（市、区）的地表水排名办法。

赵军认为，通过综合排名的变化，反映了河北各地水污染防治工作的实绩实效，水环境质量本底好的地方如果不努力，在排名中可能落后，水环境质量本地差的地方只要努力提升，也可以排名靠前，得到奖励。这一考核办法有力调动了地方治污积极性，压实了各方治污责任。

以考核指挥棒引领各地持续改善水环境质量。监测数据显示，今年 1—9 月，河北省地表水水质达到或优于Ⅲ类（优良）断面比例达到 52.7%，同比升高 8.1 个百分点，优于

年度目标5.4个百分点；劣V类断面比例为13.5%，同比降低10.8个百分点，优于年度目标16.2个百分点。

### 以法律法规为保障，惩治涉水违法行为

“打好碧水保卫战，依法治水是保障。”河北省生态环境厅水生态环境处负责人赵宪伟表示，强化依法治水，河北省在全国率先颁布实施《河北省水污染防治条例》，出台《河北省地下水管理条例》，各市针对重点水功能区、湖库以及河流制定了一批市级地方性法规，为依法治水提供了法制保障。

坚持有法必依、执法必严。河北省开展了涉水工业企业大排查大整治、“碧水2019”环境执法专项行动等活动，集中对全省污水处理厂、涉水工业企业、涉水“散乱污”、饮用水水源地环境违规问题、河道及周边区域、规模化畜禽养殖行业等进行专项检查，持续加大对偷排偷放、非法排放等环境违法行为的打击力度。

今年6月，河北天柱钢铁集团古玉煤焦化工有限公司涉嫌超标排放水污染物。针对企业存在的环境违法问题，河北省生态环境部门依法对其立案处罚80万元。

这是河北省依法惩治涉水环境违法行为的缩影。据统计，今年5月28日至9月20日，河北省各级生态环境执法部门共出动执法人员54 091人（次），检查涉水企业22 666家（次），发现各类环境问题3 218个。

在严惩涉水环境违法行为的同时，河北省还积极指导重点行业企业、工业园区提升治污水平。截至目前，河北共完成造纸、钢铁、氮肥、印染、制药、制革等六大重点行业294家企业清洁化改造任务。全省181家省级及以上经济技术开发区、高新技术产业开发区、出口加工区全部完成污水集中治理任务，实现省级及以上工业园区污水管网全覆盖、污水集中处理设施稳定达标运行。

## 加大处罚力度，制定排放标准，建立监测排名通报制度<br>河北工地不再“灰头土脸”

时间：2019年11月5日　作者：周迎久　张铭贤　来源：《中国环境报》2版头条

记者近日在河北省石家庄市中铁一局地铁2号线蓝天圣木站施工现场看到，密目网

遮盖、洒水降尘、雾化喷淋、湿法作业等多种措施作用下，热火朝天的施工现场看不到尘土。“抑尘措施到位，周边老百姓没了意见，我们施工人员的身体也少受危害。”项目负责人丛芝峰如是说。

如今，随着对施工场地扬尘污染精细化管控，河北大大小小的工地基本告别了“灰头土脸”。

随着蓝天保卫战不断推进，扬尘污染逐渐成为攻坚战的主攻对象之一。河北省生态环境厅有关负责人说，扬尘是典型的无组织排放，但是对无组织排放要有组织地进行治理。

近年来，河北省通过完善立法、制定标准、开展监测排名、组织执法专项行动等措施，不断织密“抑尘网”，减少扬尘污染排放，推动空气质量持续改善。

## 完善法律法规，增强防治“刚性”

在以前的扬尘治理实践中，存在着一个普遍问题：因缺乏法律的刚性约束，对扬尘污染惩戒乏力。

河北省生态环境厅大气环境处处长谢文勇说：“拿施工工地扬尘管控来说，施工工地必须做到‘六个百分之百’，做不到怎么办？只能要求其限期整改。违法成本低，导致施工单位对扬尘治理主动性不强、积极性不高，甚至有些工地‘野蛮作业’，扬尘污染屡禁不止。”

扬尘管控必须立法先行，以立法增强防治的“刚性”。

2018 年 10 月，河北省十三届人大常委会第六次会议审议通过《关于加强扬尘污染防治的决定》（以下简称《决定》），《决定》于 2018 年 11 月 1 日起正式施行，加大了扬尘污染控制的监督力度，细化了处罚标准，提高了违法成本。

这一《决定》对扬尘污染的处罚力度显著加强。例如，《决定》第三十条规定：“建设单位未按照本规定实现扬尘污染物达标排放的，由监督管理部门责令改正，处 1 万元以上 3 万元以下罚款；情节较重的，处 3 万元以上 10 万元以下罚款；拒不改正的，责令其停工整治。”

有法可依，还要执法必严。“夏季是项目施工的黄金季节，也是扬尘污染防治的重点时段。”河北省生态环境厅生态环境执法局局长任立强介绍，针对扬尘污染，河北省组织开展了为期 40 天的扬尘污染专项执法行动，共检查企业（点位）11 574 个，查处并督促整改扬尘污染问题 5 062 个，立案处罚扬尘污染违法案件 1 022 起。

## 开展监测排名，压实属地责任

在廊坊市永清县省控降尘监测点位，河北省廊坊环境监测中心技术人员张祖栋将集尘缸罩上塑料袋，清晰标注上取缸时间，“我要把它带回实验室进行分析”。

河北省环境监测中心高工赵江伟介绍：“集尘缸带回实验室后，首先要除去树叶、鸟粪、昆虫等干扰物，然后将缸内溶液和尘粒转入烧杯、瓷坩埚和烘箱，进行蒸发、烘干，然后冷却、称量，直至恒重，由此计算一个地区单位面积上单位时间内从大气中沉降的颗粒物质量，反映一个地区的降尘污染水平。”

为全面、及时掌握全省降尘情况，提高扬尘污染防治水平，2018 年 3 月，河北在 11 个设区市建成区 67 个国控降尘监测点位基础上，又在 168 个县（市、区）设置 168 个省控降尘监测点位，开展降尘双缸平行采样。

在落实企业治污责任的同时，河北省还紧盯属地治污责任，强化扬尘污染防治的考核评价，建立起了月度降尘量监测排名制度。

2019 年 5 月起，河北开始每月通报全省降尘量监测结果，并对超标市县通报批评，要求降尘量超标的县、市、区加强原因和对策分析，提高控尘措施的针对性，提升扬尘治理精细化管理水平，切实降低扬尘污染。

“监测排名与通报制度旨在进一步传导压力，落实责任。”河北省生态环境厅生态环境监测处处长孙志强表示，监测排名是一个指挥棒，指挥各地统筹做好各类扬尘源污染防治，健全扬尘污染防控长效机制，提升治理精细化水平，降低扬尘污染。

## 出台排放标准，坚持综合施策

“扬尘污染虽然具有开放性、无规则性，难治理，但也不是没有突破口。”谢文勇介绍，工业料堆料场、施工工地扬尘排放相对集中，而且有明确的治污责任方，这里成了河北扬尘污染防治攻坚战的主攻方向。

“施工场地扬尘污染防治在技术上没有难点，关键是要有效管理和落实扬尘防治措施。”河北省环境监测中心实验分析室主任王淑娟说。今年 4 月 1 日起，河北省实施了施工场地扬尘排放标准。这一标准细化了扬尘排放控制和监测要求，规定了 $PM_{10}$ 质量浓度限值，施工工地超标排放将受到处罚。施工场地扬尘排放标准实施后，河北省施工场地 $PM_{10}$ 小时质量浓度超标数量预计将减少 30%以上，环境效益明显。

全封闭机械化原料场“用矿不见矿”，48 座万吨储煤罐“用煤不见煤”，长 13 千米的管带机输送系统“运料不见料”，高炉出铁场“出铁不见铁”……如今的河钢集团邯钢公司，草木青青，道路无尘，厂区宛若花园。公司能源环保部副部长赵韶英说："为实现全流程清洁生产，邯钢公司投入巨资，今年以来，又下大气力对无组织排放源点进行监控和深度治理。"

在加大施工工地、工业企业料堆料场扬尘污染治理同时，河北省还力推城市及周边扬尘、城市道路扬尘、公路扬尘、露天矿山和迹地扬尘的治理；坚持"六尘共治"，不断细化量化防治要求，减少扬尘污染排放。

专门立法、制定标准、考核排名、执法监督……打出治尘"组合拳"，河北空气质量实现了持续好转：今年9月全省11个设区市降尘量平均为4.5吨/（千米$^2$·月），同比下降23.7%；168个县（市、区）降尘量平均为4.4吨/（千米$^2$·月），同比下降21.4%。

"河北省正研究制定扬尘污染防治管理办法、施工工地扬尘环境保护税征收办法等政策，进一步完善扬尘污染防治措施，削减污染排放，推动空气质量持续改善。"河北省生态环境厅有关负责人向记者介绍。

## 河北省生态环境执法指挥调度系统整合动态信息资源，实时对接三级执法机构<br>发现问题可在线下单"一键"调度<br>今年前10个月案件数量同比大幅增长，全省执法效能进一步提升

时间：2019年11月25日　作者：张铭贤　闫兆静　来源：《中国环境报》8版头条

"在这轮大气污染过程中，石家庄市启动了重污染天气橙色预警和Ⅱ级应急响应，为确保应急减排措施落实到位，我们可以在线调度执法人员对企业进行随机检查。"11月6日，河北省生态环境厅生态环境执法局副局长关义鹏开始了在线下单，派发任务，"比如我们发现某个监测点位数据偏高，可以调度周边最近的执法人员去现场检查。"

关义鹏所用的在线调度系统正是河北省生态环境执法指挥调度系统。

据了解，这一指挥调度系统整合优化移动执法 App、动态数据库、在线监测数据等信息资源，实时对接省、市、县三级执法机构和全省5 500余名执法人员，实现了执法人

员、执法任务、企业管理和重污染天气应对等重点环境监管工作的“一键”调度。

## 定位功能 实现对执法人员动态调度

“11月5日，河北省出动执法人员10 062人（次），检查企业数3 262家。”这是记者11月6日上午11时在河北省生态环境执法指挥调度系统显示大屏上看到的数据。

“河北省高度重视移动执法App的建设和使用，要求执法人员只要开展现场执法检查工作，就必须打开系统终端，实时传输执法检查数据。大屏上显示的数据，就是汇总的执法人员通过App报送的信息。”河北省生态环境厅生态环境执法局局长任立强介绍说，自2017年10月以来，河北省通过移动执法App上传执法数据始终保持全国第一。

据介绍，河北省生态环境执法指挥调度系统对接了全省所有执法人员的移动执法App，并通过不同颜色的图标对省、市、县三级执法人员进行区分，可以实时查看全省正在开展执法检查人员的基本情况、执行任务、检查情况和执法活动轨迹。如果现在出现突发状况或临时任务，我们就有通过指挥系统对他派发任务，在派发任务同时反馈给市县执法机构主要负责人。指挥调度系统可以说是做到了对全省执法人员的“了如指掌”。

“指挥调度系统的应用使执法人员避免了来自地方和人情方面的干扰。”刚刚从秋冬季第一轮大气环境执法行动中返回石家庄的执法人员田亚龙向记者介绍说，“我们外出执行检查任务，执法App系统会一直开着，系统对我们执法路线、检查点位、发现问题等执法轨迹进行实时上传并记录，以此来有效约束执法行为，大大降低执法的随意性，也避免了各方对执法人员带来的无谓干扰，切实推进了文明执法、规范执法。”

## 分析功能 精准分析评估各地执法情况

从人员管理模块返回指挥调度系统的初始界面，记者看到这样一组统计数据：今年以来全省累计出动执法人员1 257 616人（次），检查企业415 984家，发现问题数量13 411个。

“今年1月1日—10月31日，石家庄市人均执法检查企业85.35家（次），日均出动执法人员434人（次）”，这是任立强在全省执法工作调度会上通报的各市情况。据了解，河北省生态环境厅生态环境执法局每天会在各市执法支队长微信工作群中进行前一日执法工作情况的分析通报，让各市支队长及时了解工作进行情况。

任立强介绍说，“汇总数据还只是最基础的功能，我们在这套系统中还加入了分析功能，如通过各地实有执法人员数和实际检查企业数计算得出各市执法活跃度，通过这个数据来衡量各地工作开展情况，有针对性地指导各地推进生态环境执法工作。同时，通过大量的执法数据分析，我们已经实现了对全省各个执法机构和每名执法人员工作情况的评估，并可实时进行调度。例如，通过综合分析各市县执法机构出动执法人（次）、检查企业家（次）、发现问题数量等，可以对各市县执法机构工作开展情况进行评估；通过对执法人员的执法次数、检查企业数量、发现问题数量以及发现问题类型，可以对全省每名执法人员工作饱满度、工作质量进行评估，以此来对执法机构和执法人员实施动态评估、精准调度、精细管理。”

## 记录功能　实现精准检索企业环境信息

近年来，河北省常态化实施异地执法、交叉执法，异地执法人员到了企业执法现场，往往对企业情况不了解，难以快速入手开展检查。“大数据”的应用，让河北省生态环境执法人员对企业过往的执法信息实现了可查、可比对。

任立强介绍说，“目前动态数据库中已收录了 6.8 万多家企业信息。动态数据库包括了企业的基本情况、排污许可证情况、主要生产设备、排污口及污染治理设施以及执法监管等情况，并根据日常执法工作进行动态调整和更新。我们不仅对每家企业的检查有记录，还对所有问题进行自动汇总，形成问题台账，实现对问题情况和整改情况的清单式管理。”

近年来，河北省持续开展各类环境执法专项行动，省、市、县三级执法人员混合编组、异地执法、交叉执法已成为常态化，取得了良好的效果。河北省通过企业模块的这个“大数据”，为异地交叉执法人员提供精准索引，在没有当地人员陪同的情况下，也能迅速了解所检查区域企业分布情况、某个企业历史监管记录，从而精准确定检查重点，有效提高执法效能。下一步，河北省还会通过与企业工商登记变更、建设项目进展进行比对，实时更新数据库内的企业，逐步丰富信息内容。

## 数据资源　日常监管任务进度一目了然

除了专项执法检查外，河北省在日常环境监管中，还有“双随机”执法检查任务，为了及时掌握各地进展，河北省在指挥调度系统中专门设置了任务管理模块。

“这个模块可以实时查看各级环境执法机构‘双随机’执法抽查任务和在线监控数据超标、数据异常核查任务进展情况。”关义鹏介绍说，比如现在，11 月 6 日，我们随机点开张家口市，可以看到张家口市“双随机”抽查任务数是 3 119 家，目前完成了 2 615 家，任务进度达到了要求。反之，如果任务进展缓慢，我们就可以通过指挥调度系统进行调度，督促加快进度。

在指挥调度系统中，河北省还对接环境空气质量监测信息，设置了重污染天气管理模块，实现了对监测点位数据偏高区域的精准执法调度。

任立强介绍说："通过这一模块，我们可以检索出监测点位周边3千米、5千米、10千米、20千米范围内所有企业，锁定企业后，可以调度周边最近无执法任务的人员前去检查，实现精准执法、精准排查，提高执法效能。"

借助"大数据+生态环境执法"，河北省生态环境执法效能进一步提升。1—10月，河北省各级生态环境部门共下达行政处罚决定书16 994件、行政处罚金额85 930万元，案件数量同比增长了8.6%；全省适用《中华人民共和国环境保护法》配套办法案件1 646件，同比增长了14%。

# 河北筑起"防火墙"严禁露天焚烧 第三季度火点数较前两个季度减少七成以上，呈现明显下降趋势

时间：2019年12月26日　作者：张铭贤　闫兆静　来源：《中国环境报》5版头条

秸秆露天焚烧问题多发频发，是影响大气环境质量的重要因素。今年以来，河北省通过健全人防+技防监控体系、落实网格监管责任、建立考核问责机制等一系列组合拳，筑起了"防火墙"，严防秸秆露天焚烧。

统计数据显示，今年第一、第二季度河北省火点数平均每月2 191个，而第三季度全省每月平均火点数下降到522个，较前两个季度减少了七成以上，全省露天焚烧火点数量呈现明显下降趋势。

## 布设4 336个监控点位，全覆盖平原涉农区域

11月10日15时45分，河北省秸秆禁烧视频监控和红外报警系统发出火情警报，位于枣强县枣强镇的大金村村东出现火情。平台值守人员立即通过手机App向火情所在乡镇发出警情信息。枣强镇接警后，第一时间组织防火巡查员赶赴现场对火情进行了扑救。

在随后的调查中查明，大罗庄村村民孟某祥，在收拾完地头的杂草后为图方便将其点燃，火势引燃了附近的杂草树木，造成环境污染。公安机关依法对孟某祥处以行政拘留 3 日处罚。

枣强县能够第一时间处置火情，迅速锁定嫌疑人，正是得益于河北省建成的秸秆禁烧视频监控和红外报警系统。

“这套监控系统 2018 年年底建成，共布设 4 336 个监控点位，实现了平原地区涉农区域的全覆盖。”河北省生态环境厅有关负责人介绍说，监控系统建成后，为了让系统高效运行，河北省在实践中不断完善技防工作机制，建立起“发现、交办、处置、反馈”四步法全链条工作机制，有效解决了以往对露天焚烧排查难、处置慢、取证难及防控行政成本高等问题。

据统计，今年以来，河北省通过秸秆禁烧视频监控和红外报警系统发现并核实处理露天焚烧火点 1.66 万个。对核查属实的露天焚烧违法行为，依法按照《河北省人大常委会关于促进农作物秸秆综合利用和禁止露天焚烧的决定》严肃处理，及时移送公安机关追究责任。今年以来，全省共立案 3 663 起，罚款 309.88 万元，拘留 444 人，有效遏制了露天焚烧违法行为的发生。

## 建立“三包三定”机制，完善禁烧责任体系

如果说全时段、全覆盖的“天眼”监控系统是河北省禁止露天焚烧的第一道“防火墙”，那么，“发现一起，查处一起”禁烧责任体系和工作机制的建立则是第二道“防火墙”。

“不仅要发现火点，更要及时处置火情，减轻污染、及时惩处涉案人员。这样才能使监控系统发挥出应有的震慑警示作用。”河北省生态环境厅生态环境执法局局长任立强介绍说，为解决露天焚烧处置慢及防控行政成本高等问题，河北在建设“天眼”监控系统的同时，着力完善了露天禁烧责任体系和工作机制，将秸秆禁烧工作列入网格化环境监管体系重点监管内容。

“在具体实践中，河北省探索出了‘三包三定’工作机制。‘三包’即县级领导包乡镇、乡镇班子成员包村街、村街两委干部包农户；‘三定’即定人员、定区域、定奖惩。”任立强介绍说，通过“三包三定”机制，河北省进一步完善了火点处置的“发现、交办、处置、反馈”四步法全链条工作机制。

11 月 7 日上午 10 时 56 分，河北省秸秆禁烧视频监控和红外报警系统报警显示，唐山市丰润区岔河镇杨义口头二村发现火点，浓烟滚滚；系统于两分钟后向网格员交办火

点报警信息。网格员随机赶赴现场进行核实和处置，经查火点确为人为露天焚烧引起。核实信息于当天14时01分反馈给系统。

从监控系统“发现”问题，到相关人员“反馈”处置结果，仅仅用了3小时，河北省通过四步法全链条工作机制，有效解决了露天焚烧火点处置慢的问题，减少了污染物排放。

针对火点核实情况，唐山市丰润区岔河镇纪委，根据“三包三定”工作机制，对网格责任人进行批评教育并给予扣除当月绩效工资处罚；公安部门对露天焚烧责任人立案处罚2 000元。

河北省通过完善禁烧责任体系，压实了网格化环境监管工作机制，调动起地方网格员宣传禁烧、积极巡查、防范露天焚烧的积极性。

## “压茬式”日通报传导压力压实责任

“11月17日17时至11月18日17时，河北省监控系统共发现并推送露天焚烧火警信息35条。”

“11月16日17时至11月17日17时，河北省监控系统共推送火警信息19条，现场核查确认19条，总体查实率为100%。”

这是河北省大气污染防治工作领导小组办公室《河北省露天焚烧火警信息与核查情况通报》中的一期。像这样的日通报，河北已发布247期。

“既通报火警信息，又通报核实情况，通过‘压茬式’日通报制度，河北省进一步压实了地方党委、政府的监管责任，有力推动了火点处置工作。”任立强介绍说，在日通报基础上，河北还对每周火点情况及核实情况进行汇总分析，提出具体要求，直接通报各地政府部门，对监管查处不力、履职不到位的责任单位和责任人员依规依纪严肃追责问责。

“武邑、饶阳、阜城3县自10月以来，确认火点数量占衡水市的四成，给大气环境质量造成了负面影响；在后期处置中，3县存在明显短板和不足，移送公安机关案件数均为零件，对涉案人员查处惩办存在慢、松、软问题。”11月19日，衡水市秸秆禁烧管控不力约谈会议上，武邑、饶阳、阜城3县政府主要负责人被公开约谈。

据统计，今年以来，河北省因露天焚烧问题共问责1 443人，有效传导了压力，倒逼了责任落实。

“让秸秆禁烧视频监控和红外报警系统在大气环境治理中发挥更大的作用，河北正在探索利用监控系统，对农村劣质散煤‘冒烟’情况进行监控。”该负责人介绍说，农村劣质散煤“冒烟”问题是影响秋冬季大气环境质量的一个重要问题。下一步，河北将通过调整监控系统技术参数、增补监控点位等措施，对农村劣质散煤“冒烟”进行监控，为减轻劣质散煤污染、打赢蓝天保卫战提供有力技术支撑。

# 2020 年

# 省厅总指挥，市级为主体；厅里管巡查，市局重交叉
# 河北秋冬季交叉执法成常态
# 2019—2020年秋冬季第三轮大气环境执法检查专项行动立案703件

时间：2020年1月21日　作者：张铭贤　闫兆静　来源：《中国环境报》8版头条

河北省通过连续三年开展秋冬季大气环境执法检查专项行动，逐步建立起全省“一盘棋”执法指挥系统。从最初的省、市、县三级混合编组、异地交叉执法，到如今的“省厅总指挥、市级为主体；厅里管巡查，市局重交叉”执法方式，河北通过不断完善执法方式，有效提高了执法效能。

## 第三轮大气环境执法检查企业两万余家

检查企业20 628家（次），发现存在问题企业5 346家，涉及各类涉气环境问题6 232个，全省共立案行政处罚环境违法案件703起，责令停产、限产企业68家。

这组数字是河北省2019—2020年秋冬季第三轮大气执法专项行动取得的良好成效，在为期25天的执法专项行动中，河北省按任务区分成立省级巡查督导、巡回执法组，市局巡回执法组和跨县（市、区）交叉执法组。

为推动市级生态环境部门承担起交叉执法的主体责任，河北省生态环境厅生态环境执法局充分发挥“龙头”作用，强化巡查、指挥、统筹协调作用，梳理异常数据线索向各地市推送并跟踪督导核查，利用大数据系统每天考核、分析各地执法问题，定向帮扶存在短板的地市；各市局生态环境执法部门建立稽查考核制度，组织开展跨县（市、区）交叉执法、巡回执法。

经过为期25天的实践磨合，河北省生态环境执法市级交叉执法常态化机制逐渐形成。

## 重污染天气应急减排成为问题多发领域

结合秋冬季大气污染治理特点和秋冬季大气污染综合治理攻坚行动任务要求，围绕

环境问题整改情况、工业企业是否达标排放、涉气企业应急减排措施是否落实等 13 项重点工作内容，第三轮大气环境执法专项行动期间，各执法检查组有针对性地开展了现场执法检查和核查工作。

2019 年 12 月 24 日，河北省生态环境厅执法人员在唐山市丰润区执法检查时发现，唐山市七星水泥制品有限公司排污许可证过期，违法生产、违法排污；且拒不执行重污染天气应急减排措施，未按要求对柴油货车进行有效管控，违规使用国四排放标准的重型柴油货车运输作业。

同日，执法检查人员在邢台市清河县远正汽车部件有限公司发现了同样的问题，企业拒不执行重污染天气应急减排措施，违法生产、违法排污。

专项行动期间，针对重污染天气应急减排工作，执法检查组共查处应急响应措施落实不到位问题 205 个，重型柴油车及非道路移动机械排放管控不到位问题 331 个。

此外，第三轮大气环境执法检查发现的 6 232 个各类涉气环境问题中，扬尘污染问题 2 557 个，问题占比较重；污染防治设施缺失、污染防治设施不正常运行、超标排放、未批先建、未验先投、无证排污、批建不符等突出环境违法问题 635 个，未落实 VOCs 整治要求问题 377 个，核实露天焚烧火警信息 518 起。

## 充分利用非现场执法手段提升执法效能

“充分利用视频监控系统、污染源自动监控、远程执法抽查、分表计电、无人机飞检等技术手段和非现场执法手段，是河北省第三轮大气环境执法专项行动中的又一突破。”河北省生态环境厅生态环境执法局相关负责人表示，非现场执法手段的运用既可以精准找出环境问题，又可以最大限度减少对企业干扰、减少现场执法检查频次，提升执法效能，助力精准执法。

专项行动中，河北省利用无人机携带的热成像摄像头、高倍变焦摄像头，对面源污染问题开展全面飞行检查。专项行动期间，无人机飞检组累计起飞无人机 180 余架次，飞检 3 859 分钟，覆盖 1 678.4 千米$^2$，累计发现“散乱污”企业、垃圾焚烧、物料扬尘、施工工地扬尘管控不到位、散煤复燃等各类环境问题 285 个。

充分发挥省级执法部门指挥、协调作用，河北省还通过“河北省污染物在线监控系统”推送超标数据梳理分析，推送超标（异常）数据信息 1 996 条，经逐一现场核查，查处在线监测设施不正常运行违法问题 18 起，要求企业立行立改 6 起，移交当地执法部门立案处罚 8 起。

持续加大分表计电、生态环境部热点网格等异常报警数据在执法中的应用，河北省在专项行动期间，共向各地推送分表计电异常报警信息 14 条、生态环境部热点网格异常报警信息 252 条，通过现场核查，发现各类环境问题 20 个。曝光典型问题，督察企业整改，专项行动期间，河北省生态环境厅对检查发现的 123 期典型问题及时梳理汇总，在河北省生态环境厅官方网站、微信、微博等平台上予以公开曝光，形成了强力震慑，有力推动了问题的整改，为大气环境质量持续改善提供了执法保障。

## 河北推进重点行业深度治理 今年水泥、平板玻璃、陶瓷行业开展超低排放改造

时间：2020 年 3 月 5 日　作者：张铭贤　来源：《中国环境报》3 版头条

记者近日从河北省生态环境厅了解到，今年，河北省将持续推进大气污染综合治理攻坚行动，深入实施工业企业污染深度治理等六大攻坚行动，确保环境空气质量持续改善。

河北省今年将印发水泥、平板玻璃等行业超低排放标准，完成一批项目超低排放改造。对标行业先进水平，加快 1 200 个工业炉窑项目综合治理。同时，巩固“散乱污”企业整治成果，实现动态“清零”。

### 完成一批项目超低排放改造

“近年来，河北省采取了‘四个一’攻坚举措，推进工业企业深度治理和高质量发展。”河北省生态环境厅大气环境处处长谢文勇介绍说。

据了解，“四个一”即出台一系列指导文件、制定一系列标准、形成一套支持政策、建成一批工程项目。

出台一系列指导文件。河北省先后出台《河北省钢铁、焦化、火电行业深度减排攻坚方案》《河北省工业炉窑深度减排攻坚方案》等，有力指导推进了重点行业的深度治理，以及钢铁、焦化、火电等行业超低排放改造和深度治理。

制定一系列标准。河北省制定并实施了严于国标的钢铁、焦化等行业大气污染物超低排放地方标准，用法制力量推进工业企业污染治理。

形成一套支持政策。河北省政府制定支持重点行业和锅炉深度减排十条政策措施，

包括开辟绿色审批通道，优先进行排污权交易，重点企业进行超低排放改造的实行环保税减免、环保设备投资抵免税、差异化电价等一系列支持措施。特别是对于一些完成超低排放改造的企业，在秋冬季重污染天气应急时，给予优先保障。

建成一批工程项目。河北省建立了重点行业超低排放改造示范引领制度，率先实施48个示范引领项目，在此基础上，全面推进钢铁、焦化、火电行业深度治理。

“在‘四个一’政策推动下，河北省在全国较早开展和完成了钢铁、焦化行业超低排放改造和火电深度治理，累计完成钢铁、焦化行业超低排放改造项目分别为331个、83个，火电行业深度治理项目为116个。”河北省生态环境厅新闻发言人陈恩惠介绍说，530个超低排放或深度治理项目，年可削减颗粒物排放6.3万吨、二氧化硫排放16.7万吨、氮氧化物排放14.6万吨，减排效果明显。

## 梯次推进重点行业深度治理

“河北省将在防、治、管3方面下功夫，持续推进工业企业深度治理。”谢文勇表示，“防”主要是优化产业布局，压减退出一批产能过剩企业，推进重污染企业退城搬迁，从布局上进一步优化。“治”主要是推进固定源排放、无组织排放、清洁运输，联合发力形成全面的超低排放改造。“管”主要是采取一系列管控措施，包括对一些重点环节安装在线监测和视频监控系统，对在线数据加强质控，运用科技手段推进企业治污，倒逼企业转型升级。

今年河北省将进一步优化产业布局，加快24家重污染企业退城搬迁，再压减炼钢产能1 400万吨、平板玻璃产能840万重量箱、焦炭产能200万吨、煤炭产能600万吨，淘汰火电产能50万千瓦时。

金隅鼎鑫水泥有限公司是河北省较早开展深度治理的水泥生产企业。“为从源头上减少粉尘污染物排放，公司采取物理方法进行疏、堵、收，治理跑冒滴漏，以廊道负压运行方式彻底解决了熟料库底放料扬尘问题。现在的水泥熟料库底、水泥磨房干净整洁。”公司相关负责人介绍说，“通过深度治理，企业引进和创新使用低氮分级燃烧、超低排放控制污染治理技术，实现了粉尘颗粒物、二氧化硫近零排放，氮氧化物质量浓度降至50毫克/米$^3$以内。”

目前，河北省正在制定《河北省锅炉污染物排放标准》《水泥工业大气污染物超低排放标准》《平板玻璃工业大气污染物超低排放标准》《陶瓷工业大气污染物超低排放标准》等，运用法制力量保卫蓝天。河北省深化工业企业治理，同步推进水泥、平板玻璃、陶瓷等行业一批项目的超低排放改造。

此外，河北省要求涉 VOCs 的企业要对标行业先进水平进行深度治理、深度减排。同时，开展环境空气臭氧来源解析及污染防控技术研究，强化 VOCs 与臭氧协同控制，深度治理重点行业、加油站、餐饮油烟等挥发性有机物，进一步减少污染物排放，为蓝天保卫战做出贡献。

## 标杆企业将实行差异化管控

按照“多排多限、少排少限、不排不限”原则，河北省对涉气工业企业实行生态环境监管差异化管控。

“去年河北省重新修订了重污染天气应急预案，有两个重大调整：差异化管控和正面清单制度。”河北省生态环境应急与重污染天气预警中心主任王晓利介绍说，这两个调整主要目的就是坚持科学应对重污染天气，统筹企业生产发展与治污减排，通过奖优策劣、倒逼产业转型升级和深度治理，推动更多企业成为国内标杆、省内标杆，促进经济高质量发展。

据了解，2019 年河北省将 5.56 万家涉气工业企业全部纳入应急减排差异化管控体系，并逐一核算排污量，制定“一企一策”应急减排清单。同时，依据排污量与治污水平，对涉气工业企业进行分类分级指导，有保有压，明确差异化管控措施。

“比如，针对钢铁、焦化、水泥、建材等重污染、高排放的 21 个行业 7 059 家企业，河北省依据生产工艺、污染物排放、无组织管控、监测监控、排放限值、运输方式等将企业逐一进行评价，分为 A、B、C 三级。”王晓利说。

据了解，A 级企业是国家标杆，行业里做得最好的一批；B 级企业是省级标杆，行业里全省做得最好的企业；C 级企业就是一般的达标企业。

王晓利介绍说，对这 3 类企业实施分级管控，A 级企业在重污染天气期间，不用停产限产，实行自律式减排。B 级企业在橙色预警时，污染过程多的环节要适度减排，属于部分停产。C 级企业在重污染天气期间限产 50%左右。通过三级差异化管控，调动企业提升治理水平，促进高质量发展。

“2019 年，河北省共对 40 个重点行业 23 454 家企业开展了排污绩效评级，这些企业的排放总量约占全省工业排放量的 70%以上。”王晓利说，今年，河北省将根据实际情况扩大排污绩效评级的范围，将重点涉气的 80%以上行业企业纳入评级范围，修订新的绩效分级标准，使大多数企业都有提标改造的标杆，鼓励企业提升治理水平。

# 《河北省扬尘污染防治办法》4月1日施行 污染物排放要既达国标又达省标

时间：2020年3月13日　作者：周迎久　张铭贤　来源：《中国环境报》3版头条

为有效防治扬尘污染，改善大气环境质量，在出台《河北省大气污染防治条例》《河北省人民代表大会常务委员会关于加强扬尘污染防治的决定》的基础上，河北省近日制定了《河北省扬尘污染防治办法》（以下简称《办法》），并将于4月1日起施行。

河北省生态环境厅有关负责人表示：“《办法》共5章46条，立足解决实际问题和创新突破，对扬尘污染防治措施进行细化量化，作出了进一步规范，明确了扬尘污染防治措施和扬尘污染物排放‘双达标’要求，强化了扬尘污染法律责任，为河北推进扬尘污染综合治理攻坚行动提供了法制保障。”

## 责任：既要各司其职又要形成合力

“随着大气污染防治工作的不断深化，扬尘污染问题日益凸显，扬尘源成为河北省$PM_{10}$的首要排放源，占总排放量的57.4%。河北省委、省政府高度重视扬尘治理问题，将其列入蓝天保卫战重点工作强力推进。”河北省生态环境厅副厅长何立涛介绍说，着眼依法治尘，进一步细化、实化《河北省大气污染防治条例》《河北省人民代表大会常务委员会关于加强扬尘污染防治的决定》，河北省政府制定了《河北省扬尘污染防治办法》。

扬尘污染源点多面广，涉及的相关部门和责任主体广泛。为破解九龙治水困局，《办法》在第一章重点明确了各职能部门扬尘防治责任。

《办法》规定，生态环境主管部门对本行政区域内的扬尘污染防治实施统一监督管理。住房城乡建设、自然资源、交通运输、城市管理、工业和信息化、农业农村、水行政等部门在各自职责范围内对扬尘污染防治实施监督管理。

此外，针对乡镇人民政府、街道办事处等在扬尘污染防治一线但又没有执法权的实际情况，《办法》规定其对发现的扬尘污染行为应及时予以制止，并报告相关部门。

在地方政府层面，《办法》明确提出，县级以上人民政府应当制定扬尘污染防治专项规划，建立健全扬尘污染防治统筹协调、长效管理和财政投入保障机制。

在明确监管责任的同时，《办法》对排污单位明确了治污主体责任。企业事业单位和其他生产经营者应当履行扬尘污染防治主体责任，制定扬尘污染防治实施方案，落实扬尘污染防治措施，依法缴纳环境保护税，并对污染所造成的损害依法承担责任。

## 达标：治理措施要到位，排放还需“双达标”

分类细化扬尘污染防治措施。《办法》就防治措施专章进行了规定，详细明确了建筑工程施工、市政工程施工、公路水利工程施工、工业企业料堆场、码头、露天矿山、道路公路养护保洁、物料运输等领域扬尘污染防治措施。

“分类细化举措是《办法》的一个亮点，如针对以往遮盖、覆盖防尘措施搞形式、效果差的问题，《办法》对各类防尘网的密度进行了明确，遮盖块状物料的防尘网，网目密度不得少于 800 目/100 厘米$^2$；遮盖粒状、粉状物料和裸露地面等的防尘网，网目密度不得少于 2 000 目/100 厘米$^2$。在遮盖的同时，《办法》还要求防尘网要有效防风加固，保证完整无损。”河北省生态环境厅大气环境处处长谢文勇向记者介绍说，这些规定可以说是细而又细、实而又实的，详尽的防治举措便于企业执行、部门监管和责任落实，可有效减少污染排放。

“既要扬尘防治措施到位，又要扬尘污染物排放达标，设置‘双达标’要求，是《办法》的一个创新。”何立涛介绍说，针对施工场地，河北省去年制定了扬尘排放的地方标准，《办法》明确提出，建设工程施工在落实防尘要求的同时，要符合国家和本省施工场地扬尘污染物排放标准，也就是“双达标”。

在细化常态化防控举措的同时，《办法》还就重污染天气应急响应期间的措施进行了明确。对企业事业单位和其他生产经营者，结合其污染防治水平、排放强度、企业管理水平、交通运输方式等进行评价和绩效分级，实施应急减排差异化管控。鼓励企业结合行业生产特点和对空气质量的影响，采取季节性生产调控措施。

## 处罚：治理不力的地区将被约谈

严格监管。《办法》提出，生态环境主管部门应当对扬尘来源进行调查，确定并及时调整本行政区域的重点扬尘污染源，每月向社会公布。生态环境主管部门及其他负有扬尘污染防治监督管理职责的部门应当对重点扬尘污染源实行重点监管。重点扬尘污染源应安装、使用扬尘污染物在线监测设备并联网，确保稳定达标运行。

严肃考评。《办法》明确，对扬尘污染防治工作开展不力、监管责任落实不到位、扬尘污染情况严重的地区，约谈当地政府主要负责人，并向社会公开约谈情况。对公众反映强烈、造成重大扬尘污染等违法案件的，可进行挂牌督办，限期查处、整改，并向社会公开挂牌督办情况。对扬尘污染防治工作实施考评，将考评结果纳入生态环境保护目标责任制考核内容。

严格惩罚。《办法》强化扬尘污染法律责任，除对未依法采取有效措施防治扬尘污染，未实现扬尘污染物达标排放等违法行为明确规定了相关罚则外，对拒不改正违法行为的，还作出按日计罚有关规定。针对超标排放的，《办法》规定，由监督管理部门责令改正，处 1 万～3 万元罚款；情节较重的，处 3 万～10 万元罚款；拒不改正的，责令其停工整治。

《办法》还规定，建设施工、物料堆放、矿产资源开采加工未依法采取扬尘污染防治措施，超过扬尘污染物排放标准，受到罚款处罚，被责令改正，拒不改正的，可以自责令改正之日的次日起，按照原处罚数额按日连续处罚。

该负责人表示，《办法》施行后，河北省生态环境厅将坚持有法必依、执法必严，有针对性地开展普法和专项执法行动，进一步压实扬尘污染防治责任，减少污染排放，推动大气环境质量持续改善。

# 河北全面强化污染源自动监测设备监管 数据异常须核实　频繁异常要约谈

时间：2020 年 3 月 30 日　作者：张铭贤　闫兆静　来源：《中国环境报》8 版

近日，秦皇岛北控务民城市清洁热力有限公司因脱硫设施自动除渣系统故障，导致污染物排放浓度超标。河北省秦皇岛市生态环境局山海关区分局核实后，依法启动立案处罚程序，并指导督促企业采取有效除渣措施，确保污染物稳定达标排放。

这是河北省全面强化污染源自动监测设备监管的一个缩影。河北省生态环境厅近日下发通知，要求各地加强在线监测设备运营维护，建立超标（异常）数据处置流程，建立运维单位运维质量公告制度，鼓励加大远程执法抽查频次，确保工业企业污染源达标排放。

## 建立超标或异常数据闭环处置流程

记者在采访中了解到，河北省要求重点污染源单位要安装在线监测设备，并实现联网运行。但在实践中，部分企业存在自动监测设备故障率高、运维不到位等情形，导致监测数据存在异常、失真，难以反映企业污染物排放情况。

“坚持问题导向，河北省生态环境厅从两方面入手解决这一问题。”河北省生态环境厅生态环境执法局副局长陈兴林介绍说，一方面要确保重点排污单位自动监控设备应装尽装、应联尽联，另一方面要加强异常或者超标数据的核实、处理，建立起超标或者异常数据闭环处置流程，严厉打击超标排放、偷排偷放等环境违法行为。

提高自动监测设备安装率、联网率，按照河北省生态环境厅下发的《关于实行全方位加强污染源自动监测设备监督管理若干强化措施的通知》（以下简称通知）要求，各地要督促重点排污单位每年 9 月底前完成自动监测设备的安装、联网、验收、平台备案等工作，未按要求完成安装、联网任务，不能保证自动监测设备正常运行的，依法依规进行处罚。

在超标或者异常数据处置上，河北省要求建立“发现—核实—审核—移交—核查—反馈”平台化处置机制。“监管部门发现数据异常后必须进行核实，核实过程中，由重点排污单位如实填报数据超标（异常）发生的原因，并提供佐证材料；各级生态环境部门负责审核判定，并根据判定结果决定是否移交同级执法部门处置；对需要现场核查的案件，核查结束后要及时反馈结果。”陈兴林向记者介绍说。

根据通知要求，在超标或者异常数据处置过程中，重点排污单位对超标（异常）处置单不填报、乱填报甚至弄虚作假的，河北省将实行首次提醒、三次警示、五次公开约谈制度，有效提升企业主体责任意识。

河北要求，县级生态环境执法机构要及时开展现场核查，对自动监测设备故障率高、运维不到位等情形，按照未保证监测设备正常运行相关条款依法依规处罚到位；对篡改、伪造自动监控数据的，严厉打击，移交公安部门；对确认存在超标排放等违法行为的，要严查重处，快查快办。

## 建立运维单位运维质量公告制度

3 月 19 日上午，辛集市生态环境局对 13 家今年以来多次出现污染源在线数据异常、超标企业及其运维单位进行约谈。13 家涉事单位或运维单位就加强污染源在线监控运行维护工作做了表态发言，并现场签署《企业环境保护自律承诺书》。

随着河北省全面强化污染源自动监测设备监管，第三方运营单位的运维质量和水平成了确保数据真实、准确的关键环节。

河北在通知中提出，各地生态环境部门要对自动监测设备运维单位开展排查，将运维单位的运维能力和水平纳入生态环境监管范围。

“强化自动监测设备运维质量监管，河北省要求，一个月内出现3次自动监测设备故障的，由市级生态环境部门组织公开约谈。”陈兴林介绍说，此外，河北省还将建立运维单位运维质量公告制度，从4月开始，市级生态环境部门每月对自动监控超标（异常）数据综合分析，梳理因自动监测设备故障导致超标（异常）数据处置单频繁的企业、运维单位、设备品牌等信息，公开通报，并将结果报送至省生态环境厅，河北省生态环境厅统一汇总后向社会公开发布。

## 联合惩戒在线监测问题突出单位

“今年以来，枣强立源热力有限公司、衡水市振华污水处理有限公司等9家企业，在线监测数据超标频次较多；枣强县污水处理厂、河北邯钢集团薄板有限公司等13家单位，在线监测数据异常频次较多。”3月20日，衡水市生态环境局召开全市污染源自动监控工作调度会，会议通报了存在问题较多的企业和单位。

衡水市生态环境局专职副书记霍纪东认为，“加强对在线监测异常或者超标数据的审核，是发现环境问题的有效途径，是提升环境执法效能的有效手段。”

为充分发挥在线监测数据在污染源监管中的前沿“哨兵”作用，衡水市要求各地各部门对今年以来的异常数据开展“回头看”排查，对超标、异常频发的企业重新审核每一条数据，做到应立案必须立案，严肃查处各类环境违法问题。

为进一步强化数据核查，开展联合惩戒，河北省要求，各地生态环境执法部门对查证属实的超标排放企业信息每季度末向税务部门移交，按照国家有关规定取消企业减免税政策。一年内因不正常运行自动监测设备、超标排放、篡改伪造监测数据等违法行为被生态环境部门实施三次以上行政处罚的，直接纳入生态环境信用“黑名单”管理。

记者采访中了解到，河北省已建成省、市、县三级共享的重点污染源废水、废气远程执法抽查执法系统，通过远程抽查可倒查、验证相关企业在线监测数据的有效性。河北省将充分利用远程抽查系统开展“零点行动”，倒逼企业强化在线监测设备管护，对远程执法中发现的超标排放、偷排偷放等环境违法行为，严查重处，切实督促企业达标排放。

# 河北加快推进生态环境损害赔偿工作
# 环境有价　损害担责

时间：2020年4月1日　作者：张铭贤　来源：《中国环境报》2版头条

为进一步加快推进生态环境损害赔偿工作，落实企业污染环境、破坏生态主体责任，近日，河北省生态环境厅印发《关于推进落实生态环境损害赔偿制度的指导意见》（以下简称指导意见）。

指导意见明确提出，各地要聚焦蓝天、碧水、净土保卫战和白洋淀生态环境治理、渤海综合治理等重点战役，把生态环境损害赔偿制度落到实处。完善办案机制、创新办案举措、推进办案实践，全省初步形成赔偿到位、修复有效的生态环境损害赔偿办案机制，提升办案质量和水平，对重大生态环境损害赔偿案件实现应立尽立、应赔尽赔。

## 损害赔偿案件数量和赔偿金额大幅增长

据了解，早在2018年，河北省委、省政府办公厅联合印发了《河北省生态环境损害赔偿制度改革实施方案》（以下简称实施方案），成为全国较早开展生态环境损害赔偿制度改革的省份。实施方案出台后，河北省结合实际，努力推进生态环境损害赔偿案件办理工作。

2018年5月21日，承德市宽城县都阴河河段出现大量不明液体，对周边环境造成严重污染。经调查，佟某等人受某公司违规委托处置危险废物，在承德市和秦皇岛市非法倾倒。经调查和鉴定评估，涉事公司和佟某等人造成的生态环境损害共计 2 304.806万元。

“环境有价、损害担责”。2019年6月以来，经两轮磋商，河北省生态环境厅与涉事公司成功签订了赔偿协议。涉事公司自愿先行承担全部赔偿责任，保留对佟某等人的追偿权。

“案件办理过程中，河北省生态环境厅用足用好连带责任规定，赔偿义务人既有公司也有个人；发挥多部门联动机制，生态环境厅和公安、司法机关密切联系、信息共享、证据互用、共商共研，有力确保案件的顺利推进。最终，这起案件入选2019年全国生态损害赔偿磋商典型案例。”河北省生态环境厅法规与标准处处长谢立虎介绍说，在一年多的改革实践中，河北省逐步完善了生态环境损害赔偿案件调查、磋商、资金管理等系列制度，生态环境损害赔偿制度改革各项工作取得积极进展。

据统计，2019 年，河北省共启动生态环境损害赔偿案件 40 件，办结 12 件，赔偿金额 3 035 万元，办案数量和赔偿金额较 2018 年大幅增长。

## 建立“两清单、一台账”案件管理模式

“加快推进生态环境损害赔偿工作，河北省将推进落实生态环境损害赔偿制度，指导各地强化生态环境损害赔偿案件办理，形成线索清单、案件清单、办案台账，逐步建立‘两清单、一台账’的案件管理模式。”谢立虎介绍说。

指导意见要求，各地要对照实施方案明确的应当依法追究生态环境损害赔偿责任的情形，主动收集案件线索，及时形成案件线索清单。要及时分析研究线索清单，聚焦突发环境事件，非法排放、倾倒和处置危险废物、医疗废物，长期超标排放大气、水污染物等案件，对符合规定情形的及时立案，形成案件清单，对严重影响生态环境的违法排污、非法倾倒等生态环境损害行为及时依法依规追究赔偿责任。

同时，河北省要求各市生态环境局对已经立案的案件，要建立办案台账，加强调度；对社会影响大、污染严重的重点案件集中攻坚，有序有力有效推进案件办理，提高办案环境效益、法律效益和社会效益。

## 提升办案质量确保案件实现“三到位”

生态环境损害赔偿制度能否落地，案件赔偿资金是否到位、生态修复是否到位是关键环节。

2018 年，河北某生物科技有限公司先后违法倾倒氯化铵母液于衡水市冀州区 6 块场地，造成土壤污染，应承担生态环境损害赔偿责任。

随后，衡水市多部门联合组织召开生态环境损害赔偿磋商会议。最终，衡水市生态环境局冀州区分局与涉事企业签订了生态环境损害赔偿协议，决定违法企业先行缴纳生态修复保证金 30 万元，开展自主修复，相关部门全程监督。

2019 年 7 月底，污染责任主体河北某生物科技有限公司将倾倒氯化铵母液造成土壤污染的 6 个场地全部修复到位，生态损害修复金额（含保证金）总计达 100 万元。至此，衡水市第一起生态环境损害赔偿案例圆满完成修复工作。

为进一步提升办案质量，确保生态环境损害赔偿案件实现追责到位、赔偿到位、修复到位，河北省要求各地发生生态环境损害赔偿事件后，要第一时间介入，及时调查取

证，必要时要采取证据保全措施；加强鉴定评估，准确量化生态环境损害数额；落实损害赔偿责任，依法追究赔偿义务人承担修复生态环境、赔偿损失、停止侵害等法律责任，拒不执行的，依据相关规定实施生态环境信用惩戒；修复受损生态环境，引导赔偿义务人自行或委托第三方及时开展修复，赔偿义务人造成的生态环境损害无法修复的，要及时组织实施替代修复。

"为进一步理顺办案机制，河北省还要求各地在办理生态环境损害赔偿案件中，建立生态环境部门内部协同机制，完善生态环境部门与法院、检察院、公安、财政等部门的横向联动机制，强化省、市、县生态环境部门的纵向帮扶机制，完善督察考核机制，将生态环境损害赔偿工作纳入各市生态环境局领导班子和领导干部综合考核评价体系。"谢立虎介绍说，河北省生态环境厅将开展生态环境损害赔偿典型案例、制度创新、办案能手评选活动，加快推进生态环境损害赔偿工作，让"环境有价、损害担责"理念深入人心。

## 实行保护名录制度，将河（湖）长制成果法制化
## 河北创新制度　维护河湖健康

时间：2020年4月2日　作者：张铭贤　来源：《中国环境报》8版头条

河北省第十三届人民代表大会第三次会议审议通过的《河北省河湖保护和治理条例》（以下简称《条例》），于2020年3月22日第28届"世界水日"起施行。

《条例》是河北省首部系统全面对河湖保护治理予以规范的省级地方性法规，是河北省加快推进山水林田湖草生态法规体系建设的具体体现，是以制度创新维护河湖生态健康，筑牢京津冀生态安全屏障，加快建设美丽河北的重要举措。

### 为河湖生态建设提供法制保障

河北省是典型的资源型缺水省份，长期以来，随着人口的增加、经济社会的发展以及降水量减少，全省河流不同程度地断流或干涸，湖泊湿地水面面积大幅减少，河湖的航运、蓄水灌溉、渔业养殖、生态调节和景观文化等功能丧失殆尽。

近年来，河北省委、省政府高度重视河湖保护和治理工作，不断加大工作力度，全

省河湖生态环境明显改善，但水资源短缺，水环境污染，水生态脆弱，执法手段失之于软等问题依然突出，亟须通过地方立法，从根本上予以解决。同时，河北省在实施河（湖）长制、地下水超采综合治理、水资源税改革、河道生态补水、河湖清“四乱”等工作取得成功经验，也需以地方立法形式确立，制定一部符合省情特点的河湖保护和治理条例，发挥地方立法对河湖保护和治理的引领、推动和保障作用。

河北省人大常委会法工委主任周英认为，“河北省肩负着建设首都水源涵养功能区、京津冀生态环境支撑区重大政治责任，开展河湖保护和治理立法，加快推进生态法规体系建设，是适应新形势、新任务、新挑战的必然要求。”

紧紧围绕河湖保护和治理两大主题，《条例》共设 7 章 64 条，包含总则、规划编制、治理和修复、保护和监管、河湖长制、法律责任等章节。河北省人大常委会法工委法规二处处长杜海介绍说，《条例》内容涉及水法、水土保持法、河道管理条例等 20 多部上位法，可以说涵盖了水与河湖各个方面，这也使得《条例》全面性、系统性的特点更加突出，对依法保护治理河湖，尽快补短板、强弱项有着重要的推进作用。

## 探索河湖治理修复的河北经验

作为河北省第一部全面系统保护和治理河湖的法规，《条例》从单一河道治理观念向流域之治、生态之治转变，系统推进河湖水污染防治、水生态保护和水资源管理，协调进行跨区域统筹、全流域治理，为河湖保护和治理工作提供全方位、多层次、强有力的法治保障。

《条例》开创以立法规范河湖保护名录制度的先河。为彻底摸清全省河湖底数，明确河湖保护的界定标准，《条例》明确规定本省实行河湖保护名录制度，加强水源地保护和重点河湖专项整治；严格依法划定河湖管理范围，与生态保护红线、自然保护区划定等相衔接；实行岸线分区管理，明确分区保护要求。

河北省水利厅二级巡视员丁辛戈认为：“省级层面通过立法形式实行河道湖泊全覆盖的保护名录制度是一项创制性规定。通过立‘河湖志’，建河湖档案，为历史存照，将极大推动河北省河湖保护和治理工作高效有序开展。”

构建严格严密的水生态保护制度是《条例》的又一亮点。《条例》坚持严字当先、严防严治，对于河湖保护和治理做出了一系列禁止性规定，具有很强的针对性、操作性。

《条例》明确规定严守生态保护红线、环境质量底线、资源利用上限，落实水资源消耗总量和强度双控要求，列举 8 类禁止性行为，严格落实排污许可证制度、河湖保洁责任制度、河湖保护和治理考核制度以及河湖生态保护制度，尤其是在法律责任中，提升了违法行为的惩处力度。

将河（湖）长制工作成果法制化是《条例》的又一成果，推动河北省河（湖）长制实现了有章可循到有法可依的转变。《条例》以 1 个章节 7 条内容的篇幅从创新五级河（湖）长组织体系，落实属地管理责任，明确工作机构和主要职责，健全工作机制，强化督办问责，并借鉴“民间河长”实践经验，建立公民参与河湖巡查工作机制。

## 重拳治顽疾加大违法惩处力度

坚持问题导向、目标导向，《条例》针对河湖保护和治理中的难点、焦点问题，进一步完善了体制机制。如针对地下水超采困局，《条例》明确提出县级以上人民政府应当推进地下水超采综合治理，依法健全用水约束、地下水开采审批、地下水取用监测监管、税费调节等机制，严格限制开采地下水等。

针对“九龙治水”问题，《条例》进一步明确责权，对相关部门责任进行了划分。针对源头保护、生态引水等问题，《条例》明确规定县级以上人民政府应当建立健全河湖生态补偿机制，明确具体补偿标准和办法。同时，建立河湖生态补水长效机制，保障河湖基本生态流量（水量），逐步恢复河湖生态功能，为生物提供多样性生境。

重拳治理顽疾，针对河道采砂难题，《条例》一方面加大治理监管力度，就编制河道采砂与整治规划方案，严格落实河道采砂许可制度，鼓励推广机制砂生产应用等事项作了规定；另一方面加大处罚力度，提高违法采砂成本。

《条例》规定，对未经许可从事河道采砂活动的，由县级以上人民政府水行政主管部门责令停止违法行为，限期采取修复补救措施，没收违法所得，并处违法开采砂石价值二倍以上四倍以下的罚款；构成犯罪的，依法追究刑事责任。对未按照许可规定从事河道采砂活动的，由县级以上人民政府水行政主管部门责令停止违法行为，限期采取修复补救措施，没收违法所得，并处违法开采砂石价值一倍以上三倍以下的罚款；逾期不采取修复补救措施的，由许可机关吊销河道采砂许可证。

杜海解释说，“此条款在河北省实施《中华人民共和国水法》中已有规定，但是实际操作中处罚效果并不理想，比如采砂价值 30 万元，按照之前规定最高只能罚到 10 万元。因此，《条例》加大了处罚力度，不设定罚款数额上限，将有利于推动破解非法河道采砂屡禁不止的难题。”

# 《河北省生态环境保护条例》7月1日起施行——用最严格制度保护生态环境 制度巩固与举措创新相结合，突出目标导向、问题导向和结果导向

时间：2020年4月3日　作者：张铭贤　来源：《中国环境报》6版头条

《河北省生态环境保护条例》（以下简称《条例》）日前通过审议，并将于今年7月1日起施行。《条例》坚持顶层设计和法治实践相结合、制度巩固与举措创新相结合，突出目标导向、问题导向、结果导向，聚焦河北省大气、水、土壤、海洋等污染防治实践中的突出问题，对污染防治作了科学、系统规定。

"《条例》结合河北实际，明确规定建立健全生态环境保护监督与考核机制、生活垃圾分类工作协调机制、环境应急联动机制等机制；明确提出实行生态环境信用管理制度、以排污许可为核心的固定污染源监管制度、大气环境质量管控制度、建筑垃圾全过程管理制度等系列制度。"河北省人大常委会法工委副主任陈金霞介绍说，这么多的机制制度建设是以往河北任何一部地方性法规不曾有过的，是全面落实最严格生态环境保护要求的体现。

## 体现"统筹"特色，全面推进污染防治

据了解，河北省现行环境保护条例是1994年制定，2005年、2016年两次修订、修正。随着生态文明建设的加快推进，特别是生态文明建设写入宪法，中央出台实施生态文明体制改革方案，对生态环境保护工作提出了更高更严的要求。为紧密结合新形势、新任务、新要求，适应工作需要，河北省自2019年启动了《条例》的修订工作。《条例》经河北省人大常委会两次审议并最终通过。

"《条例》作为河北省生态环境保护领域基础性、统领性、综合性的地方性法规，不仅为污染防治、生态保护提供了直接依据，也为其他生态环境保护立法提供了方向指引。"河北省生态环境厅副厅长任立强介绍说，《条例》突出科学治污、精准治污、依法治污，统筹大气、水、土壤、海洋等重点工作，对全省污染防治作了科学、系统规定。

在大气污染防治方面，《条例》创新了重污染天气应急减排制度，加强了清洁能源和

散煤治理、高污染产业控制、扬尘污染管控和温室气体排放管理等措施。

在水污染防治方面，《条例》强化了农业农村生活污水和垃圾治理，并要求县级以上人民政府应当严格控制工业污染、城镇生活污染、船舶污染，防治农业面源污染，推进生态治理和修复，预防、控制和减少水环境污染和生态破坏。

在土壤污染防治方面，《条例》规定了农用地和建设用地土壤污染风险管控和修复制度，创新了垃圾分类管理和利用制度，强化了医疗废物集中处置设施体系建设，新增了重金属污染防治内容。

此外，《条例》还对推动实现蓝色海洋、绿色港口等作了规定。

“《条例》坚持生态优先、绿色发展，坚持人与自然和谐共生，以改善生态环境质量为核心，立足解决群众反映强烈的突出生态环境问题，聚焦破除生态环境保护事业发展的体制机制障碍，创新了系列制度，健全了多项机制，完善了相关举措，构建了比较完整的生态环境保护法律制度体系，体现了河北特色。”河北省生态环境厅二级巡视员赵根喜介绍说，《条例》的修订为河北省全面加强生态环境保护、坚决打好打赢污染防治攻坚战提供了重要法治保障。

## 坚持“精准”原则，严防治污“一刀切”

“坚持‘精准’原则，实施精准施策分类管理，污染防治不搞‘一刀切’，这是《条例》的又 特色。”陈金霞介绍说，这个“精准”主要体现在三个方面，一是对重点区域、流域提出了更严要求，二是区分不同排污单位实行排污许可重点管理、简化管理和排污登记管理，三是实行大气环境质量管控制度，实施重污染天气应急减排差异化管控措施。

加强重点区域、重点流域、重点行业污染控制，严格执行国家产业政策和准入标准，禁止新建、扩建高污染项目，实行重点污染物总量控制和区域限批。《条例》第 23 条规定，“未达到国家生态环境质量标准的重点区域、流域的有关人民政府，应当制定限期达标规划，并采取措施按期达标”。第 24 条规定，“对资源消耗和环境容量接近或者超过承载能力的地区实行预警提醒和差异化限制性措施”。《条例》第 36 条规定，“对超过国家重点污染物排放总量控制指标或者未完成国家确定的生态环境质量目标的地区，省人民政府生态环境主管部门应当依法暂停审批其新增重点污染物排放总量的建设项目环境影响评价文件”。

区分不同排污单位实行重点管理、简化管理和登记管理。《条例》第 38 条规定，“本省实施以排污许可制为核心的固定污染源监管制度。依法对企业事业单位和其他生产经营者实行排污许可重点管理、简化管理和登记管理”。分类标准主要是根据排污单位污染物产生量、排放量、对环境的影响程度等因素。

在重污染天气应急减排差异化管控方面，《条例》第 47 条规定，“根据重污染天气应急预案对大气污染物排放重点行业企业按照其污染治理水平、污染物排放强度、企业管理水平、交通运输方式等进行评价和绩效分级，实施应急减排差异化管控；鼓励企业结合行业生产特点和对空气质量的影响，采取季节性生产调控措施”。

## 落实“最严”要求，加大违法处罚力度

落实“最严”要求，《条例》一方面强化了生态环境保护督察执法相关规定，另一方面加大了对环境违法行为处罚力度。

《条例》新增了生态环境保护督察、约谈、区域限批、挂牌督办等制度，同时，明确了排污单位是污染防治的责任主体，细化了环评、环保“三同时”、排污许可、突发环境事件应急、企业生态环境信息公开等制度。

《条例》第 18 条规定，“省人民政府应当建立健全生态环境保护督察机制，对同级人民政府有关部门和下级人民政府、省属企业进行生态环境保护督察。督察结果应当向社会公开”。第 19 条规定，“未完成生态环境质量改善目标的，超过重点污染物排放总量控制指标的，发生重大、特别重大突发环境事件等情形时，省人民政府生态环境主管部门应当会同有关部门约谈该地区人民政府的主要负责人，要求其采取措施及时整改，并将约谈结果向社会公布”。第 20 条规定，“对公众反映强烈、造成重大污染或者威胁公众健康等环境违法案件，由负有生态环境保护监督管理职责的部门挂牌督办，限期查处、整改”。

用最严格制度最严密法治保护生态环境，《条例》第七章法律责任部分设置了对违反排污许可管理、未依法进行环境影响评价、环境管理台账记录弄虚作假、突发环境事件发生后未及时启动突发环境事件应急预案等违法行为的法律责任。为落实上位法按日计罚制度设计，《条例》规定了实施按日连续处罚的违法行为种类。明确了对重点排污单位违反自动监测和环境信息公开有关要求的处罚、对大气污染物排放重点企业不执行重污染天气应急减排措施的处罚。《条例》还对生态环境监测机构篡改、伪造监测数据或者出具虚假监测报告的法律责任进行了规定。

此外，巩固和发展生态文明体制改革成果，推进生态环境保护治理体系和治理能力现代化建设，《条例》明确了各级政府对本行政区域的生态环境质量负责，增加了部门生态环境保护责任清单规定，规定了领导干部自然资源资产离任审计等内容，压实了政府及部门责任。

任立强表示，以良法促善治，河北省生态环境厅将以《条例》修订实施为契机，全面落实《条例》的各项规定，坚持源头预防、过程控制、损害赔偿、责任追究，以法治思维和法治方式保护生态环境，持续改善生态环境质量，加快建设经济强省、美丽河北。

## 实施差异化管控 推进结构减排 将“人努力”挺在前 这个秋冬季河北 $PM_{2.5}$ 同比下降15.3%

时间：2020年4月15日 作者：周迎久 张铭贤 来源：《中国环境报》1版头条

监测数据显示，2019年10月1日—2020年3月31日秋冬季期间，河北省 $PM_{2.5}$ 平均质量浓度为61微克/米$^3$，同比下降15.3%；优良天126天，同比增加14天，占秋冬季总天数的68.9%；重污染天数12天，同比减少6天，占秋冬季总天数的6.6%；$PM_{2.5}$ 日均质量浓度峰值为168微克/米$^3$，同比下降32.3%。河北省为期6个月的2019—2020年秋冬季大气污染综合治理攻坚行动画上了圆满的句号。

这一成绩的取得，正是河北省统筹做好疫情防控工作，持续推进秋冬季大气污染综合治理攻坚行动的结果。

### 差异化管控，可直接削减秋冬季 $PM_{2.5}$ 平均质量浓度8.4微克/米$^3$

紧盯秋冬季关键时间段，河北省连续三年开展大气污染综合治理攻坚行动。河北省生态环境厅有关负责人介绍说，攻坚的目的首先是要减少重污染天气、减轻污染程度、缩短污染时段，“这既是消除群众心肺之患的迫切需要，也是打赢蓝天保卫战的关键举措。”

“三年攻坚，河北省在应对秋冬季重污染天气中形成了相对完善的政策体系，可以说是越来越精准、越来越精细。”河北省生态环境应急与重污染天气预警中心主任王晓利说，尤其是今年，河北省改变前两年进入秋冬季后，对工业企业实行普遍性、常态化的错峰生产方式，改为在启动重污染天气预警期间，实施差异化应急减排；将以往错峰期间重污染企业全行业、全链条停限产，改为对主要产污环节提出应急减排要求。

这个重大调整，避免了“一刀切”，使河北省应急减排举措更科学、更精准。河北对全省5.56万家涉气工业企业逐个核算排污量，实行“一厂一策”管理，对其中钢铁、焦化等 21 个重点行业 7 059 家重污染企业实施 A、B、C 三级管控，对包装印刷等 19 个行业 16 295 家高污染企业实施两级差异化应急减排，对其他 2.25 万多家中度污染企业实行分级管控。在全国率先设立生态环境监管正面清单制度，对纳入正面清单的 3 000 多个企业和项目，在重污染天气预警期间重点保障，不停产、不限产、不检查、不打扰。

王晓利介绍说，经测算，通过实施重污染天气应急减排和差异化管控，秋冬季期间可分别削减 $PM_{2.5}$、二氧化硫、氮氧化物和挥发性有机物 4.38 万吨、2.93 万吨、4.96 万吨和 3.07 万吨，减排作用明显，可直接削减秋冬季 $PM_{2.5}$ 平均质量浓度 8.4 微克/米$^3$，减少发生重污染天数 7 天。

## 能源结构减排，对秋冬季 $PM_{2.5}$ 质量浓度改善的贡献率为 36.8%

秋冬季正是北方地区供暖时间段，燃煤污染排放量大成为重污染天气形成的一个重要原因。

让民心更暖天空更蓝。2019 年河北省新增完成清洁取暖改造 223.97 万户，共计完成清洁取暖改造 764.38 万户。推广洁净煤 514.42 万户，减少散煤燃烧 1 840.5 万吨。对全省 5 万余个村庄 1 049 万户开展拉网式大排查，督促各地解决了一大批散煤复燃隐患。

在推进清洁取暖改造的同时，河北省基本完成 35 蒸吨/小时以下燃煤锅炉淘汰工作，累计淘汰 8.89 万台、15.6 万蒸吨。在全国率先推进燃煤锅炉超低排放改造和燃气锅炉低氮燃烧改造，完成 35 蒸吨/小时以上燃煤锅炉提升改造 370 台、燃气锅炉低氮燃烧改造 8 230 台。

“大幅削减燃煤污染排放，成为河北省秋冬季空气质量改善的治本之策。”河北省生态环境厅副厅长何立涛说，据测算，全省通过推进能源结构减排，实施清洁取暖和散煤替代，对秋冬季 $PM_{2.5}$ 质量浓度改善的贡献率为 36.8%，贡献效果最明显。

既要啃“硬骨头”抓主要矛盾，也要“五指弹琴”协同推进其他领域污染减排。秋冬季大气污染综合治理攻坚行动期间，河北省大力推进产业结构减排，超额完成钢铁、煤炭、焦化、水泥、平板玻璃、火电年度产能压减任务，在全国率先完成所有符合改造条件的钢铁、焦化和火电企业深度治理，完成 1 685 家涉 VOCs 工业企业深度治理。据测算，产业结构减排对全省秋冬季空气质量改善贡献率为 33.5%，仅次于能源结构减排。

充分挖掘减排潜力。河北省深入推进运输和用地结构减排，实施移动源和面源污染综合治理等举措，减排贡献率达到 15.3%，有效保障了秋冬季空气质量改善。

## 坚持“人努力”，依法依规压实治污责任

将“人努力”挺在前，河北省坚持依法治污，查企督政相结合、严管严控与帮扶指

导相结合，压实治污责任，确保各项减排措施落实到位。

秋冬季攻坚期间，河北省生态环境厅统筹省、市、县三级督察执法力量，聚焦重点区域、重点领域和重点时段出现的不同环境问题，扎实开展调研帮扶和执法检查，落实“服务式、体检式、预防式”环境监管理念，先后开展了蓝天保卫战调研帮扶活动、5轮次大气环境执法检查专项行动、严防散煤复燃监督检查行动、“万名环保干部进万企、助力提升环境治理水平”主题实践活动，督促整改了一批涉气环境问题，指导帮扶企业有序复工复产。

同时，河北省还对各级各部门落实秋冬季大气污染综合治理措施情况进行督察督办，组织区域散煤复烧、重污染天气应急预案落实等情况专项督查，对石家庄、邯郸、邢台、保定、廊坊和定州市开展第二轮省级生态环境保护督察，对蓝天保卫战重点任务推进缓慢、空气质量反弹、涉气环境问题较多的13个县（市、区）开展了解剖式督察，有效解决了政策落实“最后一公里”问题。

该负责人表示，下一步，河北省将坚持精准治污、科学治污、依法治污，协同防治$PM_{2.5}$和臭氧污染，实施秋冬季和春夏季联合共治，确保到2020年年底，全省$PM_{2.5}$平均质量浓度较2019年下降3%左右，达到48.7微克/米$^3$，优良天数比率达到63%以上。

# 河北严打露天焚烧等违法行为<br>专项行动首日查处露天焚烧火点207起，立案76起，追责问责96人

时间：2020年4月22日　作者：张铭贤　闫兆静　来源：《中国环境报》2版

为贯彻落实省委、省政府打赢蓝天保卫战决策部署，河北省生态环境厅、河北省公安厅近日联合发布《关于严厉打击露天焚烧秸秆垃圾工业废料等违法行为的通告》，通告决定，在全省范围内联合开展为期一个月的打击露天焚烧秸秆垃圾等违法行为专项行动。

## 重点依法打击四类违法行为

禁止秸秆垃圾露天焚烧，是推进大气污染防治、加强生态文明建设的重要举措。为

进一步加强禁烧管控，近日，河北省副省长葛海蛟主持召开全省禁止秸秆垃圾露天焚烧工作视频会，要求各地标本兼治，狠抓落实，全力做好秸秆垃圾露天禁烧工作，为打赢蓝天保卫战提供有力支撑。

为贯彻落实河北省委、省政府决策部署，河北省生态环境厅、公安厅联合印发通告，并下发《关于联合开展严厉打击露天焚烧秸秆垃圾工业废料等违法行为专项行动的通知》。按照相关要求，此次专项行动中，河北省将重点打击四类环境违法行为。

四类违法行为分别为：露天焚烧秸秆、落叶、枯草等产生烟尘污染物，造成大气污染的；农业经营主体因未妥善采取综合利用措施，对农产品采收后的秸秆及落叶、荒草予以处理，致使露天焚烧的；在人口集中地区和其他依法需要特殊保护的区域内，露天焚烧沥青、油毡、橡胶、塑料、皮革、垃圾及其他并产生有毒有害烟尘和恶臭气体的；露天焚烧秸秆、落叶等物质，引起火灾，对公共安全造成危害的。

河北省生态环境厅党组成员、副厅长任立强介绍说，专项行动中，河北省两部门将充分发挥协作优势，完善行政执法与刑事司法的衔接机制，坚持零容忍、全时段打击，坚持快查、快处，从严、从重的原则，出重拳、下狠手、严执法，切实保持严打重处的高压态势。

## 坚持线上线下相结合、人防技防相结合

“1 月 7 日 17 时 25 分 46 秒，沧州泊头市四营乡发生一起露天焚烧秸秆垃圾事件，未按规定时限处置反馈，处置反馈流程用时长达 18 小时 2 分钟 58 秒。”这是 4 月 7 日河北省生态环境厅通报的 13 起秸秆垃圾露天焚烧处置反馈不及时典型案例之一。

禁烧工作点多、面广，为建立禁烧有效机制，河北省坚持线上线下相结合、人防技防相结合，充分发挥视频监控和红外报警系统作用，认真落实网格化环境监管责任制，切实把日常巡查、火情核查落到实处，确保火情第一时间发现，第一时间扑灭，减轻污染物排放。

“石家庄市藁城区共安装露天禁烧视频监控系统 56 套，禁烧视频监控中心 6 名工作人员 3 班倒，实行 24 小时值班制度，发现火情以后第一时间签收、处置、反馈，并立即安排乡镇人员到现场处理。”石家庄市生态环境局藁城区生态环境综合执法大队大队长孟勇介绍，目前，藁城区每个乡镇都配备了专业系统电脑，为及时签收露天焚烧信息、及时安排人员到场处置火情提供了保证。

在此次专项行动中，河北省生态环境部门和公安机关将发挥各自搭建平台优势、互通有无，提高协同作战效能，保持严打秸秆垃圾露天焚烧违法行为高压态势。充分运用

秸秆垃圾露天焚烧视频监控系统、“天眼”视频监控系统、“12369”环保投诉举报电话、“110”报警电话等现代化信息技术与日常巡查检查相结合的方式，最大限度地拓展线索搜集渠道，及时发现并锁定违法问题，及时进行现场核查，及时实施精准有效打击。

## 从重惩处责任人，严肃追究监管责任

3 月 2 日，衡水市秸秆禁烧视频监控与红外报警平台桃城区河沿镇监控点火情报警，河沿镇政府立即组织防火巡查队赶赴现场扑灭火点，并发现违法行为人焦某某，随后衡水市生态环境局桃城区分局依法对其处以罚款 1 000 元。

这是河北省生态环境厅在 4 月 5 日公开曝光的 5 起秸秆垃圾露天焚烧违法典型案例之一。

按照河北省开展专项行动相关通知要求，河北省将从严从重惩处违法行为，严格倒查监管责任，对发现的违法露天焚烧责任人依法进行处罚，符合行政拘留的要采取行政拘留措施，涉嫌犯罪的依法追究刑事责任。同时，对查处的违法露天焚烧问题，严格倒查监管责任，严肃追责问责；对典型案例，定期通报。

河北各地迅速行动，落实工作要求，结合本地实际，创新工作方式，深入推进专项整治行动。

石家庄、秦皇岛、保定、衡水、邯郸、唐山等市出台禁止秸秆垃圾露天焚烧工作的奖惩问责办法，根据火点数量、过火面积、处置时间等情况对县（市、区）、乡镇进行考核奖惩问责。

张家口市以逐级签订责任状的方式压实基层政府的属地监管责任，对火点数位列前三名的县区政府主要领导进行了约谈。

定州市落实市、乡、村三级责任制，1 名市级网格长、25 名乡镇级网格长、517 名村级网格长、4 100 名网格员，第一时间全部就位，全天候排查巡查。

廊坊市完善视频监控系统交办机制，缩短火情处置时间，减少污染影响，提升执法效能，同时组织禁烧宣传车、悬挂宣传横幅、张贴禁烧标语，确保宣传入户到人。

专项行动启动后，河北省生态环境部门与公安机关迅速行动，开展联合执法。4 月 4 日专项行动启动首日，两部门共查处露天焚烧火点 207 起，生态环境部门立案处罚 61 起，公安机关立案 15 起，追责问责 96 人。

# 河北推进钢铁行业超低排放再进一步
# 分步开展超低排放评估监测，支持有条件的企业创建 A 类企业

时间：2020 年 6 月 4 日　作者：张铭贤　周迎久　来源：《中国环境报》5 版头条

“敬业钢铁目前在脱硫脱硝除尘改造、无组织排放治理等方面基本达到了超低排放要求，补短板强弱项，企业将加快铁路专用线建设，提高清洁运输比例。”

“新兴铸管已完成超低排放改造，今年 3 月开展了超低排放监测评估预评估，正在对照排查出的问题进行整改，预计 8 月全部完成，希望支持企业参与 A 类企业评选。”

日前，河北省生态环境厅在唐山迁安市召开全省钢铁行业创建 A 类企业对标对表培训会。记者从会上获悉，河北省将推进钢铁行业全面实现超低排放，现有钢铁企业自 10 月 1 日起，执行超低排放标准；对已完成超低排放改造并实现稳定运行的钢铁企业，分步开展超低排放评估监测工作；经评估监测认定实现超低排放的企业，河北省将优先支持企业评选 A 类企业，实行差别化环境管控，在重污染天气期间实施自主减排。

## 率先开展钢铁行业超低排放改造

“现在行业内存在的一个普遍问题是，高炉煤气中含有硫化氢、有机硫，目前有机硫去除技术还不成熟，如果单纯从末端治理的角度去脱硫，不仅成本高，还容易导致二氧化硫不能稳定达到超低标准。”首钢股份公司迁安钢铁公司（以下简称首钢迁钢）环境保护部部长、高级工程师程华在培训会上介绍说，“为解决这个问题，首钢迁钢研发了高炉煤气喷碱控硫技术，从源头有效降低高炉煤气含硫量。从实践看，做好全系统硫的平衡，是确保末端治理稳定达到超低排放标准的基础和重要保障。”

“颗粒物 2 毫克/米$^3$，二氧化硫 2 毫克/米$^3$，氮氧化物 40 毫克/米$^3$。”这是 5 月 19 日 14 时 28 分，首钢迁钢球团二系列生产线烟气在线监测实时数据，这一数据分别远低于河北省 10 毫克/米$^3$、35 毫克/米$^3$、50 毫克/米$^3$ 的超低排放标准。

在超低排放改造中，首钢迁钢公司相继完成高炉转炉除尘改造、料场封闭改造、烧结球团烟气脱硫脱硝、高炉炉顶料罐均压煤气回收、高炉冲渣水乏汽消白等重点项目，自主研发了一系列污染减排技术，在有组织排放、无组织排放、清洁运输、在线监测监控等方面均达到钢铁行业超低排放标准。

首钢迁钢公司是河北省推进钢铁行业超低排放改造的一个缩影。

“钢铁行业是河北省支柱产业，生产流程长，污染物排放节点多，排放量大，是大气污染治理重点。”河北省生态环境厅大气环境管理处副处长倪小茗介绍说，根据河北省源排放清单，钢铁行业一次$PM_{2.5}$、二氧化硫、氮氧化物和VOCs排放量分别为22.35万吨、12.6万吨、25.59万吨、16.28万吨，分别占工业源排放量的67.20%、44.71%、50.84%、21.04%。据测算，河北省钢铁行业完成超低改造后可减少颗粒物、二氧化硫、氮氧化物排放量分别为75%、78%、83%，减排效益明显。

河北省率先开展钢铁行业超低排放改造。截至2019年年底，河北省86家钢铁企业（含短流程钢铁企业）中，77家企业已完成固定源超低排放改造，76家企业完成无组织排放改造，57家企业完成清洁运输改造。

## 瞄先进补短板实现全面超低排放

河北省钢铁行业超低排放改造取得了明显进展，但在无组织排放治理和清洁运输改造上仍需加力。

“钢铁行业无组织排放存在点多面广、排放时间不确定，排放成分复杂等治理难点。首钢迁钢对生产全流程的原料储存、物料运输、生产工艺等各环节进行了梳理摸排，共排查出2 551个无组织排放点，制定了‘面源棚化、线源密闭、点源收集、综合治理’的防治策略，实施集尘收尘、密闭管控等治理措施，达到了超低排放管控要求。”程华介绍说，比如在密闭输送上，全厂区输送皮带达550余条，总长度55.28千米，大宗物料上料、返矿、返焦等全部实现皮带密闭输送，解决了物料输送中无组织排放问题。

在无组织排放治理中，程华认为首钢迁钢自主开发的高炉煤气零放散技术和高炉料罐均压煤气全回收技术值得在行业内推广应用。“这两项技术可以减少无组织污染物排放，提高能源回收利用率，解决了钢铁行业均压放散回收难题。首钢迁钢3座高炉上应用了这些技术，每年不仅可削减粉尘排放1 050吨，还可回收煤气6 100万米$^3$，实现减排效益和经济效益的双赢。

记者采访中了解到，河北钢铁行业超低排放改造不仅对有组织、无组织污染物治理提出了明确的标准，对清洁运输也明确了标准，其中铁精矿、煤炭等大宗物料和产品清洁方式运输比例不低于80%。

针对这一标准，河北省加快推进钢铁企业因地制宜建设企业铁路专用线，指导企业自用车辆升级换代，改用新能源汽车或国五以上排放标准车辆。

“按照河北省《钢铁工业大气污染物超低排放标准》要求，现有钢铁企业自今年10

月 1 日起，执行超低排放标准。按照国家相关要求，重点区域钢铁企业到 2025 年年底基本完成超低排放改造。这也意味着，河北省将提前 5 年完成钢铁行业超低排放改造。”倪小茗介绍说，紧盯时间节点，河北省生态环境厅将加强技术指导、落实支持政策，积极为企业超低排放改造提供服务，确保现有钢铁企业按期完成改造任务。

## 分步开展监测评估争创 A 类企业

钢铁行业超低排放评估监测是衡量企业超低排放工程质量和改造效果的一次全面、系统、科学评估。其中主要包括有组织排放、无组织排放和大宗物料产品运输情况三大项内容。全面完成超低排放改造并连续稳定运行一个月的钢铁企业，可以委托第三方技术机构开展监测评估工作。

监测评估考验的是企业污染防治设施稳定运行和精细化管控等软实力。程华所在的首钢迁钢是全国钢铁行业首家通过超低排放评估的企业。“监测评估对连续稳定达标提出了更为严格的要求。比如，在清洁运输符合性评估中，要调取近 3 个月的运输台账记录，按月核算运输比例；根据门禁和监控系统，统计分析新能源汽车和国五以上排放标准车辆使用情况等。这些数据全部达到要求才能评估为这一改造项目达到超低排放标准。”

河北省将分步分批有序推进钢铁行业超低排放改造监测评估工作，建立监测评估动态管理机制。对经评估满足有组织排放、无组织排放和清洁运输超低排放指标要求的，视为企业全面达到超低排放标准；满足其中某项条件的，视为这一项目达到超低排放标准；对达不到超低排放指标要求的环节，应指导企业制定整改计划，整改完成后再次开展相应环节的评估监测。

“河北将通过开展监测评估进一步提升钢铁企业超低排放运行水平，持续减少污染物排放。”倪小茗介绍说，今年河北省将重点推进首钢京唐钢铁、新兴铸管、港陆钢铁等 16 家钢铁企业开展监测评估，到 2020 年年底，具备条件的钢铁企业全部完成监测评估工作。经监测评估认定达到超低排放标准的企业，河北省将优先支持企业在绩效评级中评选 A 类企业，实行差别化管控，在重污染天气应急响应期间实施自主减排。

全面帮扶钢铁企业深入推进超低排放改造，河北省在“万名环保干部进万企，助力提升环境治理水平”主题实践活动中，将就超低排放改造开展专项帮扶行动，点对点建立领导干部包联责任台账，逐一对接企业需求，及时协调解决问题，落实差别化电价、减免环保税等支持政策，帮助企业加快治理进度、提升治理水平，助力打赢蓝天保卫战。

# 河北实施环评审批正面清单制度，加速推进企业复工复产
# 近千个民生类中小微项目豁免审批

时间：2020年6月15日　作者：张铭贤　周迎久　来源：《中国环境报》1版头条

“你单位负责的枣强县职教中心滑冰馆建设项目属于河北省加快推进冰雪运动发展的体育运动项目，也是河北省生态环境厅环评审批正面清单中‘豁免登记一批’的登记备案类项目，不需要进行网上登记备案，可直接开工建设。”

接到河北省衡水市生态环境局枣强县分局行政审批人员的电话，枣强县职教中心滑冰馆建设项目负责人孟庆丰高兴地说：“我们正发愁疫情防控期间如何跑手续呢，这个电话解决了我们的大难题，项目可以顺利开工了。”

据了解，为精准稳妥服务企业开工建设、复工复产，河北省在全省范围内推进实施环评审批正面清单制度，对建设项目实行豁免登记一批、告知承诺一批、优化服务一批“三个一批”服务。截至4月20日，全省共豁免登记项目944个，告知承诺审批项目158个，平均审批时限由法定的30个工作日缩减为2个工作日，为企业复工复产争取了时间。

## 豁免审批一批，惠及大量民生类中小微项目

磁县水生态博物馆是磁县水利历史、水利成就和水生态、水文化、水知识的展示平台，自项目立项以来，负责人何学军就一直担心能否如期完工。

“这个项目是邯郸市第五届旅游发展大会重点项目之一，今年9月要完工，可以说建设时间紧、任务重。由于全省还处于新冠肺炎疫情防控阶段，我们很担心无法及时取得环评备案手续，延误了工程进度。”何学军说。

邯郸市生态环境局磁县分局得知情况后，主动与企业进行对接，“你单位负责的项目属于社会事业与服务业类的博物馆类项目，正是河北省环评审批正面清单中的豁免登记类项目。项目无需填报环评登记表，可直接开工建设。”

随着环评审批正面清单制度的实施，磁县水生态博物馆成为河北省首批“享受”环评豁免政策的项目之一。截至目前，河北省共豁免登记项目944个。

“河北省主要对民生类、社会事业与服务业等十大类30个小类的环评登记表项目实行豁免，不再填报环境影响登记表，豁免环评登记手续办理。”河北省生态环境厅环境影

响评价与排放管理处负责人焦雅吉向记者介绍说，“这类项目大部分是涉及民生的中小微服务型企业，一般来说体量小、污染轻但吸纳就业能力强，实行豁免对环境影响较小；企业减少填报手续，不用来回跑腿，既有利于疫情防控，也有利于推进复工复产。”

## 告知承诺一批，材料齐全即可批复缩短审批时间

“我们公司为年产 2 000 千米辐照交联电力电缆项目编制了环境影响报告表，在向县生态环境分局报批时，刚赶上省里出台环评审批‘告知承诺制’，我们以为环评审批又多了一道‘坎儿’呢。”

3 月 9 日，宁晋县沈鹏线缆有限公司总经理魏月辉在办理环评审批手续时碰到了“意外”，“递交完资料后，审批人员告诉我们只需要签订承诺书即可办理。我认真阅读承诺书后签了字，没想到只过了两个小时，审批人员就通知我环评批复下来了，项目可以开工了。”

在环评审批正面清单中，河北省将通用设备制造、专用设备制造等 17 大类 44 小类行业，纳入环评告知承诺制范围，对符合要求的项目，环评审批部门立即受理，在申报材料齐全基础上，可不开展评估、审查直接做出审批决定。

焦雅吉介绍说，告知承诺类项目，一般为建设项目环境影响报告书和报告表类项目，法定审批时间分别为 60 个工作日和 30 个工作日，河北省在“放管服”改革中，要求两种环评文件的审批时限分别压缩为 15 个工作日和 7 个工作日。自实行环评审批正面清单制度以来，为企业开工建设压缩了七成以上时间成本。

## 优化服务一批，提前介入开辟审批绿色通道

张家口市太子城至锡林浩特铁路太子城至崇礼段项目，是保障 2022 年冬奥会崇礼赛区赛事顺利举办的重要基础设施项目，也是河北省生态环境厅环评审批正面清单中“优化服务一批”的重点项目，企业申报材料提交后，审批部门在一个工作日内出具了审批意见，为项目早日开工建设打下了坚实基础。

一日审批非一日之功。在环评审批中，张家口市成立服务专班，提前介入并提供技术指导，企业申报材料齐全后，通过“网上办”远程提供材料，审核人员开通“绿色通道”，推进“不见面”审批，加班加点对申报材料进行“全面体检”，最终出具审批意见。

“针对重大项目，优化服务一批。河北创新工作举措，推行‘五+五’服务模式，进一步转变工作作风，提高办事效率，为企业开工建设提供良好的服务环境。”河北省生态环境厅副厅长赵军介绍说，“五+五”包括：建立台账+专班跟进，即来即办+绿色通道，

规划环评+内容简化，前期介入+限时办结，互联网申报+不见面审批，涵盖了环评审批的全过程，在注重疫情防控特别需要的基础上，进一步细化了各环节的服务措施，有效提升了建设项目环评审批工作效能。

赵军表示，河北要求各地在豁免、简化环评相关行政许可事项的同时要同步开展事中事后监管工作，对抽查发现的建设单位不落实生态环境保护主体责任，存在承诺弄虚作假、建设项目严重违法的，生态环境部门要督促整改，问题严重的可依法撤销行政审批决定；对抽查发现环评文件弄虚作假或有严重质量问题的，生态环境部门要责令整改并予以通报，情节严重的纳入“黑名单”。

## 河北分类指导助力企业绿色发展，“一对一”帮扶企业 限产少了，利润高了，企业更主动了

时间：2020年6月23日　作者：张铭贤　闫兆静　来源：《中国环境报》2版头条

“我们根据不同行业的生产工艺、产排污节点，分类指导企业复工，对排查中发现的环境安全问题和隐患，帮助企业立即整改，防止‘带病’生产。”这段时间，河北省衡水市生态环境综合执法支队负责人刘旭光心里装着一张清晰的复工企业“地图”，针对企业如何规范完善疫情防控措施，如何科学合理制定复工复产方案，衡水市生态环境局还做了一张“明白纸”，“生态环境部门不仅仅是督促和检查，更要做好帮扶指导，解决问题。”

今年以来，河北省生态环境厅出台了若干举措，把指导企业做好复工复产的服务保障与日常执法工作相结合，持续深化“万名环保干部进万企、助力提升环境治理水平”主题实践活动，聚焦重点行业重点环节，强化超低排放改造企业、涉挥发性有机物企业帮扶，强化在线监测设备安装联网运行帮扶，有效保障了企业复工复产提速和环境治理提升。

截至 5 月底，河北省生态环境系统已全面建立帮扶人员与帮扶企业结对清单，共包联企业 11 245 家，帮助企业查找环境违法隐患问题 1 489 个，发放环境违法问题隐患提示函 565 余份，用实际行动帮扶企业解决实际困难，保障了企业发展和环境治理“两不误”。

## 靠前服务，专项帮扶超低排放改造企业

在“万名环保干部进万企、助力提升环境治理水平”主题实践中，河北省就超低排放改造开展专项帮扶行动，紧盯超低排放改造的进展，特别是水泥、平板玻璃企业和锅炉超低排放改造项目，督促企业升级改造污染防治设施，推动生产绿色化、清洁化。对已实现超低排放改造的企业，指导企业保障治污设施安全稳定运行，全面推进无组织排放管控和大宗货物清洁运输，持续削减重点行业污染物排放总量。

邯郸市在推进钢铁、焦化、电力、水泥、平板玻璃和锅炉六大行业超低排放改造帮扶的同时，还对标先进技术，制定严于省标的“邯郸限值”，推进砖瓦、碳素、石灰、铸造、岩棉、氧化锌 6 个行业深度治理帮扶。

“邯郸涉县广兴经贸有限公司是我们的包联帮扶对象之一。作为一家砖瓦窑生产企业，在达标排放基础上实现超低排放和无组织排放治理是企业的两大难题。”邯郸市环境执法支队副支队长赵晨阳对自己包联的企业了如指掌，“去年以来，我们多次深入企业走访，制定改造方案，企业厂区、场地实现了全硬化、全绿化，生产线实现了全密闭，无组织排放治理达到了全市行业内最好水平，被评为 A 级企业。”

限产少了，利润高了，企业得到了实实在在的好处，推进改造的积极性更高了。“今年，企业持续推进深度治理技术改造，投资约 800 万元对隧道窑烟气除尘、脱硫进行了工艺改进。”赵晨阳说，“帮扶到位，就能解决污染与效益的矛盾。”

河北省生态环境厅副厅长何立涛表示，“在主题实践活动中，就超低排放改造开展专项帮扶行动，是深化重点工业企业污染治理的重要举措，是推动企业绿色发展、高质量发展的重要保障。河北省要求，各地要点对点建立领导干部包联责任台账，逐一对接企业需求，及时协调解决问题，落实支持政策，帮助企业加快治理进度，提升治理水平。”

## 弥补短板，强化涉挥发性有机物企业帮扶

挥发性有机物治理，是控制臭氧污染的重要举措。进一步补短板强弱项，河北省在“万名环保干部进万企、助力提升环境治理水平”主题实践活动中，就挥发性有机物治理开展专项帮扶。

近日，在石家庄市鹿泉区，环境执法人员对辖区内企业异味污染源进行细致检查，认真查看在线数据，了解挥发性有机物排放情况。

“异味属于挥发性有机物，是影响大气质量的重要因素。”石家庄市生态环境局副局

长马玉辰介绍说，“近年来，石家庄市 $PM_{2.5}$、$PM_{10}$ 等大气主要污染物平均浓度逐年下降，但是臭氧平均质量浓度一直在升高，而 VOCs 是臭氧的前体物。可以说，异味污染是打赢蓝天保卫战中面临的新问题。”

找到病灶就要治病除根，今年 3 月开始，石家庄市生态环境部门对全市的工业企业、加油站等 14 个大类、18 866 个异味污染源进行了摸排，共发现问题 1 187 个，全部建立起了问题清单、整改清单、责任清单和效果清单，把治理责任落实到具体的人员和企业、单位，确保 6 月底前完成整改。

强化挥发性有机物治理，河北省在 5—9 月组织开展臭氧污染治理夏季会战，对重点行业、移动源、生活源等实施综合整治，推进挥发性有机物与氮氧化物协同减排。

在“万名环保干部进万企、助力提升环境治理水平”主题实践活动中，河北省将同步开展涉挥发性有机物企业专项帮扶行动，对挥发性有机物储存、转移、输送以及分离、精制、化学反应等各环节进行重点帮扶检查，严控无组织排放，确保全省重点行业挥发性有机物稳定达标排放，减少污染物排放，减轻臭氧污染，增加优良天数，推进空气质量持续改善。

## 科技助力，推动“非现场”监管与帮扶

“大城县琦泉生物质发电有限公司烟尘检测系统 8 小时数据无变化，在线监测数据异常，请立即组织现场核查。”接到河北省生态环境厅在线监测平台数据异常提示后，廊坊市生态环境局大城县分局包联人员李振雷带领执法队员进行了现场核实。

经检查，企业正在生产，污染防治设施运转正常，企业监控平台显示监测数据正常。执法人员冒着大风登上 30 米高的监控平台，进一步排查异常原因，发现仪器数据盒内在线传输线路断裂，数据无法正常传输，导致异常。

“今后要加强与运营维护公司的日常联系，及时对设备检测维修，避免出现同类问题。”找到原因后，李振雷松了一口气，立即督导企业进行更换，恢复数据传输。“鉴于企业实际未发生超标排污行为，我们对企业存在的问题，以帮扶指导、督促整改为主。”

河北省生态环境厅副厅长任立强介绍说：“随着企业陆续复工，为减少对企业的现场执法打扰，借助科技手段的‘非现场’监测、‘不接触’执法、‘信息化’监管可谓省时高效。今年以来，河北省生态环境厅在深化‘万名环保干部进万企、助力提升环境治理水平’主题实践活动中提出，要强化在线监测设备安装联网运行帮扶，对列入重点排污单位未安装在线监测设备的，督促帮扶尽快安装；对已经安装联网的企业，加强帮扶指导确保稳定运行。”

充分利用污染源自动监测、用电量监控、大数据分析等信息化技术手段，实时分析监测监控数据、远程察看企业生产状况及污染防治设施运行情况，可及时帮助企业发现问题，指导其解决问题。

今年 3 月以来，河北省现场检查企业家次、日均检查企业家次较去年同期减少一成以上，为企业生产发展创造适度宽松环境的同时，提高了精准执法效能，有效保障了治污设施稳定达标运行。

## 河北率先在生态环境系统开展巡察<br>推动全面从严治党向基层延伸，巡察结果和整改情况作为干部评价考核、任用、奖惩重要依据

时间：2020 年 7 月 15 日　作者：张铭贤　周迎久　董巧亮

来源：《中国环境报》1 版头条

自河北省生态环境厅成为河北省首批开展巡察工作的省直单位之一，河北省也成为全国率先开展生态环境系统巡察的省份。截至目前，河北省生态环境厅党组已组织开展了对廊坊市生态环境局党组第一轮巡察试点工作，并启动了第二轮巡察，分别进驻石家庄市生态环境局党组和厅第一环境监察专员办公室，开展为期一个月的常规巡察。

河北省生态环境厅党组通过开展巡察工作，探索创新适合生态环境系统的巡察方式方法，完善了巡察制度，提高了巡察质量，推进了全省生态环境系统全面从严治党向纵深发展。

### 强化组织领导，落实主体责任

“厅党组高度重视巡察工作，多次召开专题会议，确保了巡察工作精准聚焦政治监督。”河北省生态环境厅党组巡察工作领导小组成员、第二轮第一巡察组组长陈建英介绍说。

加强巡察机构和巡察组建设。河北省生态环境厅党组坚持把巡察工作作为“书记工程”，压实巡察主体责任，党组书记担任巡察工作领导小组组长，主管人事、机关党委的副厅长任副组长，驻省厅纪检监察组和厅机关人事等部门主要负责同志任成员。

“在对廊坊市生态环境局党组的巡察中，我们创造性形成了‘一体两翼’巡察模式，‘一体’即常规巡察，‘两翼’即选人用人、财务审计两个专项检查组。在为期一个月的巡察中，我们坚持常规巡察与专项检查同步开展、同步进行、互相促进。”陈建英介绍说，“在第二轮巡察中，我们采用了巡察+延伸、机动的巡察模式，即巡市局党组带县局分党组，明确对2个县（市、区）分局党组开展延伸巡察，对3个县（市、区）分局党组进行机动式巡察，选择一些问题线索突出的县（市、区）分局党组开展专项巡察，稳步推进巡察全覆盖。”

河北省生态环境厅党组还指导督促11个设区市生态环境局党组建立巡察制度，成立巡察机构，明确巡察任务，全力构建省厅党组巡察市局党组，市局党组巡察县（市、区）分局分党组的系统巡察工作格局，做深、做实做细系统巡察工作，贯彻“发现问题、形成震慑、推动改革、促进发展”巡视工作方针，深化政治巡察，打通全面从严治党“最后一公里”。

## 规范巡察流程，提高巡察质效

巡察工作从哪入手、如何开展、怎样推进？针对这一问题，河北省生态环境厅党组从巡前、巡中、巡后各个流程环节入手，进一步细化巡察准备、进驻等12个环节38个规定动作，同步制定巡察工作流程图。

巡察前，河北省生态环境厅大气、水、土壤等职能处室积极向巡察组提供涉及被巡察单位的问题线索、工作情况和生态环境监测数据，发挥专业特长和职能优势，凝聚工作合力。

巡察中，驻厅纪检监察组提前介入，与巡察组共同研判，逐一“把脉”，逐个审定，看问题定性是否准确、支撑材料是否充分，综合研判后按照边巡边交、集中移交原则进行分类，对每个问题线索研判为进一步了解关注类、了解关注类和参考类3个类别。

巡察结束后，河北省生态环境厅巡察工作领导小组办公室发挥统筹、协调作用，会同相关业务处室催办、督办、审核被巡察单位整改情况，确保如期整改到位，建立长效机制。

“我们坚持建立巡察工作日志，进一步规范完善‘一审核一报告一申请’回避制度，巡前签订保密承诺书和遵守巡察纪律承诺书。”河北省生态环境厅党组第二轮巡察组副组长、厅机关党委专职副书记刘军介绍说。

在巡察实践中，河北省生态环境厅党组还结合省级以下生态环境系统垂直管理工作实际，进一步完善了巡察工作领导体制和工作机制，先后制定了《中共河北省生态环境厅党组巡察工作规划（2019—2021年）》等36项工作规则、工作制度和工作模版。

随着巡察工作的推进，河北省生态环境厅党组还将继续完善巡察制度建设，力争在第二轮巡察结束时，形成一整套适合生态环境系统巡察工作实际的规章制度和工作流程，为生态环境系统开展巡察工作提供有益借鉴。

## 强化巡察整改，深化成果运用

“巡察发现，廊坊市生态环境局党组学习落实习近平生态文明思想和全国生态环境保护大会精神不够全面系统；推进污染防治攻坚战工作举措不够有力，对治理‘散乱污’企业态度不够坚决，重点工作进展还不平衡；自身环境监测能力建设缺失；落实优化营商环境要求不力；履行管党治党主体责任还有待加强，抓党建工作标准有待提高，向基层传导从严治党政治责任不到位……”

据了解，在第一轮巡察中，河北省生态环境厅党组巡察组共发现廊坊市生态环境局“四个落实”方面突出问题32个，向纪检监察机关（机构）、人事部门移交了相关问题线索，巡察的利剑作用得到初步彰显。

“巡察工作，发现问题是主要任务，整改问题是根本任务。扎实做好巡察‘后半篇文章’，河北省生态环境厅党组坚持把巡察整改与中央和省委巡视反馈问题整改结合起来，与‘不忘初心、牢记使命’主题教育检视问题整改结合起来，督导廊坊市生态环境局统筹制定整改方案，建立整改责任体系、组织体系，定期梳理整改进展情况。”陈建英介绍说，河北省生态环境厅党组巡察办将适时组织开展“回头看”，以钉钉子精神确保巡察反馈意见整改落实落细。

深化巡察成果运用，河北省生态环境厅党组提出，对巡察发现的问题线索，认真梳理，及时处置，分类移交，督促相关单位综合运用监督执纪“四种形态”，研究提出谈话函询、初核、立案或者组织处理等意见，凡是反映集中、性质恶劣的人和事，提级办理、限期办结，做到发现一批、移交一批、查处一批。

河北省生态环境厅党组还明确，将巡察结果和巡察整改情况作为干部评价考核、任用、奖惩的重要依据，真正做到利剑高悬、震慑常在，为打造生态环境保护铁军，打好污染防治攻坚战，建设经济强省、美丽河北营造风清气正的良好政治生态。

# 机动车和非道路移动机械排放污染防治条例实施两月 河北依法严查尾气超标行为

时间：2020年7月20日　作者：张铭贤　来源：《中国环境报》8版头条

《河北省机动车和非道路移动机械排放污染防治条例》（以下简称《条例》）自今年5月1日起正式施行。《条例》实施两个月来，河北省机动车和非道路移动机械监督执法有哪些变化？

记者从7月13日河北省生态环境厅召开的新闻发布会上获悉，《条例》实施两个月来，河北省完善了相关配套制度，建立起柴油货车排放违法联合处罚机制；建立完善了非道路移动机械使用登记制度，并对“无码”“冒黑烟”等违法行为进行查处；依法加大了对排放检验机构、维修单位的处罚力度，有力推进了机动车污染减排。

## 建立多部门联合处罚机制，常态化开展路查路检

“轰油门，再加油！”近日，在石家庄市鹿泉区机动车环保联合检查站，检测人员通过空踩油门，对一辆重型柴油车进行尾气检测。这里是307国道进入石家庄市区的最后一个路检卡口。

“以前检测出尾气超标的车辆，只能罚款和劝返。”石家庄市鹿泉区机动车环保联合检查站站长侯建奎向记者解释说，“自《条例》施行后，超标车辆不仅要罚款，生态环境部门还会出具维修复检催告单，10个工作日内维修复检合格才能销号，否则就会被录入超标排放信息系统，在京津冀三地‘寸步难行’。”

“河北省机动车保有量约1 700万辆，居全国前列。机动车中，柴油货车和重型柴油货车是‘排放大户’，河北省境内每年在途重型柴油货车约1.3亿辆次。”河北省生态环境厅机动车污染防治处处长张伟在新闻发布会上介绍，《条例》强化了对柴油车的监管和超标处罚力度。

贯彻落实《条例》，河北省依法建立起了“生态环境部门检测取证、公安交管部门实施处罚、交通运输部门监督维修”的柴油货车排放违法联合处罚机制，扎实推进超标排放执法检查工作。

据统计，截至目前，河北省路查路检累计检查车辆81.34万辆次，处罚超标车辆1.43

万辆次，罚款 286.9 万元；同时，河北省还组织开展了加油站（点）油气回收装置运行情况专项检查，累计检查加油站（点）、储油库、油罐车 1.08 万个次，确保油气回收设施正常运行。

防止超标车辆上路行驶，机动车排放检验机构是重要的技术关口。“为避免和杜绝检验过程不规范、出具虚假检验报告等违规违法行为，河北省印发《关于进一步规范机动车排放检验机构环境管理工作的通知》，进一步加强排放检验机构监管。”张伟介绍说，此外，对照《条例》要求，河北对全省排放检验机构开展远程巡查和执法检查，截至目前，全省累计检查排放检验机构 2 184 家（次），沧州、邢台、邯郸等市对存在违法行为的排放检验机构处罚 126.44 万余元。

张伟表示，“进一步强化执法协作，形成监管闭环，河北省将在全省建立完善机动车排放检验与维护制度，推进机动车排放检验管理系统与汽车维修电子健康档案系统数据共享，对排放超标机动车实现闭环管理，不断提升机动车排放污染综合治理水平。”

## 严查“冒黑烟”，严禁“无码”机械进场施工

“这是赵王城遗址公园附近的一个工地，屏幕上闪现的每个点代表了一台机械，不同颜色代表不同运行状态。”邯郸市生态环境局机动车污染防治处负责人张建召打开本市非道路移动机械监管平台向记者介绍说，“点开具体的点，可以查看车辆的编码、排放标准、隶属区域等信息，预计到 8 月底，全市非道路移动机械将全部安装这样的电子标签。”

“《条例》体现了前瞻性，首次将非道路移动机械纳入监管范畴。”河北省生态环境厅机动车污染防治处二级调研员戴喜明说，完善《条例》相关配套制度，河北省生态环境厅、住房和城乡建设厅、交通运输厅、水利厅联合发布《河北省非道路移动机械使用登记管理办法（试行）》，要求在河北省使用的非道路移动机械，应当通过信息登记系统进行编码登记，施工单位应当使用进行编码登记且符合排放标准的非道路移动机械，目前全省共编码登记非道路移动机械 5.33 万台。

《条例》的出台，填补了非道路移动机械违法相关罚则的空白。《条例》实施后，河北省依法组织开展非道路移动机械执法检查专项行动，禁止未进行编码登记的非道路移动机械进出施工现场，严格禁止超标排放工程机械使用。

截至目前，河北省共检查非道路移动机械 2.13 万台次，对“冒黑烟”等超标排放行为处罚 80 万元，对 1.32 万台非道路移动机械加装污染控制装置，实现了达标排放。

目前，河北各地已依法划定“禁止使用高排放非道路移动机械区域”并向社会公布，

高排放非道路移动机械进入这些区域作业，将面临 5 万元以上 10 万元以下罚款。

下一步，河北省鼓励有条件的地区，逐步推广使用电子标签、电子围栏、实时排放监控装置等手段对非道路移动机械进行监督管理，对违法车辆及时进行查处。

## 强化重点用车单位监管，主动调整优化用车结构

在邯郸武安市，河北文丰钢铁有限公司淘汰的 101 辆重型柴油车，均贴上了封条，被集中封存；取而代之的是，企业投资 865 万元新购置了 30 辆国五重型柴油车。

在河钢集团邯钢公司，企业投资 1 350 万元购置的首批 13 辆纯电动重卡车代替原有柴油车辆，开始承担公司运输业务。

……

这是河北省强化重点用车单位监管、主动调整优化用车结构的一个缩影。

持续深化重型柴油货车污染治理，河北省将日使用重型柴油车 10 辆次以上的单位列为重点用车单位，在《条例》公布后，全省共统计公布重点用车单位 2 679 家。

“这些重点用车单位，从用车结构上看，日使用国三排放阶段重型柴油车约 2.4 万辆次，使用国四排放阶段重型柴油车约 4.8 万辆次，占总使用车辆的 44%。”张伟介绍，以一家公司日使用车辆 100 辆次为例，如果全部使用国三排放阶段重型柴油车，每年要比全部使用国五排放阶段重型柴油车多排放氮氧化物 18.2 吨，多排放的污染物相当于一家一般规模的陶瓷企业年排放量。

推进重点用车单位用车结构优化成为河北省打好柴油货车攻坚战的重要举措。指导重点用车单位主动优化调整用车结构，《条例》实施后，河北省逐步建立起重点用车单位重型柴油货车污染防治责任制和环保达标保障体系，推进了重点用车单位用车结构优化。

目前，河北省重点用车单位国五及以上排放标准及新能源车辆使用占比达到 90% 以上。

强化重型柴油车、重型燃气车排放监管，近日，河北省生态环境厅印发《关于进一步做好全省重型汽车远程在线监控工作的通知》，有序推进新车核查，11 月 1 日起，全省将全面开展重型汽车注册、登记前的远程排放管理车载终端检查；同时，加快推行在用车联网，年底前完成在用车远程排放管理车载终端安装联网，通过在线监控，持续推进重型汽车尾气减排。

# 《河北省城乡生活垃圾分类管理条例》审议通过 构建生活垃圾全过程分类体系

时间：2020 年 8 月 7 日　作者：张铭贤　来源：《中国环境报》8 版头条

7 月 30 日，《河北省城乡生活垃圾分类管理条例》（以下简称《条例》）经河北省十三届人大常委会第十八次会议审议并高票通过，将于 2021 年 1 月 1 日起实施。

《条例》明确提出，建立生活垃圾分类投放、分类收集、分类运输、分类处理的全程分类管理系统，促进生活垃圾减量化、资源化、无害化。《条例》的出台标志着河北省生活垃圾分类管理工作进入了法治时代。

## 如何分类如何投放？明确四个分类标准，注重源头减量

据了解，河北省自 2017 年起逐步推行生活垃圾分类工作，石家庄、邯郸作为全国试点城市，率先实施强制分类；2019 年，河北省生活垃圾分类工作步入快车道，11 个设区市全面启动，初步营造出生活垃圾分类的氛围。

河北省人大常委会法工委副主任陈金霞介绍说，《条例》共设十章 72 条，围绕河北城乡生活垃圾分类工作实际，明确政府、企业、公民等各类主体责任，加强设施规划建设，促进源头减量，构建起生活垃圾分类投放、分类收集、分类运输、分类处理的全过程体系，支持生活垃圾资源化利用，坚持教育与惩罚并重，对违法行为设置法律责任，促进以法治思维和法治方式推进生活垃圾分类管理能力提升。

河北省住房和城乡建设厅副厅长李贤明认为，“《条例》的出台有利于解决生活垃圾分类中的突出问题和难点问题。解决如何分类问题，《条例》明确了四个分类标准，即可回收物、有害垃圾、厨余垃圾和其他垃圾。解决分类投放难题，《条例》确立了垃圾分类投放管理责任人制度，单位、社区、物业服务企业等都要承担起责任，包括建立日常管理制度、宣传引导、设置和维护垃圾投放设施、监督纠正不当行为等，对责任人的法律责任做了明确规定。”

《条例》注重源头减量，强化资源化利用。建立涵盖生产、流通、消费等领域的各类生活垃圾源头减量工作机制，避免过度包装，推行净菜上市，促进闲置物品再使用，减

少一次性产品的使用量，旅游、住宿等行业应当按照国家有关规定推行不主动提供一次性用品；依法禁止、限制生产、销售和使用不可降解塑料袋等一次性塑料制品。

《条例》专设资源化利用一章。规定要加强生活垃圾分类收运体系和再生资源回收体系在规划、建设、运营等方面的融合，加强可回收物回收量与生活垃圾产生量的有效衔接，对个人垃圾分类行为采取正面激励和反面惩戒措施等。

## 如何解决先分后混？<br>强化处置能力建设，推进全程分类

如何避免前端垃圾分类投放后，后端清运人员把所有垃圾混装混运的情况发生，《条例》从两方面进行了强化，一是强化处置能力建设；二是促进全程分类管理体系的建设。

目前，河北省城乡生活垃圾产生量约 5 万吨/日，现有生活垃圾处理设施总设计处理能力为 5 万吨/日，产生量与处理能力基本相当。但是，在处理能力中，生活垃圾焚烧处理能力仅占 43%，相当一部分还在采用卫生填埋的方式进行处理。

此外，河北省城市（含县城）餐厨废弃物产生量约为 2 500 吨/日，餐厨处理设施处理能力约为 690 吨/日，处理能力仍有缺口。

强化生活垃圾分类处理能力建设，《条例》明确，县级以上人民政府应当将生活垃圾分类管理工作“纳入国民经济和社会发展规划”；“ 编制生活垃圾处理设施专项规划”并组织实施；“合理布局生活垃圾投放站点，建设满足当地需要的各类生活垃圾处理设施、场所”等。

为保障《条例》落到实处，河北省正加快推进生活垃圾处置设施建设。李贤明介绍说：“今年，河北省集中建设了 42 座生活垃圾焚烧厂和一批餐厨垃圾处理厂，年底前，每个设区市将建成一座以上餐厨垃圾处理设施；全部项目建成投运后，河北省生活垃圾处理方式将实现‘填埋为主’向‘焚烧为主’的转变。这些项目建设将有力支撑河北省垃圾分类工作的开展和《条例》的落地落实。”

在建立全过程生活垃圾分类处理体系方面，《条例》用了两章的篇幅，明确了垃圾分类投放、收集、运输和处理逐个环节的要求和法律责任。

在分类投放环节，《条例》提出，单位、家庭和个人应当按照规定将生活垃圾分类投放至指定地点或者收集容器、设施，鼓励家庭设置专用容器（袋）分类收集厨余垃圾和其他垃圾。

在分类收集、运输环节，《条例》要求，配备专用车辆和人员，不得将已分类的生活垃圾混装混运。发现生活垃圾不符合分类要求的，收集、运输单位有权要求改正，拒不

改正的可以拒绝接收。

在分类处理环节，《条例》要求，严格按照技术规范、操作规程处理生活垃圾，不得混合处理，要安装使用监测设备，实时监测污染物排放情况。

在建立内部管理责任体系方面，《条例》明确提出，实行管理责任人制度，明确各单位、公共场所、居住区的管理责任人及其职责。此外，《条例》还规定，县级以上人民政府可以与有关的同级人民政府协商，收取生活垃圾跨区域处理环境补偿费用，用于弥补生活垃圾处理费用不足和处理设施周边区域环境治理。

通过逐环节明确要求和法律责任，《条例》构建起了全程分类管理体系，着力解决“先分后混”难题。

## 谁来进行执法监督？<br>赋予乡镇执法权，强化刚性约束

“对违法行为依法予以处罚，是确保法规权威和落地执行的有效方式。”陈金霞介绍说，《条例》依据上位法规定，对违反分类投放、分类收集、分类运输、分类处理的行为设置了法律责任。

《条例》规定，未在指定的地点或者指定收集容器、设施分类投放生活垃圾的，由生活垃圾管理部门责令改正；情节严重的，对单位处五万元以上五十万元以下的罚款，对个人处一百元以下的罚款。将已分类的生活垃圾混装混运的，由生活垃圾管理部门责令改正，处五万元以上五十万元以下罚款。

在厨余垃圾处理方面，《条例》明确，产生、收集厨余垃圾的单位和其他生产经营者未将厨余垃圾交由具备相应资质条件的单位进行无害化处理的，由生活垃圾管理部门责令改正，处十万元以上一百万元以下的罚款；个人有该项行为的，责令改正，处一百元以上五百元以下的罚款。畜禽养殖场、养殖小区利用未经无害化处理的厨余垃圾饲喂畜禽的，由生活垃圾管理部门责令改正，处十万元以上一百万元以下罚款。

在执法监管上，《条例》赋予乡镇、街道执法权。《条例》第四条规定，乡镇人民政府、街道办事处负责本辖区内生活垃圾分类的日常管理工作，按照国家和本省有关规定，依法行使生活垃圾分类管理行政执法权，指导村民委员会、居民委员会（社区）组织动员辖区内单位和个人参与生活垃圾源头减量、分类活动。

此外，体现教育引导和强制约束并重，《条例》还规定违反分类投放规定应当受到处罚的个人，自愿参加生活垃圾分类相关的社区服务活动的，可以依法从轻、减轻处罚。

# 美丽河北生态底色日渐亮丽

# 上半年 $PM_{2.5}$ 平均质量浓度为 49 微克/米$^3$，同比下降 15.5%

时间：2020 年 8 月 14 日　作者：张铭贤　贾楠　来源：《中国环境报》1 版头条

“在治理污染、修复生态中加快营造良好人居环境”，“建设天蓝、地绿、水秀的美丽河北”……习近平总书记在河北视察时，多次对河北省生态文明建设作出重要指示，为美丽河北建设指明了方向，明确了路径。

践行习近平生态文明思想，近年来，河北省委、省政府团结带领全省干部群众，坚持生态优先，推动绿色发展，全省产业结构、能源结构、运输结构不断优化；蓝天、碧水、净土保卫战成效突出；美丽河北的生态底色日渐亮丽。

## 治本攻坚　重点突破

河北省委、省政府把解决突出生态环境问题作为民生优先领域，坚持源头防治，突出结构调整，强力实施治本攻坚，坚决打赢蓝天保卫战。

治本攻坚，重点突破，河北省打出压能、减煤、治企、降尘、控车“组合拳”——

突出能源结构调整，重点实施散煤清洁替代，坚决啃下“硬骨头”。764.38 万户，这是截至 2019 年年底全省累计完成清洁取暖改造的户数。河北省把大气污染传输通道城市和张家口市全部纳入北方地区冬季清洁取暖试点范围，实施气代煤、电代煤，许多农村告别了烟熏火燎的传统取暖方式。

调整优化产业结构，坚定不移压减产能，向积攒多年的家底“开刀”。2017—2019 年，全省累计压减退出粗钢产能 5 187.4 万吨、生铁 4 191 万吨、水泥 908.9 万吨、平板玻璃 1 970 万重量箱、煤炭 3 407 万吨、焦炭 1 644.8 万吨，完成省定工业企业退城搬迁 72 家，倒逼企业转型升级，推动绿色发展。

强力推进工业污染深度治理，一个个“污染大户”变身“治污先锋”。在全国率先推进钢铁、焦化、燃煤电厂、水泥、平板玻璃、陶瓷等重点行业超低排放改造或深度治理，截至今年 6 月底，六大行业 350 家企业 1 022 个项目完成超低排放改造或深度治理，完成率 94.5%，剩余项目将于 10 月底全部完成。

发展多式联运，积极推动公转铁，交通运输结构“绿意”盎然。2017—2019 年，河北省累计完成地方铁路货运量 12.55 亿吨、多式联运集装箱班列 66.47 万标箱，推广新能源汽车 93 811 辆。

严格考核排名，倒逼责任落实，河北省每月通报全省环境空气质量考核排名，对大气污染防治存在问题的市、县（市、区）进行预警提示、通报批评，甚至进行公开约谈。全省初步形成环境空气质量“国家考市、省考县（市、区）、市考乡镇”的完整考核体系，有效地将大气治理的压力传导到各级政府。

今年 1—6 月，河北省 $PM_{2.5}$ 平均质量浓度为 49 微克/米$^3$，同比下降 15.5%。全省空气质量综合指数平均为 5.31，同比下降 14.5%。优良天数为 119 天，同比增加 15 天，空气质量达历史同期最好水平。

## 京津生态屏障更加牢固

一山一水、一草一木，都是美丽河北的题中之义。河北省坚持山水林田湖草是一个生命共同体，全方位、全地域、全过程开展生态环境保护，京津生态屏障更加牢固。

碧水清流美景再现——

2019 年以来，安新县渔民张四喜格外开心：“鳑鲏鱼肉质鲜美，过去白洋淀里污染，十多年捞不着了。现在水干净了，这不，它又回来了。”

白洋淀淀区水质改善效果明显，流入白洋淀的三条河流摘掉了过去劣Ⅴ类水质的“帽子”，湖心区水质达到了Ⅳ类标准，主要污染物总磷、氨氮浓度持续下降。

着力打好碧水保卫战，今年上半年，河北省优良水体比例和劣Ⅴ类水体比例均达到“十三五”以来最好水平，74 个国考断面中，达到或优于Ⅲ类（优良）断面比例 64.9%，优于“十三五”终期目标 16.2 个百分点；劣Ⅴ类断面比例 2.7%，优于“十三五”终期目标 23.0 个百分点。近岸海域国考监测点位海水水质优良比例达 100%。

青山如黛令人向往——

白桦林绿得蓊郁，樟子松绿得青翠，高山草甸绿毯般秀美，夏日的张家口市崇礼区满眼是绿。围绕北京冬奥会申办筹办，崇礼进一步加大绿化造林力度，全区森林覆盖率达 67%，冬奥核心区更是达到了 80%。

大力实施京津风沙源治理、“三北”防护林、太行山绿化、京津保生态过渡带和沿海防护林建设等国土绿化重点工程。截至 2019 年年底，河北省森林面积达 9 854 万亩，森林覆盖率达到 35%。矿山生态修复持续推进，2019 年全省共修复绿化责任主体灭失露天矿山迹地 1 024 处、6.55 万亩，超额完成原计划 5.2 万亩的治理任务目标。

沃野千里生机盎然——

扎实推进净土保卫战，河北省全面完成农用地土壤污染状况详查，实现土壤监测点位所有县（市、区）全覆盖。截至今年 6 月底，全省所有县（市、区）全部完成耕地土壤环境质量类别划分。全省 135 家涉重金属企业列入整治清单，年底前全部完成综合整治，切断重金属污染物进入农田的链条。

### 绿水青山就是金山银山

炎炎夏日，张北草原天路，天高云淡，绿意正浓，一年中最美的时节到了。

王志青的天鹿大本营景区就坐落在草原天路脚下的阿不太沟村，青山绿林间，不断有车从天路驶向这里。在这里，游客尽享大草原的独特风情。

“是绿色生态给我们带来了经济红利。”王志青说。2015 年，王志青兄弟返乡创业，靠着草原天路，搞起了旅游开发。去年，景区实现盈利 1 500 多万元，带动村内贫困人口 80 余人就业，人均增收万余元。

持续推进生态修复，今年起，张家口坝上地区 180 万亩耕地休耕种草，构筑起了新的坝上草原生态系统。

8 月，“美丽的高岭”塞罕坝草木葱茏，秀丽如画。中国林科院评估结果显示，塞罕坝森林的生态价值是木材价值的 39.5 倍，总价值目前已经达到约 200 亿元。

加快建设天蓝、地绿、水清的美丽河北，燕赵大地“气质”更美了、“颜值”更高了，生态优先、绿色发展之路越走越宽广。

## 共护一盆净水　同担一份责任
## 河北加大潮白河流域治理保护力度，确保密云水库水源安全

时间：2020 年 9 月 17 日　作者：周迎久　张铭贤　来源：《中国环境报》1 版头条

在密云水库建成 60 周年之际，习近平总书记给建设和守护密云水库的乡亲们回信，强调要“坚持生态优先、绿色发展，加强生态涵养区建设，健全生态补偿机制，共同守护好祖国的绿水青山。”

连日来，习近平总书记的回信在京冀两地引起了强烈反响，提振了信心，鼓舞了士

气，坚定了京冀两地各级党委和政府推进区域生态环境联建联防联治的决心。

共护一盆净水、同担一份责任。密云水库有两大支流汇入，分别为潮河、白河。潮河发源于承德市丰宁满族自治县，经古北口南入密云水库；白河及其主要支流黑河，均发源于张家口市沽源县，在北京市延庆区汇合后流入密云水库。潮河、白河每年向密云水库输送地表水量占入库量的八成以上。

作为密云水库上游地区，河北省坚决贯彻习近平生态文明思想，以改善潮白河流域水生态环境为目标，不断健全机制，强化管理，加大治理保护力度，潮白河流域主要河流水质持续改善，达到河北省和海河流域最好水平，为确保密云水库水源安全提供了坚强保障。

## 确保净水进京，潮白河流域水质越来越好

9 月 7 日，承德市金山岭脚下，滦平县巴克什营集中污水处理工程正紧锣密鼓施工中。作为一座乡镇级污水处理厂，巴克什营集中污水处理工程出水要达到地表水Ⅲ类标准，这一标准远高于河北省城镇污水处理厂执行的一级 A 标准。

“这座污水处理厂位于潮河流域，所以出水标准格外高。”承德市生态环境局水生态科科长纪铁鹏介绍说，“即便是出水水质达到地表水Ⅲ类，仍达不到排河要求。巴克什营污水处理厂出水还要经过人工湿地进行净化，再排入潮河二级支流火斗山河，经过十多千米自然净化后汇入潮河，确保入河水质达到地表水Ⅱ类标准。”

巴克什营污水处理厂只是河北省高标准、严要求推进密云水库上游地区水环境治理的一个缩影。

强化上游意识，担起上游责任。河北省突出规划引领，制定潮白河流域水污染防治和水资源保护与利用总体实施方案、潮河流域水污染防治规划等一系列政策文件。承德市、张家口市依据规划和方案，全面系统推进工业、城镇、农村生活污水和农业面源污染综合治理，实施流域生态环境整治工程，为潮白河流域生态环境治理提供了有力保障。

实施基础设施建设工程，提升治污能力水平。承德市投资近 7 亿元，实施了丰宁污水处理厂水质提升改造项目、滦平县虎什哈镇生活污水处理站项目等 12 项工程；张家口市投资 1 亿多元在赤城县龙关镇、经济开发区和汤泉河新建 3 座污水处理厂，污水日处理能力共计达到 9 000 吨。

限制高污染高耗水行业发展，强化源头防控。承德市近年来关闭淘汰和禁上污染项目 2 000 多个，年减少利税 50 亿元；张家口市先后关停取缔造纸厂、人造板厂、化肥厂

等一大批影响河流水质的工业企业，对赤城县 20 多家赤铁矿加工企业实施关停整顿，砍掉了近百个可能造成水污染或影响水安全的经济合作项目。

实施农村面源污染治理工程，削减入河污染负荷。承德市 240 个村庄初步实现垃圾处理、生活污水治理和有效管控全覆盖，张家口市累计完成农村生活污水治理的村庄达 112 个、污水有效管控的村庄达 159 个。

……

一系列治污措施的落地，推动潮白河流域主要河流水质不断改善。监测数据显示，今年 1 月至 7 月，潮河两个出省国控监测断面中，清水河墙子路断面水质均值为地表水Ⅰ类，潮河古北口断面为Ⅱ类；白河后城国控监测断面水质均值为Ⅱ类，均好于《密云水库上游潮白河流域水源涵养区横向生态保护补偿协议》要求；特别是总氮指标大幅降低，3 个断面总氮指标均值分别较 2017 年参考目标值下降了 56%、40.6%、24%，潮白河出境断面水质实现显著改善。

## 坚持综合施治，上游生态修复和治理提速

为有效保护潮白河流域生态环境，河北将潮白河纳入生态红线保护范围，严格按照生态保护红线管理要求，控制红线区域开发利用。其中，承德市划定生态红线面积 16 619.1 千米$^2$，占国土总面积的 42.1%；张家口市划定生态红线面积 9 200.4 千米$^2$，占国土总面积的 24.9%，这些红线区域开发利用受到严格限制，有效保护和改善了密云水库上游潮白河流域水源涵养区的生态环境质量。

开展河道综合整治，确保水清河畅。承德市投资 6.1 亿元，实施了兴隆县清水河生态环境治理及恢复等 22 项工程；张家口市加强生态清洁小流域建设，重点实施独石口镇小流域、后城镇小流域等 10 条小流域综合治理，治理面积累计达 90 千米$^2$。

退耕还林、退耕还草、高效节水灌溉改造等一系列水源涵养生态工程得以实施。承德市实施“稻改旱”工程 7.1 万亩，农业高效节水灌溉面积达到 45 万亩，每年可为北京多“囤水”4 000 万米$^3$以上。在张家口市赤城县，为了增加白河水量，赤城县先后开展了两轮退耕还林和退耕还草行动，累计退耕面积 24.9 万亩，在 51 个行政村实施“稻改旱”3.2 万亩，这些保水工程的实施不仅使白河出境水量年增加 2 000 多万米$^3$，还大大减轻了农药、化肥等对水体的直接污染。

健全体制机制，形成护水管水长效机制。承德市在全省率先探索建立河湖长制度和“断面长”制度，形成了大小河流全覆盖的治河责任链，其中潮河流域设立河湖长 416 名、河湖管理员 1 191 名、河务警长警员 52 名，国（省）考断面长 3 名；张家口市全面落实

河长制，按照“一河一策”方案，开展白河、黑河、红河等重点河流水环境综合治理，建立多部门协调联动机制，开展联合检测、联合执法，确保了白河水质稳定达标。

## 实施联防联治，探索上下游全流域协同管理

“我们家共 9.65 亩稻田，自 2006 年‘稻改旱’后，每亩每年可领补贴 550 元。”张家口市赤城县东卯镇水磨湾村村民狄自强介绍说，“全村 344 户村民享受‘稻改旱’直补资金，已经连续领了 14 年。”

狄自强是河北省实施“稻改旱”补贴的受益者，也是京冀两地深化密云水库上游生态环境治理联防联控的见证者。

在 2018 年以前，这笔补贴资金由河北的水务部门与北京市合作落实；2018 年以后，这项补贴资金由京冀两地的横向生态补偿资金支付。

据了解，2018 年 11 月，河北省与北京市共同签订了《密云水库上游潮白河流域水源涵养区横向生态保护补偿协议》，按照“成本共担、效益共享、合作共治”的原则，建立协作机制，共同促进密云水库上游流域水资源与水生态环境整体改善。

协议签订以来，潮白河流域生态治理进一步提速，京冀两地多次召开联席会议，共同开展工作调研、联合执法和联合监测，组织水污染突发环境事件应急处置演练，确保了流域水环境安全。

按照协议，北京市与河北省共同出资设立生态补偿金，并申请中央财政给予奖励。截至目前，已累计支持承德市、张家口生态补偿金 19.8 亿元，谋划并实施水环境治理与生态修复、清洁小流域治理、农村环境整治等项目 112 个，有力保障了密云水库上游流域生态环境质量的改善。

习近平总书记给建设和守护密云水库的乡亲们回信后，更加坚定了京冀两地各级党委和政府推进区域生态环境联建联防联治的信心和决心。

持续深化联建联防联治。9 月 1 日，承德市、张家口市和北京市密云区、怀柔区、延庆区共同签署了《密云水库上游流域“两市三区”生态环境联建联防联治合作协议》，两市三区联手组成“保水共同体”，密云水库上游流域水环境治理和水生态保护迈上了新台阶。

9 月 7 日，京冀两地政府共同组织开展调研活动，并召开京冀两地共商贯彻落实习近平总书记回信精神共同行动保护好密云水库座谈会，进一步深化京冀合作联动机制，共同谋划推进保护好密云水库具体举措，守护好密云水库的绿水青山。

下一步，河北省将坚持“三水共治”，系统推进潮白河流域水污染治理、水生态修复、

水资源保护，对纳入生态补偿资金支持的项目，高质量、高标准推进，使生态补偿资金真正发挥效益，不断深化区域协作，共同保护好密云水库这一盆净水。

## 第一轮排查发现突出问题　第二轮排查切实解决问题<br>河北全面加强危险废物环境监管

时间：2020年10月19日　作者：张铭贤　吴荣霞　来源：《中国环境报》8版头条

为贯彻落实新修订的《中华人民共和国固体废物污染环境防治法》，推进危险废物专项整治三年行动及专项执法行动，河北省自今年5月底起，在全省开展危险废物排查整治专项行动，发现并解决了一批突出环境问题；初步建立起涉危险废物重点企业电子台账，进一步完善涉危险废物企业网格化监管体系，推动实现全过程动态监管。同时，建立健全长效监管机制，全面提升了危险废物监管能力。

### 全面排查整改，提升全过程监管水平

"今年以来，河北省全面加强了危险废物环境监管，研究制订了工业废料废液等危险废物排查整治实施方案并以省政府办公厅名义印发实施。"河北省生态环境厅党组成员、副厅长、一级巡视员吕竹青介绍说，在第一轮排查中，河北省坚持问题导向，对全省涉危险废物工业企业和处置企业开展全面排查，共排查涉危险废物企业18 110家（次），发现并督促整改了一批涉危险废物环境问题，初步摸清了全省涉危险废物企业情况和突出问题。

针对第一轮排查整治发现的突出问题，9月，河北省聚焦全省190个开发区、96家化工园区（包括17家已退出的化工园区）等重点区域，突出涉酸、化工、医药、农药、毛皮鞣制加工等重点行业、重点问题，在全省组织开展了第二轮排查，推动排查整治工作持续深入开展。排查中，河北省对前期发现问题整改情况开展了"回头看"，同时紧盯危险废物转移、利用、处置等关键环节开展执法检查。突出"深"字，通过核查企业产废种类、数量与产品产量、用水量、用电量等，按照物料衡算等逻辑关系计算推演，深挖企业是否存在漏报、瞒报危险废物情况，是否存在非法转移、处置等问题，推动排查整治往深里做、往实里走。

为充分发挥群众监督作用，河北省发布公告，鼓励群众举报涉危险废物违法犯罪线索，将有奖举报金额由原来的最高 5 万元提高到 10 万元。自公告发布至 9 月底，共接到群众举报涉危险废物信访线索 86 条，已全部交由当地生态环境执法部门挂账办理。

将排查企业全部纳入信息化管理，推动危险废物实现全过程动态监管，河北省进一步完善了固体废物动态信息平台建设。

“我们一方面拓展了信息平台功能，强化危险废物异常数据预警信息推送，并增加了涉危险废物小微企业申报，将涉危险废物工业企业全部纳入信息平台管理；另一方面以涉危险废物重点监管企业为主线，编制了全省涉危险废物重点企业电子台账，形成了全省重点涉危险废物企业区域分布、总体概况及危险废物产生、贮存、转移、利用、处置等信息动态电子化‘一张图’，实现了由点到面、从微观到宏观的全过程信息化监管。”河北省生态环境厅固体废物与化学品处处长田建宇告诉记者。

## 凝聚监管合力，健全联防联控机制

在全面排查，摸清全省涉危险废物底数情况下，河北省坚持综合发力，加快联防联控机制建设，努力构建上下协调、部门联动、多元共治的危险废物监管大格局。

上下协调，压实危险废物属地监管责任。河北省充分发挥生态环境监察专员办公室“督政”职能，组织开展全省危险废物污染防治专项督察，发现部分县（市、区）党委、政府及相关部门存在履职不力、监管缺失等问题。对危险废物排查整治不重视、监管不到位的县（市、区），第一时间下达整改督办函；对问题突出的县（市、区）政府主要负责人进行公开约谈；对履职不力、监管失职的责任人严肃追责问责，形成了强大督察震慑，有效压实了各级党委、政府及相关部门属地监管责任。

部门联动，加大联合打击危险废物违法犯罪力度。涉危险废物排查整治专项行动中，河北省生态环境厅进一步强化了与省公安厅、省人民检察院、省人民法院联合打击力度，四部门联合印发公告、联合征集线索、联合开展执法检查，在重点案件侦办中，强化行政执法与刑事司法衔接，严厉打击环境污染犯罪行为，形成严厉打击非法转移、倾倒、处置危险废物等违法犯罪行为强大声势。

多元共治，有效整合系统内部监管资源。涉危险废物排查整治专项行动中，河北省生态环境厅从执法、督察、环评、排污许可、应急等方面多管齐下，全方位推进排查整治工作深入开展。其中，在环评、排污许可和应急管理方面，制订《河北省危险废物工业企业和处置企业环境影响评价与排污许可专项检查工作方案》，制订《关于加强全省涉危险废物工业企业排污许可证核发与事中事后监管工作的紧急通知》《关于做好涉危险废物企业突发环境事件应急预案管理工作的通知》，通过开展排查整治，河北省对问题突出的两个县、1 个园区实施了新增危险废物排污建设项目限批。

## 着眼管住管好，完善长效监管机制

在排查整治中规范管理，在查漏补缺中建章立制，河北省立足管长远、管根本，提升危险废物安全处置能力水平，完善危险废物长效监管机制。

推进危险废物利用处置布局优化。河北省积极推进危险废物利用处置布局调整，完善工业园区、开发区利用处置能力体系建设，鼓励填补省内利用处置能力不足或空白的危险废物类别能力建设。支持上下游企业加强协同合作，推动危险废物资源化利用最大化；取消跨省转移限制，支持依托危险废物经营单位及社会力量，在涉危险废物中小型生产企业集中区域开展集中收集，解决中小型企业危险废物收集难、处置成本高的问题。

全面加强综合监管。日前，河北省生态环境保护委员会办公室印发实施《关于全面加强危险废物污染防治工作的若干措施》，从审批准入、日常监管、转运处置、执法监管、属地责任等 5 方面提出 20 项具体措施，逐项明确责任分工，全面加强危险废物综合监管能力。

提高执法监管能力。在不增加编制情况下，河北省生态环境厅生态环境执法局设立 8 人的固体废物危险废物执法支队，在市、县两级生态环境执法机构设立 8～10 人的固体废物危险废物执法大（中）队，专门负责组织固体废物危险废物日常执法。同时，制订印发《河北省提升基层生态环境执法监管能力实施方案》，推动解决基层执法监管人员不会查、不深查、不愿查、不敢查以及发现问题难、有效监管难的问题。

健全网格化环境监管体系。9 月 22 日，河北省生态环境保护委员会办公室印发《关于强化涉危险废物网格化监管工作方案的通知》，全面强化地方政府环境监管主体责任，将全省所有涉危险废物企业落实到具体网格，每个企业确定 1 名网格长、1 名网格监督员和 1 名当地生态环境部门监督执法人员和 1 名企业内部监督管理员，全面建立“四位一体”监管机制。

吕竹青表示，“为进一步压实各级责任，着力建立危险废物责任体系、监管体系、问责机制，压实各方责任，有效传导压力，切实形成危险废物污染防治制度保障。”

# 全域整治成就全域美丽　全域旅游带来全域致富
# ——河北省迁西县创建国家生态文明建设示范县纪实

时间：2020 年 10 月 20 日　作者：张铭贤　贠开芳　来源：《中国环境报》2 版头条

位于燕山南麓、长城脚下的河北省唐山市迁西县近年来按照“生态立县、绿色崛起”的发展思路，在“七山二水半分田，半分道路和庄园”的地貌上描绘出了“诗意山水，画境栗乡”的绿色画卷。近日，迁西县被生态环境部命名为“生态文明建设示范县”，走出了一条“经济健康发展、社会稳定和谐、生态优美宜居”的生态文明建设之路。

## 望山见绿看水见影，打造绿色迁西

长河是滦河的支流，穿越古长城流入迁西境内。20 世纪 80 年代，长河河道及沿岸富集的铁矿、金矿引来开发热。

“长河治理之前，短短 3.5 千米内密集分布着 26 家选矿采砂企业，河水污染严重，河道里堆满了淤泥和垃圾，山体大面积裸露在外。”唐山市生态环境局迁西县分局局长孟凡波介绍说，2018 年年底，迁西县委、县政府全面启动长河治理工程，集中开展河道整治生态修复攻坚，决心再造秀美长河川。

关矿厂、清垃圾、拆违建、平河床、筑河坝……仅一个月时间，迁西县累计出动人员 22 607 人次，长河流域清淤 63.73 万米$^3$，垒砌河坝 31.4 千米，拆除违建 351 处，拆除问题企业 82 家，腾退土地 899.77 亩。

“为从源头根治水污染隐患，迁西县将全县 470 家选矿企业整合至 58 家，97 家选砂制砂企业整合至 20 家。同时，着力推进治理工程，全县累计治理尾矿库 62 个，封堵入河水质不达标的排水口、排污口 116 处，保障了水环境质量的持续改善。”孟凡波介绍说。

坚持边破边立，迁西县下足功夫把腾挪出的空间、恢复好的生态利用好，在长河流域规划建设了长 6 千米、面积 24 万米$^2$的长河带状公园，充分利用滦河原始地貌和形态，建成滦河湿地公园。

如今，一湾碧水绕城过，长河带状公园成了沿岸百姓休闲、健身的好去处。

以长河治理为突破口，迁西县同步推进治气、治水、治土，实现全域整治。

治水。迁西县深入开展全域治水、清水润城工程，2019 年全县水环境质量持续改善，大黑汀水库达到地表水Ⅱ类标准，滦河、还乡河出境断面达到地表水Ⅲ类标准，长河、洒河、清河、黑河等主要河流水质满足地表水Ⅲ类标准。

治气。迁西县持续推进“压能、减煤、治企、降尘、控车、增绿”等防治措施，2019 年环境空气质量实现持续改善，空气质量综合指数 5.68，同比下降 2.24%，$PM_{2.5}$ 平均质量浓度 44 微克/米$^3$，同比下降 12%；全年优良天数超 290 天，稳居唐山市第一位。

治土。迁西县在全国首创了“围山转”造林模式，形成了“山顶松槐戴帽、山间板栗缠腰、山脚瓜果梨桃”的独特景观，减少了水土流失；同时，对 142 处责任主体灭失矿山实施综合治理，最大限度进行生态修复，全县森林覆盖率由 1986 年的不足 30%增长到目前的 63.2%，80%的村达到了开门见山、推窗见绿。

## 城乡统筹全域整治，打造美丽迁西

行走在迁西大地，一个个白墙灰瓦、花团锦簇的村庄点缀在山峦起伏间。深入这些乡村院落，房前屋后的花草葳蕤、藤蔓缠绕，散发出令人神往的田园气息。

2019 年以来，迁西县以改善人居环境质量为目标，以“四区七线一环境”为重点，深入开展了城乡生态环境深入治理。“四区”，即城区、景区、库区、镇区；“七线”，即高速沿线、4 条省道、2 条县道沿线；“一环境”，即全县 417 个行政村的农村环境。

城乡生态环境深入治理行动中，迁西县共拆除各类违建 3.4 万处，清理生活垃圾 21.5 万米$^3$，清理塘沟 3 255 处。同时，以农村人居环境整治为抓手，深入推进生态庭院建设，坚持把厕所改造、洁净型煤推广、垃圾分类、美丽庭院一体推进，全县 417 个行政村全部实现垃圾市场化清运，农村环境脏乱差状况得到根本改善。今年 3 月，迁西县获评全国村庄清洁行动先进县。

促进村庄由“外在美”向“内在美”和“持续美”转变，迁西县把文化特色作为农村人居环境整治的精髓，广泛开展“美丽庭院”“最美家庭”“生态庭院”创建评选活动，引领广大农村群众建立文明生活方式、树立良好家风，以好家风带动好民风，促进人居环境持续改善。

为确保环境整治不停步、可持续，迁西县下大力量建立长效机制，不断提升生态环境治理现代化水平。2019 年 6 月，迁西县投资 4 300 多万元建立起“智慧迁西”平台，采集 202 个高点位摄像机、1 759 个低点位监控器的信息，构建了覆盖全县 90%以上区域的智能监控网络。

## 生态与经济相融合，打造实力迁西

在迁西县东莲花院乡境内的“花乡果巷”景区，几百亩百年安梨树亭亭如盖，万亩牡丹争奇斗艳。生态优良的山水田园，成为当地群众安居乐业、发家致富的幸福家园。

“花香果巷项目是河北省唯一的国家级田园综合体，覆盖了东城峪等 12 个行政村，村民通过土地流转、参与经营、从事旅游业等增加了收入。”东莲花院乡党委书记白金鑫介绍说，据统计，项目带动就业 3 500 人，为 12 个村人均增收 8 000 元以上，好生态成就好产业，好产业带富了一方百姓。

迁西县作为首批国家全域旅游示范区，大力实施“旅游兴县”战略，探索全域美丽、全面创新、全景提升、全业融合的“四全”发展模式，依托“灵山、秀水、长城、栗香”四大旅游资源，迁西县形成了“生态休闲、漫游露营、乡居度假、文化体验、运动康养、工业旅游”为主题的六大全域旅游产品体系。

如今，“诗意山水、画境栗乡”已然代替钢铁，成为迁西的响亮招牌。2019 年，迁西县共接待国内外游客 792 万人，实现旅游综合收入 71.3 亿元。

全域整治成就全域美丽，全域美丽拉动全域旅游，全域旅游带来全域致富。迁西县的实践又一次证明：“人不负青山，青山定不负人。”

# 河北井陉县勤补环境欠账、活跃生态经济，成就“两山”创新基地
# 好生态变成富民的“金饭碗”

时间：2020 年 10 月 21 日　作者：张铭贤　来源：《中国环境报》4 版头条

河北省井陉县地处太行山东麓冀晋交界地带，“八山一水一分田”，是石家庄市唯一的纯山区县。

在“环境质量基础较差，区位优势不足”的背景下，井陉县坚决摒弃“靠山吃山”的路径依赖，坚决偿还旧账，昔日满目疮痍的矿山再披绿装；铁腕治污染，“一黑一白”两大传统产业实现绿色转型；发展新动能，依托山水资源建设绿色能源基地；倾全县之力打通“太行天路”，养在深山的 27 个传统古村落“串珠成线”，绿水青山成了富民强县

的金山银山。

近日，井陉县被生态环境部命名为“绿水青山就是金山银山” 实践创新基地，这是河北省继塞罕坝林场之后，首个整县创建“两山” 实践创新基地成功案例。

## 修复生态，昔日矿山荒山再披绿装

“开采矿山虽然能挣钱，但山毁了、田荒了，环境变差了。”井陉县孙庄乡张增锁是当地一名矿山老板。5 年前，借着井陉县大力整合矿山的契机，他毅然放弃了开矿，转型利用废弃的矿地和山岗荒坡、拉土造地开垦梯田搞起了农业种植。

如今，张增锁的合作社拥有近千亩种植面积，周边的矿山和田地重新焕发生机，四季可采摘的生态庄园吸引了游客来观光旅游。

张增锁的转型正是井陉县推进矿山整合、开展生态修复的一个缩影。

井陉县矿产资源丰富，20 世纪 80 年代，“靠山吃山”形成了建材和钙镁两大主导产业，顶峰时期全县有大小采矿企业 500 多家。然而，由于矿山布局分散，开采方式简单，管理理念落后，无主矿山无人修复，致使荒山遍布、满目疮痍。

坚决补上环境欠账，井陉县委、县政府在财力不足的情况下，痛下决心开展矿山整合、修复。通过拍卖矿权筹集资金 15 亿元，将 46 家持证矿山重组出让，整合为 6 个采矿权，坚持高标准开采、高水平治理，减少污染；同时，按照“宜耕则耕、宜建则建、宜绿则绿”修复模式，对 221 处矿山迹地进行生态修复，预计 2021 年年底可完成全部工程项目。届时，不仅可以彻底补齐几十年的环境欠账，还可以盘活建设用地 5 945 亩、农业用地 3 267 亩、新增绿地 1.1 万亩。

井陉县委、县政府还以太行山绿化工程为总抓手，大力开展人工造林、封山育林等增绿行动，全县森林覆盖率以每年 1.2%左右的速度递增，2019 年全县森林覆盖率达到 59.42%，今年将超过 60%，“城在林中、路在绿中、人在景中”的绿色格局正在形成。

## 改善环境，“一白一黑”产业绿色发展

井陉县有“一白一黑”两大支柱产业，“一白”指的是钙镁产业，“一黑”是煤炭产业，两大传统产业税收占到了全县财政收入的 1/2。两大传统产业在带来经济效益的同时，环境污染问题也日趋严重。

为解决传统产业环境污染问题，井陉县委、县政府提出了“严格产能控制、硬化退出机制、突出行业引领、带动脱胎换骨”的发展思路，编制实施钙镁行业综合整治提升方案、碳酸钙产业转型升级十年发展规划等，县财政拿出奖补资金 1 亿元，企业自筹 3.5

亿元，将全县 52 家碳酸钙企业整合压减为 18 家，形成“两园四区”产业集聚区；保留企业全部实现绿色能源替代，推进清洁生产，9 家企业跻身“中国轻质碳酸钙 20 强”，8 家企业被认定为国家高新技术企业。

“经过治理，井陉县钙镁产业年可减少二氧化硫排放量 4 875 吨、氮氧化物排放量 1 261 吨，环境效益明显。”石家庄市生态环境局井陉县分局副局长刘国建介绍说，全县钙镁产业通过绿色转型，在产能减半的情况下，经济效益不降反升，年增加纳税 1.1 亿元，纳税额同比增长 51%，实现了“强筋壮骨”。

井陉县是“晋煤东运”的通道，多年来形成的 500 多家煤场、洗煤厂遍布全县，“黑色”煤灰勾画出了一条条运煤通道，也成了沿途老百姓的“心肺之患”。

“井陉县以壮士断腕的决心，推动‘一黑’产业转型，将 500 多家煤场、26 家洗煤厂全部取缔，转型建设高品质、大运量、环保型物流园。同时，煤炭运输从公路运输转型为公路铁路多式联运方式，减少交通运输污染。”刘国建介绍说，通过推进煤炭运输产业“公转铁”和建设大型物流园，到今年年底，井陉县物流总规模将达到 1 430 万吨，总产值将实现 63 亿元，同时可年减少过境货车 35.75 万辆车。

在推动传统产业绿色转型的同时，井陉县生态环境质量实现了持续改善。监测数据显示，自 2017 年以来，井陉县空气质量综合指数由 8.85 下降到 6.81，$PM_{2.5}$ 平均质量浓度由 79 微克/米$^3$ 下降到 64 微克/米$^3$。特别是在 2018 年全国重点生态功能区生态环境质量监测与评价中，井陉县在全国 818 个重点生态功能区中排名第三，在河北省 47 个生态功能区县中排名第一。

## 打通“天路”，绿水青山变成富民金山银山

如何把“好生态”变成“金饭碗”，井陉县以“路”破题，把好山好水好景色“串珠成线”，展现在世人面前。随着山里与山外通道的贯通，绿水青山正一步步变成老百姓的金山银山。

初秋的太行山层林尽染，开车行走在井陉“太行天路”上，群山、密林、村落、梯田尽收眼底，古村古韵、山川景色和蓝天白云交相辉映。但曾经，因为山道崎岖坎坷，纵有“中国传统村落保护区”的金字招牌，游客依然望路止步，村民只能守着金山银山过着穷日子。

“对山区来说，路就是生命。”井陉县大梁江村党支部书记梁瑞锁说，大梁江村享有诸多荣誉，有一处完整的明清建筑群，被人们称为河北的“乔家大院”，可以说是名声在外。但由于地处深山，交通闭塞、通信不畅、基础设施落后，再好的风景也只能“藏在

深山无人识”。

修一条旅游路，让乡亲们吃上“旅游饭”，把“好生态”变成富民的“金饭碗”，井陉县委、县政府果断决定，倾全县之力在崇山峻岭间修建“太行天路”，将全县生态文化旅游资源串起来。

如今，这条“太行天路”宛如游动的巨龙，翻山越岭穿行在太行山中，贯穿了井陉县微水镇、秀林镇、南障城镇、天长镇、于家乡、南王庄乡 6 个乡镇，串起了沿线“中国传统村落保护区”27 个村庄和多个革命历史遗迹、旅游景点，形成了 60 余千米的旅游循环路，与沿线的井石快速路驿站、南良都驿站等 6 家驿站，共同形成了一条美丽的“太行画廊”。

“太行天路”的贯通，为大梁江村跨越式发展带来了契机。“现在一个周末就有三四千名游客，这是原来想都不敢想的。”梁瑞锁兴奋地说，老百姓都在自家门口做起了生意，之前“运不出去”的土特产现在都成了“香饽饽”，村民的日子逐渐好起来了，大家的精气神都提起来了。

据统计，随着“太行天路”的贯通，激活了井陉县生态文化旅游资源，仅 2019 年国庆期间，“太行天路”就为井陉县带来游客 40 余万人次，旅游收入达 2 亿元，农民年人均纯收入由 2014 年的 9 500 元提高到了 2019 年的 1.45 万元，实现了生态效益和经济效益的双赢。

如今，“二百里山水井陉，二千年文化长廊”成了井陉响当当的名片，仙台山国家森林公园成为“全国森林康养基地”，藏龙山成为省级连翘森林公园，吕家、梨岩两个村被评为国家级森林乡村。天蓝、地绿、水秀的井陉，坚守生态底线、打造生态景观、活跃生态经济、实现生态富民，走出了一条“绿水青山就是金山银山”的绿色发展之路。

## 科学应对重污染天气　逐项梳理目标任务<br>河北秋冬季治气攻坚力争更多蓝天

时间：2020 年 11 月 6 日　作者：张铭贤　来源：《中国环境报》5 版头条

10 月 26 日，距离 2020 年年终还有 66 天。这一天，河北省石家庄市委副书记、市长邓沛然主持召开全市秋冬季大气污染防治攻坚推进会要求，“各级各部门要以只争朝夕的精神、最严最高的标准、有力有效的措施，一天一天努力，一微克一微克地抠，全力以赴推进大气环境质量持续改善、根本好转。”

进入秋冬季以来，这样的“一把手”调度会，在河北省已是常态。持续开展秋冬季治气攻坚行动，河北省要求各地，强化精准管控，突出治本攻坚，有力有序有效推进大气污染综合治理，确保完成全年目标任务。

## 精准管控，科学应对重污染天气

今年前三季度，河北省 $PM_{2.5}$ 平均质量浓度为 43 微克/米$^3$，同比下降 10.4%，其中 4—9 月全省 $PM_{2.5}$ 平均质量浓度均达到国家空气质量二级标准，实现了有监测记录以来最好水平。

然而，进入 10 月以来，河北省大气污染传输通道城市再次出现空气污染过程。虽然总体污染程度和范围影响相比往年都有所降低，但秋冬季重污染天气易发、频发的状况仍未根本改变。科学应对重污染天气仍是河北省秋冬季大气污染综合治理攻坚行动的重中之重。

“颗粒物 2.67 毫克/米$^3$，二氧化硫 1.28 毫克/米$^3$，氮氧化物 33.18 毫克/米$^3$。”这是 10 月 6 日 14 时，首钢股份公司迁安钢铁公司球团二系列生产线延期在线监测的实施数据。

这一数据不仅符合国家特别排放限值标准，还远低于河北省制定的 10 毫克/米$^3$、35 毫克/米$^3$、50 毫克/米$^3$超低排放标准。

“由于全流程实现了超低排放，我们公司在环境绩效评级中被评定为 A 类企业，在重污染天气应急响应期间，可以不减排或者自主减排。”企业环保负责人程华介绍说。

坚持多排多限、少排少限、不排不限原则，河北省对钢铁、焦化、水泥等 47 个重点行业开展了环境绩效分级评价，并根据评级实施差异化应急响应，对评定为 A 类的企业，在重污染天气应急响应期间可不限产；评定为 B 类、C 类的企业，按相应比例落实应急减排措施。

为确保“一厂一策”差异化应急减排措施落地见效，河北省紧盯重污染天气重点时段，加大执法监督力度，加密执法检查频次，督促企业落实减排责任。

10 月 23 日，唐山市启动重污染天气Ⅱ级应急响应。10 月 25 日 4 时 20 分，市生态环境局执法人员对唐山市古冶区隆悦锌业加工有限公司进行现场检查时发现，企业氧化锌回转窑生产设备未停产，氧化锌产品仍在产出，触摸产品包装有温度，未执行应急响应减排措施。

唐山市生态环境局依据《唐山市大气污染防治若干规定》第十五条第二款的规定，

责令问题企业立即改正违法行为，并启动立案处罚程序，拟处罚款 5.5 万元。

这是河北省强化重点时段环境监管的一个缩影。10 月 10 日起，河北省生态环境厅在全省范围内组织开展第一轮大气环境执法专项行动，在为期 21 天的专项行动期间，33 个省级执法检查组紧盯重点区域、重点时段、重点行业开展执法检查。

“涉气企业应急减排措施落实情况是专项行动检查的重点。启动应急响应期间，执法人员将对照应急减排清单，重点检查企业是否启动应急预案，‘一厂一策’应急减排措施是否落实等。”河北省生态环境厅生态环境执法局副局长陈兴林介绍说，首轮执法专项行动开展以来，全省已立案处罚涉气环境违法案件 521 起，向社会公开通报典型问题 127 个。

## 督导帮扶，重点任务逐项过筛子

今年是“十三五”收官之年，也是蓝天保卫战三年行动计划收官之年，各项目标任务能否圆满完成，成了河北省今年秋冬季大气污染综合治理攻坚行动的又一重要内容。

10 月 22 日，在河北省大气污染防治工作领导小组会议上，河北省省长许勤对秋冬季大气污染综合治理重点任务进行了部署安排，并强调，“各地要对照‘十三五’规划的大气污染防治目标任务，逐项加强调度，强化源头治理，严格考核问责”。

为确保各项目标任务圆满收官，在今年秋冬季大气污染综合治理攻坚行动中，河北省专门制定了集中攻坚督导帮扶方案。省生态环境厅抽调 116 名监测、执法、督察骨干人员，组成 14 个督导帮扶组和 1 个巡回督导组，各组由包联各市的厅级领导干部任组长。10 月 15 日，各督察组分赴各地，对全省 14 个地市实施定点帮扶，对石家庄、唐山、邢台、邯郸等 4 个重点城市倾斜力量，进行重点帮扶。

“望都县、曲阳县 $PM_{2.5}$ 平均质量浓度连续 3 个月同比不降反升，且 $PM_{2.5}$ 平均质量浓度位列全省倒数。”按照集中攻坚督导帮扶方案要求，10 月 26 日，河北省生态环境厅第四环境监察专员办对两县开展督导帮扶，重点聚焦两县在秸秆垃圾露天焚烧、散煤污染治理、工业源管控、柴油货车污染治理、扬尘综合整治、餐饮油烟治理、工作责任落实不到位等领域存在的突出问题。

这是河北省开展集中攻坚督导帮扶的一个缩影。据了解，各督导帮扶组主要采取听取汇报、查阅资料、部门走访、现场检查、采样监测等方式，综合运用督察、监测、执法和技术力量，对各地大气污染综合治理工作责任落实、重点任务推进、重污染天气应对、区域联防联控措施等方面进行督导帮扶。

“在开展督导帮扶的同时，我们将全面梳理《河北省蓝天保卫战三年行动计划》《河北省2020年大气污染综合治理方案》等各项任务措施，逐条逐项分析落实及完成情况，建立台账，查漏补缺。”河北省生态环境厅大气环境管理处相关负责人表示，“尤其是对尚未完成的产能压减、退城搬迁、清洁取暖、超低排放改造、重点行业治理工程任务，要认真梳理项目清单，倒排工期，加强调度，确保年底全面‘销号’完工。”

## 凝聚合力，“一把手”调度成常态

秋冬季重污染天气易发、频发，公众关心、社会关切，经过连续多年的秋冬季大气污染综合治理攻坚行动，河北省各地逐渐形成了攻坚共识，攻坚行动成为各地的“一把手”工程。

10月25日，唐山市秋冬季大气污染防治攻坚推进会议召开，河北省委常委、唐山市委书记张古江在会上强调，“要充分认清当前面临的严峻形势，扎实做好各项工作，尽快补齐差距短板，确保如期完成既定目标，在全面建设新时代经济强省、美丽河北中担重任、挑大梁。”

唐山市是河北的工业重镇，秋冬季攻坚举措中，科学应对重污染天气、加强重污染行业整治，扎实推进钢铁行业超低排放，坚决压减过剩产能，加快钢铁企业退城搬迁成了排位最靠前的重点任务。

衡水市是河北省经济总量较小的城市之一。10月29日，衡水市委书记赵革在全市秋冬季大气污染综合治理工作会议上强调，“要聚焦短板弱项，深入分析问题、研究政策，制订有针对性的方案，集中力量强力攻坚，确保各项工作有力有序完成”。

工业企业减排潜力有限，衡水市秋冬季治气攻坚围绕精准实施差异化管控、落实落细农村“双代”工程、施工工地和道路扬尘治理、秸秆禁烧等工作进行了重点安排部署。

邢台市是河北攻坚任务较重的城市。邢台市委书记钱三雄在全市大气污染防治攻坚第20次专题工作例会上提出，“要认真开展污染源排查，切实把底数摸清，把短板补齐。要建立健全秋冬防方案、重污染天气应急响应预案，保证预案有效、管用。”

针对秋冬季重点时段，邢台市要求相关部门把工业企业电代煤、气代煤、蒸汽代煤作为重中之重，认真研究，大力推进，务求实效。

今年入秋以来，河北各地“一把手”调度大气污染综合治理工作成了常态，让各地攻坚行动、举措更具地方特色，为秋冬季大气污染综合治理成效提供了有力保障。河北省将通过秋冬季集中攻坚，确保大气环境质量持续改善，争取更多优良天，不断提升群众环境幸福感。

# 河北重拳出击，处理一批违法违规社会生态环境监测机构 1家机构出具虚假数据被撤销资质 6家机构资质暂停，12名考核不及格的授权签字人签字资格暂停

时间：2020年11月9日　作者：张铭贤　来源：《中国环境报》8版头条

个别机构多次出现违法违规行为；个别机构出具虚假检验检测数据、结果；部分机构采集样品不满足检验检测要求；个别检验检测机构全部授权签字人不能胜任岗位……近日，河北省市场监管局、河北省生态环境厅联合发布2020年度社会生态环境监测机构检验检测活动专项监督检查情况通报，其中1家社会监测机构出具虚假检验检测数据、结果被撤销资质。

## 抽查社会机构，六类问题比较突出

为进一步净化环境监测市场，河北省市场监督管理局、省生态环境厅抽调技术人员和专家组成了10个联合检查组，对随机选择的30家机构进行了现场检查。现场检查发现的主要问题有五类，分别为：

个别机构多次出现违法违规行为。如河北超越检测技术有限公司2018年、2019年的生态环境监测机构检查中，均被发现存在违法违规行为。检查后，河北省市场监督管理局移交当地市场监督管理局进行了违法处理。本次检查再次发现其对外出具的检验检测数据、结果失实。另现场检查中，参加考核的授权签字人成绩不合格，盲样不合格。同时，省、市两级市场监督管理局多年检查中，发现该机构另一名授权签字人从未在岗，涉嫌挂证行为。

个别机构出具虚假检验检测数据、结果。张家口百信环境检测技术有限公司样品交接时间错后检验检测时间，也无法提供检验检测过程中使用的对应设备记录，另在实验室搬迁期间仍对外出具检验检测数据、结果。

个别机构出现多个违法违规问题。廊坊华测环境科技有限公司对外出具的检验检测数据无法溯源其所用设备，部分检验检测数据无法提供图谱，个别采样设备不满足条件和无法实现样品采集。

部分机构采集样品不满足检验检测要求。河北卓恒环保科技有限公司、河北迈吉环保科技有限公司、河北合利环境检测服务有限公司、秦皇岛清宸环境检测技术有限公司4家单位采集样品设备、样品存储时间不满足条件，或采集的样品量不满足检验检测要求。

个别检验检测机构全部授权签字人不能胜任岗位。河北尚源检测技术服务有限公司两名授权签字人参加现场考核，考核结果均为不满意，不能持续满足资质认定条件要求。

部分检验检测机构检验能力考核不满足要求。河北超越检测技术有限公司、河北卓恒环保科技有限公司、河北迈吉环保科技有限公司、河北合利环境检测服务有限公司、河北冀美环境检测技术有限公司、河北鼎泰检测技术服务有限公司、河北天大环境检测技术有限公司、秦皇岛清宸环境检测技术有限公司、沧州市正能环境监测技术服务有限公司9家机构二甲苯现场盲样考核不合格。

## 多次违规列入“黑名单”，分类处置问题机构

现场检查时，河北省市场监督管理局、省生态环境厅发现条款问题225项，具体问题清单均已现场交办机构整改，同时将涉嫌违法违规的8家机构移交当地市场监督管理局和生态环境局做进一步调查处理。

近日，河北省市场监督管理局、省生态环境厅联合发布通报，公开了监督检查处理结果：

撤销张家口百信环境检测技术有限公司资质认定证书。张家口市市场监督管理局依法依规对其进行立案处理，并按程序报请省市场监督管理局对机构做出“撤销资质”处理；张家口市生态环境局依法对该机构出具虚假检验检测数据、结果的违法行为进行处罚。

暂停6家生态环境监测机构资质。分别对河北超越检测技术有限公司、廊坊华测环境科技有限公司、河北卓恒环保科技有限公司、河北迈吉环保科技有限公司、河北合利环境检测服务有限公司、秦皇岛清宸环境检测技术有限公司6家机构做出“责令整改，整改期限不超过3个月。整改期间，检验检测机构不得向社会出具具有证明作用的检验检测数据、结果”的处罚决定。各生态环境局依法依规将多次违法、违规的河北超越检测技术有限公司列入“黑名单”，并由河北省生态环境厅在监管平台予以公示。同时，对另5家违法、违规机构的数据问题、图谱问题、设备问题进一步调查，如查实其存在虚假检验检测行为，依法依规撤销该机构的资质。

暂停河北尚源检测技术服务有限公司等12家生态环境监测机构部分授权签字人资格。暂停河北尚源检测技术服务有限公司、河北林德环境检测有限公司等12家机构的12

名考核不合格和 4 名缺考的授权签字人签字资格。其中，河北尚源检测技术服务有限公司两名授权签字人考核结果均为不满意，不能持续满足资质认定条件要求，由当地市场监督管理局督促其暂停对外出具检验检测数据、结果。他机构均有 1 名以上授权签字人考核合格，故仅暂停考核不合格授权签字人签字资格。

注销河北超越检测技术有限公司等 9 家机构二甲苯参数资质。各相关市市场监督管理局按照有关程序规定，二甲苯现场盲样考核不合格的 9 家机构，做好该项目能力注销手续。

### 监测机构开展自查，确保数据真实准确

河北省在通报中要求各地市场监督管理局、生态环境局要严格落实属地监管职责，对存在问题的社会监测机构做好后处理工作和整改复核工作。同时，省级相关部门安排此次检查中考核不合格的授权签字人补考工作。

河北要求，各相关社会生态环境监测机构要按照现场移交的“事实确认单”问题内容进行整改，并及时将整改报告报送所在地市场监督管理局和生态环境局。其他各社会生态环境监测机构要依法落实主体责任，结合本次检查反映出的问题对照自查，真正有效运用质量监督、质量控制、内部审核、管理评审等措施开展一次内部自查，提升内部管理水平，提高质量体系运行的实效，规范和强化检验检测工作，有力保证检验检测数据和结果真实、客观、准确。

## 河北探索北方农村生活污水治理可行路径<br>昔日污水靠蒸发　如今绿水绕农家

时间：2020 年 11 月 13 日　作者：张铭贤　来源：《中国环境报》2 版头条

农村生活污水治理是当前农村人居环境整治的突出短板。为补齐这一短板，河北省自 2018 年开始，连续三年开展农村生活污水治理行动。通过坚持统筹推进、突出重点、分区分类治理，加快推进农村生活污水基础设施建设，探索了北方地区农村生活污水治理的可行路径，实现了“污水靠蒸发”向“绿水绕农家”的转变，有效改善了农村人居环境。

## 因地制宜推进，选择合适的污水处理模式

一片芦苇荡，一方荷花塘，在河北省晋州市龙头村，这个小型湿地公园正是村里的污水处理站。

“这片芦苇荡下面就是湿地净化系统，龙头村的生活污水经收集、过滤、沉淀后汇入湿地，利用微生物分解利用、植物吸收和矿物填料固定的协同作用来去除污染物，达到净化污水的目的。”晋州市农村生活污水处理项目负责人时光寨介绍说，为解决湿地处理工艺在北方地区冬季运行的难题，保证微生物活性，湿地系统专门做了保温设计，保障了冬天污水处理站也能正常运行。

记者看到，经过湿地净化后，净水流入荷花塘储存，成了村里的景观用水和绿化用水。如今，在晋州市，已有 25 个村庄建设了这样的农村污水治理工程，实现了“污水不出村、出村无污水”的治理目标。

既要建得上，还要用得起。记者了解到，晋州市利用湿地净化技术建设的污水处理站，平均下来一个村级污水处理站前期管网及湿地建设费用约为 100 万元，但在后期运维中，一吨污水的处理费用仅为 0.1 元，远远低于污水处理厂处理费用。

晋州市只是河北省因地制宜推进农村生活污水治理的一个缩影。

“在农村生活污水治理中，河北省要求各地既尽力而为又量力而行，不搞‘形象工程’、不搞短期行为，选择技术成熟可靠、投资小、能耗低、经济可行，且适合农村特点的污水处理模式，防止治污设施建成后‘晒太阳’。”河北省生态环境厅土壤生态环境处处长杨青介绍说。

据介绍，经过 3 年的实践，河北省各地逐渐探索形成了一批行之有效的治理模式，比如邱县粪污一体化治理模式、吴桥“1 个中心+X 个村庄统一治理”模式、武邑以镇带村治理模式、枣强深州粪污干湿分离车治理模式等，这些成功实践为河北省持续推进农村生活污水治理提供了经验遵循。

坚持试点先行、梯次推进。截至目前，河北省累计完成 1.2 万个村庄生活污水治理任务，3.5 万个村庄污水乱排乱倒得到有效管控；农村生活污水治理率由 2018 年的 11%提升到了 26%，提前完成了 3 年目标任务。

## 采取分区分类治理模式，5 年内 2.3 万个村庄得到有效治理

持续推进农村生活污水治理，河北省在总结地方特色和典型经验做法的基础上，研究制定了《河北省农村生活污水治理工作方案（2021—2025 年）》（以下简称工作方案），

进一步明确了未来 5 年，河北省农村生活污水治理路线图、时间表。

“工作方案在治理思路上，坚持‘减量化、资源化、生态化’；在治理路径上，突出重点区域、敏感区域，体现梯次推进，不搞‘一刀切’；在治理模式上，突出因地制宜，鼓励各地选择适宜的治理模式；在时序安排上，按区域分年度制定了目标，确保治理工作有序推进。”河北省生态环境厅土壤环境处副处长杨国翠全程参与了工作方案的起草工作。

记者从工作方案中看到，未来五年，河北省将着力解决乡镇所在地、中心村等重点区域以及集中式饮用水水源地保护区、白洋淀及入淀河流和大运河北段、潮白河流域沿线等环境敏感区域村庄生活污水收集处理问题和群众日常生活问题。到 2025 年年底，河北全省 2.3 万个村庄生活污水将得到有效治理，21 个有基础有条件的经济相对发达县、人口密集区及环境敏感区域农村生活污水治理实现全覆盖。

为实现这一目标，河北要求各地以县域为单位，以 2025 年为规划时间节点，编制并发布县域农村生活污水治理专项规划，按照“一村一策”的原则，统筹城乡污水治理设施建设，科学确定污水治理模式和规划目标。

“河北省在工作方案中，鼓励采取三大类治理模式。一是人口密集、经济条件较好、乡村产业振兴的平原村庄，鼓励采取管网集中归集、终端无害化处置等集中治理模式；二是规模较小、居住分散的平原村庄，鼓励采取户收集、村转运、乡镇集中处理的治理模式，三是不具备集中收集处理条件、水量小的山区，鼓励采取户用化粪池、沼气池等分散治理模式。”杨国翠介绍说。

## 健全奖惩机制，农村生活污水治理纳入考核

兴隆县是河北省较早开展农村生活污水治理的县域。在污水治理设施建设中，兴隆县就充分考虑到了后期运维问题，创新实施了“三个衔接”：一是政府与运维企业衔接，二是运维企业与工程实施单位衔接，三是运维企业与技术支撑衔接。通过“三个衔接”实现了后期运维的市场化运行，避免了工程移交后出现技术差异，确保了稳定运行和实时监控。

兴隆县在实践中还完善了“三层监管”制度，即县级主导，完善第三方运维管理考核制度，将考核结果作为运行经费划拨的重要依据；乡镇主管，夯实属地对农村污水处理设施运行监管的责任；村委自管，制定村级污水设施维护管理制度，将村民纳入责任主体，确保农户污水全部接入污水主管网。

通过“三个衔接”“三层监管”，兴隆县初步构建起了较为完善的农村生活污水建设

和管护机制。

强化监督考核，河北省工作方案提出，将农村生活污水治理和运行情况纳入乡村振兴战略实绩考核。探索以整村为单元的考核奖惩机制，严惩将生活污水直接排入周边坑塘或水环境的行为。同时，河北省还将推进农村污水治理基础设施领域信用体系建设，将建设管护主体和使用者履约情况纳入全国信用信息共享平台，营造诚实守信的农村污水治理市场环境。

此外，河北省还充分发挥考核评估的“指挥棒”作用，制定印发了考核评估办法，按年度对各地农村生活污水治理情况进行考核评估。对考核评估中获得优胜等次的地区，予以通报表扬；对不合格的，予以通报批评，责令整改，并对市县政府主要负责人实施约谈问责，确保农村生活污水治理各项目标任务落地见效。

# 河北精准治污力争更多蓝天
## 健全完善监管正面清单，实施差异化管控严防“一刀切”，环保“优等生”可免于停限产

时间：2020 年 11 月 17 日　作者：张铭贤　来源：《中国环境报》1 版头条

11 月 9 日 8 时起，河北省邢台市启动重污染天气Ⅱ级应急响应，各重点工业企业需要按照要求落实“一厂一策”应急减排要求。

“以前一看到预警，心里就发慌，担心限产导致订单完不成、合同难履行。今年心里踏实多了，我们企业纳入了河北省生态环境监管正面清单，在满足环境管理要求的基础上，重污染天气应急响应期间可免于停产、限产了。”河北华密橡胶科技股份有限公司总经理李藏需介绍说。

进入秋冬季以来，河北省生态环境厅坚持精准施策、精准管控，对 47 个重点行业逐企业开展环境绩效评级，并根据评级结果实施差异化管控；不断健全完善生态环境监管正面清单，保障重点企业（项目）生产建设；同时，开展专项排查整治，坚决禁止生态环境领域“一刀切”行为，以精准治污推动大气环境质量有效改善。

## 47个行业开展绩效评级，A类企业可自主减排

“从以往经验来看，河北省秋冬季$PM_{2.5}$质量浓度是其他季节的两倍左右，重污染天数占全年九成以上。”河北省生态环境厅大气环境处负责人李清龙认为，精准治污，首先要做到时间精准，要紧盯秋冬季重点时段，科学精准应对重污染天气，把污染程度降下来。

为做好秋冬季期间重污染天气应对工作，河北省生态环境厅组织开展了涉气污染源全面排查，重点摸清涉气企业生产工艺、产品产量等情况，并有针对性地帮扶企业从无组织收集、有组织治理技术、监控监测水平和清洁运输方式等方面完善提升，争取更好的评级结果。

“经排查，河北将全省60 632家涉气工业企业全部纳入减排清单，较去年的57 208家增加了3 424家。”河北省生态环境应急与重污染天气预警中心主任王小利介绍说。在摸清底数基础上，按照“多排多限、少排少限、不排不限”原则，河北省扩大了重点行业绩效评级范围，在国家39个重点行业基础上，河北省又增加了8个行业，共对钢铁、焦化、水泥等47个重点行业逐企业开展了绩效评级；从评级结果看，A类、B类和引领性企业明显增加，说明企业治理水平在不断提高。

据了解，截至目前，河北省60 632家涉气企业中，约3.6万家企业参与了环境绩效评级。其中，评为A级和引领性的企业425家，较上年增加398家；评为B级的企业1 303家，较上年增加667家；评为C级的企业14 825家，评为D级的企业9 995家，评为非引领性的企业9 243家。根据绩效评级结果，河北省指导各企业细化完善“一厂一策”的应急减排方案，实施差异化精准管控。

王小利介绍说：“重污染天气预警期间，河北省重点行业企业中绩效分级为A级和引领性的企业，可自主采取应急减排措施；绩效分级为B级的企业，采取限产的应急减排措施；绩效分级为C、D级和非引领性的企业，采取涉气工序停产或部分停产的应急减排措施。”

## 正面清单实施动态调整，纳入企业可免于停限产

“我们企业承担着冬季集中供暖任务，是民生保障类企业，自今年纳入生态环境监管正面清单以来，各级生态环境执法人员到企业现场检查的频次明显少了。”虽然重污染天气应急响应期间也可以免于停限产，但沧州华润热电有限公司环保负责人赵国成一点也不敢松懈，“要稳定达标，才能保持在正面清单内。我们公司去年10月完成了深度治理，

目前，企业烟粉尘、二氧化硫、氮氧化物排放质量浓度控制在 5 毫克/米$^3$、25 毫克/米$^3$、30 毫克/米$^3$ 以内。要保持这个标准，各项治污设施和设备必须保持良好运行状态。”

在开展环境绩效评级的同时，河北省生态环境厅坚决服务“六稳”“六保”大局，全力支持经济社会稳定发展，不断完善生态环境监管正面清单制度，将疫情防控重点企业项目、重点工程项目、战略性新兴产业企业、重点出口型企业、军民融合重点企业、重点出版物印刷保障企业等六类企业项目纳入生态环境正面清单，在重污染天气应急响应期间，落实差异化管控措施，不停产、不限产、少检查、少打扰，支持企业（项目）生产建设。

“正面清单坚持‘鼓励先进、应纳尽纳’原则，六类企业项目中必须达到一定的环境管理要求才能纳入，纳入后实施动态调整，一旦企业出现环境违法行为，将被剔除出清单。”李清龙解释说，比如纳入正面清单的企业，如果属于需要进行绩效评级的重点行业企业，评级结果必须达到 B 类以上才可以纳入正面清单。

河北华密橡胶科技股份有限公司是一家橡胶类行业企业，2019 年企业投入 400 余万元对污染治理设施进行升级改造，并在绩效评级中被评定为 B 级。

“评为 B 级，意味着在重污染天气应急响应期间我们仍要部分限产，但我们企业同时属于军民融合类企业，政府将我们纳入正面清单后，我们可以不用限产了。”李藏需说，列入正面清单以来，企业再无后顾之忧，开足马力生产，今年前三季度上缴利税已达到了去年全年的水平。

截至目前，河北省正面清单内企业项目共有 4 138 家（个）。其中，疫情防控重点企业项目 1 185 家、重点出口型企业 1 127 家、重点工程项目 617 个、战略性新兴产业企业 785 家、军民融合重点企业 52 家、重点出版物印刷保障企业 49 家、重点民生保障项目 323 个。

## 依法监管加强帮扶，对“一刀切”行为零容忍

随着环境绩效评级第一阶段工作的完成，衡水市生态环境局启动了第二阶段工作，积极指导有提升意愿的企业开展环境治理提标改造，协助完成提升改造的企业重新申报、审定级别。

“咱们企业涉及多个重点行业的，需按行业准备申报材料，分别进行绩效评级，制定相应减排措施。”

“我们不建议企业把环境绩效评级申报环节委托给第三方公司，这样做明显不符合评级技术指南中针对重点行业企业‘要设置环保部门，配备专职环保人员，并具备相应的

环境管理能力’的要求。”

……

在衡水市环境绩效评级专项帮扶指导中，像这样的提醒、建议成了常态。

依法监管的同时，河北省强化对企业的帮扶指导，持续深入开展“万名环保干部进万企、助力提升环境治理水平”主题实践活动。截至目前，全省生态环境系统干部职工共包联企业1.27万家，提出有效帮扶措施1.4万条，赠送法律、法规等资料5.9万余份，发放环境违法问题隐患提示函1 124份。

同时，为确保各项差异化管控措施落地落实，河北省生态环境厅近日下发紧急通知，坚决禁止生态环境领域“一刀切”行为，并组织专门力量开展排查整治。对“一刀切”问题零容忍，发现一起，查处一起，依法依纪严肃追责问责。

# 河北对各级网格员开展评估考核<br>对连续两个季度考核不合格、年度考核不合格的进行督察<br>并精准问责

时间：2020年11月25日　作者：张铭贤　贾楠　来源：《中国环境报》4版头条

河北省生态环境保护委员会办公室近日印发《河北省网格化环境监督管理与评估考核办法》（以下简称《办法》），从监督管理职责、工作规范及流程、工作机制、评估考核机制、考核内容及分值、评分标准及等次评定、考核结果通报、公开约谈、专项督察和追责问责9个方面，对各级各部门网格化监管职责、具体任务、考核办法等进行了具体明确规定，进一步提升环境管理水平，切实发挥网格化环境监管体系作用，压实地方监管责任。

## 三级网格、五级管理，明确职责

《办法》明确，河北省网格化环境监管体系实行省、市、县、乡、村五级监督管理，建立县、乡、村三级环境监管网格。其中河北省生态环境保护委员会办公室负责对各市（含定州、辛集市）、雄安新区网格化环境监管体系建立运行情况的考核评估；各设区市和雄安新区负责对辖区内县（市、区）级网格体系建设及运行情况进行督促检查和评估

考核。在定州市、辛集市和其他县（市、区）建立一级网格，党委、政府是责任主体，由党委、政府主要负责同志担任双网格长，负责网格化环境监管全面工作；在乡（镇、街道）建立二级网格，党委、政府（办事处）是本行政区域内网格化环境监管工作的责任主体，由主要负责同志担任双网格长，负责网格化环境监管全面工作；在行政村（居委会）建立三级网格，由党支部、村委会主要负责同志担任（双）网格长。

《办法》指出，监管考核遵循“一级重查处”“二三级重发现”的工作职责，明确提出一级网格主要负责对二级、三级网格上报生态环境问题进行分析评估，并组织查处相关生态环境违法问题；负责汇总上报各级网格的巡查、发现、反馈、查处、整改情况，并及时在本行政区域内进行通报。二级网格主要负责巡查、发现、上报辖区内各类生态环境问题，并依据职责权限进行查处（或协助查处），指导行政村网格履行巡查、发现、上报职责。三级网格主要负责巡查、发现、上报辖区内各类生态环境问题。

## 四个流程、九项内容，细化考核标准

《办法》规定了县、乡、村三级网格在巡查报告、交办查办、反馈整改和抽查复核 4 个流程上的具体工作任务，基本形成了网格化环境监管的闭环模式。同时明确建立联席会议制度、台账清单制度和信息公开制度三项制度，分别对网格化环境监督管理工作的调度指挥频次、内容，网格化体系建立运行情况、网格责任人员及工作职责、生态环境污染投诉举报方式等内容进行了具体明确规定。

《办法》明确了逐级考核、每季一考、及时通报的评估考核机制，对网格化环境监管体系建设情况、运行情况两个方面 9 项内容进行考核，明确考核内容分值、评分标准和等次评定，其中突出了被上级执法检查、督查巡查、信访举报核查等发现生态环境问题，而当地网格未及时发现也未上报的考核，对主动发现重大生态环境问题和发生重大环境污染问题造成严重影响两种情形分别设定了加分奖励和惩罚性措施，特别明确了群众反复举报未能得到妥善解决被查属实的、履职尽责不力造成不良社会影响的，季度考核直接评为不合格。

《办法》要求，每季度全省通报考核结果，根据考核结果的不同情况明确约谈责任主体。同时，对连续两个季度考核不合格、年度考核不合格的县（市、区）进行专项督察，并对责任单位、责任人进行精准问责。

# 空间覆盖无死角　职责落实无盲区　监督管理无缝隙<br>河北人防技防结合严查露天焚烧

时间：2020年11月26日　作者：张铭贤　来源：《中国环境报》8版头条

11月7日，河北省唐山市秸秆垃圾露天焚烧视频监控与红外报警系统发现，迁安市滨河街道车辕寨村发生露天焚烧。随即，相关负责人对火点情况进行了核实。经查，系迁安市滨河街道车辕寨村薛某某焚烧杂草。对此，迁安市滨河街道办对其处以1 800元罚款，公安机关对其进行训诫。

这是河北省严查露天焚烧秸秆垃圾环境违法行为的一个缩影。

禁止露天焚烧是推进大气污染防治、加强生态文明建设的重要举措，尤其是进入秋冬季以来，为保障空气质量持续改善，河北省大气污染防治工作领导小组办公室印发了《河北省2020—2021年秋冬季秸秆垃圾露天焚烧专项整治行动方案》，进一步加强露天焚烧管控。

按照行动方案要求，河北各地坚持“空间覆盖无死角、职责落实无盲区、监督管理无缝隙”的原则，对秸秆垃圾露天焚烧行为“快查、快处，从严、从重”严厉打击，坚持“零容忍”，对露天焚烧违法行为发现一起、处理一起。

## 严控火情发生，开展专项整治

10月28日12时16分，沧州市秸秆垃圾露天焚烧视频监控与红外报警系统发现沧县纸房头乡出现火情，并将活动经纬度信息推送相关乡镇工作人员；同时，位于火点附近的沧州市生态环境局执法人员在巡查中也发现了这一情况。

经查，火点系纸房头乡村民冯某某焚烧杂草枯叶。对此，纸房头乡环保所对涉案的冯某某处以2 000元罚款，公安机关对其行政拘留5日；同时，对相关村书记张某某进行通报批评。

从监控发出火情预警，到监管人员处置完，整个流程仅用时15分57秒。火情能迅速处置，得益于河北省“人防+技防”的监管体系。

为全面监控露天焚烧秸秆垃圾等情况，2018年年底河北省建成了秸秆垃圾露天焚烧视频监控与红外报警系统，在全省4 336个点位，安装高空摄像头和红外报警系统，一旦发现火情自动报警，监控范围实现了平原涉农区域全覆盖。

在建设“天眼”监控系统的同时，河北省着力完善“人防+技防”工作机制，认真落实“发现、推送、处置、反馈”工作机制，将秸秆垃圾禁烧工作列入网格化环境监管体系重点监管内容，确保及时发现火点、及时处置火情减少污染、严格惩处涉案人员减少露天焚烧行为。

“充分发挥‘人防+技防’优势，做好秋冬季禁烧工作，河北省自 11 月 1 日起，在全省范围内集中启动了禁止秸秆垃圾露天焚烧专项整治行动。”河北省生态环境厅生态环境执法局相关负责人介绍说，“专项行动中，河北要求各地对监控系统发出的火点预警进行全面核实、反馈；同时，健全网格化巡查排查机制，特别是对监控系统未覆盖的区域，加密巡查。”

专项行动开展以来，河北各地通过调整增补摄像头，有效提升监控系统运行效率和覆盖面；广泛动员各级网格员，持续开展人力巡查排查行动，推动专项行动取得了阶段性成果。

据统计，11 月 1—9 日，河北省共核实火点 410 个，其中，沧州市、石家庄市、保定市、廊坊市、唐山市火点数量较多；县（市、区）中，泊头市、盐山县、廊坊市安次区、南皮县、安国市火点数量较多。在核实的火点燃烧物质中，焚烧树叶杂草、秸秆垃圾占比较高，其中焚烧杂草树叶占比达 78.29%。

## 严惩涉案人员，罚款拘留并举

10 月 16 日，保定市唐县大洋乡西大洋村胡某某露天焚烧玉米秸秆，被处以 2 000 元罚款，公安机关对其行政拘留 5 日。

11 月 1 日，晋州市槐树镇槐树村牛某某露天焚烧路边柴草，被处以 2 000 元罚款，公安机关对其进行训诫。

11 月 5 日，滦南县宋道口镇西小营村闫某某露天焚烧秸秆，被处以 2 000 元罚款，公安机关对其进行训诫。

……

严肃追究违法责任人的法律责任，近日，河北省生态环境厅对外公布了 10 起露天焚烧秸秆垃圾环境违法典型案例，记者看到，10 起典型案件中 5 起案件涉案环境违法人员既被处以罚款，又被公安机关进行了训诫或行政拘留；罚款金额从 1 000 元至 2 000 元不等。

火点核查中未发现纵火人员怎么办呢？

10 月 17 日 14 时 20 分，衡水市秸秆禁烧视频监控与红外告警系统发现安平县程油子乡刘店村出现火点报警，平台立即将告警信息推送至基层网格员。基层网格员随即赶赴现场，第一时间进行了灭火。由于未发现纵火人，安平县依法对着火点的土地经营者王某处罚 1 000 元。

未参与露天焚烧，却被处罚，王某并不冤枉。《河北省人民代表大会常务委员会关于促进农作物秸秆综合利用和禁止露天焚烧的决定》规定，农业经营主体因未妥善采取综合利用措施，对农产品采收后的秸秆及树叶、荒草予以处理，致使露天焚烧的，可以处 500 元以上 1 000 元以下罚款。

河北省秋冬季秸秆垃圾露天焚烧专项整治行动开展以来，共立案处罚露天焚烧违法行为 225 起，处罚金额 16.67 万元。

## 严追监管责任，“一案双查”到底

10 月 18 日，定州市秸秆禁烧红外系统发现西城乡东赵庄村有火点。经排查确认了点火嫌疑人，并依法给予 2 000 元处罚；同时，定州市相关部门对案件所属村分包干部进行了处理，对网格员村干部予以千分制扣 5 分处理。

既严肃追究涉案人员法律责任，又倒查监管责任，河北省坚持“一案双查”，对落实禁止秸秆垃圾露天焚烧工作职责不力的属地政府、部门和责任人予以追责问责，确保压力传导到位、责任落实到位、警示震慑到位。

执法督察相结合，压实地方监管责任，因 10 月露天焚烧问题突出，11 月 12 日，河北省生态环境厅第五环境监察专员办公室会同沧州市政府公开约谈了泊头市、南皮县、肃宁县、东光县、任丘市等 5 个县（市）主要负责同志。约谈指出，5 个县（市）对秸秆禁烧管控力度不足，普遍存在重视程度不高、压力传导不到位、管控措施不严、追责问责宽松软的问题。

沧州市市长梅世彤要求，要强化责任担当，狠抓严打露天焚烧行为，确保禁烧工作取得实效。要严格执法监管，各级各相关部门要加强配合、协同作战，对露天焚烧违法违规行为“零容忍”，发现一起、制止一起、查处一起，确保做到“有烟必查、有火必罚”。要严格责任追究，以刚性的制度性约束，夯实禁烧管控责任。

河北省生态环境厅相关负责人表示，下一步，河北省将持续开展专项整治行动，加大工作力度，强化人防技防，加强源头防控，全面压实责任，全力以赴做好禁烧管控工作，确保全省空气质量持续改善。

# 河北强力攻坚推进蓝天保卫战
# 预计可完成“十三五”和蓝天保卫战目标任务

时间：2020 年 12 月 1 日　作者：张铭贤　来源：《中国环境报》6 版头条

11 月 25 日，河北省政府新闻办召开“河北省大气污染综合治理工作”新闻发布会。记者从会上获悉，今年以来，河北省坚持标本兼治、依法施治，组织实施了一系列专项行动，环境空气质量实现持续改善，蓝天保卫战重点任务进展顺利，预计到年底，$PM_{2.5}$平均质量浓度和优良天数比率两项约束性指标，均可完成“十三五”规划以及蓝天保卫战三年行动计划确定的目标任务。

## 空气质量持续改善，臭氧污染得到有效控制

今年以来，河北省组织实施 2—3 月大气污染治理攻坚、4 月和 9 月扬尘污染防治攻坚、5—9 月夏季臭氧污染防治会战、9—12 月大气污染防治集中攻坚等一系列专项行动，环境空气质量实现持续改善。预计到年底，河北省 $PM_{2.5}$ 平均质量浓度和优良天数比率两项约束性指标，均可完成“十三五”规划以及蓝天保卫战三年行动计划确定的目标任务。

全省 $PM_{2.5}$ 平均质量浓度大幅下降。1—10 月，河北省 $PM_{2.5}$ 平均质量浓度 43 微克/米$^3$，同比下降 10.4%。4—9 月，全省 $PM_{2.5}$ 平均质量浓度分别为 33 微克/米$^3$、30 微克/米$^3$、30 微克/米$^3$、34 微克/米$^3$、27 微克/米$^3$、26 微克/米$^3$，连续 6 个月达到国家空气质量二级标准，为有监测记录以来最好水平。张家口、承德、秦皇岛市 $PM_{2.5}$ 累计平均质量浓度分别为 23 微克/米$^3$、26 微克/米$^3$、34 微克/米$^3$，达到国家空气质量二级标准。

优良天数比率大幅增加。1—10 月，河北省优良天数比率 68.9%，同比增加 8.4 个百分点，比 68.1%的“十三五”规划目标高 0.8 个百分点；全省重污染天数 9 天，同比减少 5 天。

臭氧污染得到有效控制。1—10 月，河北省臭氧平均质量浓度 180 微克/米$^3$，同比下降 8.2%；以臭氧为首要污染物的未达标天数由去年的 70 天下降到今年的 56 天，同比减少 14 天，扭转了过去连续 4 年臭氧污染逐年恶化的趋势。

## 重点任务进展顺利，四大结构调整实现突破

着力从源头减少污染物排放，河北省加快推进产业结构、能源结构、运输结构、用地结构优化调整及工业污染深度治理，各项重点任务进展顺利。

产业结构调整方面，全省煤炭、平板玻璃、焦炭、火电行业分别压减退出产能 764 万吨、840 万重量箱、211.4 万吨、55.1 万千瓦，已完成全年任务；钢铁行业压减退出炼钢产能 1 211 万吨，预计可提前完成年度目标任务。今年省定 18 家退城搬迁企业，已有 9 家通过市级验收，其余企业力争年底前停止污染物排放。

能源结构调整方面，河北省在累计完成农村地区气代煤、电代煤“双代”改造 765.59 万户的基础上，今年又完成 360.32 万户，基本实现平原地区清洁取暖全覆盖；对不具备“双代”改造条件的边远山区、坝上农村地区实行洁净煤兜底。同时，全力做好气源保障、电力供应，确保人民群众温暖过冬、安全过冬、清洁过冬。

运输结构调整方面，大力推进“公转铁”和“海铁联运”，17 个港口集疏运、物流园区、大型工矿企业铁路专用线项目完工，开通多式联运线路 30 条。铁路货运量占营业性货运量比重由 2017 年的 7.5%提高到今年 9 月底的 12.5%，公路货运量则由 90.7%下降到 85.5%。截至 10 月底，今年河北省淘汰和清理国三及以下中重型柴油货车 15 万余辆，预计到年底可完成国家下达的年度目标任务。截至目前，河北省累计推广应用各类新能源车 31.38 万辆（标准车）。

用地结构调整方面，河北省全面建立扬尘污染源清单并动态调整，目前已覆盖扬尘污染源 1.5 万余个。全面落实扬尘污染防治六个“百分百”要求，全省 6 400 余个施工工地全部安装视频监控和扬尘在线监测系统。大力提高机械化清扫率，设区市和县级城市道路机扫率均达到了 85%。截至 10 月底，河北省三年累计完成营造林 2 853 万亩，已完成蓝天保卫战三年行动方案目标任务。

工业污染深度治理方面，河北省出台了钢铁、焦化、水泥、玻璃和陶瓷行业超低排放标准，加强政策、资金和技术支持，以钢铁、焦化、燃煤电厂、水泥、平板玻璃、陶瓷等 6 个行业为重点，三年累计完成超低排放改造或深度治理项目 1 084 个；以石化、化工、工业涂装、印刷、油品储运销等 5 个行业为重点，三年累计完成挥发性有机物深度治理项目 1 567 个。

## 打赢秋冬季攻坚战，谋划好“十四五”工作

“虽然河北省前 10 个月空气质量较好，但进入秋冬季后，改善空气质量仍有较大压

力。尤其是 11 月 9—18 日，河北省经历了一次中重度大气污染过程，这敲响了一记‘警钟’。”河北省生态环境厅党组成员、副厅长、新闻发言人何立涛表示，“坚决打赢蓝天保卫战，要咬定目标不动摇，持续用力不松劲，尽最大努力改善空气质量。”

坚决打赢秋冬季攻坚战。《河北省 2020—2021 年秋冬季大气污染综合治理攻坚行动方案》已印发实施，坚持精准治污、科学治污，河北省在行动方案中，对重污染天气科学应对、压减退出过剩产能、清洁取暖改造、交通运输方式优化、挥发性有机物源头管控等 30 项措施，进行细化、量化、具体化，并分解到各市、各部门，做到“治污到源、责任到岗”。特别是针对重污染易发多发的季节性特征，进一步压实应急责任，不搞“一刀切”，落实绩效分级、差异化管控要求，夯实应急减排清单，务实抓好应急减排工作，努力“削峰降速”。

确保蓝天保卫战圆满收官。河北省要求各地各部门对标对表“十三五”规划、打赢蓝天保卫战三年行动计划和全面建成小康社会目标，对全省大气污染防治各项任务措施，逐条逐项分析落实及完成情况，建立台账，查漏补缺。对尚未完成的任务，梳理项目清单，倒排工期，确保 2020 年 12 月底前“销号”。

如何科学谋划“十四五”重点工作？

何立涛表示，“河北省将坚持方向不变、力度不减，巩固拓展蓝天保卫战成果，突出精准治污、科学治污、依法治污，以 $PM_{2.5}$ 与臭氧协同控制为主线，把产业结构、能源结构、运输结构、用地结构优化调整放在更加突出的位置，重点抓好挥发性有机物和氮氧化物协同治理，推进大气环境质量持续改善，基本消除重污染天气。”

## 河北推进排污许可与行政执法相衔接<br>强化事中事后监管，确保企业按证排污、政府部门依证监管

时间：2020 年 12 月 17 日　作者：张铭贤　来源：《中国环境报》2 版头条

“内丘县垚鑫建材有限公司未完成深度治理验收，需完善环评手续，限期整改，不予核发排污许可证。”

“邯郸市永年区建美建材有限公司生产车间未完全封闭，进料口废弃物收集不完全，厂区地面部分未硬化，限期整改，不予核发排污许可证。”

……

今年以来，河北省生态环境厅加大力度推进排污许可“全覆盖”，将所有固定污染源分类纳入排污许可证核发工作，并在全面完成核发任务的基础上，扎实开展固定污染源清理整顿，强化排污许可的事中、事后监管，确保企业按证排污，政府部门依证监管。为确保排污许可全覆盖，自10月起，河北省在全省范围内组织开展了“回头看”，通过查漏补缺，及时将企业项目补充纳入管理，有力保障了排污许可“全覆盖”。

据统计，截至9月底，河北省累计核发排污许可证企业达2.34万家，累计纳入登记管理企业达16.6万家，位于禁止建设区域或属于产业政策淘汰类不予核发排污许可证企业0.24万家。目前，河北省已提前完成了生态环境部部署的排污许可任务，在落实“全覆盖”的同时，也完成了省版排污许可证变更为国版许可证的工作。

## 对涉危险废物企业实行“提级审批”

在排污许可证核发中，河北省特别针对涉危险废物行业企业实行“提级审批”制度。

“比如，河北临港化工有限公司，这家企业首次申领排污许可证是在2017年6月30日，期间共计完成变更6次，补充申报1次，到期延续1次。今年11月3日，企业按照实际情况变更危险废物种类，申请变更排污许可内容。”河北省生态环境厅环境影响评价与排放管理处副处长翟文献进一步解释说，自今年9月起，河北省对涉危险废物行业企业排污许可证核发、变更、延续、撤销等权限实行“提级审批”，即由原来的部分县级部门核发全部改为市级排污许可证核发部门负责；同时，在不延长审批时限的前提下，生态环境部门开展现场核查，对发现问题的不予发证。

11月3日，沧州市生态环境局渤海新区临港经济技术开发区生态环境分局对河北临港化工有限公司进行现场核查并出具核查证明。随后，沧州市生态环境局审核并经局务会讨论通过后，11月29日，企业完成变更并取得新的排污许可证。

在对涉危险废物企业排污许可证后监管工作中，河北省要求，各级生态环境部门要监督企业严格按证排污，对发现非法处置倾倒危险废物的企业立即撤销其排污许可证，并报请当地政府依法对其进行关停；非法处置倾倒3吨及以上的除撤销其排污许可证并依法关停外，同时移交公安部门对其进行刑事查处。

## 实现审查审批与行政执法相衔接

“自2017年河北试点开展国家版排污许可证核发工作以来，我们一直致力于强化排污许可的事中、事后监管，初步实现了排污许可行政审查审批与事后行政执法相衔接。”河北省生态环境厅环境影响评价与排放管理处处长焦雅吉介绍说，河北在排污许可的事中、事后监管工作中，采取了分步走的方式，先查无证排污，再查不按证排污，最后查违规违法行为。

今年 10 月初，河北省生态环境厅生态环境执法局收到了 3 个清单，分别为：已核发排污许可证企业清单、已纳入登记管理企业清单、不予核发排污许可证及存在特殊情形企业清单。

记者从不予核发排污许可证及存在特殊情形的企业清单中看到，企业名称、行业类别、管理类别、不予核发原因等情况一目了然。执法人员可以凭借这份清单“按图索骥”对企业开展执法监管，严查无证排污、不按证排污等违法行为。这些，是河北省探索建立排污许可清单移交机制的一个缩影。

此外，河北省还要求各级排污许可证核发部门与生态环境执法部门建立明确的移交联动机制，在完成企业排污许可证核发后，发证部门要在当天将名单通过发证系统移送同级生态环境执法部门；同时，每个月底前要汇总本月发证企业信息形成“月清单”，移交同级生态环境执法部门。

根据规定，执法部门在收到清单后，要及时组织对企业开展执法检查，检查企业是否落实排污许可证要求、是否批建一致、是否按证排污；对发证前已经进行现场核查的企业纳入污染源动态数据库，按规定和“双随机、一公开”的要求开展日常随机抽查检查。

据了解，自 2017 年以来，河北省已连续 3 年对钢铁、焦化、污水处理等重点行业企业开展了证后现场核查工作，并对问题企业采取撤销排污许可证、移交执法部门立案查处和限期整改的分类处理措施。

此外，河北省还积极开发应用“二维码”证后监管系统。执法人员通过扫描“二维码”，便可实时获取企业基本信息、排污口监测数据、执法信息等，便于执法监管和公众监督。截至目前，河北省已有两千多家企业、一万多个排污口配上了排污许可“二维码”。

## 完善排污许可制度体系和法律法规

为依法推进排污许可制实施，河北省将排污许可内容纳入了新修订的《河北省生态环境保护条例》，将“本省实施以排污许可制为核心的固定污染源监管制度” 正式纳入法律体系，为开展排污许可工作提供了法律依据。

《条例》明确要求，“依法实行排污许可管理的企业事业单位和其他生产经营者，应当按照排污许可证规定的污染物种类、质量浓度、排放去向和许可排放量等要求排放污染物；未取得排污许可证的，不得排放污染物。”

同时，在完善制度建设方面，河北省也做出了积极的努力，先后印发《河北省控制污染物排污许可制实施细则》《关于进一步完善排污许可制实施工作的通知》等管理性文件，进一步规范排污许可证申领和延续换证、核发主体和核发权限、省版许可证换发原则等事项。

2020年，河北省生态环境厅又印发《关于进一步强化涉危险废物环评和排污许可工作若干措施的通知》，进一步规范了排污许可发证工作。

下一步，河北省还将进一步加快推进排污许可制度立法工作，打通“环评—许可—执法”的法律支撑体系；以排污许可制为载体，建立监管、监测、监察联动工作机制；同时，探索排污许可与环评、排污权、清洁生产等环境管理制度的衔接。

# 大气质量更“优”，产业结构更“轻”<br>河北生态底色日益亮丽

时间：2020年12月24日　作者：张铭贤　贾楠　来源：《中国环境报》1版头条

党的十八大以来，为推动空气质量持续改善，河北省委、省政府以前所未有的决心和力度推进产业结构、能源结构、运输结构优化调整，坚决打赢蓝天保卫战，全省生态环境质量发生历史性新变化，美丽河北的生态底色日益亮丽。

今年1—11月，河北省$PM_{2.5}$平均质量浓度44微克/米$^3$，同比下降10.2%。其中4—9月，全省$PM_{2.5}$平均质量浓度均达到国家空气质量二级标准，创2013年以来最好水平；平均优良天数比率69.8%，优于“十三五”规划目标和蓝天保卫战三年行动方案目标1.7个百分点。

## 产业结构调“轻”

在全国重点城市空气质量排名后十名城市中，河北最多时曾占据7个。

偏重的产业结构、偏煤的能源结构、偏公路的交通运输结构，是造成河北大气环境污染的主要根源。

打赢蓝天保卫战必须坚持标本兼治、主攻治本。抓住调结构的“牛鼻子”，河北省以壮士断腕的勇气和决心，向大气污染宣战。

去产能的“手术刀”果断挥向高耗能、高污染的传统产业。河北省将去产能范围由国家要求的钢铁、煤炭两个行业调增为钢铁、煤炭、焦化、水泥、平板玻璃、火电等 6 个行业。在 2017 年年底提前超额完成“6643”目标任务的基础上，又制定了重点行业去产能三年行动方案。

去产能，倒逼企业转型升级，推动绿色发展。据统计，“十三五”以来，河北累计压减退出炼钢产能 8 212 万吨、煤炭 5 571 万吨、水泥 1 194.9 万吨、平板玻璃 4 999 万重量箱、焦炭 3 144.4 万吨、火电 234 万千瓦。

持续推进重点污染企业退城搬迁，河北“搬”出了发展新活力。

针对“煤电围城”“钢铁围城”等突出问题，河北省坚持管住新增、搬迁分散、关停落后、发展新兴，扎实推进符合条件的重污染企业退城搬迁。保定、廊坊市钢铁产能全部退出，实现“无钢市”，唐山、邯郸两大基地和临港钢铁产能比重达到 81%，水泥熟料产能向资源富集的燕山—太行山一带聚集……通过退城搬迁，企业与城市实现了双赢。

由重变轻、由黑变绿、由旧变新。河北从高消耗、高污染、低效益的传统产业结构，向着绿色、循环、低碳的现代产业体系加快转型。

2018 年，河北省三次产业结构首次实现由“二三一”向“三二一”的历史性转变。2019 年产业结构“三二一”态势进一步增强，服务业增加值比重首次突破 50%。

## 能源结构去“黑”

屋外寒风萧瑟，高碑店市栗各庄村的单增平家里却暖意融融。今年刚一入冬，她和老伴儿就打开了家里的燃气采暖炉，屋里温度基本保持在 18℃以上。

12 月 15 日，记者走进单增平家。“原来是烧煤取暖，一天到晚得一趟趟地取煤、添火，受累不说，还弄得到处都是煤灰。”单增平说，2017 年，村里“煤改气”后，取暖时只要将燃气采暖炉设定好温度就不用管了，屋里温度基本是恒定的，干净又暖和。

调整能源结构，削减燃煤污染，是改善河北省大气环境质量的关键性举措。

宜电则电、宜气则气、宜油则油、宜煤则煤，河北省整县、整乡、整村推进清洁取暖。把大气污染传输通道城市和张家口市、辛集市及定州市全部列入北方地区冬季清洁取暖试点城市，保障群众清洁温暖安全过冬。

截至目前，河北省完成清洁取暖改造 1 125.91 万户，基本实现平原地区散煤清零；对不具备“双代”改造条件的山区和坝上地区推行洁净煤，洁净煤完成配送 281.51 万户。

多措并举推进能源结构调整，减少燃煤污染排放，河北省加快燃煤锅炉淘汰和提标改造步伐。截至目前，全省累计淘汰 9 万余台燃煤锅炉，完成 526 台总计 38 198 蒸吨的

35 蒸吨/小时以上燃煤锅炉超低排放改造和 15 165 台燃气、燃油、燃生物质锅炉提标改造。在全国率先基本完成 35 蒸吨/小时以下燃煤锅炉淘汰，保留的 35 蒸吨/小时以上燃煤锅炉基本完成超低排放改造。

## 交通结构转“绿”

去年 11 月，衡水书柳建筑工程有限公司商砼分公司引进 8 辆国六排放标准混凝土运输罐车，成为衡水市首家引进国六标准柴油车的企业。

推动运输清洁化、绿色化，河北省加快道路货运结构调整，强化柴油货车污染防治，大力推进“公转铁”和“海铁联运”，有效减少尾气排放。

实施货运方式清洁化行动。河北省 17 个港口集疏运及物流园区、大型工矿企业铁路专用线项目完工，全省 24 家年货运量 150 万吨以上的工矿企业接入铁路专用线，唐山港、黄骅港全面实行集疏港煤炭铁路运输，全省 41 个 5 万吨级以上泊位具备岸电供应能力。全省铁路货运量 2019 年完成 2.7 亿吨，比 2017 年增长 58.8%，提前完成国家“2020 年年底前全省铁路货运量比 2017 年增长 40%以上”的目标任务。

实施柴油发动机清洁化行动。河北加大监督执法力度，全链条治理柴油车（机）超标排放，将 2 700 余家中重型柴油货车用车单位列为重点用车单位强化日常监管。常态化开展路查路检，实行非道路移动机械使用登记管理制度，对超标机械进行处罚。有序推进老旧柴油货车淘汰，今年以来累计淘汰和清理国三及以下中重型柴油货车 15.9 万余辆，超额完成国家下达的任务。

实施运输车辆清洁化行动。今年以来，全省累计推广应用各类新能源汽车 32.2 万余辆（标准车），提前超额完成蓝天保卫战三年行动方案目标任务。张家口市自 2018 年起，连续三年引进氢能源电池公交车，成为全国氢能源电池公交车运营数量最多的城市。

## 发展质量更“好”

“十三五”期间，迁西县津西钢铁集团压减炼铁产能 241 万吨、炼钢产能 256 万吨。企业变压力为动力，不断拓展转型升级新空间，产能压减了，竞争力却提升了。

目前，津西钢铁集团型钢产品已形成 134 个系列、372 种规格，H 型钢、钢板桩销量稳居全国首位，并远销 33 个国家和地区，成为全球最大的型钢生产应用基地。

从普通“大路货”到“专精特新”，从行业跟随到创新引领，这是津西钢铁集团自强不息的华丽蝶变，也是这些年河北坚定不移推进绿色发展、高质量发展的生动缩影。

以严格的环保标志倒逼企业转型升级。河北省持续攻坚，深入推进工业企业超低排放改造和深度治理，在全国率先完成所有符合改造条件的钢铁、焦化有组织超低排放改造和火电企业深度治理，积极推进水泥、平板玻璃、陶瓷行业超低排放改造。截至目前，累计完成重点行业 386 家企业 1 058 个项目，基本实现重点行业有组织超低排放改造全覆盖。

“自从企业被评为 A 级后，不用停限产了，各级生态环境执法人员到现场检查的频次也明显降低了，企业充分享受到了政策红利，直接促进了效益提升。”12 月 21 日，衡水中铁建工程橡胶有限责任公司安环总监王磊高兴地说，截至 11 月底，企业产值比去年全年提高了 6.6%。

多排多限、少排少限、不排不限。河北省将 6 万余家涉气工业企业纳入减排清单，对其中 47 个重点行业约 3.6 万家重点企业实施绩效评级，并根据评级结果实行差异化管控。从环境绩效评级数据看，今年河北省 A 级、B 级和引领性企业均同比大幅增加，企业治理水平明显提升。

坚持生态优先、绿色发展，燕赵大地蓝天白云越来越多，经济发展越来越好，美丽河北正渐行渐近。